W0283838

BASTEI LÜBBE

Pat O'Brien

Die Vermieterin

Pamela Rocheford

Die Bibliothekarin

Erotische Romane

Ins Deutsche übertragen von
Sandra Green und Claudia Dorf

BASTEI LÜBBE

BASTEI LÜBBE TASCHENBUCH
Band 26 204

1. Auflage: April 2004

Vollständige Taschenbuchausgabe

Bastei Lübbe Taschenbücher ist ein Imprint
der Verlagsgruppe Lübbe

Titel der englischen Originalausgabe:
The House Share / Dangerous Consequences
© 1996 by Pat O'Brien
© 1997 by Pamela Rocheford
Published by arrangement with Virgin Publishing Ltd.
Dieses Werk wurde vermittelt durch die Literarische Agentur
Thomas Schlück, 30827 Garbsen
All rights reserved
© für die deutschsprachige Ausgabe 2004
Verlagsgruppe Lübbe GmbH & Co. KG,
Bergisch Gladbach
Titelillustration: F. Widmann / Mauritius
Umschlaggestaltung: Tanja Østlyngen
Satz: Fanslau, Communication / EDV, Düsseldorf
Druck und Verarbeitung: Maury Imprimeur
Printed in France
ISBN 3-404-26204-2

Sie finden uns im Internet unter
www.luebbe.de

Der Preis dieses Bandes versteht sich einschließlich
der gesetzlichen Mehrwertsteuer.

Pat O'Brien

Die Vermieterin

Erotischer Roman

Ins Deutsche übertragen von
Sandra Green

Erstes Kapitel

Tine hatte John geliebt. Sie hatte sein Talent verehrt, seine Großartigkeit bewundert und das verletzte Kind in ihm umsorgt. Die Monate des Trauerns mit der schmerzenden Einsamkeit setzten sich fort, und bis jetzt hatte sie geglaubt, nie wieder einen glücklichen Tag zu erleben.

John war Künstler gewesen. Seine Technik war eine einmalige Mischung aus anmutigen Bildern im japanischen Stil und surrealistischen Karikaturen, die am Computer erdacht und entworfen und dann per Hand auf Leinwand übertragen wurden. Überall im Haus hingen seine Bilder, jedes Zimmer ein Schrein. Er war ein Bär von einem Mann gewesen mit dem Talent eines Engels und dem Sarkasmus des tief Enttäuschten. Die Öffentlichkeit hatte er verabscheut. Aber jedes Jahr stieg der Preis seiner Bilder. Er verachtete seine Bankauszüge.

Tine wusste, dass der Kummer von ihr gewichen war, als sie nach acht Monaten das erste Mal durchgeschlafen hatte. Sie wachte erst auf, als grell-goldene Finger durch die Vorhänge griffen. Ein Gefühl des Wohlbehagens beschlich sie, eine Wahrnehmung des Lebens, als wäre sie nach einem langen bösen Traum aufgewacht.

Nach zehn Jahren Ehe waren Tine und John kinderlos geblieben und ein wenig sonderlich geworden. Das große Stadthaus aus der Edwardschen Stilepoche bot ihnen alle Möglichkeiten, für sich zu leben, abgesondert von der Außenwelt. Seit Johns Tod im vergangenen Winter war Tine jeden Morgen durchs Haus gepilgert, vor jedem Bild stehen geblieben, hatte die Buchregale durchstöbert und die zerlesenen Bücher in die Hand genommen.

Auch an diesem Morgen begann sie ihren Rundgang, verharrte vor dem einen oder anderen Gemälde ein bisschen länger als sonst. Es war eine Art Abschied von John. Die Zimmer schienen sie zu schelten, weil sie so lange vernachlässigt worden waren; überall Staub, überall Dunkelheit, denn Tine hatte die Vorhänge nie mehr zurückgezogen.

»Dies ist der erste Tag vom Rest meines Lebens«, murmelte sie, und sie fühlte sich überwältigt vor Freude, dass sie zu diesem Gedanken fähig gewesen war.

Wegen der Hitze hatte sie nackt geschlafen, aber jetzt schlang sie unbehaglich die Arme um den Körper. Schweiß perlte über ihren Rücken. Sie zwang sich zu entspannen, ließ die Arme sinken und schüttelte die Hände locker. Die Anspannung wich, und ihr Beschluss setzte sich in ihr fest. Sie würde einen neuen Start wagen, das Haus putzen und wieder leben.

Tine ging ins Wohnzimmer, wo die Sonne von schweren Vorhängen ausgeschlossen wurde. Sie ließ sich in einen Sessel sinken und genoss den schokoladenfarbenen Samt, der sie umgab. John hatte in diesem Sessel am liebsten gesessen, und sie hatte ihn gern dort sitzen gesehen, diesen wuchtigen Mann mit den muskulösen Schenkeln und den klobigen Händen, die eher zu einem Metzger passten als zu einem Künstler.

Bei geöffneten Vorhängen hatte er das Leben auf der

Straße beobachtet, die hastenden Fußgänger, die vorbei fliegenden Autos vor dem Hintergrund der still stehenden Bäume. Diese Motive hatten oft genug Eingang in seine Bilder gefunden.

Tine versuchte, sich selbst so zu sehen, wie andere sie wahrnahmen. Mit ihren vierzig Jahren war sie noch attraktiv, zierlich mit ihren schlanken Hüften. Die kastanienbraunen Haare fielen locker auf ihre Schultern. Ihre Brüste waren klein und hingen noch nicht. Die Aureolen sahen wie Tränen aus.

Sie erinnerte sich an die Vergangenheit und ließ die Hand wandern. Sie war feucht, und die Finger strichen sanft über die gespreizten Schenkel. Sie nahm die Klitoris zwischen die Finger und zwickte sie leicht. Es dauerte nicht lange, bis sie sich zum Orgasmus gerieben hatte. Es war ein stiller Orgasmus, aber da sie in den letzten Monaten keine Sekunde an Sex gedacht hatte, war er ein warmes, lebendiges Geschenk.

Nachdenklich saß sie da, bis der Durst sie aus dem Nest des Sessels trieb. Sie hatte entschieden, was sie tun würde. Es gab eine Reihe von Möglichkeiten. Das Haus verkaufen und einen Job suchen. John hatte viel Geld verdient, deshalb würde sie eine Zeit lang leben können, ohne sich einzuschränken. Aber ewig würde sie von den Ersparnissen nicht leben können, deshalb musste sie sich etwas einfallen lassen.

Die Entscheidung fiel ihr leicht. Tine würde das große Haus mit jemandem teilen müssen. Dann würde neues Leben einkehren.

Ihre frühere Leidenschaft lag in ihrem Arbeitszimmer. Mit der Tasse in der Hand ging sie hin, blieb in der Tür stehen und starrte ins Zimmer. Es lag in völligem Durcheinander. Seit sechs Monaten war sie nicht mehr hier gewesen. Das Zimmer schien sie stumm anzuklagen. Der Bildschirm ihres Computers war schwarz. Wenn John unten an seinem Computer gearbeitet hatte, war Tine oft hierhin gekommen und hatte sich ins Internet eingelinkt.

Endlose Stunden hatte sie im Relay Chat verbracht, kurz IRC genannt, wo man gleichgesinnte Menschen auf der ganzen Welt kennen lernte und mit ihnen kommunizierte. Es war wie eine internationale Cocktailparty, zuerst Angst erregend, aber bald schon vertraut. Sie hatte von ihren täglichen Hoffnungen, Ängsten und Erfahrungen geschrieben. Einige der Chatter waren zu ihren besten Freunden geworden, einige wenige auch zu ihren Geliebten.

Während der Trauerzeit hatte Tine sich kaum aus dem Haus getraut. Einmal die Woche zu Supermarkt, Post und Bank. Die Anwälte waren zu ihr gekommen, und Johns Freunde auch. Wie sie hatte auch er nur wenige Freunde, und plötzlich wurde ihr bewusst, wie sehr sie mit ihrem Mann auf einer Insel gelebt hatte. Vielleicht hatten sie geglaubt, sie würden immer zusammen sein und bräuchten nie jemanden, der in ihr Leben eindrang und es vielleicht bereicherte.

Jetzt freute sie sich darauf, die alten Freundschaften wieder aufleben zu lassen. Sie wollte wieder Lachen in ihrem Haus hören, sie wollte Menschen um sich haben, Schritte auf der Treppe vernehmen, abends beim Fernsehen gemeinsam eine Flasche Wein leeren.

Tines Beschluss war noch warm, als sie unter der Dusche stand. Nachdem sie sich angezogen hatte, betrachtete sie sich im großen Badezimmerspiegel.

Ihre Haare waren noch ungekämmt und fielen bis zur Mitte ihres Rückens. Sie hatte Gewicht verloren und sah schlank wie eine Elfe aus, das Gesicht zu schmal, die Augen zu groß. Unter der Dusche hatte sie ihre Rippen zählen können. Aber sie würde bald wieder zunehmen.

Bisher hatte Zeit in ihrem isolierten Leben keine Rolle mehr gespielt, aber jetzt band sie sich eine Armbanduhr um. Das Gewicht war ungewohnt. Lächelnd ging sie zum Telefon und gab in den beiden Lokalzeitungen eine Anzeige auf.

Mitbewohner gesucht in einem großen, allein stehenden Haus. Alle Zimmer mit Bad. Küche und Waschküche werden gemeinsam genutzt.

Die Anzeigen würden am Freitag und Samstag erscheinen, deshalb blieb ihr noch ein Tag zum gründlichen Saubermachen. Tine hatte nie als Untermieterin gewohnt, sie hatte auch noch nie ein Haus mit anderen geteilt. Es kam ihr auch nicht der Gedanke, dass sie als Witwe relativ schutzlos war.

Die erste Andeutung einer möglichen Gefahr registrierte Tine, als das Mädchen von der Anzeigenannahme anrief. In der Anzeige hatte Tine geschrieben, Interessenten sollten sich telefonisch melden, deshalb hatte sie ihren Namen und die Telefonnummer angegeben. Das Mädchen empfahl, nur die Telefonnummer anzugeben, sonst liefe sie Gefahr, mit idiotischen Anrufen von kranken Gemütern bombardiert zu werden. Tine war dankbar für den Tipp.

Sie ging hinauf zum Speicher, was eine völlig irreführende Bezeichnung für eine hübsche kleine Dachwohnung war, durch deren schräge Fenster die Sonne einfiel. Die Wohnung bestand aus Wohnzimmer, Schlafzimmer mit Doppelbett und einem angeschlossenen Bad mit kleiner Sitzwanne, Dusche, Bidet und Waschbecken. Das Bad war in fröhlichem Gelb gehalten. Von dort trat man auf den blauen Teppich des Schlafzimmers. Johns Zeichnungen zierten die weißen Wände, die von dunklen Balken durchbrochen waren.

Die Wände des Wohnzimmers waren mit einer hübschen Blümchentapete behangen. Die Möbel waren aus Korbgeflecht, und der Fußboden bestand aus hellen polierten Brettern. Ein alter Mahagonischreibtisch stand im Zimmer, wuchtig und schwer, mit schön geschnitzten Füßen, tiefen Schubladen und einigen Geheimfächern. Als sie noch kein eigenes Arbeitszimmer hatte, hatte Tine an diesem Schreibtisch gesessen.

Diese Zimmer bedeuteten Tine sehr viel; sie betrachtete sie als ihr Privatgemach. Ein Ort zum Verweilen, zum Nachdenken, zum Faulenzen und Musikhören. Das Lautsprechersystem lief durchs ganze Haus, und an den Musiktagen drangen Prokofieff, Schostakowitsch, Mozart und Tschaikowski durch alle Zimmer und hoben ihr Herz und ihre Stimmung. Tine erinnerte sich daran, lief hinunter und legte Prokofieffs *Liebe der drei Apfelsinen* in den CD-Spieler, dann rannte sie zurück auf den Speicher.

Zuerst putzte sie die oberen Zimmer und hinterließ einen Duft nach Zitrone und Fichtennadeln sowie glänzende Kacheln und Schränke. Sie arbeitete sich über die Treppe nach unten, wischte den Staub vom Geländer aus

Mahagoni und saugte den Staub aus dem dunkelroten Teppich und von den hellen Wänden.

Dann nahm sie sich zwei weitere Zimmer vor, putzte und polierte. Das eine, das nach hinten lag und nach Westen zeigte, nannte sie das Spielzimmer; es hatte ein Dekor aus violettem Patchwork, ein gusseisernes Bett und Möbel in der Farbe von schwarzer Asche. Das dazugehörige Bad hatte nur eine Farbe: Purpur. Das zweite Zimmer war in massivem Holz eingerichtet, Teak. Dazu wurde es von hellgrünen Lampen beherrscht. Zum ›grünen Zimmer‹ gehörte keine eigene Dusche, aber es lag gleich neben dem Bad.

Das Bad war groß und hoch. Die Porzellanwanne stand mit ihren Tatzenfüßen auf einem Sockel. Zur Toilette gehörte ein altmodischer Spülkasten fast oben an der Decke, den man mit einer Quaste an einer langen Kette bediente. Johns bestes Bild hing im Bad, ein abstraktes Gemälde, das einen Tag darstellte, an dem sie sich unten im Sessel geliebt hatten. Er hatte es mit einem Seidentuch verhangen und erst enthüllt, als sie beide in der Wanne lagen und sich mit Champagner aus schlanken Kristallflöten zuprosteten.

Die Wand neben der großen Wanne bestand aus beigefarbenem Spiegelglas. Das Licht konnte stark gedämpft werden, und wenn sie sich liebten, wurde die Szene in warmen goldenen Tönen gespiegelt. An jenem Abend hatte Tine sich auf den breiten Wannenrand gesetzt, die Schenkel weit gespreizt. Sein Mund hatte sie erforscht, zuerst sanft, dann fester und entschlossener, bis sie bebend zum Orgasmus gelangt war. Er hatte Stirn, Wangen und Nase benetzt, und sie hatte ihn abgeleckt wie eine Hündin ihr Junges.

Dann, während er noch kniete, ging sie hinunter

und nahm ihn in den Mund; sie drückte den Hodenbeutel mit kundigen Fingern, bis es ihm mit Gewalt kam und er die bittersüße Flüssigkeit in ihre Kehle pumpte.

Diese Erinnerungen waren bei ihr, als sie schrubbte und wischte. Ein kleines Lächeln spielte um ihre Mundwinkel – ein Tribut an John.

Sein Büro putzte sie zuletzt. Sie hatte das Wohnzimmer und die Küche auf Hochglanz gebracht, danach Speisekammer und Waschküche gesäubert. Die Papiere auf seinem Schreibtisch waren schon vorher sortiert worden, deshalb sah es aufgeräumt aus. Der große Computerbildschirm war dunkel und stumm. Sie wusste, dass viele seiner unfertigen Arbeiten noch auf der Festplatte waren, aber bisher hatte sie sich noch nicht an seinen Computer gewagt.

Jedes Mal, wenn sie in Johns Sessel saß, spürte sie seine Präsenz, seine langen Arme, die sie so oft umschlungen hatten. Manchmal hatte sie ihn beobachtet, wenn er dort saß, der Rücken steif vor Konzentration, das Gesicht völlig angespannt, während die Finger über die Tastatur flogen. Sie hatte sich dann hinter ihn gestellt und die Verkrampfungen aus seinem Nacken massiert.

Jetzt setzte sie sich auf seinen Platz, schaltete den Computer ein und ging in Johns Programm. Sie kannte sich nicht allzu gut mit seinem Rechner aus, aber sie hatte Einiges lernen können, weil ihr Computer mit Johns verbunden war.

Der Bildschirm wurde lebendig, eine Liste baute sich auf, und sie legte die Hand auf die Maus. Sie klickte auf sein Archiv und sah die einzelnen Dateien, die auf seiner Festplatte gespeichert waren. Sie klickte die einzelnen Rubriken an und hatte nicht das Gefühl, irgendwelche Heimlichkeiten aufzustöbern, bis sie auf seine persönliche Ablage traf. Normalerweise war sie vor neugierigen Blicken geschützt, aber da sie das Passwort hatte, konnte sie in seine Welt eindringen.

Eine Rubrik lautete ›j-piks‹ und hatte einige Unterordnungen. Tine war ganz aufgeregt, weil sie glaubte, die unfertigen Arbeiten ihres Mannes entdeckt zu haben. Aus den einzelnen Namen schloss sie, auf sein Archiv gestoßen zu sein. Sie klickte auf einen Namen in der Mitte der Liste – ›janine1.jpg‹.

Langsam baute sich der Bildschirm auf und zeigte eine große, schlanke Blondine, dunkel gebräunt wie Mahagoni, die langen Beine weit gespreizt. Sie war fast so dürr wie ein Skelett, lag da und stützte sich mit den Armen auf. Ein anderes blondes Mädchen beugte sich über sie, das Gesicht zwischen den Schenkeln verborgen. Der Fotograf hatte hinter dem vorgebeugten Mädchen gestanden, deshalb war das Geschlecht mit dem glänzenden Klitorisring deutlich zu sehen. Heller Sand klebte an den Pobacken und zwischen den spärlichen Schamhaaren.

Tine holte sich weitere Fotos auf den Schirm. Sie waren fast alle ähnlich, lesbische Themen mit hageren blonden Mädchen. Tine empfand kein Entsetzen, keine Abneigung. John hatte ihr nichts von diesen Bildern erzählt, hatte sie nicht daran teilhaben lassen. Vielleicht hatte er diesen Freiraum für sich selbst gebraucht.

Sie fand weitere Fotos. Unter ›sally1.gif‹ bis ›sally10.gif‹ fand sie ein Mädchen, das höchstens sechzehn Jahre alt war, elfengleich schön und schüchtern. In den einzelnen Posen war sie stets allein, wenn sie die pinkfarbenen Labien mit scheuem Lächeln zeigte. Allmählich dämmerte es Tine, dass ihr der Hintergrund auf den Fotos bekannt war. Sie klickte andere Fotos an und sah das samtbezogene Sofa, den Fußboden in der Küche, die Satindecke auf dem Wasserbett des Schlafzimmers.

Ihr wurde klar, dass John diese Fotos aufgenommen hatte. Sie erkannte es besonders an den Fotos, die er im Bad geschossen hatte. Sally vor dem Spiegel, einen Fuß auf dem Wannenrand, die Finger zwischen den geschwollenen Labien. Johns verschwommene Gestalt im Spiegel, die Kamera vor seinem Gesicht. Er war nackt und zeigte eine strotzende Erektion, die er mit einer Hand hielt.

Tine empfand nichts als Neugier. Nach Monaten der Trauer hatte sie beschlossen, sich von den Erinnerungen loszusagen, aber natürlich würde sie seine Liebe stets im Herzen bewahren. Sie wusste nun, dass ihr Riese von Mann Geheimnisse hatte – hoffentlich hatte er sie nicht bereut, sondern sich an seinen jungen Modellen erfreut.

Dann entdeckte sie Sheena. Wieder ein junges Mädchen. Aber Sheena war schwarz und kannte offenbar keine Scheu. Die junge Sirene flirtete mit der Kamera und zeigte verblüffende Stellungen mit einem alarmierend dicken Dildo.

Es gab eine Menge mehr Mädchen. Denise mit den flammend roten Haaren, Angela, die wie ein Zigeunermädchen aussah, und Toronto, biegsam und athletisch. Aber erst bei Demmy empfand Tine so etwas wie Schock. Sie kannte das Mädchen, es war in Johns letztem Sommer eine ständige Besucherin gewesen. Sie war klein und zierlich und sah jünger aus als die angeblichen siebzehn Jahre. Demmy war Kunststudentin und hatte gebeten, John auf jede erdenkliche Weise unterstützen zu dürfen. Sie hatte von seinem Ruf profitieren wollen.

Tine gegenüber war sie immer sehr scheu und zurückhaltend gewesen, aber sie hatte John verehrt, was auf diesen Fotos deutlich zu erkennen war.

Auf einem Foto hatte John ihre krausen Haare gepackt und am Hinterkopf zu einem Pferdeschwanz zusammengefasst. Das Foto war von oben aufgenommen worden, man sah die blauen Augen des Mädchens, die Lippen hatten sich geöffnet, um sich über die Eichel zu stülpen. Es folgte eine Serie solcher Fotos, die mit seinem Erguss in ihrem Mund endete.

Tine starrte auf die Bilder. Sie saß jetzt dort, wo John damals gesessen hatte, als Demmy seinen Schwanz verehrt hatte. Er hatte die exquisiten Momente gekonnt eingefangen. Wo war Tine zu der Zeit gewesen? In diesem Sommer war sie fast immer im Haus gewesen, abgesehen von Einkäufen und Bankbesuchen. Lange Sitzungen am Computer. Hatte John es riskiert, von ihr überrascht zu werden?

Was Tine am meisten erstaunte, war ihre eigene Reaktion auf die heimliche Lust ihres Mannes. Sie war nicht beschämt oder entsetzt sondern ungeheuerlich erregt. Warme Schauer rieselten über ihren Rücken. Sie ging in die Küche und braute sich einen Tee.

Das Haus war bereit. Mitternacht war vorbei, als Tine sich erschöpft in einen Sessel fallen ließ. Aber die Gedanken in ihrem Kopf ließen sie nicht zur Ruhe kommen, da rasten die Bilder der jungen Mädchen. Sie glaubte, leise Geräusche aus seinem Arbeitszimmer hören zu können. Wenn sie aufstand und nachschauen würde, sah sie wahrscheinlich den Schaft ihres Mannes, wie er von Demmy angehimmelt wurde. Ihre Gedanken ließen sie rastlos und unbehaglich erregt zurück.

Sie ging zu ihrem Computer, schaltete ihn ein und sah voller Erwartung zu, wie er sich aufbaute, bis sie sich ins Internet einlinken konnte. Sie hörte dem Klicken und Keuchen des Modems zu, als es ihren Rechner mit der Welt verknüpfte. Sie schaltete sich in ihren bevorzugten Chatroom ein.

›Astyr‹ war einer von Tines angenommenen Namen, den sie benutzte, wenn ihr nach frivolen Gesprächen zumute war. Nur drei Benutzer des Chatrooms kannten diesen Namen; das waren ihre virtuellen Liebhaber, mit den sie über Meilen hinweg verbalen Sex gehabt hatte, denen sie sich anvertraut, mit den sie gelacht und geweint hatte.

Sie waren ihr so nahe gewesen wie auch die Männer, mit denen sie tatsächlich Sex gehabt hatte. Aber inzwischen waren acht Monate vergangen, und ihre drei Liebhaber würden Astyr nur noch als nette Erinnerung betrachten. Sie überlegte kurz, dann tippte sie ›Astyr‹ ein, als die Maschine sie nach ihrem Namen fragte.

Sie wartete erst einmal ab, las die Namen der anderen Teilnehmer, aber sie kannte niemanden. Plötzlich tauchten ein paar Zeilen auf ihrem Schirm auf.

Dickens > Hallo :-) Ich hoffe, es stört dich nicht, wenn ich ein bisschen mit dir flüstere, aber du hast einen wunderschönen Namen. Ich bin in Kalifornien. Wo bist du?

Normalerweise hätte sie seinen Versuch, mit ihr ins Gespräch zu kommen, ignoriert oder zurückgewiesen, denn so etwas führte oft zu sexuellen Belästigungen. Sie stellte sich einen achtzehnjährigen kalifornischen Jungen vor, der an der Uni vor einem Computer saß. Um ihn herum zehn andere Jugendliche, die auf die Tasten droschen. Bald würde ihm einer über die Schulter sehen und den Text auf dem Bildschirm lesen. Aber die Zeichen hinter dem Hallo – Doppelpunkt, Bindestrich und Klammer – zeigten ein halbes freundliches Gesicht von der Seite, und das überzeugte sie zu antworten.

Astyr > Hi! Danke, aber es ist nicht mein richtiger Name. Ich lebe in England. Was machst du denn in Kalif.?

Dickens > Danke für die Antwort. Viele Leute reagieren wütend und glauben wohl, ich wollte sie anbaggern. Ich arbeite für eine Computerfirma.

Astyr > Aha! Also ein kluges Bürschchen!

Dickens > *lach* . . . Glauben sie wenigstens. Darf ich fragen, wie alt du bist und wie du aussiehst?

Astyr > Hmmm . . . Also doch ein Anbaggern?

Dickens > Tut mir Leid. Kann schon sein. Ich bin ganz allein hier, und es wird eine langweilige Nacht, falls nicht irgendwas passiert. Aber wenn du dich belästigt fühlst, dann sage mir einfach, dass ich gehen soll.

Astyr > Zufällig bin ich auch einsam. Nach einem langen, aufregenden Tag.

Dickens > Ich sitze an meinem Arbeitsplatz. Es ist schon spät und trotz der Klimaanlage sehr warm. Ich habe mein Hemd aufgeknöpft und die Shorts auch. Ich bin knapp unter eins achtzig, ziemlich dünn und habe lange dunkle Haare.

Astyr > Wie lang?

Dickens > Ich kann darauf sitzen :)

Astyr > Puh! *staun* Das würde ich gern sehen. Vor allem, wenn es in einer warmen kalifornischen Nacht über meine Schenkel fällt.

Dickens > Du meinst, wenn ich mein Gesicht zwischen deine Schenkel drücke?

Das war eher was zum Abgewöhnen, aber Tine kicherte und stellte sich ihre gespreizten Schenkel vor, wie sie von seinen weichen Haaren gestreichelt wurden. Sie hielt ihren Ehrenkodex der Ehrlichkeit bei und antwortete:

Astyr > Hör zu, es ist nur fair, dass ich dir sage, ich bin 41. Zierlich, lange kastanienbraune Haare, kleine Brüste, braune Haare. Einige sagen, ich sei hübsch … was immer sie damit meinen.

Dickens > Oh, verdammt! Ich *liebe* ältere Frauen! Ich bin 25. Bitte, bitte, schalte nicht ab. Du hörst dich sooo gut an. Es ist mir Ernst!

Tine war sicher, dass er es ernst meinte. Sie spürte, wie die Jeans gegen ihr Dreieck drückte. Es kribbelte angenehm. Sie war den ganzen Tag schon erregt gewesen, seit sie die Bilder auf Johns Monitor gesehen hatte … Jetzt wollte sie ihr Sehnen lindern.

Astyr >Dickens … Ich muss dir sagen, dass ich sehr erregt bin und dich genießen möchte. Aber wenn du nicht willst, brauchst du es mir nur zu sagen.

Dickens > Oh, nein! Ich bin begeistert! Aber wenn du mich siehst, wärst du vielleicht enttäuscht. Obwohl manche sagen, ich hätte einen knackigen Hintern.

Astyr >Ich glaube, ich würde deine Backen gern küssen ›überlegt‹ Hör mal, sollen wir in einen privaten Chatroom gehen?

Dickens >Was für eine Frage! ***Ja***!!

Tine lächelte. Sie fuhr mit einer Hand über einen Nippel und freute sich darüber, dass er sich sofort aufrichtete. Mit ein paar Tasten öffnete sie ihren eigenen Chatroom, nannte ihn ›#glade‹, und nachdem neugierige Augen ausgeschlossen waren, lud sie Dickens zu sich ein.

Dickens > Dickens sieht tief in deine Augen und ist glücklich. Verdammt, bin ich froh, hier zu sein! Willst du mir sagen, worüber du fantasiert hast? Ich würde gern wissen, was dich anmacht.

Tines Finger flogen über die Tastatur, während sie die

Bilder vor sich sah. Dickens blieb stumm; sie stellte sich vor, wie sich seine Augen weiteten, während er ihren Text las und langsam seinen Schaft rieb. Vielleicht würde er die Kontrolle verlieren und sein Keyboard besprühen. Während Tine ihren eigenen Text auf dem Monitor las, nahm ihre Geschichte Kontur an. Sie hatte die Schenkel fest zusammen gedrückt.

> Astyr > Ich zog Demmys Backen auseinander und sah ihre geschwollenen, klaffenden Labien. Sie stöhnte dumpf … Johns Schaft ruckte vor und zurück in ihrem Mund, und ich beugte mich hinunter und stieß meine Zunge in ihre feuchte Hitze. Als es John kam, bekamen wir beide seinen Saft ab, und wir leckten uns gegenseitig sauber.

Als Tine die letzten Buchstaben getippt hatte, schob sie eine Hand unter den Bund ihrer Jeans, rutschte auf ihrem Sitz nach vorn und zwängte ihre Finger so tief es ging. Sie erreichten ihre hungrige Höhle. Es erging ihr wie der Demmy in ihrer Fantasie – sie kam sofort. Sie hörte sich selbst stöhnen und blieb eine Weile wie gelähmt in ihrem Sessel hängen. Dann hackte sie mit ihren glitschigen Fingern noch einmal in die Tastatur.

> Astyr > Ich bin fertig. Auf jede erdenkliche Weise :-)

> Dickens > Astyr, ich bin noch nie so erregt gewesen. Noch nie hat eine Frau so mit mir geredet. Ich möchte wahnsinnig gern bei dir sein. Würdest du dann auch so offen sein?

Astyr > Ja.

Tine wusste in diesem Moment, dass sie die Wahrheit gesagt hatte. Jetzt, da die Wellen der Erregung abgeklungen waren, sehnte sie sich nach einem Mann. Sie wollte, dass er sie in die Arme nahm, sie wollte seinen frischen Schweiß riechen. Sie spürte ein leichtes Schuldbewusstsein, dass sie einen Fremden einbezogen und benutzt hatte. Sie hatte ihm kaum Fragen gestellt, sie hatte nur ihrer Libido gehorcht. Vielleicht fühlte er sich wirklich missbraucht.

Astyr >Dickens … es tut mir Leid.

Dickens > Aber warum denn? Ich muss ein Geständnis ablegen. Ich habe es mir selbst besorgt, während du getippt hast. He, ich konnte deine Fantasie in heißen Bildern sehen! Mir ist es fast sofort gekommen.

Astyr > Du bist ein netter Kerl, Dickens.

Dickens > Und du, Astyr, bist eine unergründliche Lady, und ich bin stolz, dass ich dich kennen lernen durfte.

Sie kommunizierten bis spät in Dickens' Abend hinein, was früher Tag bei Tine war. Als es dämmerte, traf sie die einzelnen Buchstaben nicht mehr genau, und ihr Kopf vibrierte vor Müdigkeit. Dieser Freitag würde ein anstrengender Tag werden. Sie verabschiedete sich von Dickens und schaltete den Computer ab. Spontan beschloss sie, nicht ins Bett zu gehen, sondern in den

Supermarkt. Danach würde sie sich in einen bequemen Sessel setzen und dösen, das Telefon neben sich.

Ihr fünf Jahre alter Citroën sprang sofort an und schnurrte zufrieden, als sie sich in den Verkehr einordnete. Das Autoradio meldete, dass die Hitzeperiode der beiden letzten Wochen die heißeste seit dem Zweiten Weltkrieg war.

Der klare Himmel versprach wieder einen heißen Tag. Er kam Tine noch strahlender vor als sonst, aber dann fiel ihr ein, dass sie bisher gar nicht danach geschaut hatte. Junge Mädchen flanierten über den Bürgersteig, die schlanken Beine nackt, mit knappen Tops und ebenso knappen Shorts bekleidet. Tine musste wieder an John und die Mädchen auf seinen Fotos denken.

Erst jetzt fiel Tine ein, dass Demmys Verehrung für John das Mädchen in eine sehr verletzliche Lage gebracht haben konnte, in der sie seinen Manipulationen vielleicht hilflos ausgeliefert gewesen war.

Als eine Art Wiedergutmachung würde Tine versuchen, das Mädchen ausfindig zu machen und unter dem Vorwand einzuladen, Johns unfertige Arbeiten zu sortieren und mit ihr gemeinsam zu überlegen, welche sich zum Verkauf eigneten. Dabei würde Tine herausfinden, ob Johns leichtsinniges Handeln einen bleibenden Einfluss bei Demmy hinterlassen hatte.

Mit diesen Gedanken parkte sie ihr Auto, nahm sich einen Einkaufswagen und betrat den kühlen Supermarkt.

Es war schon viel los. Die Käuferinnen in ihren bunten kurzen Kleidern drängten sich in den schmalen Gängen zwischen den Regalen. Viele Studentinnen und Studenten waren da, laut, albern, alles, um auf sich aufmerksam zu machen. Tines Blicke wurden von den Hintern der jungen Frauen und den Schwellungen in den Schritten der Männer angezogen. Sie beobachtete eine junge Frau, die sich vor einem Weinregal bückte und sich mit einer Flasche Frascati wieder aufrichtete. Dabei strich sie wie unbeabsichtigt über die starke Beule in der Hose ihres Begleiters. Er revanchierte sich, indem er unter ihre Brüste fasste, als wollte er ihr beim Aufrichten helfen.

Sie standen dicht voreinander und lächelten sich wissend an, dann bemerkten sie Tine, aber sie blieben so dicht zusammen stehen und rieben sich lüstern aneinander. Tine versuchte, nicht mehr hinzuschauen, sie lächelte vage und wandte sich dem Weinregal zu.

Sie kaufte alle Delikatessen, die der Supermarkt anzubieten hatte. Räucherlachs, Kaviar, Steaks, exotische Früchte und verschiedene Käsesorten. Sie nahm Flaschen mit Chablis und Chardonnay aus den Regalen, auch fünf Flaschen Champagner. Heidsieck. Damit wollte sie die neuen Mieter willkommen heißen.

Es war ein gutes Gefühl, dass sie wieder funktionierte. Menschen sehen und erkennen und spüren, dass sie ihre Sinne noch beisammen hatte. Obwohl sie nach der Nachtschicht am Computer todmüde war, spürte Tine die Stimulierung ihrer Sinne. Sie atmete den Benzingeruch der Autos ein, lief mit den anderen Käufern um die Wette und hörte die fröhliche Ausgelassenheit der Jugendlichen auf der Straße. Es kribbelte in ihr, wenn sie sich die Glieder unter den dünnen Hosen vorstellte und die erigierten Nippel unter den

Hemdchen der Mädchen. Sie musste an Dickens denken, an seine langen Haare und an das Erlebnis der vergangenen Nacht.

Das Haus war kühl und einladend und roch nach Putzmitteln. Sie bewunderte ihre glänzende Küche, während sie die Einkäufe einräumte. Sie saß am Frühstückstisch und aß ihr Müsli, dabei schaute sie hinaus in den Garten.

Alles war überwuchert. Der Rasen musste dringend geschnitten werden, die meisten Pflanzen brauchten eine kundige Hand. Sie erinnerte sich vage, dass sie einem Mann die Tür geöffnet hatte, der ihren Garten pflegen wollte. Er hatte ihr damals einen Reklamezettel in die Hand gedrückt, den sie zu den anderen ungeöffneten Reklamesendungen gelegt hatte. Sie suchte und fand den Zettel wieder.

Jerry, der Gärtner, hob nach dem ersten Klingeln ab und versprach, sich innerhalb der nächsten Minuten ihren Garten anzusehen. Daraus schloss Tine zwei Dinge: Erstens konnte er nicht ausgebucht sein, und zweitens schien er in der Nähe zu wohnen. Tatsächlich war er in zehn Minuten da, sonnengebleichte Haare, zerknitterte Leinenhose.

Tine führte ihn über den schmalen Weg am Haus vorbei in den Garten. Aus der Nähe sah der verwahrloste Zustand noch schlimmer aus. Tine sah den Gärtner fröhlich grinsen. Nachdem sie sich über den Preis geeinigt hatten, wollte er sich gleich an die Arbeit begeben. Tine hatte den Eindruck, dass er mit den Pflanzen besser kommunizieren konnte als mit Menschen. Auf Tines Fragen antwortete er einsilbig. Aber als er die Gartengeräte in der Garage entdeckte, strahlte er.

Jerry ließ den Mäher laufen und nahm sich den Rasen vor.

Tine sah ihm vom Frühstücksraum zu. Er hatte seinen Overall ausgezogen und lief nur in seinen knappen Shorts herum. Seine Armmuskeln spielten, während er dem vernachlässigten Rasen zu Leibe rückte, und der Schweiß rann über seinen Oberkörper. Sie überlegte, ob sie ihm ein Glas Wasser bringen sollte.

Sie öffnete den Kühlschrank und wollte gerade ein Glas füllen, als das Telefon schrillte. Sie zuckte zusammen, fühlte sich aber auch erleichtert.

Nur zwei Leute meldeten sich an diesem Tag auf ihre Anzeige, und beide wollten sich die Wohnung ansehen. Die erste Kandidatin war Sharon, angestellt bei der National Telecommunications. Sie würde gleich nach Dienstschluss um sechs Uhr bei ihr sein. Als Tine den Hörer auflegte, fühlte sie sich ein wenig eingeschüchtert. Sharons Sprache klang ein bisschen von oben herab, sie hatte ein starkes Selbstbewusstsein, war wohl auch eine eher herrische Person.

Der zweite Anrufer faszinierte und verärgerte sie zugleich. Ohne Gruß trompetete er seinen starken australischen Akzent ins Telefon, und Tine musste den Hörer eine Handbreit vom Ohr entfernt halten.

»Sie haben ein Zimmer zu vermieten.«

Was sollte sie darauf antworten? Bevor ihr etwas eingefallen war, meldete er sich wieder.

»Wann kann ich es mir ansehen?«

Das war schon besser. Sie bemühte sich um Freundlichkeit, nannte ihre Adresse und fragte: »Wann passt es Ihnen denn?«

»Heute Abend um acht Uhr.« Er knallte den Hörer auf.

Sie bedauerte schon, ihm nicht gleich abgesagt zu haben. Er hatte ungehobelte Manieren, hatte nicht einmal seinen Namen genannt, und Einzelheiten über die Wohnung hatte er auch nicht erfragt. Er klang jung; sie hatte sich ihren Mieter in Nadelstreifen so ab Mitte dreißig vorgestellt und nicht einen Schnösel ohne Benehmen.

Sie ging wütend zurück in die Küche und dann hinaus zu Jerry, der seine Arbeit erledigt hatte. Der Garten sah viel besser aus, der Rasen frisch geschoren aber an vielen Stellen braun.

»Er muss stark gewässert werden – es ist schon lange heißes Wetter«, murmelte er. »Das macht vier Stunden.«

»Haben Sie sich was zu trinken geholt?« Tine schalt sich wegen ihrer Gedankenlosigkeit. Der junge Mann hatte vier Stunden lang geschuftet, ohne einen Tropfen zu trinken.

»Nein.«

Sie holte ihm ein Glas Wasser. Er trank es in einem Zug, und sie holte ihm noch eins, das ebenso schnell gekippt wurde.

»Tut gut.« Er überraschte sie mit einem offenen Grinsen.

»In Zukunft können Sie sich Wasser aus dem Kühlschrank nehmen«, sagte sie. »Behalten Sie den Garagenschlüssel, damit Sie Zugang zu den Geräten haben. Wann kommen Sie wieder?«

»Ich bin noch nicht fertig. Ich wässere jetzt. Ich werde das jeden Tag tun. Eigentlich bräuchten Sie Rasendünger, obwohl es schon ein bisschen spät dafür ist. Wenn Sie wollen, besorge ich Ihnen einen Sack Dünger, ich kann ihn billiger besorgen. Dreißig Pfund. Und ich bekomme zwanzig Pfund für die bisherige Arbeit. Danke für das Wasser.«

Tine sah ihn an, verwundert über seine heraussprudelnden Sätze. Er stand fast nackt vor ihr, seine Haut glänzte vom Schweiß. Er hatte lange Beine und war fast hager. Seine blassblauen Augen, umgeben von kleinen Fältchen, waren auf ihre Brüste fixiert. Sie spürte, wie sich die Nippel unter seinen Blicken verhärteten.

»Sie können mir einen Scheck geben«, fügte er noch hinzu.

Während sie den Scheck ausstellte, betrachtete er ihren Hintern. Es würde sich zeigen, ob er mit der Zeit zu mehr Mut finden würde, aber noch schien er ausschließlich mit der Arbeit beschäftigt zu sein. Sie richtete sich auf und zog die Schultern zurück, damit ihre kleinen Brüste sich unter dem dünnen Stoff deutlicher abzeichneten.

Er belohnte sie mit großen, geweiteten Augen. Tine reichte ihm den Scheck und lächelte. Er drehte sich um und ging. Sie blinzelte aus dem Fenster und sah mit Genugtuung, dass er eine Hand gegen seine Hose drückte, während die andere den sprühenden Gartenschlauch hielt.

Tine nahm das Telefon mit und stellte es auf einen Sockel im Wohnzimmer, gleich neben dem Sofa. Die Hausarbeit des gestrigen Tages, ihre neu erwachte Sexualität und die nächtliche Aufregung mit Dickens forderten ihren Tribut. Sie fiel in einen tiefen Schlaf.

Es war schon Abend, als die Türglocke in ihr Bewusstsein drang. Sie sprang auf. Sie war zerzaust und verwirrt, als sie dem ersten Mieterkandidaten die Tür öffnete.

Zweites Kapitel

Ein Auto parkte ganz am Ende des Schotterstücks vor dem Haus, gut sechzig Schritte von der Tür entfernt. Ein Porsche in Silbermetallic, dessen strenge Linien von überhängenden Zweigen einer üppig pink blühenden Bougainvillea gemildert wurden. Niemand saß drin. Die Hitze hatte zum Abend hin zwar abgenommen, aber sie strahlte immer noch intensiv, und Tine spürte in ihrem Rücken die Kühle des Hauses.

Sie war noch müde nach dem abrupten Ende ihres Nachmittagsschlafs und trat auf das Podest vor der Haustür. Sie war verwundert, dass dieses teure Auto so weit weg geparkt stand. Im nächsten Moment hörte sie hinter sich eine Stimme, und Tine zuckte zusammen.

»Mir gehört der Schlitten nicht.«

Die beiden Frauen standen sich gegenüber. Tine, zerzaust vom Schlaf, spürte spontanen Ärger über den Eindringling. Die schlanke Fremde, größer als sie, ließ die Musterung gelassen über sich ergehen. Sie hatte dunkelblonde Haare, die streng nach hinten gebürstet waren, wodurch die hohe Stirn betont wurde. Dünne gewölbte Brauen über intensiv blickenden veilchenblauen Augen mit langen Wimpern.

»Die Hintertür stand auf. Ich bin um das Haus herum gegangen, weil niemand auf mein Klingeln reagierte.«

»Ich habe geschlafen.« Tines Ärger richtete sich nun

gegen Jerry. Jeder hätte ins Haus eindringen können, während sie geschlafen hatte.

»In Ihrem Garten sprengt ein Bursche den Rasen. Er hat mich aber nicht gesehen.«

»Er ist immer noch da?« Seltsam, dachte Tine. Wieso hatte die Fremde den Gärtner nicht gefragt, statt einfach ins Haus einzudringen? Sie hatte ein unbehagliches Gefühl. »Er lässt das Wasser schon seit einer Stunde laufen.« Sie sollte eigentlich mal nach Jerry sehen, aber es war ihr unangenehm, sich an der Frau vorbei zu zwängen.

»Es tut mir Leid, ich wollte Sie nicht erschrecken. Ich bin Sharon. Ich habe Sie heute Morgen angerufen.« Die Frau trat zur Seite, als wäre ihr plötzlich bewusst geworden, dass sie im Weg stand.

Sharon stellte was dar. Ihr weißes Leinenkostüm war erstklassig geschneidert, es betonte die breiten Schwimmerinnenschultern und die männlich-schmalen Hüften; die auch deshalb auffielen, weil sie eine große Oberweite zu haben schien. Die schlanken Waden waren muskulös, das mussten sie bei den hohen Absätzen ihrer Schuhe auch sein.

Tine befand sich mit ihrem zerknautschten übergroßen T-Shirt und ihren Leggings entschieden im Nachteil. Wegen ihrer nackten Füße war Sharon fast einen Kopf größer als sie. Sie lud die Besucherin ein, voraus den Flur entlang in die Küche zu gehen.

»Kaffee?«, murmelte sie abwesend, während sie auf das Hüftschwenken Sharons achtete. Die Backen bewegten sich deutlich unter dem Leinenstoff. Eine schöne Frau, entschied Tine, aber mit einer spürbaren Distanz. Komm mir nicht zu nahe, sagten ihre Blicke und ihr ganzes Verhalten, und das ärgerte Tine. Sie war enttäuscht. Sie hatte sich einen lebendigeren Mieter vorgestellt. Beinahe niedergeschlagen schenkte sie den frisch gebrauten Kaffee in hohe Tassen ein.

Durch das Fenster konnte sie Jerry im Garten sehen. Er schien irgendeine komplizierte Konstruktion mit feinmaschigem Draht zu fertigen. Zwei dieser Teile lagen schon neben ihm. Das könnten Blumenampeln sein, dachte Tine. Aber hat er die Zeit vergessen? Ich wünschte, er ginge nach Hause.

Sharon nippte am Kaffee und war sich bewusst, einen Fehler begangen zu haben. Sie hatte einen guten ersten Eindruck von der Vermieterin, aber umgekehrt war das wohl nicht der Fall. Sie fühlte sich zu der Frau mit dem Gesicht eines verschlafenen Kindes hingezogen und wünschte, sie könnte Frieden schließen mit diesen ehrlichen Augen, die verärgert blickten.

Tine konnte nicht ahnen, wie wichtig dieses Gespräch für Sharon war, deshalb wollte sich die jüngere Frau unbedingt mit ihr versöhnen. Sharon war sicher, dass sie Freundinnen sein konnten, ganz egal, wie unterschiedlich sie waren, und der kurze Blick, den sie bisher ins Haus hatte werfen können, sagte ihr, dass dies nicht nur ein weiterer kurzer Ankerplatz für sie sein würde. In diesem Haus, spürte sie, konnte sie sich daheim fühlen, und das war neu für sie.

Sie beschloss, mit offenen Karten zu spielen. Sharon war von Tines starker Persönlichkeit überzeugt, und ihr Gesicht strahlte Intelligenz aus. Bevor Sharon sich auf einen Schemel vor die Frühstücksbar setzte, streifte sie die Schuhe ab. Die Kühle des polierten Bodens zog in ihre nackten Füße. Am liebsten hätte sie auch ihre Kostümjacke ausgezogen. Der Tag war anstrengend gewesen, und obwohl sie äußerlich gelassen blieb, fühlte sie eine klamme Irritation unter dem Stoff. Sie beneidete Tine um deren lässige Kleidung.

Als ob Tine Gedanken lesen könnte, sagte sie, begleitet von einem freundlichen Lächeln: »Fühlen Sie sich ganz wie zu Hause.«

Sharon erwiderte das Lächeln. »Gewöhnlich ziehe ich mich gleich um, wenn ich von der Arbeit nach Hause komme.« Sie fügte nicht hinzu, dass genau dies der Grund war, warum ihre jetzige Hauswirtin sie aus der Wohnung warf, da Sharon sich in hauchdünner Wäsche am wohlsten fühlte.

Tine sah ihr zu, zunächst mit Gleichmut, dann mit wachsendem Erstaunen.

Sharon öffnete ihre Haarspangen, woraufhin sich ihre Haare dick wie frische Buttermilch auf ihre Schultern ergossen. Sie stöhnte vor Erleichterung, als sie ihren Nacken massierte, dann ließ sie nacheinander ihre Schultern rotieren. Sie lehnte den Kopf zurück und zeigte ihren langen Schwanenhals.

Es war viel mehr als nur das Öffnen ihrer Haare. Es schien, als wäre aus Sharon ein neuer Mensch geworden. Sie glühte vor Freude, sie schloss die Augen, und die Mundwinkel hoben sich. Als sie Tine anschaute, sah die Hausbesitzerin die Freundlichkeit in den Augen der jüngeren Frau. Das war die erste Andeutung, dass es Sharons Job war, der sie so distanziert wirken ließ, nicht die eigene Unsicherheit.

»Das ist der schönste Augenblick, der sich jeden Tag wiederholt«, sagte Sharon lachend.

Tine wandte den Blick und nippte am Kaffee. Sie

stellte sich vor, wie es sein würde, viele Tassen Kaffee mit Sharon zu teilen. Es war keine leichte Vorstellung, weil die andere Frau sich in der Gesellschaft von Männern wahrscheinlich besser fühlte. Seltsam, der Gedanke ließ ihr die eigene Einsamkeit mehr als bewusst werden.

Als sie aufschaute, war Sharon dabei, ihre Strümpfe abzustreifen. Sie zog sie über die Füße und ließ sie neben den Schuhen auf dem Boden liegen.

Mit oft geübten Bewegungen griff sie mit den Fingern unter den Rockbund, zupfte kurz und zog einen spitzenbesetzten Strumpfgürtel heraus, den sie achtlos auf die Fliesen der Küche fallen ließ. Sie legte ihr Jackett auf den Boden, dann streckte sie sich wohlig, erhob sich vom Schemel und streifte den Rock ab. Er glitt über ihre Hüften und Beine und endete neben den anderen Sachen auf dem Boden.

Jetzt trug sie nur noch ein seidenes Top und einen Slip mit weiten Beinöffnungen. Man sah, dass sie nichts darunter trug; durch das Hemdchen sah man die Brustwarzen wie dunkle Flecken, und helle Haare nestelten im Delta ihres Schoßes.

Es lag nichts Verführerisches in Sharons Entkleidung, es war Tine, als könnte auch sie die Erleichterung der anderen Frau spüren. Sharon hatte die Hausherrin beim Wort genommen; jetzt konnte sie sich wie zu Hause fühlen. Sie saß lässig auf dem Schemel und beugte sich zu ihrer Tasse.

Da sitzt eine völlig fremde Frau in einem Hauch von Wäsche und ein bisschen Schmuck in meiner Küche, dachte Tine und fand es wunderbar. Sharon sah wie ein Modell aus einem Versandhauskatalog aus; sie hatte eine Natürlichkeit, um die Tine sie beneidete. Die Frau war wie verwandelt, die Augen leuchteten in einem tieferen Blau als vorher.

»Ich nehme an, Sie wollen was über mich wissen«, sagte Sharon. »Im Augenblick habe ich ein Wohnschlafzimmer in einem Haus, das etwa zehn Minuten von hier entfernt liegt, aber da muss ich raus.«

Tine erfuhr von Sharons Konflikt mit der Hausbesitzerin. Ihre philosophischen Meinungsverschiedenheiten seien unvereinbar gewesen, denn Sharons Angewohnheit, ihre Arbeitskleider auf dem Boden der Wohnung abzulegen, schuf einen Berg von Problemen. Sie deutete an, dass der Herr des Hauses nicht nur einen Blick auf die enthüllten Kurven ihres Körpers werfen wollte; offenbar war er auch mehrmals dabei erwischt worden, seine Nase tief in die Seide von Sharons abgelegten Strümpfen zu stecken.

»Er ist ein Schnüffler!«

Sharons Ausruf ließ Tine kichern. Die Geschichte zeigte, dass Sharon unkompliziert war, die Ursache für den Streit lag bei dem Mann, dessen Fetisch seine eifersüchtige Frau nicht akzeptieren konnte. Tine fand, dass Sharon eine sehr schöne und wahrscheinlich auch sehr freizügige junge Frau war. Sie stellte sich den Ehemann mit der Nase in Sharons Strümpfen vor, wie er die Ausdünstungen des Tages einfangen wollte, und kicherte wieder.

»Der Porsche gehört einem Freund. Er ist für eine Weile verreist, und in dieser Zeit kann ich ihn benutzen«, erklärte Sharon.

Ein reicher Freund, dachte Tine, und ein enger Freund. Sie stellte sich das Ebenbild eines Filmstars vor, der einer fast nackten Sharon die Schlüssel in die Hand legte. »Du kannst ihn fahren«, hatte er vielleicht gesagt und war dann zu einem großen Abenteuer aufgebrochen, und Monate später würde er tief gebräunt nach Hause kommen. Ihr Wiedersehen würde in eine stürmische Nacht mit vielen neuen Erfahrungen münden.

Tine erkannte die Gefahr ihrer Traumwelt, besonders, als sich ihre Blicke trafen. In diesem Moment stockte ihnen beiden der Atem, und eine Botschaft teilte sich ihnen mit: Wir kennen uns! Tines Gedanken rasten. Trotz des Altersunterschieds empfanden sie beide ein fundamentales Erkennen und die Gewissheit, dass alles, was von nun an geschehen würde, von keinem falsch verstanden werden konnte.

»Möchten Sie sich das Haus ansehen?«, fragte Tine nach einer Weile des Schweigens.

In der Frage und in Sharons heftigem Nicken lag die Erlaubnis, die beide brauchten, um fortzufahren. Tine hatte Sharon in ihre Welt und in ihr Haus aufgenommen, und Sharon hatte bedingungslos zugestimmt.

Tine führte Sharon in das grüne Zimmer, das kein en suite Badezimmer hatte. Die Vorhänge waren geöffnet und ließen den hellen Abend ein, der ein sanftes Glühen über das Zimmer legte. Sharon sah ihr Bild im hohen Spiegel gegenüber vom Bett. Sie hatte gedacht, dass schlichte Gefühle sie nicht mehr anrührten, aber sie spürte, wie die Freude, sich auf Anhieb heimisch zu fühlen, durch ihre Blutbahn kreiste. Sie sah sich, die nackten Füße im dicken dunklen Teppich versunken, erkannte das Entzücken in ihrem Gesicht und murmelte: »Ich brauche mir die anderen Zimmer nicht mehr anzusehen. Das hier ist mein Zimmer.«

Tine lächelte nur.

»Das ist großartig!«, rief Sharon, und dann brach sie in ein befreites Lachen aus.

Sharon war stumm, als Tine ihr das Badezimmer nebenan zeigte. Es kam ihr wie ein kleines Wunder vor. Der wahre Luxus lag zusätzlich darin, dass sie das Bad mit keinem anderen Mieter teilen musste. Der Gedanke an ein langes Schaumbad in dieser übergroßen Wanne war verlockend.

Sie setzte sich auf den Wannenrand und schaute Johns Gemälde an, sagte aber nichts.

Obwohl es ihnen beiden peinlich schien, setzten sie sich hin und klärten ein paar erforderliche Details. Sie einigten sich über die Höhe der Miete, Tine gab der neuen Mieterin die Schlüssel und erläuterte, wie sie sich die gemeinsame Nutzung der Küche vorstellte.

Sharon konnte am nächsten Tag einziehen, dann hatte sie den ganzen Tag Zeit, ihre Sachen einzuräumen, bevor eine neue Arbeitswoche begann.

Eine Frage blieb noch, auch wenn Sharon glaubte, dass sie überflüssig war. »Wie ist deine Haltung zu Männern?«

»Ist das eine philosophische Frage?«, gab Tine neckend zurück. Dann antwortete sie: »Dies ist dein Zuhause, und da kannst du tun, was du willst.« Lächelnd fügte sie hinzu: »Ich bestehe sogar darauf.«

Die letzte Hürde war genommen, die beiden Frauen hakten sich unter und gingen zurück in die Küche. Jerry saß an der Frühstücksbar und trank Wasser. Einen Seidenstrumpf hielt er locker zwischen seinen streichelnden Fingern. Er ließ ihn abrupt fallen und errötete verlegen unter Sharons spöttisch-ernsten Blicken.

Jerry tastete Sharons fast nackte Figur mit heißen Blick aus verengten Augen an. Er war völlig verdutzt.

Tine konnte sich gut vorstellen, dass er eine solche Schönheit noch nie aus der Nähe gesehen hatte.

Sharon bückte sich aufreizend langsam und hob ihre Sachen vom Boden auf, direkt vor Jerrys Füßen. Sie kam wieder hoch und blieb neben dem gebannten Mann stehen. Sie schürzte die Lippen und murmelte: »Es ist ja so heiß.« Sie legte ihre Kleidungsstücke auf die Frühstücksbar.

Tine war fasziniert von Jerrys Sprachlosigkeit und sah mit großen Augen auf Sharon, die in die Rolle der Jägerin geschlüpft war. Sie zwinkerte Tine zu. Die ältere Frau ahnte, dass Sharon ein Spiel plante, aber sie wusste nicht welches. Dies war jenseits von allem, was sie bisher erlebt hatte. Sie lehnte sich mit dem Po gegen die Spüle und wartete gespannt auf die Fortsetzung des Spiels.

Jerry starrte Sharon an wie das Kaninchen in die Scheinwerfer eines nahenden Autos. Seine Blicke verfolgten Sharons Bewegungen, als sie zur Spüle ging, eine Hand auf Tines Hüfte legte und sie sanft zur Seite schob. Dann drehte sie den Wasserhahn auf, schöpfte Wasser in ihre Hand und rieb sich das Nass über den Hals.

Das Wasser tropfte und fiel auf das dünne Hemdchen, das sofort durchsichtig wurde und sich um die festen Brüste schmiegte. Als sie sich zu Jerry umdrehte, waren die Nippel zu harten Knöpfen geworden. Seine Blicke blieben auf ihren Brüsten haften.

Ein paar Tropfen waren auch auf den Slip gespritzt. Sharon rieb mit der Hand darüber, und nun folgten Jerrys Blicke den verführerischen Bewegungen der Hand, die schließlich fast unschuldig in der Leiste verharrte.

Jerry konnte nicht alles aufnehmen, wie ihm geboten wurde, er hatte Mühe mit dem Schlucken und sah hinüber zu Tine, die auf die abgelegten Kleider auf der Frühstücksbar starrte, dann aber kehrte sein Blick zu Sharon zurück – auf ihre nackten Füße.

Tine wusste nicht, welcher Teufel sie ritt, als sie ihre Finger gegen Sharons Rücken drückte und sie sanft von der Spüle wegschob.

Wenn Sharon überrascht war, ließ sie es sich nicht anmerken, aber sie war sich Tines Komplizenschaft bewusst. Tine wollte, dass sie die Szene durchzog, die sie begonnen hatte. Ob es Tine bewusst war oder nicht – Sharon begriff, dass die andere Frau zusehen wollte, was auch immer sich ergeben würde. Sie hörte Tines Atem, der sich beschleunigt hatte, und spürte den sanften Druck ihrer Finger auf dem verlängerten Rücken. Sie sahen sich kurz an, dann entspannten sie sich beide.

Tines Voyeurismus war ein perfekter Vorwand für Sharons Exhibitionismus.

Aber für den Augenblick war es ihr genug. Sharon entspannte die Atmosphäre, als sie sich zu Jerry setzte und ein harmloses Gespräch begann.

Dass er der Gärtner war, gefiel ihr sehr, denn das bedeutete, dass er sich nicht ständig im Haus aufhielt. Sie würde ihn gelegentlich genießen und den Freiraum haben, den sie brauchte. Seine Blicke sagten ihr, er würde ihr gehören, wann immer sie es wollte.

Es war fast eine Erleichterung für Tine, als die Türglocke anschlug. Sie hatte wie gelähmt an der Spüle gestanden und gestarrt. Es war ihr schwer gefallen, ihren Atem unter Kontrolle zu halten.

Die zwei Spieler an der Frühstücksbar plauderten, und sie schaute ihnen zu und gewahrte, wie sie sich immer näher kamen. Jerrys Hände zuckten unruhig in seinem Schoß.

Sharon legte ihren Schmuck ab, nahm die Perlen von den Ohren und streifte Ringe und Armbänder ab. Sie legte alles ordentlich nebeneinander auf die Bar und rieb sich mit lindernden Fingern ihre Ohrläppchen, während Jerry verzückt zuschaute.

Tine öffnete die Haustür und starrte auf den Mann, der ungeduldig auf der Matte stand.

Drittes Kapitel

Im Laufe der Jahre hatte Tine oft Grund genug gehabt, ihre Meinungen über Männer zu ändern. In der Reife ihrer Jahre war sie zu der Ansicht gelangt, dass Aussehen längst nicht so wichtig war wie andere Attribute. Mit ihren einundvierzig Jahren war sie zu der Erkenntnis gekommen, dass nur eines zählte – was sich zwischen den Ohren eines Mannes befand. Der Rest würde sich irgendwie einordnen. Wie Männer auf den Hintern einer Frau starrten, betrachtete Tine die Hintern schöner Männer. Wenn Frauen sie bedrängten, ihr Idealbild eines Mannes zu beschreiben, geriet sie ins Stottern.

Der Mann, der vor der Tür stand, kam ihrem Idealbild so nahe, wie man nur hoffen konnte. Sein Mund war vollkommen, obwohl er nicht lächelte. Eine dünne Oberlippe mit der Andeutung eines Amorbogens über einer vollen Unterlippe. Die Mundwinkel zeigten nach unten, als wollten sie ihre Missbilligung zeigen. Das Kinn war hart und kantig und hatte ein Grübchen, in das Tine sich auf Anhieb hätte verlieben können. Aufgeheizt von dem Geschehen in der Küche fühlte sie den starken Drang, mit einem Finger über die Konturen seiner Lippen zu fahren. Es war mühsam, aber sie widerstand der Versuchung.

Er war groß. Tine, die aufgeschaut hatte, um seinen Mund zu studieren, senkte den Blick. Er trug ein Top, das einmal ein T-Shirt gewesen sein musste, aber jetzt waren die kurzen Ärmel ausgefranst, und der Halsausschnitt hing so tief nach unten, dass die schwarzen krausen Härchen hervorlugten. Eine verwaschene Beschriftung war kaum noch zu lesen, aber als Tine die Augen zusammenzog, entzifferte sie: *Programmierer tun es mit den Fingern.*

Das Ende des T-Shirts hing locker über den abgeschnittenen Jeans, der blaue Baumwollstoff war mit der Zeit grau geworden. Die Fransen baumelten über den Knien. Der Mann hatte muskulöse Beine; seine Füße steckten ohne Socken in befleckten Schuhen.

Tine blickte wieder nach oben und sah, dass er die Arme vor der Brust verschränkt hatte. Er hat kräftige Hände, stellte sie befriedigt fest, und an einigen Knöcheln war die Haut abgeschürft.

Als sich ihre Blicke trafen, sagte sie: »Sie arbeiten mit Computern.«

»Das ist nicht schwer zu ergründen, wenn es dick und breit auf meinem Hemd steht.« Er hörte sich mürrisch an.

»Haben Sie sich Ihre Knöchel bei der Arbeit mit der Hardware aufgeschürft?«, fragte Tine.

Er schien überrascht zu sein und nahm sich die Zeit, die Frau näher zu betrachten. Seine Augen waren beunruhigend: Jadegrün, fast oval und mit langen schwarzen Wimpern geschmückt. Bei einer Frau hätte Tine an zu viel Mascara gedacht.

Die Wirkung der Augen auf Tine war verblüffend. Es war, als wollte sie eine Katze streicheln, obwohl sie wusste, dass sie gekratzt würde. Seine Haare waren zu einem lockeren Pferdeschwanz zusammengefasst; einige Strähnen hatten sich befreien können und hingen unordentlich bis zum unrasierten Kinn hinunter.

»Wer sind Sie?«, fragte Tine.

»Rupe. Ich habe wegen des Zimmers angerufen.«

»Eins ist schon vergeben.«

Hinter ihm sah sie einen verbeulten Van in einem pockennarbigen Rot. Die Fahrertür war grau. Am Kennzeichen erkannte Tine, dass das Gefährt acht Jahre alt war, aber es sah viel älter aus. Sie konnte durch die Windschutzscheibe blicken und Kartons und Koffer erkennen. Er hatte seine ganze Habe schon mitgebracht.

Sie schätze ihn auf Mitte zwanzig und war entsetzlich unschlüssig, ob sie diesen Mann im Haus haben wollte. Sie wollte mehr über ihn wissen, ehe sie ihm ein Zimmer vermietete. Wären nicht schon Menschen im Haus gewesen, hätte sie bestimmt gezögert, ihn über die Türschwelle treten zu lassen.

Sie führte Rupe in die Küche und hoffte inständig, dass sie keine verfängliche Szene zwischen Sharon und Jerry sehen würde. Zum Glück war Jerry gegangen. Sharon nippte noch am Kaffee. Sie hatte die Beine übereinander geschlagen und saß mit einem einstudierten unschuldigen Lächeln da. Ihre Augen verengten sich, als Rupe eintrat.

»Sharon, das ist Rupe. Er interessiert sich auch für ein Zimmer. Rupe, Sharon wohnt hier.« Es machte ihr Freude, das sagen zu können.

»Ach so.« Sharon blieb kühl. Ihre Reaktion bei Jerry war ganz anders gewesen. Rupe hatte für die schöne, spärlich bekleidete Frau nur einen kurzen Blick übrig, dann wandte er sich wieder an Tine.

»Ich muss ganz schnell eine Bleibe finden, verstehen Sie?«

Es stellte sich heraus, dass Rupe an diesem Nachmittag aus London gekommen war, um an einem Auftrag ganz in der Nähe zu arbeiten. Er musste schnell erreichbar sein, falls es Pannen mit der neu installierten Anlage gab. Das Programmieren konnte er größtenteils an seinem eigenen Computer ausführen, deshalb brauchte er ein Zimmer für sich allein, wo er ungestört sein konnte, und er wollte auch nichts mit Hausarbeiten zu tun haben. Seine Firma zahlte die Miete. Er brauchte die Bleibe für sechs Monate.

Tine sagte, was er bräuchte, wäre ein Hotel. Sie würde keine Mahlzeiten anbieten, und es gab auch keinen Zimmerservice. Jeder Bewohner musste sich selbst versorgen und auch auf seine Vorräte achten. Aber wenn er für sich sein wollte, wäre der Speicher ideal für ihn, denn dort gab es auch einen eigenen Telefonanschluss. Sie erklärte ihm die Hausordnung und zeigte ihm schließlich den Kühlschrank. Die oberen zwei Regale waren mit ihren Vorräten gefüllt, die unteren waren leer.

Der Kühlschrank war ein amerikanischer Import. Er hatte den dreifachen Umfang und Inhalt eines normalen britischen Kühlschranks und drei Türen, zwei kleine für die Tiefkühlfächer und eine große, die Tine eben geöffnet hatte. Es gab auch ein Fach für kaltes Wasser und ein Eisfach. In der Hitze der Küche blieb Tine gern vor der geöffneten Tür stehen und genoss die kühle Luft.

Sie versuchte, Sharons Blick aufzufangen, um zu erkennen, was die junge Frau von Rupe hielt. Sie vermutete, dass Sharon nicht begeistert war, und eine Grimasse bestätigte das. Tine fragte sich, ob Sharons Meinung davon beeinflusst war, dass Rupe sie überhaupt nicht beachtete, oder ob er einfach nicht ihr Typ war. Tine selbst betrachtete den Kandidaten wieder und war auch unschlüssig. Der Speicher wäre ideal für seine Zwecke, und dann wären auch diese leer stehenden Räume vermietet. Wenn er so zurückgezogen lebte, wie es den Anschein hatte, würde er die anderen Hausbewohner nicht stören.

Ein Teil von ihr bewunderte immer noch sein Aussehen und wollte, dass er einzog. Wenn sonst schon nichts für ihn sprach – es lohnte sich, ihn anzuschauen. Während sie über die Hausordnung geredet hatte, hatte er ein verschlissenes Band aus den Haaren gezogen, die jetzt sanft gewellt auf seine Schultern fielen. Er rechnete wohl nicht damit, bedient zu werden, deshalb schenkte er sich eine Tasse Kaffee ein und betrachtete Tine gleichmütig über den Tassenrand hinweg. Die grünen Augen unter den langen Wimpern, die Haare, die seine Wangen einrahmten ... Tines Hände zuckten, so sehr wollte sie ihm die Haare aus dem Gesicht streichen.

Sie war entsetzt über sich, als sie Bilder vor ihren Augen sah, die sich nicht zurückdrängen ließen. Sie packte seine Haare, zwang seinen Kopf nach hinten und drückte ihren Mund fest auf seine Lippen, während sie sich auf seinen Schoß setzte. Sie spürte seine Brusthaare, die ihre nackten Brüste kitzelten, während sie sich langsam hin und her wiegte. Zwischen ihren Schenkeln spürte sie seine wachsende Härte.

Sharon sah Tine alarmiert an. Es war ihr klar, dass Tine den arroganten Kerl attraktiv fand. Sharons erster negativer Eindruck setzte sich fest. Rupe war eine Nervensäge mit dem Hang zur Eigenverehrung. Himmel, der Mann spielte mit Maschinen herum, das war alles.

Dafür brauchte man Geschick, ja, aber man wurde dadurch nicht gottgleich.

Sie war der felsenfesten Überzeugung, dass Männer nur deshalb von Computer fasziniert waren, weil sie mit Menschen nicht umgehen konnten. Sie warf einen Seitenblick auf Rupe und stellte entsetzt fest, dass er Tines schlecht verstecktes Interesse bemerkte. Ein dünnes Grinsen spielte um seine Mundwinkel. Sharon war wütend, aber sie wusste nicht, wie sie eingreifen konnte. Es lag an Tine, ihr eigenes Drama zu inszenieren.

Sharon sah, wie Tine sich die Lippen leckte, die sichtbar geschwollen waren. Eine Geste, offenbar darauf abgezielt, Rupes Interesse zu ermutigen. Dann ging plötzlich ein Zucken durch Tines Körper, es war, als wäre ihr Bewusstsein zurückgekehrt. Zu Sharons Freude schien Tine wieder mit beiden Beinen auf der Erde zu stehen.

»Ich ... eh ...« Sie errötete und räusperte sich. »Ich zeige Ihnen jetzt den Speicher.«

Es war Tine bewusst geworden, dass sie ihre Schwäche für ihn verraten hatte und dass Rupe über ihr Interesse auf eine spöttische Weise amüsiert war. Lag es an ihrem Alter? Es schmerzte sie, dass der junge Mann, der nun hinter ihr die Treppe hoch stieg, sie für eine geile Alte halten könnte. Sie schalt sich eine Närrin und beschloss, auf Distanz zu gehen.

Drei Treppen führten hinauf zum Speicher, und es dauerte eine Ewigkeit. Sie achtete darauf, die Hüften still zu halten, was beim Treppensteigen gar nicht so einfach war. Aber sie hätte sich keine Sorgen machen müssen. Als sie oben angekommen waren, sah er sich um, forschte im Wohnzimmer nach Steckdosen, bewunderte den Schreibtisch und saß Probe auf dem ledernen Drehsessel. Nichts deutete darauf hin, dass er sich überhaupt noch an ihr Verhalten unten in der Küche erinnerte. Sie hielten Abstand, als sie nüchtern über die Miete diskutierten, und nach wenigen Sätzen waren sie sich einig.

Sharon war hinter ihnen die Treppe hochgestiegen und blieb in der Tür stehen. Sie traute sich erst näher, als sie sicher war, dass Tine sie bemerkt hatte. Sie legte freundschaftlich einen Arm um Tines Schultern und drückte sie tröstend an sich. Tine bekam feuchte Augen vor Dankbarkeit. Zum ersten Mal seit langen Monaten sehnte sie sich nach der Wärme einer menschlichen Umarmung, und jetzt nur, weil sie fürchtete, sich zur Närrin gemacht zu haben. Sie drückte sich an Sharon, ehe sie hinunter in Sharons Zimmer gingen. Rupe war noch damit beschäftigt, die Steckdosen zu zählen.

»Ich muss gehen.«

Sharon blickte zu Tine. Sie hatte die Vermieterin aufs Bett gezogen und hielt ihre Hände umschlungen. Sie hatten sich schon eine Weile unterhalten.

»Ich bin eine Närrin.«

Sharon lachte fröhlich und stimmte zu, und nach ein paar Sekunden fiel auch Tine in das Lachen ein. Eine Frauenfreundschaft war neu für sie. Sie mokierten sich gemeinsam über Nervensägen und andere unausstehliche Typen, dann gingen sie in die Küche, wo Sharon sich anzog. Ihre Strümpfe waren weg.

An der Tür verabschiedete sich Sharon. »Ich werde morgen Früh wieder hier sein«, versprach sie und gab Tine einen Kuss auf die Wange.

Es war erst neun Uhr, und es würde noch eine Stunde hell bleiben. Der Abend saugte die unerträgliche Hitze des Tages auf. Tine bereitete zwei Sandwiches zu und öffnete eine Flasche Chablis. Sie schenkte zwei Gläser ein, dann hob sie den Hörer des Haustelefons und wählte die Nummer des Speichers.

Rupe meldete sich sofort. Tine sagte ihm, auf dem Küchentisch warteten Sandwich und ein Glas Wein auf ihn, falls er was essen wollte. Sie legte auf, bevor er etwas sagen konnte.

Das Wohnzimmer lag nach Westen. Die Sonne, die schon tief stand, schien durch die Scheiben der Terrassentür. Tine schloss auf und schob einen Flügel zur Seite. Sie trug die Sandwiches, die Flasche und das Glas Wein zur Terrasse.

Der Wein war erfrischend, und der erste Schluck biss angenehm in ihre Kehle. Es dauerte nicht lange, bevor sie sich nachschenkte. Sie entspannte sich. Der Alkohol erwies sich als Puffer zu den seltsamen Vorfällen des Tages.

Wenn man bedachte, dass Jerry nur einen Tag im Garten gearbeitet hatte, war ihm Wundersames gelungen. War es wirklich nur ein Tag?, fragte Tine sich. Sie sah Jerry vor sich, wie er mit nacktem Oberkörper und nur mit seinen Shorts bekleidet hinter dem Rasenmäher her lief, dann sah sie seine großen Augen, als er Sharon anstarrte.

Sie musste lächeln, als sie an Sharon dachte, und eine freudige Spannung machte sich in ihr breit. Die Frau war erst vor drei Stunden in Tines Leben getreten, provozierend und lachend, aber auch einfühlsam und tröstend. Im nächsten Moment musste sie an ihren anderen Mieter denken, an Rupe, und Tines fröhliche

Stimmung erhielt einen Dämpfer. Sie musste lernen, ihre Fantasien auf die Zeiten zu beschränken, in denen sie allein war. Sie war entsetzt über ihr krasses Verhalten und ärgerte sich, dass sie nicht so locker wie Sharon sein konnte.

In der Ferne hatte sich der Verkehr zu einem leisen Summen abgeschwächt. Im Feierabendverkehr wirkte die nahe Straße störend, wenn man sich im Garten oder auf der Terrasse entspannen wollte. Sie konnte die Vögel im Dachgesims zwitschern hören.

Eine Katze schwebte stolz durch eines der hinteren Blumenbeete, senkte den Kopf und schnüffelte. Tine hatte sich überlegt, auch eine Katze ins Haus zu holen, sie liebte das sanfte Vibrieren ihres Schnurrens und die pelzige Wärme, wenn sie sich abends an sie kuschelte. Als ob die Katze Tines romantisierenden Vorstellungen von einem Leben mit den vierbeinigen Raubtieren durchkreuzen wollte, kratzte sie Jerrys frisch umgegrabene Erde auf, hockte sich hin, verrichtete ihr Geschäft, schnüffelte daran und bedeckte es wieder mit Erde.

Rupe trat auf die Terrasse und hörte Tine glucksen, die schmunzelnd verfolgte, wie die Katze stolz aufgerichtet davon schritt. Sie hatte ihren Standpunkt deutlich gemacht. Tine hatte im Hintergrund Geräusche gehört, das Öffnen und Schließen der Haustür, die Schritte auf der Treppe. Rupe schleppte sein Gepäck vom Van aufs Zimmer.

Jetzt setzte er sich zu ihr auf die Steine der Terrasse. Sandwich und Weinglas hielt er in den Händen. Er saß still da, genoss den Abend und den Blick in den Garten.

Die Rosen waren ein kirschroter Fleck im Umfeld

unterschiedlich grüner Sträucher. An allen anderen Stellen des Gartens überschlugen sich die Farben, manche bissen sich. Tine wusste, dass ihr Garten sich nicht zum Vorzeigen eignete, aber sie wollte ihn so haben. Sie hatte nur blühende Sträucher gepflanzt. Nach Jerrys großzügigem Gießen roch die Erde feucht und würzig.

»Danke.« Rupes tiefe Stimme durchbrach das Schweigen, aber nicht die friedliche Atmosphäre. Er wies auf den jetzt leeren Teller und nippte an seinem Weinglas.

Tine füllte die Gläser neu. Es war schon ihr drittes Glas. Ihr war danach, die Geschehnisse des Tages zu entwirren, und dazu würde ein langes, warmes Bad beitragen. Danach würde sie ins Internet gehen und Kontakt mit Dickens aufnehmen.

Rupe erhob sich und stand verlegen da. Irgendwas schien ihm auf der Seele zu brennen.

»Ist was?« Tine empfand nach dem Chablis ein großes Wohlbehagen. Sie vermied es, Rupe anzusehen.

»Kann ich die Kaution zahlen? Ich möchte meine Geräte in den nächsten Stunden aufbauen, und danach muss ich mich mit jemandem im Internet treffen.«

Später gratulierte Tine sich, dass sie nicht damit herausplatzte, dass sie ein gemeinsames Interesse hatten. Sie nickte nur und fragte, welchen Online-Server er benutzte. Rupe schien von der Frage nicht überrascht zu sein und nannte einen Namen, der für seine technische Ausrichtung bekannt war, nicht für Unterhaltung. Tine war erleichtert, dass er sich eines anderen Servers bediente. Die einzelnen Benutzer konnten die E-Mail-Adressen ermitteln, wenn sie lange genug suchten. Sie zog es vor, anonym zu bleiben.

Sie nahm sich vor, etwa zu der Zeit ins Netz zu gehen wie Rupe. Es war ein Vorteil, dass sie mehr von ihm wusste als er von ihr. Es war unwahrscheinlich, dass auch er sich bei IRC einlinkte, aber ausgeschlossen war es nicht. Wenn er es tat, würde sie ihn ausfindig machen.

Fast gleichzeitig gingen sie zurück ins Haus. Tine zog die Terrassentür hinter sich zu und sperrte ab. Rupe zog eine Rolle mit Fünfzig-Pfund-Noten aus der Tasche, zählte ab und reichte Tine ein kleines Bündel, Kaution und erste Monatsmiete. Vom nächsten Monat an würde sie Rechnungen an seine Firma schicken, die den Betrag gleich auf ihr Konto überweisen würde. Es war beruhigend zu wissen, dass ihre neuen Mitbewohner keine finanziellen Probleme zu haben schienen.

Im Flur standen mehrere Kartons. Tine bückte sich und erkannte einen UNIX Rechner. Wieder schwieg sie und ließ Rupe in dem Glauben, sie sei beeindruckt, aber unfähig zu erkennen, wie leistungsfähig der Rechner war. Irgendwann in der Zukunft konnte sie dieses Wissen nutzen. Natürlich würde er besser ausgerüstet sein als sie. Sie hätte sich gern seinen Laptop genauer angesehen, aber er hatte den Karton schon in der Hand und trug ihn die Treppe hoch.

Die gewaltige Wanne war viel zu groß für Tine, aber sie hatte eine Technik entwickelt, wie sie sich ausstrecken konnte, ohne zu ertrinken. Sie lehnte sich zurück, den Kopf auf einem Wannenkissen, und stützte sich mit einem Arm auf dem breiten Rand ab. Dadurch blieb eine Hand frei, in der sie entweder ein Weinglas oder ein Buch hielt. Oder sie ließ den Schaum auf ihre Brüste schweben.

Sie hatte dem Badewasser verschiedene Essenzen hinzugefügt: Weihrauch, Bergamottöl und Ylang Ylang, dazu einen kräftigen Guss eines Pinienschaumbads. Der aufsteigende Duft ging ihr zu Kopf, wo auch schon der Wein seine Wirkung verrichtete. Sie fühlte sich wie abgehoben und von einer wunderbaren Sinnlichkeit erfasst. Die vielen Eindrücke und Bilder des Tages formten sich in ihrem Kopf.

Sie drehte sich um und legte sich auf den Bauch. Ihre Brüste drückten gegen die glatte Emaille, und das Wasser klatschte über ihrem Po zusammen. Sie stützte das Kinn mit den Händen, sonst wäre ihr Kopf unter Wasser gewesen.

In der Sicherheit des abgeschlossenen Badezimmers ließ sie ihrer Fantasie freien Lauf. Rupe drängte sich in ihre Gedanken, trotz der Demütigung, die sie erst vor einer Stunde erlebt hatte. Sie gestand sich ein, dass sie für ihn schwärmte.

In ihrer Fantasie war er verschwitzt, er lag auf dem Boden, von Kabeln umstrickt, und versuchte, sie mit den Steckdosen zu verbinden. Dann sah sie ihn vor dem Monitor sitzen. Er hatte das T-Shirt abgestreift, und das gespenstische Licht des Bildschirms lag glühend auf seiner nackten Haut. Sie ließ die Hände über seinen Brustkorb gleiten, und während sie sich an ihn schmiegte, stieg ihre Erregung.

Natürlich würde er zuerst den Schweiß abduschen wollen, den Schweiß von der langen Fahrt und der Anstrengung, die Kartons mit den Geräten die drei Treppen bis zum Speicher zu tragen. Vielleicht sehnte auch er sich nach einem Bad, wo er über die letzten Stunden nachdenken konnte.

Rupe betrat das Bad, völlig unvorbereitet auf den

Anblick, der sich ihm bot. Das Licht war gedämpft. Der bronzefarbene Spiegel reflektierte die brennenden Kerzen. In der tiefen Wanne mit der dicken Schaumschicht lag Tine. Von ihrem Körper war nicht viel zu sehen. Sie lag auf dem Bauch, das Kinn hochgereckt, die Augen geschlossen und Schaum in ihren Haaren.

Tine bewegte sich sanft hin und her, ihre Hüften hoben sich ein wenig an, und ihre Pobacken ragten aus dem Wasser. Durch ihre gespreizten Backen schlugen leichte Wellen gegen ihre glitschige Spalte. Im nächsten Moment ließ sie sich wieder sinken, und der Po verschwand unter der Schaumdecke.

Rupe sah, dass Tine sich in ihren eigenen Gefühlen verlor. Ihre Lippen bewegten sich, aber sie blieben stumm. Doch dann hörte er sie flüstern, und als er näher an die Wanne trat, war er sicher, dass sie seinen Namen raunte. Wieder hoben die Backen sich aus dem Wasser.

Rupe konnte nicht widerstehen, er tauchte mit den Fingern unter Wasser und streichelte ihren Rücken. Tine verhielt sich ganz still, ihr Po eine blasse Insel, umgeben von knisterndem Schaum. Er strich mit einer Hand über die festen Backen, drang mit einem Finger in die Kerbe, die vom duftenden Öl ganz glitschig geworden war. Ihr Fleisch bebte, und er spürte seine immer härter werdende Erregung, die im Gefängnis seiner Jeans revoltierte.

Er ignorierte seine Erektion und griff zwischen ihre Schenkel. Die Fingerspitzen teilten die geschwollenen Labien. Tine seufzte, stöhnte und stieß sich den Fingern hungrig entgegen. Sein Zeigefinger tupfte gegen die Klitoris. Ihr Stöhnen wurde lauter und presste sich aus ihrem Mund.

Er konnte sich nicht länger zurückhalten. Schwer atmend streifte er mit einer Hand seine Shorts ab und rutschte zu ihr in die große Wanne.

Behutsam zwang er ihre Schenkel auseinander und glitt dazwischen. Sein pochender Penis stieß gegen ihre Spalte. Tines Muskeln schnappten nach ihm. Er hielt still und lauschte ihrem keuchenden Atem. Sie stöhnten beide, als Rupe langsam tiefer in ihre Höhle stieß.

Er folgte seinem Instinkt und stieß kraftvoll zu. Tine hob den Schoß an, bäumte sich auf und sah zu, wie seine Länge in ihr verschwand.

Sie überraschte ihn mit ihrer Kraft, als sie plötzlich auf die Knie ging. Sie zwang Rupe, sich ebenfalls zu knien. In dieser Position befand sich der Schaft in einem schmerzenden Knickwinkel, deshalb legte er beide Hände unter ihren Po und hob sie an. Flink schlang sie die Beine um seine Hüften. Sie griff nach vorn und hielt sich am Wannenrand fest. Ihr Körper bildete eine Brücke.

Er hatte die Bewegungen unter seiner Kontrolle. Sie war ihm ausgeliefert. Tine verhielt sich ganz still. Sie fühlte sich aufgespießt. In diesem Moment hatte sie alles, was sie sich erträumte. Nein, es hätte noch jemand da sein können, der ihre Nippel zwickte und in die Länge zog. Und sie hätte gern einen harten, zuckenden Penis im Mund.

Rupe glitt mit einer Hand über ihre Hüften und tiefer. Seine Finger schlossen sich um die fleischige Kuppe. Ein stärker werdendes Beben fuhr durch Tines gestreckten Körper. Rupe stieß immer wuchtiger in sie hinein. Sie spürte, dass er sich seinem Höhepunkt näherte. Sie hielt den Atem an und wusste, dass sich auch bei ihr in den nächsten Sekunden die Erleichterung einstellen würde.

Er brauchte länger, als sie gedacht hatte, aber sie fühlte die Welle ihres Orgasmus heranrollen. Die tropfenden Wände ihrer Vagina zogen sich zusammen und pumpten seinen Schaft. Sie rang nach Luft und spürte die Wucht seines Ergusses.

Das Wasser spritze um sie herum, als Rupe ihre Hüften anhob, während er sich in ihr entlud. Ihre Sexmuskeln verkrampften sich um ihn, als wollten sie alles aus ihm herauspressen. Ächzend warf er den Kopf in den Nacken, und Tine spürte, dass ihr vor Wonne die Sinne schwanden.

Sie kam wieder zu sich, prustend und hustend, und fühlte sich benommen. Auf dem Höhepunkt ihrer Fantasie war sie unter Wasser gerutscht und hatte einiges geschluckt. Ihre Kehle fühlte sich wund an, in ihrem Mund der Geschmack von Seife und Öl. Sie rollte sich wieder auf den Rücken, lehnte sich mit dem Kopf gegen das Wannenkissen und rang immer noch nach Luft.

Sie war allein, aber es war, als könnte sie sein Gewicht noch spüren. Die Tür war abgesperrt. Ihre Verwirrung wuchs noch, als sie sich fragte, wieso es ihr gelungen war, mit sich selbst zu einem solchen Höhepunkt gekommen zu sein. Ihre Fantasie hatte den Körper überlistet.

Tine war glücklich und entsetzt. In ihr stritten die widersprüchlichsten Gefühle. Sie erkannte, dass sie keine Ruhe finden würde, bis sie Rupe erobert hatte. Ihre Not war riesengroß. Ihre Verführungswaffe würde das Internet sein. Ganz egal, wie lange es dauerte, er würde zu ihr kommen, und er würde ebenso gierig auf sie sein wie sie auf ihn.

Bibbernd stieg sie aus dem nur noch lauwarmen Wasser, wischte den Boden mit einem Badetuch auf, bevor sie sich trockenrubbelte. Sie fühlte sich ein wenig wund und wusste, dass sie sich nicht geschont hatte, aber es war kein unangenehmes Gefühl. Sie war immer noch erregt und wusste, dass sie rasch noch einmal kommen könnte. Entschlossen bewahrte sie sich ihre Erregung; sie würde daraus Nutzen ziehen, dachte sie, als sie auf ihren Computer zuging.

Sie hatte sich einen Bademantel übergeworfen, ehe sie in ihr Arbeitszimmer ging. Irgendwie hatte sie die Hoffnung, Rupe auf der Treppe zu begegnen. Sie fragte sich, wie laut sie in ihrer Ekstase gewesen war, dann tat sie die Frage mit einem Achselzucken ab. Das Haus war im späten neunzehnten Jahrhundert erbaut worden und war gut schallisoliert. Ein kleines Teufelchen in ihr flüsterte, es wäre aber auch nicht schlimm, wenn Rupe ihre Leidenschaft gehört hätte. Vielleicht würde es ihn ja auf eine Idee bringen.

Tine ließ sich vor ihrem Computer nieder, schaltete ihn ein und linkte sich als Astyr in den IRC ein. Fast augenblicklich leuchtete auf ihrem Bildschirm ein Satz auf.

Dickens > Da bist du ja! *Tausend Umarmungen*

Astyr > Oho! Hast du auf mich gewartet?

Dickens > Natürlich! :-) Obwohl ich gestehen muss, dass ich auch noch eine andere Verabredung hatte. Bist du eifersüchtig?

Astyr >Nicht, wenn du mir alles über sie erzählst. Sonst ja. Dann will ich dich ganz für mich haben. :-)

Dickens >Es ist ein Er. Können wir uns auf #glade treffen? Ich habe den Chatroom schon eingerichtet.

#glade war der Chatroom, in dem Dickens und Astyr in der vergangenen Nacht Vertraulichkeiten ausgetauscht hatten. Es juckte in Tines Schoß, als sie seine Ungeduld herauslas. Bevor sie aber zu Dickens ging, rief Tine alle Benutzer auf, die in diesem Moment im IRC waren und sich dieses Servers bedienten, den Rupe ihr genannt hatte. Sie hatte keine Ahnung, welches Pseudonym er hatte, aber keines der zwölf hörte sich nach Rupe an. Deshalb schaltete sie sich in #glade ein.

Dickens >Du hast dir Zeit gelassen. Ja, ja, spanne mich nur auf die Folter!

Astyr >Manchmal lohnt es sich zu warten, Schatz.

Dickens >Okay. Ich habe Neuigkeiten. Es kann sein, dass ich nach England komme. Ich soll bei einer britischen Filiale das ganze Netzwerk überprüfen. Ich versuche, zusätzliche Zeit für einen Urlaub herauszuschinden.

Astyr >Das wäre wunderbar ... und natürlich kannst du bei mir wohnen. Aber dann musst du dich beeilen, bevor alle meine Zimmer belegt sind.

In der folgenden halben Stunde erzählte sie Dickens von ihren neuen Mietern. Dickens zeigte großes Interesse an Sharon, nachdem Tine sie beschrieben hatte. Als sie über Rupe berichtete, gab sie sich zurückhaltender. Sie erwähnte seinen Namen nicht, aber sie gestand, dass sie für ihn schwärmte. Dickens wartete mit seiner Antwort, dann fragte er:

Dickens > Was bedeutet dir dieser Kerl, Astyr?

Astyr > Um ehrlich zu sein, ich weiß es nicht.

Dickens > Ich glaube, ich kann eine Menge zwischen den Zeilen lesen, Süße. Ich wünschte, ich wäre an seiner Stelle, aber mein Ratschlag lautet: Ran an den Mann. Und he, ich will ALLE saftigen Einzelheiten hören. Ich verspreche auch, nicht eifersüchtig zu werden.

Astyr > Ich habe gehofft, dass du das sagst. Er ist etwa in deinem Alter, schätze ich, und ich brauche deine Hilfe bei dieser Sache.

Dickens > Der Mann ist verrückt, wenn er an den Altersunterschied denkt. Hat er einen Namen?

Astyr > Rupe. Er ist Australier. Ich weiß, dass er das Internet nutzt, aber ich weiß noch nicht, ob er den IRC kennt. Ich hoffe ja, dann kann ich auf diese Weise Kontakt mit ihm aufnehmen. Ich will nur nicht, dass er erfährt, wer ich bin ... ich meine, wer ich in Wirklichkeit bin.

Dickens >Und du sagst, er ist heute für sechs Monate bei dir eingezogen? Er ist in deinem Haus, und du willst ihn übers Internet verführen???

Astyr > Ja.

Tines Monitor blieb blau. Keine neuen Sätze mehr. Hatte sie Dickens verärgert? Von früheren Erfahrungen wusste sie, dass die Menschen im Netz sehr reale Gefühle empfanden, viele verließen sich auf jedes geschriebene Wort. Auch sie selbst war schon bei der elektronischen Liebe verletzt worden.

Sie fragte nach Dickens' Aktivitäten und entdeckte, dass er mit einem anderen Benutzer kommunizierte.

Astyr > Du flüsterst.

Tine klickte wieder die Liste der anderen IRC-Benutzer an. Diesmal war sie schockiert – dort war jemand namens Rupe registriert, und er nutzte den Provider, den er ihr genannt hatte. Mehr konnte sie nicht herausfinden, es sei denn, sie wandte sich direkt an ihn, aber dann würde er wissen, dass sie mehr über ihn wissen wollte.

Dickens > Jemand will in diesen Chatroom. Es ist der Bursche, den ich eben erwähnt habe. Ich war vorher mit ihm im Chat, weil wir uns über was Technisches austauschen mussten. Ich glaube, er wird dich überraschen. Sei auf der Hut, ja? Du solltest auch wissen, dass ich ihn gut kenne.

Rupe klinkte sich in den #glade Chatroom ein. Tine saß wie festgefroren da. Sie wusste mit krank machender

Gewissheit, dass der Rupe im IRC auch der Rupe war, der auf dem Speicher saß. Aber dass Dickens mit ihm befreundet war, dieser Zufall raubte ihr den Atem. Sie sah zwar Nachrichten auf ihrem Schirm, aber sie hatte keine Augen für sie. So etwas wie Panik erfasste sie. Die Buchstaben tanzten vor ihren Augen.

Sie zwang sich zur Ruhe. Dickens begrüßte Rupe und stellte Astyr als neue Freundin vor. Rupe grüßte sie auch, dann stieg er wieder in die technische Diskussion ein, die sie früher am Abend begonnen hatten. Sie war nicht sicher, wie lange sie stumm geblieben war und tat so, als hätte sie den Computer für eine Weile verlassen.

Astyr >Ich bin zurück und habe gelesen, was ich verpasst habe. Oh, hallo, Rupe!

Dickens >Schön, dass du wieder da bist, Astyr. Rupe und ich haben gerade ein technisches Problem gelöst. (Glaube ich).

Rupe > Hallo, Astyr. Dickens hat mir erzählt, was für eine wunderbare junge Lady du bist.

Astyr > Frau ist mir lieber. Und so jung bin ich nicht mehr, eher schon verrunzelt.

Rupe > Haha. Bist du in England, Astyr?

Astyr > Ja. Und du?

Rupe > Ja, ich bin gerade erst als Mieter in ein Haus eingezogen. Hübsches Haus.

Tine war wachsam. Sie musste unbedingt direkte Fragen vermeiden, denn sie fühlte sich verpflichtet, ehrlich zu antworten. Zum Glück war sie eine gute Zuhörerin und hatte ihr Talent auch in die Internet-Chats retten können. Sie war sicher, anonym zu bleiben, während sie eine Menge über ihn erfahren konnte.

Astyr > Gibt es noch viele andere Mieter im Haus?

Rupe > Bisher noch nicht. Ich glaube, bisher hat die Vermieterin allein gewohnt. Jetzt hat sie zwei Mieter, neben mir noch ein seltsames Weib.

Astyr > Ein seltsames Weib? *Grins*

Rupe > Ja. Ich komme da rein, da sitzt dieses Weib nur mit einem Höschen bekleidet in der Küche. Sie ist noch nicht eingezogen, hat sich aber schon ausgezogen!

Astyr > Hört sich doch viel versprechend an. Dann wirst du nicht mehr so viele Abende im Internet surfen.

Rupe > Nicht mein Typ ... Sie vernascht mich und spuckt mich zum Frühstück wieder aus. Die Vermieterin ist seltsam.

Astyr > Wieso?

Rupe > Nun, sie ist alt. Nein, nicht alt, etwa fünfunddreißig, aber älter als das Weib und ich. Aber wenn sie dich anschaut, hast du das Gefühl, sie zieht dich aus.

Astyr > Nun, bei diesem Weib hat es funktioniert, oder? *Grins* Hört sich nach vertauschten Rollen an. Ich schätze, du wirkst sexy auf die Frauen.

Rupe > *lach* Nicht die Spur.

Astyr > Vielleicht sieht die Vermieterin das aber so ... Wie sieht sie denn aus?

Tine hielt die Luft an. Was würde er schreiben? Was hielt er von ihr? Sie fühlte sich wie eine Lauscherin, die Schlechtes über sich hört.

Rupe > Eigenartig. Sie sieht älter aus, aber sie wirkt jung. Ich meine, sie ist sexy. Ich habe über sie nachgedacht, seit ich sie kenne. Sie ist in meinem Kopf.

Astyr > Warum vergisst du nicht einfach ihr Alter? Wie alt bist du?

Rupe > Vierundzwanzig. Also, es fällt mir schwer, das Alter zu ignorieren. Ich meine, vielleicht ist sie alt genug, um meine Mutter zu sein.

Astyr > Ja, aber sie ist nicht deine Mutter. Hat sie Kinder?

Rupe > Habe noch keine gesehen. Vielleicht hat sie sie im Keller eingeschlossen.

Astyr > Haha. Sie ist also alt und sexy :-) Und was ist mit dir?

Rupe > Da gibt's nicht viel sagen ›sieht in den Spiegel‹. Lange Haare, und man sagt mir nach, dass ich schlampig aussehe. Ziemlich dürr und ziemlich groß. Und ich habe grüne Augen.

Astyr > Aha. Du bist also groß und schlank gebaut und hast lange Haare. Sind sie dunkel? Und du hast wunderschöne grüne Augen.

Rupe > Hast du mit meiner Mutter gesprochen?

Astyr > Nein, natürlich nicht. Aber Dickens wird dir bestätigen, dass ich eine Schwäche für Männer mit langen Haaren habe.

Rupe > Und wenn ich dir nun sage, dass ich überall stark behaart bin?

Astyr > Habe ich dich schon gewarnt, dass solche Gespräche mich dazu bringen, verdammt leichtsinnig zu werden?

Es entstand eine Pause, in der Tine verwundert feststellte, welche Richtung das Gespräch genommen hatte. Dieser Chat bestätigte überhaupt nicht den Eindruck, den sie von dem spröden Rupe oben im Speicher erhalten hatte.

Dieser hier war spaßig, sexy und freundlich. Sie mochte ihn. Sie begehrte ihn nach wie vor, aber sie wollte keine virtuelle Beziehung mit ihm eingehen. Sie bereute auch schon, dass sie ihn hinters Licht geführt hatte. Wenn er es erfuhr, würde er wütend sein. Entweder spielte sie ehrlich mit ihm, oder sie würde sich ihm gegenüber nie zu erkennen geben können.

Dickens sprang wieder in den Chatroom, als Rupes neuer Text auf dem Bildschirm aufleuchtete.

Rupe >Dickens hat mir von dir erzählt. Ich habe dich für irgendeine falsche Schlange gehalten, die sich in den Chats abreagiert. Dafür entschuldige ich mich. Er mag dich sehr, und er ist mein Freund.

Dickens >Oho!

Rupe >Oh, du Bastard! Das nächste Mal machst du dich bemerkbar, ehe ich was über dich schreibe!

Dickens >Tut mir Leid, Mann :-) He, es freut mich, dass ihr euch gut amüsiert.

Rupe >Ich will mich nicht drücken, aber ich muss noch eine Menge Arbeit erledigen. Aber eigentlich möchte ich gar nicht weg.

Dickens >Das Gefühl kommt mir bekannt vor. Ich habe gerade einen kranken T500 im Stich gelassen, um nach euch beiden zu sehen. Astyr, Süße, komm nach Kalifornien!

Astyr >Was? Ich soll diesen lasterhaften Menschen allein lassen, damit er Großbritannien terrorisieren kann?

Rupe >*lach* Astyr, es war eine Lust, mit dir zu plaudern ... Hoffentlich bald wieder!

Astyr > Bis bald, Jungs!

Tine schaltete ab. Sie musste daran denken, dass Rupe oben an dem großen Schreibtisch saß, direkt über ihr. Sie fühlte sich wie eine Gestalt in diesen Illustrationen, in denen ein Haus von außen gezeigt wird, das scheinbar gläserne Wände hat und wo man die verschiedenen Aktivitäten der Bewohner sehen kann.

Sie streckte sich, verschränkte die Hände hinterm Kopf und schüttelte sich, als ihr Mantel von den Schultern rutschte. Ihr war kalt. Und sie war erschöpft, denn in den letzten achtundvierzig Stunden hatte sie nicht viel Schlaf gefunden. Es war noch nicht Mitternacht, aber sie wollte mit ihren kleinen Geheimnissen ins Bett.

In ihrem Schlafzimmer warf sie sich ein übergroßes T-Shirt über. Sie hatte Mühe mit dem Zähneputzen, weil sie nicht aufhören konnte zu grinsen. Sie war also sexy, eh? Und Rupe hat sie im Kopf. Genau so hatte er es formuliert.

Eigentlich müsste sie verzweifelt sein, denn sie war unehrlich gewesen und hatte vielleicht die Chance vertan, ihn in der wirklichen Welt zu verführen.

Tine schlüpfte unter die seidene Bettwäsche und spürte das sanfte Wiegen des Wasserbetts, als sie sich umdrehte, das Licht auszuschalten.

Wildes Weib, dachte sie lächelnd. Sie sah Sharons Gesicht vor sich und zwinkerte froh.

Viertes Kapitel

Das durchdringende Schrillen des Telefons am frühen Samstagmorgen platzte in Tines Träume. Sie rutschte zum anderen Bettende, wo das Telefon auf dem Nachttisch stand. Sie hob den Hörer ab, doch die Leitung war tot. Wahrscheinlich hatte Rupe das Gespräch angenommen. Blinzelnd sah Tine auf die Uhr. Kurz nach sieben. Sie verfluchte Rupe, dass er Freunde hatte, die um diese unchristliche Zeit anriefen.

Die gute Stimmung des Abends war verflogen, und ihre Träume hatten sie mit einem Gefühl der Verzweiflung zurückgelassen. Der Traum war noch sehr lebendig in ihr. Sie sah einen weiten Strand vor sich, eine sandige, sonnige Bucht. Ein Mann ging den Strand entlang. Er hatte Rupes hagere, hoch aufgeschossene Gestalt, Rupes lange Haare. Lauter als das Rauschen der Wellen war seine Stimme, als er rief: »Du hast mich belogen!«

Sie befand sich im turbulenten Wasser und wollte zu ihm gehen, aber sie schaffte es nicht, sie war zu schwach. Ohne die Hilfe des Mannes am Strand würde sie ertrinken. Aber er war zu wütend auf sie und half ihr nicht.

Tine spürte, wie ihre Augen sich mit Tränen füllten. Das Gefühl der Verzweiflung aus dem Traum steckte noch in ihr. Sie begriff, dass sie ihre Täuschung aufgeben musste, allein schon, um ihr Gewissen zu erleichtern. Aber es schien töricht zu sein, Rupe mit der Wahrheit zu konfrontieren. Er war noch ein Fremder in ihrem Haus. Ein Geständnis würde ihn schockieren. Oder er würde sie für hysterisch halten.

Sie verdrängte das Problem. Sie hatte noch genug Zeit, darüber nachzudenken. Sie stand auf und ging hinunter, um Milch und Orangensaft von der Türschwelle zu holen. Als sie sich nach den Flaschen bückte, fiel ihr in ihrem Blickfeld eine Bewegung auf. Eine Joggerin, die an ihrer Hecke vorbei lief. Um diese frühe Zeit waren Jogger kein ungewöhnliches Bild. Die Luft war noch nicht von den Abgasen des Berufsverkehrs verpestet, und die lange gerade Straße lud geradezu zum Joggen ein.

Aber es überraschte sie schon, als die Frau auf der Stelle trat und in Tines Hof schaute. Sie war groß, trug bunte Lycrashorts und ein kurzes Hemdchen. Nachdem sie sich gründlich umgesehen hatte, lief sie um die Hecke und in den Hof hinein. Ihre Haut erinnerte Tine an geröstete Kaffeebohnen. Sie glänzte, teils vom Schweiß, teils vom Öl, mit dem sie sich eingerieben hatte.

Tine widerstand ihrem ersten Gedanken, rasch zurück ins Haus zu gehen und die Tür zuzuschlagen. Vielleicht wollte die Frau ja nur ein Glas Wasser. Der klare Morgen versprach wieder einen heißen Tag. Jogging, dachte Tine, ist sowieso ein Hobby für Masochisten. Lächelnd hielt sie der Frau eine Flasche mit Orangensaft hin.

Die Frau nahm das Angebot dankbar nickend an, öffnete die Folie und setzte die Flasche an die Lippen. Sie warf den Kopf in den Nacken, und das Muskelspiel am Hals war deutlich zu sehen. Als sie genug getrunken hatte, wischte sie sich mit dem Handrücken über den Mund.

»So, jetzt ist erst einmal Schluss mit dem Laufen.« Ihr Akzent erinnerte Tine an Rupe, auch sie ließ die Vokale schleifen. »Tut mir Leid, dass ich mich verspätet habe. Ich habe die Entfernung unterschätzt.«

Tine war verdutzt, sie wusste von keiner Verabredung. Dann hörte sie Rupes Stimme aus dem Flur. »Das ist Stevie. Sie hat wegen des Zimmers angerufen.«

Tine drehte sich um und sah, dass der Australier einen großen Karton aufgehoben hatte und gegen den Heizkörper im Flur drückte. Er schien verlegen zu sein, und sein Blick wich Tine aus. Ihr blieb keine Zeit, das zu analysieren; sie wandte sich wieder der Frau zu.

»Tut mir Leid, Stevie. Kommen Sie herein.«

Rupe hob den Karton wieder an und schleppte ihn in die Küche. Die beiden Frauen folgten ihm. Er öffnete den Kühlschrank und räumte seine Sachen in zwei Fächer ein. Es handelte sich um Gemüse, Obst und Fleisch, wie Tine erkannte, während sie die Kaffeemaschine bediente.

»Das ist noch Zeug aus meiner früheren Wohnung«, erklärte Rupe. Immer noch mied er Tines Blick. »Ich hätte es schon gestern einräumen sollen.«

Tine musterte Rupe ausgiebig. Sie konnte sein Verhalten nicht verstehen. Hatte er ihre Identität als Astyr durchschaut? Wenn Stevie nicht dabei gewesen wäre, hätte sie Rupe in diesem Moment die Wahrheit gesagt.

Rupe fühlte sich schuldig. Kurz nach Tine war er die Treppe hinunter gegangen, wenn auch langsamer, weil er den schweren Karton mit den Lebensmitteln trug. Als Tine sich nach den Milchflaschen bückte, streckte sich das T-Shirt über den Hintern und rutschte hoch. Die Backen teilten sich und gestatteten einen Blick auf ihre Spalte. Da Tine von Stevie überrascht worden war, verharrte sie etwas länger in dieser Position. Neugierig und erregt trat Rupe näher, um die unfreiwillige Entblößung besser sehen zu können. In seinen Fingern juckte es; er hätte am liebsten mit einem Finger in die Kerbe gelangt.

Mit seinen vierundzwanzig Jahren betrachtete Rupe sich als kläglich unerfahren. Er schob seine Unfähigkeit, mit Frauen reden zu können, auf seine fast besessene Beschäftigung mit Computern. Noch nie hatte er einen so freizügigen Einblick wahrnehmen dürfen, mal abgesehen von Bildern in pornografischen Magazinen, aber auch die hatten ihn nicht auf die Realität vorbereitet – und auch nicht auf seine alarmierende Reaktion. Er spürte, wie sein Penis sich erhob und steif wurde. Da er nur seine Trainingshose trug, verriet der ausgebeulte Stoff seinen Zustand.

Im nächsten Moment richtete Tine sich auf, und das T-Shirt rutschte wieder nach unten. Rupe fühlte sich beschämt und schuldig. Ein Spanner. Er war erleichtert, dass keine der Frauen sein Starren bemerkt hatte. Er war froh, dass der Karton seine Erektion verdeckte, aber er traute sich nicht, Tine in die Augen zu sehen. Obwohl Rupe wusste, dass sie seinen Voyeurismus nicht bemerkt hatte, war ihm, als hätte er seine Vermieterin beleidigt.

Zu Rupes Entsetzen hatte Stevie einen Blick auf die Erektion erhaschen können, und da sie Tines spärliche Bekleidung und die leichte Röte im Gesicht mit dem halbsteifen Schaft in Verbindung brachte, sagte sie: »Es tut mir Leid, wenn ich euch beide in einem ungünstigen Augenblick gestört habe.«

Tine drehte sich überrascht zu Rupe um und sah dessen tiefes Erröten. Sie hatte seine behaarte Brust gesehen, und als er ihnen voraus in die Küche gegangen war, hatte sie bemerkt, dass auch sein Rücken stark behaart war, nicht so sehr wie die Brust, aber doch recht stattlich. Sie fragte sich, ob sich die Haarpracht auch zum Schoß hin fortsetzte. Die Gier, das herauszufinden, verzehrte sie.

Stevies falsche Schlussfolgerung hatte die Unsicherheit der beiden bloßgelegt, sie sahen sich entsetzt an und erkannten die Verlegenheit in den Augen des jeweils anderen, aber niemand konnte sie deuten.

Peinlich berührt verdrückte Rupe sich aus der Küche. Tine sah ihm bedauernd nach.

Stevie hätte lieber noch etwas Orangensaft getrunken, aber Tine hatte ihr den dampfenden Kaffee angeboten, und wenn sie dankend abgelehnt hätte, wäre die Situation vielleicht noch schwieriger geworden. Sie sah, dass Tine nachdachte, und beschloss, das Ergebnis abzuwarten. Die zierliche Vermieterin schien tief in ihren Gedanken verstrickt zu sein.

Eines hatte Stevie sofort erkannt: Rupe und Tine kämpften hart dagegen an, ihre gegenseitigen Gefühle zu zeigen. Wieso sahen sie nicht die Lust in den Augen des anderen? Am liebsten hätte Stevie die zierliche Frau darauf angesprochen, aber sie hatte kein Recht dazu. Außerdem wurde Stevie ganz langsam bewusst, dass sie selbst sich auch zu der Frau hingezogen fühlte.

Tine war sich ihres Grübelns nicht bewusst. Sie saß auf einem Schemel an der Frühstücksbar, hatte die Ellenbogen aufgestützt und die Hände um die heiße Kaffeetasse gelegt. Sie starrte Stevie mit blinden Augen an. Das viel zu weite T-Shirt klaffte am Hals auseinander, und Stevie konnte den Ansatz der kleinen Brüste sehen.

Ohne es zu wollen, stieß Stevie einen Seufzer aus, der Tine aus ihrer Starre holte. »Oh, es tut mir Leid.« Ein Ruck ging durch ihren Körper, sie richtete sich auf und sah Stevie an, eine Augenbraue hochgezogen. Die Aufforderung zum Reden.

»Ich arbeite im Fitness-Club.«

»Das überrascht mich nicht.«

Sie lachten beide. Stevies austrainierter Körper war nicht zu übersehen. Tine erinnerte sich, dass vergangenes Jahr ein Fitness-Club in dem Luxushotel eingerichtet worden war, das eine Meile weit entfernt lag. Sie selbst hatte schon mal überlegt, Mitglied zu werden, aber sie hatte den Gedanken wieder verworfen. Vielleicht würde sie eine andere Einstellung zu ihrer mangelnden Fitness bekommen, wenn sie Stevies Körper jeden Tag als leuchtendes Vorbild vor sich sah.

»Wo kommen Sie her, Stevie? Ihr Akzent hört sich vertraut an, aber ich weiß nicht, wo ich ihn platzieren soll.«

»Simbabwe. Ich bin wegen meines Studiums nach England gekommen. Physiotherapie. Jetzt möchte ich hier auch arbeiten, ehe ich zurück nach Hause gehe. Die Erfahrungen, die ich hier sammeln kann, werden mir später sehr nützen. Außerdem liebe ich England. Ich bin lesbisch, und hier gibt es eine große Gemeinde, die sehr zwanglos damit umgeht.«

»Oh«, sagte Tine, dann fügte sie hinzu: »Sharon, die heute einzieht, hat mich gefragt, was ich zu Männerbesuchen sage. Werden Sie mich jetzt fragen, was ich zu Frauenbesuchen sage?« Tine lachte.

»Ja.« Tines Reaktion gefiel ihr. »Aber wichtiger noch ist mir Ihre Einstellung zu lesbischen Frauen allgemein. Im Augenblick habe ich keine Freundin. Ich hatte eine, aber als wir unseren Kursus beendeten, ist sie nach London zurückgekehrt. Wir haben dann beschlossen, uns zu trennen.«

»Das tut mir Leid.« Tine sah sie voller Mitgefühl an. »Es ist schwer, jemanden zu verlieren, den man liebt.« Sie überlegte einen Moment, ehe sie fortfuhr: »Ich glaube, ich habe nichts gegen Homosexuelle. Mir fällt nicht ein, warum ich was gegen sie haben sollte. Meiner Meinung nach sollen Menschen das tun, was für sie richtig ist. Außenstehende haben leicht urteilen.«

Tine brach ab, doch die dunkelhäutige Frau schien mehr von ihr zu erwarten.

»Ich weiß nicht, was Sie noch hören wollen, Stevie. Sie sind mir willkommen und auch, wen Sie als Gast mitbringen.« Tine hob die Schultern. »Zwischen den einzelnen Mitbewohnern werde ich gern vermitteln, wenn es erforderlich sein sollte, aber ich werde nicht eure Schlachten schlagen. Wir wohnen zusammen, und ich hoffe, dass wir uns alle vertragen.«

Es entstand ein längeres Schweigen. Die Frauen sahen sich an. Tine wartete darauf, dass Stevie sich entschied.

Stevie hatte viele Vorurteile und Beweise von Intoleranz erlebt, deshalb hatte sie ein feines Ohr für die Einstellungen der Menschen in ihrem Umfeld. Sie war nicht sicher, ob dieses Haus mit mehreren vielleicht sehr unterschiedlichen Mietern die richtige Bleibe für sie war. Das Haus, das sie verließ, war während der College-Zeit ihre Heimat gewesen, die anderen Bewohner ihre Freunde.

Sie wollte keine neue Beziehung, aber sie fühlte sich zu Tine hingezogen. Sie sah Wärme und Weisheit in den Augen der älteren Frau, und eine Friedlichkeit, die man wahrscheinlich nur durch Schmerz und Erfahrung erreichte.

Auch körperlich fühlte sie sich zu ihr hingezogen, gestand Stevie sich ein. Ganz ungehemmt saß die Vermieterin in ihrem unmöglichen T-Shirt da. Unter dem Haarschopf lugte ein Ohr hervor, klein und elegant, und Stevie juckte es, die Hand auszustrecken und darüber zu streicheln. Und die Konturen mit der Zunge nachzuziehen. Während sie hinschaute, fuhr Tine mit der Zunge über die Lippen, eine unschuldige Geste, die den rosigen Amorbogen befeuchtete.

Stevie war sicher, dass Tines Haut sich sanft und glatt anfühlte. Sie sah auch, dass Tine etwas für ihren Körper tun musste. Die Muskeln zeigten schon Anzeichen ihres sitzenden Lebens. Stevie hätte gern das blasse Fleisch massiert.

»Darf ich mir das Zimmer ansehen?«, fragte sie.

»Ja, sicher.« Tine rutschte vom Schemel und winkte Stevie, ihr zu folgen.

Als sie die Treppen hinauf ging, beobachtete Stevie die Bewegungen von Tines Po. Bei jedem Tritt hob sich der Saum des T-Shirts und verriet, dass Tine auf ein Höschen verzichtet hatte. Stevie unterdrückte ihr Verlangen, die Hand auszustrecken und zwischen Tines Backen zu greifen. Sie spürte die Enge des Lycrastoffs, der zwischen ihren Schenkeln rieb. Ihre Nippel versteiften sich. Sie fühlte sich unbehaglich, und sie spürte, dass bald etwas Wichtiges passieren würde.

Seit ihre Beziehung vor ein paar Monaten zu Ende gegangen war, hatte sie sich zu keiner anderen Frau mehr hingezogen gefühlt. Vielleicht würde die Beziehung zu Tine ganz anders sein. Vielleicht sogar nur platonisch. Aber wertvoll.

Das purpurne Zimmer mit dem Blick auf den Garten gefiel ihr auf Anhieb. Das Zimmer war groß, es gab genug Platz, dass sie ihre Gewichte heben konnte, womit sie jeden Morgen den Tag begann, noch bevor sie zum Joggen aufbrach.

Tine lehnte sich gegen einen Heizkörper und sah zu, wie Stevie das Zimmer in Augenschein nahm. Sie ging in das Bad hinter dem Zimmer, und Tine sah, wie Stevie die Daumen unter den Bund der Shorts steckte und sie langsam über die Hüften zog. Sie setzte sich auf die Toilette, und gleich darauf begann es zu plätschern. Da Stevie die Tür weit offen gelassen hatte, konnte Tine direkt ins Bad sehen. Sie war fasziniert von Stevies natürlichem Verhalten. Der straffe Bauch ging in den leicht gewölbten Schoß über, sanft und unbehaart.

Stevie griff nach der Toilettenrolle, riss einige Blatt ab und tupfte sich trocken.

Tine stand verdutzt da. Noch nie hatte sie eine andere Frau bei der Toilette beobachtet. Ja, sie und John hatten sich beim Pinkeln erlebt, aber das war anders gewesen.

Stevie, die von Tines Gefühlswirrwarr nichts ahnte, öffnete die Türen des eingebauten Kleiderschranks und probierte die Schubladen des Frisiertischs. Schließlich drehte sie sich zu Tine um. »Kann ich am Dienstag einziehen?«

Tine lächelte. »Natürlich.« Der Tag hatte verrückt begonnen, und wahrscheinlich würde er noch verrückter werden. Rupe hatte sie beunruhigt, Stevie verwirrte sie, und Sharon würde entsetzt sein, dass Tine noch ein weiteres Zimmer vermietet hatte.

Der Porsche fuhr durch das Tor, während Tine und Stevie sich auf der Treppe verabschiedeten. Stevie versprach, morgen die Kaution zu bezahlen. Das schwarze Mädchen ging die Treppe hinunter und warf einen hochnäsigen Blick auf die blonde Frau oder den Porsche. Beide erregten sie.

Sharon trug ein ledernes Mieder, das ganz locker geschnürt war, sowie PVC-Shorts mit hoch geschnittenen Beinen. Ihre Brüste wurden von dem weichen Leder kaum gebändigt. Sie war barfuß, und um einen Fuß trug sie eine goldene Kette. Ihre Haare waren geöffnet und glänzten wie Buttermilch in der Sonne. Sie lehnte sich zum Rücksitz, nahm dort eine Tasche auf und wusste, dass die Shorts sich dabei in die Kerbe der Pobacken drückten und zwei schwarz glänzende Halbkugeln bildeten.

»Ich muss duschen und mich anziehen, dann komme ich und helfe dir«, rief Tine ihr zu.

Sharon winkte, um anzuzeigen, dass sie verstanden hatte. Sie holte noch eine Stofftasche aus dem Wagen und stellte sie auf die Kühlerhaube, bevor sie sich wieder tief ins Innere beugte und weiteres Gepäck herausholte.

Tine brauchte länger, als sie gedacht hatte. Sie drehte die Dusche voll auf und lehnte sich mit dem Kopf gegen die kühlen Fliesen, während die scharfen Strahlen auf ihre Haut prasselten und Nacken und Rücken massierten. Sie blieb lange reglos so stehen; ihr war, als klärten die nadelspitzen Wasserstrahlen ihre Gedanken.

Als sie herauskam, war das Zimmer voller Dampf und ihr Haar klamm. Ein grauer Schleier hatte sich über den Spiegel gelegt. Sie fuhr mit der Hand darüber und betrachtete kritisch die feinen Linien um die Augen, während sie die Zähne putzte. Ich bin einundvierzig, dachte sie, deshalb dürfen auch die ersten Fältchen kommen.

Es irritierte sie nicht mehr, dass sie die Anmut der Jugend verloren hatte. Es war sogar eine Erleichterung, dass die unruhigen Jahre hinter ihr lagen. Das Alter verlieh einem Stärke und die Kraft, selbstbewusst in die Welt zu blicken. Sie hoffte, sich zu einer jener Frauen zu entwickeln, die sich mit achtzig den Rucksack umschnüren und nach Indien aufbrechen.

Sie hatte das Bild der spärlich bekleideten Sharon im Kopf, als sie sich für kurze Jeansshorts und eine dünne, ärmellose Weste entschied, die über dem Nabel endete.

Da sie ein paar Kilo verloren hatte, drohten die Shorts zu rutschen. Sie schob einen Seidenschal durch die Schlaufen und band ihn zu einer Schleife. Sie schlüpfte in leichte Leinenschuhe und lief hinunter, um Sharon zu helfen.

Im Flur stapelten sich die Taschen, darüber lagen einige Kleider. Tine fand einen Zettel: Sharon war zurückgefahren, um ›eine weitere Ladung‹ zu holen. Tine hatte keine Lust, dieses Durcheinander der anderen Frau zu sortieren und ging zum Frühstück in die Küche. Rupe saß an der Bar und las in einer Computerzeitschrift.

»Hi«, sagte Tine und rechnete halb damit, dass er sie ignorierte.

»Hi«, gab Rupe zurück und hob den Kopf.

Sie seufzte erleichtert und bot ihm Frühstück an. Er nahm dankend an und versprach, nachher zum Supermarkt zu gehen, um seine Vorräte aufzustocken. Sie aßen schweigend ihr Müsli und strichen Erdbeermarmelade auf die gebräunten Toastscheiben. Rupe las weiter in seiner Zeitschrift, und Tine holte ein Buch aus ihrem Zimmer.

Schließlich hörten sie den Porsche, der vor der Tür anhielt. Rupe verdrehte die Augen, als wüsste er, dass die Zeit des Friedens vorbei sein würde. Er verdrückte sich und sagte, er wollte einkaufen. Im Flur quetschte er sich an Sharon vorbei und starrte staunend auf ihre Brüste.

Er ging durch die Tür und hörte, wie sie ihm nachrief: »Knackiger Arsch, Rupe.«

Er tat so, als hätte er nichts gehört und ging weiter.

Die beiden Frauen kicherten und sahen, wie er in seinen Van stieg. Sharon hakte sich bei Tine unter und zog sie zurück in die Küche.

»Was ist mit dem schwarzen Mädchen?«

»Ab Dienstag wird sie hier wohnen.«

»Oh. Sie wird dafür sorgen, dass du den Tag mit hundert Kniebeugen beginnst, mein Liebe.«

Tine zwickte ihren nackten Bauch. »Das hoffe ich.«

Sie half Sharon, die Taschen und Kleider nach oben zu bringen, dann setzte sie sich mit überkreuzten Beinen aufs Bett und sah zu, wie Sharon ihre Wäsche und Kleider einräumte. Sie hörte nicht auf zu reden, und Tine fühlte sich glücklich.

»Die alberne Kuh hat mich zum Abschied sogar umarmt, so erleichtert war sie, dass ich endlich weg bin«, sagte Sharon grinsend.

Tine lachte. Das meiste von dem, was Sharon gesagt hatte, war an ihren Ohren vorbeigerauscht, aber das schien nicht aufgefallen zu sein. Sie gähnte und wusste, dass sie ganz leicht einschlafen könnte, eingelullt von Sharons Monologen.

Tatsächlich wachte sie erst Stunden später auf. Sie lag zusammengekauert auf Sharons Bett, über sich eine große, warme Häkeldecke. Sie war allein. Sie ärgerte sich über die vergeudeten Stunden und ging langsam hinunter in die Küche. Sie suchte was zu trinken. Der Kühlschrank war bis obenhin voll gestopft. Ein Zettel vor dem mittleren Regal warnte: »Fass mich an, und du stirbst!« Tine erkannte Sharons Handschrift.

Rupe saß an der Bar, den Rücken zum Fenster, und aß eine Lasagne aus der Originalverpackung. Er hatte sein Essen in der Mikrowelle erhitzt. Dazu trank er Bier aus der Flasche. Er musste Tines Blicke gespürt haben, denn er fühlte sich zu einer Erklärung genötigt: »Das erspart mir den Abwasch.«

Er schien irgendwie verlegen zu sein, und als Tine durchs Fenster schaute, sah sie den Grund. Sharon war im Garten. Sie war mit einem scharlachroten Schal bekleidet, den sie doppelt geschlagen, zwischen ihren Beine durchgezogen und auf den Hüften verknotet hatte. Jetzt bildete der dünne Stoff vorne und hinten ein Dreieck. Ihre Brüste hüpften in fröhlicher Nacktheit; feste kleine Melonen mit vorwitzigen rosigen

Nippeln. Sie bückte sich und streichelte eine Katze hinter den Ohren. Es war die Katze, die Tine gestern Abend schon amüsiert hatte. Das Tier schmiegte sich an die streichelnde Hand und schnurrte laut, dann wälzte sie sich auf den Rücken und bot ihren Bauch für weiteres Kosen an.

Tine lehnte sich mit dem Bauch gegen die Spüle und sah vergnügt zu.

Jerry wählte diesen Augenblick für seinen Auftritt aus. Er trat um die Hausecke und blieb wie erstarrt stehen. Sharon präsentierte ihm einen wunderbaren Anblick mit dem gespannten Po und den gespreizten Beinen. Die Wirkung auf Jerry war sehenswert. Er rieb sich die Augen und starrte, trat einen Schritt zurück und lehnte sich gegen die Hausmauer, als könnten seine Beine ihn nicht mehr tragen.

Tine ahnte, dass Sharon von Jerrys Gegenwart wusste, denn ihre Körpersprache wurde offener, herausfordernder, verführerischer. Sie bewegte die Hüften ganz leicht und setzte die Füße noch ein wenig weiter auseinander, dann richtete sie sich auf und hob mit einer Hand die Haare, die ihr in den Nacken fielen. Sie drehte sich langsam um und schürzte die Lippen, als wäre sie überrascht, den schwer schluckenden Gärtner zu entdecken.

Ein kaum wahrnehmbarer Seitenblick zum Küchenfenster verschaffte ihr Gewissheit, dass sie Zuschauer hatte. Sie sagte etwas zu Jerry, der kurz verschwand und dann mit einem Gartenschlauch zurückkehrte. Er rollte ihn auf, verstellte die Düse und produzierte einen nebligen Sprühregen.

Sharon stand mitten auf dem Rasen, die Hände über den Kopf gehoben, während Jerry den Schlauch so hielt, dass sie die kalte Dusche genießen konnte. Ihre Nippel richteten sich protestierend auf, und Sharon kreischte fröhlich, als Jerry den Druck des Strahls erhöhte und auf ihren Schoß richtete. Der Seidenschal war völlig durchnässt und wurde durchsichtig. Er klebte an ihrer Scheide. Sharon hob den Kopf zum Nachmittagshimmel, die Hüften vorgestreckt. Jerry trat näher und hielt den Strahl immer noch auf ihren Schoß gerichtet.

Tine war zu weit entfernt, um den Ausdruck auf Sharons Gesicht erkennen zu können, aber der Körper der jungen blonden Frau verriet ihr Entzücken.

Sharon streckte die Hände aus und legte sie auf Jerrys Schultern. Sie schaute ihm ins Gesicht, bevor sie ihn an sich zog und dann auf die Knie drückte. Sie schaute eifrig zum Küchenfenster und spreizte die Beine noch mehr, während der Gärtner die Düse auf ein leichtes Sprühen drehte. Er hielt den Schlauch in einer Hand, während er mit der anderen den nassen Stoff zur Seite schob. Er spreizte die Labien und richtete das Wasser direkt auf die Klitoris.

Sharon hielt sich mit beiden Händen an Jerrys zerzausten Haaren fest. Die Düse kam immer näher, bis sie fast die Haut berührte. Obwohl Jerry die Düse so klein wie möglich gedreht hatte, nahm Tine an, dass der Druck auf die empfindliche Stelle noch ungeheuer stark war. In erregter Sympathie quetschte sie die Schenkel fest zusammen.

Sie war so sehr mit dem Geschehen auf dem Rasen beschäftigt, dass sie gar nicht bemerkt hatte, wie hart sie sich gegen die Kante der Spüle presste. Ihr Atem ging schneller, und plötzlich fiel ihr Rupe ein. Sie blickte kurz über die Schulter, aber zu ihrer Erleichterung stellte sie fest, dass der Australier noch an der Bar saß. Er hatte ihr immer noch den Rücken zugewandt. Sie tat ihn mit einem Achselzucken ab und wandte sich wieder dem Paar im Garten zu.

Jerry achtete darauf, dass das kalte Metall der Düse nicht mit Sharons Haut in Berührung kam. Seine freie Hand spreizte immer noch die Labien, damit die kleinen Wassertropfen ihren Weg fanden. Sharon krümmte sich, sie wiegte sich hin und her. Jerry ging mit dem Kopf näher, den Mund weit aufgerissen. Sharon wurde von kleinen heftigen Schauern gepackt. Ihr Körper bebte, als Jerrys Zunge und Lippen zu zupfen und lecken begannen.

Tine hörte Sharons Aufschrei der Erlösung. Der Körper der jungen Frau erstarrte einen Moment lang, die Muskeln gespannt, dann schien sie für einen kurzen Moment aus dem Gleichgewicht zu geraten. Jerry ließ den Gartenschlauch fallen und fing sie auf, eine Hand um ihre Hüfte gelegt.

Sharons Kopf sackte auf seine Schulter. Ihr Mund flüsterte. Jerry hob sie auf und trug sie hinüber zur Garage, wo er sie sanft auf die Werkbank setzte. Er hatte seine Shorts innerhalb einer Sekunde abgestreift. Sein Penis sprang ins Freie. Er führte ihn ungeduldig zwischen die Schenkel, die sich um seine Taille schlangen, und stieß fest zu. Er pumpte in sie hinein und brachte sie rasch zu einem weiteren Orgasmus. Sie lachte triumphierend, als sie über seine Schulter zu Tine schaute.

Tine fühlte sich steif vor Verlangen. Ihre Vagina verkrampfte sich eifersüchtig, als sie das Zucken von Jerrys Backen sah. Als es ihm kam, krümmte sich sein Körper wie ein Bogen, während seine Hüften weiter zustießen. Das Paar umarmte sich, und Tine beneidete sie um ihre Gefühle, während die Erregung in ihr kochte. Sie spürte eine krankhafte Enttäuschung, die sich in ihr ausbreitete. Sie drehte sich um.

Rupe starrte sie an, die Augen dunkel und durchdringend, seine Lippen nur ein schmaler Strich.

Fünftes Kapitel

Rupe war es, der das Duell der starrenden Augen verlor. Er schaute weg. Vor ein paar Minuten hatte er sich umgedreht, um die Silberfolie der Lasagne in den Abfalleimer zu werfen, und dabei war ihm Tine an der Spüle aufgefallen.

Das allein hätte ihn nicht neugierig gemacht, aber etwas an ihrer Haltung hatte ihn verdutzt. Er hatte dann in den Garten geschaut, wo Jerry vor Sharon kniete.

Rupe war weniger an den beiden interessiert gewesen als an Tine selbst. Die Muskeln ihrer Beine waren gespannt, so sehr drückte sie sich gegen die Spüle. Trotz der weiten Shorts konnte er das Zusammenkneifen ihrer Pobacken erkennen. Die Erregung strahlte von ihr aus, und er begriff, dass die Szene im Garten sie aufgewühlt hatte. Sie schien kaum zu atmen und seine Anwesenheit vergessen zu haben.

Sharons Exhibitionismus fand Rupe eher schamlos, aber Tines Voyeurismus rührte etwas tief in ihm, und plötzlich sah er wieder das Bild vor sich, wie sich das T-Shirt gehoben hatte, als sie sich nach den Milchflaschen bückte.

Er spürte ein Verlangen in sich, das ihn dazu drängen wollte, seine Arme um sie zu schlingen, sie fest an sich zu drücken und ihre Brüste anzufassen. Er zuckte; seine Vorstellungskraft war so überzeugend, dass er meinte, ihre Nippel auf seiner Haut zu spüren. Sein

Penis versteifte sich, als sein Blick auf ihre Hüften und die gespannten Pobacken fiel.

Rupe fühlte sich am falschen Ort. Seine Vernunft rang mit seinem Verlangen. Der Mund fühlte sich trocken an, die Muskeln im Nacken spannten sich. Der Garten verschwand in einem undeutlichen Schemen im Hintergrund, während er sich auf Tine konzentrierte.

Sie hatte sich auf die Zehenspitzen gestellt. Die harte Ecke der Spüle drückte jetzt gegen ihren Schoß. Tine wippte auf und ab. Jerry hatte Sharon auf die Arme genommen. Rupe sah, wie der Gärtner sie aus seinem Blickfeld trug.

Er stellte sich Tine mit Shorts vor, die zu ihren Füßen lagen, und mit herausgestrecktem Hintern, während er unermüdlich in die gierige Nässe stieß. Seine Erektion wurde immer beharrlicher, und er war dankbar für die weite Hose, die seine Erregung versteckte. Ihm wurde leicht schwindlig, das Blut pochte in seinem Kopf, und es war ihm, als wäre er tatsächlich mit Tine zugange. Sie, die wunderbar mitfühlende englische Rose mit einem drängenden Verlangen, das er stillen konnte.

Es schien alles ganz einfach zu sein. Er sollte zu ihr gehen und ihr die Erlösung anbieten, nach der sie beide dürsteten. Aber er konnte die Distanz zwischen ihnen nicht überbrücken. Es waren nicht nur die paar Schritte auf dem Boden. Es war die Kluft zwischen Absicht und Tat. Ihm fehlte die Erfahrung, diese Kluft zu schließen.

Seine Frustration war nicht nur körperlich, sie ging über in Wut über sein eigenes Unvermögen, als Tine ihn ansah. Ihre Augen weiteten sich, als sie sich anstarrten. Ihre Lippen waren geschwollen und ein wenig geöffnet, ihr Atem ging flach. Ihre Brüste hoben und senkten sich heftig, und der nackte Bauch flatterte. In diesem Moment hätte Rupe die Kluft überwinden können, er hätte nur eine Hand ausstrecken müssen. Ihre Sehnsucht war greifbar. Aber er war wie benommen, und dann sah er die Furcht in ihren Augen.

Rupe erkannte, wie er auf Tine wirken musste, wie sie seine aggressive Haltung deuten würde. Zum zweiten Mal an diesem Tag rannte er aus der Küche und die Treppe hinauf. Er blieb erst stehen, als er die Tür seines Zimmers hinter sich zugeknallt hatte und sich erschöpft und außer Atem dagegen lehnte.

Er war entsetzt, dass er Tine einen Schrecken eingejagt hatte, und er überlegte in rasenden Gedanken, wie er sie besänftigen konnte. Er brauchte Rat. Er verstand noch nicht, was in diesem Haus vorging. Er kam sich jung, unerfahren und verletzlich vor. Rupe wusste jetzt, dass er Tine sehr begehrte, dass er sie brauchte, aber er hatte keine Ahnung, wie er zu ihr finden konnte. Ohne weiteres Überlegen klickte er sich in den IRC ein und suchte Astyr.

Tine konnte nicht gegen ihre Furcht an. So erregt und lüstern und voller Sehnsucht sie auch nach Rupe war, seine muskulöse Masse schockierte sie. Natürlich wusste er nichts von ihren Monaten der erzwungenen Enthaltsamkeit. Sie hatte die Ungeduld seiner Erektion bemerkt, die gegen den Stoff seiner Hose drängte, und die Röte an seinem Hals. Sie hörte, wie er oben die Tür zuknallte.

Eine Reihe von Missverständnissen, jammerte sie.

Ihre Erregung schwand und ließ sie ausgebrannt und leer zurück. Sie empfand ein ungestümes Verlangen nach einem Freund mit breiten, tröstenden Schultern. Mit diesem Gedanken schleppte sie sich hoch in ihr Arbeitszimmer.

Sie ließ sich in den Sessel fallen, loggte sich ein und hoffte, Dickens zu treffen. Verblüfft sah sie einen Satz auf ihrem Bildschirm leuchten.

Rupe > Ich muss mit dir reden, bitte!

Tine wollte Rupe aus dem Weg gehen. Sie fühlte sich zu erschöpft für ihn, und außerdem wollte er sich wahrscheinlich nur den Frust und die Wut von der Seele schreiben, und dafür eignete sich ein Fremder als Zuhörer viel besser. Ihr erging es ähnlich, auch sie wollte ihr Unglücklichsein mitteilen. Sie atmete kräftig durch und zwang sich zur Ruhe. Die Szene im Garten hatte sie aus dem Gleichgewicht geworfen.

Sie hätte in ein anderes Zimmer gehen können, zum Beispiel in Stevies Zimmer. Von dort hätte sie auch einen ungehinderten Blick auf das Geschehen im Garten gehabt, ohne sich um Rupes Anwesenheit zu sorgen. Natürlich war es nicht seine Schuld gewesen. Er war ebenso erregt wie sie gewesen.

Astyr > Du hörst dich ganz aufgeregt an. Was ist denn geschehen?

Rupe > Ich brauche einen Rat. Ach, ich weiß nicht ... Du bist älter ...

Astyr > Warum treffen wir uns nicht im #glade?

Tine dachte noch einmal über die Situation nach. Auf eine Weise war die Entwicklung schlimmer, als sie vorausgesehen hatte. Es war schon einige Male geschehen, dass ein Chatter bei ihr Rat suchte – einfach, weil sie älter war. Sie schwankte. Sollte sie ihm die Wahrheit sagen? Oder sollte sie den Betrug fortsetzen und ihm den Rat geben, den er brauchte?

Rupe > Danke!

Astyr > *De nada.* Du siehst so aus, als könntest du eine Umarmung gebrauchen. Was ist geschehen?

Rupe > Also, ich weiß selbst, wie sich das anhören muss … aber ich will mit jemandem darüber reden.

Astyr > Hör auf, um den heißen Brei herum zu reden. Erzähle einfach. Ich entscheide dann, wie es sich anhört.

Rupe > Das wilde Weib und der Gärtner haben es im Garten getrieben, und Tine hat zugesehen, und ich habe Tine dabei beobachtet.

Astyr > Das heißt, sie haben im Garten gevögelt, und Tine (das ist die Vermieterin, nicht wahr?) hat gespannt, und du hast ihr dabei zugeschaut?

Rupe > Ja … Sie hat sich erregt, und ich war auch aufgegeilt und habe ihr Angst eingejagt. Ich traue mich nicht, ihr noch mal in die Augen zu sehen.

Astyr > Wieso hast du ihr Angst eingejagt?

Tine wusste genau, wie er ihr Angst eingejagt hatte, aber sie wollte die Szene durch Rupes Augen sehen.

Rupe > Nun ja, ich bin ziemlich kräftig gebaut. Ich muss ihr wie ein wildes Tier vorgekommen sein.

Astyr > Du hast sie begehrt?

Rupe > Oh, ja. Aber ich wusste nicht, wie ich damit umgehen sollte.

Astyr > Bist du noch Jungfrau?

Rupe > So gut wie. Ich bin mit Frauen nie zurecht gekommen. Ich schätze, ich habe Angst vor ihnen.

Astyr > Mal ehrlich – warst du scharf auf sie?

Rupe > Ich weiß es nicht. Ich weiß nur, sie wollte es … und ich war da. Ich glaube, ich hätte uns beiden helfen können.

Astyr > Du warst bereit, dich missbrauchen zu lassen?

Rupe > Ja, aber es wäre auch gut für mich gewesen, verstehst du? Ich will sie haben.

Astyr > Entschuldige meine Hartnäckigkeit … Du wolltest ihre Gier befriedigen, und sie wollte es auch? Ganz egal, wer es war, du oder der Briefträger?

Rupe > Ja. Obwohl es nicht so direkt war.

Astyr > Du kennst die Frau erst seit ein paar Tagen, und du willst sie. Du hast keine Augen für das wilde Weib, das du mit Verachtung strafst. Aber Tine erregt sich, wenn sie ihr zusieht. Rupe, was ist denn, wenn Tine ganz hohl ist? Oder wenn sie dir was vormacht? Woher willst du das wissen?

Tine sah zu, wie sie sich auf dem Bildschirm selbst verunglimpfte. Sie müsste wegen ihren arglistigen Täuschungen in Sack und Asche gehen und verfluchte sich im Stillen. Es war an der Zeit, den dünnen Faden, der zwischen ihnen war, zu stärken, statt ihn zu zerschneiden. Aber sie wollte, dass Rupe sich über das, was er wollte, ganz klar wurde.

Rupe > Ich weiß es natürlich nicht. Ich weiß nur, dass sie nicht wie das wilde Weib ist. Und ich weiß, was ich will.

Nun, dachte Tine, es ist ihm also klar, und ich muss aufhören, ihn wie ein Kind zu behandeln.

Astyr > Und du willst Tine. Musst du denn überhaupt wissen, ob Tine dich will? Du wirst doch nicht so blöde sein, dich in sie zu verlieben, oder?

Rupe > Ja, ich will sie. Ja, ich muss wissen, ob sie mich auch will – und ob ich mich in sie verliebe – wie sollte ich das wissen?

Astyr > Du wirst erst wissen, ob sie dich will, wenn du sie fragst.

Rupe > Ich soll sie fragen?

Astyr > Ja.

Rupe > Nein.

Astyr > Dann musst du beobachten, wie sie auf dich reagiert. Ich erinnere mich, dass du gesagt hast, wenn sie dich ansieht, fühlst du dich ausgezogen. Und heute hätte sie dich angesprungen, wenn du nicht wie ein wildes Tier auf sie gewirkt hättest.

Rupe > *lach*

Astyr > Ist das ein echtes Lachen?

Rupe > Ja. Aber du solltest mir Tipps geben und mich nicht zum Lachen bringen.

Astyr > Du brauchst keine Tipps, Rupe. Du warst ein bisschen durcheinander und brauchtest Zeit zum Nachdenken, glaube ich. :-)

Ich habe diese Zeit auch gebraucht, dachte Tine.

Rupe > Was ist mit dir, Astyr? Du wirkst so abgeklärt. Bist du auch mal durcheinander?

Astyr > Eh ... fast immer. Und manchmal bin ich auch erregt.

Rupe > Weißt du, eigentlich sollte ich hinter dir her sein und nicht hinter Tine. Ich fühle mich wohl bei dir.

Astyr > He, was für ein Kompliment! Vielleicht würdest du dich nicht mehr so wohl bei mir fühlen, wenn ich neben dir stehe. Wir befinden uns hier im sicheren Hafen.

Rupe > Du bist doch in England, warum finden wir das nicht heraus?

Astyr > Das ist der lausigste Vorschlag, den ich seit langem gehört habe. Warum wollen wir etwas aufs Spiel setzen, was gut und schön ist? Hier können wir uns unterhalten, wir bringen uns zum Lachen. Wir können uns nur nicht berühren.

Rupe > Wenn du es so sagst, ergibt es einen Sinn. Ich habe nur das Gefühl, dass ich dich berühren möchte.

Astyr > Oh? Ich würde dich am liebsten fragen wo *frivoles Grinsen*, aber ich glaube, damit warten wir bis zum nächsten Mal. Ich muss gehen.

Rupe > Danke, Astyr. Es war mir wichtig.

Astyr > Mir auch.

Tine schaltete ab und legte den Kopf in beide Hände. Als sie sich nach einer Weile erhob, hatte sie einen Beschluss gefasst. Rupe brauchte nie von ihrer Täuschung zu erfahren. Er konnte seine Astyr in der virtuellen Welt haben und seine Tine im wahren Leben. Er begehrte sie, hatte er geschrieben.

Sie verweigerte sich ihre Schuldgefühle. Sie rief sich die Gründe in Erinnerung, warum sie Fremden ihr Haus geöffnet hatte. Wegen der Geselligkeit, wegen des Lachens und vielleicht auch wegen der möglichen Abenteuer. Tine begehrte Rupe, und sie glaubte, ihm eine gute Freundin sein zu können. Tiefer sollte ihr emotionales Engagement nicht gehen.

Tine war hungrig. Seit dem Frühstück hatte sie nichts mehr gegessen. Sie fühlte sich erschöpft, war aber nicht müde. Die Dämmerung warf gespenstische Schatten über den Garten. Es war immer noch heiß, und die verschiedenen Düfte schufen ein beklemmendes, durchdringendes Aroma.

Tine war erleichtert, dass sie weder Sharon noch Rupe auf der Treppe begegnete. Sie holte den tragbaren CD-Spieler aus dem Wohnzimmer, schob Rachmaninows *Vespers* hinein und wartete mit geschlossenen Augen auf die kräftigen Stimmen der Croydon Sisters, die aus dem Kopfhörer drangen und Tines Sinne überfluteten.

Sie schob das Gerät unter den Bund, ging zur Garage und holte die Gartenmöbel heraus. Nacheinander trug sie den Tisch und vier Stühle zur Terrasse. Sie hatte die Möbel seit dem vergangenen Sommer vernachlässigt. Jetzt sah die Terrasse wieder einladend aus.

In der Küche bereitete sie sich einen griechischen Salat zu. Garnelen in geröstetem Sesamöl, frisch gepresster Knoblauch und Zitronensaft. Sie gab einen Spritzer Mineralwasser hinzu und trug ihr Abendessen auf die Terrasse.

Die Katze, angelockt vom Geruch der Garnelen,

streunte um ihre Beine, als Tine sich an den Tisch setzte.

»Ich muss dich mit einem Namen ansprechen«, murmelte Tine und sah die Katze an. Das Tier sah zu ihr hoch und mauzte beifällig.

»Du musst doch einen Namen haben.«

Die Antwort war ein stummes, grünäugiges Starren. Die langen Haare glänzten. Die Katze schien sich in der Umgebung von Menschen wohl zu fühlen.

Tine hielt ihr eine Garnele hin. Die Katze schnappte danach und verschmähte auch den griechischen Ziegenkäse nicht. Irgendwann schob Tine den Teller von sich und lauschte den Chorstimmen. Die Katze sprang auf ihren Schoß und schnurrte, während Tine ihr das Fell streichelte.

Jerry hatte den Garten wieder gewässert, und der Geruch nach frischer Erde lag in der Luft. Tine empfand eine leichte Verärgerung, als Licht hinter ihr aufflammte. Aus dem Küchenfenster fiel ein Lichtschein auf die Terrasse. Sie hatte keine Lust auf Gesellschaft, deshalb drehte sie sich nicht um. Nach einer Weile zog sie die Ohrstöpsel heraus. Rupe stand in der Terrassentür.

»Tut mir Leid, ich wusste nicht, dass Sie hier waren«, sagte er mit sanfter Stimme.

Tine wies auf einen Stuhl. »Nehmen Sie Platz.«

Überrascht sah sie, dass er sich ein Abendessen zubereitet hatte; ein Lachssteak mit grünem Salat und Nussbrot. Er fing ihren verwunderten Blick auf und sagte: »Ja, kochen kann ich auch.«

»Dann können Sie mich heiraten.« Tine wollte nur einen Scherz machen, aber es entstand ein unbehagliches Schweigen. Sie war froh, dass Rupe ihr Erröten nicht sah, weil er damit beschäftigt war, sein Essen auf den Tisch zu bringen. Er setzte sich, starrte auf seinen Teller und dann auf Tine. Er schluckte, räusperte sich und brachte dann heraus: »Was da am Nachmittag geschehen ist … es tut mir Leid.«

Tine war gerührt. Es musste ihn viel Überwindung gekostet haben, das Thema anzuschneiden. Beinahe unbewusst streckte sie ihre Hand aus. Ein paar Sekunden vergingen, während er auf die Hand starrte, ebenso benommen wie sie selbst, ehe er die Hand in seine nahm und sanft drückte. Sie saßen da, sahen beide gebannt auf die vereinten Hände, bis Tine den Moment abschloss.

»Mir tut es auch Leid.«

Er nickte, atmete geräuschvoll die angestaute Luft aus, lachte trocken und lockerte den Griff seiner Hand.

Widerwillig zog Tine ihre Hand zurück. Sie war noch warm von seiner Hand und Tine drückte sie unbewusst gegen ihren Bauch. Sie zwang sich zu schweigen und sah ihm beim Essen zu. Er aß zügig und mit sichtbarem Vergnügen. Als der Teller leer war, schloss er einen Moment die Augen, als wollte er danken.

»Ich werde Sie nicht heiraten«, sagte er nach einer Weile, »aber morgen Abend möchte ich für Sie kochen.«

»Abgemacht.« Sie lächelten sich an. »Am Dienstag zieht Stevie ein. Gegen Ende der Woche möchte ich zu einem gemeinsamen Essen einladen. Vielleicht am Freitag.«

»Alle?« Er hob die Augenbrauen.

Tine nickte. »Ich sollte Jerry auch einladen – allein schon wegen Sharon.«

»Ja, gute Idee, dann ist sie wenigstens beschäftigt.« Wieder lächelten sie sich an.

Seit die Situation geklärt war, konnten sie entspannter miteinander umgehen. Eine Freundschaft von Komplizen, dachte Tine. Sie plauderten, bis der Garten im Dunkel der Nacht verschwand. Rupe lauschte Rachmaninow und sagte, dass er auch für diese Musik schwärmte. Sie teilten auch ihr Interesse für Bücher, dann sprachen sie über Computer, Reisen, Essen und Trinken. Tine lernte ihn als einen Mann des trockenen Humors kennen, er konnte selbstkritisch sein und würzte manchen Satz mit mildem Sarkasmus.

Die Katze hatte die Seiten gewechselt und war des breiteren Schoßes wegen zu Rupe gegangen. Er neckte sie gutmütig, was aber mit einer zerkratzten Hand endete. Als das Tier heimwärts trollte, räumten Tine und Rupe den Tisch und erledigten gemeinsam den Abwasch.

Rupe servierte den Kaffee, und sie tauschten Erfahrungen über das Internet aus. Tine erwähnte den IRC nicht, und Rupe ging überraschend auch nicht darauf ein, statt dessen sprachen sie über die Fülle der Pornografie in diesem Medium. Beide hatten durch die Seiten mit nackten Leibern gestöbert, und Rupe gestand, dass er auch einige Seiten mit perversen Inhalten besucht hatte, bei denen man sich registrieren musste.

Schließlich sprach er doch vom IRC. Tine gab zu erkennen, dass sie von dieser Möglichkeit, mit anderen Benutzern in Kontakt zu treten, wusste, ging aber nicht weiter darauf ein, während Rupe von einer Beziehung erzählte, die er via IRC gepflegt hatte, die ihm aber mehr Frust als Lust gebracht hatte.

Eine Frau in New York hatte ihn mit ihrem Charme verzückt, sie war sinnlich und voller Humor gewesen. Er war so vernarrt in sie, dass er einen Auftrag in den USA angenommen hatte, um sie zu besuchen. Seine Illusion war zerschellt, als er erfuhr, dass die Frau in Wirklichkeit ein Mann war.

Tine fühlte mit ihm, aber sie konnte ihm auch jetzt nicht von ihren Erfahrungen im Netz erzählen. Sie hätte sich damit enttarnen können. Sie räumte nur ein, dass sie mit E-Mail-Verbindungen auch schon einige schlechte Erlebnisse gehabt hatte.

Je länger sie sich unterhielten, desto intimer wurden die Themen, und Tine spürte ein zunehmendes Unbehagen.

Es war Sharon, die sie rettete. Sie kam herein und hob die Augenbrauen, als sie das Paar so vertraut nebeneinander an der Frühstücksbar sitzen sah.

»Ich störe doch nicht?«

Rupe schnaufte und erhob sich. Er wünschte Tine lächelnd eine gute Nacht und warf Sharon einen spöttischen Blick zu.

»Ich vertreibe ihn jedes Mal«, sagte Sharon bedauernd und sah Tine entschuldigend an. »Ich kann nichts dafür.«

Tine sah ihr zu, wie sie sich einen heißen Drink zubereitete, den sie mit ins Bett nehmen wollte. Die blonde Frau erwähnte mit keinem Wort die Szene mit Jerry im Garten. Die beiden Frauen unterhielten sich noch eine Weile.

Während Tine geschlafen hatte, erfuhr sie nun, hatte Rupe geholfen, den Rest von Sharons Habe aus der alten Wohnung zu holen. Er war freundlich und hilfsbereit, lobte Sharon, aber immun gegen ihren Charme.

Als sie direkter vorgegangen war, hatte Rupe sie höflich aber bestimmt zurückgewiesen. Tine spürte einen Stich der Eifersucht, aber sie freute sich, dass Rupe der Rivalin widerstanden hatte.

Sharon setzte sich auf den Schemel, den Rupe geräumt hatte, und stieß Tine mit der Schulter an.

»Außerdem weiß ich, dass du scharf auf ihn bist.« Sie blies in den heißen Kakao und nippte daran. Als sie Tines verdutztes Gesicht sah, musste Sharon lächeln. »Der Einzige, der das noch nicht bemerkt hat, ist Rupe.«

Sie stellte die Tasse ab und wandte sich an Tine, die violetten Augen blickten freundlich.

»Weißt du, dass er auch scharf auf dich ist?«

Tine nickte.

Sharon hob die Schultern und stand auf. »Worauf wartest du denn noch?« Sie hob die Tasse auf und hauchte einen Kuss auf Tines Stirn, ehe sie verschwand.

Tine genoss Sharons unbeschwerte Art, aber sie war auch erleichtert, dass die sexuelle Spannung, die sie ausstrahlte, werktags nur in den Abendstunden da sein würde. Dadurch würden die anderen Bewohner Kraft sammeln können, um die Wochenenden zu überstehen. Sie verdrängte den Gedanken an die Nächte dazwischen, nahm eine Flasche Mineralwasser aus dem Kühlschrank und ging in ihr Arbeitszimmer. Sie loggte sich im IRC ein, und beinahe sofort leuchtete ihr Bildschirm auf.

Rupe > *kuschel* Hast du Lust auf #glade?

Rupe und Astyr waren allein. Mit einigen wenigen

Worten schuf er ein virtuelles Sofa, auf dem sie beide Platz nahmen, dann erzählte er ihr, wie er Tines Hand gehalten hatte, wie gut er sich dabei fühlte und wie er immer sicherer glaubte, dass sie ihn auch wollte. Sie kuschelten auf dem Sofa, und sie wollte eine Fußmassage. Rupe beschrieb seine Handgriffe und begann ihre Waden zu massieren.

Astyr > Möchtest du das auch mit Tine machen?

Rupe > Das und mehr!

Astyr > Zeig's mir. Dann kann ich dir sagen, ob es gut ist.

Rupe verfügte über einen großen Wortschatz, und seine Beschreibungen zogen Tine mit in seine lebhafte Fantasie. Er beschrieb alles, was er mit ihr anstellte und was er dabei fühlte. Er wartete auf keine Reaktion von ihr.

Tine stand auf und zog sich aus, nur den dünnen Slip ließ sie an. Sie zog ihn zur Seite und massierte sanft ihre Vulva, dann schlüpfte sie mit einem Finger hinein, und als er nass war, reizte sie die Klitoris, die sich langsam aus ihrer Fleischkapuze erhob. Sie wollte sich zurückhalten, um sich von Rupe tiefer in seine Fantasie ziehen zu lassen.

Im Text auf dem Bildschirm drängte Rupe die vermeintliche Astyr, sich auf den Boden zu legen. Er schuf einen virtuellen Perserteppich und rollte sie zärtlich auf den Rücken, die Beine ein wenig gespreizt. Er hatte eine Massage geplant, aber er hatte nicht mehr die Geduld dazu, er schob die Öle weg und setzte statt dessen seine Lippen ein.

Er begann mit ihren Füßen, nahm jeden Zeh einzeln in den Mund und drang mit der Zunge in die Zwischenräume ein. Dann strichen die Lippen über ihre Waden und glitten höher zu den empfindlichen Innenseiten ihrer Schenkel. Bald erreichte die Zunge ihre Labien. Er beschrieb seine Aktionen wortreich, er beschrieb den Geschmack und die Sensationen, die sein Tun bei ihm auslösten. Die Wonne, die er empfand, wenn er ihre Labien mit der Zunge teilte, wenn die Zunge tief in sie eindrang. Er war völlig in die virtuelle Welt versunken, eine Fähigkeit, die auch Tine immer wieder genoss.

Als sein Text eine Weile unverändert auf dem Bildschirm stehen blieb, übernahm sie und beschrieb, was sie unter seinen ausgedachten Liebkosungen empfunden hatte. Sie veränderte ihre Positionen und nahm seinen Schaft tief in den Mund. Sie ritt ihn mit den Muskeln, bis sie nach Luft rang. Er kam, und sie schluckte fast alles, behielt aber einen Rest von ihm im Mund, damit sie ihn später beim langen Kuss daran teilhaben lassen konnte.

Als sie ihren Text beendete, entstand eine Stille. Tine war erregt, aber es war nicht die Art Erregung, die eine sofortige Erfüllung verlangte. Ihre Finger kreisten langsam über den sanften Hügel. Der leichte Druck war lustvoll; sie hatte das Gefühl, ihr Vorspiel könnte ewig so weiter gehen. Der Orgasmus war nicht so wichtig.

Schließlich fragte Rupe, ob sie Cunnilingus liebte. Sie schrieb zurück, dass sein Saugen und Streicheln wahnsinnig gut getan hätten. Wenn er im wahren Leben so geschickt war wie im virtuellen, schrieb sie, dann war er einer jener seltenen, wunderbaren Männer, die jede Frau wenigstens einmal im Leben genießen sollte.

Er gestand, dass er es im wahren Leben noch nie gemacht hatte, aber er wollte es unbedingt versuchen. Und noch nie hatte eine Frau ihn in den Mund genommen, und auch das wollte er unbedingt erleben.

Sie schrieben, was sie sonst noch alles ausprobieren wollten und dachten sich eine Vielzahl erotischer Abenteuer aus. Rupe wollte alles probieren, alle Stellungen, oral und anal, er wollte Fesselspiele versuchen und selbst erleben, wie sich Schmerz mit Lust vertrug. Auch die Vorstellung, es mit einem anderen Mann zu treiben, bereitete ihm keinen Kopfschmerz. Mit Fetischen konnte er nichts anfangen, und unappetitliche Perversionen sprachen ihn auch nicht an.

Er fügte hinzu, dass er noch nie über die ganze Bandbreite der Sexualität so intensiv nachgedacht hatte wie in den letzten beiden Nächten, während er wach im Bett gelegen hatte und Tine in seine Fantasien eingedrungen war.

Es fiel ihr schwer, sich zur Ruhe zu zwingen, schließlich wusste sie, dass Rupe nur eine Treppe weit entfernt war. Sie konnte zu ihm gehen, offen und nackt, und die Wirklichkeit mit ihm genießen. Aber sie konnte auch nicht die Lust leugnen, die sie dabei empfand, wenn sie mehr und mehr von ihm erfuhr. Je länger sie sich zurückhalten konnte, desto größer und schöner würde ihr erstes reales Erlebnis sein.

Sechstes Kapitel

Als Tine am anderen Morgen aufwachte, nahm sie sich vor, Kontakt mit Demmy aufzunehmen. Der Schlaf hatte sie nicht wirklich erfrischt, und sie erinnerte sich daran, dass sie gestern Abend ungeduscht ins Bett gegangen war.

Sie zwang sich aus dem Bett, ging unter die Dusche und stieg hastig in Jeans und Hemd. Sie ging die Treppe hinunter und erinnerte sich daran, dass Rupe heute Abend für sie kochen wollte. Sie freute sich darauf. Sie würde sich gern von ihm verwöhnen lassen.

Minuten später saß sie mit einer Scheibe Toast in Johns Arbeitszimmer und schaltete seinen Computer ein, um Demmys Adresse aufzuspüren. Sie fand sie sofort. Sie wischte die Krümel von ihren Fingern und wählte die Nummer, dann hörte sie das Tuten. Sie wollte nach einer Weile schon aufgeben, aber dann meldete sich eine Stimme. Unzweifelhaft Demmys. Tine hatte das gehauchte Klein-Mädchen-Lispeln schon fast vergessen.

»Hallo, Demmy.«

»Wer ist da?«

»Tine, Johns Frau.« Sie verbesserte sich: »Witwe.«

Es folgte ein Schweigen, und sie empfand Mitleid mit dem Mädchen. Johns Tod war auch für sie ein Verlust gewesen, und nun rief die Frau an, die sie betrogen hatte. Aber trotzdem war Tine nicht auf Demmys Reaktion vorbereitet.

»Was willst du?« Sie hörte sich feindselig an.

Tine hatte einen Satz des Beileids oder auch der gemeinsamen Trauer erwartet, und nun bereute sie schon ihren Anruf. Aber sie wollte nicht so schnell aufgeben. Sie erklärte, dass sie versuchen wollte, mögliche unfertige Bilder auf Johns Computer zu suchen, und Demmy, die den letzten Sommer so eng mit John gearbeitet hatte, wäre die ideale Person für diese Aufgabe.

Tine bemühte sich um Freundlichkeit. Sie sagte, dass sie sich freute, Demmy überhaupt erreicht zu haben, denn sie hätte ja auch Zugang zu einem anderen Künstlerkreis in London gefunden haben können. Allmählich schien Demmy aufzutauen. Sie war an der Uni geblieben und hatte sich auf Computergrafiken umgestellt. John hatte sie dazu ermutigt. Jetzt waren Semesterferien, und bis September war sie frei.

Tine hörte eine Arroganz in Demmys Stimme. Demmy fühlte sich wohl der betrogenen Frau überlegen.

Es überraschte Tine, dass sie Demmys Haltung nicht vorausgesehen hatte. Die junge Geliebte ihres Mannes sollte nicht glauben, dass Tine als Bittstellerin anrief. Sie zweifelte nicht daran, dass Demmy davon profitierte, wenn sie unveröffentlichte Arbeiten von John entdeckte. Ihr Name würde in Katalogen erwähnt. Sie wies deutlich auf diese Vorteile hin und nahm sich vor, wenn sie eine schnippische Antwort erhielt, das Angebot zurückzuziehen.

Demmy überraschte sie erneut, als sie fragte, wie hoch diese Aufgabe bezahlt würde, schließlich könnte sie in dieser Zeit ja auch Arbeiten für die Uni erledigen. Sie würde wenigstens einen Teil des Verkaufserlöses haben wollen.

»Du wirst gar nichts erhalten! Und du wirst die unfertigen Bilder auch nicht anfassen, falls es denn welche gibt. Wenn du die Chance nicht siehst, die darin liegt, unveröffentlichte Bilder von John zu entdecken, dann war es ein Fehler, dich überhaupt anzurufen.«

Tine brach die Verbindung verärgert ab. Sie saß im stillen Arbeitszimmer, fühlte sich schuldig, bereute aber nichts. Demmy war achtzehn Jahre und erwachsen; ihre Haltung war kindisch und inakzeptabel. Sie bedauerte, dass die Beziehung des jungen Mädchens zu John von hohlem Materialismus bestimmt gewesen sein musste, auch wenn sie berücksichtigte, dass Demmy eine mittellose Studentin war.

Tine saß wie erstarrt da, als ihr der schreckliche Gedanke kam. Demmy war bezahlt worden. John hatte Demmy für ihre Gunst bezahlt. Er hatte ihre finanzielle Situation ausgenutzt, um die Jugendlichkeit des Mädchens besitzen zu können.

Tine verwarf schleunigst ihre romantisierenden Vorstellungen über die Art von Johns Beziehungen mit den jungen Mädchen und erkannte den schnöden monetären Charakter seines Handelns. Hatte er die Straßen englischer Städte nach immer neuen Mädchen heimgesucht? Sie dachte an die Ausreißerinnen, an junge Prostituierte und obdachlose Waisen, die seinen Angeboten vielleicht nicht hatten widerstehen können. Tine dachte auch an die Risiken, die er für sich, für die Mädchen und auch für sie eingegangen war.

Sie stand in stiller Verachtung da, als die Türglocke sie aus ihren Gedanken riss. Langsam ging sie die Treppe hinunter. Sie fühlte sich erschöpft, und als sie die Tür öffnete und Demmy vor sich sah, war das kein Anblick, der sie fröhlicher stimmte.

Demmy war nicht mehr die zierliche Elfe, die sie noch vor einem Jahr gewesen war, sie hatte deutlich sichtbare Konturen bekommen. Die blassblauen Augen waren noch so durchscheinend wie früher. Das dichte dunkle Haar war mit wilden pinkfarbenen Strähnen durchzogen.

Eine Seite des Kopfes war bis auf Stoppellänge rasiert, die Haare der anderen Seite waren mit Gel zu Spikes erhoben. Eine kleine goldene Kugel war durch ein Nasenloch gepierct, und als Demmy sprach, glitzerte ein goldener Ring, der durch die Unterlippe gezogen war. An einem Ohr gab es so viele Piercings, dass man sie nicht auf Anhieb zählen konnte. Tine wunderte sich, wieso das Ohr unter dem Gewicht nicht abfiel.

Demmy trug ein kurzes schwarzes Wickelkleid. Tine konnte keine Wäsche unter dem dünnen Stoff erkennen, wohl aber die Andeutung, dass sich die Piercings fortsetzten. Um einen Nippel schien ein alarmierend großer Ring zu hängen. Sie trug schwere hohe Schuhe mit kurzen Söckchen. Dicke Lederarmbänder und eine Fülle von Ringen komplettierten ihren Schmuck. Auf dem rechten Oberarm war ein Fisch tätowiert. Ihr Gesicht trug kein Make-up, ihre Haut war blass und makellos.

»Ich bin wegen Johns Arbeiten gekommen.« Sie sagte kein Wort der Entschuldigung, und ihr kindlicher Sopran stand im Widerspruch zu dem Bild, das sie abgab.

Tine trat stumm beiseite und ließ sie eintreten. Demmy ging gleich durch ins Arbeitszimmer. Tine fühlte sich nicht in der Lage, dem jungen Mädchen jetzt zu begegnen, sie ging in die Küche und füllte die Kaffeemaschine. Sie blieb etwa eine halbe Stunde in der Küche sitzen. Wahrscheinlich saß Demmy an Johns Computer, um die ›j-piks‹ zu finden, die Tine in eine andere Datei verschoben hatte.

Trotz ihrer Verärgerung fühlte Tine mit dem Mädchen. Natürlich kannte Demmy Johns Ablagesystem und wusste, wo er die Fotos einsortiert hatte. Als sie sie dort nicht fand, musste sie in leichte Panik geraten. Was, wenn Johns Anwälte sie entdeckt hatten und sie sich nun in fremden Händen befanden? Falls sie selbst mal eine bekannte Künstlerin würde, konnten die Bilder eine Bedrohung für ihre Karriere sein.

Als Tine endlich das Arbeitszimmer betrat, stand Demmy vor dem Computer. Sie war in Tränen ausgebrochen. In der Hand hielt sie die Hülle der CD-Rom, die Tine von ›j-piks‹ gebrannt hatte. Auf dem Schirm war noch das Bild zu sehen, auf dem Demmy mit der Fellatio begonnen hatte.

Die beiden Frauen sahen sich an, Tine ruhig, zwei Tassen Kaffee in der Hand, und Demmy zitternd. Die Tränen liefen weiter über ihr Gesicht.

»Du hast es gewusst!« Ihre Stimme klang wie ein Vorwurf, als ob es Tine wäre, die Böses getan hätte.

»Nicht, als ich angerufen habe. Aber ich habe es herausgefunden.« Du bist verrückt, dachte Tine. Warum sollte ich mich bei ihr entschuldigen? Sie wusste nicht, warum das Mädchen weinte. Ihr natürlicher Impuls war, freundlich zu sein. Sie stellte die beiden Kaffeetassen ab, nahm die CD aus Demmys Hand und die junge Frau in ihre Arme.

Demmy schluchzte ein paar Minuten lang an Tines Schulter, als suchte sie dort Trost. Ihr Nippelring drückte gegen Tines Brust und löste dort eine angenehme Reibung aus. Als Demmy ihr Gesicht in die Halsbeuge schmiegte, spürte Tine den Lippenring. Sie erfuhr die Vorteile des eigenwilligen Schmucks. Die Nasenkugel berührte leicht ihr Ohrläppchen; auch ein sinnliches Gefühl.

Es dauerte einige Zeit, bis Tine gewahrte, dass Demmy nicht mehr weinte. Das Mädchen hatte die Arme um Tines Taille geschlungen und hielt sie fest an sich gedrückt. Demmy war ein wenig größer als Tine, und wenn sie den Kopf hob, war ihr Kinn genau auf Tines Augenhöhe.

Tine wurde bewusst, dass dies der erste enge Körperkontakt war, den sie nach Monaten erlebte, und es wurde ihr auch bewusst, dass sie danach hungerte. Sharons kurze Umarmung war angenehm gewesen, aber dies hier hätte den Durst nach der Durchquerung der Wüste stillen können. Tine nahm aus der Umarmung so viel mit, wie sie nur konnte.

Demmy freute sich. Sie empfand nicht viel für Tine, aber sie sah ihr an, dass ihr Besuch sie verunsichert hatte. Nach dem Anruf war Demmy zunächst schockiert gewesen, aber dann hatte sie sich einen Plan ausgedacht, der ihr schon seit Monaten durch den Kopf gegangen war.

Sie wusste, wie John seine Kunst generiert hatte, sie brauchte nur Zugang zu seinem Programm und den Filtern zu erhalten, um ähnliche Bilder herzustellen. Natürlich würde sie einige Details verändern, aber als Johns Jüngerin würde ihre Kunst dieselbe Klientele ansprechen. Sie war keine Puristin, sie wollte nur viel Geld mit einer Technik verdienen, die John erfunden und reich gemacht hatte.

Als sie die CD-Rom gefunden hatte, wusste sie durch Tines Handschrift, dass die Frau von ihrer Beziehung mit John erfahren hatte. Demmy war in Tränen ausgebrochen, weil sie das Programm nicht gefunden hatte, mit dem John seine Bilder verfremdet hatte. Ihre Tränen waren nicht Tränen der Scham, wie Tine offenbar glaubte, sondern Ausdruck der Frustration. Aber in Tines Armen fand sie nicht Trost, sondern Hoffnung auf eine neue Gelegenheit.

Sie konnte ihren Plan immer noch realisieren, wenn es ihr gelang, das Vertrauen der älteren Frau zu gewinnen. Der Weg war gewiesen, als die Umarmung andauerte.

Sie schmiegte sich an Tine und spürte, wie ihr Ring sich an Tines Nippel rieb. Durch den dünnen Stoff spürte sie das Anschwellen der Brustwarzen, und sie hörte auch, dass Tine kürzer und schneller zu atmen begann. Sie legte die Arme um Tines Taille, stand abwartend da und drückte dann die zierliche Frau an sich. Da war kein Zögern, kein Zurückweichen. Demmy strich mit einer Hand über Tines Rücken, glitt immer tiefer, streichelte kreisend über die Pobacken. Der Jeansstoff war ärgerlich, fand Demmy. Kurz entschlossen glitt sie mit beiden Händen unter den weiten Bund und massierte Tines nackte Halbkugeln.

Es begann Tine Spaß zu machen. Sie lehnte sich entspannt gegen Demmy, rieb sich an der jungen Frau und zitterte unter ihren Händen. Demmy lächelte still. Tine reagierte gut auf das beharrliche Streicheln und Kneten. Ein Finger schlich sich probend in die Kerbe, während die andere Hand an ihr Geschlecht fasste, wodurch sie Tine auf die Zehenspitzen zwang. Tine keuchte, als Demmy mit den Fingern in beide Öffnungen drang.

Demmy erregte sich an Tines leisem Stöhnen. Die ältere Frau hungerte nach Sex. Demmy wusste genau, wie sie Tine hoch bringen konnte. Sie wollte sie an einen Punkt bringen, von dem es kein Zurück mehr gab.

Demmy war nicht an Kuschelsex gewöhnt. Ihr ging es um den direkten Weg, und den würde sie auch bald mit Tine gehen können, sobald die Verführung gelungen war. Danach würde die befriedigte Tine ganz lieb und bereit zum Teilen sein. Sie würde ihr das Programm zeigen, und dann ...

Sie spürte Tines Nässe und war erstaunt über den Eifer der älteren Frau. Demmy schob die Finger tiefer, und Tine ließ den Schoß rotieren, um Demmys Finger einzufangen. Dann verharrte sie plötzlich mitten in der Bewegung. Der Atem kam stoßweise, und sie schien zu erstarren, als sie versuchte, sich wieder unter Kontrolle zu bringen.

Demmy erkannte sofort, dass ihr Versuch fehlgeschlagen war. Ihre Finger glitten aus Tine heraus. Noch sorgte Demmy sich nicht. Sie sah die Lust in Tines Augen. Nach kurzer Zeit würde sie es noch einmal versuchen, aber jetzt musste sie zurückstecken. Fieberhaft dachte sie nach, wie sie die Situation zu ihrem Vorteil nutzen konnte.

Schließlich flüsterte sie: »Es tut mir Leid.« Sie hielt den Kopf gesenkt. Eine einzelne Träne rann die Wange hinunter. »Ich weiß, wie das auf dich wirken muss. Aber ich war mit John eng verbunden, und jetzt, in deiner Gegenwart, stürmten die Erinnerungen wieder auf mich ein.«

Tine hatte hart gekämpft, um die Kontrolle über sich wieder zu gewinnen. Ihr Körper lechzte immer noch nach den kundigen Berührungen der jungen Frau und brannte auf Erlösung. Aber dies war nicht das, was sie wirklich haben wollte. Sie hatte erkannt, dass Demmy nur eine schlechte Schauspielerin war.

Oh, dieses junge Ding kannte alle Tricks, eine Frau zu erregen, sie hatte alle richtigen Berührungen und Bewegungen drauf. Nicht einmal John hatte es verstanden, sie derart schnell zu erregen. Tine war sich nicht sicher, aber sie glaubte, ihr Misstrauen war geweckt worden, als Demmy so gezielt, so berechnend vorging.

Sie war zu klug, um nicht auf ihre innere Stimme zu hören, deshalb hatte sie um ihre Beherrschung gerungen. Jetzt musste ihr Körper mit der Enttäuschung fertig werden. Am schlimmsten war die Erkenntnis, wie leicht sie sich hatte verführen lassen, wie empfänglich sie für Zärtlichkeit war. Sie hatte zwar Trost geben wollen, aber sie hatte Wärme gesucht. Ihre Libido hatte alle anderen Gefühle überlagert.

Demmys Wandlungsfähigkeit hatte sie stutzig gemacht. Vor den Tränen war sie kurz angebunden und verdammt selbstsicher gewesen. Danach der Tränenausbruch, für den Tine noch keine Erklärung hatte, und dann die gewiefte Verführerin.

Jetzt sah Tine die Lüge in den blassblauen Augen. Sie sah sich in ihrer Ahnung bestätigt, dass Demmy gar nicht an John interessiert gewesen war, sondern nur an seiner Arbeit, von der sie profitieren wollte. Sie ahnte auch, dass Demmy an Johns Programm interessiert war, damit sie ihn kopieren konnte. Wenn das wirklich der Fall war, musste Tine die Pläne der jungen Frau durchkreuzen.

Tine bat Demmy, jetzt nach Hause zu gehen. Wenn sie wolle, könnte sie am Dienstag wiederkommen.

»Vielleicht brauchen wir beide etwas mehr Zeit, um noch einmal über alles nachzudenken«, sagte sie und dachte, sie würde bis dahin selbst noch einmal den Computer nach Johns Programm durchforsten. Sie hatte eine größere Chance als Demmy. Sie legte die CD-Rom zurück ins Regal und führte die junge Frau zur Haustür.

Tine sah Demmy auf die Straße treten. Ihre Hüften schwangen sinnlich, und Tine spürte einen Stich in der Magengrube. Ein Wirrwarr der Gefühle tummelte sich in ihr, von Ärger bis Sehnsucht. Sie verstand jetzt besser, wie sie gestern auf Rupe gewirkt haben musste, geil und entblößt. Sie war erleichtert, dass sie sich zurückgehalten hatte, und noch erleichterter, dass sie sich im letzten Moment von Demmy gelöst hatte. Sich dem jungen Mädchen hinzugeben wäre der noch schlimmere Fehler gewesen. Noch schlimmer, als es mit Rupe zu treiben.

Sie fühlte sich zu der jungen Frau nicht hingezogen, aber trotzdem reizte Demmy sie. Sie war sicher, dass es Demmy gelungen wäre, sie körperlich zu befriedigen, und vielleicht wäre das auch genug gewesen, aber sie wusste, dass Demmy Revanche von ihr erwartete, und dieser Preis wäre zu hoch gewesen.

Während sie das dachte, machten sich Schuldgefühle in Tine breit. Demmy war kein schlechtes Mädchen, sie war jung und suchte noch, wohin sie gehörte. Je länger sie darüber nachdachte, desto sicherer war sie, dass Demmy sie ganz gezielt verführt hatte. Sie hatte etwas erreichen wollen. Im nächsten Moment war sie davon überzeugt: Johns Programm. Hatte sie nicht ihr Studienfach gewechselt? Damit sie so arbeiten konnte wie John?

John war ein wahres Genie gewesen. Aber das Genie lag nicht an seinen künstlerischen Qualitäten, sondern an seiner Erfahrung als Computergrafiker. Um seine Bilder so kunstvoll zu verfremden, hatte er ein Programm entwickelt, mit dessen Hilfe jeder Bilder in Johns Technik fertigen konnte. Kein Wunder, dass Demmy bereit war, am Dienstag wiederzukommen.

Tine würde wahrscheinlich auch beim nächsten Mal kein Glück haben, wenn sie das Programm auf Johns Rechner suchte. Wahrscheinlich bedurfte es eines Spezialisten ... und plötzlich fiel ihr Rupe ein.

Sie hatte in der offenen Haustür gestanden, während diese Gedanken durch Tines Kopf gingen. Das Geräusch von Töpfen und Pfannen riss sie aus ihren Grübeleien. Sie drückte die Tür zu und ging in die Küche.

Rupe ging summend seiner Arbeit nach, hatte Zutaten aufgereiht, Messer und Bretter aus dem Schrank geholt. Tine schaute auf die Uhr. Drei Uhr am Nachmittag. Demmy war über zwei Stunden bei ihr gewesen.

»Soll ich aus der Küche gehen?«, fragte Tine. Sie wusste, wenn sie ein Essen vorbereitete, war sie lieber für sich allein. Aus den Vorbereitungen war zu schließen, dass dies ein besonderes Essen sein würde.

»Ja.«

»Okay.« Sie grinste und freute sich auf das gemeinsame Essen. Sie schenkte sich ein Glas Orangensaft ein und ging ins Arbeitszimmer. Sie verzog das Gesicht, als sie die Tassen mit dem kalten Kaffee sah, dann schaltete sie den Computer ein.

Sie begann mit der Suche nach Johns Programm. Sie ging systematisch durch seine Dateien, aber sie ahnte, dass es eine langwierige Suche werden würde.

Rupe klopfte an die Tür des Arbeitszimmers. Er hatte gesehen, dass Tine hineingegangen war. Als sie nicht antwortete, trat er ein. Er sah sie konzentriert auf den Bildschirm starren. Mit zusammengezogenen Augen betrachtete er die Hardware und dann Tines geschicktes Öffnen der verschiedenen Grafiken. Offenbar suchte sie etwas, denn sie öffnete eine Datei nach der anderen.

Er wollte sie in ihrer Konzentration nicht stören und ging wieder. Verwundert war er nur darüber, dass sie ihm nicht gesagt hatte, wie firm sie im Umgang mit dem Rechner war. Er war neugierig geworden und schlich hinauf in ihr Arbeitszimmer. Auch sie verfügte über einen Minicomputer und einen PC.

Rupe wusste von Johns Erfolgen mit am Computer generierter Kunst. John hatte einen großen Namen, nicht nur in Kunstkreisen, sondern auch unter Computerfans. Er wusste auch, dass Tine seine Witwe war. Im ganzen Haus hingen seine Bilder. Was er bisher nicht gewusst hatte, war Tines Erfahrung am Computer. Ihn verblüffte auch, mit welcher entschlossenen Konzentration sie die einzelnen Dateien durchforstete.

Sie musste einen Grund haben, ihm ihr Wissen vorzuenthalten; als sie sich gestern Abend unterhalten hatten, war sie zurückhaltend gewesen, was ihre

Arbeit mit dem Rechner anging. Aber natürlich ahnte Rupe nicht den wahren Grund für Tines Untertreibung.

Er nahm sich vor, ihr Geheimnis noch heute Abend herauszufinden. Er würde sie betrunken machen und dann alles von ihr erfahren.

Zwei Stunden später trat Tine in den Flur und wurde von köstlichen Aromen empfangen. In der Küche waren sie am stärksten. Sie sah mehrere gefüllte Schüsseln, die darauf warteten, in den Ofen geschoben zu werden. Rupe deckte den Tisch im Esszimmer. Er hatte das feine Porzellan gefunden und das Silberbesteck, und jetzt war er dabei, die Servietten zu hübschen Rosetten zu falten. Als er Tine bemerkte, schob er sie hinaus, weil alles eine Überraschung sein sollte. Sie sollte sich gedulden; um sieben Uhr gäbe es einen Aperitif auf der Terrasse. Er fügte noch hinzu, dass Sharon ihm gesagt hatte, sie wollte an diesem Abend ausgehen.

Tine wollte seine Mühe mit festlicher Kleidung vergelten. Aus dem Versprechen, etwas für sie zu kochen, war inzwischen so etwas wie eine Verabredung geworden. Sie duschte und ölte sich ein, beschäftigte sich lange mit ihrem Make-up und betrachtete sich kritisch im Spiegel des Kleiderschranks.

Sie entschied sich für ein Haremskostüm, eine schwarze Hose aus Schleierstoff, dazu ein spitzenbesetztes Mieder. Es war bequem und doch elegant, und Rupe würde wissen, dass sie ihm damit eine Freude bereiten wollte. Erfolglos mühte sie sich mit der Frisur ab. Die Haare waren zu dick, um gezähmt zu werden, deshalb bürstete sie so lange, bis sie glänzten.

Sie tupfte *l'eau d'Issey* auf ihre Handgelenke und ging Punkt sieben Uhr ins Esszimmer.

Die Terrassentür stand offen, und das Zimmer glänzte im Sonnenlicht. Der Tisch war wunderschön gedeckt, eine Kerze in einem silbernen Halter versprach Intimität, und neben jedem Teller standen eine Champagnerflöte und je ein Glas für Weißwein und Rotwein. In den Falten der Servietten steckte der Kopf einer roten Rose.

Rupe hatte sich auf einer Liege auf der Terrasse ausgestreckt und wandte ihr den Rücken zu. Seine Haare waren nass, und jetzt trug er ein schwarzes T-Shirt und Chinos. Wie sie war auch er barfuß. Neben seiner stand noch eine Liege, er musste sie in der Garage entdeckt haben, dachte Tine. Auf dem Tisch standen eine Karaffe mit einer goldgelben Flüssigkeit mit Eiswürfeln und Obststückchen sowie zwei Gläser.

Tine fühlte sich plötzlich ganz scheu. Eine leichte Brise spielte mit einem Blatt auf dem Rasen, hob es an und wirbelte es herum. Als die Katze hinter einem Rhododendronbusch hervorsprang, um das Blatt zu fangen, musste sie lachen. Rupe drehte sich um und lächelte Tine an.

Er sah eine schöne Frau vor sich. Sie stand auf der Terrasse, und nun ließ sich der leichte Wind an ihrem Schleierstoff aus und schob ihn an den Beinen hoch. Der leichte Stoff blähte auf, als wollte er mit dem Wind reiten, ehe Tine mit einer Hand die Hose wieder glättete.

Tine sah die Bewunderung in Rupes Blicken und erwiderte sie rückhaltlos. Es war ein ernster, offener

Moment, und beide freuten sich auf den Abend. Rupe erhob sich, um den Aperitif einzuschenken, wartete, bis sie auf der Liege Platz genommen hatte, und reichte ihr dann ein Glas. Es fühlte sich kühl an, und die Eiswürfel klirrten zum Willkommen. Sie nippte zuerst, schmeckte den Obstpunsch, der mit Passionsfrucht und Zitrone angereichert war, um die Süße zu nehmen. Sie nickte zustimmend.

Sie saßen eine Weile in angenehmem Schweigen da, ehe Rupe etwas sagte.

»Ich war heute Nachmittag im Arbeitszimmer, als Sie da gearbeitet haben. Ich wollte Sie nicht stören, deshalb bin ich wieder gegangen.«

Tine hatte Verständnis dafür, dass Rupe sich für die Hardware interessierte; es gab kaum jemanden, der ihr Haus besuchte, der sich nicht für die Anlage begeistern konnte. Wenn er ihr zugeschaut hatte, würde er auch bemerkt haben, dass sie recht vertraut mit den Geräten war.

Einen entsetzlichen Moment lang fürchtete sie, er könnte gekommen sein, als sie mit Demmy im Arbeitszimmer gewesen war, aber sie verwarf diesen Verdacht sofort wieder. Wäre das der Fall gewesen, hätte er den Vorfall nicht angesprochen.

»Sie hätten mich ruhig stören können. Ich habe etwas gesucht, aber nicht gefunden.«

Sie redeten noch ein wenig über harmlose Dinge, ehe er fragte: »Wer war denn das Tankgirl?«

Er musste Demmy gesehen haben, als sie das Haus verlassen hatte. »Sie ist der Grund dafür, dass ich gesucht habe. Und warum ich Sie um Hilfe bitten muss.«

Tine entschied, Rupe alles über Johns Beziehung mit

Demmy und den anderen Frauen zu erzählen, über seine Kunst und die Ablagen, die sie suchte. Es war eine lange Geschichte, sie überdauerte den Punsch, den Salat vorab und den gebackenen Camembert mit dem pürierten Rote-Bete-Saft.

Rupe lauschte intensiv und ohne zu unterbrechen. Er hatte absichtlich mit dem Öffnen der Champagnerflasche gewartet, denn irgendwie passte kein Champagner zu der Geschichte, die sie zu erzählen hatte.

Er war traurig, als er daran dachte, wie sie die heimlichen Fotos entdeckt hatte. Was für ein Beginn für ihr neues Leben. Traurig war auch, wenn ihre Vermutungen über Demmys wahre Absichten zutrafen. Aber er hörte keinen Schmerz in ihrer Stimme, als sie von Johns Untreue sprach.

Er nickte zustimmend, als sie ihn inständig bat, das Geheimnis von Johns Kunst zu bewahren. Ihr verstorbener Mann mochte ein unmoralischer Mensch gewesen sein, aber Rupe fand, es stand ihm nicht zu, den Charakter des brillanten Programmierers zu beurteilen. Dass auch Tine ihn nicht verurteilte, steigerte seinen Respekt für sie noch. Als er an Demmy dachte, stöhnte er innerlich. Zuerst das wilde Weib und jetzt das Tankgirl – Tine schien bizarre Typen anzuziehen. Er sah an sich hinunter, als wollte er erkunden, wie er zu dieser Sammlung passte.

Er servierte Seebarbe mit *courgettes* und Fenchelsauce und schenkte Mont Rachet in die glitzernden kleineren Weingläser. Tine konnte seine Kochkünste nicht fassen, und er erklärte ihr, dass sein Vater ein angesehener Küchenchef war und in Sydney ein eigenes Restaurant betrieb. Bevor Rupe sich für eine Computer-Karriere entschieden hatte, war er im Restaurant ausgebildet worden und fast so gut wie sein Vater gewesen. An diesem Abend hatte er seine eigenen Rezepte gekocht.

»Sie sind die erste Frau, die ich bekoche«, sagte er plötzlich, als hätte er sich selbst mit diesem Gedanken überrascht. »Danke, dass Sie mir Gelegenheit dazu gegeben haben.«

Tine sah ihn froh und verdutzt an. Dass er dieses wunderbare Essen ganz allein für sie zubereitet hatte, war schon mehr als genug, und nun bedankte er sich auch noch bei ihr. Was für ein erstaunlicher junger Mann!

Einfach nur danke zu sagen, schien ihr zu banal, deshalb erhob sie sich, beugte sich über den Tisch und hauchte einen Kuss auf seine Lippen. Sie hielt den Kontakt lange genug, um das Zittern seiner Unterlippe zu spüren.

»Es war ein wunderbares Essen«, sagte sie leise. »Und Sie sind ein wunderbarer Mann.«

Rupe grinste verlegen und stand auf. »Der nächste Gang«, verkündete er.

Er brachte eine Kalbsschnitte mit einer Käsesauce auf den Tisch, dazu gebackene Kartoffeln an buntem Gemüse. Jeder Gang bestand nur aus wenigen Bissen, um den Gaumen zu kitzeln, und erhöhte Tines Spannung auf den nächsten. Der erwies sich als Wild, serviert mit schwarzen Kirschen, und dazu schenkte er Corbières ein.

Die Nacht war angebrochen. Rupe zündete die Kerze an und dimmte das elektrische Licht. Er hatte die Außenlampe an der Garage eingeschaltet, und der Schein legte einen gelblichen Schimmer über Rasen und Sträucher; eine Atmosphäre wie ein Bühnenbild zu *Ein Sommernachtstraum*.

Die Kerzenflamme tanzte in der Brise und warf winzige Prismen auf das geschliffene Kristall der Gläser, bevor sie sich im rubinroten Wein spiegelte. Sie tranken nicht viel. Rupe freute sich, dass Tine offenbar seine Kochkünste genoss. Sie sagte nicht viel, aber ihre Blicke trafen sich immer wieder, und in ihren Augen las er ihre Freude.

»Erzählen Sie mir von Ihren Computern«, sagte Rupe. »Ich meine, wie Sie gelernt haben, so geschickt mit ihnen umzugehen.«

»Ich bin nicht wirklich geschickt, nicht im Vergleich zu Ihnen.« Das stimmte sicherlich. »Ich kenne mich mit ganz bestimmten Dingen aus, weil John sie mir beigebracht hat. Manchmal habe ich kleinere Probleme lösen müssen, die bei ihm auftraten.«

»Und was ist mit dem Internet?«

Wieder empfand Tine den starken Drang, ihm alles zu erzählen. Aber sie widerstand.

»Früher habe ich viel Zeit im Internet verbracht. Erst kürzlich habe ich gedacht, ich sollte wieder damit anfangen. Aber dann hat das reale Leben mich davon abgehalten.«

Rupe nickte. In den ersten beiden Jahren war er auch süchtig geworden und hatte viele Nächte vor dem Schirm verbracht. Wie Tine hatte er zwischen der realen und der virtuellen Welt kaum noch unterscheiden können. Aber allmählich hatte er sich zurück in die Wirklichkeit gezwungen. Jetzt hatte er gelernt, beide Welten zu genießen, jede zu ihrer Zeit. Für ihn war das Internet eine Bereicherung. Es erweiterte den Horizont und bescherte ihm neue Freunde. Er erzählte von

Dickens, mit dem ihn eine Freundschaft verband, die er im wahren Leben bei niemandem gefunden hatte.

»Er würde Ihnen gefallen, Tine.«

Ihr fiel keine Antwort ein, die nicht ihre Identität als Astyr verraten hätte, deshalb lächelte sie nur. Es war ein geheimnisvolles Lächeln, das die Falten um ihre Augen vertiefte.

Rupe, unfähig, sich weiter zurückzuhalten, streichelte über ihre glänzenden Haare. Er strich sanft über ihre Wange. Seine Augen starrten sie an. Tine hielt seinem Blick stand und schloss dann die Augen.

»Sie sind schön«, flüsterte er. »Als Sie eben auf die Terrasse traten, war mein erster Gedanke, dass ich nie eine schönere Frau gesehen habe.« Er stand auf, zog Tine von ihrem Stuhl hoch, legte seine Hände auf ihre Schultern und küsste sie. Sein Mund drückte sich auf ihre Lippen, dann auf ihre Wangen. Sie konnte seine Wimpern spüren.

Seufzend schlang er die Arme um sie, und sie legte einen Arm um seine Taille. Minutenlang standen sie stumm da und drückten ihre Körper.

Tine reichte Rupe nur bis zum Kinn. Sie presste die Lippen gegen seinen Hals, und sie spürte, wie er schluckte. Sie fühlte seinen Herzschlag, drehte den Kopf zur Seite und schmiegte sich an seine Brust, damit sie den regelmäßigen Rhythmus hören konnte. Seine Arme hielten sie weiter umfangen, und seine Schenkel wärmten ihre.

Sie spürte seine steife Erektion. Sie fühlten keinen Zwang, die Beziehung sofort weiter zu treiben, ihnen war die Gewissheit eigen, dass sie es irgendwann tun würden. Tine schüttelte sich vor Entzücken, als sie daran dachte.

Rupe legte seine Hände wieder auf ihre Schultern, und nachdem er einen sanften Kuss auf ihre Augenbraue hauchte, löste er sich mit einem Lächeln von ihr.

»Der Nachtisch.«

»Der muss aber schon außerordentlich köstlich sein, wenn er besser sein sollte als das Dessert, das wir gerade hatten«, sagte Tine, neigte den Kopf zur Seite und ließ ihn mit leisem Bedauern gehen.

Das Dessert bestand aus einer Schokoladenmousse mit gespickten Zitroneneisstückchen, serviert mit Amarettokugeln und Champagner. Rupe hatte *Serenade to Music* von Vaughan William in den CD-Spieler geschoben, und ein beschwingter Chor füllte das Zimmer.

Tine fühlte sich angenehm gesättigt, und als Rupe seinen Stuhl näher an ihren rückte, bis sie sich gegenüber saßen, fühlte sie sich sehr glücklich. Sie saßen da, er hielt ihre Schenkel mit seinen umfangen, und genossen den perlenden Champagner.

Rupe hatte auch die Videothek gefunden. Er führte Tine ins Wohnzimmer, setzte sie aufs Sofa und ging, um kurz darauf mit Espresso, dünnen Plätzchen aus Halbbitterschokolade und zwei hohen Gläsern mit gekühltem Mineralwasser zurück zu kommen. Den Film, den er für den Abend ausgewählt hatte, war Strictly Ballroom. Er schob die Kassette in den Videorecorder, setzte sich ans andere Ende des Sofas und zog ihre Füße auf seinen Schoß. Er begann mit einer leichten Massage, ehe er das Band abspulen ließ.

Tine schlief ein unter dem sanften Massieren seiner Hände. Rupe betrachtete sie eine lange Zeit, ehe er sie aufhob und in ihr Schlafzimmer trug. Sie wurde kaum wach und murmelte gegen seinen Hals, als er die Treppe hinaufging, und sie seufzte glücklich, als er sie aufs Bett legte.

Er öffnete ihre Kleidung, aber er traute sich nicht, ihr beim Ausziehen zu helfen. Es bedurfte schon seiner ganzen Willenskraft, sich nicht einfach neben sie zu legen und mit ihr in seinen Armen einzuschlafen.

Siebtes Kapitel

Das Erste, was Tine am Morgen nach dem Aufwachen bemerkte, war, dass sie das Haus für sich allein hatte. Eine unwirkliche Stille umgab sie. Es war ihr gar nicht bewusst geworden, wie sehr ihre Sinne sich schon auf Rupe und Sharon eingestellt hatten. Es war seltsam, aber sie wusste, dass sie nicht im Haus waren. Ein leicht unangenehmes Gefühl, obwohl es auch Vorteile hatte, wieder mal ganz für sich zu sein. Nach dem feinen Essen und der guten Gesellschaft war sie ein wenig zögerlich, Rupe unter die Augen zu treten. Sie wollte zuerst mit ihren Gefühlen ins Reine kommen.

Sie erinnerte sich an den Beginn des Videofilms und an seine sanft massierenden Hände. Dann war sie in einen angenehmen, vom Wein ausgelösten Schlummer gefallen. Jetzt fühlte sie sich erhitzt; sie lag mit ihrem Spitzenmieder unter der Decke, und ihre Hose war die Beine hochgerutscht.

Ihr Make-up hatte das Kissen verschmiert. Tine hoffte, dass Rupe sie nicht als betrunkene Schnarcherin erlebt hatte. Sie erinnerte sich vage an die Kraft seiner Arme, als er sie die Treppe hinaufgetragen hatte.

Sein Kuss. Sie drückte einen Finger auf die Lippen und schloss die Augen, um sich intensiv daran zu erinnern. Sie lechzte nach mehr. Seine Arme um ihren Körper. Was gestern Abend perfekt gewesen schien, kam ihr jetzt völlig unzureichend vor. Wie gern hätte sie sich an seinem nackten Körper gerieben.

Schließlich erhob sie sich mit einem Seufzer aus dem Bett und betrachtete sich finster im Spiegel des Badezimmers. Blasse, schwarz verschmierte Augen blickten sie missbilligend an. Ihr ungekämmtes Haar sah wie ein Staubwedel aus, mit dem eine Hausfrau gewütet hatte. Sie war froh, dass Rupe nicht geblieben war, um ihr schlampiges Aussehen zu bezeugen.

Geduscht und zahnpastafrisch und mit Haaren, die nach Äpfeln dufteten, ging sie hinunter in die Küche. Alles war aufgeräumt, die Oberflächen blitzten. Auch im Esszimmer konnte sie das Poliermittel riechen. In der Küche fand sie ein kleines Päckchen, auf dessen braunen Umschlag Rupe geschrieben hatte:

Muss nach London. Habe das Programm gefunden!

R xxx

(Ihr Essen, Madam, steht im Kühlschrank)

Im Päckchen fand sie ein Band, das nicht beschriftet war. Sie beschloss, es liegen zu lassen und nicht abzuspielen, sie konnte Rupe später nach dem Inhalt fragen. Aber sie ahnte, dass er Johns Filter gefunden hatte.

Im Kühlschrank fand sie einen gefüllten Teller, darauf lag ein Zettel, mit einem Zahnstocher an der Folie befestigt. Rupe schrieb, der Rest des Weins, den sie gestern Abend getrunken hatten, stünde in dem zweiten Türfach. Auf dem Teller lagen feine Streifen der Seebarbe und ein gemischter Salat, daneben stand ein kleiner Topf mit reichlich Sauce.

Ich könnte mich daran gewöhnen, dachte Tine lächelnd. Rupe konnte nicht lange geschlafen haben. Sie selbst mochte gegen Mitternacht im Bett gewesen sein. Dann hatte er noch die Küche aufgeräumt und geputzt und auch das Esszimmer. Und schließlich hatte er sich an den Computer gesetzt und das Programm gefunden. Ihr fiel ein, dass sie die Maschine nicht abgestellt hatte, was eigentlich ein Fehler war, aber dadurch hatte Rupe arbeiten können, ohne ihr Password zu kennen. Sie ging in ihr Schlafzimmer und legte das Band in die Schublade ihres Nachttischs.

Während sie auf der Terrasse saß und zum Toast frisch gepressten Orangensaft trank, entschied Tine, das Bild im Wohnzimmer loszuwerden. Sie hatte das Motiv erst erkannt, als sie die Bilder von Demmy gesehen hatte: Der Hintergrund des Kunstwerks bildete das Foto, auf dem Demmy den Schaft des Künstlers lutschte. John hatte es so verfremdet und mit Linien überfrachtet, dass ihr das bisher nicht aufgefallen war, aber jetzt wusste sie es, und sie wollte es nicht länger im Haus haben.

Ihr erster spontaner Entschluss war gewesen, alle Bilder zu verkaufen, die noch im Haus hingen, aber nach dem ersten Zorn hatte sie diesen Gedanken wieder verworfen. In der ersten Zeit der Trauer hatten die Bilder ihr Halt gegeben. Sie versuchte auch nicht mehr, die Hintergründe der anderen Bilder im Haus zu identifizieren. Unangenehm war ihr, dass John sie hinters Licht geführt hatte, nicht der Inhalt der Bilder.

Abgesehen von Demmy. Sie wollte das Bild von ihr loswerden, weil die junge Frau eine Realität war. Und weil Tine sie nicht mochte. Bei Demmy musste sie stets auf der Hut sein, sonst würde sie betrogen. Hatte John zu Demmys Charakterbildung beigetragen? Das herauszufinden war Tine wichtig. Das war schließlich auch der ursprüngliche Anlass für den Anruf bei Demmy gewesen. Irgendwie fühlte sie sich für Johns Taten verantwortlich. Das war nicht logisch, aber sie war es sich schuldig.

Mit frischem Schwung holte Tine das Bild von der Wand, trug es in den Flur und stellte es an die Wand, dass man nur die Rückseite sehen konnte. Dann rief sie Johns Agent an, der überrascht und überglücklich war, dass sie ein Werk aus der Privatsammlung verkaufen wollte. Sie verabredeten eine Zeit für den nächsten Tag, wann er das Bild abholen wollte. Er sagte einen raschen Verkauf und einen guten Preis voraus. Tine hatte gar nicht an das Geld gedacht; sie wollte lediglich das Bild loswerden.

Um eine weitere ungeliebte Aufgabe zu erledigen, holte sie den Stapel der Werbesendungen von der Kommode im Flur und trug sie auf die Frühstücksbar. Sie legte zwei Stapel an, einen zum direkten Entsorgen, den anderen zum näheren Betrachten. Aber während sie noch sortierte, wurde es ihr zu lästig; sie packte beide Stapel und warf sie in die Mülltonne. Natürlich war es möglich, dass sie etwas wegwarf, was sie sich näher hätte ansehen sollen, aber sie hatte keine Geduld dafür.

Jerry war wieder im Garten beschäftigt, und sie nahm die Gelegenheit wahr und lud ihn zum Mieter-Begrüßungs-Essen am Freitag ein. Er murmelte etwas und zupfte weiter die welken Köpfe von den Rosensträuchern. Er mied es, in Tines Richtung zu blicken.

Kopfschüttelnd ging Tine zurück in die Küche und bereitete sich einen frischen Kaffee zu. Natürlich fiel ihr wieder die Szene mit Jerry und Sharon im Garten ein. Die beiden hatten ihre Beziehung offenbar geregelt: Sharon forderte, und Jerry lieferte. Tine wünschte, sie könnte so forsch und unverfroren sein wie Sharon, aber ihr mangelte es an Selbstsicherheit und an der zur Schau getragenen Sexualität.

Sie musste an Rupe denken. Wenn er nicht der perfekte Gentleman wäre, hätte sie ihre Scheu bei ihm überwinden können. Sie versuchte sich vorzustellen, es mit ihm im Garten zu treiben, wie Jerry und Sharon es getan hatten, aber das gelang ihr nicht. Sie rief sich seine Berührungen in Erinnerung zurück. Und seine Küsse erst! Sie spürte, wie die Muskeln in ihrem Bauch sich zusammenzogen.

Sie wollte ihre Fantasie bremsen und lief hinauf in ihr Arbeitszimmer. Vielleicht fand sie Dickens im IRC. In Kalifornien war es später Morgen. Sie hatte Glück. Sie sprangen fast simultan in ihren privaten Chatroom und tauschten eine elektronische Umarmung.

Dickens >Vor ein paar Abenden wollte ich mich melden, aber ich sah, dass du mit Rupe im #glade warst :-)

Astyr >Du hättest uns Gesellschaft leisten sollen. Du bist immer willkommen.

Dickens >Hui! Das werde ich Rupe sagen. Ich habe ihn mitten in der Nacht getroffen. Was stellst du mit dem Jungen an?

Astyr >Ich labe mich an seinem Essen, trinke seinen Wein und komme mir wie ein kleines Mädchen vor. Außerdem stelle ich nichts mit ihm an, sondern er mit mir.

Dickens > Ja, das habe ich auch gehört. Der Junge ist ganz schön scharf auf dich.

Astyr > Mal ernsthaft, und du brauchst es auch nicht zu beantworten: Er hat sich doch nicht in mich verliebt?

Dickens > Hast du Angst davor?

Astyr > Ja ... Weißt du, auf solche Komplikationen kann ich verzichten. Uns trennen fast zwanzig Jahre, und das würde hässlich enden.

Dickens > Es liegt an dir, Liebling. Ich glaube, er ist ein vernünftiger Junge, liebenswert aber nicht verrückt. Erzähle mir, wie er aussieht ... schließlich habe ich ihn noch nie gesehen.

Tine beschrieb Rupe nur allzu gerne. Während sie ihre Worte auf dem Schirm las, bemerkte sie, dass sie ihre Beschreibung mit feinen Details anreicherte. Sie beschränkte sich nicht nur auf das Körperliche und beschrieb die Berührung seiner Hände, seine rücksichtsvolle Art, und wie sehr er sich um sie bemühte. Und wie sich seine Lippen auf ihren anfühlten. Wie er roch und wie die Wimpern wie Schmetterlingsflügel über ihre Wangen huschten.

Dickens > He, du führst mich fast in Versuchung!

Astyr > Warum nicht?

Dickens > Nein, Liebling, ich steh nicht drauf. Ausschließlich Mädchen :-) Und jetzt du natürlich.

Astyr > Ja, natürlich. Wie steht's mit deinen Reiseplänen?

Dickens > Das wissen die Götter. Drück mir die Daumen. Aber selbst wenn sie nicht gnädig gestimmt sind, bin ich wild entschlossen, in einen Flieger zu steigen, um dich kennen zu lernen.

Astyr > Das würde mir gefallen, Dickens.

Tine meinte es ehrlich. In ihrem Kopf entwickelte sich eine Szene. Zu gut, um sie zu verschwenden fragte sie Dickens, ob er sie hören wollte. Er antwortete enthusiastisch.

Ihre Finger flogen über die Tastatur und schufen eine Vision, die damit begann, dass Dickens bei ihr vor der Tür stand. Er hatte alles hinter sich gelassen und war über den großen Teich geflogen, um Besitz von ihr zu nehmen. Astyr öffnete ihm die Tür.

Astyr > Wir starren uns an, und ohne ein Wort zu sagen wissen wir, wer wir sind. Mein Herz bleibt stehen, du siehst wunderbar aus. So groß. Deine dunklen Haare hängen lose um deinen Kopf, der Wind bläst sie hin und her. Deine Blicke starren durch mich hindurch. Ich kann nicht anders, ich strecke meine Hand nach dir aus, ich will mich davon überzeugen, dass du aus Fleisch und Blut bist. Du kommst näher, drückst mich gegen die Wand und hältst mich an den Handgelenken fest.

Astyr fühlte sich hilflos, als Dickens sich hart gegen sie presste. Sie hörte seinen keuchenden, hungrigen

Atem. Er drückte seine Lippen auf ihren Mund. Sie gab sich ihm hin und spürte, wie eine Welle der Lust durch ihren Körper lief. Sie labten sich aneinander wie Tiere am Wassertrog.

Sie hatte geduscht und trug einen kurzen Bademantel, der von einem lose gebundenen Gürtel gehalten wurde. Der Gürtel löste sich, und sie konnte fühlen, wie seine Erektion hart gegen die Knöpfe seiner Jeans pochte. Er rieb sich gegen sie. Die Jeansknöpfe kratzten an ihrem entblößten Venushügel.

Dickens packte ihre Handgelenke mit einer Hand und schob die andere zwischen ihre Körper. Er zerrte an den Knöpfen, und im nächsten Moment sprang sein Schaft ins Freie.

Er roch nach Reise, Schweiß, Schlaflosigkeit und Geilheit. Spontan schlang sie die Arme um seinen Hals und die Schenkel um seine Taille. Dickens drang stöhnend in sie ein, während er den Kopf beugte und in ihre Halsbeuge biss.

»Du musst die Beine fester um mich schlingen«, raunte er heiser. Sie schloss die Schenkel und presste die Waden um seinen Rücken. Er drückte sie härter gegen die Wand und griff mit beiden Händen unter ihre Backen.

»Warte!« Dickens' Stimme klang gepresst. Sein Penis pochte in ihr, und sie versuchte, auf ihm zu reiten. Er biss sie wieder in den Hals, was schon ausreichte, sie gefügig zu machen. Sie erstarrte, der Schmerz flaute ab, und seine saugenden Lippen erweckten sie zu neuem Leben.

In diesem Moment sah sie Rupe. Er stand im dämmrigen Flur, die Augen starr, der Mund weit geöffnet. Astyrs Mantel war von den Schultern geglitten und auf den Boden gefallen. Sie war nackt. Dickens stieß wieder zu, gezielt und behutsam, denn er wollte nicht zu früh kommen.

Die Blicke der Männer trafen sich, braun und grün. Dickens' Muskeln versteiften sich. Er verstärkte den Druck der Hände unter ihren Pobacken, aber er glitt trotzdem aus ihr hinaus. Astyrs Protest erstickte, als Rupe von hinten in sie eindrang. In dem Moment nahm auch Dickens seine Stöße wieder auf. Astyr hatte das Gefühl, der Spielball der beiden zu sein – aber ein sehr glücklicher, befriedigter Spielball …

Astyr > Puh …

Dickens > Eh, verdammt … Ich ziehe mir eine Kopie von dem allem. Ich will heute Abend im Bett noch einmal alles nachlesen. Jetzt fühle ich mich völlig kaputt.

Astyr > Ja, ich auch. Ich weiß gar nicht, woher das alles kam. Ich bin wie erschlagen.

Dickens > Ich möchte dich in den Armen halten. Oh, Himmel, ich kann dich in meinen Armen spüren.

Astyr > Ich liebe dich … und Rupe. Ich liege zwischen euch auf meinem Wasserbett. Wir sind alle müde und schlafen fest, alle miteinander verwoben, verstrickt. Und das muss ich jetzt auch, Liebster. Ich muss schlafen.

Dickens > Meine Träume sind bei dir, meine Liebe.

Tine schaltete aus und ging in ihr Schlafzimmer. Es war schon spät, und von Rupe und Sharon war nichts zu sehen. Sie fühlte sich wie in einem Traum, als sie unter die Decke kroch.

Es war Morgen, und sie wurde ziemlich abrupt geweckt. Ein ungeduldiges Klopfen an ihrer Schlafzimmertür riss sie aus dem Schlaf. Sie setzte sich auf und bedauerte es gleich, sie stöhnte und ließ sich benommen fallen. Rupe trat ein, weil er ihre Geräusche als Einladung verstanden hatte. Tine hatte die Augen geschlossen, deshalb sah sie ihn nicht, aber sie hörte, wie Sekunden später die Tür ins Schloss fiel. Er musste ihre nackten Brüste gesehen haben und leise gegangen sein.

Tine warf sich ein T-Shirt über, ging zur Tür und öffnete sie. Sie stand vor einem errötenden Rupe. Er grinste verlegen.

»Sie haben Gäste. Tankgirl und ein Kerl.«

Tine hörte Stimmen im Flur, konnte aber die einzelnen Stimmen nicht identifizieren. Sie überraschte Rupe, als sie ihn rasch in ihr Zimmer zog.

»Einen Gefallen, bitte. Ich brauche nur eine Minute.«

Rupe schüttelte den Kopf. »Das wird nicht klappen. Sie ist wütend, und er sieht auch nicht so aus, als würde er klein beigeben.«

Sie kicherten.

»Ich bin in einer Minute fertig«, sagte sie wieder. »Beruhigen Sie sie in der Zwischenzeit, ja?«

Er sah sie lange an, gab ihr einen Kuss auf die Nase und sagte: »Okay.« Er ging hinaus und ließ Tine ein wenig verdutzt zurück. Nachdenklich rieb sie über die feuchte Nasenspitze.

Sie schlüpfte in ihre Jeans und fluchte, als sie feststellte, dass es schon zehn Uhr war. Sie hatte fast rund um die Uhr geschlafen.

Der Agent und Demmy standen wütend im Flur, als Tine barfuß die Treppe hinunter lief. Zwischen ihnen war das Bild, und jeder hatte eine Hand auf dem Rahmen.

Demmy rief wütend: »Er will mir mein Bild wegnehmen!«

»Würden Sie bitte dieser Frau sagen, sie soll das Bild loslassen?« Der Agent zeigte mit dem Finger auf Demmy.

»Wir sollten das bei einem Kaffee erörtern.« Tine schritt an ihnen vorbei in die Küche. »Und lasst das verdammte Bild los und stellt es hin, wo es war.«

Tine schenkte Kaffee in vier Tassen ein. Sie hielt Rupe zurück, der auf sein Zimmer flüchten wollte. Sie saßen sich an der Frühstücksbar gegenüber, als die zürnende Demmy und der verwirrte Agent dazu kamen. Nach einer Weile wandte Tine sich an Demmy.

»Demmy, hast du den Zettel gesehen, der an dem Bild befestigt ist?«

Die junge Frau nickte widerwillig.

Tine nippte am Kaffee, ehe sie fortfuhr: »Das bedeutet, dieses Bild gehört zu Johns Sammlung, und deshalb gehört das Bild mir. Ich gebe es diesem Mann, damit er es verkaufen kann.«

»Du weißt genau, dass es mein Bild ist!« Demmy war kaum zu verstehen, so verzerrt und kreischend kamen ihre Worte. Rupe, der neben ihr saß, wich unwillkürlich ein wenig zurück.

»Nein, Demmy. Es ist ein Bild, für das du Modell gestanden hast, aber es ist nicht dein Bild.«

Der Schemel krachte auf den Boden, als die junge Frau wütend aufsprang. Rupe war so heftig erschrocken, dass er sich den Kaffee über die Finger schüttete. Man sah ihm sein Unbehagen an. Trotz der gespannten Situation hätte Tine am liebsten gelacht. Der Agent legte sich keinen Zwang auf. Sein herzerfrischendes Lachen brach die Spannung.

»Das wirst du mir büßen, Tine!«, brüllte Demmy. Sie wollte sich umdrehen und zur Haustür rennen, stolperte aber gegen Stevie, die im Flur stand und die ganze Szene miterlebt hatte.

»Geh mir verdammt aus dem Weg!«, schrie Demmy und stieß gegen Stevie, die, zwei große Taschen in der Hand, keinen Deut von der Stelle wich. Statt dessen sah sie Tine fragend an, setzte dann eine Tasche auf dem Boden ab, packte Demmys Oberarm mit der freien Hand und führte Demmy zurück in die Küche.

Rupe sprang auf und richtete den Schemel wieder auf. Stevie schob Demmy zurück auf ihren Sitz. Stevie zog sich einen weiteren Schemel heran, setzte auch die zweite Tasche ab und sah sich erwartungsvoll um. Demmy saß wie in einer Falle zwischen Rupe und Stevie und sah wie ein Giftzwerg aus.

»Hallo, Tine. Die Haustür stand auf.« Stevie lächelte und ignorierte Demmy. »Ich habe meine Sachen mitgebracht. Ist mein Zimmer fertig?«

Demmy starrte Stevie mit großen Augen an. »Du ziehst hier ein?«

Alle Augen richteten sich auf Demmy, aber sie sagte nichts mehr und senkte den Kopf.

Stevie sah Tine an und erklärte: »Demmy und ich kennen uns. Sie treibt sich in meinem Club rum.«

»In deinem Fitness-Center?«, fragte Tine verdutzt. Demmy sah nicht so aus, als trainierte sie ihren Körper.

»Nein, das ist ein Club mit dem Namen Silky Lizzie. Das ist ein Lesbenclub.«

»Den kenne ich auch«, warf der Agent ein, und als alle ihn anstarrten, errötete er.

»Ja, ich kenne dich auch«, sagte Stevie und grinste ihn an, worauf die Röte noch tiefer wurde.

»Ich bin nicht lesbisch«, sagte Demmy trotzig.

»Du bist gar nichts«, sagte Stevie schroff.

»Ich habe nur keine Präferenzen«, verteidigte sich Demmy. »Ich bin bisexuell.« Sie verkündete das so stolz, als hätte sie das Wort gerade erst entdeckt und wollte nun einen Orden dafür haben.

»Du bist nicht bisexuell«, gab Stevie zurück. »Du bist eine Opportunistin. Wärst du bisexuell, würde ich was von dir halten. Aber du liegst ständig auf der Lauer, und es ist dir egal, wen du abzockst.«

Die beiden Frauen starrten sich feindselig an, und Rupe saß verwundert daneben. Der Agent witterte seine Chance, er winkte Tine in den Flur, nahm das Bild und ging. Er flüsterte ihr noch zu, dass er sich bald melden würde.

Als Tine wieder in die Küche trat, erschauerte sie unter der Boshaftigkeit in Demmys Blick. Stevie entging das nicht. Sie zog die sich sträubende Demmy wieder vom Schemel hoch, der erneut umkippte, und zerrte sie ins Wohnzimmer. Die Tür knallte zu, und dann waren sofort ihre lauten Stimmen zu hören.

Rupe und Tine blickten in ihren Kaffee.

»Tankgirl wird zu einem Problem«, sagte Rupe voller Mitgefühl.

»Sie hätten Ihr Gesicht sehen müssen!«, rief Tine, und dann endlich drang das Lachen aus ihr heraus.

»Also, der Kaffee war wirklich heiß«, sagte er ernst, aber um seine Mundwinkel zuckte es. »Sie ist ein heißes Mädchen, unser Tankgirl. Aber der Agent hätte auch ein bisschen diplomatischer sein können.« Jetzt lachten sie beide.

Als sie sich wieder gefangen hatten, sagte er: »Sie haben mein Essen verschmäht.«

»Ich weiß. Ich werde es jetzt essen.«

»Ich hab's der Katze zum Frühstück gegeben.«

»Sie haben der Katze mein Mittagessen gegeben?«

»Ja, und jetzt sind Sie mit dem Abendessen dran. Sie haben ja noch ein paar Stunden für die Vorbereitung.« Rupe erhob sich, lächelte und blies ihr einen Kuss zu. »Ich muss schlafen. Sie brauchen nichts Besonderes für mich zu kochen. Aber ich mag Hühnchen.«

Im Wohnzimmer herrschte Ruhe. Tine blieb zögernd vor der Tür stehen und befürchtete schon das Schlimmste. Dann öffnete sich die Tür von innen, und Stevie schob Demmy durch die Öffnung. Die junge Frau blieb vor Tine stehen, die Augen rot umrandet, den Blick gesenkt.

»Es tut mir Leid«, flüsterte sie, Tränen in der Stimme.

Stevie lehnte sich an den Türrahmen.

»Ich glaube, sie meint es ernst, Tine.«

Auf einen Wink von Stevie hin ging Demmy aus der Küche. Stevie folgte ihr hinaus, und gemeinsam gingen sie zu einem gemieteten Van und transportierten Stevies Sachen auf ihr Zimmer.

Tine schaute ihnen eine Weile zu. Sie war sich nicht so sicher wie Stevie, was Demmys Zerknirschung anging.

Das ist wieder so ein Tag, der bescheiden anfängt und beschissen aufhört, dachte sie seufzend, dann ging sie hinauf und stellte sich unter die Dusche.

Achtes Kapitel

Es war drei Uhr, als Tine wieder in die Küche trat und überlegte, was sie kochen könnte. Als sie aus ihrem Zimmer über den Flur gegangen war, hatte sie Stevie und Demmy auf Stevies Bett sitzen gesehen. Sie schienen in ihrem Gespräch versunken zu sein, hoben aber den Kopf, als Tine vorbei ging. Ohne zu überlegen, lud sie die beiden zum Essen ein, aber als sie die Treppe hinunter ging, fluchte sie über sich selbst.

Sie schickte sich ins Unvermeidliche und schlenderte hinaus in den Garten, wo Jerry über das Unkraut schimpfte. Die Grillparty war seine Idee.

Es war unerträglich heiß. Gegen Mittag war das Thermometer auf 34 °C hochgegangen, und bis in den späten Nachmittag hinein hatte sich die Temperatur gehalten. Ein Essen mit viel Salat war durchaus angebracht, deshalb ließ Tine sich von Jerry überreden. Er hatte den Grill in der Garage entdeckt. John hatte ihn nur einmal benutzt, als sie zehn Gäste gehabt hatten. Jerry ließ sich von Tine zwanzig Pfund geben für Kohle, Eichenrinde und was immer sonst noch erforderlich war, um seine Behauptung zu beweisen, dass er ein Meister des Grillens war. Sie gab ihm weitere zwanzig Pfund und sagte, wenn er in der nächsten halben Stunde nicht mit wenigstens zwanzig Hühnerbrüstchen zurück wäre, würde er Sharon hinterher schicken. Er grinste, um Tine wissen zu lassen, dass ihm diese Drohung nur recht war, dann eilte er davon.

Tine begab sich an die Arbeit. Jetzt freute sie sich auf die spontane Grillparty. Sie mixte eine Marinade für das Hühnerfleisch und gab Estragon, Honig, Rotwein und Sojabohnenöl hinzu. Sie schob die Schüssel in die Mikrowelle. Jerry kam zurück und schwenkte die Hühnerbrüstchen, als ob er sie hätte heranreifen sehen. Er sah, wie Tine das Geflügel in die Marinade legte und half ihr bei der Arbeit.

Tine hatte Mühe, sich mit dem Gedanken abzufinden, dass dieser herumtänzelnde Gärtner Sharons Geliebter war. Er war ein lieber Junge, er kam Tine wie ein Pfadfinder vor, der dabei war, sich ein neues Abzeichen verdienen zu können.

Draußen beschäftigte er sich mit dem Aufbau des Grills. Er brauchte die Anleitung nicht und schien genau zu wissen, was wie wo befestigt wurde. Sie musste sich zurückhalten, um ihm nicht ein Glas Milch und ein Plätzchen zu bringen.

Tine hatte vergessen, wie gern sie kochte. Sie bereitete die Avocados zu, die sie mit geliertem Spinat und Chilli füllte. Es gab Tomaten in Basilikum, neue Kartoffeln mit Anchovis und Schnittlauch. Und natürlich eine große Schüssel mit gemischtem grünen Salat. Zum Dessert wollte sie einen exotischen Obstsalat mixen, wozu es Eisbällchen und Sahne gab. Zusätzlich schob sie noch ein Bananenbrot in den Ofen, für den Fall, dass sich noch jemand mästen wollte.

Als sie frischen Knoblauch stampfte und unter die Butter mischte – Vorbereitung für das Knoblauchbrot –, trat Rupe in die Küche. Er war nur mit weiten, dünnen Baumwollshorts bekleidet. Seine Haare waren noch feucht von der Dusche, und die dunklen Brusthaare standen vom Körper ab. Er sah verwundert auf die vielen Töpfe und Schüsseln, die Tine in den Kühlschrank stellte.

»Ich weiß, dass ich ein großer Junge bin, aber damit könnten Sie eine kleine Armee beköstigen.«

»Sagen wir, es ist eine kleine Vorfeier zur Einzugsparty am Freitag.«

»Oh.« Rupe sah, wie Jerry mit dem Grill hantierte, und lächelte.

»Tankgirl auch.«

»Hört sich gut an.« Rupe hielt sich mit einem weiteren Kommentar zurück, was Tine zu einem Grinsen veranlasste. Sie holte zwei Flaschen Champagner aus dem Kühlschrank und drückte sie in Rupes Hände.

»Sollen wir damit schon mal anfangen?«

Tine war auch mit dem Knoblauchbrot fertig, während Rupe die Flaschen entkorkte. Tine nahm eine Flasche an sich und holte zwei Flöten aus dem Schrank.

»Ich bin gleich wieder zurück.« Sie lief die Treppe hoch und durch Stevies Tür, die noch offen stand, und überraschte die beiden mit dem Champagner. »In einer Stunde geht es mit dem Essen los.«

Tine war es heiß geworden in der Küche. Sie stellte sich unter die Dusche und schlüpfte in ein schwarzes Sommerkleid, ehe sie zurück nach unten lief. Sie zog das Bananenbrot aus dem Ofen und stellte es zum Abkühlen auf ein Gitterrost. Rupe hatte Teller, Besteck, Gläser und Servietten auf den Tisch im Esszimmer gestellt, jetzt saß er auf der Terrasse und spielte mit der Katze.

Sharon war nach Hause gekommen und stand in der breiten Tür, Tine den Rücken zugewandt. So weit Tine sehen konnte, trug sie nichts außer einem schmalen Band um die Hüften. Die Männer hatten Sharon noch nicht bemerkt, und Tine wartete gespannt auf die Reaktion, wenn sie die attraktive junge Frau gewahrten.

Es war Rupe, der zuerst aufschaute. Seine Augen wurden groß, dann murmelte er einen Gruß und widmete sich wieder der Katze. Jerry stand wie gelähmt da, als er sie in der Tür stehen sah. Er starrte sie in offener Bewunderung an. Nackte Lust tanzte in seinen Augen.

Sharon überquerte die Terrasse und ging hüftschwenkend zu ihm und gab ihm einen leichten Klaps auf den Hintern. Jerry brachte keinen Ton heraus.

Tine nahm ein paar Champagnerflöten und ging zu den beiden. Sie wollte vermeiden, dass sie wieder ihre frivolen Sexspiele vor aller Augen trieben. Sie war erleichtert, dass das dünne Bändchen, das Sharon trug, eine Art Sommerdress war, ein weißer Body mit G-String. Von vorn war es schon gewagt, es bedeckte kaum die Brüste, die bei jedem Schritt an den Seiten überschwappen wollten, aber hinten bestand es nur aus den Bändchen um Nacken und Hüften.

Es war immer noch heiß, obwohl die langen Schatten sich wie ein Mantel über den Rasen legten und abendliche Kühle versprachen.

Jerry musste sich wieder dem Grill zuwenden, nachdem er Sharon schmachtend angesehen und die Schultern gehoben hatte, um ihr deutlich zu machen, dass er sich lieber um sie kümmern würde als um die Hühnchenbrüste.

Die Luft war voller Aromen; der Rauch vom Grill mit dem urwüchsigen Geruch der Eichenrinden, die heißen Honigdüfte der Marinade und der warme Duft des Bananenbrots, der sich durchs ganze Haus zog.

Tine legte Beethovens Klavierkonzert Nr. 5 in den CD-Spieler. Sie kam zurück und sah im Ausdruck von Demmys Gesicht, dass dies keine Musik nach ihrem Geschmack war. Aber Tines Herz schlug höher, als Rupe wieder nach unten kam und lächelnd zum CD-Spieler schaute.

Er hatte sich wieder sein Programmierer-T-Shirt angezogen und trug abgeschnittene Jeans dazu. Während Tine das Knoblauchbrot aus dem Ofen holte und servierte, öffnete Rupe noch zwei Flaschen Champagner. Die Party fing gut an, dachte Tine, auch wenn Jerry sich weigerte, das gebratene Hühnerfleisch zu servieren. Die Leute sollten sich das gefälligst selbst holen, befand er.

Sharon kam herein; sie hatte sich umgezogen und trug jetzt ein schwarzes Top und weite Shorts. Sie drehte eine Pirouette, wobei die Shorts sich bauschten und keinen Zweifel hinterließen, dass sie darunter nackt war.

Demmy hatte Sharon bisher noch nicht kennen gelernt und war hingerissen von ihr. Das Türkis ihrer Augen verdunkelte sich in Bewunderung. Stevie reagierte eher wie Rupe und gab sich gleichgültig, aber auch sie konnte sich ein auffälliges Starren nicht verkneifen.

Sie alle saßen um den Tisch auf der Terrasse, und da sie alle ihre Teller gefüllt hatten, entstand zunächst

Stille. Nachdem kein Champagner mehr da war, wurden zwei Flaschen Chablis geöffnet. Irgendwann gab Jerry bekannt, dass er von der ›Hexenpisse‹ genug hatte. Er ging an den Kühlschrank und holte einen Sechserpack Bier heraus und verteilte die Dosen.

Tine und Sharon lehnten ab; Tine, weil sie glaubte, schon mehr als genug getrunken zu haben, und Sharon, weil sie Wein vorzog. Es wurde wieder munter geplaudert. Tine streckte sich auf einer Liege aus und hörte zu.

Sharon fragte Demmy und Stevie nach dem Silky Lizzie aus, was ihr eine Einladung von Stevie bescherte, worauf Demmy mit Schmollen reagierte. Sie schien sich ausgeschlossen zu fühlen. Demmy hatte einen Platz zu Sharons Füßen gefunden und starrte mit glühenden Blicken zu ihr hoch. Wie ein kleiner liebeskranker Spaniel, dachte Tine. Rupe unterhielt sich mit Stevie über Motorräder. Stevie besaß eine Kawasaki. Jerry ließ seine Blicke schweifen.

Noch lange nach dem Essen genossen sie den Abend auf der Terrasse. Sie schoben Bananenbrot nach, damit es den Alkohol aufsog. Tine erhob sich irgendwann, um die Reste einzusammeln und in die Küche zu bringen. Aber sie kam nicht weit. Stevie blockierte ihren Weg und kommandierte Demmy, Jerry und Sharon zum Abräumen und zum Abwasch.

Tine kehrte auf die Terrasse zurück. Rupe hatte es sich auf ihrer Liege bequem gemacht, deshalb ließ sie sich auf die Nachbarliege nieder. Trotz des langen Tages und dem hektischen Geschehen fühlte sie sich munter. Das Essen war gelungen, und der Champagner hatte ihre Sinne geweckt. Sie fühlte sich ein wenig betrunken, aber Rupe war kaum nüchterner als sie.

Er unterhielt sie mit Geschichten aus Australien und amüsierte sie mit seinem Dialekt. Als der Rest der Party auf die Terrasse zurückkehrte, sangen sie gemeinsam und falsch ›Waltzing Matilda‹. Stevie holte ihre Gitarre und spielte ein Medley von afrikanischen Schlafliedern.

Die Überraschung des Abends war Demmy. Sie hatte eine tiefe Stimme und einen Stimmumfang, der zu jeder guten Countrysängerin gepasst hätte. Sie sang einige Lieder von *kd lang* und animierte die anderen, mit ihr irische Volkslieder zu singen.

Tine blieb stumm. Sie fühlte sich glücklich. Ihre Idee, sich Mieter ins Haus zu holen, erwies sich als wunderbar richtig. Sie gratulierte sich auch zur Auswahl der Mieter. So unterschiedlich sie waren, sie schienen miteinander zu harmonieren.

Es war immer noch schwül. Benommen vom Champagner und eingelullt vom leisen Gemurmel um sie herum, wollte sie sich in die vergleichbare Kühle ihres Arbeitszimmers zurückziehen.

Als ob eine unsichtbare Hand gewunken hätte, löste sich die Gruppe auf. Stevie umarmte Tine herzlich, dankte ihr für die Party und gab ihr einen flüchtigen Kuss auf den Mund.

Demmy murmelte: »Oh, ja, danke«, und lief dann hinter Stevie her und verlangte einen Schlafplatz auf dem Boden ihres Zimmers.

Sharon und Jerry gingen von der Terrasse in den Garten und winkten dem Rest zu. Sie bogen um das Haus, und Tine fragte sich, wohin sie wohl gehen würden. Mitten in der Nacht. Als ob er ihre Gedanken gelesen hätte, stellte Rupe diese Frage laut.

»Wahrscheinlich auf den Friedhof«, sagte Tine

lachend. »Sie ist schließlich ein wildes Weib.« Sie wandte sich ab und ließ Rupe allein auf der Terrasse zurück.

Er stand da, die Stirn in Falten, und dachte nach. Dann hob er die Schultern und ging auch hinein. Er sah gerade noch, wie Tine in ihrem Arbeitszimmer verschwand. Er ging ihr nach und blieb vor ihrer Tür stehen. Sollte er klopfen? Er war immer noch tief in Gedanken. Dann schüttelte er den Kopf und ging hinauf auf den Speicher.

Tine loggte sich in den IRC ein. Ihre vollen Haare klebten am verschwitzten Nacken. Sie warf die Haare von einer Seite zur anderen, und schließlich erhob sie sich, holte eine Spange aus dem Schlafzimmer und band die Haare zusammen. Sie war irritiert. Irgendwas setzte sich in ihren Gedanken fest, aber wenn sie danach greifen wollte, entschlüpfte es ihr wieder.

Sie konzentrierte sich auf den Bildschirm. Er blieb leer, was sie enttäuschte, denn sie hatte gehofft, dass Rupe sich einloggen und ihr vom Abend erzählen würde. Nach ein paar Minuten schaltete sie sich in ihren alten Chatroom #midlife ein, aber sie meldete sich nicht, sondern verfolgte die Unterhaltung der anderen. Sie wollte nur sehen, ob Rupe da war.

Plötzlich fuhr Tine aus ihrem Sessel hoch. Ihre Gedanken überschlugen sich. Er hatte Sharon außerhalb des IRC nie ›wildes Weib‹ genannt. Ihr stockte der Atem, als sie begriff, dass sie gepatzt hatte.

Es dauerte einige Zeit, bis ihr bewusst wurde, dass sie sich zusammengekauert hatte, die Füße auf dem Sessel, die Arme um die Knie geschlungen. »Verdammt, verdammt, verdammt.« Natürlich hatte er sich nicht eingeloggt. In dieser Minute stopfte er seine Sachen in eine Tasche und verfluchte Tine als hinterhältiges Luder. Während er seine Gedanken und Wünsche und Hoffnungen entblößt hatte, hatte sie sich hinter einem Pseudonym versteckt, sich ins Fäustchen gelacht und ihn mit Worten verführt.

In ihrem Kopf meldete sich eine Stimme, die ihr sagte, dass er ihren Kommentar über das wilde Weib vielleicht gar nicht registriert hatte, oder es war ihm nicht bewusst, dass er die Bezeichnung ausschließlich im Chatroom verwendet hatte.

Tine überhäufte sich mit Selbstvorwürfen. Sie konnte sich kaum zurückhalten, denn am liebsten wollte sie zu ihm laufen und ihm alles gestehen. Sie hätte ihn vielleicht davon überzeugen können, dass sie sich bei der Täuschung ebenso schlecht fühlte wie er. Nein, er würde das im jetzigen Augenblick als billige Ausrede entlarven und noch wütender auf sie sein.

Vielleicht konnte sie einfach vom Bildschirm verschwinden. Schuldbewusst dachte sie über diese Möglichkeit nach. Sie würde sich nie wieder als Astyr melden und zu einem älteren Pseudonym greifen. Sie würde Rupe mit ihrem neuen Namen suchen und von Anfang an mit offenen Karten spielen. Aber Dickens wusste Bescheid. Sie müsste ihn verpflichten, für sie zu lügen.

Während sie noch darüber nachdachte, flackerte der Monitor, und dann war es auch schon zu spät.

Rupe > Beschäftigt? Ich sehe, dass du dich bei #midlife eingeloggt hast.

Jetzt konnte sie Astyr nicht mehr umbringen. Wenn er ihren Lapsus bemerkt hatte und Astyr jetzt in der Versenkung verschwand, würde er Bescheid wissen.

Er hatte sich bei ihr gemeldet, und sie musste antworten. Sein erster Satz las sich nicht bedrohlich, und sie konnte auch nicht erkennen, ob er ihren Fehler bemerkt hatte oder nicht.

Astyr > Nein, ich lese nur, ich habe keine Lust mitzumachen.

Rupe > #glade?

Tine verhaspelte sich drei Mal auf der Tastatur, als sie sich bei #midlife abmelden wollte, aber schließlich gelang es ihr und sie loggte bei #glade ein.

Rupe > Hallo. Ich bin froh, dich gefunden zu haben. Weißt du, irgendwie habe ich dich erwartet.

Astyr > Wieso?

Tine hatte ein Bauchgefühl, dass er misstrauisch geworden war. Aber er zögerte noch, sie damit zu konfrontieren. Nach den nächsten Sätzen wurde ihr wieder etwas leichter ums Herz.

Rupe > Ach, eigentlich ist es nichts. Wir hatten eine großartige Party, danach ist das Chatten eher eine Enttäuschung. Ich meine natürlich nicht, dass du eine Enttäuschung bist! Ich hatte nur mit einem etwas anderen Verlauf des Abends gerechnet.

Irgendwas stört mich, aber ich weiß nicht genau, was es ist.

Astyr > Willst du darüber reden?

Rupe > Nein, nicht wirklich, aber ich finde, es ist an der Zeit, dass wir über dich reden. Du gibst dich recht geheimnisvoll, nicht wahr?

Tines Herz blieb fast stehen. Ja, er war misstrauisch. Sie musste Astyr so schnell wie möglich abschütteln und sich unter einem anderen Namen melden, vielleicht auch aus einer ganz anderen Gegend, damit sie Rupe noch mehr in die Irre führte. Aber heute konnte sie das nicht.

Sie war ihrer Lügen plötzlich so überdrüssig, dass ihr fast übel wurde.

Astyr > Ja, wir können über mich reden. Aber mir ist schlecht von der Hitze. Ich muss mir einen kühleren Platz suchen. Vielleicht bin ich in einer halben Stunde wieder da. Dann können wir reden.

Tine schaltete aus. Auf wackligen Beinen stolperte sie die Treppe hinunter und durch die dunkle Küche. Sie riss die Tür des Kühlschranks auf. Sie hielt sich mit beiden gestreckten Armen am obersten Fach fest und genoss die kühle Luft, die ihren verschwitzten Körper streichelte. Sie atmete tief durch und spürte, wie ihr Herzschlag sich allmählich wieder normalisierte. Der dünne Kleiderstoff klebte noch an ihrer Haut.

Da sie die Augen geschlossen hatte, bemerkte sie nicht, dass sie nicht mehr allein war, aber dann ahnte sie die Gegenwart eines anderen Menschen dicht hinter ihr.

Rupes Stimme klang leise und voller Schmerz. Sie spürte seinen Atem im Nacken.

»Astyr … du hast die Welten gewechselt. Wer wirst du als nächstes sein?«

Neuntes Kapitel

Tine suchte verkrampft nach einer Antwort auf die Frage, aber dann fand sie, dass eine Antwort gar nicht so wichtig war. Wichtig waren die Nähe des Mannes hinter ihr, sein Atem und seine Stimme.

Hatte ein Vorwurf in seiner Stimme durchgeklungen? Ja, sicherlich, aber dahinter hatte sie noch etwas gehört. Sein Verlangen. Er begehrte sie trotzdem. Er, der ohne Arg war, fühlte sich verunsichert, aber er war doch großherzig genug, sie nicht zu verurteilen. Demut erfasste sie. Ihr wurde plötzlich bewusst, dass die Beziehung zwischen ihnen nun nach seinen Vorstellungen fortgesetzt wurde. Sie war bereit dazu. Die Zeit war gekommen.

Tine ließ die Arme sinken und richtete sich auf. Sie drehte sich zu Rupe und sah fragend in sein Gesicht. Im blassen Licht seiner Augen sah sie ein argwöhnisches Grün.

»Was bedeutet schon ein Name?«, hauchte sie.

Sie standen sich gegenüber, ohne Falsch und auf einer Ebene. Tine wusste, wohin die Begegnung in der Küche führen würde. Rupe sah verletzlich aus, die Arme schlaff nach unten, die Brust blank.

Tine kam sich stark vor. Sie hob eine Hand und berührte Rupes Gesicht. Sie fühlte die leichten Stoppeln seines Abendbarts, ein auffälliger Kontrast zu seinen weichen, seidigen Lippen. Sein Mund zuckte, und sein Atem setzte wieder ein.

Als Tine über sein Kinn streichelte, legte Rupe den Kopf in den Nacken. Tine legte die Finger gegen die pochende Halsschlagader und spürte seinen Pulsschlag. Ihr Blick fiel auf seinen Brustkorb, und ungeduldig wartete sie darauf, seinen Körper weiter erforschen zu können. Sie ließ die Hand auf sein Herz sinken.

Die Haut war mit einem leichten Schweißfilm überzogen. Tine fuhr mit der Zunge über seine Schultern. Er schmeckte salzig. Sie wischte mit der Zunge über die Halsschlagader. Sein Stöhnen vibrierte auf ihren Lippen.

Sie schmiegte sich an ihn, und endlich griffen seine Hände um ihre Taille. Sein Griff war fest und verriet seine kaum bezwingbare Lust. Sie spürte sein Herz unter ihrer Handfläche pochen. Seine Lippen drückten sich auf ihren Mund. Es war, als fütterten sie sich gegenseitig. Rupe drückte sie mit stählernen Armen an sich.

Sie drückte sich gegen seinen Schoß und spürte den harten Schaft. Tines Kleid rutschte hoch. Sie rieb ihre nackten Schenkel gegen ihn.

Rupe löste sich von ihr und hielt sie auf Armeslänge. Seine Daumen schoben sich unter die dünnen Träger ihres Kleids. Er strich mit den Handflächen über die Schultern, zog die Träger hinunter und sah zu, wie der Stoff ihre Brüste freigab. An den steifen Nippeln blieb das Kleid kurz hängen, dann rutschte es tiefer und blieb auf den Hüften liegen.

Rupe starrte auf Tines Brüste und auf die strotzenden Nippel. Er schob Tine zurück gegen den offenen Kühlschrank. Ein Fach drückte sich gegen ihre Schulterblätter, aber sie spürte keinen Schmerz. Seine Hände umfassten ihre Brüste, dann senkte er den Kopf und nahm die Spitzen zwischen die Lippen. Rupe nuckelte wie ein dürstendes Kind. Tine drückte seinen Kopf fester an sich und genoss den Schmerz seines saugenden Hungers.

Lust schoss durch ihren Körper wie eine Folge kleiner Gewitter. Sie stöhnte und versuchte, seinen Kopf nach unten zu ziehen. Er sah ihr ins Gesicht, während er ihr Kleid weiter nach unten zog. Der Stoff glitt über Tines Hüften und Schenkel und lag dann wie eine dunkle Pfütze zu ihren Füßen. Abgesehen von ihrem winzigen Slip stand Tine nackt vor ihm, angeleuchtet vom Licht des Kühlschranks. Ihr Gesicht lag im Schatten, umrahmt von kastanienbraunen Haaren.

Rupe sah sie bewundernd an. Er ließ sich vor ihr auf die Knie nieder und umarmte ihre Schenkel, während er das Gesicht gegen ihren Bauch drückte. Tine schnurrte wie eine Katze. Rupe atmete ihren Duft ein und spürte ihre Begierde.

Er richtete sich auf, umfasste Tines Taille und hob sie auf die Arbeitsfläche, die Beine gespreizt. Sie legte sich zurück, den Kopf auf gekreuzten Armen. Sie sah an sich hinunter, sah die Hügel ihrer Brüste, die gespannte Linie ihres flachen Bauchs und den gebeugten Rücken von Rupe, der ihren Slip ausziehen wollte. Es dauerte ihm zu lange, er zerriss ihn und zog die Fetzen nach unten und drückte sie fest gegen seinen Mund. Dabei starrte er schmachtend zwischen ihre offenen Schenkel.

Er beugte sich vor und sog die feuchten, geschwollenen Labien in den Mund.

Der Druck auf Tines Rücken wurde immer stärker. Sie spürte, dass sie die Position nicht lange durchhalten konnte. Sie zog die Beine an und stellte die Füße auf die Arbeitsplatte. Jetzt war sie für Rupe noch weiter geöffnet. Er starrte wieder auf ihre Vulva, als wollte er sich jedes Detail einprägen. Dann drückte er erneut die Lippen auf ihre Labien.

Der Schmerz in seinen Lenden ließ sich nicht länger ignorieren und verlangte dringend die Befreiung. Er öffnete die Schnüre seiner Sporthose, und der Penis federte heraus, während die Hose zu Boden rutschte.

Tine sah den wippenden Schaft und stieß tiefe kehlige Laute aus.

Trotz des eigenen Verlangens hatte Rupe sich noch nicht satt gesehen. Mit einer Fingerkuppe strich er behutsam über die Klitoris. Er zog die fleischige Hülle nach unten und rieb die kleine rosige Spitze, während er mit einem zweiten Finger in ihre Tiefe vorstieß, als wollte er sie orten.

Er hörte Tine wimmern. Sie rutschte seiner Hand entgegen, und ihr Stöhnen wurde immer lauter. Er schob einen weiteren Finger in sie hinein, dann noch einen, bis sie ausgefüllt war, aber sie war noch nicht zufrieden und hob und senkte ungeduldig ihren Schoß.

Schließlich gab Rupe nach. Seine Erektion streckte sich über das weiche Kissen von Tines Schoß. Er trat näher an sie heran und hielt ihre wiegenden Hüften mit seinen kräftigen Händen fest. Sein Blick blieb auf ihrem Gesicht haften, als der Schaft gegen ihren Eingang drückte.

Tine öffnete sich so weit es ging, um seinem Eindringen zu assistieren. Er verharrte einen Moment, dann schlüpfte er langsam in die samtene Umarmung, und er hörte sein lustvolles Stöhnen als Echo ihrer Ekstase. Er versenkte den ganzen Schaft in ihr, hielt wieder an und schaute ihr in die Augen. Sein Ausdruck wechselte zwischen Triumph und Dankbarkeit.

Als er zu stoßen begann, verlor Tine den Rest an Zurückhaltung und schrie laut auf. Es waren Schreie der Befreiung, der Freiheit und der Hingabe.

Tief in ihr verbanden sich die ungehemmte Flut ihrer Leidenschaft mit einem Quell der Heiterkeit. Sie spürte ihre nackte Lust explodieren, und animalische Geräusche drangen aus ihrer Kehle. Wimmernd und stöhnend fand sie ihre Erlösung. Ihre Sinne pulsierten, und ihre Muskeln brannten von den Anstrengungen, sich aufzubäumen und seinen Stößen zu begegnen.

Schließlich gelangte sie in den Strudel ihrer Ekstase. Die intensive Lust wirbelte durch ihren Körper. Rupe ritt die letzte Meile, und Tines Umklammerungen zuckten immer stärker. Ihre Muskeln saugten seinen Erguss heraus, tranken durstig von seinem Fleisch und erzeugten ein Vakuum, das beinahe schmerzte.

Als sich ihr Atem normalisiert hatte, streckte Tine die Hand nach ihm aus. Sie sehnte sich nach Nähe, wenn sie Lust erlebt hatte, nach seinem Duft und nach der warmen, klammen Haut. Er löste sich langsam aus ihr, und sie rutschte auf der Arbeitsplatte nach hinten, damit er neben ihr Platz fand. Er glitt mit einem Arm unter ihren Nacken und legte sich mit dem Kopf ganz nah an ihr Gesicht.

Sie lagen still nebeneinander; ihre Augen sanft,

Gesicht und Hals glommen rot. Es war, als hätte sie durch ihre Hingabe den absoluten Frieden mit sich selbst gefunden. Ihre Ängste waren verflogen. Sie fühlte sich Rupe sehr nahe.

Er richtete sich auf einen Ellenbogen auf und betrachtete sie, während sie den Schimmer des Nachglühens auf seinem Körper sah. Ihre Hand strich liebevoll über seine Brust und den Bauch, und sie fühlte, wie eine melancholische Sehnsucht in ihr erwachte.

Während sie eindöste, spürte sie seine Versuche, mit dem Fuß die Tür des Kühlschranks zu schließen. Der erste Versuch endete mit einem lauten Rattern, dann kippte etwas um und knallte platschend zu Boden. Dann aber erlosch das gelbe Licht, und die Küche lag im Grau des frühen Morgens da. Bevor sie endgültig einschlief, nahm Tine den süßlichen Geruch verschütteter Milch wahr, der fast den zu Kopf steigenden Moschus des Sex überlagerte.

Als sie aufwachte, wusste sie für einige Augenblicke nicht, wo sie war. Ihr Kopf schmerzte, und Nacken und Schultern waren steif. Es dauerte eine Weile, bevor sie sich zurecht fand. Trotz der gleißenden Morgensonne, die wieder einen heißen Tag versprach, schüttelte sie sich. Neben ihr lag Rupe auf der Seite. Er schlief noch, ein Bein über ihren Schenkeln. Auf der Arbeitsplatte war viel zu wenig Platz, und Tine war überrascht, dass Rupe nicht auf den Boden gefallen war.

Sie richtete sich in eine sitzende Position auf und versuchte, ihre Beine zu befreien, ohne ihn zu wecken. Das gelang ihr nicht, denn Rupe schlug die Augen auf und starrte sie an, ebenso verdutzt, wie sie gewesen war. Dann dämmerte es ihm langsam, und grinsend fasste er sie an und zog sie über sich. Sie grätschte über ihn und presste ihre Brüste gegen seinen behaarten Oberkörper.

Zwischen seinen Beinen rührte sich etwas, und Tine rutschte auf und ab, als wollte sie die beginnende Erektion ermutigen und dann einfangen. Es war ein stiller, friedlicher Moment, erfüllt von den Gedanken an ihr nächtliches Paaren.

Die Gerüche waren noch durchdringender geworden; die Milch säuerte in der Hitze, der Schweiß war schal geworden. Tine fühlte sich klebrig und wund gescheuert und sehnte sich nach einer Dusche, aber der immer steifer werdende Schaft erregte sie und vertrieb die Gedanken an Reinlichkeit.

Sie bewegte anmutig die Hüften, hob sich ein wenig an und spürte die Spitze des Schafts zwischen den Labien. Langsam drückte sie dagegen. Sie war noch nicht feucht, und sein Penetrieren brannte, ein Gefühl, das sie auskostete. Sie ließ sich tiefer auf den Fleischspieß sinken.

Rupe ächzte, aber er hob die Hüften, bis er ganz in ihr war. Er verhielt sich eine Weile ganz reglos, während Tine ihre inneren Muskeln anspannte und lockerte, anspannte und lockerte. Sie umklammerte seinen Schaft, bis ihre Säfte flossen und die Wände glitschig machten.

Sie ritt seinen steifen Schaft, aber es war schwer zu entscheiden, wer wen penetrierte. Für Tine fühlte es sich so an, als hätte sie ein zusätzliches Teil erhalten, mit dem sie nun in Rupe eindrang. Er verhielt sich passiv und ließ alles geschehen, was sie mit ihm anstellte.

Tines Schenkel begannen zu schmerzen. Sie lehnte

sich weiter vor, weil der Schaft dann bei jedem Eindringen gegen die Klitoris stieß. Der Druck gegen Rupes Penis wurde stärker. Er genoss seine Rolle und freute sich an dem Anblick, wie Tine sich zum Orgasmus ritt.

Ihre Augen waren dunkel, sie glänzten und waren weit aufgerissen. Sie sah ihm zu, wie er sie beobachtete. Ihr Ausdruck veränderte sich, je mehr sie sich dem Orgasmus näherte. Ihre Wangen begannen zu glühen, und ihr Mund öffnete sich zu einem lauten, harschen Schrei. Sie ruckte hin und her und wurde von wilden Zuckungen geschüttelt.

Er empfand eine wilde, ungestüme Erregung, als Tine die Kontrolle über sich verlor. Sie hatte ihn benutzt; in diesem Moment war er nur ein Schwanz für sie gewesen, ein Instrument für ihre Lust. Jetzt nahm er sich die Freiheit auch bei ihr heraus. Während ihr Körper noch zuckte und bebte, hielt er sie gepackt und drehte sich mit ihr, bis er auf ihr lag.

Tines Kopf und Schultern lagen über dem Rand der Arbeitsplatte. Ihre Haare fielen wie ein dunkler Vorhang hinunter, nur eine Locke hatte sich auf ihrer Kehle gefangen und sah wie ein tiefer Riss in ihrem Fleisch aus. Sie hatte die Arme weit von sich gestreckt und die Schenkel weit geöffnet.

Rupe empfand ein starkes Machtgefühl. Er erhob sich über Tines schlaffem Körper und kam sich wie ein Jäger mit der erlegten Beute vor. Er stieß tief in sie hinein, stieß zu seinem eigenen Vergnügen. Er zog sich weit aus ihr zurück, bis nur noch die Spitze zwischen den Labien steckte, um dann heftig einzufahren. Mit jedem Stoß rutschte Tine ein wenig weiter über den Rand der Platte hinaus.

Er spürt die Hitze, die in seine Hoden schoss, und er wusste, dass er dicht vor seinem Ziel stand. Der Schaft fühlte sich wund und roh an, aber er stieß unermüdlich zu, und dann sprühte es aus ihm heraus. Es war so heiß in ihr, dass er glaubte, seine Lava in einen Vulkan zu schleudern.

Erst als Tine spürte, dass jemand ein weiches Tuch über ihre Schultern legte, bemerkte sie, dass sie nicht mehr allein waren. Wie abwesend schlang sie das Tuch um ihren Oberkörper und schaute hinunter auf den Boden, wo die verschüttete Milch eine stark riechende Pfütze bildete. Tine richtete sich auf und saß müde auf der Arbeitsplatte ihrer Küche, während sie sich die Schenkel rieb.

Sie und Rupe waren mit blauen Tüchern bedeckt. Jemand drückte ihnen eine Tasse in die Hand. Tine sah hoch und erkannte ihre Wohltäterin – Sharon.

Sie trug ein schlichtes Kostüm, blieb in der Tür stehen und sagte lächelnd: »Wie ich gesagt habe – ein hübscher Bums.«

Sie hatten beide keine Ahnung, seit wann Sharon sich in der Küche aufhielt und was sie gesehen hatte.

Tine starrte Rupe an, der am Kaffee nippte. Seine Haare hingen in dunklen Locken um sein Gesicht. Er sah müde, aber glücklich aus und hatte den Blick gesenkt. Das Tuch bedeckte seinen Schoß, während er mit den kräftigen Händen seine Tasse hielt.

Tine spürte immer noch die Hitze seiner Penetration. Sie saßen mit überkreuzten Beinen da. Der nächste natürliche Schritt war, dass sie zusammen zu Bett gingen. Sie wollte sich an ihn kuscheln. Aber trotz ihrer intimen Begegnung fürchtete sie sich davor, mit ihm an ihrer Seite im Bett aufzuwachen.

Rücken und Nacken waren immer noch steif von ihrem ungewohnten Nachtlager. Sie lechzte nach einer Dusche, nach Seife und Parfum, nach dem sanften Wiegen ihres Wasserbetts. Was sie am nötigsten brauchte, war Alleinsein. Sie wollte allein aufwachen und das Geschehen dieser Nacht verarbeiten.

Rupe, den sie seit knapp einer Woche kannte, war jetzt ihr Liebhaber, Vertrauter und Verschwörer. Er hatte ihre Sinne erobert, und er sollte zu dem Leben gehören, das sie von nun an leben wollte.

Er starrte sie an. Sie hielt seinem Blick stand. Er sah, dass ihre Gedanken beschäftigt waren. Sie sah ihn an wie damals, als er vor ihrer Tür gestanden hatte. Durcheinander, verschlafen, betört. Er war dankbar dafür, dass sie ihr Knie gegen seins rieb.

Nie zuvor hatte er sich einer Frau näher gefühlt. Er wollte in ihren Gedanken sein, aber er ahnte, dass Tine nicht so tief empfand. Sie hatte ihm zu verstehen gegeben, dass ihre gemeinsame Zeit limitiert war.

Ein anderer Teil von ihm labte sich an der Freiheit, die sie ihm durch diese Einstellung gab. Ihre Beziehung basierte auf gegenseitiger Zuneigung, auf Lust und Vertrauen. Durch Tine hatte er ein neues Stadium in seinem Leben erreicht.

»Bist du auch müde?«

Ihre Frage erinnerte ihn daran, wie erschöpft er war. Er nickte schwach.

»Soll ich dich nach Hause begleiten?«

Rupe sprang von der Arbeitsplatte, und Tine folgte ihm, Händchen haltend, die Treppe hinauf. Vor Tines

Schlafzimmertür zog er sie zu einer stürmischen Umarmung an sich.

Sie kuschelte sich an ihn, sie labten sich aneinander und sahen sich an.

»Schlaf gut.« Er küsste sie auf den Mund, öffnete ihre Tür und schob sie in ihr Zimmer.

Tine lächelte glücklich vor sich hin und lief unter die Dusche. Sie war froh, allein zu sein, und doch enttäuscht, dass er nicht gedrängt hatte, mit ihr zu gehen. Sie stellte sich vor, wie er jetzt unter seiner Dusche stand.

Sie trocknete ihre Haare und schlüpfte ins Bett.

Zehntes Kapitel

Tine wachte auf, immer noch steif, aber erfrischt nach einem langen, traumlosen Schlaf. Sie fühlte sich munter und voller Energie. Sie verzichtete auf Unterwäsche, warf ein loses Sommerkleid über und ging barfuß hinunter in die Küche. Sie war hungrig.

Stevie war dabei, den Boden zu wischen. Sie hatte das Gemüse aus dem Kühlschrank auf die frisch geschrubbte Arbeitsplatte gelegt, um im Kühlschrank zu wischen, denn die Milch hatte sich auch über ein Fach ergossen.

Als Tine eintrat, sah Stevie sich um und zeigte ein breites Grinsen, das keinen Zweifel daran ließ, dass sie über das Geschehen in der Nacht Bescheid wusste.

»Eh … tut mir Leid«, sagte Tine zerknirscht. Sie hatte zuvor nicht mehr die Energie gehabt, alles aufzuwischen, aber sie hatte auch nicht gewollt, dass jemand anders die Arbeit übernahm.

»Ich putze gern«, sagte Stevie, drückte Tine kurz an sich und drückte sie auf einen Schemel an der Frühstücksbar. Demmy saß schon da und trank Kaffee. Das Mädchen sah sie mit einem wissenden Blick und einem anzüglichen Grinsen an. Tine wich ihrem Blick aus, aber es wurde ihr erneut bewusst, dass sie Demmy nicht mochte.

»Ich dachte, ich sollte ein bisschen am Computer arbeiten«, sagte Demmy.

»Was willst du denn arbeiten?« Tine war neugierig. Sie hatte nicht vor, Demmy an den Computer zu lassen.

»Nun, du hast selbst gesagt, es könnten noch unvollendete Bilder von John versteckt sein.«

Tine war sicher, dass John einige Arbeiten nicht mehr hatte beenden können, aber sie wollte jetzt nicht mehr, dass Demmy sie entdeckte. Tine war auch davon überzeugt, dass es dem Mädchen hauptsächlich darum ging, Johns Programm zu finden. Sie konnte ja nicht wissen, dass Rupe die Filter schon gesichert hatte. Tine hatte keine Lust mehr, länger um den heißen Brei herumzureden.

»Demmy, die Filter sind nicht mehr im Computer, okay? Du brauchst sie also nicht mehr zu suchen. Von jetzt an möchte ich dich nicht mehr an einem Rechner in diesem Haus sehen, verstehst du?«

Demmy brauchte einige Sekunden, bis sie begriff, was Tine gesagt hatte. Sie sprang wieder auf die Füße und starrte Tine hasserfüllt an.

»Du bist ein gemeines Luder, Tine! Zuerst hast du mein Bild gestohlen, und jetzt stiehlst du mir meine Zukunft!«

Es war wohl so, dass Demmy sich als Opfer sah, und alles, was Tine sagen würde, konnte daran nichts ändern, deshalb sagte sie nichts. Demmy rannte aus der Küche, und Tine sah ihr ratlos hinterher. Sie hörte Demmy in Stevies Zimmer laufen und wie sie die Tür hinter sich zuknallte.

»Ich werde mich später um sie kümmern, dann werde ich auch dafür sorgen, dass sie nicht länger hier bleibt«, sagte Stevie. »Ich würde es jetzt noch tun, aber ich muss zur Arbeit.«

Stevie erklärte rasch, dass sie sich Sorgen um Demmy machte. Das junge Mädchen hatte vergangene Nacht wie ein kleines Kind neben ihr geschlafen, war von Alpträumen geplagt und hatte fast die ganze Nacht gewimmert. In den vergangenen zwei Tagen hatte Stevie es nur mit Drohungen und gutem Zureden geschafft, Demmy davon abzuhalten, Tine gegenüber so feindselig zu sein. In dem jungen Mädchen war irgendeine Verletzung, erklärte Stevie, die Demmy so aggressiv machte.

Stevie ließ Demmy nicht gern allein im Haus zurück, aber sie schreckte auch davor zurück, sie in diesem Zustand wegzuschicken.

Tine nickte und war damit einverstanden. »Wenn ich sie sehe, versuche ich mit ihr zu reden.«

»Nein, das wäre nicht gut. Geh ihr lieber aus dem Weg. Glaube mir, sie ist nicht gut drauf.«

Etwas in Stevies Stimme teilte ihre Beklommenheit mit. Tine fühlte sich plötzlich nervös und nickte. Sie würde später mit Stevie reden und ihr unmissverständlich klar machen, dass sie Demmy nicht im Haus haben wollte. Ihr war, als läge ein dunkler, unheilvoller Schatten über dem fröhlichen purpurnen Zimmer.

Stevie umarmte Tine, um sie zu beruhigen. Sie barg ihre Nase in den frisch duftenden kastanienbraunen Haaren, und plötzlich spürte sie ein Verlangen nach der älteren Frau. Tine versteifte sich. Sie saß auf dem Schemel, und ihr Kopf befand sich auf der Höhe von Stevies Brüsten. Ihre Wange strich leicht über die Wölbung.

Stevie trug ein weißes T-Shirt mit dem Logo ihres Fitness-Centers, dazu blaue Shorts. Ihre Kraft schien durch, ganz egal, was sie trug. Es war nicht nur das Spiel ihrer Muskeln, was ihre Stärke verriet; sie hatte auch eine innere Kraft, die man in ihren Augen sah.

Tine verharrte und genoss das leichte Heben und Senken bei Stevies Atmen. Sie nahm das sanfte Streicheln von Stevie wahr, mit zarten Bewegungen strich sie über ihre Schultern und den Rücken. Es war kein Wunder, dachte sie, dass diese Frau in der Lage ist, Demmy zu kontrollieren; sie besaß eine Präsenz, in der Wut verrauchte. Tine spürte Verwirrung darüber, dass auch sie sich zu Stevie hingezogen fühlte. Sie war versucht, einen Arm um die schwarze Frau zu legen, aber in diesem Moment zog Stevie sich zurück.

»Du bist ein guter Mensch, Stevie.«

»So gut nun auch wieder nicht.« Stevie hauchte einen Kuss auf Tines Lippen. »Aber gut genug, um zu wissen, dass deine Muskeln wahnsinnig verkrampft sind. In den nächsten Tagen werde ich dich massieren, damit sie wieder locker werden.«

Tines Verwirrung hielt an. Kurz nach der intimen Nacht mit Rupe fühlte sie sich nun zu Stevie hingezogen. Unbewusst schmiegte sie die Wange noch mehr an die Brust der jüngeren Frau. In Tines Kopf liefen Bilder ab, wie Stevie mit eingeölten Händen ihr den nackten Rücken knetete. Tine erkannte instinktiv, dass Stevie sie ebenso begehrte. Sie stellte sich vor, wie Stevie über ihr hockte und die Pobacken massierte. Sie ließ duftendes, warmes Öl zwischen ihre Schenkel träufeln. Tine meinte, den Duft riechen zu können, während Stevies geschickte Finger das Öl mit kreisenden Bewegungen in die Haut rieb.

Tine wich zurück und errötete, als sie sich ihrer Fantasien bewusst wurde. Stevie betrachtete Tine mit frischem Interesse und bemerkte die Erregung in den Augen der Vermieterin. Sie strich leicht mit dem Handrücken über Tines Brustwarze, neigte den Kopf ein wenig und sah an Tines Ausdruck, dass Erregung und Verlegenheit mit sich rangen, während sie ihren Finger über die Unterseite der Brust streichen ließ.

Tines Atem beschleunigte sich, und ihre Lippen waren leicht geöffnet. Stevie stöhnte gequält, trat einen Schritt zurück und schüttelte den Kopf, als wollte sie ihre Gedanken befreien. Sie verdrehte die Augen und schaute zur Decke. Als sie wieder die andere Frau anschaute, hatte Tine die Augen geschlossen und die Hände auf den Bauch gelegt, als könnte sie ihre Finger nur so zur Untätigkeit zwingen.

»Ich verstehe das alles nicht«, murmelte Tine und fühlte sich miserabel. Stevie gluckste.

Sie drückte ihre Lippen auf Tines Mund und labte sich an der hungrigen, warmen Feuchtigkeit. Dann schob sie eine Hand in Tines Nacken, unter die vollen Haare, und streichelte die empfindliche Haut.

Sie riss sich gewaltsam von Tine los, richtete sich auf und sagte: »Deine Nackenmuskeln sind auch so unbeweglich wie ein Zaunpfahl!«

Tine sah Stevie konfus an, noch gefangen in ihrer Lust. Aber dann änderte sich ihr Gesichtsausdruck. Bevor sie etwas sagen konnte, legte Stevie einen Finger über Tines Lippen.

»Pst«, machte sie. »Später, ja? Jetzt muss ich arbeiten, und danach reden wir.«

Sie lief aus der Küche. Tine blieb eine Zeit lang sitzen und versuchte, ihre Gefühle zu analysieren, ihr lüsternes, unverantwortliches Verhalten. Langsam schüttelte sie den Kopf. Von einem Tag auf den anderen hatte sich ihr Leben völlig verändert; es war wohl am besten, wenn sie die Neuerungen ignorierte.

Nach einer Tasse Kaffee begann Tine damit, eine einfache Mahlzeit zuzubereiten. Später konnte sie sie wärmen und ihrem jungen Geliebten anbieten. Sie nahm Kartoffeln, Zwiebeln, Tomaten, Zucchini und Gurken aus dem Kühlschrank, schnitt alles klein, fügte Fenchel und Knoblauch hinzu sowie einen Schuss Weißwein. Dazu würde sie deutsches Roggenbrot und Käse servieren.

Während ihrer Arbeit in der Küche sah sie Jerry, der die Blumen mit Eimern voll Wasser tränkte. Als er fertig war, leerte er den Rest des letzten Eimers über seinem Kopf. Das Wasser rann von den Haaren über seine nackte Brust. Seine Shorts wurden klatschnass.

Er kam auf die Terrasse, streifte die nassen Tennisschuhe ab, rieb die Füße an den Waden trocken und betrat die Küche, in der es verlockend nach Essen roch.

»Sie haben bekannt gegeben, dass man den Garten nicht mehr mit dem Schlauch begießen darf«, sagte er. Er nahm eine Flasche Wasser aus dem Kühlschrank und setzte sie an den Mund. Es tröpfelte aus seinen Mundwinkeln, weil er so gierig trank. Tine schaute ihm zu und lächelte. Er strahlte und gab zu verstehen, dass er später wiederkommen würde, wobei er Tine bewundernd mit Blicken abtastete. Er schlüpfte wieder in seine Schuhe und ging.

Im Haus war es still. Tine spürte die Nähe des schlafenden Rupe und der schmollenden Demmy in Stevies

Zimmer. Ruhe kehrte auch in Tine selbst ein. Sie ging auf die Terrasse und setzte sich mit überkreuzten Beinen auf den Steinboden. Sie biss in einen Apfel.

Es lag etwas Verrücktes darin, dass sie das Chaos akzeptierte, das die neuen Mieter mitgebracht oder veranstaltet hatten, aber noch hatte sie nicht den Eindruck, dass eine strengere Hand gefordert war.

Zum ersten Mal seit Tagen sehnte sie sich nach Regen. Die Erde im Garten war ausgedörrt und brüchig. Dass der Rasen nicht mehr gesprengt werden durfte, war eine Enttäuschung, denn das Gras würde bald wieder braun werden. Es hatte sich nach all den Monaten der Vernachlässigung in der kurzen Zeit von Jerrys Pflege noch nicht richtig erholen können. Einige der Pflanzen hatten neuen Mut geschöpft und belohnten die neue Fürsorge mit bunten Blüten, aber andere waren immer noch saft- und kraftlos und würden sterben. Jerry schien aber noch zu hoffen, sonst hätte er sie bestimmt gezupft. Tine fand, sie sollte sich Jerrys Hoffnung anschließen.

Ihre Gedanken wanderten zu Demmy. Es war klar, dass dem Mädchen irgendwas fehlte. Tine drängte sich der Vergleich zu den welken Pflanzen auf. In Demmys Fall hatte die Vernachlässigung zu einem bösen Hunger geführt. Tine nahm sich vor, ihr aus dem Weg zu gehen, und gleichzeitig hoffte sie, das richten zu können, was John vielleicht verdorben hatte.

Sie war realistisch genug, um zu wissen, dass Johns Verhalten vielleicht gar nicht für Demmys Entwicklung verantwortlich war. Aber für den Fall, dass er doch dazu beigetragen hatte, wollte Tine ihr Gewissen erleichtern.

Sie ging ins kühlere Haus zurück. Sie stieg die

Treppe hoch, um sich umzuziehen und dann zu Rupe zu gehen. Sie freute sich auf den Abend mit ihm.

Sie öffnete die Tür ihres Schlafzimmers und blieb wie angewurzelt stehen. Sie konnte nur starren, Mund und Augen weit geöffnet. Die Schranktüren waren aufgerissen, die Inhalte lagen verstreut auf dem Boden. Ihr erster Gedanke war Einbruch, und erst als sie das Schlagen der Haustür hörte, lief sie ans Fenster und schaute hinaus in den Vorgarten.

Sie sah Demmy, die über den Kieselsteinweg ging und durch das Tor trat. Das Mädchen warf einen kurzen Blick über die Schulter, sah zu den Fenstern hoch und entdeckte Tine. Ein triumphierendes Lächeln spielte um Demmys Lippen, sie hob den rechten Arm und zeigte ihre Beute. Im nächsten Moment rannte sie davon. In der Hand hatte sie das Band gehalten, das Rupe vom Programm gezogen hatte.

Tine war wütend. Ihr privater Bereich war verletzt worden, ihre Gastfreundschaft missbraucht. Alle Vorsätze, tolerant zu sein, zerschellten an Demmys hinterhältigem Diebstahl. Benommen stieß Tine mit der Stirn gegen die kühle Fensterscheibe und zwang sich zum tiefen Durchatmen.

In diesem Zustand fand Rupe sie, als er Minuten später die Treppe hinunter gehen wollte. Er konnte Tine durch die offene Tür sehen, eine kleine verzagte Gestalt am Fenster. Sein erster Gedanke war, zu ihr zu laufen und sie in die Arme zu nehmen, aber dann blieb er stehen. Vielleicht bedauerte Tine ja die vergangene Nacht. Während er in der Tür stand und den Saustall ihres Zimmers sah, handelte er instinktiv, weil er nun nicht mehr glaubte, dass Tines Traurigkeit etwas mit ihm zu tun hatte.

Er lief zu ihr und umfing sie von hinten. Sie zuckte zusammen, aber dann lehnte sie sich zurück und schmiegte sich an ihn.

Ihr Körper fühlte sich sanft und geschmeidig an, und er fühlte mit ihr, obwohl er noch nicht wusste, was ihr Problem war. Er empfand fast Erleichterung, als Tine sagte: »Demmy hat das Band gestohlen.«

Rupe verhielt sich still. Auch er war wütend, aber er grinste nur. »Sie wird nichts damit anfangen können. Das Band ist chiffriert.«

»Sie wird es dechiffrieren können«, wandte Tine ein. »Sie hat mit John gearbeitet und kennt wahrscheinlich den Code.«

»Kann sein. Aber meinen Code kennt sie nicht.«

»Oh, verdammt! Wenn sie das herausfindet, wird sie wiederkommen.«

»Nun, dann werde ich mich ihrer annehmen.«

Sein Ton war voller Entschlossenheit, und Tine hoffte, dass Demmy genug Verstand besaß, auf Distanz zu bleiben. Tine war froh, Rupe bei sich zu haben. Seine tiefe Stimme und die australische Aussprache mit den schleifenden Vokalen hatten etwas Beruhigendes an sich. Tine rieb die Wange an seinem T-Shirt; ihre Art, danke zu sagen für seine Fürsorge und für seinen Schutz.

»Sie hat das ganze Zimmer durchwühlt, bis sie das Band gefunden hatte«, murmelte sie.

Rupe streichelte mit einer Hand über ihre Brust und drückte sie leicht. Eine Weile blieben sie still stehen und blickten auf die Straße, dann tippten seine Finger gegen eine Warze, die sich sofort versteifte. Er nahm sie zwischen Daumen und Zeigefinger und drückte sie durch den leichten Stoff des Sommerkleids.

»Ich glaube, ich sollte mit dem Aufräumen beginnen.« In Tines Stimme lag ein sinnliches Sehnen, und Rupe hörte, dass sie nicht die Absicht hatte, etwas Anderes zu tun, als sich von ihm streicheln zu lassen.

Rupe rieb mit dem Kinn über ihren Kopf. Sie folgte seinem Blick auf drei munter plaudernde Schülerinnen, die am Haus vorbei gingen. Ihre Stimmen wurden durch die Doppelverglasung gedämpft. Eine von ihnen schaute hoch und entdeckte die beiden Gestalten am Fenster. Sie packte die Schulter der Freundin und zeigte mit dem Kopf nach oben. Sie tuschelten und grinsten breit, dann verschwanden sie um die Ecke.

Tine wurde verlegen und wollte sich vor den neugierigen Blicken schützen, aber Rupe hielt sie fest, beugte den Kopf und flüsterte: »Ich werde dich jetzt ausziehen.«

Er drückte ihre Brüste und ließ sie dann los.

Tine stand unschlüssig da, während er die Träger von den Schultern schob. Die Schülerinnen waren längst weg, aber andere Teenager waren an diesem Nachmittag auf dem Nachhauseweg. Tine hoffte, dass sie so sehr mit sich selbst beschäftigt waren, dass sie nicht zum Fenster schauten. Doch ein Teil von ihr erregte sich bei dem Gedanken, dass jemand zuschauen könnte, wie Rupe sie entkleidete.

»Ich will, dass auch sie dich bewundern«, murmelte Rupe und zog das Kleid über ihre Hüften. Er seufzte glücklich, als er die fehlende Unterwäsche bemerkte. Er strich mit beiden Händen über ihren Po, drückte und knetete ihr Fleisch und ließ einen Finger in der zuckenden Kerbe ihrer Backen verschwinden. Er wusste schon, wie schnell erregbar Tine war, deshalb war er davon überzeugt, dass Tine spätestens in einer Minute keinen Gedanken mehr an ihre Umgebung verschwendete.

Er trat einen halben Schritt zurück, und Tine hörte, dass er sich auch auszog, und im nächsten Augenblick war er so nackt wie sie. Sein halb erigierter Penis drückte sich zwischen ihre Backen. Sie schwenkte die Hüften, als wollte sie nachhelfen, den Schaft ganz steif zu machen.

»Oh, nein, noch nicht«, murmelte Rupe und griff mit der Hand an ihre Vulva. Seine Finger schoben sich durch die dunklen Löckchen und suchten die Klitoris. »Spreiz dich für mich.«

Seine Stimme war kaum mehr als ein Wispern. Auch er erregte sich an der Möglichkeit, dass sie von unten gesehen werden konnten. Tine spürte, wie er härter wurde, und schwenkte die Hüften wieder hin und her. Trotz ihrer Scham wusste sie, dass sie bald schon die Fußgänger nicht mehr sehen würde. Im nächsten Moment schloss sie die Augen und ergab sich Rupes Fingern. Sie stellte die Beine weit auseinander, damit Rupe leichteren Zugang hatte.

»Du wirst so nass. Du solltest fühlen, wie nass du wirst.« Sein Atem ging hektischer, als er sie mit den Fingern erforschte und die Nässe verteilte.

Tine spürte, wie er zitterte. Er versuchte, ihre Hüften still zu halten, weil er fürchtete, die Kontrolle zu verlieren, wenn sie seinen Penis weiter reizte. Seine Erregung füllte das Zimmer, und Tine verlor ihre letzten Hemmungen.

Sie stellte sich auf die Zehenspitzen und ließ die Hüften rotieren. Sein Schaft rutschte weiter vor und stieß gegen ihren Eingang. Sie drückte die Schenkel wieder zusammen und hielt ihn dort gefangen.

Rupe erstarrte und rang um seine Beherrschung, aber dann fügte er sich mit einem hilflosen Stöhnen in sein Schicksal. Er packte Tines Hüften mit beiden Händen und beugte ihren Oberkörper nach vorn. Sie stützte ihre Hände auf die Fensterbank und erwartete sein Eindringen mit einem Gefühl des Triumphs. Jetzt öffnete sie die Augen und wünschte, jemand würde von unten aufblicken. Ihr Wunsch erfüllte sich durch einen jungen Studenten, der den Kopf hob und direkt auf das Fenster starrte.

In diesem Moment stieß Rupe in sie hinein, und Tine stöhnte vor Lust, den Blick auf den Fußgänger gerichtet, der unvermittelt stehen geblieben war. Er trat durchs Tor, als wollte er den Eindruck erwecken, dort auf jemanden zu warten. Er setzte seinen Rucksack ab und fuhr mit beiden Händen in die Taschen seiner leichten, weiten Leinenhose. Selbst aus der Entfernung ihres Fensters im ersten Stock konnte Tine die Bewegung seiner Finger erkennen. Sie hätte gern gewusst, ob er schon vorher geträumt hatte. Dann musste ihm die Szene im Fenster wie die Erfüllung seines Traums vorkommen.

Rupe hatte mit sanften Stößen begonnen, auch er sah den Mann im Torbogen, der sich jetzt gegen den Pfeiler lehnte und die Schau genoss.

»Er wünscht sich an meine Stelle. Er will dich an meiner Statt durchziehen.« Rupes Stimme klang betörend. »Das würde dir gefallen, was?« Um seine Worte zu unterstreichen, stieß er hart in sie hinein, dann verharrte er eine Weile.

Der junge Mann, frustriert durch die einengende Hose, öffnete den Reißverschluss und holte den Penis heraus. Er war durch die Büsche nur unvollkommen vor Blicken der Fußgänger geschützt, deshalb ging er ein paar Schritte tiefer in den Vorgarten hinein. Er legte eine Faust um seinen Penis und blickte nach oben. Tine sah seine herausfordernden blauen Augen und leckte sich über die Lippen. Sie spürte die Überproduktion von Speichel in ihrem Mund.

Als ob er ihre Gedanken gelesen hätte, schlüpfte Rupe aus Tine heraus und drehte sie herum, so dass sie nun ihren Po am Fenster zeigte. Ihre Vulva zwischen den gespreizten Beinen musste von unten gut zu sehen sein. Der Fremde schluckte schwer, und Rupe fragte sich, ob das sein erster deutlicher Blick auf ein weibliches Geschlechtsteil war.

Tine bückte sich nach seinem bebenden, feucht glänzenden Glied und schloss die Lippen um die purpurne Spitze. Der Student konnte die geschickt kreisende Zunge nicht sehen, aber es gab keinen Zweifel daran, dass er genau wusste, auf welche Weise Tine in diesem Moment beschäftigt war.

Rupe beugte sich stöhnend über Tines Rücken, teilte ihre Backen und stieß mit ein paar Fingern zwischen die Labien.

Der junge Mann rieb sich schneller. Rupe wollte Tine den Höhepunkt miterleben lassen, deshalb drehte er sie rasch wieder herum, gerade rechtzeitig, dass sie den weißen Samen aus dem zuckenden Schaft des Fremden sprühen sehen konnte.

Sekunden später bedeckte sich der Student wieder, er sah sich um, starrte verblüfft noch einmal zum Fenster und entfernte sich hastig, nachdem er seinen Rucksack auf dem Rücken befestigt hatte. Er schaute nicht mehr nach hinten.

Tine wandte sich Rupe zu und starrte in seine Augen, als wollte sie dort einen Beweggrund für Rupes Verhalten finden. Er hatte sie mit dieser Aktion überrascht und ihr eine Seite von sich gezeigt, die Tine nicht erwartet hätte. Seine Pupillen waren feucht und geweitet, was seine übermächtige Erregung verriet. Seine Erektion wippte auf und ab. Er war in der Absicht, seine exhibitionistische Fantasie auszuleben, unnachgiebig gewesen, und seinen harten, dreisten Blick fand sie schmerzlich stimulierend.

»Wenn er näher gewesen wäre«, flüsterte sie und leckte sich wieder über die Lippen, »hätte ich es mit ihm getrieben, und dich hätte ich zuschauen lassen.«

Ärger breitete sich auf seinem Gesicht aus. Er nahm ihr Kinn in die Hand, zwang ihren Kopf in den Nacken und warf ihr vor: »Dir gefällt das, was?« Es sollte spöttisch klingen, aber in der Stimme klang gleichzeitig Verwunderung durch.

»Oh, ja.« Tine lächelte weich. »Ich liebe es.« Ihre Augen verengten sich, als sie versprach: »Ganz egal, wie du es haben willst – mir gefällt es.«

Sie drückte Rupe ins Zimmer zurück, aufs Bett zu. Er fiel auf den Rücken, und sie grätschte über ihn, als das Telefon klingelte. Einen Moment lang sahen sie sich an, dann warf sie einen strafenden Blick auf den Apparat neben ihrem Bett. Tine hob den Hörer ab und lauschte einen Moment, dann gab sie den Hörer an Rupe weiter.

»Das ist für dich«, sagte sie und drückte ihn wieder auf den Rücken, als er sich aufrichten wollte. Rupe räusperte sich und schloss verzweifelt die Augen, als Tine sich auf seinem Schaft niederließ.

Er bedeckte die Muschel mit einer Hand und zischte: »Es geht um meine Arbeit.«

Tine nickte mitfühlend und ritt ihn sanft. Sie wiegte sich auf ihm hin und her. Sie war so sehr in ihrer eigenen Lust gefangen, dass sie kaum gewahrte, wie Rupe versuchte, den Anrufer abzuwimmeln.

Als seine Blicke immer verzweifelter und der Penis in ihr immer weicher wurde, glitt sie weg von ihm und ignorierte seine Enttäuschung. In seinem Frust rutschte Rupe zum Kopfende des Betts und richtete sich in eine sitzende Position auf. Tine kuschelte den Kopf in seinen Schoß.

Rupe sah sie an, während er ins Telefon sprach, er streichelte über ihre Haare und schob eine Locke hinter ihr Ohr. Tine spürte, wie er sich entspannte, und lächelte. Als er den Hörer mit einem Seufzer der Enttäuschung auflegte, blickte sie zu ihm hoch.

»Die Nacht ist noch jung. Bleibe hier, dann bringe ich dir das Abendessen.« Sie glitt vom Bett, schlüpfte in ihr dünnes Kleid und huschte aus dem Zimmer.

Als Tine ihre Küche betrat, saßen Sharon und Jerry an der Frühstücksbar und tranken Ale aus einer Trappistenbrauerei. Zwischen ihnen standen Plastikbehälter mit *taramasalata* und *tsatsiki* sowie paprikascharfe Tortillachips.

Sharon und Jerry waren beide nackt und schienen einen Wettbewerb auszutragen, wer den Körper des anderen schneller mit den Tunken bemalen konnte. Sharons Haare waren auf dem Kopf aufgetürmt, gehalten von einem hölzernen Kebabspieß. Ein paar Locken, die entkommen waren, waren von der Tunke weiß beschmiert.

Sie sah Tine grinsend an und lud sie auf ein Bier ein. Dabei nutzte sie aus, dass Jerry für einen Moment abgelenkt war und schmierte seine Nase mit einer pinkfarbenen Paste ein. Jerry rächte sich, indem er zwei Finger in den *tsatsiki* tunkte und Streifen über Sharons Brüste zog. Dann beugte er sich vor und zerstörte sein Kunstwerk mit der Zunge.

Tine schüttelte lächelnd den Kopf. Es musste ein Zeichen der Zeit und des Überangebots sein, dass die Nacktheit der beiden sie nur milde interessierte. Sie holte Salat aus dem Kühlschrank und schnitt Scheiben von einem dunklen Roggenbrot, während die Spiele fortgesetzt wurden.

»Ich hab gesehen, dass Demmy gegangen ist«, bemerkte Sharon nach einer Weile.

Tine nickte und erzählte kurz von dem Diebstahl.

»Wir gehen morgen Abend ins Silky Lizzie. Willst du mit uns kommen? Vielleicht triffst du sie da.«

Jerry hatte einen rosigen Nippel mit den Lippen eingefangen und erforschte ihn nun mit der Zunge. Sharon war hinreichend abgelenkt. Tine stellte Schüsseln und Besteck zusammen auf ein Tablett, packte das Brot dazu und eine Flasche eines australischen Shiraz, den sie für eine besondere Gelegenheit verwahrt hatte. Mit den Kristallgläsern war es kein leichter Balanceakt, deshalb hob sie das Tablett vorsichtig auf und ging langsam die Treppenstufen hoch, während sie über Sharons Einladung nachdachte.

Stevie hatte am Grillabend mit ihr übers Silky Lizzie geredet und das Lokal auch beschrieben, aber Tine konnte sich kaum noch erinnern. Der Gedanke, mit Stevie und Sharon einen Abend außer Haus zu erleben, war recht verlockend, aber sie entschied sich trotzdem dagegen. Dazu würde sie später noch genug Gelegenheiten haben.

Als sie ihr Zimmer betrat, bereute sie ihre Entscheidung nicht. Rupe saß nackt und mit überkreuzten Beinen auf dem Bett. Nein, dachte Tine, ich will viele lange Abende nichts anderes, als diesen liebevollen jungen Mann zu erforschen. Behutsam setzte sie das Tablett aufs Bett.

»Ich bin sehr hungrig«, sagte Rupe und sah Tine auf eine Weise an, die ihr sagte, dass ihre Mahlzeit nur einen Teil seines Hungers stillen konnte; für die andere Sättigung war sie zuständig.

Aber zunächst schlug er bei den essbaren Dingen zu. Es blieb kaum etwas übrig. Nachdem sie das Tablett zur Seite gestellt hatten, labten sie sich am Wein. Tine war enttäuscht, als sie erfuhr, dass Rupe für ein paar Tage nach London reisen musste – das war während des Telefongesprächs so festgelegt worden. Ihr fiel ein, dass sie jetzt vielleicht doch ins Silky Lizzie gehen könnte, aber sie entschied, trotzdem zu Hause zu bleiben.

»Du könntest mit mir kommen.« Rupe sah Tine erwartungsvoll an.

Sie sah sich schon den ganzen Tag durch Harrod's streifen, während er arbeitete, und danach mit ihm in einem chinesischen Restaurant in Soho speisen.

»Ein anderes Mal«, sagte sie. Dann platzte es aus ihr heraus: »Ich bin froh, dass du eingezogen bist.«

Rupe nahm Tine das Glas aus der Hand. Er setzte beide Kristallgläser auf den Nachttisch, zog Tine quer übers Bett, legte sich auf sie und küsste sie sanft.

»Ich bin nicht die ganze Zeit hier geblieben, während du in der Küche warst.« Seine Augen zwinkerten. »Ich habe uns schon eingeloggt. Dickens will mit uns reden.«

Elftes Kapitel

Tine hatte einen Abend mit viel Kuscheln und Liebe erwartet. Dass Rupe mit Dickens chatten wollte, kam unerwartet und war eine Enttäuschung für sie, besonders, da er schon am nächsten Tag nach London abreisen würde. Nun, es war ihre eigene Schuld, wenn sie Erwartungen an jemanden stellte, der vielleicht ganz andere Erwartungen hatte. Seufzend redete sie sich ein, dass es vielleicht lustig sein würde, Dickens die letzten Entwicklungen zu berichten. Zweifellos würde er sich in den letzten Tagen vernachlässigt gefühlt haben.

Trotzdem verhielt Rupe sich irgendwie seltsam. Er war aufgeregt und ruhelos und konnte nicht schnell genug zurück an den Computer. Vielleicht war dies sein üblicher Zustand, bevor er sich in einen Chatroom einloggte, aber es kam ihr ziemlich kindisch vor. Sie wurde an ihren Altersunterschied erinnert.

Sie gab sich zurückhaltend, willigte aber ein, zu Rupe hinauf zum Speicher zu gehen. Sie konnten nebeneinander auf dem IRC chatten, versprach er ihr. Von der Tür aus warf er ihr einen Kuss zu. Tine lehnte sich auf ihrem Bett zurück und nippte nachdenklich am Wein.

Sie ließ sich Zeit. Sie brachte Ordnung in das Chaos, das Demmy hinterlassen hatte, dann duschte sie und wusch sich die Haare. Es war später Abend, als sie ein T-Shirt über die nassen Haare zog, einen Slip anzog und mit dem Tablett hinunter in die Küche ging.

Sharon und Jerry hatten die Küche so blitzblank verlassen, als wären sie nie da gewesen. Das Haus schien ungewöhnlich still zu sein. Trotz der späten Stunde war es immer noch ein wenig hell, sie konnte hinaus in den Garten schauen. Die drückende Schwüle lag noch in der Luft, aber Tine sah, wie sich im Westen eine Bank aus dunklen Wolken aufbaute.

Die Katze lag dösend unter einem Strauch und beäugte einen Vogel mit trägem Interesse. Tine war versucht, Dickens warten zu lassen und sich auf dem Rasen auszustrecken, um den Frieden der Nacht auszukosten. Ihre Wankelmütigkeit überraschte sie, als sie ihrer Laune nachgab, hinausging und barfuß über den Rasen schritt. Das Gras war knochentrocken. Vor ihr tanzte eine Hummel und wich ihr im letzten Moment aus, um eine Kollision zu vermeiden.

Die Katze erhob und streckte sich, ehe sie Tines Nähe suchte und sich Gesellschaft und ein angenehmes Kraulen versprach. Tine saß mit überkreuzten Beinen da. Die schnurrenden Vibrationen unter ihren Fingerspitzen wirkten beruhigend auf sie.

Die Sonne ging unter, und mit dem Nachtgrau kam der Regen. Es war zunächst ein leichter, unbefriedigender Sommerregen, aber die Luft kühlte sich rasch ab. Es sah nach Sturm aus. Nach den ersten Tropfen schoss die Katze davon und verschwand hinter dem Zaun. Tine zog die Knie an und schlang die Arme um ihre Beine. Sie spürte, wie der Regen sie einweichte, bis sie klatschnass war und bibberte. Um sie herum stieg ein wunderbarer Duft von dampfender Erde auf, und sie konnte spüren, wie der Garten aus dem Schlaf erwachte und zu trinken begann.

Der Regen belebte Tine. Sie fühlte sich hellwach

und lebendig. Sie freute sich für die dürstenden Blätter und Blüten, und sie freute sich auch auf die Freuden, die sie in dieser Nacht noch erwarteten. Es war dunkel geworden. Das einzige beleuchtete Fenster war das auf dem Speicher, ein blasses Licht hinter dem geschlossenen Vorhang. Dahinter stellte sie sich Rupe vor, wie er in seinem ledernen Drehsessel vor dem Monitor saß, auf dem er seine und Dickens' Texte lesen konnte.

Tine wünschte, sie könnte fliegen und durch den Vorhang blinzeln, um Rupe beim Chatten mit Dickens zu beobachten. Wie reagierte er, wenn sie nicht bei ihm war?

Schließlich ging sie ins Haus zurück, die Haare glänzten vom Regen, und das T-Shirt klebte an ihrer Haut. Langsam stieg sie die Treppen hoch. Noch bevor sie seine Tür erreicht hatte, hörte sie ihn in die Tasten hämmern.

Das Wohnzimmer im Speicher sah völlig verändert aus. Die Möbel waren gegen die Wände gerückt, und Kabel schlängelten sich wie Efeu über den Boden zu drei verschiedenen Terminals. Ein Monitor, der auf seinem Rechner stand, funkelte in leuchtendem Grün. Winzige rote Lichter flackerten auf der Sockelleiste, während der Text auf dem Bildschirm erschien. Während Tine zusah, begann es zu piepsen. Das Bild auf dem Monitor fror ein und schien Rupe klagend anzustarren.

Rupes Hände lagen auf der Tastatur, dann streckte er sich und richtete sich auf, und dabei sah er Tine in der Tür stehen. Sein Gesicht öffnete sich zu einem breiten Lächeln.

»Du bist ja ganz nass!« Er war sofort bei ihr und fuhr mit einer Hand über die Haare, über Schultern und über das nasse T-Shirt, das sich um die Brüste schmiegte.

Tine schlang die Arme um seinen Hals und rieb sich an seiner nackten Brust. Dann trat sie einen Schritt zurück und sah die Feuchtigkeit auf seinen Brusthaaren. Grinsend sah sie ihn an.

»Ich habe im Regen gespielt«, sagte sie.

»Regnet es?« Er drehte sich zum Fenster um und hörte über dem Summen der Computer das leichte Klopfen der Regentropfen an die Scheiben. »Wie schön.«

Er zog Tine zum Schreibtisch, setzte sich und zog sie auf seinen Schoß. Der alte Sessel knarrte. Tine setzte sich seitlich auf Rupe und schwang ein Bein über die Lehne, während sie den Kopf an seine Schulter barg, damit sie den Text auf dem Bildschirm lesen konnte. Rupe streckte die Arme um sie, legte die Finger auf die Tastatur und begann zu tippen.

Rupe >Hab' sie gefunden. Astyr kuschelt sich klatschnass auf meinem Schoß.

Dickens ›Klatschnass? Das bringt mich auf gewisse Gedanken … Hi, Astyr :-)

Rupe > Sie sagt auch ›hi‹. Ja, sie hat im Regen herumgetollt. Ich spüre, wie sie tropft.

Dickens >Bleibe fair, Mann. Du hast dich doch in den letzten Tagen andauernd in ihr und auf ihr ausgetropft.

»Himmel«, sagte Tine, »was hast du ihm denn alles erzählt?«

»Alles. Mit allen Einzelheiten.« Rupe schien auch noch stolz darauf zu sein.

Dickens > Du hast also diese fantastische Frau auf dem Schoß? Was wirst du alles mit ihr anstellen?

Rupe > Sie fallen lassen?

Dickens > Idiot.

Rupe > Okay, sage mir, was ich mit ihr tun soll.

Dickens > Frage Astyr selbst. Ich erinnere mich, dass sie eine lebhafte Fantasie hat.

Tine stellte sich Dickens vor, wie er Tausende von Meilen entfernt an seinem Computer saß, während die kalifornische Sonne durch die Fenster schien. Was für ein Kontrast. Dickens allein im Sonnenschein, und sie und Rupe zusammen im britischen Regen. Trotzdem war es ein Moment, den sie zu Dritt genießen konnten. Oft genug hatte sie die Realität der elektronischen Beziehungen gefühlt. Die Worte auf dem Schirm projizierten Bilder, die nach ihr zu greifen und sie zu streicheln schienen.

»Sage ihm, was ich tue.« Sie schlüpfte von Rupes Schoß und blieb neben seinem Sessel stehen. Rasch streifte sie ihr T-Shirt über den Kopf und warf es in eine Ecke, wo keine Kabel lagen.

Der knappe Slip war vom Regen durchsichtig geworden, und Rupe sah den Abdruck ihrer Lippen und der Schamhaare. Sie wollte den Slip abstreifen, aber er schien an ihr zu kleben. Tine zerrte daran und rollte ihn mühsam über die Hüften. Sie bückte sich tief und wusste, was sie ihm darbot.

Rupe >Astyr hat sich ausgezogen. Jetzt steht sie gebückt da. Ich kann ihre Pflaume sehen.

Dickens >Beschreibe mir, wie sie aussieht.

Rupe >Blass und delikat. Die äußeren Lippen sind fast violett, die inneren schimmern pink. Sie sieht wahnsinnig appetitlich aus.

Dickens >Wie schmeckt sie?

Rupe drehte sich in seinem Sessel zur Seite und sah Tine an. Ihr Dreieck befand sich auf der Höhe seiner Augen. Einen Moment lang sah er sie an, dann beugte er sich vor und schob die Zunge in die glitschigen Falten.

Sie zitterte ein wenig, blieb aber stehen. Dass er sich ihr zugewendet hatte, kam nicht überraschend für sie, denn sie hatte sein Tippen nicht mehr gehört. Sie stellte sich das Bild vor – Rupe mit den langen schwarzen Haaren, der sich an ihr festsaugte. Gewiss stellte auch Dickens sich dieses Bild jetzt in Gedanken vor.

Tine hätte gern gewusst, was Rupe geschrieben hatte. Schamlos rieb sie sich gegen seinen Mund. Seine Lippen schlossen sich um ihre Klitoris, die er mit der Zunge umkreiste. Zu ihrer großen Enttäuschung zog er sich zurück, und Sekunden später hörte sie wieder das Rattern der Tasten. Tine verharrte in ihrer Position und erwartete mehr.

Rupe > Sie schmeckt wie Austernsauce, ein wenig salzig und genau so glitschig. Und süß schmeckt sie auch.

Dickens > Du hast sie also wirklich geschmeckt? Gerade eben?

Rupe > Ja. Sie lehnte über dem Stuhl. Ich habe meine Zunge in sie hineingesteckt. Sie ist sehr nass geworden.

Dickens > Wie fühlt sie sich an?

Rupe wandte sich wieder Tine zu und strich mit einem Finger durch die saftige Furche. Er schloss die Augen und konzentrierte sich. Er spürte die spärlichen Härchen, die sich sanft an seiner Haut rieben, als er über ihren Venushügel strich, dann das weiche Gewebe der Labien. Er glitt mit dem Zeigefinger zwischen die Falten, und er fühlte, wie der Finger in ihrer warmen Nässe badete.

Der Finger sank tief in Tine hinein. Obwohl sie so nass ist, fühlt sie sich noch sehr eng an, dachte Rupe und strich über die schleimigen Wände, über den elastischen Eingangsmuskel und konnte nicht widerstehen, mit dem Daumen über die gerunzelte anale Öffnung zu fahren. Er drückte fester zu, und der Muskel schloss sich um die Daumenspitze.

Rupe schlug die Augen auf und betrachtete die Szene mit einer fast klinischen Neutralität; Finger und Daumen in ihr gefangen. Er bemerkte, dass ihre Schenkelmuskeln bis zum Äußersten gespannt waren. Ihre Hände, mit denen sie der Balance wegen die Fußgelenke stützte, hatten sich auch verkrampft, die Knöchel waren weiß vor Anstrengung.

Er verstärkte den Druck noch einmal und wurde mit einem lauten Schrei des Entzückens belohnt, als der Daumen eindrang. Langsam zog er sich wieder aus ihr zurück. Ihre Beine schwankten ein wenig.

»Du kannst dich jetzt aufrichten.« Seine Worte kamen nur als Flüstern heraus. Er räusperte sich, dann wandte er sich wieder der Tastatur zu und grinste über die nassen Spuren, die seine Finger auf den Tasten hinterließen.

Rupe > Sie fühlt sich wie Samt und Seide an. Seide, das ist die Spalte, und samten ist der kleine feste Arsch.

Tine hatte sich aufgerichtet und streckte sich, um die Muskeln zu lockern. Während Rupe tippte, las sie den Text auf dem Bildschirm. Ihr war, als sei sie nur eine Beobachterin des Geschehens, nicht eine Teilnehmerin. Sie erinnerte sich, so ähnlich empfunden zu haben, wenn sie und John sich liebten, während er einen Pornofilm eingelegt hatte. Unpersönlich, aber erregend. Dies hier war für Dickens; er war der Anstifter, sie waren seine Handlanger.

»Ich bin dran«, sagte sie. »Zieh deine Hose aus und knie dich mit dem Gesicht zum Sessel hin.«

Rupe gehorchte.

Tine verzog das Gesicht, als sie die Spuren auf den Tasten bemerkte.

Astyr > Hallo. Rupe kniet jetzt neben mir. Er ist nackt und sehr schön. Seine langen Haare fallen über seinen Rücken. Der Schimmer vom Bildschirm hüllt seinen Körper ein. Er kann lesen, während wir tippen.

Dickens > Wie geht es dir, Astyr?

Astyr > Ein bisschen komisch ist es schon. Du solltest hier sein. Ich bin nass, geschwollen und erregt. Ich klebe am Leder des Sessels fest.

Dickens > Oh, Himmel! Ich wünschte, ich wäre da. Ich will, dass du mir sagst, wie Rupe sich anfühlt und wie er schmeckt. Fasse ihn an und nimm ihn in den Mund.

Tine wandte sich Rupe zu. Sie lächelte und tupfte mit den Fingern über seinen längst schon steifen Schaft, wobei sie ihm in die Augen schaute. Als sich ihre Finger um den Stab legten, wirkte er noch viel größer. Sie pumpte ihn einige Male, wobei sie Umfang und Geschmeidigkeit testete, dann zog sie die Vorhaut hinunter und enthüllte die Eichel. Tine beugte sich vor und leckte einen Tropfen der Vorfreude auf.

Sie ließ die Zunge über die seidige Spitze gleiten, umfasste sie mit den Lippen und drückte sie so fest sie konnte. Langsam nahm sie ihn tiefer in den Mund und prägte sich ein, was sie fühlte. Sie saugte kräftig, bis ihre Wangen hohl waren.

Rupe legte die Hände auf Tines Kopf und streichelte ihre Haare, während er auf sie hinabschaute. Er erlebte seine eigene Distanzierung, genau wie Tine eben, als ob er trotz der Realität seiner Erektion in einer anderen, irrealen Welt wäre.

Ein Teil von ihm wollte Besitz von ihrem Schlund nehmen, wollte hart und wuchtig bis zu seiner Erlösung zustoßen. Er wollte sie benutzen, aber er wollte sich nicht an ihrer Hilflosigkeit ergötzen. Sie schien so zierlich zu sein, so ahnungslos von seiner Kraft, und doch schien sie ihn unter ihrer Kontrolle zu haben.

Sie zähmte die Bestie in ihm, und er kam sich schwach vor, er hörte sich stumm flehen und war überwältigt vor Dankbarkeit, dass sie ihn solche Wonnen erleben ließ. Die Lust breitete sich von seinen Lenden aus, während ihr Mund und ihre Zunge ihn in Ekstase versetzten.

Als Tine plötzlich den Kopf hob, die Kehle weit geöffnet, schlüpfte er weit in sie hinein. Er stieß wimmernde Laute aus, und dann stöhnte er enttäuscht, als sie mit Kopf und Oberkörper zurückwich.

Tine setzte sich auf. Rupes Penis wippte auf und ab, die Eichel war geschwollen und sah feurig und purpurn aus. Der Schaft zuckte, als suchte er ein Nest. Tine streckte eine Hand aus und fuhr langsam daran hoch, während die andere Hand die Testikel in dem weichen Beutel drückte. Schließlich ließ sie Schaft und Hoden los und drehte sich zum Computer um.

Astyr > Rupe besitzt ein prächtiges Exemplar. Er hat eine dicke, lockere Vorhaut, und ich kann es kaum erwarten, sie mit der Zunge nach unten zu schieben. Der Penis ist leicht gekrümmt und zeigt zur Zimmerdecke. Die Eichel sieht wie ein exotischer Pilz aus. Zuerst schmeckt er etwas bitter, aber dann setzt sich ein salzig-süßer Geschmack durch, der mich an gelbe Bohnensauce erinnert.

Dickens > Kniet er noch?

Astyr > Ja.

Dickens > Dann nimm ihn dir vor. Lass es dir von ihm besorgen. Aber ich will alles darüber lesen.

Tine sah Rupe an, der den Bildschirm las. Sie stand auf, schob den Sessel aus dem Weg und ließ sich auf Hände und Knie nieder, den Kopf unter dem Schreibtisch. Obwohl sie sich Rupe eben auch schon schamlos entblößt hatte, fühlte sie sich jetzt noch viel verletzlicher. Sie war erregt und bereit, aber das Gefühl des Unpersönlichen kehrte zurück. Sie sah sich als angenehmes Gefäß für das Überfließen von Rupes Lust.

Sie stellte sich vor, dass hinter ihr die Männer Schlange standen und darauf warteten, an der Reihe zu sein. Die Fantasie erfüllte sie mit Geilheit und Scham. Sie konnte es nicht erwarten, bis der erste Kunde begann. In ihrer Fantasie war es ein anderer als Rupe. Ein Fremder, der ihre Backen spreizte, um leichter Zugang zu finden.

Rupe rutschte auf den Knien zu Tine. Sein Penis lag ein wenig höher als ihre Öffnung, deshalb sammelte er ihre verstreut herumliegenden Kleider ein und bündelte sie zu einem Kissen, das er ihr unter die Knie schob. Der gewünschte Effekt trat ein – sie hatte jetzt genau die richtige Höhe, und mit dem Oberkörper war sie unter dem Schreibtisch gefangen.

Es war eigenartig, sie in dieser Position zu betrachten. Er konnte nichts als ihre ausgebreitete Gier sehen, die sanften Linien ihrer geöffneten Schenkel und die geschwungenen Kurven der Waden. Ihm war bewusst, dass er ihr Gesicht nicht sah; sie konnte auch eine Fremde sein, und dann spann er diesen Gedanken weiter und dachte, er sollte ihr Geld vor die Füße werfen, bevor er sein Vergnügen suchte.

Ihm fiel Demmy ein, von der er zuerst den festen Hintern unter dem kurzen Rock gesehen hatte, ehe er in ihr Gesicht hatte schauen können.

Er schämte sich ein wenig, in dieser Situation an Demmy zu denken, und zwang seine Gedanken wieder zu Tine. Aber es klappte nicht. Diese Position, fand er, passte besser zu dem dunkelhaarigen Mädchen.

Er grinste und drehte sich zum Bildschirm um.

Rupe >Sie hockt unter dem Schreibtisch. Ich kann nur ihren Arsch sehen. Sie könnte auch jede andere Frau sein.

Dickens > Für sie könntest du auch jeder x-beliebige Schwanz sein – sie kann sogar glauben, dass ich es bin. Ich würde sie langsam nehmen. Du musst warten, bis sie ganz nass ist. Steck nur die Spitze rein, dann wartest du.

Während Dickens' Text auf dem Bildschirm erschien, rieb Rupe mit einer Hand über Tines Vulva. Es war ein sachliches Tasten nach dem Grad ihrer Nässe, und sie war sich dessen bewusst. Er bog sein Glied leicht nach unten und fühlte, wie es in sie eintauchte.

Rupe >Ich tue genau das, was du gesagt hast. Wenn ich nach unten sehe, kann ich fast noch die ganze

Länge meines Schwanzes sehen. Er scheint ziemlich weit von mir weg zu sein, als hätte er nichts mit mir zu tun. Sie verhält sich sehr still.

Dickens >Es ist nicht deiner, mein Freund – es ist meiner, okay? Jetzt werde ich langsam in sie hinein stoßen.

Rupe kam sich wie im falschen Film vor. Er trennte sich von seinem Körper und stellte sich vor, dass Dickens an seiner Stelle kniete. Er stieß langsam zu und sah, wie die Säfte seinen Penis ölten, der ihm fremd vorkam, als wäre er nicht Teil von ihm. Er spürte die Reibung mit Tines weicher Enge, und fast wünschte er, Dickens beim sanften Pflügen durch die Furche zusehen zu können. Das wäre jedenfalls besser gewesen als diese seltsame Erfahrung der Loslösung.

Unter dem Schreibtisch verschränkte Tine die Arme und ließ ihr Kinn auf der Brücke ihrer Unterarme ruhen. Im schwachen Licht konnte sie einen Wirrwarr von Kabel sehen und die harten Kanten der Hardware. Ein Computer über ihr begann ein lautes Summen, das die Geräusche der Tastatur überlagerte. Sie fühlte Rupe ein und aus gleiten, und sie fragte sich, wieso ihr Körper so bereitwillig verharrte, wo doch ihre Gedanken ganz woanders waren. Sie schloss die Augen und verfolgte ihre Fantasien.

Sie sah den Fremden.

Er war der Erste der beiden, untersetzt, stämmig. Der breite Brustkorb dehnte den Stoff seines halb ausgezogenen Hemds. Krause blonde Haare lugten über den offenen Halsausschnitt. Ein Arbeiter mit harten Gesichtszügen und schwieligen Händen, die derb auf ihre Hüften schlugen. Zwei Finger drangen probeweise in sie ein, um sich von ihrem Bereitsein zu überzeugen. Dabei murmelte er ein paar Sätze, die sie beruhigen sollten, falls sie ihm törichter Weise das Eindringen erschweren wollte. Seine Stimme verriet ihr, dass er ein Mann in mittleren Jahren sein musste.

Er warnte sie vor Zicken und sagte, er wollte sie nur für seinen Sohn ausprobieren, der als Zweiter in der Reihe stand und noch keine Erfahrung hatte. Er wollte nur das Beste für seinen Sohn, einen festen Arsch und eine nasse Möse. Dabei befingerte er sie wieder, und im nächsten Augenblick hatte er seinen dicken Schaft in ihr versenkt.

Er war kräftig gebaut und stieß nicht minder kräftig zu, ohne Rücksicht auf sie zu nehmen. Es schmerzte ein bisschen, wenn er so wuchtig hämmerte. Seine starken, breiten Hände hatten ihre Hüften gefangen. Jeder neuen Penetration schickte er einen Schwall unflätiger Worte hinterher.

»Es gefällt dir«, grunzte er. »Nass und bereit. Mein Sohn wird dich nach Strich und Faden bumsen.« Er beschrieb in allen Einzelheiten, was sein Sohn alles mit ihr anstellen und welche Freude er selbst beim Zusehen haben würde.

Tines Fantasie mit dem Sohn wurde unterbrochen, denn Rupe setzte zum Endspurt an. Schreiend und keuchend entleerte er sich in ihr, und sie konnte sich kaum noch auf den Beinen halten, als der Orgasmus sie an den Rand einer Ohnmacht brachte. Sie fiel in Rupes

Schreie ein, während er aus ihr rutschte und mit der Stirn auf die Tastatur fiel. Eine Anzahl von Buchstaben, die keinen Sinn ergaben, tauchten auf dem Bildschirm auf.

Rupe > Ich bin fertig. Wir sind fertig.

Dickens >Ich auch. Aber das ist eine andere Geschichte :-) Ich glaube, ihr zwei wollt jetzt allein sein.

Rupe half Tine, sich aus ihrer Position unter dem Schreibtisch zu befreien. Er nahm sie in die Arme und drückte sie an sich. Kraftlos ließen sie sich auf den Boden sinken. Eine lange Zeit sagte niemand ein Wort.

Es war der Durst, der Rupe dazu trieb, Tine loszulassen. Er versprach, ihr auch etwas zu trinken zu bringen. Er stieg in seine Jeans und ging hinunter in die Küche. Er überlegte, dass er etwas Zucker brauchte, und Tine wahrscheinlich auch. Sie hatten beide eine Menge Energie verbraucht, und Tine konnte nicht weniger müde sein als er.

Rupe nahm zwei Flaschen Mineralwasser und geviertelte Apfelsinen aus dem Kühlschrank. Auf dem Weg zurück ging er ins Bad und ließ warmes Wasser in die Wanne laufen. Er fand Badesalz in einem Glas und gab eine großzügige Portion ins fließende Wasser. Der Raum war schon bald mit dampfenden Düften erfüllt, die Rupe auch die Treppe hoch folgten.

Tine hatte sich nicht bewegt. Sie lag zusammengerollt und dösend da. Sie protestierte nicht, als Rupe sie aufhob, auf die Arme nahm und in ihr Bad brachte. Er ließ sie ins warme Wasser sinken, dann streifte er seine Jeans ab und stieg auch in die Wanne. Er streckte die Beine aus und umfing ihre. Lächelnd sah sie zu, wie ihre Zehen mit seinen Hoden spielten. Sie kicherte, als der schlaffe Penis hin und her schaukelte.

Sie lutschten geräuschvoll die Orangenstücke aus. Der Saft tropfte ihnen aus den Mundwinkeln. Das Wasser tranken sie direkt aus der Flasche.

»Können wir darüber reden?« Sie hörte, dass er verunsichert war. Er fühlte sich verwirrt und ein wenig schuldbewusst. Es war ihm, als hätte er ihr ein Unrecht zugefügt.

Als Tine sich abrupt aufrichtete, schwappte das Wasser fast über den Wannenrand. Sie drückte Rupe nach unten, bis er ganz entspannt in der Wanne lag. Sie schlüpfte zwischen seine Schenkel und legte den Kopf auf seine Brust. Er hätte nie geglaubt, sich einmal so wohl zu fühlen. Liebevoll streichelte er über Tines Haare.

Sie erzählte ihm von ihrer Fantasie mit allen expliziten Einzelheiten. Ihre Stimme klang leise und provozierte sein eigenes Geständnis.

»Was? Tankgirl?« Tine war erstaunt. »Willst du mit Demmy schlafen?«

»Nein. Es war einfach nur eine Szene, in der ich sie sehen konnte.«

»Ah, aber nicht sie hat in der Szene mitgespielt, sondern ich. Hat dich das überrascht?«

»Ja. Und von mir selbst war ich auch überrascht.« Tine hob Rupes Hand aus dem Wasser und küsste sie.

»Du kannst nie vorhersagen, wozu ich fähig bin. Du hast mich für eine nette Frau gehalten, aber eben habe ich mich wie eine Hure gebärdet. Und es hat mir gefallen.«

Rupe begriff, was Tine sagen wollte. Er hatte ein Bild von ihr entwickelt, von dem sie sich eingeengt fühlte. Er glaubte, dass ihr Verhalten schmutzig war. Weil er Tine mit einem solchen Verhalten nicht in Verbindung bringen konnte und wollte, hatte er sie durch Demmy ersetzt.

»Du bist eine schmutzige Lady«, sagte er lächelnd.

»Und du ein schmutziger Junge.«

Rupe erhob sich aus der Wanne. Er griff nach Tüchern, legte sie auf den Boden und kniete sich darauf.

»Ich glaube, ich sollte dich gründlich waschen, damit der Schmutz abgeht.«

Er ging sehr behutsam vor, als wäre Tine ein zerbrechliches Kind. Er schäumte sie ein, wusch sie und widmete vor allem den Stellen zwischen den Schenkeln lange Aufmerksamkeit. Er richtete sich auf und half ihr auf die Füße. Er nahm die Handdusche und hielt die warmen Strahlen auf ihr Dreieck. Tine verzog das Gesicht, aber bald genoss sie die Massage der Wasserstrahlen.

Tine trat aus der Wanne, griff ein Badetuch und rubbelte sich trocken. Rupe wusch sich und setzte sich auf den Wannenrand, während Tine ihn abtrocknete. Er zog sie an sich und sah in ihre strahlenden grünen Augen.

»In dieser Nacht«, raunte Rupe und küsste ihren Bauch, »schlafen wir zusammen.«

Im Haus war es sehr still, als sie das Bad verließen und nackt zurück auf den Speicher gingen. Trotz der späten Stunde lechzte Tine nach einem Getränk. Rupe brachte sie zu seinem Bett und verschwand.

Das Bett war zerwühlt. Der Regen prasselte jetzt gegen die Fenster. Tine konnte das Klatschen hier besser hören als in seinem Wohnzimmer, wo die drei Rechner viele Geräusche überlagerten.

Sie ging zum Fenster und kippte es, obwohl sie damit riskierte, dass es ins Zimmer regnete. Kühl und frisch drang die Luft ein. Tine atmete tief ein, dann putzte sie sich die Zähne und benutzte dabei Rupes Zahnbürste.

Sie kuschelte sich ins Bett. Sie roch Rupes Atem und lehnte sich gegen das Kopfkissen. Rupe kam herein und brachte zwei Tassen dampfenden Tees mit.

»Keine Milch, kein Zucker.« Er hielt ihr die Tasse hin und setzte seine Tasse auf dem Nachttisch ab. Er ging ins Bad, putzte die Zähne und sah ein langes kastanienbraunes Haar in seiner Bürste. Er lächelte. Tine schaute ihm durch die offene Tür zu.

Er lehnte am Türpfosten und betrachtete sie, die Arme vor der Brust verschränkt. »Wenn du da bist, macht es viel mehr Spaß, zu Bett zu gehen.« In den Augen stand seine Bewunderung.

Er ließ sich neben ihr nieder und nippte an seinem Tee. Nach einer Weile rutschte Tine tiefer, richtete ihr Kissen und legte sich auf die Seite, das Gesicht ihm zugewandt. Er rutschte neben sie, eine Hand auf ihrer Brust.

»Ich muss morgen ganz früh raus«, sagte er traurig, worüber sie still lächelte. »Ich werde dich nicht wecken.« Er küsste sie leicht auf den Mund.

Tine schloss die Augen und fiel bald in einen tiefen Schlaf.

Zwölftes Kapitel

Tine wachte auf, völlig verwirrt. Sie war an das sanfte Nachgeben ihres Wasserbetts gewohnt, aber sie lag auf einer fast starren Matratze. Sie brauchte ein paar Sekunden, bevor sie sich daran erinnerte, wo sie war, dann kuschelte sie sich auf die Seite, barg ihr Gesicht in Rupes Kissen und sog seinen Geruch tief ein. Seine Bettseite war kalt, was dafür sprach, dass er tatsächlich früh aufgestanden war, ohne sie zu wecken.

Aufgewacht war sie durch das monotone Brummen des Staubsaugers auf dem unteren Treppenabsatz. Sie lauschte und nahm wahr, dass das Brummen sich veränderte. Aus Erfahrung wusste sie, dass jemand die Treppe nach unten saugte. Die Uhr neben Rupes Bett piepste. Es war acht Uhr.

An Schlaf war bei den häuslichen Aktivitäten nicht mehr zu denken, deshalb stand Tine resigniert auf. Sie sah ein T-Shirt auf dem Boden liegen und zog es sich über den Kopf. Es war Rupes verwaschenes, verschlissenes Programmierer-T-Shirt, es war zerknautscht und roch streng, aber es beruhigte sie irgendwie.

Tine ging die Treppe hinunter und fand dort Sharon vor, die Stufe um Stufe mit dem Staubsauger abtastete. Die blonde Frau sah fantastisch aus. Sie hatte sich ein Tuch um die Haare gebunden, trug ein züchtiges Top und Shorts aus Jeansstoff. Wahrscheinlich hatte sie sich bemüht, wie eine Hausfrau auszusehen, aber das gelang ihr nicht. Sie wirkte so strahlend wie immer. Von der Arbeit lag ein rosiger Schimmer auf ihren Wangen, der den Kontrast zu ihren violetten Augen noch betonte.

Tine stand da, ungewaschen und zerknittert, die Arme vor der Brust verschränkt, und musste einige Male mit dem Fuß klopfen, ehe Sharon sie bemerkte. Die junge Frau sah verlegen drein.

»Oh, tut mir Leid. Ich sah einen enthusiastischen Rupe mit dem Rucksack aus dem Haus rennen, und als ich an deine Tür geklopft habe, kam keine Antwort, deshalb habe ich geglaubt, du wärst auch unterwegs.« Sie verzog das Gesicht und wies mit dem Kopf auf den Staubsauger. Aber lange wollte sie sich nicht mit Entschuldigungen abgeben. Sie musterte Tine von oben bis unten und sah sie dann mit verengten Augen an. »Du sorgst dafür, dass Rupes Hormonhaushalt ins Gleichgewicht kommt, und dafür darfst du seine ungewaschenen T-Shirts tragen?«

Tine musste lachen und zwängte sich an Sharon vorbei, die den Staubsauger abstellte. Sie gingen beide in die Küche, wo Stevie über einer Schale mit Müsli saß. Die schwarze Frau trug einen dunkelblauen Jogginganzug und war noch feucht von der Dusche.

»Steht jeder in diesem Haus so früh auf?«, fragte Tine verwundert.

»Abgesehen von dir ja.« Sharon hob die Augenbrauen. »Ich habe heute frei und langweilte mich schon, bevor ich überhaupt aus dem Bett war. Deshalb habe ich mir vorgenommen, mich mit Hausarbeit zu beschäftigen. Und jetzt mache ich dir ein kalorienreiches Frühstück, Madame.«

»Hört sich gut an.« Tine setzte sich neben Stevie an

die Frühstücksbar und ignorierte den missbilligenden Blick. Wenigstens hielt Stevie keine Predigt über gesunde Ernährung.

Während Sharon den Schinken in die Pfanne legte, berichtete Tine über Demmys Verhalten am Vortag. Stevie sah wütend aus, während Sharon sich nicht überrascht zeigte, als Tine den Hintergrund und das Motiv des Diebstahls darlegte.

»Ich glaube, sie wird es nicht dabei belassen, wenn sie erst einmal merkt, dass sie mit dem Band nichts anfangen kann«, schloss Tine ihren Bericht. In diesem Moment stellte Sharon einen gehäuften Teller vor sie. Tine war hungrig und grub die Gabel in Schinken, Wurst und Tomaten, während Stevie ihre Wut über Demmy ausließ.

Es wurde mehr als deutlich, dass Stevie maßlos enttäuscht war, und Tine konnte nur hoffen, dass die beiden in den nächsten Stunden nicht zusammentrafen.

»Du musst das Schloss austauschen«, riet Stevie dringend, dann brütete sie vor sich hin.

Tine sah sie erstaunt an. »Glaubst du, das wird notwendig sein?«

»Hör zu«, mischte Sharon sich ein, »wir haben keine Ahnung, was dieses Mädchen vorhat, aber wir sollten uns von ihr nicht den Tag verderben lassen. Was haltet ihr davon, zum Einkaufen nach London zu fahren?«

»Aber nicht, wenn wir kein neues Schloss in der Haustür haben«, sagte Stevie.

»Das ist wirklich nicht nötig. Ihr habt alle Yale-Schlüssel für das obere Schloss der Haustür, aber ich allein besitze einen Schlüssel für das Einsteckschloss in der Mitte«, sagte Tine. »Wenn Demmy also nur einen Schlüssel gestohlen hat, hilft ihr das gar nicht.«

»Also fahren wir. In meinem Porsche. Ich muss ihn endlich mal wieder ausfahren.«

»Wolltet ihr zwei heute Abend nicht ausgehen?«, fragte Tine.

»Wir werden früh genug zurück sein. Jetzt ist es kurz vor neun. Zwei Stunden hin, zwei Stunden zurück, also bleibt uns noch eine Reihe von Stunden in der Stadt.« Sharon grinste. »Und für heute Abend brauche ich was Neues zum Anziehen.«

Tine musste darüber lachen, denn sie konnte sich nicht vorstellen, dass Sharon nicht für jede Gelegenheit die passende Kleidung hatte. Ihr gefiel der Gedanke einer spontanen Einkaufsorgie in London.

Sie hatte keine Lust, ins Silky Lizzie zu gehen, aber der Gedanke, den Tag mit Sharon und Stevie zu verbringen, versprach eine Menge Spaß.

Sharon bemerkte, dass ihr Vorschlag gut aufgenommen wurde, und begann abzuräumen. »Ich kenne einen großartigen Laden für alle möglichen Klamotten. Direkt in Soho«, sagte sie.

Stevie wurde hellhörig. »Oh? Welche Art Klamotten?«

»Leder, Seide und eine Menge anderer Dinge. Ich bekomme Rabatt.«

Das schien den Ausschlag zu geben. Tine und Stevie sahen sich stumm an, dann nickten und lachten sie gleichzeitig.

»Okay, jetzt noch einen Kaffee, dann ziehen wir uns um und fahren los, ja?« Sharon war begeistert, dass es ihr gelungen war, Tine zu überreden. »Und über dem Kaffee können wir auch über Rupes Qualitäten im Bett reden. Ihr macht jedenfalls Geräusche, die einen verdammt neugierig machen.« Sie sah Tine anzüglich grinsend an.

»Ich dachte, du hättest schon geschlafen.«

»Oh, ist das die Entschuldigung, Mummy? Die Kinder schlafen doch?«

Tine schüttelte lachend den Kopf. Sharon war unverbesserlich, aber das war auch der Grund, warum sie die blonde Frau so sehr mochte. Nachdenklich trank sie einen Schluck Kaffee.

»Ah, es ist geil mit ihm«, gab sie zu.

»Erzähle!« Sharon ließ sich auf den Schemel neben Tine nieder und stieß sie verschwörerisch mit dem Ellenbogen an.

Stevie stöhnte. »Wenn die armen Kerle hören könnten, wie ihr Frauen über sie redet, würden ihnen die Eier braten. Trotzdem – raus mit der Sprache.«

Tine fühlte sich wohl bei ihrer Aufgabe. »Also, er hat einen wunderbaren Körper.«

»Knackiger Arsch«, bestätigte Sharon.

»Er hat keine Hemmungen, wisst ihr. Er hat diese wahre Begeisterung, die Jungs noch besitzen, wenn sie noch keine großen Erfahrungen haben. Sie gehen ganz natürlich mit der Frau um. Später werden sie dann blasiert und denken in erster Linie an sich.«

»Du hast die falschen Typen kennen gelernt, Liebling«, gab Sharon zurück.

»Du«, sagte Tine, »du wirst natürlich nur denjenigen begegnen, die dich anbeten. Aber wir, die wir weniger strahlen, müssen uns nach der Decke strecken.«

Sharon sah sie verdutzt an. Ihr war bewusst, dass sie attraktiv war, denn man hatte es ihr oft genug gesagt, aber sie hatte sich nie für eine schöne Frau gehalten. Obwohl sie zweifellos Erfolg bei Männern hatte, empfand sie immer wieder Erstaunen, wenn sie ihr nachliefen. Männer reagierten auf sie, glaubte Sharon, weil man sie für einen Vamp hielt. Sie hatte an der Situation nichts auszusetzen, denn daraus ergaben sich viele verschiedene Spielmöglichkeiten. Aber es gab auch Zeiten, da trug sie am liebsten ihre Flanellschlafanzüge und würde sich gern mit einer Tasse Kakao an einen Partner kuscheln und mit ihm stundenlang reden.

Sie beneidete Tine um ihre lockere, fürsorgliche Beziehung mit Rupe, denn das war eine Verbindung, wie sie sie noch nie mit einem Mann erlebt hatte.

Zu ihrer Überraschung hörte sie sich darüber reden, gefasst und ernst. Ihre Augen weiteten sich, sie sah sich um, als wollte sie ihrem Mund einen Fluchtweg suchen. Die Worte purzelten nur so heraus und schienen sich nicht aufhalten zu lassen. Schließlich brach sie ab und sah Stevie und Tine mit großen Augen an.

Tine blinzelte, dann schlang sie die Arme um Sharons Hals. »Willkommen in der Welt«, sagte sie kichernd, »aber an dem Bild, das du von dir hast, müssen wir noch feilen.«

»Ich habe keine Ahnung, woher das so plötzlich über mich kam.« Sharon hatte sich rasch wieder gefangen. Verwundert wurde ihr bewusst, dass sie das erste Mal Menschen gefunden hatte, denen sie vertraute. Eigentlich sollte sie das nicht überraschen, denn sie hatte sich vom ersten Moment an in diesem Haus wohl gefühlt. Tines warmherzige Art und Stevies Solidarität fingen sie auf.

»Endlich! Ich habe Freundinnen gefunden«, rief sie schließlich.

»Nun dreh nicht gleich durch«, neckte Stevie.

»Das wird nicht geschehen«, sagte Sharon. »Warum räumen wir nicht ab, damit wir bald aufbrechen können?« Sie stand vom Schemel auf und zeigte einen anklagenden Finger auf Tine. »Und unterwegs setzen wir unsere Unterhaltung über Rupe fort.«

Tine fühlte sich fremd im eigenen Schlafzimmer. Nach ihrer Abwesenheit in der letzten Nacht schien sie die Beziehung zu ihrem Bett verloren zu haben. Ihr fiel ein, dass sie, abgesehen von den Ferien mit John, noch nie eine Nacht außerhalb dieses Betts verbracht hatte. Nie hätte sie es für möglich gehalten, dass eine vertraute Umgebung so schnell so fremd werden konnte. Ihre Erinnerungen an John waren noch sehr frisch, selbst jetzt konnte sie ihn dort im Bett liegen sehen, zusammengerollt und leise schnarchend. Aber allmählich wurden diese Bilder von Rupe verdrängt, wie er mit überkreuzten Beinen im Bett saß und sie bewundernd anschaute.

Sie hatte einige Kilo verloren, das wurde ihr wieder bewusst, als sie den Kleiderschrank öffnete. Da war nicht mehr viel. Die meisten Kleider waren auf Taille gearbeitet und hingen wie formlose Säcke an ihr hinunter. Das war nicht geeignet für das kultivierte London.

Sie zuckte die Achseln und entschied sich für Jeans und eine Baumwollbluse. Sie wollten schließlich zum Einkaufen nach London und nicht auf den Laufsteg.

Nachdem sie geduscht hatte, zog sie sich an und band ein Seidentuch um die Haare. Sie ging zurück in die Küche und blieb wie angewurzelt stehen. Sharon und Stevie warteten auf sie, beide in Stil und Chic.

Sharon trug einen *catsuit* im Stil der siebziger Jahre, rot mit großen weißen Punkten. Weiße Sandalen mit hohen Absätzen, eine große weiße Handtasche und

Gänseblümchen-Ohrringe komplettierten ihren Aufzug.

Stevie war ganz in Schwarz. Sie trug ein enges, ärmelloses Top, eine kurze Lederjacke, darunter hautenge Lycra-Leggings und hohe, klobige Schuhe. Ein breiter Gürtel mit einer dicken Silberschnalle umspannte ihre Taille.

Tine kam sich verloren vor, sie hatte sich selbst das Etikett ›Hausfrau‹ umgehängt. Das war beileibe nichts Schlimmes, aber heute wollte sie aus ihrem Schatten treten und in eine neue Identität schlüpfen. Ohne Worte stürmte sie wieder die Treppe hoch in ihr Zimmer und riss die Schranktür auf.

Sharon sah Stevie mit gehobenen Augenbrauen an und schüttete frischen Kaffee auf. Sie bewunderte die schwarze Frau, nicht nur wegen der wunderbaren Muskeln und ihrer strotzenden Gesundheit, sondern vor allem wegen der Gelassenheit, die Stevie ausstrahlte. Wo sie war, verströmte sie Sicherheit und Toleranz. Sharon ahnte, dass eine solche Aura aus leidvollen Erfahrungen erwuchs. Wenn man sie annahm und sich selbst akzeptierte, fand man das innere Gleichgewicht. Sie selbst hatte diesen Weg noch nicht entdeckt.

»Du denkst zuviel«, sagte Stevie.

»Das ist der einzige Weg, um einen Schritt voraus zu sein.« Noch während Sharon das aussprach, wusste sie, dass es nicht stimmte und sie nach Ausflüchten suchte. Wie Tine musste auch sie ihre Vergangenheit abschütteln. Als sie ins Haus eingezogen war, hatte sie gewusst, dass John im Jahr zuvor gestorben war. Die

Zeitungen hatten in großen Berichten über Johns Tod und über Johns Bedeutung in der Kunst- und Computerwelt geschrieben.

In den Monaten danach war es Tine gelungen, sich von dem, was gewesen war, zu lösen. Das muss ich auch schaffen, dachte Sharon. Ich muss einen Schlussstrich ziehen.

Sie versuchte es mit Ehrlichkeit. »Nein«, sagte sie. »Ich denke nicht voraus. Im Gegenteil, ich glaube, mein Denken setzt erst ein, wenn es zu spät ist.«

»Es ist nie zu spät«, entgegnete Stevie. »Du musst nur wissen, was du willst.«

»Was du willst, weiß ich jedenfalls«, sagte Sharon grinsend. »Du willst Tine.«

Stevie nickte. »Ja, stimmt. Aber das heißt nicht, dass ich sie auch bekommen werde. Natürlich werde ich nicht aufhören, es zu versuchen.«

In diesem Moment trat Tine wieder in die Küche. Sie trug einen eng anliegenden *bodystocking*, dazu einen grün-schwarzen Minikilt. Ihr Haar trug sie in kleinen Zöpfen, die Beine steckten in feinen Lederstiefeln. Sie sah elfengleich aus, als ob ein plötzlicher Windstoß sie umwerfen könnte. Der Stoff schmiegte sich wie eine zweite Haut um ihren zierlichen Körper, ihre Rippen zeichneten sich darunter ab, und auf den kleinen festen Brüsten drückten sich die Warzen aufmüpfig gegen das dünne Gewebe.

Stevie stieß einen bewundernden Pfiff aus, und Sharon klatschte fröhlich in die Hände. »Ja, wunderbar!«

Tine errötete. Sie hatte die Kleidung ausgewählt, in der sie sich wohl fühlte. Unter dem *bodystocking* war sie nackt. Der Rock, wahnsinnig kurz, war die einzige

Konzession an die Anständigkeit. Sie hoffte, wenn sie durch Londons Straßen schlenderte, würde eine Windbö den karierten Rock heben, damit sie den Passanten ihre Scham zeigen konnte. Oder wenn sie im Restaurant saß oder sich über eine Ladentheke beugte und wusste, dass sie viel von sich entblößte, würde ihr das ein angenehmes Prickeln bescheren.

»Ich werde mir eine Lederweste kaufen, wie du sie hast, Stevie, damit ich gewappnet bin, wenn es kälter wird.«

»Dafür gibt es kein besseres Geschäft als das, wohin ich euch führen möchte«, sagte Sharon und klimperte mit den Autoschlüsseln.

Weil Tine die zierlichste war, musste sie auf der Rückbank des sportlichen Autos Platz nehmen, aber trotz der Enge hatte sie es bequem. Es dauerte nicht lange, bis sie eingenickt war, den Kopf gegen das sanfte Wildleder gedrückt. Zwischendurch wurde sie immer wieder mal wach und hörte, wie Stevie mit verblüffenden technischen Einzelheiten über den Porsche und seine verschiedenen Motoren aufwartete, und als sie die Autobahn M1 verließen und Londons Stadtrand erreichten, erzählte Stevie immer noch von den Eigenschaften hochtouriger Autos.

Sharon war eine geschickte und selbstsichere Fahrerin und fand sich im starken Londoner Verkehr zurecht, ohne das Gespräch mit Stevie zu vernachlässigen. Als Tine sich aufrichtete und die Gegend betrachtete, fing sie Sharons Blick im Innenspiegel auf.

»Hallo, Schlafmütze.«

Sie parkten in einem mehrstöckigen Parkhaus. Sharon lenkte den Porsche in eine reservierte Parkbucht, was Stevie missbilligend zur Kenntnis nahm.

Bevor sie und Tine etwas sagen konnten, scheuchte Sharon die Freundinnen vom Auto weg. Als sie sich einem Wärterhäuschen näherten, sah ihnen ein junger Mann mit offenkundigem Interesse entgegen. Sein Grinsen wurde immer breiter.

»Hallo, Miss«, sagte er zu Sharon. »Ihr Dad war eben hier und hat gefragt, ob ich Sie in letzter Zeit gesehen hätte.«

»Nun, jetzt kannst du ihm das mit ja beantworten. Er ist nicht im Geschäft, oder?«

»Nein, er ist mit dem Panzer weggefahren.«

»Vielleicht treffe ich ihn noch.« Sharon winkte ihm zu und ging voraus, Tine und Stevie schritten verwundert und gehorsam hinter ihr her.

Da war etwas in Sharons Verhalten, das jedes Nachfragen untersagte. Vielleicht lag es am trotzigen Heben der Schultern. Als die beiden aber offenbar keine Erklärungen verlangten, schien sich ihre Anspannung zu lösen, und sie wurde wieder die lockere Sharon, die ein paar Anekdoten erzählte und auf die eine oder andere Besonderheit in der Brewer Street im Herzen von Soho hinwies.

Tine betrachtete die Auslage einer kleinen Buchhandlung und stellte plötzlich fest, dass die beiden anderen verschwunden waren. Im nächsten Moment zog Sharon sie am Arm und in einen Türeingang hinein. Sie sah flüchtig eine schwarz lackierte Tür und vergoldete Griffe, ehe sie durch einen kühlen, schwach beleuchteten Flur geführt wurde, an dessen Ende der Eingang zu einer anspruchsvollen Boutique lag.

Stevie war schon drinnen, und dann näherte sich

eine Verkäuferin. Sie breitete die Arme aus und herzte Sharon.

Die Frau war sehr groß, mindestens einsachtzig, schätzte Tine. Sie trug ein elegantes graues Kostüm, maßgeschneidert. Ihre roten Haare fielen sanft und wellig über eine Schulter, und die vollen Lippen waren mit einem provozierenden Rot bemalt.

»Sharon! Es ist schon zu lange her, dass wir uns zuletzt gesehen haben! Dein Vater war vor einer halben Stunde noch hier.« Sie hatte eine tiefe, angenehme Stimme. »Wir haben ein ganz neues Sortiment bekommen, seit du zuletzt hier warst. Möchtest du es dir ansehen? Ich habe zwei Mädchen hier, die ich für Richard bestellt habe.«

Tine fiel auf, dass die große Frau verstohlene Blicke zu Stevie warf, während sie mit Sharon sprach.

Sharon stellte die Verkäuferin vor. Sie hieß Magda, und zwischen ihr und Stevie war die Luft elektrisch geladen. Es war, als hätten die beiden Frauen sich erkannt, aber was sie erkannt hatten, teilte sich Tine nicht mit. Sharon hatte es scheinbar auch bemerkt, ging aber nicht darauf ein, sondern sagte, dass sie das neue Sortiment gern sehen wollte.

Die große Frau drückte auf eine Klingel, und dann stand auch schon eine junge Frau da, die sich ein paar knappe Anweisungen anhörte und dann durch eine Mahagonitür verschwand. Magda folgte ihr, nachdem sie das Trio gebeten hatte, es sich auf den Sofas bequem zu machen.

Der Salon strahlte Eleganz aus. Eine hohe Decke, mit Gipsstuck umrandet, eine goldverzierte helle Tapete und ein goldbrauner dicker Teppich, in dem die Füße versanken. Sharon erklärte, dass die Boutique ihrem

Vater Richard gehörte und Magda die Geschäftsführerin und die Chefeinkäuferin der ganzen Kette war.

»Kette?« Tine wollte nichts mehr von Sharons Geheimniskrämerei wissen, sie hatte sie hergebracht und schuldete ihnen eine Erklärung.

Es stellte sich heraus, dass diese Boutique eine von sechsen war, zwei auf dem Kontinent, zwei in den USA, und eine in Schottland. Sie firmierten nur unter ihren Hausnummern, und die Kundschaft war äußerst exklusiv.

Während Sharon sprach, kam Magda mit einem silbernen Teeservice zurück. Sie konnten wählen zwischen frisch zubereitetem Kaffee, bei dessen Duft Tine das Wasser im Mund zusammenlief, und Tee, dessen Aroma mit den gemahlenen Bohnen wetteiferte.

Auf dem Tablett lag auch eine in Gold gefasste Servicekarte, die Kunden zu leichten Snacks einlud. *Paté de fois gras,* Beluga Kaviar auf Pumpernickelscheiben und *crudités*. Kaum hatte Tine die Köstlichkeiten gelesen, da trat das Mädchen wieder in den Salon und stellte ein Silbertablett mit diesen Delikatessen auf den Tisch.

Tine war begeistert. Sie langte nach einer kleinen runden Scheibe des würzigen Schwarzbrots und hievte die kühlen grauen Eier darauf. Sie schloss die Augen, als der Leckerbissen auf ihrer Zunge zerging.

Sie fragte sich, ob alle Kunden so exquisit verwöhnt wurden. Vielleicht hatte es etwas mit dem Besuch Richards zu tun. Tine schüttelte kaum merklich den Kopf. Dies war nicht die Art Boutique, in die man unangemeldet ging. Natürlich nicht. Plötzlich begriff Tine.

»Du hast dich angemeldet!« Sie starrte Sharon an. »Deshalb war auch dein Vater hier. Wir haben uns verspätet, weil ich mich noch einmal umgezogen habe.« Alles passte zu Tines Annahme: Der reservierte Parkplatz, die wartenden Models, die vorbereiteten Delikatessen. Tine war beeindruckt und umarmte Sharon spontan.

»Das hast du wunderbar arrangiert.« Tine ließ sich ins Polster sinken und genoss den unerwarteten Luxus, an dem sie teilhaben durfte.

Sharon lächelte erleichtert und lehnte sich auch zurück. »Leute, jetzt geht's los.« Sie schaute zur Mahagonitür, durch die zwei junge Frauen traten.

Magdas sonore Stimme stellte die Mädchen über unsichtbare Lautsprecher vor. »Sandy und Cheryl – zu eurer Freude.«

Es war Sandy, die über den tiefen Teppich voran schritt. Sie war groß, dunkel und sehr schön. Ihre vollen Brüste wurden von einem scharlachroten Mieder ohne Körbchen hochgehoben. Die langen Beine steckten in hauchdünnen, roten Strümpfen, die an den Oberschenkeln mit Spitze abgesetzt waren. Sie trug einen zarten Tanga in der Farbe des Mieders, und als sie sich drehte, bebten ihre Pobacken verführerisch.

Sie bewegte sich mit einer sinnlichen Anmut. Die Augen blickten warm und waren halb geschlossen. Sie suchten den Kontakt mit den potenziellen Kundinnen.

Tine schaute fasziniert zu. Sie war noch nie bei einer Modenschau gewesen und war nicht nur von der Professionalität der Models beeindruckt, sondern auch von der unverblümten Sexualität der vorgeführten Teile. Aber ihre zierliche Gestalt würde in eine solche

Kreation nicht hineinpassen, deshalb wandte sie sich Cheryl zu, einer schlanken, aschblonden jungen Frau, die so etwas wie einen marineblauen Spielanzug trug.

Tine lehnte sich vor, und als Cheryl ihr Interesse bemerkte, schwebte sie auf Tine zu und blieb vor ihr stehen. Auf den Zehenspitzen drehte sie sich langsam um, damit Tine das Kleidungsstück aus der Nähe und von allen Seiten betrachten konnte.

Es war aus feinem weichem Leder gefertigt, das sich an Cheryls kleine Brüste schmiegte, während es von der Taille an in eine weite Pumphose überging. Bis zum Schritt war das Leder plissiert. Cheryl zeigte ein unanständiges Lachen und stellte die Füße auseinander. Die Falten bewegten sich, und darunter konnte man den blank rasierten Venushügel der jungen schlanken Frau sehen, die sich an Tines verlegenem Kichern erfreute. Cheryl drehte sich noch einmal langsam und folgte dem anderen Model durch die Tür.

Sharon warf einen raschen Blick auf Tine und erkannte, dass die Vermieterin vom ungewöhnlichen Spielanzug fasziniert war. Kein Zweifel, dass Tine darüber nachdachte, ob sie so ein Teil tragen könnte. Der versonnene Blick auf Tines Gesicht verriet Sharon – sie hatte bei ihrem Vater gelernt –, dass Tine kaufen wollte. Sharon nahm sich vor, Magda rechtzeitig darauf hinzuweisen, nur Einkaufspreise zu nennen.

Dann kam Magda in schwarzem Leder. Es war die Kluft einer Domina, und sie klebte an ihr wie eine zweite Haut. Vorne geschnürt, reichte es hinten gerade noch, die nackten Pobacken zu bedecken. Schnüre zogen sich auch über den sonst nackten Rücken. Die Beine steckten in wahnsinnig dünnem Leder, unter dem sich der Schamberg deutlich abzeichnete. Sie trug Stiefel bis über die Schenkel, an den Seiten prangten breite silberne Reißverschlüsse.

Tine fand es ein unnötig kompliziertes Kleidungsstück, aber sie bemerkte den Glanz in Sharons Augen, als Magda vor ihr stehen blieb.

Die Models waren unermüdlich und trugen eine Vielzahl großartiger Teile vor, hauptsächlich aus Leder. Magda beteiligte sich immer wieder an den Vorführungen; offenbar hatte sie sich auf Domina-Kreationen festgelegt. Nach über zwei Stunden kam sie in ihrem grauen Kostüm zurück und setzte sich neben Sharon aufs Sofa.

»Wir haben unser Sortiment erweitert«, murmelte sie.

Cheryl kam mit einem kleinen Lederkoffer herein. Ihr folgten zwei junge Männer, die nur mit einem Stoffbeutel um die Genitalien bekleidet waren. Sie zogen ziemlich große Koffer hinter sich her. Alle drei versammelten sich vor den Sofas, packten ihre Waren aus und präsentierten sie auf dem Teppich in Reichweite der drei Frauen auf den Sofas.

Auf der einen Seite sah Tine eine Parade von Dildos und Vibratoren in allen Farbschattierungen von sanftem Austernrot bis zu einem provokanten Purpur. Auf der anderen Seite breiteten die Männer eine Kollektion verführerischer Wäsche aus, Wäsche in Leder und Seide, die Lust und Sinnlichkeit versprach, wenn man sie befühlte oder auf der Haut trug. Vor ihnen lagen auch einige edel aufgemachte Kataloge mit einem einzigen Namen unten rechts in der Ecke: *Richard*.

Als die Ware ausgelegt vor ihnen lag, zogen die Modelle sich zurück und ließen sich in einiger Entfernung auf den Teppich nieder. Sie unterhielten sich murmelnd, streichelten sich gegenseitig und schienen die Anwesenheit der drei Kundinnen vergessen zu haben.

Die Männer waren nicht weniger attraktiv als die Frauen. Einer hatte eine olivfarbene Haut und lange, zerzauste schwarze Haare, und der Stoffbeutel war gut gefüllt und beulte sich viel versprechend aus. Dieser Mann war von Magda als ›Tyson‹ vorgestellt worden. Der andere war hager und blass und hatte wallende rote Haare, er war – nicht überraschend – ›Red‹. Er schien eher zurückhaltend und lächelte still vor sich hin, als hätte er sich einen Witz erzählt. Seine Augen waren grau und freundlich und hellwach.

Tine fühlte sich spontan zu ihm hingezogen und erstaunte sich selbst mit dem Gedanken, dass sie sich gern von ihm verwöhnen lassen würde. Sie schämte sich ein wenig für ihre Gedanken und konzentrierte sich wieder auf die Sexspielzeuge. Magda ermunterte sie, das eine oder andere Exemplar genauer zu betrachten. Sharon hatte schon einen Vibrator in die Hand genommen und befingerte ihn fachmännisch.

Stevie schaute sich den Katalog an und starrte neugierig auf die verschiedenen Angebote, während Tine begann, die einzelnen Wäschestücke in die Hand zu nehmen. Einige der Lederkreationen bestanden nur aus wenigen Streifen und Schnüren, und Tine hatte Mühe sich vorzustellen, wo was hingehörte. Die Stoffe waren erregend, und das Leder fühlte sich wahnsinnig weich an.

Tine rieb ein Stückchen Seide über ihre Wange,

schloss die Augen und stellte sich vor, wie der Stoff über ihre Scham spannte und die Säfte auffing.

Ihre Fantasien stoppten abrupt, als ihr die eigene Nacktheit bewusst wurde. Sie hatte Red wahrscheinlich einen Blick zwischen die gespreizten Schenkel gewährt. Sie schlug die Augen auf und sah, dass Red nicht mehr bei den anderen auf dem Boden saß. Sie spürte ihn hinter sich, dann hörte sie seine Stimme an ihrem Ohr.

»Das ist nur eine kleine Auswahl unserer Kollektion«, raunte er mit seiner tiefen Stimme. »Soll ich dir noch weitere Sachen zeigen?«

Tine drehte sich zu ihm um und war erleichtert, als sie nur harmlose Freundlichkeit in seinem Gesicht sah. Sie ließ sich gern verführen, dachte sie, lächelte und nickte. Red half ihr auf die Füße.

Niemand schien darauf zu achten, als sie aufstand und mit Red durch die Mahagonitür ging. Stevie war immer noch in den Katalog vertieft, und Sharon und Magda unterhielten sich angeregt.

Hinter der Tür erstreckte sich ein Korridor. Red führte Tine zur zweiten Tür auf der rechten Seite. Er ließ sie zuerst eintreten. Das Zimmer war fast leer, abgesehen von einem Liebessitz auf dem dicken Teppich. Drei Wände waren weiß, und vor der vierten Wand befand sich ein dunkelroter Vorhang. Von einer gewölbten Decke hing in der Mitte ein Kristallleuchter herab, dessen matter Schein das Zimmer in eine sanfte Atmosphäre tauchte.

Tine ließ sich auf dem Liebessitz nieder, der mit dunkelrotem Samt überzogen war, während Red durchs

Zimmer schritt, die Beine steif, die Schultern straff. Er bewegte sich voller Anmut, seine Schritte federten, und Tine sah fasziniert dem Spiel seiner Muskeln zu.

Er zog den Vorhang auf und enthüllte einen Vitrinenschrank mit einem Schatz aus Unterwäsche und Sexspielzeugen, dann ließ er sich neben ihr nieder und betrachtete schweigend mit ihr zusammen das Panorama, das sich ihnen bot.

Tine entdeckte eine Kollektion cremefarbener Teddys aus Satin und Spitze. Ihre Blicke schweiften über schwarze Seidenwäsche und weiche Lederstücke in ansprechenden Pastellfarben. Am Ende des Regals wurde Herrenwäsche ausgestellt; vom Lendenschurz über den Tanga bis zu seidenen Boxershorts mit aufgedruckten Herzchen. Sie versuchte, sich Rupe in dieser Wäsche vorzustellen, aber das gelang ihr nicht. Die Designer dieser Stücke hatten eher einen Mann wie der an ihrer Seite im Kopf, als sie ihre Produkte entwarfen.

»Irgendwas, was dir gefällt?« Red sah sie lächelnd an.

Tine nickte. »Die cremefarbenen Teddys.«

Red nahm verschiedene Stücke von der Auslage und ließ die langen, schlanken Finger über das sanfte Gewebe streicheln. Er legte verschiedene Teile über seinen Arm und drehte sich zu Tine um. »Darf ich was empfehlen?«

Tine nickte und war gespannt darauf, was er auswählen würde. Sie konnte daraus schließen, wie ein anderer sie sah, was ihr vielleicht einen Hinweis gab, wie sie sich selbst sehen sollte. Red trat vor die Vitrine mit schwarzer Lederwäsche und legte noch einige Stücke über seinen Arm.

Er kam auf sie zu, und wieder bewunderte sie das Spiel seiner Schenkelmuskeln.

»Du bist wunderschön«, sagte sie impulsiv. Sie hatte nicht geglaubt, dass sie einen solchen Satz jemals zu einem Mann sagen würde. Sie konnte nicht umhin, Red mit Rupe zu vergleichen. Natürlich fühlte sie sich enger mit Rupe verbunden, aber Red sprach sie auf eine ästhetische Art an.

Sie lechzte danach, durch die vollen roten Haare zu fahren, mit den Händen über diese helle Haut zu streicheln und die gespannten Muskeln unter den Fingerspitzen zu erkunden. Sein Mund erinnerte sie an eine Rosenknospe. Sie betrachtete ihn mit einer Bewunderung, die sie sonst nur für ein Gemälde der alten Meister übrig hatte.

Er stand dicht vor ihr und bemerkte, dass sie ihn mit hungrigen Augen ansah. »Ich bin im Nachteil«, murmelte er und deutete auf ihre Kleidung. »Vielleicht ...« Er brach ab und sah ihr in die Augen, um sich die Erlaubnis einzuholen, die große silberne Sicherheitsnadel zu öffnen, die ihren Kilt hielt.

Sie stellte sich und blieb reglos stehen, während seine Hand über ihre Hüfte streifte und den Bund aufknöpfte. Der Rock fiel zu Boden, aber seine Hand blieb auf der Hüfte liegen. Sein Daumen beschrieb kleine sinnliche Kreise.

Er seufzte laut, umfasste ihre Taille mit beiden Händen und drückte sie sanft auf den Liebessitz zurück. Er öffnete ihre Haare mit geschickten Fingern und sah bewundernd, wie sie locker auf ihre Schultern fielen. Sie war so zierlich, und der *bodystocking* unterstrich noch ihre schmale Taille.

Tine fühlte sich völlig entspannt. Sie sah zu, wie Red

sie aus dem engen Kleidungsstück schälte und jede neue Hautpartie, die er freilegte, mit Augen und Lippen verehrte. Er nahm ihre Brüste in seine Hände, hob sie leicht an und zwirbelte die Warzen, indem er sie zwischen Daumen und Zeigefinger drückte. Die Nippel richteten sich steil auf und wurden hart.

Sie sah, wie der Penis unter dem spärlichen Stoff zu zucken begann. Neugierig strich sie mit einer Hand über den engen Beutel. Die Kraft seines Schafts drückte voller Ungeduld gegen ihre Handfläche.

Er kniete sich vor sie, streifte den *bodystocking* weiter nach unten und gab kleine preisende Laute von sich, als er ihr verborgenes Geschlecht sah. Spontan beugte er sich zu ihr, tauchte mit dem Kopf zwischen ihre Schenkel, die sie bereitwillig spreizte, und fuhr mit der Zunge zwischen den feuchten Labien hoch und runter.

Dreizehntes Kapitel

Der Teddy, den sie ausgewählt hatte, sowie Reds Empfehlung, das schwarze Lederset, waren längst vergessen, aber das bedauerte Tine nicht. Die Erfahrung der letzten Stunde war etwas, was sie nicht missen mochte. Noch nie hatte jemand so uneigennützig Liebe mit ihr gemacht. Red blieb zurück, als sie allein in den Salon zurückging.

Sie wusste, dass die anderen ihr ansehen würden, was geschehen war. Sie fühlte, dass ein befriedigter Ausdruck auf ihrem Gesicht lag, eine verlegene Röte auf ihren Wangen. Sie versuchte ein Lächeln, als Stevie sie fragte, ob alles in Ordnung sei.

Sie setzte sich neben Stevie. Tyson und Cheryl waren nackt und lagen noch auf dem Teppich, sie grinsten selbstvergessen. Um sie herum lagen Geräte, die wohl zu ihrer Befriedigung beigetragen hatten – Dildos, Handschellen, Cremes und Unterwäsche. Tine sah Stevie fragend an, aber die schwarze Frau hob nur die Schultern und lächelte. In der hinteren Ecke des Salons stand Sharon bei einem Mann.

Sharon sah, dass Tine wieder da war, brach das Gespräch ab und ging auf sie zu, gefolgt von dem Mann.

Das musste Richard sein. Ihre Verwandtschaft ergab sich schon durch die Augen; violette, leicht schräg stehende Augen, die Sharon vom Vater geerbt hatte.

Sharon umarmte Tine. »Alles okay mit dir?« Sie sah der älteren Frau in die Augen und lächelte.

Tine nickte, plötzlich scheu geworden. Sie fing auch einen Blick von Richard auf. In seinem Blick lag der Ausdruck von einem hohen Maß an Verständnis. In diesem Moment fühlte sich Tine ertappt und entblößt.

Richard würde wissen, was Red mit ihr angestellt hatte. Seine Miene bestätigte ihr, dass er das ganz in Ordnung fand.

Er war ein eleganter Mann; Seidenhemd, maßgeschneiderter grauer Anzug, Schuhe von Gucci. Sein gebräuntes Gesicht wirkte entspannt. Die Schläfen glänzten silbern. Tine hielt ihn für den attraktivsten Mann, dem sie je begegnet war. Kein Wunder, dachte sie, dass er eine Kette solcher Salons besaß, sein Erscheinungsbild passte dazu.

Während er Sharon folgte, um Tine zu begrüßen, gab er den Models mit knappen Gesten zu verstehen, alles einzusammeln und zu verschwinden. Magda kam zurück in den Salon, gab Richard einen Kuss auf die Wange und reichte ihm flüsternd einige Tragetaschen. Es waren goldgeprägte Taschen mit geflochtenen Griffen, und rechts unten in der Ecke prangte der Schriftzug *Richard*.

Die Einkaufstour schien beendet zu sein. Tine empfand eine leichte Enttäuschung darüber, dass Red sich nicht wieder sehen ließ, um sich zu verabschieden, aber sie folgte der Gruppe auf die Straße. Ein grauer Silver Cloud Rolls-Royce stand am Straßenrand.

»Das muss der ›Panzer‹ sein«, flüsterte Stevie voller Bewunderung.

Richard musste das gehört haben, öffnete die Beifahrertür und winkte Stevie herbei. Sie sprang hinein, ohne sich nach den Freundinnen umzusehen. Sharon und Tine stiegen in den Fond, und Richard setzte sich hinters Lenkrad.

Sie fuhren nicht weit, aber Richard schlug einen Bogen, um Stevies Freude am Fahren zu verlängern. Sie stellte viele Fragen zu Motor und Fahrverhalten und lauschte gebannt, wie Richard von dem Wagen schwärmte. Schließlich bot er ihr an, dass sie den Rückweg selbst fuhr – nach dem Kaffee. Stevie war so verblüfft, dass sie keinen Laut herausbrachte.

Das Café, das Richard für den Nachmittagstee ausgesucht hatte, überraschte Tine. Es war ein bescheidenes Lokal und ganz anders, als sie vermutet hatte. Die Angestellten kannten Vater und Tochter offenbar und tänzelten herum, bis der Tisch sich unter Sandwiches, Scones und Kaffee bog.

Tine konnte keine Spannungen zwischen Sharon und ihrem Vater feststellen, was sie verdutzte, denn sie war bisher davon ausgegangen, dass in der Familie etwas nicht stimmte. Aber sie sah nur Herzlichkeit zwischen den beiden, liebevolle Blicke und fröhlichen Charme.

Tine fühlte sich wohl in Richards Gesellschaft. Er passte sich gut der Gruppe an, war witzig und provozierte Lachen. Er ergatterte sich eine Einladung in ihr Haus, Abendessen inklusive, und Tine musste über seine geschickte Art grinsen, wie er sie mehr oder weniger gezwungen hatte, die Einladung auszusprechen. Sharon bemerkte das natürlich und boxte ihren Vater in die Rippen.

Stevie blieb still, offenbar noch ganz benommen von dem Gedanken, nachher den Rolls-Royce fahren zu dürfen. Sie beobachtete Tine und fragte sich, was sich zwischen ihr und Red abgespielt hatte. Tine hatte ihre Haare nicht wieder hochgesteckt; sie fielen locker auf ihre Schultern. Tine unterhielt sich ungezwungen mit Richard.

Sie verglich den eleganten Mann mit dem ungeschliffenen Charme Rupes und fand, dass Tine besser zu Sharons Vater passte. Er konnte Tine intellektuell mehr bieten, dazu war er elegant und tolerant – beides Eigenschaften, die der unerfahrene Australier noch nicht kannte.

Mit Red war das eine ganz andere Geschichte, dachte Stevie. Sie hatte den jungen Mann intensiv beobachtet, ehe er den Salon mit Tine verlassen hatte. Er war Spezialist in einer Welt, die Tine fremd war. Aber was auch immer zwischen den beiden geschehen war, es hatte Tine gut getan.

Stevie begehrte Tine, aber wichtiger war ihr noch, dass Tine glücklich war. Stevie konnte sich gut vorstellen, sich in Tine zu verlieben, wenn Liebe bedeutete, die Partnerin genauso zu schätzen wie sich selbst.

Sie gönnte Tine alle Freuden, die sie finden konnte. Zur Not würde Stevie sich damit begnügen, der Freundin eine Schulter zu bieten, an der sie sich ausweinen konnte.

Als sie sich vom Tisch erhoben, hielt Stevie es nicht mehr länger aus, raschen Schrittes lief sie voraus, dem Rolls entgegen. Richard reichte ihr die Schlüssel und gab nur ein paar kurze Hinweise auf die Besonderheiten des Armaturenbretts.

Das Auto übertraf all ihre hohen Erwartungen. Stevie begann ihre Jungfernfahrt vorsichtig, aber bald hatte sie sich an Breite und Länge des Fahrzeugs gewöhnt und drückte aufs Gaspedal, wann immer der Verkehr es gestattete. Doch zu schnell hatte sie das Parkhaus erreicht. Sie bog in eine Lücke ein und seufzte leise, während die anderen applaudierten.

Richard versprach, wenn er das Haus besuchte, würde Stevie den Rolls-Royce ausfahren können. Spontan lud Stevie ihn ins Silky Lizzie ein. Als er von dem Club hörte, wollte er mehr darüber wissen, aber Sharon tippte auf ihre Uhr. »Wir haben keine Zeit mehr.«

Tine und Stevie stiegen aus, damit Sharon und Richard sich in aller Ruhe verabschieden konnten. Stevie wusste nicht, wohin sie schauen sollte – zum Rolls auf der einen oder zum Porsche auf der anderen Seite.

Tines Gedanken waren wieder bei Red. Welchen Stellenwert hatte die Begegnung mit dem jungen Mann? Sie fragte sich, ob sie Rupe die Zärtlichkeit beibringen konnte, die sie bei Red erlebt hatte.

Richard stand vor ihr und sah, dass sie mit den Gedanken ganz woanders war. Er wartete geduldig, bis Tine aus ihrer Traumwelt zurück war, dann reichte er ihr die beiden Tragetaschen.

»Die kleine Schachtel ist ein Geschenk von Red«, sagte er. »In der anderen Tasche findet sich was zum Anprobieren.«

Tine sah ihn verwirrt an, dann stellte sie sich auf die Zehenspitzen und gab ihm einen Kuss auf die Lippen. Sie sah den Ausdruck der Dankbarkeit in seinem Gesicht, und irgendwie begriff sie, dass dies etwas mit Sharon zu tun hatte. Tine streckte sich noch einmal und küsste ihn wieder. Seine Lippen bewegten sich unter ihren. Es war nur ein leichtes Flattern, aber als sie sich voneinander lösten, wussten sie beide, dass sie sich in Zukunft häufiger sehen würden.

Schließlich saßen sie wieder im Porsche. Sharon winkte ihrem Vater zu, der neben dem Rolls stand. Sein Blick suchte Tine.

Tine fiel auch auf der Rückfahrt in einen leichten Schlummer. Das stete Schnurren des Motors lullte sie ein. Sie wurde auch nicht wach, als Sharon und Stevie an einer Tankstelle anhielten und in der angeschlossenen Raststätte einen Kaffee tranken. Als sie später in die Einfahrt einbogen, richtete Tine sich auf und bemerkte, dass Stevie hinter dem Lenkrad saß. Ihre leuchtenden Augen blinkten Tine an.

Während Tine an der Frühstücksbar den Kaffee genoss, gingen Stevie und Sharon hoch, um sich umzuziehen. Beide freuten sich auf die Nacht im Silky Lizzie. Tine zweifelte nicht daran, dass Stevie stolz darauf war, die Lesbenbar mit einer attraktiven Frau am Arm zu besuchen.

Tine nahm sich vor, die beiden Taschen erst zu öffnen, wenn sie allein war. Der Besuch in London war ein kurzer Blick in eine Glitzerwelt gewesen, die jetzt, da sie in ihrer vertrauten Umgebung saß, schon weit entrückt schien.

Sie wunderte sich über die Energie ihrer Freundinnen. Obwohl sie im Auto geschlafen hatte, fühlte sie sich ausgelaugt. Sie würde in was Bequemes schlüpfen, ein wenig chatten, dann ein luxuriöses Schaumbad nehmen und über ihre Begegnung mit Red nachdenken.

Während sie ihren Gedanken nachging, neigte sich

der Tag. Sie konnte sich in der Scheibe des Küchenfensters sehen. Das Licht, das vom Flur hereinfiel, schuf einen goldenen Schein um ihren Kopf. Sie gluckste leise vor sich hin. Einen Heiligenschein hatte sie sich heute nun wirklich nicht verdient.

Red schien so weit weg zu sein wie Dickens, und ihr Abenteuer mit Red war ebenso irreal wie ihre virtuellen Abenteuer im Chatroom. Sie hatte Dickens noch nie gesehen, aber seine Wirkung auf sie war so real wie Reds. Noch stärker, denn Dickens spielte in ihrem Leben noch eine intime Rolle, während sie wusste, dass sie Red nie wieder begegnen würde.

Stevie trat leise in die Küche, während Tine tief in ihre Gedanken versunken war. Die junge Frau schaltete das Licht ein, blieb reglos stehen und wartete darauf, dass Tine sie begutachtete. Bisher hatte Stevie sich nie auffällig gekleidet, seit sie bei Tine wohnte. Aber ein Abend im Silky Lizzie war immer etwas Besonderes, und dieses Gefühl wollte sie durch die Kleidung unterstreichen.

Sie trug ein Hemd in Schottenkaros und eine schwarze enge Hose mit einem breiten Ledergürtel. Die meisten Kleider dieser Art hatte sie in Herrengeschäften gekauft, selbst die Schuhe. Sie bewegte sich auch anders, lockerer und schwungvoller. Im Lizzie nannte man sie Steve.

Die Umwandlung war für Tine leicht nachzuvollziehen. Vor ihr stand ein gut aussehender Mann, groß und schlank und drahtig. Es war Tines Reaktion, die sie in Konflikte stürzte. Vom Verstand her wusste sie, dass Stevie eine Frau war, aber ihre Augen sahen das Maskuline in der Gestalt, und davon fühlte sie sich angesprochen. Bisher hatte sie Stevie als eine Frau akzeptiert, die sich dem eigenen Geschlecht zuneigte, jetzt war sie ein Mann, den sie attraktiv fand.

Als Sharon hereinkam, wirkte Stevies Männlichkeit im Kontrast zu Sharons betonter Weiblichkeit noch stärker. Die blonde Frau trug ein schlichtes weißes, ärmelloses Kleid, das eine Handbreit oberhalb der Knie endete, dazu weiße Sandalen und kein Make-up. Die blonden Haare fielen in glänzenden Wellen auf die Schultern und hüpften anmutig bei jeder Kopfbewegung. Sharon sah jungfräulich und wunderschön aus.

Tine hatte erwartet, dass Sharon sich in Leder kleiden würde, in irgendein radikales Outfit, aber sie musste sich eingestehen, dass sie ihre Freundin unterschätzt hatte. Im Club würde sie in diesem Aufzug viel mehr Aufsehen erregen, besonders, wenn sie zusammen mit Stevie eintrat. Tine sah der jungen schwarzen Frau an, dass sie sich auf ihren Auftritt freute. Sharon würde ein Juwel an ihrem Arm sein.

Tine empfand Traurigkeit, als die Freundinnen gegangen waren. Im Haus war es still. Sie hastete die Treppe hoch, um Dickens im Chatroom zu finden. Enttäuscht stellte sie fest, dass er nicht da war. Dann zuckte sie zusammen, als eine Nachricht auf ihrem Bildschirm aufleuchtete.

Rupe > He! Ich habe dich heute einige Male anrufen wollen. Aber dein Anschluss ist immer besetzt.

Astyr > Tatsächlich? Ich kann mir nicht denken, wer mich erreichen will. Ich war den ganzen Tag weg. In London. Mit Sharon und Stevie.

Tine ärgerte sich, dass sie vergessen hatte, den Anrufbeantworter einzuschalten. Sie war in den letzten Monaten so selten aus dem Haus gegangen, dass ihr der Gedanke einfach nicht gekommen war. Ihr Telefon klingelte so selten, dass eine Flut von Anrufen wirklich ungewöhnlich war. Sie hob die Schultern. Wenn die Anrufer etwas Wichtiges von ihr wollten, würden sie sich noch einmal melden.

Rupe > Ich vermisse dich. Ich möchte, dass du diese Nacht in meinem Bett schläfst. Ich stelle mir vor, dich in meinen Armen zu halten, heiß und feucht unter meinen Händen.

Tine starrte auf den Schirm und stellte sich Rupe in London bei der Arbeit vor, umgeben von dunkler Nacht. Sie schuf sich ein Bild seines Büros, die unbesetzten Terminals neben seinem, seine Schreibtischlampe die einzige Lichtquelle, als er seine Lust mit Hilfe von Fingern und Tasten mitteilte.

Sie sah sich in ihrem Zimmer um und lauschte, ob sie irgendwelche Geräusche hören konnte. Es war ein eigenartiges Gefühl, Rupe nicht oben auf dem Speicher zu wissen. In den wenigen Tagen war seine Anwesenheit selbstverständlich geworden.

Sie fragte sich, wie sie ihm das sagen konnte, ohne zu gefühlsduselig zu klingen. Sie würde nicht in seinem Bett schlafen, das würde eine Verpflichtung bedeuten, die sie nicht eingehen wollte. Sie fühlte sich ihm nahe, und ihre Sinne wurden lebendig, wenn sie daran dachte, wie sie sich gegenseitig ihre Lust befriedigten, aber mehr als eine enge Freundschaft sollte es nicht sein. Sie schrieb ihm das nicht, denn sie wusste nicht, wie er darauf reagieren würde.

Sie chatteten über eine Stunde lang und schwelgten in Erinnerungen an ihre gemeinsame Nacht.

Rupe > Ich sehne mich nach dir. Ich sitze hier allein in einem riesigen Büro und spüre, wie er pocht. Hart vor Verlangen.

Tine beschrieb eine Szene, in der sie und Rupe gemeinsam unter der Dusche stehen. Sie halten sich umarmt, während das Wasser auf sie herunterprasselt. Tine beschrieb, wie sie die Beine um seine Hüften schlingt, während er kräftig in sie eindringt und zustößt, bis es ihnen kommt.

Ihr Monolog auf dem Bildschirm brachte ihm die Erleichterung. Er fühlte sich gut und müde. Aber er musste noch die ganze Nacht arbeiten; das Projekt stand unter Zeitdruck. Am folgenden Tag musste er auf einer Konferenz die bisherigen Fortschritte vortragen. Außerdem musste er bei mehreren Bewerbungsgesprächen dabei sein, denn das Projekt erforderte zwei weitere Programmierer.

Er wusste noch nicht, welche Auswirkungen das Projekt auf seine Beziehung zu Tine haben würde. Natürlich war ihm die Arbeit wichtig, aber er fürchtete, dass sie mehr Zeit in Anspruch nehmen würde, als er bisher angenommen hatte.

Bei Tine hatte er eine Sexualität erlebt, wie sie besser nicht sein konnte, ein körperliches Abenteuer, das ihm nicht aus dem Sinn ging, und irgendwie ahnte er, dass er so etwas nie wieder mit einer anderen Frau erleben würde.

Rupe teilte ihr seine Sorgen und Gedanken mit. Sie mahnte ihn, dass Zukunftsängste in einer Freundschaft keinen Platz hatten. Was zwischen ihnen geschah, war kostbar und sollte bis zum letzten Tropfen genossen werden.

Astyr > Nichts dauert ewig. Lass uns schätzen, was wir jetzt haben. Es ist wunderbar für mich. Du bist was Besonderes. Wenn wir uns mit Sorgen quälen, verlieren wir das, was wir haben, und das wäre eine Tragödie.

Rupe lächelte den Bildschirm an, schob seine Sorgen beiseite und freute sich auf den Sonnabend, wenn er zu ihr zurückkehren würde.

Tine brach die Verbindung ab, nachdem sie ihm eine gute Nacht gewünscht hatte, und ging hinüber in ihr Schlafzimmer. Die Tragetaschen lagen einladend auf dem Bett. Sie zwang sich, zuerst die Zähne zu putzen und ihr T-Shirt anzuziehen, bevor sie sich unter die Decke kuschelte und die Taschen zu sich zog.

Die größere Tasche, die Richard ihr gegeben hatte, enthielt die sanfte blaue Pumphose aus Leder, die Tine an Cheryl so sehr bewundert hatte. Das weiche Rindsleder fühlte sich warm und geschmeidig an, als sie es durch die Finger gleiten ließ. Sie fühlte, wie teuer es war, und ihr war nicht wohl dabei, das Geschenk einfach anzunehmen.

Dann fiel ihr aber die Versöhnung zwischen Vater und Tochter ein, und sie unterstellte, dass dieses Geschenk Richards Art war, danke zu sagen – obwohl sie nicht viel zur Versöhnung beigetragen hatte. Aber in diesem Sinne wollte Tine das Kleidungsstück annehmen, auch wenn sie wahrscheinlich noch nie so viel Geld für ein einzelnes Teil ausgegeben hatte. Sie würde sich schriftlich bei Richard bedanken.

Die andere Tasche, deren Inhalt sie anprobieren sollte, enthielt den cremefarbigen Teddy sowie einen schwarzen Minirock aus Leder und eine dazu passende Weste. Das waren die Teile, die Red ihr empfohlen hatte. Tine stellte sich in diesen verführerischen Kleidern vor; sie würden gut zu ihrem schwarzen *bodystocking* passen. Sie fühlte sich geschmeichelt, dass Red sie in einem so verlockenden Outfit sehen wollte.

Reds Tasche enthielt den Vibrator, den er an diesem Nachmittag bei ihr benutzt hatte. Sie lächelte, schloss die Augen und legte sich zurück. Hinter den geschlossenen Lidern wurden die Bilder des Tages lebendig, als sie den glatten Schaft tief in sich hineinschob.

Es war keine Wiederholung des Nachmittags. Sie änderte das Szenario, und bald sah sie Rupes Gesicht neben Red. Tine ließ ihre Fantasie schießen und rutschte unruhig hin und her auf ihrem sanft wiegenden Wasserbett, während die beiden Männer sie verwöhnten.

Vierzehntes Kapitel

Tine wachte mit einem Gefühl der Vorahnung auf. Im Haus herrschte immer noch die Stille der vergangenen Nacht, obwohl die Uhr auf Tines Nachttisch sagte, dass es sieben Uhr war. Das Licht des frühen Tages schlich sich unter den Saum der Vorhänge, als wollte es Wärme über ihre unheilvollen Gefühle breiten.

In diesem Moment schrillte die Haustürklingel, was durchaus zu Tines Vorahnungen passte. Sie sprang aus dem Bett und rannte die Treppe hinunter.

Ein Polizist hob gerade die Hand, um an die Tür zu klopfen, als Tine öffnete. Er sah ernst drein, während Sharon, die hinter ihm stand, verlegen den Blick senkte. Ihre Haare waren zerzaust, und das weiße Kleid war zerknittert und schmutzig. Die Sandalen hielt sie in der Hand, die Riemchen waren gerissen. Hinter Sharon hatte sich eine ältere Polizistin aufgebaut.

Auf Tines fragenden Blick hob Sharon nur die Schultern und gab dem Polizisten zu verstehen, dass er erklären sollte.

Sie folgten Tine in die Küche. Der Polizist nahm dankend eine Tasse Kaffee an, bevor er die Geschichte erzählte.

Am Morgen gegen zwei Uhr hatte Sharon das Silky Lizzie verlassen und war Richtung Stadtmitte gegangen oder gefahren, wo sie einen Mann getroffen hatte. Im verlassen daliegenden Einkaufszentrum hatten sie sich ausgezogen und ›sexuelle Handlungen‹ vorgenommen. Ein Mann vom Sicherheitsdienst hatte die Polizei gerufen.

Der Mann war davongerannt, als die Polizei gekommen war, und die Polizisten hatten ihn laufen lassen. Sharon dagegen hatte gebeten, mit Handschellen gefesselt zu werden, und als die Polizistin ihr beim Anziehen behilflich sein wollte, hatte sie sich gewehrt und während der ganzen Prozedur nur gelacht. Man hatte sie zur Polizeistation gebracht, und sie war erst auf freien Fuß gesetzt worden, als der Mann vom Sicherheitsdienst seine Anzeige zurückgezogen hatte.

Bei all ihrer Sorge hatte Tine Mühe, sich ein Schmunzeln zu verbeißen. Da sie von Sharons Hang zum Exhibitionismus wusste, konnte sie den Zwischenfall nicht sonderlich ernst nehmen, und die blonde Frau sah auch eher verärgert als zerknirscht aus.

Die Polizistin sah sich kritisch in der Küche um, als ob sie weitere Beweislast finden wollte. Tine fragte sich, während sie sich in ihrem kurzen T-Shirt betrachtete, ob die Gesetzeshüterin nicht vermutete, in einem Haus von höchst zweifelhaftem Ruf gelandet zu sein. Tine war versucht, sich entsprechend aufzuführen, aber sie besaß noch einen widerwilligen Respekt vor der Polizei.

Nachdem Sharon in die Sicherheit ihres Zuhauses überstellt worden war, gingen die Polizisten wieder, und nun erfuhr Tine die wirkliche Geschichte.

Sharon und Jerry hatten schon einige Male vor dem Mann vom Sicherheitsdienst ihre Schau abgezogen; er war immer ein gieriger Zuschauer gewesen. An diesem Morgen aber hatte er verlangt mitzumachen, was mit Sharons Spielregeln nicht zu vereinbaren war. Die Zurückweisung mochte der Mann nicht ertragen, und um sich zu rächen, rief er die Polizei. Jerry war abgehauen, und Sharon bezweifelte, ob sie ihn je wiedersehen würde.

Trotz ihrer burschikosen Art war Sharon mit den Nerven fertig. Sie hatte vier Stunden im Polizeigewahrsam verbracht; eine Erfahrung, auf die sie gern verzichtet hätte. Sie hatte sich geweigert, irgendetwas zu sagen, aber sie war erleichtert gewesen, als der Sicherheitsmann seine Anzeige zurückgezogen hatte.

Während sie eingesperrt war, hatte sie Zeit gehabt, über ihr Treffen mit Richard nachzudenken. Um alles noch viel schlimmer zu machen, hatte sich auf der Polizeistation ein Reporter herumgetrieben, und er war ihnen bis zu Tines Haus gefolgt. Er hatte sich erst aus dem Staub gemacht, als der Polizist auf seinen Wagen zugegangen war.

Tine hörte zu und versuchte, zwischen den Zeilen zu lesen. Sharons Haltung war bisher vom Trotz geprägt gewesen. Sie hatte sich eine Freiheit herausgenommen, die sich jeder Beschränkung widersetzte. Aber ihre Sorge wegen des Reporters konnte nur eines bedeuten: Sie wollte verhindern, dass ihr Vater von dem Zwischenfall erfuhr.

»Obwohl mein Vater mit der Sexindustrie zu tun hat, genießt er einen guten Ruf. Es wäre demütigend für mich, wenn ich als seine Tochter ihm Schande bereite.«

»Aber er braucht es überhaupt nicht zu erfahren«, sagte Tine.

»Doch, er wird es erfahren. Ich werde es ihm sagen.« Sie schaute Tine an und nickte. »Es ist nur fair, denn ich habe mich entschieden, sein Angebot anzunehmen.«

Tine sah sie erwartungsvoll an.

»Er sagte, ich soll hier ein Geschäft eröffnen. Er gibt mir das Startkapital. Wenn ich nicht will, muss der Laden nicht der Kette angeschlossen sein.«

»Aber als seine Erbin wirst du dich auch um die Kette kümmern müssen.«

»Ja«, antwortete Sharon. »Deshalb ist es auch an der Zeit, dass ich mich kaufmännisch beweise.«

»Nun, wenn ich dir irgendwie helfen kann, werde ich es tun. Schließlich habe ich viel Zeit.«

»Ja, gern. Ich brauche eine Partnerin.« Sharon sah verunsichert aus. Ihr war bewusst, welche Verpflichtung sie einging – und auch, was sie Tine zumutete.

»Ich würde gern dabei sein.«

Sie tranken Kaffee und sprühten vor Ideen. Ganz aufgeregt gingen sie die einzelnen Möglichkeiten durch, bis Tine auf die Uhr deutete. »Auch wenn du kündigen willst, solltest du nicht zu spät kommen.«

Die blonde Frau lief die Treppe hoch. Tine blieb vor ihrem Kaffee sitzen und lächelte. Es schien, dass ein Abenteuer das andere jagte. Aber in sich spürte sie immer noch die dunkle Vorahnung, die sie geweckt hatte.

Sie wollte sich zuerst ein Frühstück gönnen, ehe sie mit der Körperpflege begann. Der Blick durchs Küchenfenster zeigte ihr eine sich rasch bewegende Wolkenbank, die mehr Regen bringen würde. Tine war dankbar für das kühlere Wetter. Sie hörte Sharon die Treppe hinunter trippeln, dann schlug die Haustür zu. Im nächsten Augenblick sprang der Porsche an, und die Kieselsteine spritzten hoch.

Tine versuchte sich bei ihrem Müsli zu entspannen, aber dann wurde die Stille von lauten Stimmen gestört, gefolgt von einem zürnenden Knallen der Haustür. Im nächsten Moment wurde Demmy von einer verbissen aussehenden Stevie in die Küche gezerrt. Stevie hielt mit einer Hand das Handgelenk des jungen Mädchens fest umklammert, in der anderen Hand hielt sie eine Zeitung, die sie auf die Frühstücksbar warf.

Tine sprang das Foto in die Augen. Es war körnig, aber das unschuldige Gesicht Demmys war deutlich zu erkennen. Ihre Haare waren sorgfältig zur Seite gekämmt, damit die geschorene Hälfte des Kopfes bedeckt war. Ohrringe, Nasenring und Make-up waren verschwunden. Sie sah jung und verletzlich aus, die Augen weit geöffnet, die Lippen zu einem Schmollen verzogen.

Die Schlagzeile schrie: ›Von der Kunst korrumpiert‹. Tine schlug die Zeitung auf und stieß auf weitere Fotos. Das erste war die farbige Reproduktion des Fotos, das Tine unter ›demmy.jpg‹ auf Johns Rechner gefunden hatte. Das junge Mädchen zwischen Johns Schenkeln. Ein schwarzer Streifen an der entscheidenden Stelle ließ das Foto noch abstoßender wirken, als die Fellatio in Wirklichkeit war. Daneben war das Gemälde abgebildet, das Tine dem Agenten zum Verkauf gegeben hatte.

Tine konnte jetzt nicht mehr verstehen, dass sie den Hintergrund des Gemäldes nicht sofort erkannt hatte. Trotz der Verfremdung, die John mit seinen Filtern bewirkt hatte, sah man deutlich die Konturen von Demmys Kopf und Johns Penis.

Sie hob den Blick und sah Demmy an. Das junge Mädchen bedachte sie trotzig mit ihren Gift versprühenden türkisfarbenen Augen. Stevie hielt Demmys Handgelenk immer noch fest. Tine las den Artikel.

Der Journalist hatte gründlich recherchiert. Er schrieb über Johns Erfolge in der Kunstwelt, über die Technik, mit der er seine Kunst herstellte, und über seinen überraschenden Tod. Der Stil blieb objektiv, bis er Demmy beschrieb, dann wurde er emotional und drückte auf die Tränendrüsen.

Sie wurde als einziges Kind einer geschiedenen Mutter vorgestellt, behütet aufgewachsen und voller Unschuld. Als angehende Künstlerin, hatte sie ein Praktikum bei John absolviert, weil sie seine Kunst bewunderte. Während der Zusammenarbeit hatte der Künstler das unschuldige Mädchen verführt und mit Geld korrumpiert – Geld, das Demmy, eine Studentin am Rand des Existenzminimums, bereitwillig angenommen hatte.

Über Tine wurde geschrieben, dass sie für eine Stellungnahme nicht zur Verfügung stand, und es wurde auch erwähnt, dass sie in den vergangenen Wochen Teile ihres Hauses vermietet hatte – unter anderem auch an die Tochter eines ›Pornobarons‹.

Johns Agent wurde zitiert; er hatte darauf hingewiesen, dass John niemals Modelle ohne deren Wissen und Zustimmung benutzt hatte.

Tine las den Artikel zu Ende, saß da und starrte blindlings auf die Zeitungsseite. Sie war nicht sicher, wann ihre Tränen zu fließen begannen, erst als ihr T-Shirt am Halsausschnitt feucht wurde, gewahrte sie, dass sie weinte. Sie blickte zu Demmy hoch.

»Du musst John sehr gehasst haben, um ihm das anzutun«, sagte sie leise.

Demmy sah sie verdutzt an und wich instinktiv

zurück, als sie die Verletzung in Tines Augen sah. Das wütende Starren verflog. Was immer Demmy erwartet hatte, der Ausdruck der Trauer in Tines Augen war es nicht.

»Ich habe ihn geliebt! Er hätte mich nicht bezahlen müssen. Ich hätte es sowieso für ihn getan.« Demmys Stimme brach. Sie versuchte, ihre Wut zu verdrängen. Sie ließ sich gegen Stevie fallen, die den Griff um ihr Handgelenk nicht lockerte.

»Du bist es! Dich habe ich gehasst! Du bist durch das Haus geschwebt, als wärst du ein Engel. Immer lieb und freundlich, und doch so dumm. Du hast nie begriffen, dass du hättest abhauen sollen, damit ich ihn für mich allein haben konnte.« Die Stimme des Mädchens klang verbittert. »Dann ist er gestorben, und ich hatte nichts mehr. Du besitzt alles. Und für mich hattest du keine Zeit, du dumme alte Kuh.« Sie jammerte laut, und in ihr Jammern drang die Klingel der Haustür.

Tine zuckte zusammen, als wachte sie aus einem Traum auf. Sie erhob sich und starrte erschrocken und fasziniert zugleich auf das zeternde Mädchen. Stevie hatte die Schultern Demmys in einen harten Griff genommen hatte. Mehr Trost würde sie von Stevie nicht erwarten können.

Tine war bewusst, dass Stevie dem Jammern Demmys nicht traute, und sie war selbst verblüfft, dass sie sich von Demmys Wehklagen nicht hatte rühren lassen. Tine bedauerte John, der posthum in den Schmutz gezogen wurde, ganz egal, wie groß sein Unrecht gewesen war.

Tine ging langsam zur Tür und öffnete sie. Eine große junge Frau stand vor ihr. Sie war schlank und gebräunt, und ihre glatten schwarzen Haare fielen ihr bis auf den Po. Sie trug ausgeblichene Jeans, ein kariertes Hemd und abgenutzte Doc Martens. Zu ihren Füßen lag ein ausgemusterter beigefarbener Armeerucksack. Ihr breites Gesicht mit den schwarzen Augen unter den wuchernden Brauen verriet ihre indianische Abstammung.

Einen Moment lang betrachteten sie sich gegenseitig.

Dann sagte die Besucherin: »Hallo, Astyr.«

Die Frau hatte eine tiefe, sanfte Stimme. Tine war so verdutzt darüber, dass die Besucherin ihren Chat-Namen nannte, dass sie kein Wort herausbrachte.

»Ich bin Dickens.«

Tine blinzelte, der Blick angezogen von Dickens' frei schwingenden Brüsten unter dem Hemd sowie vom flachen Schritt in den Jeans, wo die Beule seiner Männlichkeit hätte sein sollen. Sie war wie vor den Kopf geschlagen.

»In Wirklichkeit«, sagte die Frau, »heiße ich Sky. Es tut mir Leid, dass ich dich auf diese Weise überfalle. Ich hätte dich nicht so lange über mein Geschlecht täuschen sollen.«

»Ich bin Tine.« Allmählich erholte sie sich von der Überraschung. »Ich … ich habe wirklich nicht mit dir gerechnet. Du erwischst mich in einem ungünstigen Augenblick. Aber komm herein.«

Sie hatte vor, Sky ins Wohnzimmer zu führen, um die Küche zu meiden, aus der immer noch Demmys Schluchzen drang. Aber es war Sky, die die Initiative übernahm. Sie überholte Tine im Flur und ging in die Küche. Sie blieb an der Tür stehen, betrachtete die Szene, die sich ihr bot, und sagte laut: »Hör auf, Mädchen. Deine Tränen überzeugen niemanden.«

Demmy starrte in Skys ungerührtes Gesicht und hörte tatsächlich auf zu schluchzen. Sky setzte sich ihr gegenüber und musterte sie ausgiebig, bis Demmy auf ihrem Schemel unruhig hin und her rutschte.

»Ich bin eine waschechte Indianerin, und ich sehe, dass du den Schakal in dir hast«, sagte Sky schließlich. »Ich sehe, dass du am falschen Ort bist und den falschen Weg eingeschlagen hast.«

Stevie sah Sky verblüfft an, aber sie genoss die unerwartete Konfrontation. Ohne es zu bemerken, hatte sie den Griff auf Demmys Schultern gelockert, und das Mädchen nutzte diese Situation sofort aus.

Demmy riss sich los und wollte aus der Küche laufen. Dabei stieß sie gegen Tine, die von dem Anprall zu Boden fiel. Demmy geriet ins Stolpern und prallte gegen die Kante der Frühstücksbar. Sky streckte den Arm aus und hielt sie fest.

»Komm rüber und setz dich neben mich«, sagte Sky streng, und zu aller Verwunderung gehorchte Demmy klaglos, während Stevie sich bückte, um Tine wieder auf die Füße zu bringen.

Tine war froh, sich mit der Vorbereitung des Frühstücks ablenken zu können. Sky las den Bericht in der Tageszeitung. Stevie beschränkte sich darauf, abwechselnd Demmy anzustarren und die neue Besucherin zu mustern. Als die Indianerin den Artikel gelesen hatte, faltete sie die Zeitung zusammen und legte sie neben sich.

Tine hatte ihr gebutterten Toast und Orangensaft vorgesetzt, und als sie ihr Frühstück verspeist hatte, verkündete sie, dass sie müde vom Flug war und mindestens fünf Stunden schlafen möchte.

»Und dir kann ich nur raten, hier zu sein, wenn ich

aufwache. Ich muss mit dir reden.« Sie sah Demmy wieder eindringlich an, und das Mädchen nickte.

Tine führt Sky in ihr eigenes Zimmer. Auf dem Bett lagen noch die Sachen aus Richards Boutique, die von Sky interessiert beäugt wurden.

»Tine oder Astyr, du bist eine sehr interessante Frau.« Sie bückte sich und gab ihr einen Kuss auf die Wange, dann legte sie die Arme um die zierliche Frau. »Ich bin erschöpft. Ich erkläre später, warum ich hier bin. Aber ich freue mich riesig, dich zu sehen.«

Tine lächelte.

Sky war erst vor einer guten halben Stunde in ihrem Leben aufgetaucht, und schon schien sie ein Teil des Hauses zu sein. Tine hätte ein wenig Zeit für sich selbst gebraucht, aber sie musste hinunter zu Demmy gehen und ihren Standpunkt klar machen.

Während sie zurück in die Küche ging, fiel ihr ein, dass die Telefonanrufe gestern die vergeblichen Versuche des Journalisten gewesen waren, sie zu einer Stellungnahme zu bewegen. Auch jetzt schrillte der Apparat wieder, aber sie wollte mit niemandem reden. Der Schaden war angerichtet, dagegen konnte sie nichts mehr ausrichten.

»Aber es muss aufhören«, murmelte sie resolut. Sie trat in die Küche und wiederholte diesen Satz, als sie Demmy sah.

»Das muss aufhören.« Demmy wollte etwas erwidern, aber Tine fuhr fort: »Hast du mich verstanden, Demmy? Du wirst damit aufhören, sonst wirst du den Tag bereuen, an dem du das erste Mal dieses Haus betreten hast.« Sie wartete einen Moment und spürte, wie der Zorn in ihr anschwoll. Es war wie ein kochender Schwall, der sie erhitzte, gefolgt von einer kalten, entschlossenen Ruhe.

»Wenn du mich oder Johns Andenken noch einmal in den Schmutz ziehen solltest, dann werde ich dafür sorgen, dass niemand dich auch nur mit dem Hintern ansieht. Niemand wird dich beschützen, niemand wird dir auf die Füße helfen, wenn du gefallen bist. Du bist ein kleines dummes Mädchen, das vom Leben noch keine Ahnung hat. Habe ich mich klar genug ausgedrückt?«

Demmy war so schockiert, dass sie keinen Ton herausbrachte. Es konnte keinen Zweifel daran geben, dass die ältere Frau es verdammt ernst meinte. Demmy saß wie gebannt da und rührte sich nicht.

»Ich habe dich nicht verstanden, Demmy«, zischte Tine. »Habe ich mich klar genug ausgedrückt?«

»Ja.«

»Und jetzt verschwinde aus meinem Haus. Ich werde dich anrufen, wenn Sky mit dir reden will, und dann erwarte ich, dass du rennst. Und bringe auch das Band mit, sonst werde ich dich wegen Diebstahls anzeigen.«

Tine wartete gar nicht erst ab, ob Demmy was einzuwenden hatte. Sie drehte sich um und legte sich im Wohnzimmer auf die Couch. Sie atmete bewusst tief ein und aus, um die Wut zu beherrschen, die sich in ihr breit gemacht hatte. Ihr Nacken fühlte sich steif an, und ihre Schultern waren verspannt.

Sie hörte, wie die Haustür leise ins Schloss fiel. Tine atmete erleichtert aus. Wenn Demmy geblieben und sich wieder mit ihr angelegt hätte, wäre sie wahrscheinlich handgreiflich geworden, obwohl sie eher die Unterlegene gewesen wäre. Sie war immer noch wütend, und Tränen der Ohnmacht schossen ihr in die Augen. Sie fragte sich, ob sie den Artikel hätte verhindern können, wenn sie das Mädchen schon vorher zurechtgestaucht hätte.

Nachdem Tine aus der Küche gegangen war, hatte Demmy noch eine Weile auf ihrem Platz gesessen, blass und eingeschüchtert, dann war sie langsam aufgestanden und hatte das Haus leise verlassen. Sie würde erst wiederkommen, wenn Tine es ihr erlaubte, und Stevie war auch sicher, dass sie das Band zurückbringen würde. Tines Zorn hatte Demmy entsetzt, und Stevie hätte sie am liebsten getröstet.

Stevie hörte das Telefon, aber sie ging nicht dran, weil sie annahm, dass Tine abheben würde. Aber nach dem fünften Klingeln nahm sie den Hörer in die Hand. Sie meldete sich und sagte, nein, Tine sei nicht zu sprechen, aber der Anrufer ließ sich nicht abwimmeln. Sie ging ins Wohnzimmer, wo Tine auf der Couch lag.

»Johns Agent ist am Apparat. Er sagt, die Angebote für Johns Gemälde hätten sich verdoppelt, und ob du noch weitere Bilder aus der Privatsammlung verkaufen möchtest. Er will unbedingt mit dir sprechen.«

Stevie redete leise, denn Tines Gefühlsausbruch hatte sie beeindruckt. Sie hatte ihn der zierlichen Frau nicht zugetraut, und Stevie zweifelte auch nicht daran, dass sie ihre Drohung wahr machen würde, falls Demmy nicht von ihrem Rachekurs abwich.

Es hätte Stevie auch nicht gewundert, wenn Tine gewalttätig geworden wäre. Sie war darauf vorbereitet, sich schützend vor Demmy zu stellen – nicht nur, um Demmy zu schützen, sondern auch Tine. Stevie glaubte im Gegensatz zu Tine, dass Demmy die Verliererin gewesen wäre.

Tine lag auf dem Sofa, die Augen geschlossen, das Gesicht eingefallen.

»Danke«, sagte sie leise. »Sage ihm bitte, dass kein Werk aus der Privatsammlung verkauft wird, und das Bild, das er hat, soll er schleunigst zurückbringen. Die Sammlung soll niemals auseinander gerissen werden.«

Stevie ging hinaus und gab die Nachricht weiter. Sie erstickte die wilden Proteste und Verwünschungen, indem sie den Hörer auflegte, dann kehrte sie ins Wohnzimmer zurück und setzte sich zu Tine auf die Couch. Sie hob Tines Fuß an und begann eine Fußzonenreflexmassage.

»Nur du«, murmelte Stevie, während sie den Daumen gegen die Fußsohle drückte, »kannst in einem T-Shirt und ohne Slip so Furcht einflößend aussehen.« Tine kicherte ausgelassen, und dann kam ein Seufzer über die Lippen, als Stevie den großen Zeh bearbeitete.

Sie ließ sich Zeit und konzentrierte sich auf Tines Zehen, nahm sich jeden einzeln vor, drückte und kniff sie. Allmählich entspannte Tine sich, und Stevies Massage schlich sich über die Druckpunkte in Tines Muskeln ein.

»Du brauchst eine richtige Shiatsu-Massage.«

Tine wandte ein: »Du musst müde sein, Stevie. Ich nehme an, du hast nur wenig geschlafen.«

Sie erzählte von Sharons Rückkehr in Begleitung der Polizei.

Stevie war entsetzt. Nach ein paar Stunden hatte sie den Club verlassen, müde und erschöpft, obwohl Sharon noch voller Energie schien. Die junge blonde Frau war ein großer Erfolg im Club gewesen, deshalb hatte Stevie nicht geglaubt, sie müsste auf Sharon aufpassen. Dass sie sich mit Jerry zum Sex im Einkaufszentrum verabredet hatte, hatte sie natürlich nicht gewusst – und wenn, hätte sie nichts unternommen, um Sharon davon abzubringen.

Tine richtete sich auf, lehnte sich mit dem Rücken gegen das Kopfende der Couch und zog die Beine an. Offenbar war ihr nicht bewusst, dass sie damit ihre Scham entblößte. Sie berichtete Stevie mit glühenden Augen über ihre Bereitschaft, mit Sharon zusammen eine Boutique zu eröffnen. Die Worte purzelten nur so aus ihrem Mund, und in jedem Wort schwang ihre Begeisterung mit.

Stevie freute sich mit ihr. Im Wohnzimmer herrschte diffuses Licht, die Vorhänge waren zugezogen. Mit dieser schwachen Beleuchtung sah Tine wie ein Kind aus, sanfte Konturen, blasse Haut. Während sie sprach, bewegten sich ihre Zehen. Stevie konnte sich nicht länger zurückhalten und streichelte Tines Waden. Sie wollte sie unbedingt berühren, ganz egal wo. Die Grenze ihres Sehnens war erreicht. Sie wollte ihre Hände streicheln lassen, Tines Haut und Gerüche erfahren.

Das Angebot einer Massage war ein harmloser Vorwand, um ihre Sehnsucht zu stillen. Um das zu bekommen, was sie haben wollte. Sie wusste, dass sie geschickte Hände hatte, und nun hoffte sie nur, dass sie sich beherrschen konnte und sich genug Zeit ließ.

»Jetzt die Massage?«, fragte sie.

Tine zögerte einen Moment. Sie bewegte die Schultern und zog eine Grimasse. »Ja«, sagte sie dann. »Ich hätte sehr gern eine Massage.« Sie erhob sich von der Couch und zog sich das T-Shirt über den Kopf. Sie war nackt. Sie warf ein paar Kissen auf den Boden und legte sich bäuchlings darauf. Sie rutschte noch ein wenig herum, bis sie eine bequeme Position gefunden hatte, dann wartete sie.

Stevie sah sie entzückt und überrascht an. Sie war an schüchterne Kundinnen gewöhnt, die auf Anweisungen warteten. Tine lag da, bereit und entspannt. Sie atmete tief ein und aus, und ihre Beine waren ein wenig auseinander. Tines willfährige Bereitschaft bestätigte den Verdacht, den Stevie schon am Anfang gehegt hatte: Die ältere Frau hatte sich selbst gegenüber eingestanden, dass sie Stevie nicht nur attraktiv, sondern auch sexuell begehrenswert fand.

Stevie war eine aufmerksame Therapeutin. Trotz ihrer Erregung konzentrierte sie sich darauf, die verkrampften Muskeln in Tines Nacken zu lockern. Sie arbeitete langsam und methodisch, um den Energiefluss durch die Druckpunkte zu leiten. Wärme durch Reibung bringt Heilung.

Sie presste bestimmte Stellen am Rücken und spürte den natürlichen Widerstand unter ihren Handflächen, eine Choreografie, die zwischen Therapeutin und Patientin ablief und in der Hingabe endete.

Tine hatte sich ganz in ihre Hände begeben, und Stevie spürte, wie ihre Kraft in die zierliche Gestalt auf dem Boden floss. Die Haut wärmte sich unter ihren Fingern. Die Hände strichen fest über Tines Schenkel, hinunter zu Waden und Knöcheln. Stevie entdeckte Tines Energiereserven und massierte sie, bis sie aktiv wurden.

Erst als Tine sich umdrehte und auf dem Rücken lag,

geriet Stevies Entschlossenheit, ihre Arbeit professionell zu beenden, ins Wanken. Vor ihr lag der Mensch, den sie am meisten begehrte, nackt und ausgestreckt, ihr ausgeliefert. Mit hungrigen Blicken starrte sie auf den feinen Körper, auf die kleinen Brüste mit den dunklen Warzen. Tines Nippel, der weichen Wärme der Kissen beraubt, schrumpften. Der flache Bauch hob und senkte sich bei jedem Atemzug. Die Schenkel waren leicht gespreizt. Ihre Scham sah wie eine geschlossene Venusmuschel aus, als wollten sie die Perle in ihrem Inneren beschützen.

Wenn Tine das leichte Zittern von Stevies Händen spürte, ließ sie es sich nicht anmerken. Vielleicht hielt sie die Luft eine Sekunde länger an, aber die Veränderung war so geringfügig, dass Stevie sie sich vielleicht nur eingebildet hatte.

Sie grub mit beiden Händen über Tines Hüften und Bauch. Die Brüste hüpften leicht, wenn die Hände vom Bauch aus über die Rippen strichen. Tines Körper folgte den gleichmäßigen Bewegungen von Stevies Händen.

Tines Nippel hatten sich ein wenig erholt, aber sie waren noch gerunzelt. Stevie lächelte versonnen; ihre eigenen Brustwarzen hatten sich längst versteift und rieben gegen den Stoff ihres Jogginganzugs. Sie strich mit den Händen ein wenig höher und berührte die Unterseiten von Tines Brüsten. Ihre Finger griffen über die Halbkugeln und berührten ganz leicht die zusammengezogenen Warzen.

Tine atmete schwer. Sie hob den Körper an, um sich härter an Stevies Händen zu reiben, und sie entspannte sich erst, als Stevie fest über die Brüste rieb und die Warzen zwischen Daumen und Zeigefinger nahm. Ihre

Geduld wurde belohnt, als Tines Bauchmuskeln zu zittern begannen. Das Beben lenkte ihre Blicke nach unten, und die Hände folgten den Blicken.

Stevie umspannte Tines Hüften, die Finger zum Venusberg gestreckt. Tine spannte die Gesäßmuskeln an, stöhnte und begann zu bibbern. Die fleischigen Muschelschalen hatten sich geöffnet und gaben den Blick frei auf die rosigen inneren Labien. Die kleine Perle lugte aus der Hülle heraus.

Die Therapeutin schob die Hände zwischen Tines Schenkel, die sich wie von selbst öffneten, noch bevor Stevie leichten Druck ausübte. Sie ließ die Daumen über die Labien kreisen, rieb dann mit allen Fingern an den Lenden entlang, ehe sie zur Vulva zurückkehrten und die Labien auseinander zogen.

Mit einer Hand setzte Stevie die sinnliche Massage fort, mit der anderen zog sie am Reißverschluss ihrer Jacke. Darunter war sie nackt.

Sie kniete sich, schob einen Daumen unter den Hosenbund und zog ihn nach unten. Sie schwenkte die Hüften so lange, bis die Hose rutschte. Sie stand kurz auf, und die Hose rutschte weiter bis auf die Füße. Dann schob sie die Jacke von den Schultern, und als sie den anderen Arm von der Jacke befreien wollte, nahm sie bei Tines Vulva einen Handwechsel vor.

Jetzt war sie nackt zwischen Tines Schenkeln, und sie konnte endlich wieder beide Hände einsetzen.

Ihre Finger strichen behutsam über den gesamten Schambereich, es war ein Streicheln so sanft wie von einer Feder. Sie rieb sanft über die Innenseiten der Schenkel, drückte dann mit den Daumen wieder die Labien auseinander und sah, wie die fleischige Perle gewachsen war.

Stevie rutschte ein wenig höher, beugte sich tief hinab und ersetzte die Hände mit ihrem Mund. Jetzt ließ sie die Zunge kreisen wie vorher die Finger, unermüdlich, bis sie hörte, wie Tine scharf die Luft einsog und das Gesäß anhob, um Stevies Zunge in sich zu spüren.

Stevie wartete nicht länger. Ihre Zunge drang zwischen die glitschigen, geschwollenen Labien und leckte mit tiefer Befriedigung durch die warme Furche. Sie fing die süßen Säfte mit der Zunge auf und atmete tief ein, um alle ihre Sinne zu betören. Die Kontrolle, die sie bis jetzt ausgeübt hatte, war geschwunden. Fiebrig und hungrig labten sich Zunge und Lippen am nun weit geöffneten Schlund.

Ihre eigene Spalte forderte Beachtung, lechzte nach der Begegnung des Fleisches. Stevie wollte mit Tine verschmelzen, sie sollten ihre Säfte teilen und ihre Lust. Sie kroch ein wenig höher, schob ein Knie zwischen Tines Schenkel, verlagerte ihr Gewicht auf die Ellenbogen und schwebte dicht über der zierlichen weißen Frau.

Stevie beugte den Kopf und nahm eine von Tines Brustwarzen in den Mund. Ihre Zunge strich rotierend darüber, dann schnappte Stevie so viel von der Brust in den Mund, wie sie fassen konnte. Dann nahm sie sich die andere Brust vor, bis Stevie sich vor Anstrengung kaum noch auf den Ellenbogen halten konnte und der salzige Schweiß von ihrer Stirn auf Tines feste Brüste tropfte.

Nach einer Weile traute sie sich, Tine in die Augen zu sehen. Sie reflektierten die Lust, die auch Stevie empfand. Unruhig bäumte Tine sich auf. Stevie legte sich behutsam auf sie, und die Brüste rieben gegeneinander. Tine ruckte den Unterleib hoch, und Geschlecht rieb sich an Geschlecht, ein wunderbarer Kontrast von Schwarz und Weiß.

Tine rieb sich an Stevies Knie, und Stevie drückte es fest gegen das nasse Dreieck. Sie bewegten sich gegeneinander, ihr Atem kam gepresst. Stevie verlagerte ihr Gewicht auf die Seite, um Tine mehr Platz für ihr rhythmisches Rucken zu lassen.

Tine streichelte Stevies Brüste, die kleinen Finger kundig und flink, als sie die steifen dunklen Brustwarzen rieben und zwickten. Die anfängliche Gier nach einem Orgasmus war einem träumerischen Glühen gewichen, das keinen Zeitdruck, kein Drängen zuließ. Tine beugte sich vor und nahm Stevies Nippel zwischen die Lippen.

Sie erforschten sich gegenseitig, während sie das sanfte Wiegen der Hüften beibehielten. Finger und Zungen erkundeten Hautfalten, Beugen und Erhebungen. Tine lehnte sich zurück, um Stevie Zugang zu ihrem Oberkörper zu gewähren. Sie barg ihr Gesicht in Tines Halsbeuge und atmete den Duft der körperlichen Anstrengung ein.

Als sich ihre Münder wieder trafen, schienen alle Sinne sich auf die Begegnung der sanft neckenden Zungen zu konzentrieren. Ein neugieriger Finger schlüpfte dazwischen und tänzelte mit den Zungen gemeinsam, drang mal in diesen, mal in jenen Mund ein und duellierte sich mit den Zungenspitzen.

Tine saugte Stevies Unterlippe ein und nahm sie zwischen die Zähne, nagte und biss leicht. Die scharfen Zähne strichen neckend über das zarte innere Fleisch. Stevie saugte an Tines Oberlippe, hielt sie fest, ließ sie dann los und küsste sie.

Es war ihnen nicht bewusst, dass sie immer noch Scheide an Scheide rieben. Dunkle Hüften wiegten sich mit blassen, aber allmählich wurden die Bewegungen hektischer, drängender. Immer stärker rieben sie gegeneinander, bis es sich zu einem regelrechten Stoßen auswuchs.

Im nächsten Moment verharrten sie beide; nur die Echos ihrer Stöße hallten noch in ihren Körpern wider. Stevie sah Tine mit weit aufgerissenen Augen an, als der zierliche Körper geschüttelt wurde.

Tine hatte die Augen fest geschlossen und schlang die Arme um Stevies Nacken. Sie drückte sich an die schwarze Frau und stöhnte ihren Orgasmus heraus. Voller Leidenschaft presste Tine ihren Mund auf Stevies Lippen, aber nur kurz, denn die Ekstase schnürte ihr die Luft ab.

Nach einer Weile nahmen sie das leichte sinnliche Wiegen der Hüften wieder auf, um das köstliche Pochen in ihrem Innern zu verlängern, dann ebbte es allmählich ab, und sie lösten ihre verschwitzten klebrigen Körper voneinander und küssten sich wieder.

Ihre Trance wurde durchbrochen, als es leise an die Wohnzimmertür klopfte.

Stevie rief »herein«, nachdem sie sich mit Tine wortlos verständigt hatte. Sky kam herein und drückte ihnen zwei Tassen dampfenden Kaffees in die Hände. Sie ging gleich wieder, kehrte dann aber mit ihrer eigenen Tasse Kaffee zurück und setzte sich zu dem gesättigten Paar im Yogasitz auf den Boden.

Sky hatte ihre Jeans gegen Baumwollshorts getauscht. Ihre langen Beine waren unglaublich schlank. Sie drückte ihre Fersen gegen ihren Schoß.

»Also, Astyr …« Sie lächelte zuerst Tine an, dann

Stevie. »Nun erzähle mir mal, was in der Zwischenzeit vorgefallen ist, damit ich auf dem Laufenden bin.« Lustvoll sah sie auf die beiden nackten Körper.

Niemand hätte ahnen können, wie neu eine solche Situation für Sky war, und sie selbst erstaunte darüber, wie angenehm ihr die Gegenwart der beiden nackten Frauen war. Dieses Haus strahlte eine Aura der Toleranz und der Friedfertigkeit aus. Durch alle Poren der Wände drang Liebe.

Fünfzehntes Kapitel

»Rupe wird es umhauen, wenn er dich sieht, Dickens«, sagte Tine. Sie lag auf dem Rücken und hatte sich aufgerichtet, gestützt auf die Ellenbogen. Sie wandte sich an Stevie und berichtete von ihrer Chat-Freundschaft mit Rupe und Sky, die sich im Chatroom Dickens nannte.

Steve hörte fasziniert zu und rang Tine das Versprechen ab, sie in das Medium einzuführen.

Ihnen ging der Gesprächsstoff nicht aus. Tine und Stevie beschrieben Sky die anderen Hausbewohner, und das erinnerte Sky an Demmy.

Tine warf sich ihr T-Shirt über und ging in ihr Arbeitszimmer. Sie fand Demmys Telefonnummer und tippte die Ziffern ein. Der Hörer wurde schon nach dem ersten Klingeln abgenommen.

»Hallo. Ja?« Tine ließ sich von Demmys Klein-Mädchen-Stimme nicht beeindrucken.

»Komm«, sagte sie und legte den Hörer sofort wieder auf. Sie wusste, dass Demmy schon unterwegs war.

Das Telefon klingelte, als sie gerade wieder das Wohnzimmer betrat. In diesem Moment stürmte Sharon durch die Haustür und rannte zum Telefon. Sharon sah euphorisch aus, sie öffnete die von einem Band gehaltenen Haare und streifte die Kostümjacke von einer Schulter.

Sie wechselte den Hörer von einem Ohr zum anderen und schob die Jacke auch von der zweiten Schulter. Sie klemmte den Hörer zwischen Schulter und Kinn und schlängelte sich aus dem Rock, trat ihre Schuhe von den Füßen und stand da, froh darüber, die einengende Kleidung abgestreift zu haben.

Tine lehnte sich gegen den Türrahmen, schaute Sharon beim Strip zu und erinnerte sich an das erste Mal, als die blonde Frau sich in der Küche entkleidet hatte. Es war inzwischen zu einem Ritual geworden.

Tine war glücklich über ihre Freundschaft mit Sharon, aus der bald eine geschäftliche Partnerschaft erwachsen würde. Sie hatten eine fröhliche Zukunft vor sich. Als Partnerinnen, die Leben, Liebe und Abenteuer teilten. Dass sie so verschieden waren, schien der Garant für ihre Freundschaft zu sein. Sie wussten schon, dass kein Mann sich zwischen sie stellen konnte – es sei denn, er bediente sie beide gleichzeitig.

Sharon winkte Tine zu und flüsterte: »Ich hab's getan!« Dann konzentrierte sie sich wieder auf den Anrufer. Sie zeigte auf den Hörer und murmelte: »Richard.«

Tine lächelte und ging zurück ins Wohnzimmer. Bevor sie die Tür hinter sich zuzog, hörte sie Sharon sagen: »Oh, ich habe Tine gerade gesagt, dass ich gekündigt habe.« Dann, nach einer kurzen Pause: »Ja, lass es uns machen.«

Die Szene im Salon hatte sich kaum verändert. Stevie hatte ihre Jogginghose wieder angezogen, aber ihre Brüste schwangen noch frei, um bewundert zu werden. Diese Aufgabe wurde bereitwillig von Sky wahrgenommen.

Sharon gesellte sich bald zu ihnen. Sie hatte jetzt auch die Bluse ausgezogen und trug ein pfirsichfarbenes Mieder, dazu ein passender Tanga und Strapse. Sie ließ sich auf den Teppich sinken, legte sich auf den Rücken und strampelte mit den Beinen in die Luft. Dabei rollte sie ihre Strümpfe langsam nach unten, wobei sie die anderen keck anschaute.

»Na, das passt doch zur Tochter des Pornobarons, was?«

Sie hatte den Artikel in der Zeitung gelesen und ihren Vater angerufen. Er hatte sich am meisten darüber erregt, dass Tine in den Schmutz gezogen worden war, und er sorgte sich auch um seine Tochter. Deshalb hatte er an Demmy kein gutes Haar gelassen. Er würde Schritte unternehmen, um weitere Veröffentlichungen zu verhindern.

Richard wollte auch bald kommen, um mit Tine und Sharon über die zukünftige Partnerschaft zu reden, sagte Sharon und sah Tine dabei blinzelnd an. Der spitzbübische Ausdruck auf Sharons Gesicht verriet Tine, dass sie von Richards Besuch weit mehr erwarten sollte als nur ein geschäftliches Treffen.

Erst jetzt nahm Sharon wahr, dass noch jemand im Zimmer war. Mit großen Augen starrte sie Sky an. »Du hast ja noch längere Beine als ich!« Sie forderte einen Vergleich. Sky streckte lachend ihre Beine aus, und Sharon legte sich daneben. Es stimmte; Sky hatte die längeren Beine.

Als es an die Haustür klopfte, öffnete Tine. Demmy stand vor ihr. Das junge Mädchen war so verunsichert, dass es sich nicht getraut hatte, die Klingel zu drücken, denn das ganze Haus brauchte ja nicht zu wissen, dass sie da war. Als Tine sie ins Wohnzimmer führte, erkannte Demmy, dass ihr Bemühen vergeblich gewesen war.

Verglichen mit den Anwesenden war sie in ihrem kurzen schwarzen Kleid ›overdressed‹. Sie hatte wieder ihren Schmuck angelegt, und die Frisur zeigte auch wieder den vorherigen Stil, der nur verändert worden war, damit der Fotoreporter das Bild des ›unschuldigen‹ Mädchens schießen konnte. Mit gesenktem Kopf reichte sie Tine das Band, das sie vor ein paar Tagen gestohlen hatte.

Sky klopfte neben sich auf den Boden. Demmy seufzte, ließ sich dann aber neben der großen Indianerin nieder.

Sharons ungezwungene Fröhlichkeit, Stevies tiefe Befriedigung nach der intimen Begegnung mit Tine und Skys gelassene Neugier ließen eine schlechte Stimmung nicht zu. Es dauerte nicht lange, bis Demmy auflebte und sich schlagfertig und klug an der Unterhaltung beteiligte. Ihr Lachen klang so schmutzig, dass die anderen Frauen zu kichern begannen. Trotz ihrer Untaten hatte sie bald heraus, dass sie keine Strafe zu befürchten hatte, und wenn sie nicht mehr aus der Reihe tanzte, würde sie in diese Gesellschaft aufgenommen.

Tine setzte sich nicht wieder hin. Sie ging in die Küche und stellte aus den Resten, die sie im Kühlschrank fand, ein Abendessen zusammen. Verschiedene Salate, Baguette, Käse, Zwiebel. Sie trug die Schüsseln ins Wohnzimmer, dann brachte sie Flaschenbier, gekühlten Chablis und die dazu gehörenden Gläser hinein.

Stevie sprang auf, um ihr zu helfen, und dabei berührten sich ihre Finger immer wieder auf eine sehr intime Art, was Sharon nicht entging. Die schwarze

Frau war immer noch halb nackt und schien sich sehr wohl zu fühlen.

Sharon erkannte die Leidenschaft in Stevies Augen und überlegte, was Rupe davon halten würde. Aber Eifersucht war nicht Rupes Ding, glaubte Sharon. Natürlich wusste sie, dass auch ihr Vater an Tine interessiert war. Seltsam, dachte sie, nach Tines Erwachen konnte sie sich über mangelnden Zuspruch der Männer nicht beklagen. Sie hoffte nur, dass Richard schlussendlich die Nase vorn haben würde.

Sharon und ihr Vater hatten sich nie entzweit, aber nach dem Tod der Mutter hatte es eine Menge Reibereien gegeben. Sie hatte seine volle Aufmerksamkeit verlangt, und wenn neue Frauen sein Bett erobert hatten, war sie wütend gewesen und hatte böse und kindisch reagiert. Aus Trotz hatte sie diesen Bürojob übernommen, bei dem sie Disziplin gelernt hatte.

Aber jetzt hatte der Job seine Schuldigkeit getan. Sie konnte auf der Karriereleiter ein ganzes Stück nach oben klettern.

Sie sah sich um. Sie war umgeben von sehr sinnlichen Frauen. Stevies dunkle Augen glänzten immer noch voller Befriedigung, und die festen Brüste reckten sich stolz nach oben. Sky hatte sich auf dem Teppich ausgestreckt und teilte ihre Aufmerksamkeit zwischen Tine und Stevie. Tine bückte sich, um im Sideboard irgendwas zu finden. Ihr T-Shirt rutschte hoch und entblößte ihren Po. Bei ihr sah das nicht provozierend, sondern ganz natürlich aus.

Sie schaute hinüber zu Demmy. Das junge Mädchen verschlang ihr Essen. Ihre Finger griffen nach Salatblättern und Oliven. Man hörte das Blatt zwischen ihren Zähnen knacken. Dann schob sie die Olive lustvoll zwischen die Lippen. Sie ließ sie dort eine Zeit lang verweilen, hielt sie mit den Lippen fest und drückte sie dann mit einem ›Plopp‹ hinein. Sie leckte sich die Finger ab. Die Zunge huschte über die Fingerspitzen, ehe sie jeden Finger einzeln in den Mund steckte und saugte.

Sie ist bestimmt ein gieriges Mädchen, dachte Sharon, unkompliziert in ihrer Lust und immer willig.

Schließlich war da noch Sky. Sharon konnte nur ihr Profil sehen. Die Indianerin war groß, mit schwungvollen Konturen ihrer Figur ausgestattet. Ihr Gesicht zeigte einen eher zurückhaltenden Ausdruck, aber Sharon schätzte, dass dies eher Tarnung oder Unsicherheit war. Sie hielt Sky für eine sehr leidenschaftliche Frau.

»Wir sind schon eine sehr bunt gemischte Gruppe«, murmelte Sharon und schüttelte verwundert den Kopf.

Sie hatte das gerade ausgesprochen, als Rupe mit einem Fremden eintrat. Niemand hatte das Öffnen der Haustür gehört, entsprechend groß war die Überraschung. Rupe blieb in der Tür stehen, schaute ins dunkle Wohnzimmer und zeigte sein Erstaunen. Als er sich wieder umdrehen wollte, bemerkte Tine seine Verwirrung und sprang auf die Füße.

Sie nahm ihn an die Hand und zog ihn hinunter auf den Teppich. Dem fremden Mann gab sie durch Gesten zu verstehen, dass auch noch Platz und Essen für ihn da war. Die beiden Männer fügten sich, und Tine stellte die anderen Hausbewohner vor.

Juan, der Fremde, war auch ein Programmierer. Er war älter als Rupe, aber fast identisch gekleidet, abgeschnittene Jeans und ein weites T-Shirt, das schon oft den Waschsalon gesehen hatte. Er hatte eine hellere Haut als Rupe, seine Haare waren glatt und hellbraun und lang, im Nacken mit einem rosa Band zusammengefasst, das er vielleicht von der Freundin ausgeliehen hatte. Er hatte ein offenes Gesicht und intensiv blickende Augen. Wenn er ein Salatblatt aus der Schüssel nahm, streichelten seine langen Finger darüber. Tine schätzte ihn auf Anfang dreißig.

Wenn Juan verwundert war über die Zurschaustellung von so viel weiblicher Haut, zeigte er es nicht. Er sah sich ausgiebig um, und sein Blick blieb auf Stevies nackten Brüsten haften, auf Skys ausgestreckten Beinen und Sharons Schenkeln. Er musterte Demmy mit lüsternen Blicken, während Rupe nur Blicke für Tine übrig hatte, die Rupe umarmte, während Stevies Augen leuchteten, als sie Sharon ansah. Dann aber sah sie zu Demmy hin, und ihr Blick verdunkelte sich.

Sharons Pose war unzweifelhaft provozierend. Ein Schenkel rieb sich an Sky, und der Slip bedeckte kaum noch den Venushügel. Die Brüste sprengten fast den Stoff des Mieders. Ein Tropfen des Salatdressings war vom Salatblatt gefallen und garnierte ihre Brüste.

Sie streckte einen Finger aus, wartete ab, bis das Dressing den pfirsichfarbenen Stoff des Mieders erreicht hatte, das ihre Nippel so gerade bedeckte, und fing die würzige Tunke auf. Sie leckte den Finger ab, ließ ihn ein paar Sekunden zwischen den Lippen und fuhr dann mit der Fingerkuppe über den beschmierten Stoff. Ihre Nippel versteiften sich, und dabei schaute sie in Juans Augen.

Juan stellte seinen Teller auf den Schoß, wo sich der Penis deutlich abzeichnete. Er sah sich um, als wollte er sich vergewissern, dass niemand das Zucken in seiner Hose gesehen hatte. Als er bemerkte, dass Sky und Demmy ihn im Auge hatten, wuchs seine Erregung noch.

Demmy leckte sich die Lippen. Sky sah jetzt amüsiert auf Sharons Brüste.

Rupe hatte Juan schon viel vom Haus und seinen Bewohnern erzählt. Er wusste auch, dass es ein Haus von toleranten Menschen war. Juan glaubte, sein Freund Rupe habe das Paradies gefunden. Er sah auch, dass Stevie und Sky offenbar Frauen bevorzugten, dass Demmy nahm, was sie kriegen konnte, und dass Sharon so etwas wie ein Freigeist war. Tine war äußerst charmant. Ihre Sexualität schien überzukochen. Es war, als wartete sie auf den Funken, der auf alle anderen überspringen würde.

Juan schob seinen Teller zur Seite. Die Erektion beulte die kurzen Jeans aus. Eine Anspannung lag in der Luft, die nur von der gemurmelten Unterhaltung zwischen Tine und Stevie durchbrochen wurde.

Rupe war müde. Auf der Heimfahrt war er eher traurig gewesen. Wie befürchtet, war er befördert worden, aber das hatte zur Folge, dass er nach London zurückkehren musste, um das Projekt zu leiten. Juan würde ihm dabei helfen.

Er nahm das Murmeln und Seufzen um sich herum wahr, aber er hörte nicht wirklich zu. Er verstand nur, dass es ums Internet ging und um eine Boutique in Soho. Nur wenn jemand laut lachte, hob Rupe den Kopf.

Er war überrascht, Demmy so entspannt und glücklich zu sehen, besonders nachdem er in der Zeitung den Bericht über ihr Verhältnis mit John gelesen hatte. Er fragte sich auch, wer die große Indianerin war, die ihm als Sky vorgestellt worden war. Da sie neben Sharon – spärlich bekleidet wie immer – saß, nahm er an, dass sie befreundet waren.

Zwischen Stevie und Tine schienen unsichtbare Ströme zu vibrieren. Die dunkle Frau berührte sie oft, kleine vertrauliche Gesten, die durch Stevies nackten Busen eine größere Dimension erhielten. Einmal, als sie sich nach vorn lehnte, um ihr Bier zu greifen, strichen die Brüste über Tines Arm, was ihr ein Lächeln der älteren Frau einbrachte.

Rupe vermutete, dass sie sich geliebt hatten. Er empfand keine Eifersucht, er hoffte nur, mit Tine so viel Zeit wie möglich verbringen zu können, bis er am Sonntag wieder zurück nach London musste. In seinem Kopf entstanden Bilder der beiden Frauen; Tines blasse Haut gegen Stevies Mahagoni. Er sah sie bildlich vor sich, sah, wie Tine an den festen Brüsten der Afrikanerin saugte, und wie sie zwischen Tines gespreizten Beinen lag.

Rupe spürte, wie seine Erektion wuchs, und dann nahm er Sharons heiße Blicke wahr.

Er konnte seine Bilder nicht ausknipsen. Tine und Stevie, Jerry und Sharon. Tine auf allen Vieren unter seinem Schreibtisch, er hinter ihr kniend. Und Tine auf ihm, wie sie ihn stürmisch ritt, eine Hand gegen die Klitoris gedrückt …

Später fragte Tine sich, wann genau die Atmosphäre im Salon sich aufgeladen hatte und dann explodiert war.

Sie war entzückt, Rupe wieder im Haus zu haben und fühlte sich wohl zwischen Rupe auf der einen und Stevie auf der anderen Seite. Im Zimmer wurde es still. Tine schaute sich um und fand die Gründe.

Rupe und Juan waren beide sichtlich erregt, und sie versuchten erst gar nicht, die pochenden Beweise ihrer Männlichkeit zu verstecken, man konnte eher das Gegenteil vermuten. Juan hatte den Blick auf seinen Schritt freigegeben, und Rupe schien unbesorgt und verträumt. Sharon verschlang Juan mit ihren heißen Blicken und umkreiste eine Brustwarze mit einem scharfen polierten Fingernagel. Ein verspieltes Lächeln lag auf dem schönen Gesicht der blonden Frau.

Sie schloss die Augen, und ihr Atem ging schneller. Während Tine sie beobachtete, schlug sie die Augen wieder auf und starrte Tine hypnotisch an. Die Hände der Amerikanerin waren rastlos, offenbar hatte Sky große Mühe, sich zu beherrschen. Es juckte ihr in den Fingern, über Sharons glatte Haut zu streicheln. Sie drückte einen Schenkel weiter nach außen, um mehr Hautkontakt mit Sharon zu haben, und schließlich zog Sharon ihr Knie an und schob ihren Fuß hoch, dass die Ferse gegen den Schoß der Amerikanerin drückte.

Sharons Beine waren jetzt weit gespreizt. Der schmale Stoffstreifen des Slips spannte sich und rutschte zu einer Seite, womit Sharons Scheide entblößt war. Juan, Rupe, Tine und Stevie erhielten einen deutlichen Einblick. Demmy gewahrte, dass sie etwas vermisste, und kroch hinüber zu Stevie. Fasziniert starrte sie auf Sharon, und unbewusst öffneten sich Demmys volle Lippen.

Beim Grillabend hatte Demmy das erste Mal die ganze Schönheit Sharons gesehen. Nacht für Nacht hatte sie von ihr geträumt und sich vorgestellt, wie sie über die blasse Haut von Sharons Schenkeln strich, wie sie die Finger in die Nässe dazwischen gleiten ließ.

Sharons Geschlecht war so schön, wie sie es sich vorgestellt hatte. Demmy sehnte sich danach, ihr den Slip abzustreifen und sich an ihr zu laben. Sie stellte sich vor, wie Sharons scharfe Fingernägel über ihren Rücken streiften, während sie sich im Orgasmus aufbäumte. Demmy ahnte, dass es Juan sein würde, der Sharons Lücke füllen würde, aber sie war entschlossen, auch ihren Anteil zu erhalten.

Ihre Wut auf Tine hatte sich gelegt, seit die zierliche Frau sie so schroff angefahren hatte, und danach waren die schlechten Gefühle durch eine zögernde Bewunderung ersetzt worden. Demmy mochte Gefühlsausbrüche, besonders, wenn sie gegen sie gerichtet waren. Furcht erregte sie. Sky hatte gesagt, sie hätte den Schakal in sich, und dieses Bild passte.

Stevie verstand ihre Nöte. Sie hatte sie einmal mit einem Gürtel gezähmt, und danach hatten sie sich wie Wahnsinnige über den Boden gewälzt. Es war die beste Erfahrung in ihrem Leben, und sie sehnte sich nach einer Wiederholung.

Demmy warf einen Seitenblick auf Stevies nackte Brüste. Sie rutschte noch näher heran und drehte sich ein wenig, bis die dunkelhäutige Frau einen Arm um sie legte. Demmy leckte über die braune Haut. Als Stevies Nippel sich verhärtete, fing Demmy ihn mit den Zähnen ein. Sie konnte an Stevies Brust saugen und dabei Sharon beobachten.

Demmys eifriges Saugen erregte Rupes Aufmerksamkeit. Er sah ihr eine Weile zu und seufzte leise. Zwischen Stevie und ihm saß Tine in hilfloser Erregung. Den verlorenen Ausdruck der Sehnsucht auf ihrem Gesicht kannte er schon. Sie beobachtete Sharon und Sky, dann fiel ihr Blick auf die harte Beule unter Rupes Jeans. Mit großen Augen sah sie in sein Gesicht. Unbewusst öffneten sich ihre Lippen. Rupe wusste, dass ihr Verlangen nach ihm in diesem Augenblick größer und stärker war als die Aktivitäten um sie herum.

Rupe nahm Tine in die Arme. Seine Welt beschränkte sich nun auf ihr Sehnen. Durch die Umarmung war Tines T-Shirt auf dem Rücken nach oben gerutscht, was Sky mit glänzenden Augen verfolgte. Sie löste ihren Blick von Sharon und starrte auf Tines zierlichen Po. Dies war eine Szene, die sie sich in den langen Stunden am Computer vorgestellt hatte. Rupe und Tine.

Seine breiten Hände streichelten Tines Brüste. Ihre langen Haare fielen über ihn, als sie sich vorbeugte und küsste. Einen Moment lang bedauerte Sky, nicht der Mann zu sein, den Tine erwartet hatte, dann rutschte sie von Sharons Seite und löste sich von der Ferse, die gegen ihr Geschlecht gedrückt hatte.

Es war keine Zurückweisung. Sky wusste, dass Sharon mit Juan beschäftigt war. Aber Sky nahm sich vor, später zu der schönen Frau zurückzukommen und ihre Beute einzufordern.

Sharon schob sich auf den Knien vor und winkte Juan, der ihr entgegenkam. Beide knieten sich gegenüber, und Demmy und Stevie konnten sie immer noch beobachten. Juan beugte sich vor und drückte den Mund auf den Fleck vom Salatdressing. Als er mit dem Kopf zurückwich, hatte er die nasse Stelle vergrößert, und die Brustwarze zuckte aufgeregt. Er fuhr mit beiden Händen über das Mieder und ruckte kurz daran. Perlenknöpfe spritzten ab, und der Stoff zerriss.

Demmy keuchte und lockerte für einen Moment ihre Lippen um Stevies Brustwarze, während sie mit einer Hand zwischen die Schenkel der schwarzen Frau griff. Der Anflug von Gewalt in Juans Aktion hatte Demmy aus der Fassung gebracht, und er hatte auch auf Stevie gewirkt, die ihre Schenkel bereitwillig öffnete.

Sie legte eine Hand unter die von Demmy bisher vernachlässigte Brust und drückte den Nippel, bis er hart und steif geworden war. Neben ihr hatte Tine damit begonnen, Rupe und sich selbst von den T-Shirts zu befreien, und Sky half begeistert, Rupes Jeans auszuziehen.

Es war nicht der stolz geschwungene Bogen von Rupes Penis, was Stevies Erregung erhöhte, sondern der Anblick von Sky, die sich hinter Tine niedergelassen hatte, sie mit Leichtigkeit anhob und auf Rupes ungeduldig zuckenden Schaft drückte. Sky schlang von hinten die Arme um Tine, umfing ihre kleinen festen Brüste und raunte ihr ins Ohr: »Oh, ja, Astyr, wie wir es uns vorgestellt haben!«

Rupe hob den Kopf und sah begriffsstutzig von Tine zu Sky. »Wie, bitte?«

Tine, die sich langsam auf den Schaft sinken ließ, grinste. »Rupe, ich möchte dir Dickens vorstellen.«

Rupe hatte Mühe, den Mund wieder zu schließen. Er starrte auf Skys große Brüste und schüttelte den Kopf, während Sky ungeniert grinste.

Demmy schob den Kopf zwischen Stevies Schenkel, und Sharon lud Juan ein, sich auf sie zu legen.

Es würde ein langer Abend werden. Tine hatte ein volles Haus.

Mitternacht war vorbei, als Tine verkündete, dass sie ein Bad nehmen wollte.

Rupe leistete ihr Gesellschaft. Sie saßen sich in der breiten Wanne gegenüber und spielten mit dem nach Pinien duftenden Schaum. Dies war der Augenblick, in dem Rupe ihr die Neuigkeit mitteilte, dass er zurück nach London gehen musste. Er beobachtete ihr Gesicht und hörte sie seufzen.

»Ich hatte gehofft, es würde nicht so schnell eintreten«, gab Tine zu, »aber ich habe nie geglaubt, dass du die vollen sechs Monate bleiben würdest.« Sie sah ihn an und lächelte. »Ich werde dich vermissen.«

Rupe war vom Ausmaß seiner Traurigkeit überrascht. Es war viel zu früh. So viele Fantasien waren noch nicht ausgelebt. Er wollte etwas sagen, aber Tine lehnte sich zu ihm und legte einen Finger über seine Lippen.

»Wir sollten keine Pläne schmieden. Die Zukunft ist weit offen für uns. Ich bin sicher, dass wir uns wiedersehen werden.« Lächelnd fügte sie hinzu: »Es ist gut, was wir jetzt haben. Also keine Zukunftsängste.«

Sie schäumten sich gegenseitig ein und spülten den Schaum mit der Handbrause ab. Rupe schlug vor, dass Juan sein Nachfolger als Mieter wurde. Ein Teil von ihm hasste die Vorstellung, dass er auch sein Nachfolger in Tines Bett sein würde, aber er ordnete seine Gefühle als Missgunst ein.

Er spürte, wie er hart wurde. Impulsiv griff er Tine, stellte sie mit dem Gesicht zur Wand aus rauchfarbenem Spiegelglas, spreizte ihre Arme und Beine und drang von hinten in sie ein. Er bewegte sich sanft in ihr, denn sie musste wund sein von der Vielzahl der Aktivitäten dieses Abends.

Tine war dankbar für seine Rücksichtnahme. Es brannte in ihrem Inneren, aber sie spürte auch das wohlige Glühen, das von seinem Schaft ausging. Ihr wurde bewusst, wie wichtig Rupe in ihrem Leben geworden war. Das Band zwischen ihnen war mehr als Sex, es war echte Freundschaft.

»Du warst der Erste«, wisperte sie und wusste nicht, ob sie damit ihre Wiedergeburt nach den langen einsamen Monaten des Trauerns meinte.

Als sie kam, empfand sie ihm gegenüber eine tiefe Dankbarkeit. Juan unten im Wohnzimmer war nur eine Episode gewesen, Red eine bizarre Zufallsbegegnung. Stevie war voller Liebe, und Sharon war ihre Schwester in allen Dingen.

Sie wartete ab, bis das Zittern in ihren Gliedern abflaute, dann drehte sie sich herum, schlang die Arme um Rupes Nacken und küsste ihn. Mit einem sanften, traurigen Lächeln löste sie sich von ihm.

Sie ließ ihn im Badezimmer zurück und ging in ihr Schlafzimmer, in dem Chaos herrschte. Sie zog ihre Jeans an und eine weite Bluse darüber.

Auf dem Treppenabsatz begegnete sie Sharon. Die blonde Frau trug purpurfarbene Leggings aus Seide und ein Top aus weißer Spitze, das die Schultern nackt ließ und so aussah, als würde es jeden

Moment nach unten rutschen. Ihre Brüste waren unter dem durchsichtigen Gewebe kaum verhüllt, die immer noch erregten Nippel deutlich sichtbar.

Sie hakten sich unter und begaben sich auf die Suche nach einer Flasche Wein. Mit vollen Gläsern traten sie auf die Terrasse. Tine war klar, dass Sharon etwas im Schilde führte.

Sechzehntes Kapitel

Es war kühl, der Abendhimmel klar und voller Sterne. Sharon saß Tine gegenüber, mit überkreuzten Beinen auf den Steinen der Terrasse. Sie schenkten sich Wein ein und prosteten sich zu. Tine begriff, dass Sharon Zeit brauchte, um zu ihrem Thema zu finden.

Es war verständlich, dass Sharon einige Fragen auf den Nägeln brannten. Zum ersten Mal schien sie so etwas wie Verlegenheit zu empfinden. Schließlich sagte sie: »Morgen Nachmittag kommt Richard.«

»Ich freue mich, ihn wiederzusehen.«

»Wirklich?« Sharon schöpfte Hoffnung. »Er jedenfalls hat mir gesagt, wie sehr er sich auf dich freut.«

Es entstand ein längeres Schweigen, das Tine schließlich brach. »Er kann in meinem Zimmer schlafen. Steve teilt sich das Bett mit Demmy, und ich gehe zu Rupe. Sky kann auf dem Klappbett im Arbeitszimmer schlafen. Juan wird auf der Couch im Wohnzimmer übernachten.«

»Nein«, sagte Sharon, »du kannst bei mir schlafen.« Sie wandte verlegen den Blick.

»Du willst nicht, dass dein Vater glaubt, ich schliefe mit Rupe, nicht wahr?«

Sharon nickte.

»Rupe zieht am Sonntagabend aus. Hast du das gewusst? Juan will seine Wohnung übernehmen.«

»Wirst du dich auch mit ihm einlassen?«

»Nein, ich glaube nicht. Und du?« Tine musste an

Juan denken, an seinen langen Phallus und an seinen heißen Atem in ihrem Nacken. Wie Red war auch er nur eine Episode. »Juan ist was anderes als Rupe. Heute Abend mit Juan – das war nichts als Sex.«

Sharon nickte, und Tine wusste, dass sie nur allzu gut verstand. Ihre nächste Frage überraschte Tine.

»Vielleicht wäre Richard für dich auch nur das – nichts als Sex. Oder?«

»Nein!« Tine schüttelte energisch den Kopf.

»Er gefällt dir nicht.«

»Du irrst dich gewaltig. Er gefällt mir sogar sehr. Ich glaube, er kann wichtig in meinem Leben werden.«

»Weißt du«, sagte Sharon mit einem Lächeln, »du bist ihm jetzt schon wichtig.«

»Himmel, Sharon, ich habe ihn nur ein paar Minuten gesehen und kaum mit ihm gesprochen.«

»Ich kenne ihn gut«, sagte Sharon. »Ich habe seine Blicke gesehen. Daraus konnte man lesen, dass du ihm eine Menge bedeutest.« Sie legte eine kurze Pause ein, dann fügte sie hinzu: »Und mir auch.«

Tine war verdutzt, als sie den Glanz der ungeweinten Tränen in Sharons Augen sah. Wortlos umarmte sie die jüngere Freundin.

»Du sagst Dinge, die nicht gesagt werden müssen«, murmelte Tine gerührt. »Ich liebe dich auch.«

»Und wir werden zusammen geil und reich«, rief Sharon lachend.

Tine nickte zustimmend, und dabei sah sie ein unanständiges Bild vor sich – sie und Vater und Tochter zusammen. Es war alles andere als unangenehm, dieses Bild.

»Vieles im Leben«, murmelte sie, »ist eine Frage der Gelegenheit. Wichtig ist, dass man weiß, wie weit man gehen kann, bevor das Risiko zu groß wird.«

Sharon kippte den Rest in ihrem Glas und erhob sich. »Man muss aber auch wissen, wann es los geht. Ich weiß jedenfalls, dass ich schon auf der Überholspur bin.«

»Wirklich? Dann solltest du Demmy mitnehmen, denn da will sie auch hin.«

Sharon schüttelte den Kopf und wurde wieder ernst. »Was willst du mit ihr anfangen?«

»Ich schätze, wir haben sie schon adoptiert. Ich kann ihr ein Zimmer im Keller bereiten. Wenn sie kein Geld für die Miete hat, kann sie im Haushalt arbeiten. Oder am Computer. John hat immer gesagt, dass sie eine Menge Talent hat.«

Tine war von ihrer Entscheidung selbst überrascht.

Sharon sah sie stirnrunzelnd an.

»Und Stevie?«

»Ich weiß es nicht.«

»Und Sky?«

»Sharon! Du hast gesagt, dass du in deinem Job alles über Organisation gelernt hast. Ich aber nicht. Deshalb verlangst du zu viel von mir. Sie ist hier und kann bleiben, so lange sie will.« Tine musste über Sharons unbewusste Versuche lachen, das Kommando zu übernehmen. Es würde nicht einfach sein, mit der selbstbewussten jungen Frau zusammen zu arbeiten.

Eine Weile schwiegen die Frauen. Sie standen jetzt nebeneinander und atmeten die klare Luft nach dem Regen ein. Sie schauten in den Garten. Der Rasen war nach dem Regen der letzten Tage kräftig gewachsen.

»Und natürlich brauchst du einen neuen Gärtner«, sagte Sharon.

ENDE

Pamela Rocheford

Die Bibliothekarin

Erotischer Roman

Ins Deutsche übertragen von
Sandra Green

Erstes Kapitel

Rachel wünschte, sie hätte Chemie studiert. Dann wüsste sie, was sie Colin Gilson in den Kaffee geben müsste, um ihm einen langsamen und qualvollen Tod zu bescheren, ohne dass später etwas nachgewiesen werden konnte. Oder sie wünschte, dass Jennifer, ihre beste Freundin, nicht Liebesromane schrieb, sondern Krimis. Dann hätte sie bestimmt ein Buch über Gifte in ihren Unterlagen, und Rachel würde es sich ausborgen. Sie wusste, dass Strychnin und Arsen noch Jahre später nachweisbar waren, aber sie erinnerte sich, irgendwo gelesen zu haben, dass es irgendwelche Pilze gab, die in der Zusammenwirkung mit Alkohol höchst giftig waren und zum Tod führten.

Vielleicht sollte sie ihn zum Abendessen einladen und ihm ein spezielles Pilzgericht vorsetzen. Sie würde ihm immer wieder Rotwein nachschenken, während sie bei Mineralwasser bleiben würde. Und dann würde es Colin Gilson ein paar Stunden später nicht mehr geben.

Sie verdrehte die Augen. Es war reine Fantasie – eine traurige noch dazu. Abgesehen davon, dass sie nicht das Zeug zur Mörderin hatte, würde sie nie auf den Gedanken kommen, Gilson zum Essen einzuladen. Sie konnte sich gerade noch überwinden, ihm bei der Arbeit zu begegnen, weil sie sich immer wieder darin erinnerte, dass es bis zu ihrem Doktor der Philosophie nur noch ein paar Monate waren. Dann konnte sie sich einen Job suchen, weit weg von der Universität in London und von dem verdammten Colin Gilson.

Falls Gilson bis dahin ihre Doktorarbeit nicht völlig in der Luft zerriss.

Sie hatte einfach nur Pech gehabt, dachte sie und verzog das Gesicht. Die meisten ihrer Freunde, die geblieben waren, um ihre Doktorarbeit zu schreiben, waren mehr als zufrieden mit ihren Doktorvätern; mit ihnen konnte man über fast alles reden, sie hatten Humor und gaben einem Tipps.

Und ausgerechnet sie musste an Professor Colin Gilson geraten, Spezialgebiet viktorianische Studien.

Gilson hatte keinen Humor, er war keine Persönlichkeit, und er war nicht einmal attraktiv. Er hatte ein feistes Gesicht mit Hängebacken, eine fleischige Nase und dicke Ohrlappen, und die kleinen braunen Schweinsäuglein hätte er besser hinter einer dickglasigen Brille versteckt. Er hatte graue, strähnige Haare, fett und ausgefranst, und er hatte dünne, strichartige Lippen. Rachel konnte sich nicht vorstellen, dass er jemals gut ausgesehen hatte, auch nicht als Zwanzigjähriger.

Wenn er wenigstens wie Paul Bailey ausgesehen hätte, ihr Professor beim ersten Staatsexamen. Er hatte all das, was Gilson fehlte. Rachel seufzte. Dieser arrogante, eingebildete Bastard würde sie noch zu dem Punkt bringen, dass sie alles hinwarf.

Sie stampfte mit dem Fuß auf, ohne dass ihr das bewusst war. Nein, von diesem Schwein würde sie sich die Zukunft nicht verderben lassen. Diese Befriedigung würde sie ihm nicht geben. Sie konnte auch stur sein.

Sie stand vor der Kaffeemaschine und entschied sich für Kaffee schwarz, zwei Stückchen Zucker. Koffein war gut für die Konzentration, sagte sie sich, und obwohl sie sonst keinen Zucker nahm, hatte sie das Gefühl, dass ein bisschen Süße ihrer Laune helfen mochte.

Sie trank einen Schluck, schnitt eine Grimasse und wandte sich wieder ihrer kleinen Bude zu, wobei die Gedanken an Gilson zurückkehrten.

Im nächsten Moment hörte sie ein überraschtes »He!«. Den Bruchteil einer Sekunde später stieß sie mit jemandem zusammen, der Kaffee schwappte aus dem Pappbecher und über die Papiere, die dieser Jemand in den Händen hielt.

»Oh, Himmel, das tut mir Leid«, stammelte sie und wurde knallrot. Die Papiere waren mit Tinte beschrieben, aber von der klaren Schrift war nichts mehr zu sehen, die hellblaue Tinte vermischte sich mit dem schwarzen Kaffee zu einer unappetitlichen Brühe.

Die rote Farbe in ihrem Gesicht verdunkelte sich noch, als sie in ein Paar grüngrauer Augen hinter einer kleinen runden Nickelbrille schaute. Sie hatte den Mann noch nie gesehen, aber trotzdem kam er ihr vertraut vor. Sie wusste nicht woher, aber fest stand, dass er sensationell gut aussah. Etwas über einsachtzig groß, die dunklen Haare zurückgebürstet, blasse Haut, wunderschöne Augen und einen Mund, den man immer nur küssen möchte, dachte sie.

Er trug die fast schon obligatorische Unikleidung – schwarzer Polopulli, verwaschene Jeans und Wüstenstiefel aus Wildleder.

Rachel war hingerissen.

Wenn sie nicht so verdammt in Gedanken gesuhlt hätte, dachte sie, hätte sich jetzt eine Gelegenheit ergeben, ihn besser kennen zu lernen. Aber nun würde er nur wütend sein und wahrscheinlich nicht einmal mit ihr reden wollen. Himmel, sie hatte seine Aufzeichnungen versaut. Wenn er Student war, musste er wütend über die vergeudete Zeit sein, und wenn er als Gastdozent arbeitete, war der nächste Vortrag ruiniert.

Sie hatte sich alle Chancen verdorben. »Es tut mir Leid«, sagte sie wieder und biss sich auf die Unterlippe. »Ich war tief in Gedanken ... ich hätte Sie sehen müssen.«

»Ja.« Wehmütig schaute er auf seine Papiere. »Aber das wird mich lehren, nicht so großspurig zu sein und unbedingt mit einem Füller schreiben zu wollen. Ich werde mich auf Kuli umstellen müssen.«

»Hören Sie, wenn ich irgend etwas tun kann, um das wieder gut zu machen ... ich meine, soll ich versuchen, die Papiere zu trocknen? Ich könnte sie dann abtippen oder ...« Sie hatte das gesagt, bevor sie nachgedacht hatte, und Rachel war wütend über sich selbst. Jetzt musste er doch glauben, dass sie einen Vorwand suchte, um mit ihm anzubändeln.

Nun ja, das stimmt doch auch, oder?, hörte sie eine innere Stimme sagen.

Zu ihrer Überraschung lächelte er. »Ja, Sie können etwas tun«, sagte er. »Ich nehme Ihre Entschuldigung bei einem Kaffee an, und damit meine ich nicht die Brühe in dem Automaten.«

Es dauerte einen Moment, bevor sie begriff, was er gesagt hatte. Oder? Hatte er wirklich gesagt, dass sie ihn zu einem Kaffee einladen könnte? Rachel war fürbass erstaunt, dann schwebte sie auf einer Wolke. Wenn es einen Gott gab, dann wollte er ihr wegen Gilson etwas Gutes tun.

»Nun, auf der anderen Straßenseite gibt es ein Café«, sagte sie. »Wenn Sie möchten, gehen wir dorthin.«

»Hört sich gut an.« Er lächelte. »Ich bringe die Blätter nur rasch in mein Büro, da können sie trocknen. Ich treffe Sie in zehn Minuten drüben an der Treppe, ja?«

»Ja.«

Er grinste. »Ertränken Sie in der Zwischenzeit niemanden mehr im Kaffee.«

Sie schaute ihm nach, wie er davonschritt. Selbst sein Gang war attraktiv, lässig und weit ausholend zugleich. Und seine langen Beine … Sie geriet schon wieder ins Schwärmen. Ein leichter Schauer lief ihr über den Rücken. Es war schon lange her, dass sie sich so rasch in einen Mann verknallt hatte. Sie hatte sich auf ihr Studium und auf ihre Karriere konzentriert, nicht auf Männer. Ja, gut, sie hatte die eine oder andere Affäre gehabt, darunter auch einen wilden One-Night-Stand, und bei dem bloßen Gedanken an die Wildheit zuckte und ziepte es jetzt noch in ihrem Unterleib, aber da war nichts Ernsthaftes gewesen. Und dieses Lustgefühl nur beim Anblick eines Mannes kannte sie bisher überhaupt noch nicht.

Sie schüttelte den Kopf. Eine Entschuldigung bei einem Kaffee, hatte er gesagt. Nicht mehr. So sollte sie es auch sehen. Bleib ganz gelassen, Rachel Kemp, redete sie sich stumm zu. Wenn sich doch etwas entwickeln könnte, verschreckst du ihn durch dein Tempo. Er hat dir eine zweite Chance gegeben.

Sie wünschte sich ein paar Zentimeter mehr als ihre einsachtundsechzig, dunkle Haare, blaue Augen und lange Beine. Und sie müsste eine erfolgreiche, selbstsichere Geschäftsfrau sein, makellos und elegant in einem maßgeschneiderten Kostüm. Dann könnte sie die Chance bei ihm vielleicht wahrnehmen. Aber so? Sie war eine etwas zu kurz geratene, etwas zu mollig gewordene Dozentin mit ungebändigten hellen Haaren, einem gewöhnlichen Gesicht, langweiligen haselnussbraunen Augen und der schlechten Angewohnheit, in Leggings, Jeans und weiten Pullovern herumzulaufen.

Zehn Minuten später trafen sie sich am Fuß der Treppe. Sie überquerten die Straße und betraten das kleine Café.

»Was möchten Sie?«, fragte Rachel, als sie vor der Theke standen.

»Espresso.« Er sah sie von der Seite an. »Da gibt es nicht so viel zum Umkippen.«

»Ja, danke für die Rücksichtnahme«, sagte sie trocken. »Die Blätterteigteilchen sind gut.«

Er nickte. »Was Sie empfehlen, soll mir gut genug sein.«

»Zwei doppelte Espresso, bitte«, sagte sie zur Bedienung hinter der Theke. »Und zwei pains au chocolat.«

»Bringe ich an den Tisch. Nehmen Sie Platz«, sagte der Mann, ohne aufzuschauen.

Rachel entschied sich für einen Ecktisch am Fenster, ihr namenloser Begleiter folgte ihr.

»Ich bedaure aufrichtig, dass ich Ihre Papiere versaut habe«, sagte sie und streckte ihre Hand aus. »Ich heiße übrigens Rachel Kemp.«

»Luke Holloway«, sagte er und schüttelte ihre Hand.

Die Berührung seiner Haut ließ ihre Handflächen kribbeln. Sie konnte sich ganz leicht vorstellen, ihn ein bisschen mehr zu berühren, ein bisschen intimer, und wie seine Hand sie streichelte, während er sie mit der anderen langsam, Stück für Stück, auszog.

Sie unterbrach ihren Gedankenfluss und hustete, um ihre Verwirrung zu verbergen. »Ich hoffe, dass Sie das Geschriebene noch lesen können, wenn die Blätter trocken sind. Und es ist mir ernst damit, dass ich bereit bin, sie für Sie abzuschreiben. Ich habe einen Computer im Büro.«

»Oh, dann sind Sie Dozentin?« Er legte den Kopf schief und schaute sie verblüfft an. »Ich hatte Sie für eine Studentin gehalten.«

»Nicht ganz.« Ihre Nase kräuselte sich. »Ich bin dreißig und liege in den letzten Zügen meiner Doktorarbeit. Nach dem ersten Staatsexamen bin ich in die Wirtschaft gegangen, aber als Buchhalterin tauge ich nicht.«

»Dann unterrichten Sie nicht Mathematik, hoffe ich.«

Wieder zeigte er dieses umwerfende Grinsen. Rachel spürte, dass sich ihre Brustwarzen versteiften. Um einen Ausdruck ihrer Freundin Jennifer zu gebrauchen – Luke war ›Sex auf Beinen‹. Ein Bild von einem Mann. Und Humor hatte er auch.

Sie gestattete sich nicht, weiter zu fantasieren: Das Treffen zum Kaffee diente nur dem Zweck, sich dafür zu entschuldigen, dass sie seine Papiere ruiniert hatte. Das war alles. Es war keine Verabredung, kein Date, und es würde zu nichts führen.

»Englisch«, sagte sie. »Ich spezialisiere mich auf die Literatur des neunzehnten Jahrhunderts, Romane und Gedichte. Und was machen Sie?«

»Volkswirtschaft.«

Das war ein Gebiet, von dem sie absolut keine

Ahnung hatte, und es gab auch keine Verbindung mit ihrem eigenen Fach, kein Wunder, dass sie sich noch nicht begegnet waren. »Student?«, fragte sie.

Er grinste. »*Touché.* Nein. Ich unterrichte.«

Der Kellner trat an ihren Tisch und reichte ihnen die Bestellung. Rachel dankte und nippte an der schwarzen bitteren Flüssigkeit. »Puh, das habe ich gebraucht!«, sagte sie. »Espresso hat die Fähigkeit, einen wieder zu beleben.«

Er rührte Zucker in seine Tasse. »So ein schlimmer Tag?«

»Oder noch schlimmer.« Sie wollte nicht schon wieder an Gilson denken. Sie trank noch einen Schluck und wechselte das Thema. »Ich versuche, Ihren Akzent einzuordnen, aber es gelingt mir nicht.«

»Home Counties«, sagte er.*

Sie sah ihn zweifelnd an, und er fuhr fort: »Ich habe die letzten Jahre in Amerika gearbeitet, und kürzlich hat mir jemand gesagt, dass ich die breite amerikanische Aussprache angenommen habe.« Er lachte. »Das gibt sich wieder. In ein paar Monaten hören Sie das nicht mehr.«

»Vermutlich.« Rachel wusste plötzlich, warum er ihr so vertraut vorgekommen war. Er erinnerte sie an einen amerikanischen Schauspieler in einer der Science-Fiction-Kultserien. Sein Bild prangte auf den Heften und Pinnwänden der meisten Mädchen. Es überraschte sie nur, dass diese Ähnlichkeit bisher noch niemandem aufgefallen war, denn sie hatte noch nichts darüber gehört, und auch ihre Schülerinnen hatten

---

* Home Counties = die an London angrenzenden Grafschaften

noch nicht getuschelt. Sehr ungewöhnlich bei einem so attraktiven Mann.

Er lächelte sie an. »Erzählen Sie mir, Rachel, was so interessant war, dass Sie vergaßen, sich um Ihren Weg zu kümmern.«

Sie verzog das Gesicht. »So interessant war es nun wirklich nicht. Mir ging meine Doktorarbeit im Kopf herum.«

»Oh?«

»Das Thema behandelt die Rolle der Frau im viktorianischen Roman. Die konventionellen heiraten, die weniger konventionellen sterben oder enden so gut wie tot. Mrs. Dombey, Maggie Tulliver, Sue Bridehead ...« Sie hob den Blick zur Decke, als sie sich hörte – wie in einem Vortrag vor den Studenten. »Ich höre sofort auf damit, denn ich weiß, dass ich aus Begeisterung für englische Literatur langweilen kann.«

»Nein, im Ernst, das interessiert mich.« Seine Augen blitzten.

»Nun gut.« Sie streckte die Arme aus und spreizte die Hände, als wollte sie das Thema weit von sich schieben. »Im Augenblick habe ich einige Probleme damit.«

»Mit der Arbeit?«

Sie schüttelte den Kopf. »Ich bin sicher, dass Sie hundert und mehr gescheitere Dinge zu tun haben, als dem Quengeln einer Junior-Dozentin zuzuhören.«

»Nein, jedenfalls nicht, bevor meine Aufzeichnungen getrocknet sind.«

Sie errötete wieder. »Ich habe gesagt, wie Leid es mir tut.«

»Und ich sollte Sie nicht die ganze Zeit damit necken«, sagte er und nahm ihre Hand. »Rachel, ich habe den Eindruck, dass Sie jemanden brauchen, der Ihnen zuhört.«

»Ich glaube nicht, dass Zuhören hilft.« Vor allem dann nicht, dachte sie, wenn er mich so berührt. Dabei wollte sie noch viel mehr von ihm berührt werden. Immer und immer wieder. Sie wollte ganz allein mit ihm sein, Haut an Haut, und sie wollte ihn mit Händen und Lippen erforschen, während er sie erkundete, um herauszufinden, wie ihr Körper auf seine Berührungen reagierte.

»Warum probieren Sie es nicht?«

Seine Stimme drang in ihre Gedanken. Sie trank den Espresso aus und versuchte, die Ruhe zu bewahren, und sie hoffte, dass ihre Stimme nicht zittern würde. »Holen wir uns zuerst noch einen frischen Espresso.«

»Jetzt bin ich aber dran.«

»Nein, nein, das ist das Geringste, was ich tun kann, wenn ich mir vorstelle, was ich mit Ihren Aufzeichnungen gemacht habe«, protestierte sie.

Er grinste. »Das ist doch schon vor einer Weile vergeben und vergessen.«

»Trotzdem.« Sie winkte dem Kellner und bestellte noch zwei Espresso.

Luke biss in sein *pain au chocolat*. »Hm, Sie haben Recht, es schmeckt wirklich gut.«

»Besonders nach einem schlechten Tag«, sagte Rachel. Sie wusste, wovon sie sprach, denn die Teilchen genehmigte sie sich fast täglich während des gesamten Semesters, quasi als Stählung gegen Gilsons mieses Verhalten.

»Also denn, Miss Kemp«, sagte Luke in glänzender Imitation eines New Yorker Gehirnklempners, »was für ein Problem haben wir denn?«

»Das Problem besteht aus einem Wort. Gilson.« Sie seufzte. »Ich sollte mit Ihnen nicht darüber sprechen. Das ist nicht professionell.«

»Aber es ist besser, darüber zu sprechen, als es in sich hineinzufressen.«

»Mag sein.« Wieder kräuselte sich ihre Nase. »Im Grunde läuft es darauf hinaus, dass ich mit dem Kerl, der mein Doktorvater ist, nicht auskomme. Er ist auch noch der Boss meiner Fakultät. Wir passen nicht zusammen, sind zu verschieden. Wir geraten in allen Dingen aneinander. Politik, Musik, Kunst. Wir stimmen nicht einmal in der Frage der Literatur des neunzehnten Jahrhunderts überein. Er liebt Charles Dickens und Jane Austen, die ich beide nicht mag, und ich liebe Hardy und George Eliot, die er verabscheut.«

»Oh, das tut weh.«

»Ja. Zum Glück unterrichten wir nicht dieselben Gruppen, sonst gerieten wir wirklich in ernste Schwierigkeiten. Wir mögen uns einfach nicht, aber ich bin von ihm abhängig. Ich habe meine Arbeit schon sechs Mal neu schreiben müssen, und damit meine ich nicht, dass ich nur ein paar Dinge neu formulieren sollte, nein, ich musste jeweils die gesamte Arbeit überprüfen, neu entwerfen und seine Gedanken hineinbringen.« Sie grinste. »Als ich gegen Sie stieß, dachte ich gerade an eine Methode, wie ich ihn ermorden könnte. Aber auf eine besonders langsame Weise.«

»Volles Verständnis.« Um seine Mundwinkel zuckte es. »Schade, dass ich kein Chemiker bin.«

»Ja, wirklich schade.«

»Was Sie brauchen«, sagte er, »ist eine Abwechslung, damit Ihre Gedanken mit anderen Dingen beschäftigt sind.«

»Hm.« Rachel traute sich nicht, in seine Augen zu schauen. Ja, sie konnte sich etwas vorstellen, was sie ablenken würde. Aber wie konnte sie ihm das beibringen? Entschuldigen Sie, Luke, aber haben Sie keine Lust, die U-Bahn zu nehmen und mit zu mir nach Hause zu gehen, und dann achtundvierzig Stunden lang mit mir Liebe zu machen?

Nun ja, so ging es wirklich nicht.

»Ich habe auch keine Antworten«, sagte Luke und bemerkte offenbar den lüsternen Ausdruck nicht, mit dem Rachel ihn bedachte. »Aber wie wäre es mit einem Abendessen?«

»Bitte?« Rachel mochte nicht glauben, was sie gerade gehört hatte.

Er hob die Schultern. »Sorry, das war wohl nicht in Ordnung.«

Sie runzelte die Stirn. »Ich verstehe nicht.«

»Ich hätte nicht gleich vom Abendessen sprechen sollen. Ich meine, ich hätte mich zuerst vergewissern sollen, ob Sie frei sind. Ich meine, vielleicht hat Ihr Freund was dagegen.«

Sie schüttelte den Kopf. »Es gibt keinen Freund. Ich war nur nicht sicher, ob ich Sie richtig verstanden hatte.«

»Manchmal habe ich das Gefühl, dass Sie im Training für den Wettbewerb des zerstreutesten Professors sind«, sagte er neckend.

»Ja, so ungefähr.«

»Hören Sie, ich kenne nicht viele Menschen in London, seit ich aus den Staaten zurückgekommen bin, und wenn Sie nicht anderweitig verabredet sind, würde ich gern mit Ihnen zu Abend essen. Ein Abend bei gutem Essen und Trinken und kluger Unterhaltung.«

»Das würde ich sehr gern, danke. Aber wir machen getrennte Kasse«, sagte sie.

»Wenn Sie darauf bestehen ... Haben Sie was gegen italienische Küche?«

»Nein, überhaupt nicht. Italienisch wäre fein.«

»Okay. Um wie viel Uhr?«

»Halb acht?«

Er nickte. »Ich hole Sie ab. Wo wohnen Sie?«

Rachel gab ihm ihre Adresse, und er lächelte. »Ich hätte mir denken können, dass eine Spezialistin für viktorianische Literatur in Walthamstow wohnt. Das Land von William Morris.«

»Die Gegend gefällt mir«, sagte Rachel. »Okay, sie ist nicht so vornehm wie Regent's Park oder St. John's Wood, aber die Vallentin Road liegt nicht weit von der U-Bahn-Station, und sie ist sehr ruhig.«

»Okay, ich bin um halb acht bei Ihnen.« Er trank den Espresso aus. »Und jetzt gehen wir lieber zurück an die Arbeit.«

Rachel dachte sofort wieder an den verschütteten Kaffee. »Tut mir Leid um Ihre Aufzeichnungen.«

»Nicht weiter tragisch.« Wieder dieses unwiderstehliche Grinsen. »Wir sehen uns heute Abend.«

Sie schaute ihm nach, bis er das Lokal verlassen hatte, dann trank sie den Espresso aus. Sie konnte es immer noch nicht glauben. Der attraktivste Mann, den sie seit Jahren gesehen hatte, lud sie zum Abendessen ein, obwohl sie seine Arbeiten ruiniert hatte. Und es geschah zu einem Zeitpunkt, da sie völlig am Boden war und sogar mit dem Gedanken gespielt hatte, alles hinzuschmeißen.

Solche Dinge gibt es im Leben, sagte sie sich. Mal sehen, was der Abend bringen würde.

Rachel konnte sich nicht mehr auf ihre Arbeit in der Bibliothek konzentrieren. Sie packte ihre Unterlagen zusammen, trug die wenigen Bücher ein, die sie mit nach Hause nahm, und ging zur U-Bahn.

In ihrer Wohnung blieb sie vor dem Spiegel stehen. Sie schnitt eine Grimasse. Luke muss verdammt einsam oder unglaublich gelangweilt sein, sagte sie ihrem Spiegelbild. Warum sonst sollte ein so gut aussehender Mann mit einer Frau wie ihr den Abend verbringen wollen?

Sie legte ihre weiche Ledertasche im Flur ab und trat wieder vor den Spiegel. Ihr helles Haar hatte eine akzeptable Farbe, und wenn sie es mit einem Band aus ihrem Gesicht verbannte, sah es annehmbar aus. Ihr Gesicht hatte eine Herzform, und wenn sie sich betrachtete, musste sie einräumen, dass sie zwar keine dicke Nase oder andere Auffälligkeiten hatte, aber auch keine umwerfende Schönheit war. Durchschnitt, dachte sie. Ihre haselnussbraunen Augen strahlten Wärme aus, glaubte sie, sie leuchteten golden, wenn sie glücklich war, und orangen, wenn sie in Wut geriet.

Ihr Mund war auch ganz normal, die weißen Zähne standen gerade und waren ebenmäßig.

Ihre größte Sorge war das Gewicht. Für ihre Größe hatte sie ein paar Kilo zuviel. Die drallen Rundungen entsprachen nicht dem Schönheitsideal, auch wenn die Proportionen ihres Körpers stimmten. Wenigstens etwas, dachte sie.

Es war ein Impuls, der sie verleitete, den Pulli auszuziehen. Ihr kritischer Blick galt den Brüsten. Der BH hob sie leicht an. Blasse Haut. Sie schob ein Körbchen hinunter. Rosige Brustwarzen, die auf jede Berührung empfindlich reagierten. Sie kreiste mit der Fingerkuppe den Warzenhof und sah, wie sich die Warze sofort versteifte.

»Mmm«, murmelte sie. Die Vorstellung, dass Luke sie so streichelte, ließ Schmetterlinge in ihrem Bauch fliegen. Er hatte sie kaum berührt, einmal leicht über ihre Hand gestreichelt, und das hatte sie schon erregt. Ob er sie nach dem Essen zu einem Kaffee in seine Wohnung einladen würde?

Sie streifte die hohen Schuhe ab und zog die Leggings aus. Sie fuhr mit der Zunge über ihre Lippen und drückte auch das zweite Körbchen hinunter, sodass beide Brüste auf etwas vulgäre Weise entblößt waren. Ihre Wangen waren leicht gerötet, ihre Augen strahlten. Ja, sie sah lüstern aus, dachte sie. Sie sah so aus, wie sie sich fühlte – geil.

Ihre bisherigen Freunde hatten sich an ihren Brüsten nicht satt sehen können, und nun konnte sie es kaum erwarten, Lukes Reaktion an diesem Abend zu erleben.

Sie leckte an Zeigefingern und Daumen und begann, leicht über die Nippel zu reiben. Sie zog sanft an den kleinen harten Fleischspitzen. Sie liebte es, ihre Brüste auf diese Weise zu verwöhnen, und im Geiste sah sie Lukes schlanke Finger, die sie bearbeiteten, die ihre Nippel so lange zogen und drückten, bis sie vor Härte schmerzten. Dann würde er sie mit dem Mund kosen, hart an ihnen saugen und sogar ein bisschen mit den Zähnen über sie schrammen, was sie als Steigerung des Empfindens fand, solange sie diesseits der Schmerzgrenze blieb. Sie sah sich unter ihm herumwälzen und hörte sich flehen, dass er sie noch intimer berührte.

Mit einer Hand würde er über ihren Bauch streicheln, stellte sie sich vor. Sie schloss die Augen und glitt mit der rechten Hand über den Bauch. Die Finger schoben sich unter den Spitzenbund des Höschens, schoben sich tiefer hinunter und drangen zwischen die Labien. Sie war schon warm und feucht, für ihn bereit.

In ihrer Vorstellung waren es seine Finger, die sie erforschten, sie streichelten und immer wieder tief in sie eindrangen.

Sie stieß ein leises Stöhnen aus, als sie ihren Kitzler berührte. Die kleine Knospe war schon geschwollen und reagierte auf die Berührung mit einem ungeduldigen Zucken. Kleine Wellen der Lust durchliefen sie. Sie spreizte die Beine ein wenig, um leichteren Zugang zu haben, fuhr tiefer hinein und spürte, wie der Nektar ihre Finger umspülte. Sie verrieb die Nässe über den Kitzler und begann dann mit schnelleren Bewegungen.

»Oh, ja«, stöhnte sie und rieb fester und härter, während die andere Hand nicht aufhörte, die Nippel zu drücken und zu zupfen, während sie sich vorstellte, dass Lukes Mund sie luftdicht umschloss. Besser wäre es noch, dass er vor ihr kniete und seinen Mund auf die Vulva drückte, während es sein Finger war, der die Klitoris rieb und die Feuchtigkeit verteilte. Sie stöhnte wieder auf. Es war so gut, das Bild von diesem Mann zu haben, sich vorzustellen, wie er sie verwöhnen würde. Sie spürte, wie der Orgasmus über sie kam, er begann mit einem heißen Kribbeln im Bauch, das sich immer weiter ausbreitete. In ihr pulsierte und pochte es, und dann schienen ihre Finger eine Explosion ausgelöst zu haben.

Sie warf den Kopf zurück, ihre Beine gaben nach, und während sie in wilden Zuckungen durchgeschüttelt wurde, rutschte sie schreiend an der Wand entlang auf den Boden.

Es dauerte eine Weile, bis sie still dalag und ihr Körper wunderbar schwebte.

Endlich schlug sie die Augen auf. Sie musste grinsen, als sie sich aufrappelte und ihr hektisch gerötetes Gesicht und die roten Flecken im Tal ihrer Brüste sah. Wenn überhaupt, sah sie jetzt noch lüsterner aus, liederlich sogar mit den aus den Körbchen hervorgeholten nackten Brüsten.

»Das war für dich, Luke«, murmelte sie weich. Und wenn heute Abend alles glatt ging, dann würde sie etwas viel Besseres spüren als nur ihre Finger.

Zweites Kapitel

Genau um halb acht klingelte es an Rachels Tür. Ihre Augen weiteten sich. Insgeheim hatte sie befürchtet, dass Luke sie versetzen würde. Er würde noch einmal über alles nachdenken und die Einladung bereuen.

Sie dagegen hatte den ganzen Nachmittag an nichts anderes denken können. Sie hatte ursprünglich vorgehabt, über ihrer Dissertation zu sitzen, aber sie war nicht in der Lage gewesen, sich zu konzentrieren und hatte nur an Luke und den Abend gedacht.

Schließlich hatte sie aufgegeben und sich mit einem Buch und einem Glas Wein ins Bett gekuschelt. Aber die Hälfte der Zeit hatte sie sich auch nicht aufs Buch konzentrieren können. Zu sehr waren ihre Gedanken mit der Vorstellung beschäftigt gewesen, wie Luke Liebe machen würde.

Sie schüttelte ihre Gedanken ab und ging zur Tür.

»Hallo.« Er lächelte. Er war salopp gekleidet, beigefarbene Hose, schwarzer Polopulli, langer schwarzer Kaschmirmantel. Und wieder sah er zum Anbeißen aus.

»Hallo.« Sie lächelte zurück und war froh, dass auch sie sich für legere Kleidung entschieden hatte, schwarze Hose, schwarze Chiffonbluse mit kleinen blauen Blumen.

»Fertig?«

Sie nickte.

»Okay, gehen wir.«

Rachel griff ihren Mantel, schloss die Tür hinter sich ab und folgte ihm hinaus zu seinem Auto. Sie bekam große Augen, als sie sah, dass er einen schwarzen MG Roadster fuhr – er war bestimmt zwanzig Jahre alt und sah elegant aus. Sie hatte noch nie einen Mann gekannt, der einen Sportwagen fuhr.

»Das ist Bess«, sagte er voller Stolz, als er ihr die Beifahrertür öffnete.

»Bess.« Sie begriff plötzlich die Anspielung und grinste. »Sehen Sie sich als Mr. Turpin?«

»Nein, es war damals ein schwacher Scherz, und er ist haften geblieben«, antwortete er, während er sich hinter das Lenkrad setzte.

Rachel empfand den Sitz als unerwartet bequem. »Wohin geht's denn?«, fragte sie.

»In Islington gibt es einen gemütlichen Italiener.«

»Würden wir nicht besser mit der U-Bahn fahren?«

Er grinste. »Bestimmt, aber ich fahre gern Auto. Wie ich schon sagte, bin ich noch nicht lange zurück, und vom Fahren kann ich nicht genug bekommen – besonders nicht von Bess.«

»Das kann ich verstehen.« Rachel wusste nicht viel von Autos, aber sie wusste trotzdem, dass man einen zwanzig Jahre alten MG Roadster als Juwel betrachten musste. Damit war das Fahren nur Spaß, keine Arbeit.

Auf dem Weg durch die Stadt schwiegen sie meist, er konzentrierte sich auf den Verkehr, und sie hing ihren Gedanken nach. Die Fahrt war kürzer, als sie vermutet hatte. Luke parkte gleich um die Ecke vom Restaurant und hielt ihr wieder die Tür auf. Zu ihrer leisen Enttäuschung unternahm er keinen Versuch, sie an der

Hand zu nehmen, aber es war noch früh am Tag, tröstete sie sich.

Das Restaurant war klein und heimelig, wie ein Bistro eingerichtet. Terracottafarbene Marmorwände, naturbelassene Fußbodendielen, sandgescheuerte blanke Tische, auf denen Kerzen in alten Chiantiflaschen standen. In einer Ecke spielte eine Jazzband. Auf einer Tafel standen die Tagesspezialitäten in geschwungener Schrift.

Ein freundlicher Kellner begrüßte sie an der Tür. »Guten Abend, Mr. Holloway.«

»Hallo, Roberto.«

»Ihr Tisch ist bereit.« Der Kellner nahm ihre Mäntel und führte sie zu einem Ecktisch. »Kann ich Ihnen ein Getränk bringen, während Sie sich etwas zum Essen aussuchen?«

Luke wandte sich an Rachel. »Was möchten Sie trinken?«

»Eh ... Rotwein, bitte.«

»Und für mich ein Mineralwasser, bitte.«

»Gern.« Der Kellner reichte ihnen die Speisekarte. Rachel schaute Luke an, den Kopf leicht geneigt.

»Sie sind hier bekannt«, stellte sie fest.

»Ja.« Er errötete leicht und sagte verlegen: »Sie liefern auch außer Haus, und ich hasse es, für mich selbst zu kochen.«

Da musste noch anderes mitspielen, dachte Rachel.

Islington lag nicht gerade bei Holborn, und sie konnte sich nicht vorstellen, dass er mal eben für eine Pizza durch halb London fuhr. Aber sie sagte: »Ich verstehe. Können Sie irgendwas besonders empfehlen?«

»Die mit Krebsen gefüllten Ravioli sind sehr gut«,

antwortete er. »Und das Steak mit der Käsesauce schmeckt ausgezeichnet – ich meine, falls Sie keine Vegetarierin sind.«

»Bin ich nicht. Ich nehme das Steak.«

»Sehr gut, ich nehme das auch, und dann trinken wir eine Flasche Rotwein dazu. Wenn Sie keinen völlig anderen Geschmack haben als die meisten Frauen, die ich kenne, dann wird Ihnen der Carrigano del Sulcis Riserva gefallen.«

Rachel wartete auf irgendeine sexistische Bemerkung in der Art, dass der Wein leicht genug war, dass Frauen damit umgehen konnten, aber sie wurde angenehm überrascht, als er erklärte: »Er hat nämlich einen Nachgeschmack wie reine Schokolade. Zuerst habe ich gedacht, der Winzer hätte sich diese Aussage als Werbegag einfallen lassen, aber dann habe ich ihn selbst probiert – und es stimmt.«

»Schokolade«, sagte sie, der Zweifel unüberhörbar in ihrer Stimme. »Ein Rotwein, der nach Schokolade schmecken soll.«

»Im Ernst. Er kommt aus Sizilien, und meines Wissens gibt es ihn nirgendwo anders in London zu kaufen. Ich habe in allen Weinläden nachgefragt. Ich will Roberto überreden, mir eine Kiste zu verkaufen.«

Der Kellner brachte ihnen die Getränke und nahm ihre Bestellung auf. Rachel sah überrascht auf, als Luke in fließendem Italienisch bestellte. Er tat es so selbstverständlich, dass ihr nie der Gedanke kam, er wollte sich vor ihr produzieren.

Das Essen war so gut, wie Luke vorausgesagt hatte, und ja, der Wein schmeckte nach Schokolade. Rachel bemerkte, dass sie in seiner Gesellschaft immer mehr entspannte; es machte Spaß, bei Luke zu sein, und sein

Humor überschnitt sich mit ihrem. Er hatte auch eine ernste Seite, und je länger sie ihn kannte, desto besser gefiel er ihr.

Und desto attraktiver fand sie ihn.

Ob es der Tatsache zuzuschreiben war, dass sie mehr Wein getrunken hatte als er, oder ob es an dem Ambiente des Restaurants lag, wusste sie nicht – jedenfalls war es mühevoll, den Wunsch zu unterdrücken, die Schuhe abzustreifen und seine Beine mit ihren Füßen zu streicheln. Sie konnte sich gerade noch zurückhalten, obwohl sie sicher war, dass Luke genau wusste, was sie dachte.

Rachel war eine sehr offene Frau, ihre Mimik verriet alles, ihre Gefühle standen ihr im Gesicht geschrieben. Sie bezweifelte nicht, dass ihr jetzt die unverbrämte Lust im Gesicht stand. Halte dich zurück, Kemp, redete sie sich zu. Falle nicht gleich über ihn her. Dies ist euer erstes Treffen, verschrecke ihn nicht.

Falls Luke etwas bemerkte, war er zu lieb, um etwas zu sagen, er plauderte weiter mit ihr, erkundigte sich nach ihren Vorlieben, was Musik und Literatur anging, und fand heraus, dass sie beide Blues Rock mochten, zotige Dramen aus der Renaissance und kultige Science Fiction.

Rachel spürte, dass er ein guter Freund werden würde. Sie hatten so vieles gemeinsam. Und mit viel Glück würden sie viel mehr werden als gute Freunde.

Als sie ihre Espressos getrunken hatten, zahlte Luke die Rechnung. Rachel protestierte und erinnerte ihn daran, dass sie sich die Rechnung hatten teilen wollen, aber er lächelte nur. »Das nächste Mal übernehmen Sie das Zahlen.«

»Abgemacht. Und nächstes Mal fährt niemand von uns. Ich habe den größten Teil des Weins trinken müssen, und morgen werde ich einen schrecklichen Kater haben.«

Er lachte glucksend. »Nun, Sie konnten den guten Wein doch nicht in der Flasche lassen. Das wäre Verschwendung eines guten Tropfens gewesen.«

»Ja, der Rotwein war ausgezeichnet«, bestätigte Rachel noch einmal.

»Ich sagte doch, dass er Ihnen zusagen würde.« Er nahm vom Kellner ihre Mäntel in Empfang und half ihr hinein, während er seinen nur leicht über die Schultern legte.

»Ich habe den Abend von der ersten Minute an genossen«, sagte Rachel leise.

»Ich auch.«

Und er braucht noch nicht zu Ende zu sein, fügte Rachel stumm hinzu, als er sie zurück nach Walthamstow fuhr. »Möchten Sie auf einen Kaffee mitkommen?«, fragte sie, als er vor ihrem Haus anhielt.

»Danke, ja, gern.« Er schloss den Wagen ab und folgte ihr ins Haus. Er schaute sich interessiert um.

»Ich hätte schwören können, dass Sie in einem Haus aus dem neunzehnten Jahrhundert wohnen.«

»Ja, davon gibt es noch viele in London.«

»Aber ich wette, dass nicht alle so liebevoll restauriert worden sind wie dieses.« Er wies auf die Fliesen auf dem Flurboden. »Das sind die echten aus dieser Zeit, nicht wahr?«

Sie war überrascht und beeindruckt. »Woher wissen Sie das?«

»Meine Schwester ist Innenausstatterin, und sie hat sich auf verschiedene Zeitperioden spezialisiert, das macht ihr mehr Spaß als die modernen Einrichtungen. Und sie sagt, dass man Nachbildungen nicht immer sofort erkennt, wohl aber das Echte.«

»Kann schon sein. Aber so genau kenne ich mich nicht aus.« Rachel schlüpfte aus ihren Schuhen und hing ihren Mantel an die Garderobe. Sie vermied es, in den Spiegel zu schauen und spürte sich erröten, als sie an ihr Verhalten am Nachmittag erinnert wurde. Sie lief in die Küche.

Luke folgte ihr und lehnte sich gegen die Arbeitsfläche. Er sah ihr aufmerksam zu, wie sie den Kaffee bereitete.

»Tragen Sie die Tasse lieber selbst«, sagte sie grinsend. »Sie haben zwar keine Arbeitsunterlagen bei sich, aber ich fürchte, der Kaffee würde ein Schlammbad auf der hellen Hose anrichten.«

Er gluckste. »Stimmt.«

»Das Wohnzimmer ist hinter der zweiten Tür rechts«, sagte sie noch.

Er nickte und ging den Flur zurück. Rachel folgte ihm und bemühte sich, ihre Tasse im Gleichgewicht zu halten. Bevor sie die Wohnung verließ, hatte sie die Vorhänge nicht zugezogen, deshalb lag das Wohnzimmer in einem orangefarbigen Schimmer, der von der Straßenlampe verursacht wurde. Er reichte, dass Luke sehen konnte, wo sich der Lichtschalter befand. Während er Licht machte, zog Rachel die Vorhänge zu.

»Soll ich Musik auflegen?«

»Ja, gern.«

Sie stellte die Tasse auf dem Kaminsims ab und ging rasch ihre CDs durch, bis sie sich für eine alte Sammlung von Free entschieden hatte. Als die ersten

Takte erklangen, lächelte Luke zufrieden. »Oh, das mag ich.«

»Ich auch.«

Er stellte seine Tasse ebenfalls auf den Kaminsims und deutete auf die Bücherregale. »Darf ich …?«

»Ja, sicher.« Sie nahm ihre Tasse und kuschelte sich aufs Sofa, wobei sie Luke zuschaute, der die einzelnen Titel in den Regalen durchging. Selbst wenn man nur seinen Rücken sah, war er attraktiv, dachte sie. Breite Schultern, hübscher Hintern. Sie hätte einen beträchtlichen Einsatz bei der Wette gewagt, ob er ohne Hose und Pulli noch besser aussah.

Dann bemerkte sie, dass er sich für ein Regal besonders interessierte. Sie nahm einen kräftigen Schluck Kaffee. Das konnte ein entscheidender Augenblick sein. Entweder vertiefte es sein Interesse, oder er würde einen Vorwand finden, um sich rasch zu verabschieden.

Sie war erleichtert, dass das Erstere zutraf. Er drehte sich um und hielt ein Buch in der Hand. »Sie sind ein Fan von Jennifer Devereaux?«

»Noch etwas mehr«, sagte sie. »Sie ist eine gute Freundin von mir.«

»Und deshalb haben Sie ihre Bücher im Regal?«

Rachel grinste. »Und weil ich sie gern lese.«

»Und sie ist eine gute Freundin?«

Rachel nickte. »Sie lebt in Yorkshire. Wenn Sie möchten, kann ich Sie miteinander bekannt machen, wenn sie das nächste Mal für ein Wochenende nach London kommt.«

»Ja, ich würde sie sehr gern kennen lernen.«

Jennifer und Luke würden sich auf Anhieb gut verstehen, dachte Rachel. »Und wieso kennen Sie ihre Romane?«

»Sie ist auch in den Staaten sehr bekannt.«

Nun ja, dachte Rachel, das ist noch keine Erklärung dafür, dass er erotische Literatur für Frauen kennt. »Und weiter?«, drängte sie.

»Ja, gut, eine frühere Freundin hat mir von ihren Büchern erzählt, und dieses eine hier war der Auslöser für eine stürmische Nacht.« Er grinste und stellte das Buch wieder ins Regal, dann nahm er die anderen Titel in diesem Regal in Augenschein. »Sie haben eine bemerkenswerte Sammlung«, sagte er bewundernd. »Sind die viktorianischen Werke im Original?«

»Nachdrucke. Die Originale kann ich mir nicht erlauben, abgesehen davon, dass man sie nur unter größten Mühen auftreiben kann.«

»Arbeit oder Vergnügen?«

»Arbeit«, sagte sie. »Ich habe nicht viel übrig für viktorianische Erotik. Ständige Wiederholungen. Und es langweilt mich, von errötenden Jungfrauen zu lesen, die von gewaltigen Negern entjungfert werden. Das ist übrigens Bestandteil der Thesen in meiner Dissertation – nein, war es. Gilson hat mich veranlasst, diesen Passus zu streichen.«

»Warum?«

»Ich glaube, es hat ihn verlegen gemacht.«

»Und das war nicht zufällig Ihre Absicht, als Sie diesen Abschnitt geschrieben haben?«, neckte er sie.

Rachel kicherte. »Kann sein, dass dieser Gedanke eine Rolle gespielt hat, aber die These gehörte zu einer Beweiskette. In der viktorianischen Zeit wurden die Frauen als ›Engel des Hauses‹ angesehen, aber auch als Sünderinnen. Ich habe den Kontrast aufzeigen wollen, indem ich aus erotischen Büchern zitiert habe.« Ihre Lippen zuckten. »Ich gebe zu, dass die meisten ziemlich zusammengekritzelt wurden, aber die Frauen sind trotzdem nicht so ärgerlich wie Esther Summerson.«

»*Bleak House.*« Luke verzog das Gesicht. »Ich habe kurz vorm Examen eine Arbeit darüber schreiben müssen. Jede Minute habe ich gehasst.«

»Kann ich gut verstehen. Ich weigere mich, das Stück durchzunehmen.«

»Was bei Gilson nicht besonders gut ankommt.«

»Er ist wirklich durch und durch ein Dickens-Fan«, sagte sie trocken. »Ja, es hat meiner Sache nicht sehr geholfen.« Sie schüttelte den Kopf. »Ich will heute Abend keinen Gedanken an Gilson verschwenden.«

»Kein Problem.« Er setzte sich neben sie. »Wo und wie haben Sie Jennifer Devereaux kennen gelernt?«

»Kaum zu glauben, aber wir haben uns auf einer Konferenz kennen gelernt. Wir saßen nebeneinander und begannen zu plaudern. Wir waren sofort ein Herz und eine Seele, und wir entdeckten, dass wir vieles gemeinsam haben.« Sie interessierten sich sogar für dieselben Männer, dachte sie, aber das wollte sie Luke nicht sagen. Und sie teilten sich auch keinen Mann. Nur die Fantasien.

»Wenn sie zu Recherchen oder irgendwelchen Verpflichtungen nach London kommt, wohnt sie meistens bei mir«, fuhr Rachel fort, »und ich habe seit langem eine Einladung, nach Yorkshire zu kommen, wenn ich mal abschalten will. Ja, sie ist meine beste Freundin.«

Luke sah sie von der Seite an. »Und ist sie etwa so, wie ich sie mir vorstelle?«

»Das hängt davon ab, wie Sie sich Jennifer vorstellen.«

»Groß, kurvenreich und lange rote Haare – wie die Frauen der Präraphaeliten, und natürlich sehr sexy.«

»Sie hat dunkle Haare, aber alles andere trifft genau. Außer sie hat einen Kater, dann schleppt sie sich in verwaschenen Leggings und einem ausgeweiteten Pullover herum und sieht eingefallen und bleich aus und schwört, dass sie nie wieder einen Tropfen Alkohol trinken wird.« Rachel lachte leise. »Aber sie fällt nicht über Männer her, wie man es vielleicht glauben könnte, wenn man ihre Bücher verschlingt. Sie lebt ihre Fantasien nicht aus.«

»Nun, wenn sie das täte, wäre sie auch kaum in der Lage, sich mal hinzusetzen.«

»He, Sie scheinen ja tatsächlich was von ihr gelesen zu haben.« Die Worte waren heraus, bevor Rachel sie aufhalten konnte.

Er grinste. »Haben Sie geglaubt, dass ich nur einen Vorwand suche, um über Sex zu reden?«

»Nein.« Sie errötete. »Es ist nur … ich meine, Jennifer hat fast nur weibliche Leser.«

»Bis auf den gelegentlichen männlichen«, warf Luke ein. »Ich mag ihren Stil. Seit mich die Ex-Freundin auf sie aufmerksam gemacht hat, habe ich eine ganze Reihe ihrer Bücher gelesen.« Ihre Blicke trafen sich. »Rachel, ich habe dieses Essen vorgeschlagen, weil ich Sie besser kennen lernen will. Aber wenn ich noch viel länger bleibe und wenn wir dieses Thema vertiefen, überstrapaziere ich wohl Ihre Gastfreundschaft.«

Rachel fühlte sich immer noch beschwingt von der ungezwungenen Stimmung und dem guten Wein, und der Blick in seinen Augen ermutigte sie, auf Risiko zu setzen. Sie lächelte kokett. »Wer sagt das?«

Als Reaktion darauf legte er beide Hände an ihre Wangen, zog ihr Gesicht näher heran und berührte ihre Lippen behutsam mit seinen. Sie nahm den Kopf zurück, öffnete die Lippen und lud seine Zunge ein. Er knabberte an ihrer Unterlippe. Eine Hand fuhr ihren Rücken entlang und verweilte auf der sanften Rundung des Hintern.

Rachel schlang die Arme um seine Hüfte und presste sich gierig an ihn. Luke schob ein Knie zwischen ihre Schenkel und drückte sie leicht auseinander, während er endlich zu einem richtigen Kuss ansetzte und ein spielerisches Gefecht mit ihrer Zunge austrug.

»Oh, Rachel, ich will dich«, brachte er heiser hervor, als sich ihre Lippen voneinander lösten. »Ich habe den ganzen Nachmittag an dich denken müssen und habe keine Arbeit mehr geschafft.«

»Mir ging's genauso«, gab sie zu.

»Weil du an mich gedacht hast?«

Sie nickte.

Er lächelte, schüttelte den Kopf. »Ich war mir nicht sicher. Deshalb bin ich mit dem Auto gefahren.«

Sie schaute ihn stirnrunzelnd an.

»Wenn ich selbst fahre, muss ich mich auf den Verkehr konzentrieren, dann kann ich mich nicht zum Narren machen, indem ich zu schnell zu viel will.«

Sie lächelte. »Mir ging es wirklich ganz genauso, das kannst du mir glauben. Im Restaurant hätte ich am liebsten die Schuhe abgestreift, um dich ein bisschen zu reizen. Ich wollte mit meinen Füßen an deinen Beinen auf und ab reiben.«

»Wenn du das getan hättest, dann hätten wir ein Taxi zurück nehmen müssen. Ganz schnell.« Er schaute sie an, als überlegte er, dann beugte er den Kopf und küsste sie wieder. Rachel drückte sich an ihn, griff mit beiden Händen unter seinen Pullover und streichelte über die glatte Haut seines Rückens.

»Ich will mit dir Liebe machen, Rachel«, sagte er nach dem Kuss. »Jetzt. Ich will dich berühren, dich überall streicheln ... dich überall küssen. Ich möchte, dass du bebend in meinen Armen liegst, dass du verrückt vor Verlangen wirst.«

Seine Worte ließen sie vor Erregung zittern. »Worauf warten wir denn noch?«, hauchte sie.

»Auf dich, dass du mich in dein Schlafzimmer führst. Wir könnten es auch hier tun, aber ich glaube, das erste Mal sollten wir es auf die bequeme Art versuchen.«

Sie lachte glucksend. »Und wenn ich im Schlafzimmer nur eine kleine Liege habe?«

»Eine Frau mit einer solchen Sammlung« – er deutete auf ihre Bücherregale – »schläft nicht nur im Bett. Sie liest auch, und das bedeutet, dass sie es bequem haben will.« Er rieb seine Nasenspitze gegen ihre. »Besonders, weil die Lektüre solcher Bücher gewöhnlich zu etwas anderem führt.«

Sie errötete. »Oh?«

»Sei nicht verschämt, Rachel. Der Anblick einer attraktiven Frau, die sich selbst Vergnügen bereitet, ist ...« Er atmete tief durch. »Sagen wir, dass es ein Anblick ist, der die meisten Männer in Begeisterung versetzt.« Er lächelte sie an. »Irgendwann werde ich dir eines von Jennifers Büchern vorlesen und beobachten, welche Wirkung der Text auf dich hat. Ich wette, dass du spätestens nach fünfzehn Minuten deine Hände zwischen die Schenkel presst.«

Sie hob den Kopf und sah zu ihm hoch. »Ist das eine Herausforderung?«

Er nickte. »Aber nicht heute Abend. Heute Abend will ich dich selbst berühren. Ich möchte Haut an Haut neben und auf dir liegen.« Er stand auf und zog sie auf die Füße. Rachel führte ihn die Treppe hoch. Sie konnte es kaum noch erwarten, seine Küsse zu spüren.

Überall, hatte er gesagt.

Sie lief rasch zum Fenster und zog die Vorhänge vor, dann drückte sie die Lampe auf dem Nachttisch an, bevor sie wieder vor ihn trat, ungeduldige Erwartung im Blick.

Er lächelte sie an und streifte ihr Haarband ab, das die blonde Mähne von der Stirn fernhielt. Jetzt fielen die Locken bis hinunter zum Kinn. »Ich liebe deine Haare«, sagte er, barg sein Gesicht darin und atmete tief ein. »Kokosnuss«, stellte er fest, dann hielt er sie auf Armeslänge von sich und begann langsam, ihre Bluse aufzuknöpfen, während er ihr fest in die Augen schaute.

Rachel zitterte, als sie spürte, wie seine Finger wie aus Versehen ihre Brüste streiften. Die Warzen hatten sich längst schon verhärtet und aufgerichtet. Himmel, wie sie ihn begehrte! Jetzt, sofort. Sie warf den Kopf in den Nacken, drückte die Brüste heraus und stieß mit dem Unterleib gegen seinen Schoß.

»Geduld ist eine Tugend«, sagte er.

»Aber eine, die ich nicht habe«, keuchte sie.

»Das sehe ich.« Dann schaute er an ihr hinunter, und er bekam große Augen, als er sah, was sie trug. Ein schwarzes Mieder, das ihre Brüste hob und das Tal dazwischen vertiefte, und unter der zarten Spitze schimmerte ihre blasse Haut durch und die dunklen Höfe um die Nippel. Er fuhr mit einem Finger in das Tal, und sie schluckte und presste sich wieder an ihn.

Er küsste ihren schlanken Hals, rieb dann sein Gesicht gegen ihre Brüste und sog ihr Parfum ein. Die harten Spitzen ihrer Nippel stießen durch die Seide des Mieders gegen ihn. Er hatte nicht die Zeit, die Häkchen im Rücken zu öffnen, sondern griff mit den Fingern in die Körbchen, schob sie hinunter und befreite ihre Brüste.

Rachel stöhnte, und er begann ihre Warzen zu necken, rollte sie zwischen Daumen und Zeigefinger und zog sie behutsam in die Länge. Sie streckte sich in seinen Armen, wollte mehr, und ungeduldig zerrte sie an seinem Pulli.

»Haut an Haut, hast du gesagt.«

Er lächelte, gab sie für einen Moment frei und zog sich den Pulli über den Kopf. Sein Oberkörper war schlank und fest, und der breite Brustkorb war mit kurzen dunklen Härchen gesprenkelt. Rachel spürte, wie ihre Lippen trocken wurden, sie leckte mit der Zunge darüber. Er sah so gut aus, wie sie es sich vorgestellt hatte, und dies war mehr als nur eine schnelle Befriedigung zweier geiler Menschen, sie wusste es.

Zärtlich legte er eine Hand unter ihr Kinn und zog ihr Gesicht näher an seins, er strich mit der Zunge behutsam über ihre Lippen, bevor er seinen Mund hart auf ihren presste und die Zunge tief in ihren Mund stieß. Dabei glitten die Hände hinunter zu ihrer Hose, er öffnete ihren Reißverschluss, schob den Stoff hinunter bis zu den Knien und fuhr mit einer Hand zwischen ihre Schenkel, drückte die Handfläche leicht gegen den Hügel ihres Schambereichs. Die Hitze ihres Geschlechts pulsierte gegen seine Finger, er konnte sie auch durch den dünnen Stoff des Höschens fühlen. Unwillkürlich zuckten ihre inneren Muskeln, die darauf warteten, etwas umklammern zu können.

»Ich möchte dich schmecken, Rachel«, sagte er ihr heiser. »Ganz und gar, mit Haut und Haaren.«

Sie zitterte, und er kniete sich vor sie, zog die Hose hinunter bis zu den Knöcheln, und sie stieg aus ihr heraus. Mit großer Befriedigung sah sie den bewundernden Blick in seinen Augen, als er das Bild der vor ihm stehenden Frau in sich aufnahm. Das spitzenbesetzte Mieder und das dazu passende Höschen sowie die Strapse und die schwarzen Strümpfe ließen sie noch lüsterner erscheinen.

»Oh, Rachel! Ziehst du dich immer so an, oder ist das nur für den heutigen Abend?«

»Nur für den heutigen Abend.«

»Gott sei Dank, denn wenn ich ahnte, dass du so etwas bei unserer ersten Begegnung getragen hättest, wäre ich wahrscheinlich nicht mit dir ins Café gegangen. Ich glaube, ich hätte dich hinunter ins Basement gezerrt und dich dort auf der Stelle geliebt.«

Sie kicherte. »In der Bibliothek?«

»Ja, ja. Und ich glaube, es wäre mir egal gewesen, wer zugeschaut hätte.« Langsam schob er das Höschen über ihren Po und entblößte die sanften Halbkugeln, als er die hauchdünne Seide zu Boden fallen ließ. »Rachel, du bist eine sehr, sehr begehrenswerte Frau.« Er rieb sein Gesicht gegen ihre Schenkel und atmete den würzigen Duft ein. »Und ich will dich haben. Ich kann nicht mehr länger warten.«

Rachel spürte, dass sie allein schon bei dem Gedanken nass wurde, was er gleich tun würde. Leise kehlige Laute drangen über ihre Lippen, und sie stellte sich breitbeinig hin, um es ihm leichter zu machen. Sie spürte die Hand zwischen den Schenkeln und im nächsten Moment das erste feuchte Streicheln seiner

Zunge, als er die Labien teilte und die Zunge hinauf glitt, bis sie die Klitoris gefunden hatte.

Er schnellte ein paar Mal gegen die dunkelrote Knospe, dann nahm er sie zwischen die Lippen und saugte sie tief in den Mund, zuerst zart und behutsam, dann kräftiger, härter.

Rachel stöhnte leise, fuhr mit den Händen durch seine Haare und grub die Fingernägel in die Kopfhaut.

Luke schmeckte die Lust, die sie empfing, und ohne abzusetzen fuhr er fort, den kleinen Knopf zu lecken und zu saugen, bis er ihr ganzes Geschlecht zucken spürte. Das Zucken übertrug sich auf ihren Körper, und ihre Beine zitterten so sehr, dass sie sich auf seinem Kopf abstützen musste.

Er küsste Vagina und Venusberg und die Innenseiten ihrer Schenkel, dann richtete er sich langsam auf und nahm sie in die Arme. »Bist du okay?«

Sie nickte, öffnete die Augen und schaute ihn glückselig an. Die Pupillen hatten sich geweitet, sodass die Augen fast schwarz waren. »Mehr als okay«, keuchte sie. Ihr Atem klang immer noch abgehetzt, als hätte sie einen langen Lauf hinter sich. Sie fuhr mit einem Finger über seine Lippen. »Danke.«

»Das Vergnügen lag auf meiner Seite«, sagte er. Er nahm ihren Finger und steckte ihn in seinen Mund, er leckte daran, dass sie schon wieder in Zuckungen geriet. »Und ich bin noch lange nicht fertig mit dir.« Er zog seine Hose aus, die Boxershorts gleich mit. Dann nahm er ihre Hand und legte sie um seinen kräftigen, aufgeregten Schaft.

»Jetzt kannst du fühlen, wie du auf mich wirkst«, raunte er mit heiserer Stimme.

Unwillkürlich bewegte Rachel leicht ihre Hand, glitt am Schaft auf und ab. Er gab leise Stöhnlaute von sich, dann hob er Rachel auf und trug sie zum Bett.

»Ich weiß, dass man das als Machogehabe auslegen könnte«, sagte er, »aber es ist nicht so gemeint. Ich kann nur nicht länger warten.« Er schob die Decke beiseite und legte Rachel behutsam auf die Matratze. »Und ich bin verdammt froh, dass du ein Doppelbett hast.«

Er legte sich neben sie und ließ eine Hand über die sanften Kurven ihres Körpers gleiten. »Du bist eine wunderschöne Frau, Rachel Kemp«, sagte er weich und zog sie näher an sich heran. Er rutschte ihr entgegen, nahm sie in die Arme, wälzte sich herum und zog sie mit sich, bis sie über ihm grätschte.

Die Spitzen ihrer Haare streichelten sein Gesicht. Er spürte die feuchte Hitze ihrer Vagina, die gegen seinen Schaft zu atmen schien, und er öffnete den Mund zu einem wortlosen Seufzer des Begehrens.

Der Anblick erfüllte sie mit einem wahren Lustrausch. Die Tatsache, dass sie einen so wunderbaren Mann wie Luke verführen konnte, wirkte Wunder auf ihr Selbstbewusstsein. Sie hob sich ein wenig an, schlüpfte mit einer Hand zwischen ihre Körper und führte die Speerspitze zum Eingang ihrer Scheide. Dann ließ sie sich unendlich langsam auf ihm nieder.

Luke stöhnte langgezogen auf, als sein starrer Muskel von ihrer warmen, feuchten Höhle umfangen wurde.

Seine Hände umspannten ihre Hüften, und er hob seinen Oberkörper an, bis sein Mund die sanften, cremigen Spitzen ihrer Brüste berühren konnte. Er fuhr mit der Zunge in das Tal dazwischen und leckte über die Haut.

»Du schmeckst wunderbar«, sagte er und ließ wieder seine Zunge über die Haut gleiten, bis sie die Aureolen erreicht hatte, die sie gefühlvoll umkreiste, und erst danach nahm er die Spitzen in den Mund, saugte sanft an den empfindlichen Warzen. »Später werde ich dich überall lecken, wie eine Katze, die an der Milch schlürft. Aber zuerst sollst du dich auf mir austoben. So hart du willst.«

Ihre Augen glänzten. »Ist das eine Bitte oder ein Befehl?«

»Ich bitte dich, dass du es willst.« Er stieß den Unterleib hoch, drang tiefer in sie ein. »Rachel, ich will dich. Mache Liebe mit mir, bitte.«

Sie nickte und begann, sich in kleinen mahlenden Kreisen auf ihm zu bewegen. Sie hob sich an, bis er drohte, ihr zu entgleiten, dann ließ sie sich rasch wieder sinken.

Luke warf den Kopf zurück, schloss die Augen und öffnete den Mund, als er spürte, dass er sich dem Orgasmus näherte.

Sie begann zu hecheln, keuchende Laute lösten sich in ihrer Kehle, während sie sich immer noch kreisend und mahlend auf ihm bewegte. Sie konnte sich vorstellen, welches Bild sie abgaben: Der schlanke, kräftige Mann, der nackt auf dem Laken lag, und sie, in Mieder und Strümpfen, über ihn gegrätscht. Es war ein Bild, das gut in eines der Bücher von Jennifer Devereaux passte, schoss es ihr durch den Kopf.

Sie musste grinsen. Dank Jennifer geschah dies früher, als sie zu hoffen gewagt hatte. Weil Luke einige ihrer Bücher gelesen hatte, waren sie bald beim Thema Sex angelangt, und dann hatte es ihnen nicht mehr genügt, nur darüber zu reden.

Sie beugte sich tief über ihn und küsste ihn, schob ihre Zunge weit in seinen Mund, als wollte sie jeden Winkel erforschen. Er schmeckte immer noch nach ihr, nach Honig und Meer und Vanille, und dieser Gedanke spornte sie an, sie setzte ihre inneren Muskeln ein, während sie sich gemütlich auf und ab bewegte und ihn im sanften Trab ritt.

Luke stöhnte in ihren Mund, er schob eine Hand zwischen ihre Körper und rieb über ihre Klitoris, was dazu führte, dass sie ihren trägen Trab nicht mehr aufrecht erhalten konnte, ihre Bewegungen wurden schneller und hastiger, und ihr Kitzler schickte, gereizt von seinen spielenden Fingern, Signale der Lust in alle Fasern ihres Körpers.

Wie brausende kleine Bläschen rauschte die Leidenschaft durch ihre Adern, sie spürte die Zusammenballung, die in ihrem Schoß stattfand, und als sie dort explodierten, spürte sie seinen pochenden Penis, der sie mit einer warmen Dusche beglückte. Sie beantwortete jeden Schwall mit einem hektischen Zusammenziehen ihrer Muskeln.

Sie schrie auf, laut und unbeherrscht, und hörte gerade noch seine Antwort, die aus einem ächzenden Stöhnen bestand. Keiner von ihnen konnte auch nur ein Wort herausbringen.

Luke schlang seine Arme um sie, zog sie hinunter auf seine Brust und streichelte ihre Haare.

»Was für ein Anfang«, sagte er weich, als sich seine Atmung einigermaßen beruhigt hatte.

»Was für ein Anfang«, echote sie glücklich.

»Ob ich wohl den Rest des Kaffees zum Frühstück haben kann?«, murmelte er in ihr Ohr. »Denn ich will noch schrecklich viele Sachen mit dir anstellen, und selbst der erste Teil wird bis tief in die Nacht hinein dauern.«

»Alles nur Versprechen«, neckte sie.

»Mal sehen.« Er leckte ihr Ohrläppchen. »Es fängt gleich an.« Er wälzte sie auf den Rücken, kniete sich zwischen ihre Beine, rollte ihre Strümpfe hinunter und fing an, ihre Beine abzulecken. »Wie ich sagte: Ich will dich am ganzen Körper küssen.«

Rachel lächelte und schloss die Augen. Sie gab sich ganz der Lust hin, die er ihr bescherte.

Drittes Kapitel

Rachel streckte sich ausgiebig im Bett. Was für ein Wochenende! Luke hatte seine Versprechen gehalten und hatte sie so oft zum Höhepunkt gebracht, dass sie es nicht mehr zählen konnte. Er hatte alles eingesetzt, was er hatte, und er hatte erst Ruhe gegeben, wenn sie vor Wollust zitterte. Sie glaubte nicht, jemals einen so vielseitigen, überzeugenden Liebhaber gehabt zu haben.

Er war auch am folgenden Tag noch bei ihr geblieben. Irgendwann hatten sie einen halbherzigen Versuch unternommen, das Bett zu verlassen, aber das hatte nur dazu geführt, dass sie sich in Rachels Dusche geliebt hatten, und danach waren sie wieder im Bett gelandet.

Kurz nach sechs Uhr am Sonntagabend war Luke schließlich gegangen, weil er noch einen Stapel von Arbeiten zu beurteilen hatte. Er war mit dem Versprechen gegangen, bald wieder Kontakt mit ihr aufzunehmen.

Sie lächelte still in sich hinein. Sie hatte ihn angesehen und gewusst, dass er auch dieses Versprechen halten würde.

Luke betrat seine Wohnung. Es war ihm schwer gefallen, Rachel zu verlassen. Nach ihrer anfänglichen Unsicherheit war sie die warme, offene, unkomplizierte Frau geworden, die er sich in ihr erhofft hatte. Er fand sie unglaublich begehrenswert, und es hatte ihn Mühe gekostet, sich von ihr loszureißen.

Aber er hatte zu arbeiten. Nicht die Arbeit, die er ihr gesagt hatte – er hasste es, sie zu belügen, aber unter den gegebenen Umständen hatte er keine Wahl. Er war noch nicht bereit, ihr die ganze Wahrheit zu sagen.

Er schüttete sich eine Tasse Kaffee auf, legte sich aufs Sofa, nahm das Telefon und wählte eine Nummer, die er auswendig kannte. Es klingelte zwei Mal, ehe abgehoben wurde.

»Hallo?«

»Hallo, Max.«

»Luke.« Der Mann in der Leitung schien sich über den Anruf zu freuen. »Wie geht es dir?«

»Gut. Sehr gut sogar. Ich habe Neuigkeiten für dich.«

»Ich bin ganz Ohr.«

»Kann sein, dass ich jemanden für deine Tagebücher gefunden habe.«

»Wirklich?«

»Ja. Jemand an der Uni.« Luke lächelte. »Wir haben uns beim Kaffee getroffen. Sie heißt Rachel Kemp, und sie ist genau auf dieses Thema spezialisiert.«

»Wir brauchen etwas mehr als nur das, Luke«, wandte Max ein. »Vergiss nicht, wie brisant das Material ist.«

Luke lächelte in sich hinein. »Ich glaube, was das anbetrifft, werden wir keine Schwierigkeiten mit ihr haben. Sie ist ziemlich freimütig.«

»Ich verstehe. Es ist wohl besser, wenn ich nicht frage, auf welche Weise du das in Erfahrung gebracht hast.«

Luke grinste. »Ich nehme an, du denkst in die richtige Richtung.«

»Tatsächlich?« Nach einer Pause fügte Max hinzu: »Aber zuerst müssen wir uns ganz sicher sein.«

»Ich weiß.«

»Halte sie noch ein wenig hin«, riet Max. »Wir können immer noch entscheiden, ob sie sich für die Arbeit eignet.«

»Willst du sie kennen lernen?«

»Ja. Aber erst, wenn du dir absolut sicher bist.« Er atmete tief durch. »Hast du ihr gegenüber schon etwas von dem Auftrag gesagt?«

»Nein, natürlich nicht. Nicht ohne zuerst mit dir darüber zu reden.«

»Dann lass' es auch dabei.«

»Okay.«

Wieder legte Max eine Pause ein, ehe er die nächste Frage stellte. »Was ist mit der anderen Sache?«

Luke seufzte. »Ich bin noch nicht bereit, darüber zu sprechen. Jetzt noch nicht.«

»Aber?«

Luke musste grinsen. Max hörte alle Zwischentöne heraus, ganz egal, wie fein sie waren. »Ich kann sagen, dass ich nahe daran bin, die Wahrheit herauszufinden.«

»Sei vorsichtig.«

»Oh, ja, das bin ich.« Luke hüstelte. »Ich melde mich im Laufe der Woche noch einmal bei dir.«

Er legte auf. Rachel wäre die vollkommene Besetzung für die Arbeit. Sie hasste den Job, den sie jetzt tun musste, sie schwärmte aber für die Literatur des neunzehnten Jahrhunderts, und nach den Erlebnissen dieses Wochenendes zu urteilen, hatte sie auch die richtige Einstellung, die man bei diesem Auftrag haben musste. Er hatte auch das Gefühl, dass sie und Max gut miteinander auskommen würden. Nun gut, er würde sich noch ein bisschen intensiver mit Rachel beschäftigen, und danach würde er ein Treffen mit Max arrangieren.

Am nächsten Morgen begann Rachel den Arbeitstag mit dem Korrigieren eines Essays, das sie ihren Schülern aufgegeben hatte. Mittendrin piepste ihr Computer. Sie ignorierte ihn, bis sie den Essay, an dem sie arbeitete, bewertet hatte, denn wenn sie abbrach, müsste sie die Arbeit noch einmal von vorn beginnen. Dann aber holte sie sich die E-Mail auf den Bildschirm.

Sie lächelte, als sie die Adresse las. Nach der Gepflogenheit an der Uni bestand die Adresse aus den ersten fünf Buchstaben des Nachnamens, gefolgt von den Initialen der Vornamen. HOLLOLJ. Das konnte nur eine Person sein. Sie holte sich die Nachricht auf den Schirm und begann zu lesen.

Rachel, ich habe die ganze Nacht an dich denken müssen. Und an das, was ich mit dir gern tun würde. Ich kann es nicht länger für mich behalten. Heute Abend treffe ich dich um achtzehn Uhr vorm Gebäude, dann fahren wir zu mir. Als Erstes werde ich Musik auflegen und eine Flasche Wein öffnen. Oder Champagner Rosé.

Hört sich sehr nach *Hotel California* an, dachte Rachel schmunzelnd.

Ich werde dich langsam ausziehen, alle deine Kleider vom Leib streifen. Ich werde deine Brüste bloßlegen – habe ich dir gesagt, dass du wunderschöne Brüste hast? So weich, so warm. Ich könnte in deinen Brüsten ertrinken, Rachel. Ich brauche nur an sie zu denken, um hart zu werden. Ich werde hart wie ein Fels sein, wenn ich mit dem Entkleiden endlich fertig bin. Aber ich glaube, ich lasse dir den BH an, das sieht lüsterner aus. Und dann hebe ich dich auf und trage dich zu meinem Bett.

Also doch Mr. Macho, dachte sie.

Habe ich dir schon gesagt, dass ich ein großes Messingbett habe, Rachel? Besonders lang, besonders breit. Und eine Menge daunengefüllte Kissen. Ich lege dich sanft auf die weißen Laken, sie sind aus Seide und so weiß und glatt wie deine Haut. Dann hole ich vier schwarze Seidenschals und binde deine Hand- und Fußgelenke an die Bettpfosten – nicht zu fest, es soll nicht weh tun, aber doch so fest, dass dein Bewegungsspielraum eingeschränkt ist. Dann bist du mir ausgeliefert, und ich kann mit dir tun, was ich will. Und was ich will, glaube ich, wirst du auch wollen. Sehr sogar.

Jetzt wird's aber spannend, dachte Rachel, und hastig holte sie sich die nächste Seite auf den Schirm.

Ich hole einen Malerpinsel aus echten Zobelhaaren. Dann setze ich mich neben dich aufs Bett und streiche mit dem Pinsel über deinen Leib. Du wirst dich winden und herumwälzen, aber du kannst den sanften, erregenden Berührungen nicht entkommen, und zum Schluss bürste ich zuerst leicht, dann härter, über deine Muschi, ich streiche mit dem Pinsel über deine geschwollenen Schamlippen, auf und ab, immer und immer wieder, bis die Borsten nass von deinem Nektar sind. Ich bestreiche mit dem Pinsel deine Nippel und deine Lippen, sodass auch sie mit deinem Saft glänzen, und dann werde ich dich küssen, um einen Vorgeschmack auf das zu bekommen, was geschieht, wenn ich mit dem Mund in dich eintauche.

Rachel schüttelte sich vor Erregung.

Aber bevor ich das tue, werde ich dir einen Orgasmus besorgen. Ich werde weiter über deine einmalig schöne Muschi bürsten, ganz langsam, über die Klitoris streichen, bis du stöhnst und bebst und mich anflehst, in dich einzudringen, dich hart und schnell zu ficken. Aber ich werde es nicht tun – noch nicht. Ich werde fortfahren, dich mit dem Pinsel zu streichen, und die weichen Zobelhaare werden dir den ersten Orgasmus des Abends besorgen, während ich mich über dich beuge und deine Nippel sauge. Und während deine inneren Muskeln sich noch zusammenziehen, werde ich den Pinsel umdrehen und in dich einführen wie einen Dildo, ich werde ihn hin und her bewegen, und du wirst deine Lust herausschreien.

Sie konnte sich die Szene sehr gut vorstellen, und sie spürte, wie ihr Geschlecht feucht wurde und die Lippen anschwollen. Ob Luke nur in seinen Fantasien wühlte und sie sich von der Seele schreiben wollte, oder ob er die Mail geschrieben hatte, um diese Reaktion bei ihr hervorzurufen, wusste sie nicht genau, aber fest stand, dass sie ungeheuer erregt war.

Dann verwöhne ich dich mit dem Mund. Ich werde zwischen deinen Beinen knien, lege meine Hände auf die Innenseiten deiner Schenkel und öffne dich so weit es geht. Ich küsse deine Beine und arbeite mich immer höher, aber kurz vor deiner Muschi höre ich auf, nur meinen heißen Atem wirst du schon fühlen, und natürlich weißt du, was ich als nächstes machen werde. Doch ich warte damit, bis du vor Erwartung zitterst. Ich werde es erst tun, wenn du mich darum bittest, wenn du mich mit begieriger, heiserer Stimme anflehst, es zu tun ...

Er beschrieb alles bis ins kleinste Detail, und Rachel schloss für einen Moment die Augen. Es war ihr, als spürte sie jetzt in dieser Sekunde seinen Mund. Sie schluckte. Es war nicht zum Aushalten. Einer ihrer früheren Freunde hatte es mit erotischen Telefongesprächen gehabt, wenn sie nicht zusammen sein konnten, oder wenn er zu viel getrunken hatte, aber dies war viel deutlicher, expliziter.

Es war ihr nicht bewusst, dass sie eine Hand zwischen die Beine presste. Sie konnte sich gut vorstellen, dass Luke es war, der sie dort anfasste. Der Gedanke erregte sie noch mehr. Ja, sie würde sich die E-Mail ausdrucken, damit sie den Brief immer wieder lesen konnte. Er wäre eine ideale Bettlektüre und würde ihr helfen, sich nach einem nervenden Tag zu entspannen.

Sie schüttelte sich vor Lust.

Sie begann sich durch die Kleider zu reiben, sie

dachte an Luke und an das, was sie an diesem Abend zusammen tun würden. Ihre Brustwarzen hatten sich längst aufgerichtet und drückten sich gegen den Stoff des BHs. Sie stieß einen leisen Schrei aus. Wenn das schon seine Fantasie bewirkte, um wie viel besser musste dann die Realität sein! Sie rieb härter und spürte, wie die Klitoris unter ihren Fingern zu pochen begann. Sie schloss wieder die Augen.

Ja, sie würde es tun. Sie …

Das Klopfen gegen die Tür riss sie aus ihrem Tun. Sie fluchte leise, riss die Augen auf und schaute auf ihre Uhr.

Ihre Tutorengruppe war fällig.

Verdammt. Sie richtete sich im Sessel auf und strich ihre Kleider glatt. Ihre Vagina fühlte sich feucht und geschwollen an, bereit für einen Mann, und sie war sicher, dass es im Zimmer danach riechen würde. Nun, dachte sie hoffnungsvoll, sie würden nicht auf den Gedanken kommen, womit sie sich gerade beschäftigt hatte.

»Herein!«, rief sie.

Vier Studenten traten ein. Sie lächelte ihnen freundlich zu, was ihr noch nie so schwer gefallen war, und langte nach der Kaffeekanne. Sie hätte jetzt gern ein paar Minuten für sich selbst gehabt, um Lukes E-Mail zu Ende zu lesen und um das zu beenden, was Lukes Fantasien in ihr ausgelöst hatten.

Aber dies war ihre einzige Unterrichtsstunde an diesem Morgen. In einer Stunde konnte sie seinen Brief weiterlesen und dann auch fortsetzen, was sie begonnen hatte.

Die Stunde verging rasch, und dann fiel die Tür hinter dem letzten Studenten ins Schloss. Sie kehrte zu ihrem Computer zurück.

Luke stand also auf pornografische E-Mails? Nun, die konnte er haben. Im nächsten Augenblick flogen ihre Finger über die Tasten.

Morgen Abend treffe ich dich um achtzehn Uhr vor der Bibliothek. Wir gehen zu dir. Wir werden wieder eine Flasche Wein öffnen – australischen Chardonnay. Wir hören Musik und plaudern ein wenig, aber die ganze Zeit wirst du daran denken, was ich wohl in ein paar Minuten mit dir anstelle. Du wirst ganz genau wissen, was ich tun werde, denn ich schreibe es dir jetzt – und die Vorfreude wird alles noch viel süßer machen, wenn es wirklich geschieht.

Sie musste grinsen, atmete einmal tief durch und ließ wieder die Finger über die Tasten huschen.

Wir gehen in dein Schlafzimmer. Während du die Vorhänge zuziehst, zünde ich ein halbes Dutzend Duftkerzen an, ich glaube, sie verströmen den Duft von Vanille. Kerzenlicht wirft einen wunderbar weichen Schimmer auf die nackte Haut, weißt du das? Oh, ist das sinnlich! Ich werde dich küssen, lang und innig. Aber ich lasse keinen Zweifel daran, dass ich es bin, die Regie führt. Das ist ein Versprechen, keine Drohung. Ich werde dein Hemd ausziehen und leicht über die Haut streicheln und mit der anderen Hand den Gürtel deiner Hose öffnen. Ich ziehe den Reißverschluss der Jeans herunter und streife den Stoff von deinen Hüften. Dein Penis wird schon steif sein, er zeichnet sich dick unter deinen Shorts ab. Ich lege meine Finger über die Schwellung und drücke zu, lasse los, drücke wieder zu, diesmal ein bisschen fester. Du wirfst den Kopf zurück und schließt die Augen, während sich dein Mund einladend öffnet.

He, es machte ihr Spaß, solche Texte zu schreiben. Sie hatte gar nicht geahnt, was alles in ihr steckte – noch nie hatte sie daran gedacht, einem Mann einen pornografischen Text zu schreiben.

Wenn ich dich endlich ausgezogen habe, folge ich der Einladung deines Mundes. Ich küsse dich und stoße die Zunge tief hinein, sie sondiert und forscht, und dabei schiebe ich dich langsam zum Bett. Diesmal sind die Laken reine, knisternde Baumwolle, die sich kühl und glatt auf deiner Haut anfühlt. Die Seidentücher, mit denen du mich festgebunden hast, liegen noch da, und diesmal bin ich es, die bindet, und du bist das Opfer. Aber du ordnest dich bereitwillig unter, du lässt zu, dass ich deine Hand- und Fußgelenke an die Bettpfosten binde.

Oh, du siehst wunderbar aus, wie du dort liegst! Deine Haut schimmert weich im Schein der leicht flackernden Kerzen, und dein Schaft ist bereit für mich. Ich möchte dich malen, aber ich bin keine Künstlerin. Du leckst dir die Lippen und schaust mich erwartungsvoll an, aber noch berühre ich dich nicht. Zuerst möchte ich dir was zu denken geben.

Du hast einen CD-Spieler im Schlafzimmer. Ich suche mir eine CD aus und schiebe sie in den Schlitz. Als ich mich vergewissert habe, dass du zuschaust, fange ich an, mich auszuziehen. Ich habe mich am Morgen sehr bewusst angezogen, ich glaube, es wird dir gefallen. Für die Außenwelt bin ich Rachel Kemp, die graue Maus in Jeans und weitem Pullover, aber darunter …

Sie machte eine Pause, streckte sich, konzentrierte sich auf die nächste Szene, die sich schon in ihrem Kopf abspielte. Sie musste sie nur noch auf den Schirm bringen.

Ich ziehe den Pullover aus, und du siehst, dass ich ein Mieder darunter trage, aber es ist nicht irgendein Mieder. Es ist aus dem weichesten grünen Leder gefertigt, das man sich vorstellen kann, ein sattes Jadegrün, das den Cremeschimmer meiner Haut noch verstärkt. Die Körbchen sind kaum mehr als ein Schaufensterrahmen für meine Brüste, und du kannst meine steifen Warzen über den Rand des Leders lugen sehen. Ich schiebe die Jeans über die Hüften, und du wirst entdecken, dass ich einen G-String in der Farbe des Mieders trage, aber er besteht nur aus Spitze, und er verbirgt nichts. Ich trage auch noch die halterlosen Strümpfe, die du so sehr magst, und dazu die schwarzen Schuhe mit den hohen Absätzen. Ich muss sie für einen Augenblick ausziehen, um meine Jeans ganz abzustreifen, dann drehe ich mich um, ziehe die Schuhe wieder an und bücke mich.

Du kannst alles sehen, während ich langsam die Strümpfe hinunter rolle. Du kannst sehen, wie erregt ich schon bin, es wird offenkundig durch die nasse Stelle am G-String. Wieder ziehe ich die Schuhe aus, um die Strümpfe abstreifen zu können, dann lege ich auch den G-String ab. Ich drehe mich zu dir um und wiege mich im Rhythmus der Musik. Du bist nicht sicher, was ich als nächstes tun werde, bis ich die Augen schließe und die Hände über meinen Körper streiche. Das Ledermieder ist so geschmeidig, so weich, und jetzt fange ich an, meine Nippel zu kosen. Ich presse meine Brüste zusammen und ziehe an den Nippeln.

Du stöhnst auf, und eine meiner Hände gleitet tiefer, verharrt kurz auf dem Bauch, ehe sie noch tiefer gleitet. Der Handballen liegt auf dem Venusberg, und die Finger zucken ungeduldig. Du weißt, was ich tun werde. Ich will es mir selbst machen, will mir einen Orgasmus selbst bereiten, und du sollst mir dabei zusehen. Langsam schiebe ich einen Finger zwischen die Labien, und dann reibe ich die Klitoris und stoße zischend den Atem aus. Härter und fester reibe ich über den kleinen erregten Kopf. Es fühlt sich so gut an. Ich schiebe den Mittelfinger tief hinein, immer schneller, und bei jedem Ausfahren reibe ich über den Kitzler. Oh, ist das gut! Es wärmt mich auf für deinen Stab.

Meine Brustwarzen sind so hart, dass sie fast schmerzen. Sie brennen darauf, deinen Mund zu spüren – aber noch nicht. Ich bin auf der Schwelle, ganz nah dran. Meine Hand fliegt jetzt hin und her, und dann schreie ich auf, als der Orgasmus mich einholt.

Ich keuche noch, als ich mich dem Bett nähere. Ich knie mich aufs Bett, und Du wartest, verfolgst meine Handlungen mit fast atemloser Spannung. Ich steige über dich, mit dem Rücken zu dir grätsche ich über deinen Leib, und du kannst meinen Orgasmus riechen, einen starken, würzigen Duft, den du schmecken willst. Ich rutsche nach hinten, sodass du an mich herankommen kannst, und du streckst deine Zunge heraus und beginnst.

Ich beuge den Kopf. Der Penis ist unglaublich hart, und auf der Spitze schimmert ein einzelner Tropfen. Ich fange ihn mit der Zunge auf, und dann beginne ich zu lecken, und du stöhnst und willst mehr.

Ich öffne den Mund und nehme zuerst nur die Eichel auf, nehme sie sachte zwischen die Lippen. Du stöhnst wieder und fängst an, mich ernsthaft zu lecken. Ich wende einen langsameren Rhythmus an und nehme das Saugen auf. Bedächtige Züge, unterstützt von meinen Fingern, die am Schaft hinauf gleiten.

Ich spüre bald schon, wie nah du bist, aber ich will, dass es dauert. Deshalb ziehe ich meinen Mund zurück. Du stöhnst auf, diesmal bestimmt aus Frust, und dann fließt deine ganze Energie in deine Zunge, und ich spüre die ersten Anzeichen des bevorstehenden Orgasmus in den Fußsohlen kribbeln, sie ziehen die Beine hoch und explodieren im Solarplexus. Meine inneren Muskeln verkrampfen und entspannen, und ich schreie deinen Namen.

Du hast mich einen Moment lang abgelenkt, aber wirklich nur für einen Moment. Als sich mein Puls wieder abschwächt, drehe ich mich herum, sodass ich jetzt zwischen deinen Beinen knie. Jetzt kannst du alles sehen, was ich tue. Ich reibe dich mit langsamen Zügen, es liegt mindestens eine Sekunde dazwischen. Dann folgen zehn schnellere. Zehn langsame, zehn schnelle. Du verlierst die Kontrolle über dich, aber ich drücke mit Daumen und Zeigefinger dicht unterhalb der Eichel ab, fest, aber nicht so, dass es schmerzt, und damit zögere ich deinen Orgasmus heraus.

Dabei willst du ihn so dringend! Aber ich bin noch nicht bereit, ich will dich noch zu einer höheren Ebene bringen, denn du sollst Sterne sehen, wenn du kommst.

Ich greife zur Weinflasche und setze sie an meinen Mund, nehme einen kräftigen Schluck. Ich halte die Flasche an deine Lippen, dann nehme ich noch einen Schluck. Aber du weißt natürlich nicht, dass ich den Wein im Mund behalte.

Ich stelle die Flasche auf den Boden, dann beuge ich mich über dich und nehme dich in den Mund und lasse den prickelnden Wein über deine Eichel laufen, sauge den Wein wieder auf und lasse wieder etwas rinnen. Du schreist auf vor Überraschung und Lust, und dann schlucke ich den Wein hinunter und wärme dich mit meiner Zunge, bis du ganz verrückt wirst wie im Delirium. Du schreist, krächzt meinen Namen, und ich drücke deine Hoden, spüre die gespannten Eier, spüre es zucken und brodeln, und dann entlädst du dich auch schon in meinem Mund. Warm und salzig. Ich schlucke alles, jeden Tropfen, und du liegst da und kannst dich nicht bewegen, könntest es auch nicht, wenn ich dich nicht festgebunden hätte. Ich krieche zu dir hoch und küsse dich, und du kannst dich schmecken. Ich binde dich los und greife wieder zur Weinflasche.

Sie grinste, tippte noch ihre Initialen unter den Text und eine Reihe mit Küssen. Dann setzte sie Lukes Kürzel ein und drückte den Balken ›Senden‹. Der Computer piepte, um Bescheid zu geben, dass er die Nachricht verschickt hatte.

»Mal sehen, wie das bei dir ankommt, Mister Holloway«, murmelte Rachel, hob den Rotstift und wollte mit der Korrektur der Arbeiten fortfahren.

Sie hatte damit gerade begonnen, als ihr Telefon klingelte. Rachel schaute auf den Bildschirm und musste lachen. Ihre E-Mail war gerade empfangen worden. Okay, Luke, dann erzähl mal, was du darüber denkst. Sie hob den Hörer ab. »Hallo, hier ist Rachel Kemp.«

»Leonard Hollis.«

Scheiße, dachte Rachel.

Mit ihm hatte sie überhaupt nicht gerechnet. Sie hatte fest geglaubt, dass Luke in der Leitung war.

»Hallo. Was kann ich für Sie tun?«

»Können Sie in mein Büro kommen?« Seine Stimme klang kühl und kurz angebunden.

Was wollte denn der Leiter der Bibliothek von ihr?

»Wann?«, fragte sie.

»Jetzt.«

Seine Stimme ließ keinen Widerspruch zu.

Das hört sich nach Ärger an, dachte sie. Scheiße. Einen Krach mit dem Leiter der Bibliothek konnte sie nun wirklich nicht gebrauchen, denn jeder Krach würde Gilson gemeldet werden. »Gut, ich bin in zehn Minuten bei Ihnen.«

Die Leitung war tot, und Rachel legte stirnrunzelnd den Hörer auf. Warum wollte Leonard Hollis sie sehen? Sie hatte schon seit Monaten keine besonderen Anforderungen an die Bibliothek gestellt, damit konnte es also nichts zu tun haben. Er hatte sich auch nicht so angehört, als wollte er Dienstliches mit ihr besprechen. Er hatte sich eher so angehört, als könnte er seine Wut nur mühsam bezähmen. Ob einer ihrer Studenten ihn verärgert hatte, weil er ein Buch nicht zurückgegeben hatte? In solchen Fällen gehörte es zur Praxis, dass man sich an die Tutoren wandte.

Ach, ich werde einfach zu ihm gehen und dafür sorgen, dass sich seine Aufregung legt, dachte sie entschlossen. Sie hatte bisher nicht viel mit Leonard Hollis zu tun gehabt, aber sie wusste, dass er ein Freund von Gilson war, deshalb würde es klug sein, ihn bei Laune zu halten. Sie konnte sich nicht erlauben, dass er sich bei Gilson über sie beschwerte, denn auf einen solchen Anlass würde Gilson gewartet haben.

Sie stand auf, streckte sich und ging hinüber zu den Räumen der Bibliothek.

Die Tür zu Hollis' Büro war geschlossen, offenbar hielt er nichts von der Politik der offenen Türen, die in anderen Universitätsbibliotheken üblich war. Rachel atmete noch einmal kräftig durch, dann klopfte sie.

»Herein.«

Sie öffnete die Tür, trat ein und zog die Tür wieder hinter sich zu.

»Setzen Sie sich.«

Hollis machte ein finsteres Gesicht. Seine Augen blickten mürrisch, der Blick war hart.

»Was kann ich für Sie tun, Mr. Hollis?«, fragte Rachel.

Der harte Blick machte sie nervös. Normalerweise hätte sie ihn mit dem Vornamen angesprochen, auch das war an anderen Universitäten unter den Dozenten üblich, aber sie wusste, dass Hollis zur alten Schule gehörte, und sie wollte ihm keinen Vorwand geben, sie für respektlos zu halten.

»Gehe ich recht in der Annahme, dass Ihre E-Mail-Adresse KEMPRS lautet?«

»Jaaa ...« Sie runzelte die Stirn und begriff nicht.

»Dann haben Sie mir das vor einer viertel Stunde geschickt.« Er drehte den Bildschirm seines Computers zu ihr, und Rachels Gesicht wurde bleich, als sie den Text auf dem Schirm las. Es war ihre E-Mail an Luke.

Viertes Kapitel

Rachel saß stumm da, wie erstarrt. Teufel! Sie war sicher gewesen, dass sie die E-Mail an Luke geschickt hatte. Wie war der Text auf Hollis' Computer gelandet?

»Vielleicht würden Sie mir das erklären, Miss Kemp.«

»Ich ... hören Sie, es tut mir Leid. Das ist ein Missverständnis, ein Irrtum ...« Sie biss sich auf die Lippen. »Es war nicht für Sie gedacht.«

Seine Augen funkelten. »Aber Sie haben es mir geschickt.«

»Aus Versehen.« Sie schaute oben auf den Schirm. Hollis' Adresse lautete HOLLILJ. Nur ein Buchstabe unterschied sie von Lukes HOLLOLJ. Hollis und Holloway. Leonard und Luke. Nur ein kleiner Ausrutscher auf der Tastatur. Das konnte leicht passieren, ohne dass es auffiel. Und das war ihr zum Verhängnis geworden. »Es tut mir sehr Leid, Mr. Hollis.«

»Sie sind dabei erwischt worden, dass Sie Eigentum der Universität missbrauchen, und Sie sagen, dass es Ihnen Leid tut.« Seine Stimme klang kühl, sehr gelassen und präzise.

Rachel war nicht sicher, ob sie sich wie ein Schulmädchen schämen sollte, das bei einem kindlichen Streich erwischt worden war, oder ob sie sich wirklich fürchten sollte. Hollis konnte ihr eine Menge Unannehmlichkeiten bereiten, wenn er den Vorfall meldete.

Sie schluckte. »Wie ich schon sagte, Mr. Hollis, die E-Mail war nicht für Sie gedacht.«

»Und Sie glauben, dass es völlig in Ordnung ist, diesen Schmutz durch das Netzwerk der Universität zu schicken, sich dafür des Eigentums der Universität zu bedienen und das alles während Ihrer Arbeitszeit zu tun?«

Rachel schloss für einen Moment die Augen. Von allen Leuten, denen sie die E-Mail hätte schicken können, war Hollis der schlimmste Adressat. Nun, vielleicht wäre Gilson noch etwas schlimmer gewesen. Wenn der Text bei einem etwas jüngeren, aufgeschlosseneren Kollegen gelandet wäre – nun ja, er hätte sie etwas hochgenommen, und sie hätte sich eine Weile spitze Bemerkungen gefallen lassen müssen, aber niemand hätte so selbstherrlich reagiert wie Hollis.

Sie öffnete die Augen wieder und hoffte, dass Hollis die Reue darin las und sie gehen lassen würde. »Ich entschuldige mich, Mr. Hollis.«

»Sie entschuldigen sich«, wiederholte er.

Schuldgefühl und Scham ließen sie keck werden. Sie starrte ihn an und fragte schnippisch. »Was soll ich denn sonst sagen?«

Er strich sich übers Kinn. »Nun, ich denke, ich sollte Ihren Fakultätsleiter anrufen und ihm eröffnen, womit Sie sich die Zeit vertreiben, wenn Sie eigentlich unterrichten sollten.«

Ihre Augen weiteten sich. Himmel, er würde doch nicht Gilson einschalten? »Hören Sie, ich habe den Text während einer Freistunde geschrieben.« Nun ja, sie hätte Arbeiten korrigieren sollen, räumte sie still ein. Aber wie oft hatte sie diese Arbeit schon zu Hause erledigt?

»Die Tatsache bleibt, Miss Kemp, dass Sie die E-Mail verschickt haben. Ob Sie aus Versehen die falsche Adresse getippt haben, spielt keine Rolle – Sie haben eine pornografische Nachricht verschickt und dabei Eigentum der Universität missbraucht.«

Sie seufzte. »Hören Sie, ich will keine Schwierigkeiten haben. Ich glaube, Mr. Gilson muss das nicht unbedingt erfahren.«

»Ich stimme Ihnen in diesem Punkt nicht zu. Ich glaube, er sollte wissen, zu welchen Dingen sein Personal fähig ist.«

»Bitte, Mr. Hollis. Es war ein klassisches Versehen, ein Irrtum. Es tut mir Leid, wenn ich Sie beleidigt habe. Aber bitte, schalten Sie nicht den Fakultätsleiter ein. Ich verspreche Ihnen, es wird nicht wieder geschehen.« Sie schaute ihn flehend an.

Hollis nickte. »Also gut. Stehen Sie auf.«

Stirnrunzelnd gehorchte sie.

»Ziehen Sie den Pullover aus.«

Ihre Augen weiteten sich vor Entsetzen. Hatte sie ihn richtig gehört? Sie sollte ihren Pullover ausziehen? Das konnte er unmöglich gesagt haben! »Ich soll was?«

»Wenn Sie wollen, dass die Angelegenheit unter uns bleibt«, sagte Hollis, die Stimme immer noch kühl und gelassen, »dann rate ich Ihnen, das zu tun, was ich Ihnen sage.«

Sie errötete. »Ich ...«

»Es liegt bei Ihnen.« Er hob die Schultern. »Ich kann eine Kopie Ihrer E-Mail an den Fakultätsleiter schicken und ihn bitten, dass er sich selbst dieser Sache annimmt, wenn Ihnen das lieber ist.«

Gilson würde die E-Mail zum Anlass nehmen, sie

von der Universität zu weisen, daran gab es für Rachel keinen Zweifel. Sie konnte es sich nicht erlauben, ihren Job zu verlieren. Und ohne Referenzschreiben würde sie keine andere vergleichbare Stelle bekommen. Auf der anderen Seite würde sie sich von Hollis nicht verleiten lassen, sich vor ihm auszuziehen.

Vielleicht bluffte er. Das konnte sie auch. Sie hob das Kinn. »Dann schicken Sie ihm doch den Text.«

Er hob die Schultern und ersetzte Rachels Adresse oben auf der Seite durch Gilsons. »Es ist Ihre Entscheidung, Miss Kemp. Entweder schicke ich diesen Text sofort an den Leiter Ihrer Fakultät, oder Sie ziehen den Pullover aus.«

Sie schluckte. Er meinte es ernst. »Wenn Sie glauben, ich trüge das grüne Mieder, dann muss ich Sie enttäuschen. Das war nur eine Fantasie.«

»Und wer sollte der Empfänger Ihrer Fantasien sein?«

Ihre rote Gesichtsfarbe verdunkelte sich noch. »Spielt das eine Rolle?«

»Ja.«

»Das ist meine Privatsache.«

»Nicht mehr. Ich empfehle Ihnen, mir zu antworten, Miss Kemp.« Seine Stimme klang gefährlich.

Sie seufzte und ergab sich in ihr Schicksal. »Luke Holloway sollte die E-Mail erhalten.«

»Der Amerikaner.«

»Er ist Engländer. Er hat nur die letzten Jahre in den USA gearbeitet, deshalb hat der amerikanische Akzent auf ihn abgefärbt.«

Hollis lehnte sich in seinem Sessel zurück und verschränkte die Hände hinter dem Kopf. »Es verblüfft mich, wie störrisch Sie sich in Ihrer Situation verhalten,

Miss Kemp. Wenn ich Colin Gilson diese E-Mail schicke, wird er Sie feuern – nicht nur, weil Sie das Eigentum der Universität missbraucht haben, sondern auch wegen Obszönität und wegen eines Verhaltens, das einer Jung-Dozentin nicht würdig ist.«

Ihre Lippen wurden schmal wie ein Strich. »Was erwarten Sie von mir?«

»Das habe ich Ihnen bereits gesagt. Ziehen Sie den Pullover aus.«

Rachel war entsetzt, als sie fühlte, wie sich ein anderes Empfinden in ihrer Magengrube ausbreitete. Nicht nur Wut und Angst vor Hollis' selbstgerechter Verurteilung und Strafaktion, nicht nur Scham darüber, dass ihre sehr persönliche Fantasie in die Hände einer ganz anderen Person geraten war, sondern auch Erregung über die ungewöhnliche Situation. Sie spürte das leichte Pochen in ihrem Schoß.

Himmel, dachte sie, das kann ich nicht glauben. Er macht dich doch nicht an, oder?

»Sie haben noch zehn Sekunden, um Ihre Entscheidung zu treffen, Miss Kemp.«

Es gab nur eine Entscheidung, ob sie ihr gefiel oder nicht. Langsam griff sie zum Bund des weiten Pullovers und hob ihn hoch, sie kreuzte die Arme und zog ihn über den Kopf.

»Hm. Wie Sie schon sagten, Sie tragen nicht dieses grüne Mieder.«

Sie biss sich auf die Lippe. Jeden Augenblick konnte jemand hereinkommen und sie sehen. Das Gequatsche würde unerträglich sein. »Mr. Hollis ...«

»Halten Sie den Mund«, unterbrach er sie scharf. »Ich habe Ihnen nicht die Erlaubnis zum Reden gegeben. Ziehen Sie jetzt die Körbchen des Büstenhalters herunter, damit er fast so aussieht wie das grüne Mieder, das Sie beschrieben haben.«

Sie schluckte. »Ich ...«

»Tun Sie's.«

Rachels Wut schwoll an. Was bildete sich dieser Kerl ein, dass er sie herumkommandierte? Auf der anderen Seite durfte Gilson nichts erfahren.

Ein Teil von ihr schämte sich, weil sie die Situation genoss. Sie genoss es, sich vor Hollis zu entblößen.

Es war verrückt. Er war nun wirklich nicht ihr Typ. Er war gut zwanzig Jahre älter als sie und nicht sonderlich attraktiv, obwohl es auch gut aussehende ältere Männer gab, wenn sie an Sean Connery oder Al Pacino dachte. Hässlich war er auch nicht; eher ein Durchschnittstyp, dachte sie.

Seine grauen Augen blickten berechnend, und Rachel hatte ihn immer für kühl und penibel gehalten. Er trug fast nur graue Anzüge, gedeckte Krawatten, weiße Hemden. Das Mustermodell eines Spießbürgers, hatte Rachel geglaubt.

Aber trotz seiner unauffälligen Erscheinung verfügte er doch über eine gewisse Anziehungskraft, die Rachel mit einer Attraktion eines nicht tätigen Vulkans verglich – kalt nach außen, innen brodelnd. Der Gedanke, diesen kühlen Mann in eine ungezügelte Hitze bringen zu können ... Sie schüttelte sich.

»Tun Sie's, Rachel.«

Die Tatsache, dass er sie beim Vornamen genannt hatte, ließ sie zusammenzucken, aber dann gehorchte sie. Sie zog die Körbchen des BHs herunter, sodass er noch die bloßen Brüste hob, aber nicht mehr bedeckte.

»Und jetzt die Jeans.«

Wie in Trance öffnete Rachel den Knopf, zog dann den Reißverschluss auf.

Sie schob den Stoff über die Hüften und wand sich aus den Jeans. Sie bückte sich, um den Reißverschluss der Halbstiefel aufzuziehen, damit sie aus den Jeans heraustreten konnte. Gleichzeitig zog sie auch die Socken aus, denn sie nahm an, dass Hollis ihre altmodischen Wollsocken nicht für sehr erotisch hielt.

»Jetzt den Slip.«

Rachels Augen weiteten sich. Was führte er im Schilde? Wollte er, dass sie sich vor seinen Augen befriedigte? Oder würde er seine Sachen auch ausziehen und sie auf seinem Schreibtisch nehmen? Wie auch immer, sie spürte, dass ein heißer Schauer über ihren Rücken lief, und wieder setzte er sich zusammen aus Furcht, Scham und Erregung.

»Dein Slip, Rachel. Zieh ihn aus. Jetzt.«

Sie zupfte kurz an den Seiten, dann streifte sie ihn ab. Im Schritt war noch der feuchte Fleck, der sich gebildet hatte, als sie Lukes E-Mail gelesen und ihre Antwort geschrieben hatte.

»Gib ihn mir.«

Sie errötete. »Das kann ich nicht.«

»Gib ihn mir, Rachel.« Er nahm ihn aus ihren zitternden Fingern, sah im Schritt nach, fuhr nachdenklich mit einem Finger über die feuchte Stelle. »Das geschieht also, wenn du einem Mann deine Fantasien beschreibst«, sagte er, die Stimme unverändert kühl. »Du läufst aus.«

Rachel hätte vor Scham in den Boden versinken mögen, als er den Slip vors Gesicht hob und tief einatmete. »Du warst sehr erregt, würde ich sagen. Hast du an deinem Schreibtisch masturbiert, um dich in diesen

Zustand zu versetzen? Oder genügte es schon, ihm die Fantasien zu schreiben, um deine Säfte fließen zu lassen?«

Sie antwortete nicht, sie schämte sich zu sehr, als dass sie zugegeben hätte, sich selbst berührt zu haben, während sie Lukes E-Mail gelesen hatte.

»Das erregt dich, nicht wahr? Ich meine, wie du jetzt dastehst, vor meinen Augen, völlig entblößt.«

»Nein«, murmelte sie.

»Lügnerin.« Seine Stimme klang kalt, aber gleichzeitig klang sie auch wie ein Streicheln. »Es gibt eine bestimmte Art, wie man mit Menschen umgeht, die lügen.«

Sie schluckte. »Was … was haben Sie vor?«

»Mit dir?« In seinem Lächeln lag keine Wärme, keine Gnade. »Nun, ich glaube, ich werde dir eine Lektion erteilen müssen, Rachel. Ich muss dir beibringen, kein Eigentum der Universität zu missbrauchen. Lege jetzt deine Hände auf den Rand meines Schreibtischs und beuge dich vornüber.«

»Vornüber beugen?«, wiederholte sie verdutzt und benommen.

»Das habe ich gesagt. Du wirst doch die englische Sprache beherrschen, oder?«

Sie spürte, wie es unter ihrer Haut zu prickeln begann. »Ich …«

»Tu's, Rachel, ehe ich meine Absicht ändere und deine hübsche kleine Fantasie an Gilson schicke.«

Rachel schluckte ein paar Mal, dann gehorchte sie. Der helle Eichenschreibtisch war fast blank. Sie hielt sich am Rand fest, die Knöchel fast weiß, und beugte sich darüber.

»So, ja … mal sehen.« Er nahm ein Lineal aus der

Schublade, stand auf und schritt um den Schreibtisch herum.

Rachel verkrampfte sich vor Entsetzen. Teufel, er würde sie doch nicht mit dem Lineal züchtigen wollen wie ein Schulmädchen, das sich daneben benommen hatte?

»Schließ deine Augen, Rachel.«

Sie schluckte wieder, obwohl es kaum etwas zu schlucken gab. Ihr Mund war trocken. »Ich kann nicht sehen ... ich meine, ich kann Sie ohnehin nicht sehen.«

»Schließ deine Augen. Oder soll ich dir eine Augenbinde umlegen?« Er schien nachzudenken. »Vielleicht sollte ich dir einen Knebel in den Mund stopfen. Ja, ich sollte deinen Slip benutzen, um dir den Mund zu stopfen. Das würde dir gefallen, nicht wahr, Rachel? Du schmeckst deine eigene Erregung, während ich dir eine Lektion erteile.«

»Nein!« Sie schrie dieses eine Wort, aber sie war mehr noch über sich selbst entsetzt, als sie erkannte, dass ein winziger Teil von ihr die Vorstellung sehr erregend fand. Teufel, was geschah mit ihr? Sie war die gewöhnliche, langweilige Rachel Kemp, und obwohl sie die erotischen Geschichten ihrer Freundin Jennifer gern las, hatte sie nie im Sinn gehabt, diese Geschichten nachzuerleben. Heute hatte sie eine saftige E-Mail an ihren Geliebten geschrieben und sie dem falschen Mann geschickt, und jetzt stand sie nackt vor ihm, und in ihrem Schoß zirpte und zuckte es vor Erregung.

»Ich glaube, du lügst mich schon wieder an, Rachel.« Seine Stimme klang immer noch kühl und gelassen.

»Ich ...« Ihr Mund war so trocken, sie brachte kaum einen Laut heraus.

»Ah, ich werde dir nicht den Mund mit deinem Slip stopfen. Kann sein, dass du es zu sehr genießen würdest. Dies soll aber eine Bestrafung sein. Schließ deine Augen.«

Rachel drückte die Augen fest zu.

»Jetzt.« Sie fühlte seine Hand, die über ihren Po strich, und verspannte sich. Jeden Moment rechnete sie damit, dass sie das Lineal hörte, wie es die Luft zerschnitt und dann auf ihrem Hintern landete.

»So weich, so glatt«, flüsterte er. »Spreize deine Beine.«

»Ich ...«

»Spreize deine Beine«, beharrte er. »Zeige dich mir.«

Rachel wusste, dass sie keine Wahl hatte, und doch weinte sie fast vor Scham. Wenn sie sich ihm auf die Weise zeigte, die er verlangte, würde er sofort sehen, wie erregt sie war. Ihr Geschlecht glänzte von ihrem Saft, und die Schamlippen waren dick geschwollen. Sie hielt die Augen fest geschlossen, hob den Hintern an und setzte die Füße ein wenig weiter auseinander.

Er stieß zischend die Luft aus, als er sie so sah. »Da haben wir's. Es gelingt mir wohl nicht, dir eine Lektion zu erteilen. Du genießt das, nicht wahr, Rachel?«

Sie blieb stumm.

»Ich habe dir eine Frage gestellt. Ich rate dir, mir zu antworten.«

»Ich ...«

»Es macht dir Spaß, nicht wahr? Dich mir wie eine Hure zu präsentieren. Ja, du genießt es.«

Sie blieb stumm.

»Rachel.« Er sagte ihren Namen auf eine Weise, die

gleichzeitig zarte Berührung und Warnung war. »Ich ... ja.«

»Lauter.«

»Ja.«

»Was ja?«

»Was wollen Sie, dass ich sage?«, flüsterte sie.

»Ja, es macht mir Spaß, mich vor Ihnen so zu präsentieren«, formulierte er für sie und fügte hinzu: »Sir.«

Innerlich drehte sich alles, aber sie wusste auch, dass es stimmte, was er hören wollte. »Ja, es macht mir Spaß, mich vor Ihnen so zu präsentieren – Sir«, murmelte sie.

»Ich kann dich nicht hören.«

»Ja, es macht mir Spaß, mich vor Ihnen so zu präsentieren, Sir!«

»Das ist besser. Es war ganz leicht, nicht wahr?«

Sie fühlte etwas Glattes, Hartes auf der nackten Haut ihres Hinterns und zuckte zusammen. Es war das Lineal.

»Ich bin mir noch uneins, Rachel«, sagte er. »Dir gehört eine Lektion erteilt, das steht fest. Aber wenn ich dich hiermit schlage« – er gab ihr mit dem Lineal einen leichten Schlag auf die eine Backe – »wirst du die Aktion auch noch genießen, fürchte ich.« Nach einer kleinen Pause: »Ich habe den Beweis dafür.«

Sie spürte, wie er mit einem Finger in die Kerbe zwischen die Backen glitt, kurz über den Anus strich und dann weiter den Damm entlang. Der Finger glitt leicht in die warme, nasse Scheide, und er lachte kurz auf. »Das ist wohl Beweis genug«, sagte er und zog seine Hand zurück.

Himmel, wie lange würde sie diese Erniedrigung noch ertragen müssen?

»Bis es mir gefällt, damit aufzuhören.«

Sie war perplex, aber dann begriff sie, dass sie ihre Gedanken wohl laut geäußert haben musste.

»Bleibe in dieser Position, Rachel.«

Sie riss die Augen weit auf. »Wohin gehen Sie?«

»Es steht dir nicht zu, irgendwelche Fragen zu stellen«, wies er sie zurecht. »Wenn ich bei meiner Rückkehr feststelle, dass du dich bewegt hast, steckst du in noch viel größeren Schwierigkeiten.«

Er beugte sich über den Schreibtisch, und aus den Geräuschen schloss Rachel, dass er den Computer abschaltete. Offenbar traute er Rachel nicht. Sie hätte die E-Mail löschen können, sobald er aus dem Zimmer war.

»Also, bleibe so, wie du jetzt bist«, wies er sie noch einmal an, und im nächsten Augenblick hörte sie die Tür hinter sich ins Schloss fallen.

Sie schlug die Augen auf. Wenn sie sich nur in sein System hacken könnte. Sie hätte genug Zeit, sich in die Mailbox zu klicken, die E-Mail zu löschen, sich in aller Ruhe anzuziehen und das Büro zu verlassen, bevor er zurückgekehrt war. Aber sie wusste, dass es keinen Zweck hatte. Jeder Computer war mit einem persönlichen Kennwort gesichert, und wenn sie trotzdem ging, würde er die E-Mail an Gilson schicken, und dann war es mit ihrer Karriere vorbei, ehe sie begonnen hatte.

Aber wenn sie blieb ... Abgesehen davon, dass irgend jemand hereinkommen und sie in dieser demütigenden Position überraschen konnte, war ihr nicht klar, was Hollis beabsichtigte. Offenbar hatte er nicht mehr vor, sie mit dem Lineal zu züchtigen. Wie wollte er ihr dann eine ›Lektion erteilen‹?

Sie spannte die Muskeln ihrer Schultern an, ihre

Position war höchst unbequem, und sie konnte nichts anderes tun, als das Gewicht von einem Bein auf das andere zu verlagern. Dann hörte sie, wie die Tür geöffnet und wieder geschlossen wurde.

»Braves Mädchen«, sagte Hollis. »Ich war gespannt, ob du noch hier sein würdest.«

»Wenn nicht, würden Sie die E-Mail an Gilson schicken«, klagte Rachel.

»Ja.« Er trat einen Schritt näher. »Miss Kemp, bereuen Sie Ihr Verhalten?«

Sie nickte erleichtert. Es war vorbei. Er würde sie gehen lassen. »Ja.«

»Das glaube ich nicht.«

Enttäuscht verstummte sie.

»Dies hier spricht eine andere Sprache. Du bedauerst überhaupt nichts, Rachel.« Wieder fuhr er mit einem Finger durch die Kerbe, zwischen die Labien und ließ ihn auf der Knospe des Kitzlers verharren. »Du hast nachgedacht, Rachel. Du hast überlegt, wer in mein Büro kommen könnte, und was er tun würde, wenn er dich in dieser Position sähe. Du hast dir vorgestellt, wie er dich berühren würde.«

»Nein«, murmelte sie heiser.

»Wirklich nicht?« Er stieß ein höhnisches Lachen aus. »Aber du musst wissen, wie heiß du hier unten bist. Du wolltest dich selbst berühren, nicht wahr, um mir bei meiner Rückkehr einen hübschen Anblick zu bieten, was?«

»Ich …« Wieso konnte er ihre Gedanken lesen?

Wieder dieses überlegene Lachen. »Ja, ja, ich habe es mir gedacht. Nun, wie ich schon sagte, dir gehört eine Lektion erteilt.« Er fuhr mit einer Hand über ihren Po. »Das ist dringend erforderlich.«

Sie verspannte sich. »Wenn Sie mich schlagen …«

»Das werde ich nicht«, unterbrach er sie. »Und vergiss nicht, dass du nicht sprichst, bevor ich es dir sage, Rachel. Vergiss es nicht.«

Sie schluckte.

»Die Antwort lautet: ›Ja, Sir‹«, wies er sie an.

»Ja, Sir«, murmelte sie.

»Sage es, als ob es dir ernst ist.«

»Ja, Sir.«

»Und halte deine Augen geschlossen.«

Sie hörte ein metallisches Geräusch, das entstand, als er die Gürtelschnalle öffnete, dann das Sirren des Reißverschlusses, und ihre Augen weiteten sich, als sie begriff, was Hollis beabsichtigte. Bis vor einer Sekunde hatte sie diese Möglichkeit für ausgeschlossen gehalten. Sie hörte das Reißen von Papier, das dann auf den Schreibtisch geworfen wurde. Sie öffnete kurz die Augen und fand bestätigt, was sie vermutet hatte – die Verpackung eines Kondoms.

Deshalb hatte Hollis also sein Büro verlassen! Auf den Toiletten hingen Automaten, und daraus hatte er sich ein Kondom gezogen.

»So, Rachel.« Seine Stimme war wie eine liebevolle Berührung. Sie spürte die Spitze seines Schafts, die gegen ihren Schoß stieß. »Dies soll dir eine Lehre sein. Es soll dir zeigen, was passieren kann, wenn du pornografische E-Mails an die falsche Person schickst.«

Als er den Schaft mit einem Ruck bis zum Anschlag hineinstieß, hielt sie die Luft an – nie hatte sie damit gerechnet, dass er so groß und dick sein würde.

»Es ist keine richtige Lektion, die ich dir erteile«, fuhr er fort und verharrte reglos in ihr, »denn dafür genießt du die Aktion zu sehr, Rachel. Ich spüre, wie deine Muskeln mich quetschen, wie ich in deinem Saft baden kann.« Er streckte seine Arme und umfing mit beiden Händen ihre Brüste, rollte die Warzen zwischen Daumen und Zeigefinger. »Sie sind so hart, ich wette, dass sie beinahe schmerzen. Du willst, dass ich sie berühre, nicht wahr, Rachel?«

»Ja, Sir.«

»Warum erzählst du mir nicht, was ich mit dir anstelle, Rachel?« Seine Stimme klang wie Seide, als wollte er sie zu etwas überreden, was er mit Gewalt nicht erreichen könnte.

»Sie penetrieren mich, Sir.«

»Das ist ein Text, der sich drastisch von dem in der E-Mail unterscheidet«, meinte Hollis. »Ich frage mich, ob du deine Lektion gelernt hast, Rachel.«

Sie schluckte. »Ich … was wollen Sie von mir hören?«

»Sir«, forderte er sie auf.

»Sir.«

Er gluckste. »Im Augenblick gar nichts.« Er rieb weiter ihre Nippel und reizte sie so lange, bis Rachel sich unter ihm kaum noch ruhig halten konnte, sie zuckte hin und her. Er gab ihr einen Klaps auf eine Pobacke. »Ich habe dir nicht erlaubt, dich zu bewegen.«

Rachel fuhr sich mit der Zunge über die trockenen Lippen. Dies war ein neues, raffiniertes Spiel, das sie noch nicht kannte – und dessen Regeln ihr auch fremd waren. Was, zum Teufel, ist eigentlich mit mir los?, fragte sie sich, und Panik überkam sie. Ich lasse mich von einem Mann vögeln, den ich kaum kenne, lasse mich von ihm beherrschen wie eine Sklavin. Ich sollte ihm sagen, dass Schluss ist, dass …

Sie wusste, dass sie es nicht tun würde. Jetzt konnte

sie es auch nicht mehr. Ihr gefiel, was er mit ihr anstellte, und sie brauchte einen Orgasmus.

»So ist es besser«, sagte er, als sie aufhörte, sich hin und her zu wiegen. »Stumm und regungslos, so sollst du deine Lektion lernen.«

Rachel hielt die Luft an, als er mit einer Hand über ihren Bauch streichelte. Sein Finger suchte und fand ihre Klitoris und begann sie zu reiben. Rachel biss sich auf die Unterlippe, verzweifelt bemühte sie sich, still zu bleiben, ihre Lust nicht hinauszuschreien. Als ob er ihr Ungemach spürte, gluckste Hollis und begann mit ebenmäßigen Stößen.

Sie schluckte ein paar Mal. Die kombinierten Bewegungen des Fingers auf dem Kitzler und des Schafts in ihrer Vagina waren kaum noch schweigend zu ertragen. Sie spannte ihre inneren Muskeln an und umklammerte ihn, und er beugte sich über sie und flüsterte in ihr Ohr: »Rachel, ich habe doch gesagt, dass du absolut still sein sollst.«

»Tut mir Leid.«

»Tut mir Leid«, äffte er nach. »Das scheint dein Satz des Tages zu sein. Aber so leicht kommst du mir nicht davon.«

Er beschleunigte die Stöße, und im nächsten Augenblick spürte Rachel die Zuckungen, die ihren Orgasmus ankündigten. Ihre Beine wurden weich wie Pudding, in ihrem Bauch kribbelte es, und dann explodierte ihr Inneres mit einer Wucht, die sie schockierte.

Fast gleichzeitig kam es auch Hollis, er stieß noch zwei Mal tief in sie hinein, und dann pumpte er sich leer, begleitet von einem gedämpften Aufstöhnen.

Er zog sich aus ihr zurück, und Rachel hörte ein

leichtes Klatschen, als er sein Kondom abstreifte. Sie hörte, wie er sich sauber wischte, und dann fiel wieder etwas auf den Schreibtisch. Sie blinzelte und sah, dass es ihr Slip war – er hatte sich an ihrem Slip sauber gewischt! Sie hörte das Ratschen des Reißverschlusses und dann das metallische Geräusch, als er seine Gürtelschnalle schloss. Ein paar Augenblicke später saß er wieder im Sessel hinter seinem Schreibtisch.

»Steh auf, Rachel. Öffne deine Augen«, befahl er.

Sie gehorchte. Hollis sah wieder so unnahbar aus wie vor einer halben Stunde, als sie das Zimmer betreten hatte. Niemand würde ahnen können, wenn man ihn da sitzen sah, was er mit ihr angestellt hatte. Sie dagegen fühlte sich, als hätte man sie rückwärts durch eine Hecke geschleppt.

»Zieh dich an«, sagte er leise.

Sie schüttelte den Kopf. »Erst, wenn Sie mir sagen, was Sie mit der E-Mail tun.«

»Zieh dich an, Rachel. Du bist in keiner Position, um irgendwelche Forderungen zu stellen.« Er lächelte durchtrieben. »Wie würdest du es erklären, wenn jetzt jemand hereinkäme und dich so sähe?«

»Ich weiß es nicht.«

»Dann ist es wohl besser, wenn du dich anziehst.«

Sie griff nach ihrem Slip auf seinem Schreibtisch, zog ihn an und zupfte ihren Büstenhalter zurecht. Er verfolgte ihre Bewegungen, sah, wie sie den Pullover über den Kopf streifte, die Jeans anzog, dann die Socken und Halbstiefel.

»Und was geschieht jetzt?«, fragte sie.

»Ich glaube, dass du deine Lektion gelernt hast«, sagte er. Er schaltete den Computer ein und drehte den

Schirm zu ihr. Er holte ihre E-Mail auf den Schirm und löschte sie.

»Danke«, sagte sie.

»Keine Ursache.« Er rieb sich das Kinn. »Und halten Sie sich von Holloway fern.«

»Was?« Diese Aufforderung traf sie völlig unerwartet.

»Ich sagte«, und diesmal lag ein Hauch von Stahl in seiner Stimme, »dass Sie sich von Holloway fern halten sollen. Er bedeutet Trouble, und es ist nicht gut für Sie, in seiner Gesellschaft gesehen zu werden.«

Rachels Wut brach durch. »Was gibt Ihnen das Recht, mir zu sagen, mit wem ich mich treffen kann und mit wem nicht?«

»Ich gebe Ihnen lediglich einen Rat, Miss Kemp«, sagte Hollis. Es war verblüffend, wie schnell er sich zurück ins Förmliche gefunden hatte. »Wenn Ihnen an Ihrer Karriere an dieser Universität liegt – oder an irgendeiner anderen , dann sollten Sie sich von Holloway fern halten.«

»Aber warum? Was hat er getan?«

»Sagen wir nur, wenn Sie meinen Ratschlag nicht befolgen, werden Sie die Konsequenzen tragen müssen, und sie werden nicht angenehm sein.«

»Aber was hat er getan?«, fragte Rachel wieder.

Hollis schüttelte den Kopf. »Es ist nicht an Ihnen, Fragen zu stellen, erinnern Sie sich?«

Rachel schluckte. »Na, gut. Kann ich jetzt gehen?«

Er nickte. »Und bedenken Sie, was ich gesagt habe.«

»Ja.« Rachel konnte keine Minute länger bei ihm ertragen. Sie hätte gern länger über Luke diskutiert, aber jetzt war ihr wichtiger, von Hollis wegzukommen.

Sie schlug die Tür hinter sich zu, ließ sich gegen die Wand fallen und schloss die Augen. Was soeben passiert war, war einfach unglaublich. Und sie hatte es mit sich machen lassen. Heiße Scham überkam sie. Das Schlimmste aber war, dass es ihr gefallen hatte. Es hatte ihr gefallen, wie er sie kommandiert hatte, wie er sie gezwungen hatte, sich vor ihm zu entblößen, bevor er sie missbrauchte.

Was geht in mir vor?, dachte sie verzweifelt. Was, zum Teufel, ist mit mir los?

Fünftes Kapitel

Später am Nachmittag hielt sich Rachel im Basement der Bibliothek auf, weil sie nach weiteren Quellen für ihre Doktorarbeit suchte. Sie war völlig in ihren Gedanken versunken, während sie die einzelnen Dokumente überprüfte, und sie erschrak, als sich von hinten zwei Hände über ihre Augen legten.

»He, was soll …?«

»Hallo, Rachel.«

Sie entspannte sich, als sie Lukes Stimme erkannte. Er küsste sie leicht auf ein Ohrläppchen.

»Ich habe dich den ganzen Nachmittag gesucht«, sagte er. »Ich habe deine Durchwahl angerufen, aber niemand antwortete, bis ich schließlich zum Sekretariat durchgestellt wurde. Die Sekretärin schien auch nicht zu wissen, wo du bist, sie konnte mir nur sagen, dass du am Nachmittag keine Vorlesungen und keine Tutorenkurse hast. Sie sagte, wenn du nicht in deinem Zimmer seist, könntest du in der Bibliothek oder auch nach Hause gegangen sein.«

Sie zog seine Hände von ihren Augen.

»Weißt du, ich werde dir nicht Rechenschaft von jeder Stunde geben, die ich wo und mit wem verbringe.«

»Ich weiß.« Er packte sie an den Hüften und drehte sie zu sich um. »Rachel, ist etwas nicht in Ordnung?«

»Nicht in Ordnung? Ach, was sollte denn nicht in Ordnung sein?«

Er seufzte. »Es ist die verdammte E-Mail, nicht wahr?«

Sie errötete tief. Die E-Mail. Sie war der Grund, dass sie in Hollis' Büro gelandet war und sich wie eine läufige Hündin benommen hatte.

»Oh, Rachel.« Er streichelte ihr Gesicht. »Es tut mir Leid, wenn ich dich beleidigt habe. Das war wirklich nicht meine Absicht, das musst du mir glauben.«

»Du hast mich nicht beleidigt.«

»Bist du sicher? Aber du verhältst dich so abweisend.«

»Nein, alles ist in Ordnung«, wiederholte sie. Sie erinnerte sich an Hollis' Warnung, sich von Luke fern zu halten. Ob Hollis wusste, dass sie schon dabei war, gegen seinen Rat zu verstoßen? Und wenn ja, was würde er tun? Auch wenn er nicht mehr im Besitz der E-Mail war, würde Gilson sich den Inhalt auch gern erzählen lassen. Verdammt, da hatte sie sich in etwas hineingeritten!

»Rachel.« Luke nahm das Buch aus ihren Händen, schlug es zu und stellte es ins Regal zurück. »Rachel.« Er nahm ihr Gesicht in beide Hände, beugte den Kopf und strich zärtlich mit den Lippen über ihre.

Sie wich zurück. »Luke, nicht hier.«

»Niemand kann uns sehen. Es kommt kaum jemand hier in den Keller.«

»Luke, ich …«

»Pst.« Er beugte sich wieder zu ihr, nagte diesmal an ihrer Unterlippe, und sie konnte sich nicht länger dagegen sträuben, sie öffnete den Mund und legte beide Hände um seinen Nacken. Luke fühlte sich ermuntert und fuhr unter ihren Pullover, streichelte über den Rücken und nestelte am Verschluss ihres Büstenhalters. Eine Hand kam nach vorn, schob den BH aus dem Weg und begann sanft, ihre Brüste zu massieren.

Rachel schmiegte sich an ihn, rieb sich gegen seinen Schenkel und stöhnte auf, als er leicht ihre Nippel rieb und in die Länge zog.

Seine Zunge schlüpfte in ihren Mund, und Rachel war es nun egal, dass sie sich an einem halb öffentlichen Ort befanden, an dem sie leicht hätten entdeckt werden können. Es war ihr auch egal, dass man sie bei Hollis gemeldet hätte, wenn sie erwischt würden. Jetzt zählte nur die Wirkung, die Luke auf ihren Körper hatte, und dass ihr Schoß nach dem Geliebten schrie.

»Mmm, Rachel«, murmelte er dicht an ihrem Ohr. »Ich habe den ganzen Tag an dich denken müssen. Ich habe mich daran erinnert, wie sich unsere Körper berührten und bewegten. Fühl mal, wie du auf mich wirkst, Rachel.« Er nahm ihre Hand und führte sie zu seinem Schritt, wo sie seine Erektion mit der ganzen Hand umfasste. »Ich will dich, Rachel. Jetzt. Hier.«

»Aber ...«

»Kein Aber«, unterbrach er sie. »Ich sagte schon, es kommt kaum jemand hierher. Wir werden bestimmt nicht erwischt.«

»Aber wenn jemand kommt?«

»Macht das die Situation nicht noch erregender?«, fragte er. »Die Tatsache, dass jemand uns überraschen könnte? Er oder sie kommt herunter, um irgendein altes Buch zu suchen, und dann sieht er uns – wie wir mittendrin sind, ich ganz tief in dir drinnen, und dein Gesicht ist dunkelrot vor Lust.«

Rachel schluckte, gleichzeitig verlegen und erregt.

Er lächelte und rieb seine Nase liebevoll gegen ihre. »Du machst dir zu viele Gedanken, Rachel. Niemand wird uns erwischen. Und ich begehre dich so sehr. Ich will deinen feuchten Schoß um meinen Schaft fühlen. Ich kann nicht bis heute Abend warten, bis wir in meiner Wohnung sind.«

Bevor sie protestieren konnte, küsste er sie wieder, und seine vollen Lippen waren ebenso beredt wie seine Stimme.

Dass er ihr den Pullover auszog, bemerkte Rachel erst, als er ihn über den Kopf streifte. Sekunden später fiel ihr BH auf den Boden. Luke hielt ihre Brüste umfasst und drückte sie zusammen.

»Mm.« Er beugte den Kopf und barg sein Gesicht an den weichen Hügeln. »Hat dir schon jemand gesagt, wie herrlich du riechst, Rachel? Ich weiß nicht, ob es dein Parfum ist oder dein Duschgel, oder was auch immer, aber es ist wunderbar. Vanille und Jasmin. Und es macht mich unheimlich an.«

Sie schloss die Augen, und sein Mund schloss sich über einer Warze. Er saugte sie tief in den Mund, und sie stöhnte auf und presste sich gegen ihn. Er nahm sich die andere Brust vor. Sein Atemhauch auf der empfindlichen Haut ließ sie vor Lust erschauern.

»Rachel, Rachel, ich kann dir nicht widerstehen«, murmelte er. »Du bist wunderbar, zum Hinknien schön. Ich liebe es, wie du dich anfühlst.«

Sie bemerkte, dass er den Knopf ihrer Jeans öffnete und dann den Reißverschluss aufzog. Langsam streifte er ihr die Jeans ab.

»Warte.«

Er verharrte mitten in der Bewegung und sah sie verständnislos an.

»Du hast noch eine Menge mehr an als ich«, sagte sie. Es erinnerte sie an die Szene mit Hollis, denn auch er war vollständig bekleidet, als er sie am Morgen von hinten genommen hatte, während sie fast nackt gewesen war.

Er grinste. »Wenn das alles ist, was dich sorgt, dann ist dem leicht abzuhelfen.« Er zog sich den Polopulli über den Kopf. »Besser?«

Sie schüttelte den Kopf. »Noch nicht.«

»Dann tu was dagegen, Rachel«, drängte er sie. »Wie willst du mich haben? Zeig's mir.«

Sie öffnete seine Jeans und zog gleichzeitig mit den Jeans die Boxershorts hinunter. Sein Schaft sprang federnd hoch, und für einen Augenblick war Rachel versucht, sich vor ihn zu knien und ihn in den Mund zu nehmen, aber dann erinnerte das Pochen zwischen ihren Schenkeln sie daran, dass sie ihre eigene Befriedigung benötigte, da er nun ihre Lust geweckt hatte. Sie war nicht in Stimmung, großzügig zu sein. Sie wollte gegenseitige Leidenschaft, Haut an Haut, Bauch an Bauch.

»Nicht ganz ausziehen«, sagte Luke leise und hielt ihre Hände fest.

»Ach? Und ich?«

»Siehst du, das wird dich lehren, Röcke zu tragen. Damit wäre es viel einfacher und unverfänglicher. Außerdem musst du für das, was ich vorhabe, Bewegungsfreiheit haben.«

»Aber wenn jemand hereinkommt . . .«

»Hör auf, dir Sorgen zu machen.« Luke schlüpfte mit einer Hand zwischen ihre Schenkel und drückte den Daumenballen durch ihren Slip gegen die Klitoris.

Rachel stieß laut die Luft aus, als das Verlangen sie durchraste. »Luke …«

»Ich weiß. Ich will es auch.« Er küsste ihre Nasenspitze. »Ich lasse dir den Slip an, wenn es dich beruhigt.«

Sie musste lächeln. »Oh, Luke.«

»Das ist schon besser.« Er leckte sich über die Unterlippe. »Oh, Rachel, ich kann nicht genug von dir bekommen. Wirklich, normalerweise benehme ich mich nicht so, aber wenn ich in deiner Gegenwart bin, übernehmen die Hormone meine Steuerung. Ich kann dann an nichts anderes denken, als dich zu berühren, dich zu schmecken und Liebe mit dir zu machen. Alles andere ist nicht mehr wichtig.«

Er setzte sein Bemühen fort, ihre Jeans abzustreifen. Er ging in die Hocke und küsste ihren Bauch.

»So schön«, murmelte er, beugte sich noch tiefer, um die Stiefel zu öffnen und auszuziehen, und als er das geschafft hatte, küsste er sich über die Waden hoch zu den Kniekehlen und zurück zu ihrem Schenkeldreieck.

Rachel schloss die Augen und warf den Kopf in den Nacken. Sie konnte sich gut daran erinnern, wie sein Mund sie gestern Abend in Verzückung versetzt hatte, allein der Gedanke daran, dass er das jetzt wiederholen würde, ließ sie erbeben.

»Rachel.« Er schob den Schritt ihres Slips zur Seite, und sie stellte die Beine weiter auseinander, um ihm mehr Platz zu geben, und dann drang er mit der Zunge in sie ein und schmeckte ihre Erregung. Sie murmelte leise, wie gut sie sich fühlte, wie sehr er sie verwöhnte, und er leckte und saugte und stieß mit der Zungenspitze gegen die Klitoris, bis sie am ganzen Körper zitterte und sich kaum noch halten konnte.

Wenn jemand sie jetzt erwischt hätte ... Aber heute Morgen in Hollis' Büro war sie ein viel größeres Risiko eingegangen. Rachel beschloss, ihre Bedenken abzustellen, sie wollte Lukes Liebkosungen uneingeschränkt genießen, und Sekunden danach wurde sie vom Orgasmus geschüttelt, völlig überraschend für sie selbst und für Luke.

Luke stand auf, ein breites Grinsen im glänzenden Gesicht. Er küsste sie, und sie konnte sich selbst schmecken. Dann nahm er sie bei der Hand und führte sie in eine Nische zwischen den Regalen. Er drückte sie leicht mit dem Rücken zur Wand.

Der übermalte Putz fühlte sich kalt auf der Haut ihres Rückens an, und sie musste ein Kreischen unterdrücken. Sie protestierte nicht, als Luke sie ein wenig anhob, die Schenkel spreizte und flüssig in sie eindrang. Sie schlang die Beine um seine Hüften.

Er fühlte sich gut in ihr an, lang und dick und hart, und als er sich in ihr zu bewegen begann, zog sie seinen Kopf zu sich und küsste ihn mit dem Feuer, das seine Stöße in ihrem Inneren entfacht hatten.

Er stieß rasch und zügig zu, und sie spürte, wie ihre Lust schon wieder anschwoll, kaum dass sie abgeklungen war. Sie verfolgte das Kribbeln, das in ihren Fußsohlen begann, das hinaufzog bis unter die Kopfhaut, und dazwischen ihre Nippel in Brand setzte und ihren ganzen Leib erfasste.

Sie stöhnte in seinen Mund, während ihre Vagina pulsierte und sich um den dicken Schaft zusammenzog. Sie spürte seinen Schrei mehr, als dass sie ihn hörte, als er seinen Höhepunkt erlebte, und sie spürte auch, wie sein Balsam das Feuer in ihr beruhigte.

Er hielt sie noch lange fest umschlungen, dann zog

er sich behutsam aus ihr heraus und stellte sie wieder auf die Füße. Er küsste ihre Nasenspitze, dann bückte er sich, um Jeans und Shorts hochzuziehen. Er holte ihre restlichen Kleidungsstücke und half ihr, sich anzuziehen, und dabei streichelte er ihre Haut, als wollte er sie nur widerwillig bedecken.

Erst als sie beide wieder angezogen waren, brach er das Schweigen, das während des Anziehens zwischen ihnen geherrscht hatte. »Entschuldige, dass ich so über dich hergefallen bin.« Aber reuig sah er nicht aus.

Rachel grinste ihn an. »Lügner.«

»Du hast eben diese Wirkung auf mich. Du hast aus mir das männliche Gegenstück zu einer Nymphomanin gemacht.«

»Ein Sexbesessener«, sagte sie.

Er runzelte die Stirn. »Das hört sich eher nach schmutzigem alten Mann an. Und glaube mir, das Wort schmutzig bringe ich mit dir nicht in Verbindung.«

»Nein?«

»Nein. Lustvoll, ja. Auch zügellos.«

Sie stöhnte auf. »Wirst du mir jetzt irgendein schwüles Gedicht vortragen?«

»Nein. Ich wollte dir nur sagen, dass an dem, was ich für dich empfinde, nichts Schmutziges ist. Im Gegenteil, es ist sehr rein.«

»Rein?«, stieß sie hervor. »Du willst mir sagen, dass das, was wir gerade getan haben, rein ist?«

Er gluckste. »Das war reiner Sex. Von seiner besten Art – gemeinsam erlebte Lust. Oder willst du mir sagen, dass es dir nicht gefallen hat?«

»Na ja.« Sie biss sich auf die Unterlippe. »Wir sind ein hohes Risiko eingegangen.«

»Ein kalkuliertes. Ich spiele nur, wenn ich sicher bin,

dass ich gewinne.« Er nahm ihre Hände und hob sie an seinen Mund, küsste sie ausgiebig. »Sagst du mir jetzt, was eben mit dir los war, Rachel?«

Sie runzelte die Stirn. »Ich weiß nicht, was du meinst.«

»Ich hatte den Eindruck, dass du mir ausweichen wolltest. Warum hast du mich nicht angerufen, als du meine E-Mail gelesen hast?«

»Konnte ich nicht. Ich hatte einen Tutorenkurs.«

»Und danach? Danach hättest du mich anrufen können. Es sei denn, ich hätte dich geschockt.«

Sie schüttelte den Kopf. »Nein.«

»Ich habe dich nicht beleidigt?«

»Nein.«

Er runzelte die Stirn. »Und warum bist du mir dann ausgewichen?«

Sie seufzte. »Also gut, ich werde es dir erzählen. Ich habe dir eine E-Mail zurückgeschickt.«

»Eine E-Mail?«

Sie nickte. »Ja, und sie war eine Antwort auf deine, etwa auch in dieser Sprache.«

»Ich habe sie nie erhalten.«

»Ich weiß.«

Seine Stirn hatte sich noch nicht geglättet. »Du schickst mir einen Brief, den ich nicht erhalte, und du sagst mir, dass du weißt, dass ich ihn nicht erhalten habe. He, was ist los, Rachel?«

Sie seufzte wieder. »Als ich deine Adresse eingab, muss mein Finger auf die falsche Taste gerutscht sein. Die falsche Person hat die E-Mail erhalten.«

Luke starrte sie an, dann lachte er glucksend. »Das ist nicht dein Ernst! Warum hast du sie nicht einfach zurückgerufen?«, fragte er dann.

»Weil«, sagte sie leise, »mir nicht bewusst war, dass ich sie der falschen Person geschickt habe. Dann klingelte das Telefon, und ich dachte, dass du dran bist.«

»Und?«

Sie biss sich auf die Lippe. »Ich glaube nicht, dass ich darüber reden will«, sagte sie.

»He, jetzt musst du mir auch den Rest erzählen.« Er sah sie forschend an. »An wen hast du die E-Mail geschickt?«

Sie schloss die Augen. »An Leonard Hollis.«

»Leonard Hollis? Der Leiter der Bibliothek?« Luke stieß einen Pfiff aus. »Scheiße! Wenn du einen Fehler machst, dann aber auch einen ganz großen, was? Hat er die Mail gelesen?«

»Ja, und er war nicht sehr beeindruckt«, sagte Rachel. »Er war wütend. Er hat mich sofort in sein Büro bestellt und mich unangespitzt in den Boden gerammt.« Er hat etwas anderes gerammt, dachte sie zornig, aber das würde sie Luke nicht erzählen. Das brachte sie nicht fertig. Hollis hatte sie erniedrigt und herumkommandiert, und es hatte ihr gefallen. Selbst jetzt empfand sie eine Mischung von Gefühlen – Scham, Zorn, aber auch Lust.

»Was genau hast du denn geschrieben?«, wollte Luke wissen.

»Ach, nur ein paar Seiten.«

»Erzähl's mir.«

Sie schüttelte den Kopf.

Er zog sie an sich. »Du kannst es mir ins Ohr flüstern.«

»Nein.«

»Erzähl's mir.« Er leckte über ihr Ohrläppchen.

»Sonst muss ich Hollis anrufen und ihm sagen, er soll mein Eigentum herausrücken.«

»Nein!«

»Okay, dann musst du es mir erzählen.«

Rachel glaubte nicht, dass Luke seine Drohung ernst meinte, aber sie wollte kein weiteres Risiko eingehen. Außerdem gefiel ihr die Idee; sie erinnerte sie an die erotischen Telefonanrufe mit einem ihrer früheren Freunde, und das hier war noch besser, denn Luke war nicht am anderen Ende der Leitung, sondern stand hier neben ihr, und sie konnte seine Reaktionen sehen oder fühlen.

»Also gut. Ich habe ein kleines Szenario entwickelt, ähnlich wie du es in deiner E-Mail getan hast. Wir sind wieder bei dir zu Hause. In deinem Schlafzimmer, um genau zu sein. Musik im Hintergrund, Champagner und Kerzenlicht.«

»Das ist ein guter Beginn. Und was passiert dann?«

»Ich ziehe dich aus. Dann fessele ich dich an die Bettpfosten.«

»Hört sich bizarr an.«

»Du hast damit angefangen«, erinnerte sie ihn. »Es stand alles in deiner E-Mail. Wobei ich gestehen muss, dass ich das auch schon bei Anais Nin gelesen habe.«

»Beschuldigst du mich, zu viele Klischees gebraucht zu haben?«

»Nein, du hast Plagiate gebraucht.«

Er grinste. »Es war keine Fantasie, denn es wird Realität werden. Und wenn du so heftig kommst, dass du das Haus zusammenschreist, werde ich dich an deine freche Bemerkung über Plagiate erinnern.« Er biss in ihr Ohrläppchen. »Und bevor ich dann weitermache, musst du dich bei mir entschuldigen.«

»Ach, ja?«

»Ja.« Er rieb seine Nase gegen ihre. »Aber du hast gerade damit angefangen, mir den Inhalt deiner E-Mail zu erzählen. Was geschieht als Nächstes?«

»Du liegst auf dem Bett und wartest auf mich, aber ich habe mir vorgenommen, dich erst ein wenig zu unterhalten. Zur Musik ziehe ich mich ganz langsam aus. Ich habe genau beschrieben, wie ich angezogen bin – lass dich überraschen.«

Er streichelte über ihren Po und zog sie an sich heran. Sie spürte, dass der Schaft schon wieder angeschwollen war und ungeduldig zuckte. »Was dann?«

»Ich streichle mich, und du kannst alles sehen, was ich tue, wie und wo ich mich berühre. Es bringt dich unheimlich hoch, und ich höre nicht auf, bevor ich einen Orgasmus habe. Dann steige ich über dich.«

»Mmm.« Er küsste ihre Halsbeuge. »Und dann versenke ich meinen Penis in die warme, feuchte Tiefe.«

»Nein.« Sie sah ihn grinsend an. »Ich grätsche über dich, aber mit dem Rücken zu dir.«

Er stöhnte auf.

»Was für ein Anblick!«

»Ich rutsche dir entgegen, und du fängst mit deiner Zunge an, während ich mich über dich beuge, sieht dein Schaft so verführerisch aus, dass ich ihm nicht widerstehen kann. Ich nehme ihn tief in den Mund.«

»Oh, ja«, stieß er hervor und schob eine Hand wieder unter ihren Pullover, öffnete den Knopf ihrer Jeans. »Was für eine wundervolle Vorstellung. Ich kann es direkt spüren!«

»Luke!«, rief sie heiser. »Hör auf damit!«

»Ich will dich doch nur ein bisschen berühren«, sagte er und schob seine Hand unter ihren Slip.

Sie spreizte die Beine. »Ich wende eine Verzögerungstaktik an«, fuhr sie fort, »aber du bringst mich aus dem Konzept, weil du mich zum Orgasmus bringst.«

»So wie jetzt?«

Sie grinste. »Willst du nun die Geschichte hören oder nicht?«

»Ja«, sagte er und tauchte mit einem Finger in ihre Nässe. »Aber ich will dich auch berühren.«

»Also, ich drehe mich schließlich um, damit du sehen kannst, was ich mit dir und mir anstelle. Ich bringe dich noch ein paar Mal hoch, aber ich zögere deinen Höhepunkt noch weiter hinaus.«

»Mmm«, machte Luke und fuhr mit dem Daumenballen über ihre Klitoris.

»Und dann«, fuhr sie fort, »probiere ich einen Blowjob mit Champagner aus.«

»He!«, rief er keuchend und beschleunigte die reibenden Bewegungen des Daumens, »das werde ich aber nicht überstehen, oder?«

»Nein. Du sprudelst schneller über als der Champagner«, sagte sie lachend und stöhnend zugleich.

»Die Idee gefällt mir, sie gefällt mir ungeheuer, Rachel«, rief er gepresst. »Auf dem Nachhauseweg werde ich ein Flasche Champagner kaufen.« Dann wurde ihm der Anfang der Geschichte wieder bewusst. »Und das alles hat Hollis gelesen? Und er hat geglaubt, er wäre der Empfänger?«

Sie errötete. »Nein, das nicht.«

»Sondern?«

»Er hat schon angenommen, dass er die Mail aus

Versehen erhielt. Er drohte mir, sie an Gilson weiterzuleiten.«

»Aber das wird er doch nicht?«

»Nein.«

»Ich wette, ich weiß, womit er sich heute Abend beschäftigt«, sagte Luke. »Er wird sich die Mail ausdrucken und sich Zeile für Zeile vornehmen und in seinen Gedanken ausmalen.«

Sie nahm seine Hand aus ihrer Hose. Das Gespräch über Hollis hatte ihre Hitze deutlich abgekühlt. Luke sah sie zwar fragend an, als sie sich die Jeans zuknöpfte, aber sie schüttelte nur den Kopf.

»Hollis mag dich nicht, Luke.«

»Wie meinst du das?«

»Er hat mir geraten, mich von dir fern zu halten. Er sagt, du seist auf Trouble aus.«

Er lachte. »Ja, wir haben unsere Klingen schon gekreuzt.«

»Und deshalb mag er dich nicht?«

»Ja, so ungefähr.« Er dachte nach. »Ein Förderer meiner Universität in den USA will einige Dokumente und Originalaufzeichnungen kaufen, die zufällig in der Bibliothek dieser Universität aufbewahrt werden. Du weißt so gut wie ich, wie dringend diese Uni Geld braucht ...«

»Und du bist dafür, dass wir diese Aufzeichnungen verkaufen sollen?«

»Vielleicht. Aber Hollis will nicht, dass die Dokumente aus England hinausgehen.« Luke verdrehte die Augen. »Und weil ich da gearbeitet habe, ist er der Meinung, dass ich mit ihnen unter einer Decke stecke und irgendwie über seinen Kopf hinweg die Dokumente außer Landes bringen will.«

»Aber das ist verrückt.«

»Ja. Und deshalb mag er mich nicht.«

»Ich verstehe.«

»Rachel, dies ist ein freies Land, und du kannst dich treffen, mit wem auch immer du willst. Es spielt also keine Rolle, ob Hollis erfährt, dass du mir nicht sofort den Laufpass gegeben hast. Er kann nichts gegen dich unternehmen.«

»Nun, er kann Gilson von der E-Mail berichten.«

»Stimmt.« Er dachte nach. »Hat Hollis sie in deinem Beisein gelöscht?«

»Am Ende ja.«

»Nun, dann kann er nichts beweisen. Hör auf, dir Sorgen zu machen, Rachel.«

»Er könnte sich einen Ausdruck gemacht haben.«

Luke grinste. »Wenn er das wirklich getan hat, dann nur aus dem Grund, den ich dir gesagt habe. Du machst dir zu viele Gedanken, Rachel.« Er schaute auf seine Uhr. »Ich muss weg.«

»Weg?«

»Ja. Ich muss eine Flasche Champagner kaufen – und einen Pinsel mit Zobelhaaren, erinnerst du dich?« Er zeigte sein verwegenstes Grinsen. »Ich lasse dich zurück zu dem, wobei ich dich unterbrochen habe, und dann treffen wir uns vorm Gebäude um halb sechs, einverstanden?«

Sie lächelte. »Einverstanden.«

Sechstes Kapitel

»Hallo, Fremde! Endlich habe ich dich erwischt!«

Rachel lächelte, als sie die Stimme am anderen Ende der Leitung erkannte. »Hallo, Jen. Entschuldige, ich habe deine Nachricht auf dem Anrufbeantworter gehört, aber ich hatte noch keine Zeit, darauf zu reagieren. Wie geht es dir?«

»Gut. Ich plane, in ein paar Wochen nach London zu kommen. Kann ich wieder bei dir wohnen?«

»Natürlich«, sagte Rachel spontan. »Du weißt doch, dass du nicht zu fragen brauchst.«

»Nun, vielleicht bist du zu sehr beschäftigt. In der vergangenen Woche habe ich dich keinen Abend erreichen können.«

Rachel musste grinsen, denn sie bemerkte, dass ihre Freundin darauf brannte, Neuigkeiten zu hören.

»Ich weiß doch, dass du neugierig bist, aber ich sage nichts. Noch nichts.«

»Schon gut, schon gut. Was macht deine Dissertation?«

»Mehr schlecht als recht. Vor ein paar Tagen wünschte ich mir, dass du Kriminalautorin wärst, dann hättest du mir sagen können, welches Gift keine Spuren hinterlässt. Dann könnte ich Gilsons Kaffee auf meine Art würzen.«

Jennifer lachte glucksend. »Rachel, er ist ein Bastard, und du hast mein volles Mitgefühl, aber das ist er doch nicht wert.«

»Ja, ich weiß. Aber ich werde doch noch ein bisschen träumen dürfen.«

»Es gibt lohnendere Dinge, von denen man träumen kann«, meinte Jennifer.

»Wie Recht du hast.«

»Oh? Bist du jetzt bereit, mir etwas zu erzählen? Wie heißt er denn?«

Rachel seufzte. »Ich schwöre, du musst über irgendein eingebautes Radargerät verfügen. Du hast ein Gespür dafür, wenn ich jemanden kennen gelernt habe.«

»Nein, aber ich kenne dich gut. Okay, auf den Tisch damit. Ich will alles über ihn wissen.«

»Er heißt Luke Holloway, und er ist ein paar Jahre älter als ich. Er hat was mit Ökonomie zu tun. Ich bin in der Bibliothek mit ihm zusammengestoßen.«

»Und dabei flogen deine Bücher auf den Boden?«

»Schlimmer! Ich habe meinen Kaffee über ihn und seine Unterlagen geschüttet.«

»He, das ist eine originelle Masche«, neckte Jennifer. »Und was hast du getan? Ihm angeboten, ihn und seine Unterlagen zu waschen?«

»Die meiste Brühe hat sich über seine Unterlagen ergossen. Ich habe mich entschuldigt, und er schlug vor, dass ich ihn zur Wiedergutmachung zu einem Kaffee einlade. Ich glaube, er fühlte sich ein wenig einsam; er sagte, er wäre gerade aus den Staaten zurückgekehrt, deshalb würde er kaum Leute in London kennen.«

»Auch nicht schlecht«, kommentierte Jennifer. »Und wie sieht er aus?«

»Groß, dunkle Haare, graugrüne Augen – sehr, sehr gut sieht er aus. Er erinnert mich an diesen Schauspieler, mit dem du monatelang was hattest.«

»Mm. Also gut, wenn du anfängst, dich mit ihm zu langweilen, schick ihn zu mir nach Yorkshire. Ich bin sicher, dass ich etwas mit ihm anfangen kann.«

Rachel gluckste. »Das kann ich mir lebhaft vorstellen. Er ist ein Fan von dir.«

»Er ist was?«, rief Jennifer überrascht.

»Als er bei mir in der Wohnung war, sah er deine Romane im Regal. Er erzählte mir, dass seine letzte Freundin alle deine Romane gelesen hatte, und er hat dann auch mal reingelesen und findet sie gut.«

»Ah, das tut meinem Ego gut.«

»Nein, im Ernst«, sagte Rachel, »ich glaube, ihr würdet euch gut verstehen. Er hat mir eine E-Mail geschickt, von der ich nicht nur rote Ohren bekommen habe. Vielleicht sollte ich dir eine Kopie davon geben. Ich meine, als Anregung könntest du sie gut gebrauchen.«

»Hört, hört. Und ich dachte, dass du in deinem Büro wie eine Sklavin schuften musst. Dabei schwelgst du in erotischen E-Mails«, neckte Jennifer.

»Oh, erinnere mich nicht daran«, sagte Rachel mit einem Seufzer.

»Wieso? Was ist passiert? Ist Gilson hereingekommen und hat über deine Schulter mitgelesen? Oder hat er dich dabei überrascht, dass du etwas getan hast, womit du besser gewartet hättest, bis du zu Hause warst?«

»Nein. Ich habe Luke eine Antwort geschickt – und eine falsche Adresse eingegeben.«

»Du willst sagen, du hast die E-Mail an einen falschen Mann geschickt?«

»Aus Versehen. Ja.«

Jennifer stieß einen leisen Pfiff aus. »Ich hoffe, er wusste den Inhalt zu würdigen.«

Rachel hüstelte. »Nun ja, so ungefähr. Er rief mich in sein Büro, um mich entsprechend zusammenzustauchen.« Nach einer längeren Pause fügte sie hinzu: »Er ist mit Gilson befreundet.«

»Verdammt. Ich hoffe, dass du in keine allzu großen Schwierigkeiten geraten bist, Rachel.«

»Ich glaube, jetzt nicht mehr.« Rachel, die sich zu sehr schämte, um Luke die Geschichte zu erzählen, empfand Jennifer gegenüber weniger Hemmungen. Und sie musste jemandem erzählen, was vorgefallen war. Sie wollte es nicht länger mit sich herumtragen. »Du wirst kaum glauben, was passiert ist.«

»Erzähle.«

Rachel fiel plötzlich ein, womit ihre Freundin ihr Brot verdiente. »Ich weiß nicht, Jen …«

»Ich verspreche dir, dass ich es nicht in einem meiner Bücher verwende. Komm schon, erzähle.«

Rachel seufzte. »Also gut. Ich habe ihn freundlich gebeten, Gilson nichts davon zu sagen. Und er sagte, ich sollte mich ausziehen.«

»Ehrlich?«

»Ja.«

»Und du hast es getan?«

Rachel hustete. »Ja.«

»Und was geschah dann?«

»Ich musste mich über seinen Schreibtisch beugen. Er hatte ein Lineal in der Hand, und ich dachte schon, er würde mir den Hintern versohlen.«

»Als Strafaktion?«

»Ja, er hatte das wirklich vor, glaube ich, aber dann hat er es doch nicht getan. Ich musste in dieser Position verharren, und er verschwand. Ich hatte die Panik, sage ich dir. Stell dir vor, es wäre jemand in sein Zimmer gekommen, und ich pudelnackt in dieser Stellung …«

»Du hättest dich anziehen und gehen können.«

»Und er hätte Gilson die E-Mail geschickt. Dieses Risiko konnte ich nicht eingehen, Jen.«

»Und was geschah dann?«

»Es stellte sich heraus, dass er hinausgegangen war, um Kondome zu holen. Und dann hat er mich genommen.« Rachel atmete tief durch. »Es war unheimlich, Jen. Ich hasste ihn für das, was er von mir verlangte, aber gleichzeitig gefiel es mir auch. Er war kühl und gelassen und sehr bestimmend. Er hat mich erniedrigt, Jen, und es hat mich angemacht. Ich hätte nie vermutet, dass ich auf so etwas stehe. Nicht im wahren Leben, meine ich.«

»Vielleicht lernst du gerade etwas Neues über dich kennen«, sagte Jennifer. »Hast du Luke davon erzählt?«

»Nein. Wie könnte ich?«

»Wenn er der Typ ist, der dir schwülstige E-Mails schickt, wird ihm die Geschichte vielleicht gefallen.«

»Trotzdem, ich schäme mich zu sehr, Jen. Mir ist die Sache mehr als peinlich. Ich habe alles getan, was Hollis von mir verlangte, ich habe nicht mit ihm gestritten, habe ihm nicht gesagt, er sollte abhauen und mich in Ruhe lassen. Nein, ich habe ihn tun lassen, was er tun wollte.«

»Aber mit mir kannst du darüber sprechen.«

»Das ist etwas anderes.«

Nach einer Pause fragte Jennifer: »War er gut?«

Rachel schluckte. »Ja. Das ist es ja, worüber ich mich so schäme. Ich meine, ich habe gerade erst etwas mit Luke angefangen, und dann lasse ich zu, dass so ein Typ mich auf eine höchst obszöne Weise behandelt.«

»Solche Dinge geschehen«, murmelte Jennifer. »Rachel, wir sollten ausführlich darüber sprechen. Bei einer Flasche Wein, wenn ich in London bin.«

»Ja.«

»Und ich möchte, dass du mir diesen geheimnisvollen Mann zeigst – und dass du mir Luke vorstellst.« Jennifers Lächeln konnte sich Rachel gut ausmalen. »Oh, ich freue mich schon auf meinen Besuch.«

»Jen, du wirst ihm doch nichts davon sagen?«

»Die Sache mit Hollis? Natürlich nicht. Du wirst entscheiden müssen, wann du es ihm sagst.«

»Er weiß, dass er mich zitiert hat, aber das ist auch alles, was ich ihm gesagt habe. Er fand es ganz lustig. Er stellte sich vor, dass Hollis eine Kopie der E-Mail anfertigte und mit nach Hause genommen hat, um dort in aller Ruhe zu onanieren.«

»Ich bin sicher, dass er auch die ganze Geschichte amüsant findet, wenn du sie ihm erzählst«, meinte Jennifer. »Aber du musst es wissen. Ich muss wieder an die Arbeit. Ich freue mich auf dich. Bis in vierzehn Tagen.«

»Lass mich wissen, wann dein Zug eintrifft, damit ich dich am Bahnhof abholen kann«, sagte Rachel.

»Okay. Pass gut auf dich auf.«

Rachel legte den Hörer auf. Sie fühlte sich besser, jetzt, nachdem sie jemandem die Geschichte mit Hollis erzählt hatte. Sie hoffte nur, dass Gilson nichts davon wusste. Und Luke ... ja, vielleicht sollte sie ihm alles sagen. Aber noch nicht.

Am folgenden Tag saß Rachel in ihrem Büro und arbeitete an ihrer Dissertation. Das Telefon klingelte, sie speicherte das Dokument und hob den Hörer auf. »Rachel Kemp.«

»Gilson.«

Rachel schloss die Augen. Verdammt. Den konnte sie jetzt am allerwenigsten gebrauchen. »Was kann ich für Sie tun?«

»Kommen Sie in mein Büro, bitte. Sofort.«

»Bin schon unterwegs.« Sie legte den Hörer auf. »Verdammte Scheiße«, murmelte sie. Ob Hollis sein Wort gebrochen hatte? Oder hatte Gilson wieder etwas an ihrer Doktorarbeit auszusetzen? Das mochte wahrscheinlicher sein. Rachel verzog das Gesicht und machte sich auf den Weg zum Büro des Fakultätsleiters.

Sie klopfte.

»Herein.« Dann, als sie im Zimmer stand, nickte er. »Setzen Sie sich, Rachel.«

Er nannte sie nicht oft beim Namen, deshalb war Rachel auf der Hut. »Gibt es ein Problem mit der Dissertation?«, fragte sie.

Er schüttelte den Kopf. »Damit hat es nichts zu tun. Es gibt keine leichte Art, das mit Ihnen zu besprechen, Rachel.«

»Um was zu besprechen?«

»Ich habe einen Brief vom Kanzler der Universität erhalten. Wir müssen Einschnitte vornehmen.« Er legte eine Pause ein. »Sie haben noch keine Festanstellung, deshalb fürchte ich, dass wir Sie am Ende des Semesters gehen lassen werden.«

»Was?« Sie war entsetzt. »Aber …«

»Die Entscheidung ist unumstößlich. Alle Fakultäten müssen Einsparungen treffen, und Sie sind die Unglückliche in meiner Fakultät.«

Nicht einmal ein ›Tut mir Leid‹, dachte Rachel, wenigstens aus Höflichkeit. »Aber ich bin nicht die Letzte, die in der Fakultät angefangen hat«, wandte sie ein.

»Trotzdem – Sie haben ja noch nicht promoviert.«

Ja, dachte Rachel wütend, und wenn es nach dir ginge, würde es auch nie soweit kommen. »Das war's also? Ich bin draußen?«

»Ich fürchte ja.«

Rachel starrte ihn ungläubig an. Sie war beliebt bei den Studenten, und sie hatte gut mit ihnen gearbeitet. Einige der weniger Begabten hatte sie an den Standard heranführen können, worauf sie besonders stolz war. Und trotz Gilsons ständigen Meckereien wusste sie, dass ihre Dissertation gut war. Man ließ sie nicht gehen, weil sie in ihrem Job nichts taugte – Gilson nahm den Brief des Schatzkanzlers als Vorwand, um sie loszuwerden, denn er konnte sie nicht ausstehen. Für ihn musste dies ein glücklicher Tag sein. »Ich verstehe«, sagte sie leise.

»Wir werden natürlich dafür sorgen, dass keiner der Studenten Nachteile dadurch hat«, fügte er hinzu. »Wir müssen eine ordentliche Übergabe gewährleisten.«

Rachel nickte. »Ich habe in ein paar Minuten ein Seminar. Wenn Sie mich entschuldigen würden . . .«

»Ja, sicher.«

Schweigend ging sie aus dem Zimmer, erst als sie die Tür hinter sich zugeknallt hatte, ließ sie ihren Gefühlen freien Lauf. »Du verdammter, elender Bastard, Gilson!« Alles, was gestern in Hollis' Büro geschehen war, hatte sich nicht gelohnt. Gilson hätte sie sowieso abgeschoben. Ihr wurde bewusst, dass sie nicht nur ihren Job verloren hatte, sondern auch die Möglichkeit, ihren Doktor zu machen.

»Oh, verdammt!«, sagte sie leise, sank in ihren Stuhl und schlug die Hände vors Gesicht. »Oh, verdammt.« Sie neigte nicht zu Gefühlsausbrüchen, aber sie konnte nicht verhindern, dass ihr die Tränen übers Gesicht liefen. Ihre Zukunft lag am Boden, und sie konnte nichts daran ändern.

Sie wusste nicht genau, wie lange sie dort tränenüberströmt gesessen hatte, als es an die Tür klopfte.

Sie rieb sich durchs Gesicht und hoffte, dass man ihr das Weinen nicht ansehen konnte. »Herein.«

Luke steckte den Kopf durch die Tür. »Darf ich hereinkommen?«

»Wenn du willst.«

Er schloss die Tür hinter sich, sah sie an und runzelte die Stirn. »Rachel, was ist passiert?«

»Nichts.«

»Das sieht mir aber nicht wie nichts aus.« Er setzte sich auf den Rand ihres Schreibtischs, nahm eine Hand in seine und streichelte sie. »Du hast geweint.«

»Ja, und wenn schon.« Rachel versuchte vergeblich, ihre Verfassung mit einem Schulterzucken abzutun.

»Was ist passiert?«

Sie seufzte. »Ich kann es dir ruhig sagen, das wird auch nichts mehr ändern. Gilson hat einen Brief vom Schatzkanzler erhalten, er muss Personal einsparen – also ist er froh, dass er mich loswerden kann.«

»Oh, nein.«

Sie hob die Schultern. »Ich kann nichts dagegen tun.«

»Rachel, es tut mir Leid.«

»Ihm nicht. Kannst du dir das vorstellen? Dieser Bastard hat nicht einmal gesagt, dass es ihm Leid tut. Er hat es nicht über die Lippen gebracht. Er hat es genossen, mir sagen zu können, dass er mich abserviert«, sagte sie verbittert.

»Mach dir keine Sorgen. Wir werden für dich bald einen neuen Job gefunden haben.«

»Englische Dozenten gibt es wie Sand am Meer, besonders jetzt, denn die Londoner Uni wird nicht die einzige sein, die sparen muss. Er sagte, er ließe mich gehen, weil ich den Doktorgrad noch nicht habe.« Sie lachte kurz und trocken auf. »Ich stehe kurz davor. Und wenn er mich im vergangenen Jahr nicht immer wieder aufgehalten hätte, wäre alles längst erledigt. Aber er muss das von langer Hand geplant haben. Und ich wette, dass er jemanden, der so kurz davor steht, gar nicht zu feuern braucht. Aber er hasst mich, Luke. Er hasst mich wirklich.«

»Rachel, du wirst einen anderen Job finden, einen besseren sogar, glaube mir.«

»Es ist nicht fair, Luke. Es ist verdammt noch mal nicht fair!«

»Ich weiß.« Er zog sie auf die Füße, hielt sie dicht an sich gedrückt und streichelte über ihre Haare. Rachel hielt die Tränen zurück und schmiegte sich an seine Halsbeuge. Sie spürte das Mitgefühl, das er ausströmte. Sie schloss die Augen und entspannte sich in seinen Armen. Wenigstens Luke verstand, wie sie sich fühlte. Er hatte etwas für sie übrig – im Gegensatz zu ihrem Bastard von Boss.

Luke küsste ihren Hals, hauchte kleine tröstende Küsse vom Ohr bis zum Gesicht. Rachel wandte ihm ihr Gesicht zu, und ihre Lippen trafen sich. Sein Kuss war süß und zart, und plötzlich empfand Rachel ein intensives Verlangen nach ihm.

Ihre Welt war zusammengebrochen, und es gab nur eins, wodurch sie sich besser fühlen würde: mit Luke Liebe machen. Und wenn Gilson hereinkam und sie ertappte – na und? Sie würde es trotzdem tun. Sie konnte tun, was sie wollte. Es war ihr egal, ob sie Gilson beleidigte oder nicht. Es gab ein Gutes an der ganzen Sache: An ihrem letzten Tag würde sie ihm sagen, was sie von ihm hielt. Und dabei würde sie sich in ihrer Sprache nicht zurückhalten. Damit es die richtige Wirkung hatte, würde sie es vor der versammelten Fakultät tun.

Ihr Seminar war vergessen. Sie fuhr mit beiden Händen durch Lukes Haare und zog ihn an sich heran. Er streichelte ihren Rücken, hielt ihre Backen gepackt und presste sie an sich, und sie konnte seine Erektion spüren. »Oh, Rachel«, raunte er, »dadurch ändert sich nichts.«

»Ich weiß. Aber ich werde mich dabei besser fühlen. Bitte, Luke, liebe mich.«

»Hier? Bist du sicher?«

»Absolut.«

Er nickte und begann, die Knöpfe ihres weiten Tunikahemds zu öffnen, dann schob er den Stoff über ihre Schultern. Er atmete geräuschvoll aus, als er ihre Brüste sah. Die burgundrote Spitze des BHs stand in herrlichem Kontrast zur cremefarbenen Haut. »Rachel, du bist wunderschön.« Er beugte sich vor und barg sein Gesicht im Tal ihrer Brüste, atmete ihren Duft ein. »Großartig, wie du dich anfühlst. Deine Haut ist so glatt und zart.«

Rachel spürte, wie es zwischen den Schenkeln pulsierte. Als Luke ihren BH öffnete und die Brüste in seine Hände nahm, seufzte sie tief auf. Er beugte wieder den Kopf und fuhr mit der Zunge über die Aureolen, blies zärtlich gegen die Nippel, die sich sofort aufrichteten. Dann zog er einen Nippel in den Mund und begann sanft zu saugen.

Sie warf den Kopf in den Nacken und schloss die Augen. Oh, es fühlte sich so gut an.

»Rachel.« Er murmelte ihren Namen gegen ihre Haut und verlagerte seine Aufmerksamkeit auf die andere Brustwarze. Er leckte und saugte daran, während er die andere mit Daumen und Zeigefinger zwirbelte, bis Rachel ungeduldig mit dem Unterleib gegen ihn stieß. »Oh, ja, Rachel«, murmelte er, dann ließ er sich vor ihr auf die Knie nieder.

Sie trug schwarze Leggings aus Jersey, die er mit einem kurz entschlossenen Ruck nach unten gezogen hatte, dann zog er den Reißverschluss ihrer Boots auf und streifte Strümpfe und Schuhe gleichzeitig aus.

Bewundernd betrachtete er ihren Schoß, der noch mit dem knappen burgundroten Höschen bedeckt war. »Rachel, du bist bezaubernd. Ich möchte Bilder von dir machen und mein Zimmer damit tapezieren.«

Sie lächelte trocken. »Dann wirst du auch bald keinen Job mehr haben.«

»Ich meinte mein Schlafzimmer. Oder ich möchte in einem Zimmer voller Spiegel mit dir Liebe machen, sodass ich dich überall sehen könnte, ganz egal, wohin ich schaue.«

»Auch an der Decke?«

»Ja, sicher. Überall Spiegel, in denen ich sehen

könnte, wie ich in dich eindringe, wie sich dein Gesicht beim Orgasmus verändert, wie du nach mir gierst.« Er streichelte ihre Schenkel und schob sie dabei auch leicht auseinander. Der sanfteste Druck genügte, und sie wusste, was er wollte. »Ich liebe die Art, wie du auf mich reagierst, Rachel. Ich kann nicht genug von dir bekommen.«

»Mir geht es genauso«, sagte sie. »Seit unserem ersten Zusammenstoß.« Sie strich durch seine Haare. »Habe ich dir gesagt, dass ich an dem Nachmittag nach Hause gegangen bin und es mir schon im Flur vorm Spiegel selbst gemacht habe? Ich konnte nicht warten, bis ich das Schlafzimmer erreicht hatte.«

»Verdorbenes Mädchen«, sagte er. »Dabei hattest du mich gerade erst kennen gelernt.«

»Und danach habe ich mich hingesetzt und eines von Jennifers Büchern gelesen, eine Hand immer zwischen den Beinen. Ich wollte es aus meinem Kopf bekommen, weil ich Angst hatte, dass ich mich sonst beim Essen mit dir nicht würde benehmen können.«

»Das hat aber nicht geklappt, nicht wahr?«

Sie lächelte. »Nein.«

»Darüber bin ich sehr froh. Ich bin auch froh, dass du den Kaffee über meine Aufzeichnungen geschüttet hast – das war es wert.« Behutsam glitt er mit einem Finger unter das Bein des Höschens und in die Furche ihrer Labien.

Sie erschauerte. Er fuhr mit dem Finger auf und ab, als wollte er jede Falte einzeln erkunden, und schließlich glitt der Finger tief in sie hinein. Ihre Muskeln spannten sich um den Fingern, und er lächelte hoch zu ihr.

»Rachel, schau mich an.«

Sie tat es, und er zog den Finger heraus und steckte

ihn in den Mund und saugte die Tropfen ihrer Erregung ab. Dann schälte er das Höschen von ihren Hüften, ehe er wieder begann, ihre Vagina zu erforschen.

»Ich liebe deinen Geruch, wenn du erregt bist. Ich liebe deinen Geschmack. Er erinnert mich an frische Seeluft, an Honig und Moschus. Ich könnte dich ein Leben lang schmecken.«

Sie spürte seinen Atem auf ihrem Geschlecht, und wieder erschauerte sie.

Luke streckte die Zunge aus und fuhr mit der Spitze die Labien entlang, rauf und runter.

»Ja«, raunte sie heiser. »Mach's mir, Luke, es tut so gut.« Sie wuschelte mit beiden Händen in seinen Haaren, und er begann ihre Klitoris zu reizen, indem er mit der Zungenspitze immer wieder dagegen stieß.

Rachel spürte, wie sich der Orgasmus in ihrer Magengrube ankündigte, und noch bevor sie Zeit hatte, sich darauf einzustellen, explodierte er schon in ihr, sie zitterte und schwankte, und wenn Luke sie nicht festgehalten hätte, wäre sie gefallen; es war, als wäre ihr Gefühl aus den Beinen gewichen und zum Schoß geflohen.

Er harrte auf den Knien aus, bis sie sich wieder gefangen hatte, dann erhob er sich, nahm sie in die Arme und küsste sie. Dann lehnte sie sich gegen ihn und murmelte erschöpft: »Danke, Luke.«

»Ich bin noch nicht fertig.« Er küsste ihre Nasenspitze. »Zieh mich aus, Rachel«, lud er sie ein. »Wir wollen es doch richtig machen, oder?«

Sie lächelte, legte beide Hände um sein Gesicht und presste ihren Mund auf seinen. Noch während des Küssens hob sie seinen Pullover an. Sie brach den Kuss ab, und er reckte die Arme hoch, damit sie ihm den

Pullover über den Kopf ziehen konnte. Sie warf den Pulli auf den Boden, fuhr mit den Händen über seinen Brustkorb, koste die kleinen harten Nippel, strich über seinen flachen Bauch und knöpfte die Jeans auf. Sie zog den Reißverschluss nach unten und streifte ihm die Jeans über die Hüften.

Er stieg aus seinen Schuhen und streifte sich die Socken ab, und Rachel ging vor ihm in die Hocke und schaute fragend zu ihm hoch.

Er schüttelte den Kopf und sank neben ihr auf die Knie. »Diesmal nicht, Rachel. Das hier ist nicht für mich, es ist für dich.«

»Für uns beide«, sagte sie.

Er schlang seine Arme um sie, und im nächsten Augenblick hatte er es geschafft, dass er auf dem Boden ihres Büros lag, sie über ihm gegrätscht. Er trug noch seine Boxershorts, aber sie konnte die Länge und Härte seines Schafts spüren, der ungeduldig gegen sie pochte. Sie verhakte die Daumen in den Bund und zog sein letztes Kleidungsstück langsam hinunter. Er hob den Hintern an, damit sie die Shorts ganz abstreifen konnte. Sie stützte sich mit den Händen auf seinen Schultern ab und rieb sich leicht gegen seinen aufragenden Schaft.

Er schüttelte sich. »Rachel, ich will in dich hinein.«

»Ich will es auch.«

»Dann sollten wir uns gemeinsam bemühen.«

Sie nickte und richtete sich auf, hob ihren Körper leicht an und nahm seinen Schaft zwischen die Finger. Sie setzte ihn an den Eingang ihres Geschlechts und ließ sich langsam nieder. Sie wusste, dass sie nie genug von diesem Gefühl bekommen würde, wenn sie von ihm gefüllt und gestreckt wurde.

Luke leckte sich die Lippen, öffnete den Mund weit und stöhnte laut, als er von der warmen, feuchten Höhle umfangen wurde. Er hob die Hüften an, und sie begann ein leichtes Heben und Senken, und dazwischen ließ sie den Unterleib kreisen und mahlen. Er schaute sie liebevoll an, streckte seine Arme aus und zupfte an ihren harten Brustwarzen.

Rachel stöhnte und brachte ihre Hände zu seinen, als wollten sie ihm helfen, die Brüste zu reizen. Oh, fühlte sich das gut an. Sie wusste nicht, ob es jemals schon so gut gewesen war. Und es war genau das, was sie brauchte, um ihre Gedanken von den Problemen abzulenken.

»Berühre dich selbst«, drängte er. Sie fuhr fort, ihre Brüste zu massieren und zu drücken. Luke lächelte, ließ eine Hand sinken und brachte sie zwischen ihre Körper, bis sie die kleine Knospe der Klitoris erreicht hatte, die er stetig rieb, wenn Rachel sich in einer Aufwärtsbewegung befand.

Sie stöhnte lauter und beschleunigte ihre Bewegungen, kreiste nun auf seinem Schaft immer schneller.

»Nicht aufhören«, ächzte er.

Sie hatte sich nicht mehr unter Kontrolle, hechelte nur noch auf ihm und konnte auch ihre inneren Muskeln nicht mehr beherrschen, die ihn lustvoll malträtierten. Beinahe gleichzeitig schrieen sie auf, und sie spürte sein wildes Zucken, als er sich in ihr ergoss, und dann war es, als bräche ein Damm in ihr, und schluchzend warf sie sich über ihn, während die Zuckungen ihrer Körper nicht mehr voneinander zu unterscheiden waren – sie waren wirklich eins geworden. Einige Zeit später, als sich ihr Atem normalisiert hatte, setzte sie sich auf. »Luke.«

»Ich weiß«, sagte er. »Du hast zu arbeiten.«

»Ein Seminar.«

»Du kannst es absagen.«

Sie schüttelte den Kopf. »Das kann ich nicht, Luke. Es wäre nicht fair. Ich darf meinen Ärger nicht auf dem Rücken der Studenten austragen. Sie können nichts dafür, dass Gilson mich loswerden will.«

»Nein.« Er streichelte über ihre Pobacken. »Du wirst schon etwas finden, Rachel. Glaube mir. Um die nächste Ecke wartet schon die nächste Gelegenheit.«

»Zauberer Luke macht alles möglich, ja?«

»Vertrau mir.«

»Ja.«

»Aber jetzt … ich habe keine Lust, dich so einfach gehen zu lassen.«

»Nun ja, dann hast du eben Pech. Ich muss arbeiten.«

»Aber ich liege hier sehr gemütlich.«

Rachel sah auf den billigen Hartflorteppich. »Darauf?«, fragte sie ungläubig.

»Liebling, wenn ich meinen Stab so gut geborgen weiß, geht es mir gut.« Seine Augen funkelten. »Rachel, lass uns den ganzen Tag hier liegen bleiben.«

»Du wirst Streifen auf deinen Hintern bekommen.«

Er grinste. »Ist das eine Drohung?«

Sie ließ ihren Unterleib kreisen. »Nicht so, wie du denkst. Ich spreche vom Muster des Teppichs.«

Bevor er antworten konnte, hörten sie, wie es an die Tür klopfte. Rachel erstarrte. »Verdammt, wer auch immer es ist, kommt zu früh.«

»Sag ihm, er soll gehen.«

»Einen Augenblick«, rief Rachel alarmiert, denn sie sah, dass sich die Tür schon einen Spalt geöffnet hatte.

»Ich bin in einer Sekunde fertig.«

Zu ihrer Erleichterung schloss sich die Tür wieder. Hastig hob sie sich von Luke hoch und begann sich anzuziehen. Luke schien es weniger eilig zu haben, und sie raunte ihm zu: »Schneller! Meine Studenten warten draußen.«

»Schon gut.« Er zog sie an sich und küsste sie.

Sie löste sich von ihm. »Luke, ich will nicht, dass sie mich für ein Flittchen halten.«

Er küsste sie auf die Nasenspitze. »Du siehst wunderbar aus. Deine Augen leuchten, und deine Haut glüht.«

»Du meinst, ich sehe aus, als ob ich gerade gevögelt hätte?«

»Ich sehe das, aber sie werden es wahrscheinlich nicht einmal bemerken. Sie haben andere Sorgen, etwa die, dass du ihnen ein schwieriges Essay aufgibst, für das sie nicht genug Zeit haben werden.« Er biss in ihr Ohrläppchen. »Abgesehen von deinen männlichen Studenten. Sie stellen sich vor, das mit dir zu tun, was ich gerade getan habe.«

»Liebe machen?«

»Auf dem Boden deines Büros.« Er streichelte über ihr Gesicht. »Und damit gehe ich wohl lieber. Wir sehen uns später.« Grinsend fügte er hinzu: »Ich koche heute Abend sogar für dich.«

Sie lächelte. »Und das von einem Mann, der Kochen hasst.«

»Nun ja, ich habe das nicht wörtlich gemeint. Ich werde eine Pizza bestellen. Und dann beginnen wir die Operation ›Neuer Job‹.«

Sie sah ihn liebevoll an. »Danke, Luke. Du bist ein Schatz.«

»Du kannst mir später richtig danken – Haut an Haut.« Mit einem Grinsen öffnete er die Tür und ließ das halbe Dutzend Studenten herein, das draußen gewartet hatte.

Rachel wandte sich der Kaffeemaschine zu. Ihr Gesicht brannte. Sie war sicher, dass man etwas riechen konnte. Die jungen Leute würden ahnen, was sie und der gut aussehende dunkelhaarige Mann, der gerade hinausgegangen war, getrieben hatten. Aber in ein paar Wochen war sie sowieso weg – was hatte sie also zu befürchten?

Siebtes Kapitel

Das Telefon klingelte, aber niemand hob den Hörer ab.

Luke fluchte leise vor sich hin. Typisch Max. Wenn man ihn brauchte, war er nicht da. Und seinen Anrufbeantworter hatte er auch nicht eingeschaltet. Luke wollte gerade auflegen, als er es klicken hörte.

»Hallo?«

»Hallo, Max. Ich bin's, Luke.«

»Hallo.« Max hörte an der Stimme des jungen Mannes, dass er etwas Neues mitzuteilen hatte. »Fortschritte?«

»Das kann man sagen.« Luke schilderte in knappen Sätzen, was sich zwischen Rachel und Gilson abgespielt hatte. »Deshalb glaube ich, dass sich die Situation grundlegend geändert hat.«

Max seufzte. »Gut. Vereinbare ein Treffen. Aber keine Versprechen, bis ich sie kennen gelernt habe, ja?«

»Alles klar, Max. Glaube mir, ich hätte sie nicht vorgeschlagen, wenn ich nicht wüsste, dass sie für den Job geeignet ist.«

»Ich weiß.« Max zögerte. »Wir sollten uns zum Mittagessen treffen. In einem kleinen, diskreten Lokal. Nächsten Donnerstag.«

»Okay, ich werde mich darum kümmern.«

Max sagte lachend: »Und bevor du fragst – ja, ich werde die Rechnung übernehmen. Ich kann nur hoffen, dass sie es wert ist.«

»Glaube mir, das ist sie.«

An diesem Abend traf Luke mit drei großen Kartons und einem Strauß roter Rosen vor Rachels Haus ein. Er klingelte, und ein paar Sekunden später öffnete sie und starrte ihn verwundert an.

»Eine Lieferung für Sie, Ma'am«, sagte er im langgezogenen amerikanischen Tonfall und reichte ihr die Blumen.

»Rosen? Oh, danke, Luke.«

»Ich will dich mit den Rosen aufheitern – und hiermit auch.«

Sie schaute auf die Kartons, die er ihr stolz hinhielt, und musste lächeln. »Pizza.«

»Ich habe dir versprochen, für das Abendessen zu sorgen – das ist besser als von mir bekocht zu werden.«

»Robertos Special Pizza«, murmelte Rachel und ließ Luke ins Haus.

»Ja, er macht die besten Pizzen in ganz London. Und seine Knoblauchtunke ist schlicht himmlisch.«

»Ich glaube dir unbesehen.« Sie führte ihn ins Wohnzimmer. »Kannst du alles auf den Tisch stellen, während ich eine Vase für die Rosen hole und Geschirr und Besteck?«

Luke räumte ihre Papiere auf die eine Seite und stellte die Kartons ab.

Er warf einen Blick auf die Papiere. Rachels Lebenslauf, handgeschrieben, dann eine Auflistung ihrer schulischen und beruflichen Stationen. Dahinter lagen ein paar Seiten mit Stellenangeboten, von denen sie einige angestrichen hatte.

Er hatte einen besseren Job für sie, und er wusste, dass Max ein guter Arbeitgeber sein würde, der ihr alle Unterstützung gab, die sie brauchte. Er war versucht, ihr jetzt davon zu erzählen, aber er hatte Max versprochen, den Mund zu halten.

Rachel kam mit den Tellern und dem Besteck ins Wohnzimmer zurück. Sie brachte eine Flasche Wein und zwei Gläser mit. Luke servierte die Pizza und legte hausgemachte Käsestangen zu der Knoblauchtunke auf einen separaten Teller. Rachel schenkte den Wein ein und reichte ihm sein Glas.

»Auf dein Wohl«, sagte Luke. »Und darauf, dass du den Job erhältst, den du verdienst.«

Sie sah ihn verhalten an. »Das hängt von Gilsons Empfehlungsschreiben ab, meinst du nicht auch?«

»Nicht unbedingt.« Luke nippte am Wein. »Wenn dein Bewerbungsschreiben interessant genug klingt, lädt man dich zu einem Gespräch ein. Und wenn sie dich erst einmal gesehen und gesprochen haben, wirst du ihnen gefallen. Du kannst ihnen sagen, dass du kein gutes Zeugnis von deinem Fakultätsleiter erwartest, weil es generelle Meinungsverschiedenheiten mit ihm gab. Du hast zwei andere Empfehlungen, die dich weit über den Durchschnitt heben, deshalb spielt es keine so große Rolle, was Gilson schreibt.«

Rachel teilte seinen Optimismus nicht, aber sie sagte nichts. Sie beschäftigte sich mit der Pizza.

»Und was sagst du zur Pizza?«, fragte Luke, der bemerkte, dass es besser war, das Thema zu wechseln.

»Sie ist gut, sehr gut sogar.«

»Probiere die mal dazu«, sagte er, reichte ihr eine Käsestange, nachdem er sie in die Knoblauchsauce getunkt hatte. Er lehnte sich über den Tisch und hielt sie an Rachels Mund.

Sie leckte zuerst an der Spitze, biss dann ein Stück ab

und ließ es im Mund zergehen. »Hm«, machte sie, »köstlich.«

Er lächelte. »Eines Tages«, sagte er, »werde ich dich so füttern. Bissen für Bissen.«

»Hört sich nach Neuneinhalb Wochen an«, sagte sie.

»Kann schon sein.« Nach dem nächsten Pizzastück sagte er: »Rachel, hast du am nächsten Donnerstag schon eine Verabredung zum Mittagessen?«

Sie runzelte die Stirn. »Wieso?«

»Weil ich dich gern einladen würde.«

»Warum nächsten Donnerstag?«

»Warum nicht?«, gab er zurück. »Also, darf ich?«

»Ja.«

»Gut. Ich habe einen freien Nachmittag, deshalb habe ich den Donnerstag vorgeschlagen. Ich möchte dich in ein sehr gemütliches kleines Lokal führen.«

Ihr Nasenrücken kräuselte sich. »Es ist wirklich lieb von dir, dass du mich aufmuntern willst, aber ich werde es überleben, Luke. Ehrlich. Ich werde ein paar Tage lang schmollen, aber dann finde ich einen neuen Job, zeige Gilson meinen ausgestreckten Mittelfinger und bin wieder ganz die Alte«, sagte sie. »Du brauchst das also nicht zu tun.«

»Ich möchte es gern«, sagte er. Er wollte auch, dass sie jemanden kennen lernte, aber er glaubte nicht, dass dies der richtige Augenblick war, um ihr das zu sagen. Sie hätte sonst vielleicht abgesagt.

»Also gut.«

»Und, Rachel …«

»Ja?«

Unter dem Tisch drückte er sich die Daumen, als er die Bitte vorbrachte. »Eh, würdest du vielleicht einen Rock zum Essen anziehen?«

»Einen Rock?«

»Oder ein Kleid.«

Sie runzelte die Stirn. »Warum?«

»Weil ich dich noch nie in einem Rock gesehen habe, und weil ich möchte, dass du mir diesen Anblick gönnst«, sagte er und bedachte sie mit einem hinreißenden Blick.

Sie lächelte versonnen. »Oh, Luke, du bist ein Verrückter.«

»Wirst du?«

»Ja, gut. Obwohl ich wirklich keine Rock-Frau bin. Du wirst es sehen.«

Er strahlte sie an.

»Danke. Ich mache jede Wette, dass es ein schönes Mittagessen wird.«

»Weißt du, mir würde ein Sandwich genügen.«

Er schüttelte den Kopf. »Während eines normalen Arbeitstages sich ein richtiges Mittagessen mit allem Drum und Dran zu gönnen, hat etwas Dekadentes. Versuche, eine Vertretung für deine Nachmittagsvorlesung zu finden, denn du wirst anschließend nicht mehr arbeiten wollen.«

Rachel dachte darüber nach. »Nun, Gilson wird nicht viel dagegen unternehmen können – er hat mich ja schon rausgeworfen.«

»Genau. So kannst du dich ein wenig an ihm rächen.«

Der Gedanke an Gilson und ihre Arbeit versetzte Rachel wieder in trübe Stimmung; den Rest der Pizza aß sie schweigend. Luke betrachtete sie und bemerkte, dass sie dem Wein mehr als sonst zusprach. Sie muss unglaublich aufgebracht sein, dachte er, aber wer wäre das unter solchen Umständen nicht?

Als sie den leeren Teller von sich schob, nahm er ihre Hand. »Rachel.«

»Ja?«

»Soll ich gehen?«

»Ja – nein. Oh, ich weiß es nicht. Ich fürchte nur, dass ich keine sehr lebhafte Gesellschaft für dich sein werde.«

»Du bist müde, wütend und enttäuscht«, sagte er. »Und das kann niemanden überraschen, wenn man bedenkt, wie dieser Kerl mit dir umgesprungen ist.«

»Ja, das ist es wohl.«

»Als ich in den Staaten war«, sagte er, »hat man mir beigebracht, wie man eine gute Nackenmassage macht. Die hilft nach einem schrecklichen Arbeitstag, und ich sehe dir an, dass du völlig verkrampft bist.«

Sie schaute ihn an, den Kopf leicht geneigt. »Willst du mir erzählen, dass du ein erfahrener Masseur bist?«

»Nein, aber ich bin nicht schlecht. Wenn du möchtest, würde ich es dir gern beweisen.«

Sie musste lächeln. »Und du hast keine Hintergedanken bei deinem Angebot?«

Er grinste. »Das ist eine unfaire Frage, und ich werde darauf nicht antworten.«

Ihre Lippen zuckten. »Oh, Luke.«

»Probieren wir's einfach.«

»Okay.«

»Steh auf.« Luke stellte ihren Stuhl herum. »Es ist bequemer, wenn du dich falsch herum auf den Stuhl setzt, dann kannst du die Arme über den Stuhlrücken lehnen und den Kopf sinken lassen.«

Rachel gehorchte und setzte sich mit dem Rücken zu ihm. »Und ich nehme an, dass ich meinen Pullover ausziehen soll.«

»Nun ja, es ist schwierig, die Haut durch den Pullover zu massieren. Das geht nur bei Shiatsu.«

»Und wie heißt das, was du mit mir anstellst?«

»Aromatherapie.« Er grinste. »Ich meine, es wird eine Aromatherapie, wenn du ein paar Öle zur Hand hast.«

»Ja, habe ich. Eine Freundin hat mir sogar eine Öllampe zum Geburtstag geschenkt, ich habe sie noch nie benutzt. Und dazu gehören verschiedene Öle.« Sie wies auf das Sideboard an der Wand. »Der zweite Schrank, mittleres Regal.«

»Ich muss es mit etwas strecken, sonst ist es zu stark. Hast du Olivenöl?«

»In der Küche. Im Schrank unter dem Kessel.«

Während Luke mit dem Herbeischaffen der Utensilien ausgelastet war, zog sie den Pullover aus und ließ ihn auf den Boden fallen. Er fand die Öle im Sideboard und stieß einen leisen Pfiff aus. »Wunderbar. Eine sehr entspannende Mischung, dann brauche ich gar nicht erst auszuprobieren, welche Öle welche Wirkung haben.«

»Weißt du überhaupt, was du tust?«

»Vertrau mir«, sagte er und rieb sich die Hände mit einem Öl ein. »Schließe deine Augen und entspanne dich. Wenn ich zu hart massiere, musst du mir Bescheid geben, ja?«

»Ja.« Rachel schloss die Augen und legte den Kopf auf ihre verschränkten Arme, und Luke begann, die Anspannung aus ihren Schultern zu massieren.

Er hat wunderbare Hände, dachte sie. Fest und doch so empfindsam. Und er wusste genau, was er tat. Seine Finger spürten jede Verknotung an Hals und Schultern auf und rieben sie weg.

»Gut?« fragte er.

»Mmm, sehr.«

Er sagte nichts und fuhr mit der Massage fort, hielt nur ab und zu inne, um seine Handflächen wieder mit Öl einzureiben, dann massierte er wieder ihre Haut. Rachel spürte, wie sie sich allmählich entspannte, wie sie lockerer wurde und wie der Stress des Tages von ihr abfiel.

Als Luke fühlte, dass die Anspannung schwand, schob er die Haare aus ihrem Nacken und presste seine Lippen auf die empfindliche Stelle. Rachel stieß ein leises lustvolles Stöhnen aus, und er lächelte.

Eine Hand glitt über ihren Rücken und öffnete die Häkchen ihres Büstenhalters, dann zog er das Kleidungsstück über ihre Schultern. Als sie keinen Protest erhob, fuhr er fort, ihre Haut zu streicheln. Mit geübter Leichtigkeit strichen die Hände über ihren Rücken, dann über die Seiten, zu den Rippen, und schließlich hielt er ihre Brüste umfangen.

Rachel seufzte, rutschte unruhig auf dem Stuhl herum und richtete sich auf.

»Alles in Ordnung?«, fragte er.

»Mm.«

»Gut.« Er streichelte weiter über ihre Haut, drückte die Brüste zusammen, berührte wie aus Versehen ihre Nippel, ehe er sie zwischen die Finger nahm und leicht drückte.

Gleichzeitig beugte er den Kopf, um die Beuge zwischen Hals und Schulter zu küssen. Rachel schüttelte sich vor Lust. Seine Lippen wanderten über den Nacken zur anderen Halsbeuge und verharrten an der empfindlichen Stelle unterhalb des Ohrs. Er nagte zärtlich am Ohrläppchen, und sie schüttelte sich wieder.

Ihre Brustwarzen waren hart und lang, und sie schienen sich nach seiner Zunge zu strecken.

Sie wollte seinen Mund spüren – überall, nicht nur an den Brüsten. Sie wollte, dass er sie verrückt machte vor Lust, und dann wollte sie seine ganze Härte in sich spüren.

»Luke«, sagte sie heiser, »ich glaube, ich brauche es genauso dringend wie du. Komm, lass uns ins Bett gehen.«

Er nahm sie bei der Hand, zog sie auf die Füße, hob sie mit beiden Armen auf und trug sie die Treppe hoch ins Schlafzimmer.

»Mister Macho«, neckte sie ihn.

Oben setzte er sie ab, dann zog er die Vorhänge zu. Sie standen nebeneinander, und sie nahm seinen Pullover und zog ihn über seinen Kopf. Dann folgten Jeans, Strümpfe und Schuhe, und ihr Mund wurde trocken, als sie sah, dass er schon eine Erektion hatte. Sie lächelte. Das kleine Zwischenspiel im Wohnzimmer hatte ihn ebenso erregt wie sie.

Er schob die Decke zurück, zog den Rest ihrer Kleidung aus, setzte sich aufs Bett und zog sie mit sich. Sie rutschten höher, und sie kuschelte sich in seine Arme. Rachel schloss die Augen, legte den Kopf gegen seinen Brustkorb und ließ ihre Fingerspitzen über seinen Bauch wandern.

Er hat einen vollkommenen Körper, dachte sie, nicht dürr und nicht fett, gut trainiert, aber keine Monstermuskeln. Einfach perfekt.

Ihre Hand wanderte weiter nach unten, und als die Finger seinen Penis umschlossen, stieß sie einen kleinen kehligen Laut der Befriedigung aus – er fühlte sich so gut an, so unendlich gut. Zärtlich begann sie zu reiben, die Vorhaut hin und her zu schieben, und dabei fuhr sie mit der Handfläche über die glänzende Eichel. Sie liebte es, mit seinem Penis zu spielen, sie könnte es eine ganze Nacht tun.

Schließlich krümmte sich Luke neben ihr, er legte eine Hand über ihre und murmelte: »Rachel.«

»Hm?«

»Ich sollte dich verwöhnen, nicht umgekehrt.« Er nahm ihre Hand weg und schob Rachel auf den Rücken. Er kniete sich neben sie und streichelte mit den Fingerspitzen über ihren Körper.

Rachel zitterte leicht und hob sich leicht an, ihm und seinen streichelnden Fingern entgegen.

Luke lächelte, strich über ihre Rippen und tupfte leicht gegen die Unterseiten ihrer Brüste. »Rachel, du bist eine wundervolle Frau«, sagte er heiser und fuhr mit den offenen Handflächen über die Brüste, berührte die aufgerichteten Warzen, ehe er die beiden Halbkugeln in die Hand nahm und zärtlich drückte. »Ich weiß nicht, was ich lieber tue – dich berühren oder dich schmecken«, sagte er.

»Warum nicht beides?«

Er lachte glucksend. »Was für eine gute Idee!« Er beugte den Kopf, leckte abwechselnd über die steifen Nippel, saugte einen tief in den Mund und zupfte mit Daumen und Zeigefinger am anderen. Rachel wartete darauf, dass er sie mit dem Mund verwöhnte. Nicht nur an den Brüsten ... Er hatte sie geneckt und gereizt, und ihr Geschlecht fühlte sich klamm und geschwollen an, und sie begehrte ihn wie nie zuvor. Sie wünschte, seine Küsse auf ihrem Leib zu spüren, wollte die Spitze seiner Nase auf ihrem Bauch spüren und seinen Atem zwischen ihren Schenkeln.

Jetzt, dachte sie. Tu es jetzt. Sie hatte die Augen geschlossen und konzentrierte sich auf jede Regung von ihm. Schließlich spürte sie die Spur seiner Küsse auf ihrem Bauch. Sie hob die Hüften an, spreizte die Beine weiter und wollte, dass er sie leckte, wollte es so sehr, dass sie am liebsten aufgeschrien hätte. Luke lachte, neckte sie, fuhr mit der Zunge an einem Bein entlang, verharrte in der Kniekehle und nagte sich am anderen Bein den Weg zurück.

»Luke, bitte ... ich brauche es.«

»Du brauchst was?«, fragte er, und sie verging fast, als sie seinen Atem auf der Innenseite ihres Schenkels fühlte.

»Ich will deinen Mund spüren. Ich will, dass du mich mit Lippen und Zunge verwöhnst.«

»Das ist es, was ich hören möchte«, sagte er, und dann, endlich, spürte sie, wie er mit der Zunge die Labien teilte und mit langen Strichen von oben nach unten und wieder zurück fuhr. Er erforschte die intime Topografie ihres Geschlechts, als sähe er es zum ersten Mal.

Rachel stöhnte unterdrückt, sie hob ihren Unterleib an, drückte ihn gegen seinen Mund, und dann spitzte er die Zunge und drang tief in sie ein. Sie stieß einen leisen Schrei der Lust aus und drückte mit beiden Händen auf seinen Kopf, als wollte sie vermeiden, dass er ihr auswich.

Luke lächelte und leckte eifrig. Er saugte ihre Klitoris zwischen die Lippen und bearbeitete sie so lange, bis Rachel zu wimmern anfing und ihre Fingernägel in seine Kopfhaut trieb. Luke spürte, wie ihr Körper zu beben begann, aber er ließ nicht nach, wollte, dass sie ihren Orgasmus auf diese Weise erlebte, und erst als das Zittern ihres Körpers abklang, rutschte er an ihr hoch, bis er sie auf den Mund küssen konnte. Sie schmeckte ihre Säfte von seinen Lippen.

»Ich bin noch nicht fertig«, sagte er, und am heiseren Raunen seiner Stimme erkannte sie den Grad seiner Erregtheit.

Rachel schaute zu ihm auf, glücklich und erschöpft, die Pupillen in glitzerndes Gold getaucht. »Was hast du jetzt mit mir vor, Luke?«

»Nur dies.« Er kniete zwischen ihren Schenkeln, setzte den Schaft an ihren Eingang, glitt leicht in sie hinein und versenkte den Schaft bis zum Anschlag.

Rachel schloss vor Glückseligkeit die Augen. Es war ein unbeschreibliches Gefühl, wenn er sie füllte und dehnte. Als sie damit rechnete, dass er zu langen, rhythmischen Stößen ausholte, lehnte er sich zurück und hob sie an, bis ihr Po über dem Bett schwebte und ihre Schenkel über seinen lagen.

Sie öffnete die Augen und schaute ihn verwundert an. »Luke?«

»Es wird dir gefallen, glaube ich«, versprach er. Er schob eine Hand zwischen ihre Körper und rieb ihre Klitoris mit dem Daumenballen.

Rachel stöhnte auf und langte nach hinten, um sich am Kopfende des Bettes festzuhalten. Sie drückte gegen ihn, um ihn zu richtigen Stößen aufzufordern, aber er verweigerte sich, er ruhte in ihr und rieb nur ihren Kitzler.

Sie kam zu einem weiteren herausgeschluchzten Höhepunkt. Ihre inneren Muskeln schlangen sich um seinen Schaft, bis die Wellen der Lust langsam abebbten.

Er lachte still vor sich hin, wälzte sich dann auf den

Rücken und nahm sie mit, ohne sich aus ihr herauszuziehen. »Wir haben noch Einiges vor«, murmelte er.

»Das will ich hoffen.«

Irgendwie war es ihr gelungen, bequem über ihm zu knien. Sie lächelte ihn an und lehnte sich zurück, um den Winkel der Penetration zu verändern. Sie bewegte sich auf ihm, hob sich an, bis die Spitze nur noch von den Labien gehalten wurde, ehe sie sich sinken ließ und sich den harten Penis einverleibte. Sie beschrieb kreisende Bewegungen des Unterleibs und spürte, wie die Wurzel gegen ihre Klitoris rieb.

»Ah! Ah!«, stieß sie aus, schloss die Augen wieder und lehnte sich noch weiter zurück.

»Streichle dich«, raunte Luke, nahm ihre Hände und legte sie auf ihre Brüste.

Sie begann ihre Brüste zu massieren, zuerst sanft, dann härter, als ihre Bewegungen auf Luke immer wilder wurden. Sie rieb die Nippel zwischen Daumen und Zeigefinger, warf den Kopf zurück und öffnete den Mund, der leise, quietschende Geräusche ausstieß, und plötzlich spürte sie die vertraute Welle der Ekstase, die sie überschwemmte, und mitten in der Explosion ihrer Gefühle spürte sie das Pochen und Zucken seines Schafts, der sich tief in ihr entlud.

Rachel brach auf ihm zusammen und barg ihr Gesicht in seiner Halsbeuge.

»Geht es dir besser?«, fragte er und streichelte ihre Haare.

»Besser«, bestätigte sie. »Obwohl mein Jobproblem damit nicht gelöst ist.«

Er küsste sie. »Eins nach dem anderen, meine Liebe«, sagte er leise. »Eins nach dem anderen.«

Am folgenden Donnerstag klopfte Luke kurz an Rachels Bürotür, öffnete und lehnte sich gegen den Türrahmen. »Fertig?«

Sie nickte, speicherte das Dokument auf dem Bildschirm und schaltete den Computer aus. »Fertig.«

»Du siehst wundervoll aus.«

Er betrachtete sie ausgiebig, als sie von ihrem Sessel aufstand. Sie trug die dunkel gemusterte Chiffonbluse, die sie auch bei ihrem ersten Abendessen getragen hatte, und dazu einen knöchellangen Faltenrock, der bei jedem Schritt leise raschelte. Darunter trug sie schwarze Strümpfe – Luke nahm an, dass es Strümpfe waren, und die Absätze an den Schuhen waren etwas höher als an den Schuhen, die sie bisher getragen hatte.

Sie hatte ihre Haare mit einem Stirnband zusammengefasst und nur wenig Make-up aufgelegt, einen farbneutralen Lidschatten, der ihre Augen größer erscheinen ließ, sowie einen farbneutralen Lippenstift, der den verführerischen Bogen ihres Mundes unterstrich.

»Danke«, sagte sie und sah ihn lächelnd an. »Du kannst dich aber auch sehen lassen.«

»Mir gefällt das.« Er ging auf sie zu und fuhr mit einer Hand über ihren Rücken, griff ihren Po und nahm den Stoff des langen Rocks zwischen die Finger. »Vielleicht solltest du öfter Röcke tragen.«

Sie grinste. »Lieber nicht. Alle meine Studenten haben gefragt, ob ich am Nachmittag ein Vorstellungsgespräch habe – und du siehst so aus, als hättest du auch eins.«

Er runzelte die Stirn. »Hat es sich denn herumgesprochen, dass du gehst?«

»Ja.« Um ihre Mundwinkel zuckte es. »Einige Studenten haben mit einer Petition gedroht und damit, dass sie Gilsons Vorlesungen boykottieren wollen, aber ich habe ihnen gut zugeredet, das nicht zu tun. Die Petition wird nichts bewirken, und wenn sie die Vorlesungen nicht besuchen, schaden sie nur sich selbst. Gilson ist das egal.« Sie hob die Schultern. »Es wird sowieso Zeit, dass ich mich verändere.«

Luke nickte und nahm ihre Hand. Sie hatte sich mit der Situation gut zurecht gefunden. Nach den Tränen im Büro und der gedrückten Stimmung am Abend war sie danach wieder die fröhliche junge Frau geworden, die sie vorher war, sie hatte sogar einige Bewerbungsschreiben ins Blaue hinein verschickt.

Luke lächelte.

Sie hatte natürlich immer noch keine Ahnung, dass dieses Mittagessen eine Art Vorstellungsgespräch war. Wenn auch kein konventionelles, so wie er Max kannte. »Okay, gehen wir.«

Sie holte ihren Mantel vom Haken. »Und wohin gehen wir?«

Er tupfte mit einem Finger auf ihre Nasenspitze. »Ganz schön neugierig, was?«

Sie stöhnte auf. »Das erinnert mich an meine Kindheit. Wenn ich fragte, wohin es ging, sagte mein Vater immer: ›Hin und zurück, um zu sehen, wie weit es ist.‹ Du kannst dir nicht vorstellen, wie mich das geärgert hat.«

»Also gut, wir fahren nach Mayfair.«

»Mayfair? Wir fahren zum Mittagessen nach Mayfair?« Ihre Augen weiteten sich. »Da gibt es nur teure Lokale. He, Luke, du legst dich aber ins Zeug.«

Er hob die Schultern. »Na und?«

»Ich habe dir doch gesagt, dass ich auch mit einem Sandwich zufrieden bin.«

»Mir ist nach ein bisschen Luxus.«

»Aber ...«

»Halbe-halbe? Nein, Liebling, diesmal nicht.«

Achtes Kapitel

Nachdem Rachel die Bürotür abgeschlossen hatte, verließen sie die Uni und gingen zu Lukes Auto. Sie fuhren schweigend nach Mayfair; Luke parkte und führte sie ins Restaurant.

An der Tür blieb er stehen. »Eh …, Rachel …«

»Ja?«

»Ich …, eh …, ich möchte dich mit jemandem bekannt machen.«

Rachels Augen verengten sich, als sie den schuldbewussten Ausdruck in Lukes Gesicht sah. »Wann?«

»In etwa dreißig Sekunden.«

Sie runzelte die Stirn. »Ich dachte, das Mittagessen wäre nur für dich und mich.«

»Nun ja …« Er wand sich. »Nein, es ist ein Mittagessen zu dritt.«

»Ich verstehe.« Sie legte den Kopf ein wenig schief und musterte ihn genau, als sie ihn fragte: »Und warum hast du mir vorher nichts davon gesagt?«

»Weil …« Er hob die Schultern. »Oh, verdammt, es ist kompliziert.«

»Versuch trotzdem, es mir zu erklären.«

Er verzog sein Gesicht und schaute auf seine Uhr. »Jetzt nicht, Rachel.«

»Die Person, mit der du mich bekannt machen willst, wartet also da drinnen?«

Luke nickte.

»Ich verstehe.«

»Rachel, das ist keine Falle, in die ich dich locken will, glaube mir.«

»Ach?« Sie schaute ihn skeptisch an. »Hast du deshalb darauf bestanden, dass ich einen Rock tragen soll?«

»Ja«, gab er zu und errötete. »Hör zu, Rachel, du vertraust mir doch, oder?«

»Ich bin mir jetzt nicht mehr so sicher . . .«

»Ich weiß, ich hätte es nicht so geheimnisvoll machen dürfen. Ich kann dir die ganze Geschichte jetzt nicht erzählen, aber du kannst mir glauben, dass sie nichts Nachteiliges für dich hat.«

Sie dachte einen Moment darüber nach, dann nickte sie. »Also gut. Werde ich noch etwas über die Person erfahren, die ich kennen lernen soll?«

»Er heißt Max.«

»Danke, Luke«, sagte sie und verdrehte die Augen. »Das sagt mir eine Menge.«

»Nun komm, wir essen jetzt zu Mittag und können uns danach streiten, ja?«

Sie lächelte, obwohl ihr nicht danach zumute war.

»Ich sollte dich eigentlich stehen lassen. Warum hast du mir vorher nichts davon gesagt?«

»Weil ich es nicht kann.«

»Was soll das alles? Hat das was mit dem Geheimdienst zu tun, verdammt?«

»Nein.« Er seufzte. »Rachel, ich habe Hunger. Und Max wartet.«

»Ja, gut. Aber ich will wissen, was gespielt wird, Luke.«

»Ich verspreche, dass ich dir alles sagen werde. Aber nicht jetzt.« Er hielt ihr die Tür auf. »Komm.«

Rachels Augen weiteten sich, als sie das Restaurant

betrat. Man sah auf den ersten Blick, dass es ein sehr teures Lokal war. Alles atmete Exklusivität, die klassische Musik, die im Hintergrund gespielt wurde, die damastbezogenen Tische, die Kristallgläser und das Silberbesteck.

Jeder Tisch war besetzt, also musste das Essen gut sein. Die Unterhaltung an den Tischen lief ruhig ab, als ob jeder mit gedämpfter Stimme spräche. Plötzlich war Rachel froh, dass Luke sie gedrängt hatte, einen Rock zu tragen; in ihrer gewöhnlichen Kluft wäre sie unangenehm aufgefallen.

Ein Kellner näherte sich ihnen unauffällig und nahm ihnen die Mäntel ab.

»Wir sind mit Max Houghton verabredet«, sagte Luke.

»Ich bringe Sie an seinen Tisch.«

Der Kellner führte sie in eine etwas abgetrennte Nische. Der Mann, der dort saß und an Mineralwasser nippte, erhob sich und streckte seine Hand aus, als er seine Gäste sah.

Er war etwas über vierzig Jahre alt, schätzte Rachel, etwa so groß wie Luke, und seine dunklen Haare wurden an den Schläfen grau. Die blauen Augen lagen hinter einer goldgerahmten Brille. Er trug einen grauen Anzug, einen Ton dunkler als Lukes, und offenbar aus exquisitem Stoff gefertigt, wahrscheinlich maßgeschneidert. Das weiße Hemd musste aus Seide sein, die bunte Krawatte ebenfalls, sie war das einzige Teil an ihm, das auffiel, alles andere war pures *understatement*.

Er war ein attraktiver Mann, hohe Wangenknochen und ein kräftiges Kinn, er erinnerte Rachel an eine ältere Ausgabe von Charlie Sheen. Besonders wegen des intensiven, sinnlichen Blicks. Ein bisschen glich er auch Luke – aber das war unmöglich, denn Luke hatte nichts davon gesagt, dass Max mit ihm verwandt war.

Auf der anderen Seite hatte Luke so gut wie gar nichts über Max Houghton gesagt.

»Sie müssen Rachel sein.« Er lächelte offen.

Sie nickte. »Und Sie sind Max.«

Er bestätigte das mit einem Nicken. Sein Handgriff war fest. »Es freut mich, Sie kennen zu lernen, Rachel.«

Sie lächelte, aber es war ein gebremstes Lächeln, das ihre Zweifel verriet.

»Hallo, Luke«, sagte Max zu dem jüngeren Mann.

»Max.«

Luke vermied es, Rachel anzuschauen; man sah ihm sein schlechtes Gewissen an.

»Bitte, setzen Sie sich.« Max trat hinter den Stuhl neben seinem und rückte ihn zurecht, damit Rachel Platz nehmen konnte.

Hunderte Fragen schossen ihr durch den Kopf, und sie war begierig, Antworten zu erfahren. Wer war Max Houghton? Warum hatte Luke ein Geheimnis um dieses Treffen gemacht? Warum hatte er nicht einfach gesagt, er möchte ihr während des Essens einen Freund vorstellen? Und warum wollte Luke überhaupt, dass sie Max kennen lernte?

»Was möchten Sie trinken?«, fragte Max.

»Ich fahre«, sagte Luke.

Max grinste. »Ah, die gute alte Bess. Sie wird der Tod deines gesellschaftlichen Lebens sein. Mineralwasser für dich. Und für Sie, Rachel?«

»Ich …, eh … nehme einen trockenen Weißwein, bitte.«

»Chablis?«, fragte Max.

Rachel nickte. »Gern.«

Der Kellner stand schon neben ihm, und nach der Bestellung sagte Max zu ihr: »Luke hat mir von Ihnen erzählt.«

Sie schüttelte den Kopf und schaute Luke wütend an. »Er hat Ihnen von mir erzählt?«

Luke wurde rot. »Rachel, tut mir Leid.«

»Wirklich, Luke, das hätte ich nicht gedacht.«

»Von mir hat er Ihnen nichts erzählt, nicht wahr?«, fragte Max. »Rachel, ich fürchte, das alles ist meine Schuld.«

»Oh?«

Die Getränke kamen; Max stellte Luke das Wasser hin, während er für sich und Rachel den Chablis einschenkte. Er hob sein Glas. »Rachel, trinken wir auf den Beginn einer guten Freundschaft.«

Ihre Augen verengten sich. »Ich kenne Sie nicht.«

»Stimmt. Aber ich weiß, dass wir gute Freunde werden. Sehr gute Freunde.«

»Was soll das alles?«, fragte Rachel ratlos.

»Lassen Sie es mich erklären«, sagte Max. »Aber trinken Sie erst einmal an Ihrem Wein.«

Rachel nippte an ihrem Glas. Der Wein war sehr gut. Ein Chablis aus hervorragender Lage. Der Schluck besänftigte sie ein wenig und verleitete sie zu einem Lächeln. »Erzählen Sie mir was über sich selbst, Max.«

»Ich heiße Max Houghton. Ich bin Finanzier, und ich lebe in Norfolk.«

»Aha.« Und was hatten ein Finanzier und eine Jung-Dozentin für englische Literatur gemeinsam? Eine Ex-Jung-Dozentin, erinnerte sie sich.

Max lächelte. »Rachel, ich habe Luke nicht gebeten, Sie herzubringen, damit ich Verstecken mit Ihnen spiele. Er hat mir ein wenig über Sie und Ihre Situation erzählt, und ich glaube, ich kenne ein paar Leute, die Ihnen helfen könnten.«

»Wirklich?« Rachels Stimme klang frostig.

»Aber ich kann zu diesem Zeitpunkt noch nicht viel darüber sagen.«

»Ach.«

Luke zuckte zusammen, als er den sarkastischen Ton der Freundin hörte. »Rachel ...«

»Luke, du sagst mir, dass du mich zum Mittagessen einladen willst. Du bringst mich her und teilst mir auf der Türschwelle mit, dass ein Freund von dir beim Essen dabei sein wird, über den du mir nichts, aber auch gar nichts erzählst, nicht einmal, warum du willst, dass ich bei eurem Essen dabei bin, und dann fangt ihr beide an, in Rätseln zu sprechen und sagt mir, dass ihr mir nicht die ganze Geschichte sagen könnt.« Rachel starrte ihn an. »Wie soll ich da reagieren?«

»Ich gebe zu, dass wir es schlecht angefasst haben«, sagte Max und lächelte sie an. »Aber übers Essen möchte ich das wieder gutmachen. Luke hat mir von Ihnen erzählt, und ich wollte Sie treffen, um Sie ein bisschen besser kennen zu lernen.«

»Warum?«

»Weil ich vielleicht jemanden kenne, der Ihnen in Ihrer derzeitigen Job-Situation helfen kann. Wenn Sie dafür geeignet sind«, fügte Max an.

»Dann ist das also so etwas wie ein Vorstellungsgespräch, oder?«

»So könnte man es sagen«, räumte Max ein. »Aber ich werde keinen Eignungstest mit Ihnen über die englische Literatur des neunzehnten Jahrhunderts durchführen. Erstens wüsste ich nicht, ob Sie bluffen, und zweitens bin ich an Ihnen mehr als Person interessiert.«

»Ich verstehe.« Rachel nippte wieder am Wein, um Zeit zu gewinnen, ihre Gedanken zu ordnen.

»Mögen Sie Fisch, Rachel?«, fragte Max. »Sie servieren ein ausgezeichnetes *mousse* aus Lachs und Avocado, und die Seezunge ist zum Sterben gut.«

»Und passt gut zum Chablis.«

»Sehr richtig. Kann ich Sie damit also locken?«

Rachel hatte das unbestimmte Gefühl, dass er sie zu weit mehr locken wollte als zu einem guten Essen, aber sie nickte. »Gern.«

»Luke?«

»Überredet.«

Max lächelte. »Sehr gut, das macht alles einfacher.« Wieder stand der Kellner neben Max, ohne dass er gerufen worden war. Max bestellte, und dann entstand ein munteres Plaudern, das von Max immer wieder mal unterbrochen wurde, um dem Wein zuzusprechen. Als die Vorspeise serviert wurde, bestellte Max eine zweite Flasche Chablis. Dann wandte er sich Rachel erwartungsvoll zu. »Nun?«

Rachel ließ sich das *mousse* auf der Zunge zergehen. »Sie haben Recht, Max, es ist ausgezeichnet.«

»Ich freue mich, dass Sie zustimmen.«

Rachel bemerkte plötzlich, dass Luke den Löffel in der rechten Hand hielt – die linke Hand ruhte auf ihrem rechten Knie und zupfte den Rock hoch, bis er den Saum erwischt hatte. Sie schaute ihn stirnrunzelnd an, aber er ignorierte sie und begann, ihren Oberschenkel zu streicheln.

Dann bemerkte sie, dass eine andere Hand sich auf ihr linkes Knie gelegt hatte. Sie warf Max einen strafenden Blick zu, aber er schaute auf seinen Teller. Er aß mit der linken Hand. Verdammt, was ging hier vor?

Sie wollte keine Szene machen, aber es ärgerte sie, dass die beiden offenbar ein abgesprochenes Spiel mit ihr trieben. Oder die beiden kannten sich so gut, dass sie die Gedanken des jeweils anderen lesen konnten.

Rachel fragte sich, wie viele Frauen sie schon in einer solchen Situation geteilt hatten, wie ein Sandwich zwischen diesen beiden attraktiven Männern. Vielleicht sogar in diesem Restaurant. Wie hatten die anderen Frauen darauf reagiert? Waren sie schockiert gewesen, waren sie aus dem Lokal gestürmt? Oder hatten sie sich zurückgelehnt und die Situation genossen, dass zwei Männer sie verwöhnten?

Die ganze Zeit hörten die Männer nicht auf, über ihre sanfte Haut oberhalb des Spitzenbands der Strümpfe zu streicheln. Neugierige Finger tasteten sich vor, beschrieben kleine Kreise, neckten und reizten. Ob es an der Menge Wein lag, die sie schon konsumiert hatte, oder ob es so etwas wie eine Urfantasie von ihr war, vermochte sie nicht zu sagen, aber plötzlich nahm sie wahr, dass ihr Geschlecht sich zusammenzog und feucht wurde. Die beiden Männer erreichten, was sie offenbar bezweckten – sie machten sie unheimlich scharf.

Ein Teil von ihr war entsetzt. Schließlich befanden sie sich in einem öffentlichen Lokal. Sicher, ihr Tisch stand in einer halb geschlossenen Nische, und das lange Tischtuch verdeckte, womit sich Max und Luke die Zeit vertrieben, aber es war trotzdem ein öffentliches Restaurant. Der Kellner oder andere Gäste konnten vorbeigehen und schon an ihrem Gesicht sehen, was dort heimlich ablief.

Ein anderer Teil von ihr, wohl der trotzigere Teil ihres Wesens, genoss die Art und Weise, wie Luke und Max sie berührten, und diesem Teil war egal, was die Leute dachten.

In fast perfekter Synchronarbeit spürte sie ihre Handflächen, die sich gegen die Innenseiten der Schenkel pressten, um ihr zu signalisieren, die Beine ein wenig zu spreizen, um ihnen den Platz zu geben, den sie haben wollten.

Im nächsten Moment fühlte sie auf jeder Seite einen Finger, der unter das Bein ihres Höschens glitt. Der eine schlüpfte zielstrebig in ihre Vagina, verfolgte die intimen Falten und Spalten, während der andere geradewegs auf die Klitoris zu hielt. Der eine schob sich in ihr Geschlecht und bewegte sich ein und aus, der andere drückte kleine Kreise auf die Klitoris und erregte sie noch mehr.

Rachel schluckte hart. Es wäre so leicht, die Gabel fallen zu lassen, die Augen zu schließen, den Kopf in den Nacken zu werfen und sich ganz diesen zunehmend lustvollen Sensationen hinzugeben, ohne sich darum zu kümmern, dass andere ihr ekstatisches Stöhnen hören würden.

Aber genau das konnte sie nicht tun, nicht hier in aller Öffentlichkeit. Es blieb ihr nichts anderes übrig, als nach außen hin so zu tun, als würde nichts Ungewöhnliches geschehen, als ob die beiden Männer neben ihr sie nicht mit voller Absicht und dem Pfund ihrer Erfahrungen zu einem glühenden Orgasmus bringen wollten.

Sie riskierte einen Seitenblick auf Luke. Seine Augen

waren leuchtend geworden, die Pupillen groß und dunkel. Sie wusste jetzt, dass er es war, der einen zweiten Finger hinzugefügt hatte, mit dem er sie mehr füllte und schneller zum Höhepunkt bringen würde.

Er lächelte sie an, fuhr sich mit der Zungenspitze über die Lippen, als wollte er andeuten, dass er sie lieber mit der Zunge reizen würde. Rachel erinnerte sich an die Gefühle, die seine Zunge bei ihr ausgelöst hatte, und musste an sich halten, um nicht laut aufzustöhnen. Sie schaute rasch auf ihren Teller.

»Köstlich«, sagte Max. »Äußerst köstlich.« Für zufällige Lauscher musste es sich anhören, als spräche er über das *mousse*, aber sie alle drei wussten, worauf sich seine Aussage bezog. Rachel errötete. »Sahnig und würzig zugleich«, fuhr er fort. »Und so zart im Geschmack. Das vollkommene Gefühl.«

Rachels Gesichtsfarbe vertiefte sich noch, denn sie hatte plötzlich eine ganz klare Vision, wie sie auf einem Stuhl saß, die Beine weit gespreizt, den Rock hochgeschoben, das Höschen zu einer Seite gedrückt, und wie Max zwischen ihren Schenkeln kniete, die Hände auf den Innenseiten. Sie konnte sich vorstellen, wie seine Zunge die Labien teilte und auf und ab glitt, immer und immer wieder, während Luke hinter ihr stand, die Bluse aufknöpfte und mit ihren Brüsten spielte.

Sie riss sich aus ihren Gedanken, aber sie spürte, wie ihre Brustwarzen nach dieser letzten Fantasie noch härter geworden waren, und an Max' glucksendem Lachen bemerkte sie, dass man es durch den dünnen Stoff der Bluse sehen konnte.

Er erneuerte den Angriff auf ihre Klitoris, drückte hart auf den erigierten Knopf, und Rachel spürte, wie es in ihr zuckte und rumorte, denn gleichzeitig hatte

Luke noch einen weiteren Finger hinzugefügt, mit denen er immer schneller ein und aus fuhr. Sie hätte beinahe die Gabel fallen lassen, konnte sie aber im letzten Moment wieder greifen. Ihre Hand zitterte leicht, aber das war das einzige Zeichen, das sie nach außen gab.

Max beugte sich zu ihr. Sein warmer Atem hauchte gegen ihr Ohr. »Rachel.« Seine Stimme klang erregt und heiser, und da wusste Rachel, dass er diese Szene ebenso genoss wie sie – vielleicht sogar noch mehr.

»Was ich wirklich gern tun würde«, sagte Max, »ist, das ganze Zeug von diesem Tisch zu fegen, dich auszuziehen und auf das weiße Tischtuch zu legen – und jeder würde dich sehen können. Ich würde meinen Finger in die *mousse* tunken und auf deinen Brüsten und auch dem Bauch verreiben. Ich würde sie auflecken, die Süße deiner Haut schmecken und die sanfte Würze der *mousse*.«

Rachel erschauerte. Er schilderte die Szene so eindringlich, dass sie den Ablauf klar vor Augen sah.

»Ich würde mich langsam nach unten arbeiten, an deinem Nabel vorbei. Du würdest deine Schenkel für mich spreizen, denn du wärst erregter denn je und würdest darauf warten, dass dich etwas füllt. Ich würde dich mit *mousse* bestreichen, um dann die Mischung mit deinen Säften zu schmecken, ich würde dich lecken, bis alle Spuren der *mousse* getilgt wären, und du würdest dich unter mir winden, würdest stöhnen und deine Fäuste ballen.«

Rachel schluckte ein paar Mal, sie spürte die vertraute Hitze, die den Orgasmus ankündigte. Das Kribbeln begann an den Fußsohlen, und von dort breitete es sich aus, zu den Waden, zu den Schenkeln, zum Schoß.

»Und dann«, raunte Max weiter, »würde ich meinen Schwanz an die Schwelle deines Geschlechts setzen. Du wärst so heiß, so nass, dass es sich so anfühlte, als steckte ich ihn in warme, feuchte Seide. Du würdest deine Beine um meine Hüften schlingen und ich würde dich tief stoßen, und mit einer Hand würde ich deinen Kitzler reiben, bis es dir kommt und kommt und kommt. Du würdest meinen Namen rufen und schluchzen und schreien, die anderen Leute wären dir egal, es zählt nur das eine Gefühl, das ich dir bereite.«

Als er zu reden aufhörte, überzog sie der Orgasmus mit einer Hitzewelle, die kaum zu ertragen war. Sie unterdrückte einen Aufschrei, biss sich auf die Unterlippe und verdeckte ihre aufgewühlten Gefühle hinter der Serviette, die sie unauffällig zum Mund führte. Sie nahm rasch einen Schluck Chablis und hörte Max leise lachen, dann tätschelte er mit der flachen Hand ihren Venusberg, als wollte er sagen: Gut gemacht.

Er hob die Hand an seine Lippen und leckte im Schutz seiner Serviette daran. Rachel schaute ihm zu dabei, er fing ihren Blick auf und blinzelte, bevor er seine *mousse* weiter aß.

Als die Schockwellen ihres Orgasmus abgeklungen waren, zog auch Luke seine Finger heraus, aber er verzichtete auf die Art Schau, die Max gezeigt hatte. Er lächelte ihr nur bewundernd zu und ließ ihren Rock wieder fallen.

Rachel konnte kaum sprechen, als ihre Teller abgeräumt wurden und der Hauptgang serviert wurde. Max und Luke hatten solche Mühe nicht, sie plauderten und konzentrierten sich auf ihr Essen. Rachel musste sich zum Essen zwingen, sie konnte kaum glauben, was da gerade geschehen war. Sie hatte Max eben erst kennen gelernt und ihm erlaubt, sie derart intim …

Sie konnte es kaum zu Ende denken. Und ihr fiel ein, dass es in einer Woche bereits der zweite so gut wie fremde Mann war, dem sie diese Intimitäten erlaubte. Diesmal hatte sie nicht einmal die Entschuldigung, dass sie ihren Job nicht verlieren wollte. Was ging in ihr vor?

»Rachel.« Luke stieß sie sanft an.

»Ja?« Sie sah, dass sie ihre Seezunge kaum angerührt hatte. »Tut mir Leid, ich war meilenweit weg.«

»Ich weiß.« Er lächelte sie an. »Max hat uns gerade zum Wochenende eingeladen.«

»Uns?« Sie wandte sich an Max. »Wohin?«

»In mein Haus in Norfolk.«

»Du meinst in deinen Palast«, neckte Luke.

»Hillbury Manor ist so groß nun auch wieder nicht«, gab Max zurück. »Ignoriere ihn, Rachel. Ich gebe eine kleine Party, und ich möchte Luke und dich gern als meine Gäste haben – wenn du nicht beschäftigt bist.«

»Wann?«

»An diesem Wochenende.«

Etwas in seinem Gesicht verriet Rachel, dass hinter der Einladung mehr steckte, als auf den ersten Blick sichtbar war. Wie auch dieses Essen mehr war als nur ein gewöhnliches Mittagessen. Sie war irgendeinem Test unterzogen worden, und die Einladung sollte ihr sagen, dass sie bestanden hatte. Max hatte davon gesprochen, dass er jemanden kannte, der ihr einen Job besorgen konnte, vielleicht würde sie diesen Bekannten in seinem Haus treffen.

Luke nahm Rachels Hand und drückte sie. »Hillbury wird dir gefallen. Ein idealer Ort zum Entspannen.«

Rachel dachte nach. Oder konnte es sein, dass sich Max etwas anderes von der Einladung versprach? Eine Wiederholung dessen, was eben geschehen war, vielleicht die Verwirklichung der Fantasie, die er ihr ins Ohr geraunt hatte? Vor den anderen Gästen?

»Ich weiß nicht«, sagte sie schließlich.

»Rachel, es wird dir gut tun, London den Rücken zu kehren«, sagte Luke.

Sie seufzte. »Meine Freundin Jennifer hat angekündigt, dass sie für ein paar Tage nach London kommen will. Sie wohnt dann immer bei mir.«

»Du kannst sie bitten, ihren Besuch um eine Woche zu verschieben«, regte Max an. »Bitte, Rachel, ich hätte dich gern dabei.«

Lukes Finger drückte wieder zu. »Es wird dir gefallen, Rachel. Vertrau mir.«

Ihre Blicke trafen sich. »Luke, ich ...«

»Du hast nichts zu verlieren, Rachel«, sagte er leise. »Und alles zu gewinnen.«

Es hatte also etwas mit dem Job zu tun. Sie nickte. »Also gut. Ich rufe Jennifer heute Abend an und bitte sie, ihren Besuch zu verschieben.«

»Danke. Du wirst es nicht bereuen«, sagte Max, »das verspreche ich.«

Nach dem Kaffee schaute Max auf seine Uhr und wandte sich bedauernd an Rachel. »Ich habe in einer halben Stunde einen Termin«, sagte er. »Aber vielen Dank für die Gesellschaft beim Mittagessen. Ich freue mich schon, dich morgen Abend in Norfolk zu begrüßen.«

Er nahm ihre Hand und küsste den Handrücken. Dabei schaute er sie verführerisch an, und Rachel spürte, wie ihr heiß wurde. Oh, das konnte ja lustig werden an diesem Wochenende; Max würde bestimmt eine Gelegenheit haben, für eine Zeit mit ihr allein zu sein, und mehr denn je fürchtete Rachel, ihm nicht widerstehen zu können.

»Luke Holloway.«

»Kannst du sprechen?«

Luke lachte, als er Max' Stimme erkannte. »Ja.«

»Ist Rachel zu sich nach Hause gegangen?«

»Nein, sie ist im Bad.«

»Ach so.« Max hüstelte. »Bist du sicher, dass du reden kannst?«

»Absolut sicher.« Dann konnte Luke die Frage nicht länger zurückhalten: »Was hältst du von ihr?«

»Du hast Recht. Sie ist köstlich. Und wie wunderbar sie reagiert!« Er hüstelte. »Dabei war ich zunächst überzeugt, dass sie aus dem Restaurant rennen würde.«

»Du warst es, der darauf bestanden hat, dass ich ihr nichts sage«, erinnerte Luke ihn. »Deshalb habe ich auch nichts gesagt.«

»Stimmt.« Durch die Leitung kam ein klopfendes Geräusch, als ob Max mit den Fingern auf den Tisch trommelte. »Aber sie gefällt mir sehr gut. Ich glaube, sie wird ideal für die Aufgabe sein.«

Luke lächelte.

»Ich habe es dir gesagt.«

»Wie viele Jahre hast du darauf gewartet, mir das sagen zu können?«

»Zu viele.«

»Kann man ihr trauen?«, fragte Max.

»Ja, absolut.« Luke stellte klar: »Sie ist keine von denen.«

»Daran habe ich auch keinen Augenblick gedacht.« Max hüstelte wieder. »Bis bald.«

»Morgen Abend«, sagte Luke und legte den Hörer auf.

Der Freitagnachmittag war warm und sonnig. Luke und Rachel trafen sich gleich nach dem Mittagstisch, und weil sie beide den Nachmittag frei hatten – oder Arbeiten, für die sie nicht im Gebäude der Universität zu sein brauchten –, brachen sie nach Norfolk auf. Zu ihrer Überraschung herrschte wenig Verkehr, und so erreichten sie schon nach zwei Stunden den Stadtrand von Norfolk.

»Erzähle mir von Max«, sagte Rachel, als sie an einem Kreisverkehr auf einen schmalen Weg einbogen.

»Was willst du über ihn wissen?«

»Alles. Wie du ihn kennen gelernt hast, wovon er lebt und lauter solche Sachen.«

»Er ist etwa fünfundvierzig Jahre alt, und er hat mit Finanzierungen zu tun. In den achtziger Jahren hat er viel Geld an der Börse gemacht, und damals hat er dieses Juwel auf dem Lande gekauft – Hillbury Manor. Für Norfolk ist es recht ungewöhnlich, durchgängig mit roten Ziegeln erbaut. Mit den vielen kleinen Türmchen und spitzen Gewölben sieht es sehr gotisch aus. Ich glaube, es ist im siebzehnten Jahrhundert erbaut worden, aber das wird Max dir genauer sagen können.

Das Gelände, auf dem es liegt, ist bezaubernd – viele, viele Hektar nur Wiese und Bäume.«

»Es hört sich wundervoll an«, sagte Rachel. »Aber was ist mit Max selbst?«

Luke seufzte. »Da gibt es nicht viel zu wissen.«

»Dann sage mir das, was du weißt.«

»Nun, er liebt Malerei, Musik und ein gutes Leben. Er ist ein klassischer Bonvivant. Er hat genug Geld, um in dem zu schwelgen, was ihm gefällt. Oh, und er vertilgt mehr Rotwein als jeder andere, den ich kenne, also meide lange Gespräche, die bis in die Nacht hineingehen, denn dazu lädt er gern ein, bei einer Flasche oder zwei, wie er sagt. Aber es werden viel mehr. Er füllt dein Glas immer bis obenhin nach, sodass du schließlich nicht mehr weißt, wie viel du getrunken hast. Du spürst kaum etwas, aber dein Kater am anderen Morgen wird fürchterlich sein.«

»Danke für die Warnung.« Sie sah ihn von der Seite an. »Max engagiert sich also in Finanzierungen, und du bist ein Dozent an der Universität. Wie habt ihr euch kennen gelernt? Durch deine Arbeit?«

Luke schüttelte den Kopf.

»Wie denn?«, hakte sie nach, als er keine Antwort gab.

»Eh ...« Luke kratzte sich am Kinn. »Er ... ist mein Vetter«, sagte er schließlich.

»Dein Vetter?« Sie war überrascht und erinnerte sich, dass sie im Restaurant eine leichte Ähnlichkeit der beiden festgestellt hatte. »Das hast du gestern nicht erwähnt.«

»Nein. Also, ich sehe in ihm mehr den Freund als den Verwandten. Wir kommen sehr gut miteinander aus.«

»Das habe ich mir gedacht«, sagte sie trocken.

Er musste lachen. »Du bist nicht böse wegen der Szene im Restaurant?«

»Sprichst du vom Mittagessen zu dritt oder von der Vorspeise?«

Es war das erste Mal, das sie erwähnte, was im Restaurant geschehen war; Luke hatte das Thema sorgfältig vermieden, und sie hatte nichts mehr dazu gesagt. »Das ist typisch Max«, sagte er. »Er hat dich auf Anhieb in sein Herz geschlossen. Sonst hätte er sich rasch unter einem Vorwand verabschiedet.«

Rachel sagte stirnrunzelnd: »Aber das hat er dann doch auch getan.«

»Aber das war ein tatsächlicher Termin«, sagte Luke. »Er ist bis nach dem Kaffee geblieben. He, Rachel, du nimmst mich ganz schön ins Verhör. Entspanne dich.«

»Ich will nur wissen, was gespielt wird, Luke.«

»Zu gegebener Zeit wird Max dir alles erklären.«

»Warum kannst du das nicht?«

»Weil ich es nicht kann.«

»Du kannst es nicht, oder du willst es nicht?«

»Beides.« Luke sah sie nicht an. »Können wir jetzt das Thema wechseln?«

Ihre Augen verengten sich. »Was die Party angeht …«

»Max hat fast jedes Wochenende eine Party. Er mag es, in guter Gesellschaft zu sein. Gewöhnlich hat er mindestens vier Gäste auf Hillbury Manor.«

»Warum braucht er dann uns?«

»Weil er unsere Gesellschaft schätzt. Und vielleicht hat er jemanden eingeladen, den du kennen lernen sollst, aber das weiß ich nicht.«

»Jemand, der mir vielleicht einen Job anbietet?«

»Kann sein. Hör zu, ich muss mich jetzt auf den Weg konzentrieren. Gleich kommt eine Abbiegung, und die will ich nicht verpassen, sonst sind wir noch eine Stunde querfeldein unterwegs.«

»Schon gut.« Rachel fiel in Schweigen und dachte darüber nach, wer was für das Wochenende geplant hatte. Und warum hielt Luke seine Verwandtschaft mit Max so geheim? Warum hatte er ihr im Restaurant nicht gesagt, dass er sein Vetter ist?

Ihre Fragen blieben unbeantwortet. Aber vielleicht würde Max sie ja während des Wochenendes aufklären.

Neuntes Kapitel

Schließlich bog Luke vom Weg ab und fuhr auf einem noch schmaleren Pfad bergan, und als sie den leichten Hügel erreicht hatten, traute Rachel ihren Augen nicht: Hillbury Manor war genauso, wie Luke es beschrieben hatte, drei Stockwerke aus weichem, dunkelroten Stein. Drei Spitzbogen zierten die Front. An jeder Seite ragten schmale Türmchen auf, und Efeu rankte sich um die Fenster. Das Portal war beeindruckend, eine hohe zweiflügelige Holztür mit alten Beschlägen.

Der Pfad wurde breiter, er wurde zur Buchenallee, und die Laubkronen trafen sich in der Mitte und bildeten ein Dach aus Blättern. Es war ein wunderschöner Anblick, dachte Rachel, winzige Lichtflecken, die durchs Laub fielen, tanzten auf dem Boden.

Auf dem breiten Parkplatz vor dem Haus standen einige teure Autos, wie Rachel bemerkte. Ein glänzender MGF in Giftgrün, ein marineblauer Audi, ein weißes BMW Kabrio und ein bulliger blauer Range Rover. Ob das die Wagen der Gäste waren? Vielleicht gehörten sie auch alle Max.

Luke parkte neben dem MGF. »Das ist Max' neuestes Baby«, sagte er und deutete auf das Nummernschild: MDH 5.

»Gehören sie alle ihm?«

Luke schüttelte den Kopf. Er holte ihr Gepäck aus dem Kofferraum. »Er hat noch ein anderes Auto, das in der Garage steht, mit dem er meistens unterwegs ist. Den MGF fährt er aus Leidenschaft.«

»Er ist so autoverrückt wie du, nicht wahr?«

Luke nickte. »Er war es, der mir Bess besorgt hat.«

Er lächelte sie an. »Was hältst du von Hillbury Manor?«

»Wunderschön.«

»Ja, nicht wahr? Hast du bemerkt, wie leicht man die Abzweigung verfehlen kann? Und dann liegt die Pracht plötzlich und unerwartet vor dir, mitten im Nirgendwo. In einem Radius von zwanzig Kilometern gibt es nur ein paar kleine Marktflecken. Das nächste Dorf heißt Hillbury und liegt etwa vier Kilometer entfernt. Sollen wir reingehen?«

»Müssen wir nicht die Glocke läuten?«

Luke schüttelte den Kopf. »Max lässt die Tür auf. Er hat ein anderes Alarmsystem.«

Rachel wollte ihn danach fragen, aber dann hatte Luke sie schon zur Tür hineingeschoben, und im nächsten Augenblick stürmten zwei weiße Spaniel in die Eingangshalle und bellten laut.

»He, ihr beiden, ich bin's.« Luke stellte das Gepäck ab und kniete sich. Die beiden Spaniel erkannten ihn und sprangen ihn an, leckten jedes Fleckchen Haut, das sie erreichen konnten und wedelten die langhaarigen Ruten. »Und das ist Rachel.« Er schaute zu ihr hoch. »Eh, du hast doch keine Angst vor Hunden?«

Sie schüttelte den Kopf. »Meine Eltern haben einen Labrador, ich bin mit Hunden aufgewachsen.«

»Dann begrüße Bill und Ben.«

»Bill und Ben?« Sie lächelte.

»Ja. Eine Erinnerung an Max' Kindheit.«

Rachel kniete sich neben Luke und kraulte die jungen Tiere.

Ein paar Minuten später kam Max in die Halle. »Ich sehe, dass ihr die schrecklichen Zwei schon kennen gelernt habt.«

»Ja.« Rachel kraulte die Ohren des einen Spaniels. »Schöne Tiere.«

»Ja, wenn sie einen ins Herz geschlossen haben, weichen sie dir nicht mehr von der Seite. Aber ihr Bellen schreckt jeden ab, der nicht hier sein soll.« Er streckte die Hand aus, und Rachel stand auf und drückte sie.

»Hattet ihr eine gute Reise?«

»Ja, danke. Und was für ein wunderschönes Haus.« Sie sah sich um. Der Boden in der Eingangshalle bestand aus schwarzen und weißen Fliesen, und überall lagen orientalische Teppiche, deren Farbe sich mit dem Lichteinfall veränderte. Der Teppich auf der breiten, geschwungenen Treppe war hellblau, und die Wände waren in Pastellfarben gehalten.

An den Wänden hingen viele Bilder, einige Tuschzeichnungen und kleine Ölgemälde, die Rachel als Originale erkannte. Luke hatte gesagt, dass Max reich genug war, sich alle Hobbys leisten zu können, offenbar gehörte Kunst dazu. Die Gemälde zeigten verschiedene Stilrichtungen, einige waren modern, andere erinnerten sie an die Präraphaeliten.

Max nahm Rachel zur Seite. »Komm, ich zeige dir das Haus. Luke wird sich ums Gepäck kümmern. Luke, du hast wieder dein Zimmer, und nebenan ist Rachels Zimmer.«

»Ich komme nach, wenn ich fertig bin«, sagte Luke.

Rachel hob eine Augenbraue, als Max sie die Halle

entlang führte, gefolgt von den beiden Hunden. »Getrennte Zimmer?«, fragte sie verwundert.

Max grinste. »Das ist bequemer«, sagte er. »Aber es gibt eine Verbindungstür, die ihr natürlich benutzen könnt. Aber vielleicht ist es spannender, sich heimlich über den Flur zu schleichen. Aber ich warne dich jetzt schon, dass die Dielen knirschen und knarren.«

»Danke für die Warnung«, sagte sie grinsend.

»Und ihr habt auf diese Weise zwei Badezimmer«, fuhr Max fort. »Jedes Zimmer verfügt über ein eigenes Bad.«

Die Räume waren groß und eingerichtet wie in einem luxuriösen Landhotel. Durch die hohen Fenster drang viel Licht ein, obwohl sie von schweren Vorhängen gesäumt waren. Die Teppiche waren von erlesener Qualität, und Rachel versank fast in ihnen.

Es gab einen großen Salon mit hohen, breiten Sofas und Mahagonimöbeln, und daran schloss sich ein Wintergarten mit Palmen und Orchideen an. Im Esszimmer stand ein Tisch, an dem zwölf Personen Platz fanden, und von dort erreichte man ein Wohnzimmer mit einer imponierenden Standuhr und einem Klavier. Und überall hingen Originale an den Wänden.

Max' Arbeitszimmer war eher nüchtern eingerichtet mit einem breiten Eichenschreibtisch, zwei Aktenschränken, Computer, Faxgerät und Kopierer. Rachels Augen weiteten sich, als sie ein Bild hinter dem Schreibtisch betrachtete; es zeigte eine nackte und sehr schöne Frau, die mit einer Hand ihre Brüste berührte, mit der anderen ihren Schoß. Sie hatte den Kopf leicht in den Nacken gelegt, und eine schimmernde hellrosa Farbe hatte sich über die Haut gelegt.

Max folgte ihren Blicken.

»Gefällt dir das Bild?«

»Eh … es ist ungewöhnlich.«

»Feigling«, neckte er sie.

»Wieso? Bist du der Künstler?«

Er lachte. »Nein. Aber ich war dabei, als das Bild entstand.«

»Du meinst, du …«

»Ja, ich habe dem Künstler bei der Arbeit zugeschaut. Und dem Modell natürlich. Sie ist eine gute Freundin von mir.« Er wandte sich ab und ging in den nächsten Raum.

Rachel hielt die Luft an und blieb in der Tür stehen. Die Bibliothek. Fantastisch. Regale vom Boden bis zur Decke, und alle mit ledergebundenen Büchern gefüllt. »Max, das ist …«

»Ich weiß.« Max grinste. »Ich muss zugeben, dass ich nicht alle gelesen habe.«

Sie trat ins Zimmer und ging zu einem der Regale. Einige der Bücher stammten aus der viktorianischen Zeit, und sie nahm eins in die Hand. Hatte Max die alten Bücher neu einbinden lassen? Sie schlug das Buch auf und schluckte – es war eine Erstausgabe. »Max, das ist fantastisch.«

»Ich dachte, es würde dir gefallen«, sagte er. »Aber du kannst es dir später genauer anschauen. Ich will dich jetzt weiter durchs Haus führen.«

Die Küche hatte gewaltige Ausmaße. Die Schränke waren aus Buche, und in einer Ecke stand ein breiter Korb aus Weidengeflecht, offenbar für Bill und Ben. In der Mitte stand ein blank gescheuerter Kieferntisch, und über dem breiten Herd und der Spüle war ein Regal für Kessel und Pfannen angebracht. Eine Tür führte zu einem großen Vorratsraum, und auf dem

Fensterbrett standen kleine Terracottatröge mit Kräutern. Über der Tür hingen zwei Glocken. Max wies darauf und sagte grinsend: »Ein Relikt aus früheren Tagen. Ich würde nicht wagen, sie zu läuten, weil ich Angst hätte, Maggie Stewart würde mir Salz in den Kaffee geben.«

»Maggie Stewart?«

»Meine Haushälterin. Ab und zu kommen ein paar Mädchen aus dem Dorf, um ihr zu helfen, und ihr Mann ist der Gärtner.« Er hob die Schultern. »Es ist unmöglich, das Haus und den Garten selbst in Ordnung zu halten. Außerdem habe ich gern Gesellschaft.«

»Luke sagte mir, dass du an fast allen Wochenenden Gäste hier hast.«

Max nickte. »Ja, es gefällt mir. Ich glaube, du wirst mit meinen anderen Gästen an diesem Wochenende gut auskommen.«

»Mit den anderen Gästen?«

»Du wirst sie später kennen lernen. Sie wollten sich das Areal mal ansehen.« Er verdrehte die Augen. »Dafür brauchen sie den ganzen Nachmittag.«

Sie gingen hoch zu den Schlafzimmern – jeweils fünf auf den beiden oberen Etagen, alle mit einem Doppelbett, einem geräumigen Kleiderschrank und einer Kommode ausgestattet, und in allen Zimmern hingen erotische Bilder von dem Modell, das Rachel schon in Max' Arbeitszimmer bewundert hatte.

»Ist der Künstler auch ein Freund von dir?«, fragte sie.

Er grinste. »Das kann man so sagen.«

Und Max wird bei jeder Sitzung dabei gewesen sein, dachte Rachel.

Luke fand sie, als sie die Treppe hinuntergingen. »Nun, was sagst du?«, fragte er Rachel.

Sie strahlte. »Ein unglaubliches Haus. Wunderschön.«

»Hast du was dagegen, wenn ich dich bei Max zurücklasse? Ich habe noch das eine oder andere zu tun.«

»Okay.«

»Bis später.« Er küsste sie kurz und ging die Treppe hinunter.

Max drückte Rachels Hand.

»Leider habe ich mich auch um einige Dinge zu kümmern. Du kannst dir gerne die Bibliothek genauer anschauen. Oder ich könnte Stella zu dir aufs Zimmer schicken.«

»Ein Dienstmädchen?«

»So ungefähr, aber lass sie das nicht hören. Sie ist – nun ja, ich glaube, sie nennt sich Schönheitspflegerin. Hat sich selbstständig gemacht. Wenn ich am Wochenende Gäste habe, engagiere ich sie am Freitagnachmittag. Wenn du also eine Gesichtspackung haben willst oder eine Maniküre oder irgend so etwas, brauchst du es ihr nur zu sagen.«

»Danke, Max.«

»Von Luke weiß ich, dass du dich entspannen sollst. Hier hast du die Gelegenheit, alles zu tun, was du willst. Willst du spazieren gehen – bitte. Willst du in die Bibliothek – gern. Solange du nicht mit Arbeit anfängst.«

Rachel lächelte, und ihr schlechtes Gewissen meldete sich. »Luke und ich hätten eigentlich heute Nachmittag arbeiten müssen. Wir sollten ein Seminar vorbereiten. Und außerdem geht es immer noch um meine

Dissertation.« Sie wollte sie unbedingt zu Ende schreiben, trotz eines Colin Gilson.

»Ich bin sicher, dass du ein paar Stunden an der Uni gut hast«, sagte Max. »Weißt du was – räume deine Sachen ein, dann schicke ich Stella hoch zu dir. Ihre Nackenmassagen werden von allen gerühmt.«

Rachel erinnerte sich an die Massage, die Luke begonnen hatte. Hatte er seine Technik von Stella gelernt? Aber das spielte keine Rolle. »Ja, gern, Max.«

»Braves Mädchen.« Er führte sie zurück zu ihrem Zimmer im ersten Stockwerk. »Wenn du sonst noch etwas brauchst, kannst du Stella fragen. Sie kennt dieses Haus wie den Rücken ihrer Hand.«

»Ja, gern. Danke.«

Max rief die Hunde und zog die Tür hinter sich zu. Rachel schaute sich in ihrem Zimmer um. Es war licht und groß, die Wände waren sonnengelb, und dieses Gelb wiederholte sich in den Blumen der Vorhänge. Die Blumen wiederum wiederholten sich in der Borde und auf dem extra breiten Federbett. Mitten auf der Kommode stand eine weiße Vase, in der Iris und Margeriten blühten.

Das Blumenthema erstreckte sich allerdings nicht bis zu den Bildern an der Wand. Das Bild über Rachels Bett hielt ihre Aufmerksamkeit am längsten. Es war in Wasserfarben gemalt, und das Modell hatte glänzende schwarze Haare, auf denen rote Lichter funkelten, und sehr grüne Augen. Sie war nackt und lag auf der Seite auf einem Schaffellteppich. Den linken Ellenbogen hatte sie angewinkelt, die Hand stützte den Kopf. Das linke Bein war ausgestreckt, man sah deutlich die Muskeln ihrer Wade.

Das rechte Bein war angezogen, der Fuß stand flach

auf dem Teppich, das Knie zeigte zur Decke. Sie hatte den Kopf leicht zurückgelegt und den Mund ein wenig geöffnet. Sie hatte einen verführerischen Ausdruck im Gesicht, als hätte sie sich für ihren Geliebten zurecht gelegt. Ihre rechte Hand lag im Delta ihrer Schenkel, und der Mittelfinger teilte ihre Labien.

Rachel errötete. Max liebte es offenbar, Frauen beim Onanieren zu sehen. Und aus eigener Erfahrung wusste sie, dass er es auch liebte, sie zu berühren. Sie hatte fast damit gerechnet, dass Luke sie irgendwann an diesem Wochenende unter einem Vorwand mit Max allein lassen würde, und dass Max sie dann zu verführen versuchte.

Aber Max hatte keinen Versuch unternommen; er war gegangen und hatte sie allein auf ihrem Zimmer zurückgelassen. Sie schmunzelte. Max war nicht derjenige, der die Dinge überstürzte. Er würde sich sagen, dass er noch zwei Tage Zeit hatte.

Sie spürte, wie ein Schauer über ihren Rücken lief, und wandte sich vom Bild ab. Luke hatte ihren Koffer aufs Bett gelegt, sie räumte die Sachen aus und hängte die Kleider in den Schrank. Sie war froh, dass sie daran gedacht hatte, das kleine Schwarze einzupacken; es war schon einige Jahre alt, aber sie hatte es nicht oft getragen. Zum Essen würde es passen, denn sie hatte das Gefühl, dass das Essen auf Hillbury Manor eine festliche Angelegenheit wurde.

Sie schlenderte zum Fenster. Ihr Zimmer lag nach hinten, und vom Fenster blickte sie in den Garten. Blumenbeete, adrett geschnittene Sträucher, ein kurz geschorener Rasen und ein Brunnen in der Mitte.

Das Klopfen schreckte sie aus den Gedanken. Sie drehte sich um und rief: »Herein.«

Die Tür wurde geöffnet, und eine Frau, etwa in ihrem Alter, trat ein. Sie trug einen kleinen Koffer. Rachel riss die Augen weit auf – es war die Frau auf dem Bild.

Wenn die Frau die Verblüffung Rachels bemerkte, ging sie nicht darauf ein. Sie lächelte nur, drückte die Tür hinter sich ins Schloss und ging auf Rachel zu, eine Hand ausgestreckt. »Hallo. Ich bin Stella. Max schickt mich – er meint, du könntest ein bisschen Verhätscheln gut brauchen.«

»Ich bin Rachel.«

»Ich weiß. Max hat es mir gesagt.«

Was hat er dir noch gesagt?, hätte Rachel gern gewusst, aber sie sagte nichts.

»Es sind noch vier Stunden bis zum Essen, also haben wir Zeit für eine Gesichtspackung und eine Massage, wenn es dir recht ist.«

»Ja, gern.«

»Soll mir ein Vergnügen sein«, sagte Stella lächelnd. »Ich nehme an, dass Max dir von mir erzählt hat – dass ich mich umschulen lasse, auch wenn ich die Buchhaltungsprüfung zum dritten Mal vergeigt habe.«

»Buchhaltung? Du kommst mir nicht wie eine Buchhalterin vor«, sagte Rachel.

»Eben. Sie behagt mir auch nicht, aber sie gehört leider zum Geschäft. Ich arbeite gern mit Menschen, nicht mit Zahlen. Max ist sehr gut zu mir, er unterstützt mich durch diese Engagements an den Wochenenden. Und ich freue mich jedes Mal darauf, denn seine Gäste beschränken sich nicht darauf, mir von ihrem Urlaub vorzuschwärmen oder die Vorzüge eines neuen Nagellacks zu schildern.«

Rachel nickte. »Ich werde wahrscheinlich auch umschulen müssen.«

»Oh?« Stella setzte sich aufs Bett und tupfte auf den Platz daneben.

Rachel setzte sich neben sie und erzählte ihr von Gilson und warum sie sich einen neuen Job suchen musste, ohne Hoffnung zu haben, etwas zu finden, was ihr Spaß machen würde.

»Bitter«, sagte Stella. »Dann brauchst du wirklich Ablenkung. Ich ziehe die Vorhänge zu, dann fange ich mit der Gesichtsbehandlung an. Dadurch bekommst du zwar keinen neuen Job, aber du wirst dich viel besser fühlen. Und wenn ich mit dir fertig bin, hast du alles andere vergessen.«

Je mehr Stella redete, desto besser gefiel sie Rachel. »Ich werde dich daran erinnern.«

»Ich kümmere mich um die Vorhänge, du ziehst Jeans, Bluse und BH aus und legst dich aufs Bett«, sagte Stella. »Quer, dann kann ich neben dir auf dem Kissen knien.« Sie lächelte. »Eigentlich bin ich so oft bei Max, dass ich ihn überreden müsste, eines der Zimmer in einen Schönheitssalon zu verwandeln. Aber er meint, die Gäste hätten mich lieber auf ihren Zimmern.«

»Kann schon sein.« Rachel zog sich bis auf den Slip aus und legte sich aufs Bett, wie Stella angewiesen hatte. Sie fühlte sich überhaupt nicht verlegen, es war, als wäre sie bei einer langjährigen Freundin, mit der man plaudert, ohne sich deren Körper genauer anzusehen.

Stella nahm ein Kissen und kniete sich hinter Rachel. »Hebe deinen Kopf einen Moment an. Du wirst das ganze Zeug nicht in deinen Haaren haben wollen.« Sie streifte Rachels Haarband ab und ersetzte es durch ein breiteres, das die Haare aus dem Gesicht verbannte.

»Schließe jetzt die Augen und entspanne dich. Deine Haut sieht empfindlich aus. Ich benutze nur Kosmetika, die allergieverträglich sind, aber wenn du die geringste Reizung spürst, oder wenn dir irgendwas unbehaglich ist, sagst du mir gleich Bescheid, dann reibe ich sofort alles wieder ab.«

»Danke.« Rachel lächelte und schloss die Augen, dann überließ sie sich ganz den kundigen, professionellen Händen Stellas. Sie kannte die Prozedur des Reinigens, Befeuchtens und Tönens, denn Jennifer hatte ihr zu Weihnachten und zu Geburtstagen oft einen Gutschein für den Kosmetiksalon geschenkt. Sie wusste auch, dass es sie völlig entspannte, und in den letzten Monaten hatte sie mehrmals die Gelegenheit genutzt, sich bei der Kosmetikerin von dem Stress zu erholen, dem sie sich durch Gilson ausgesetzt fühlte.

»Besser?«, fragte Stella, als sie fertig war.

»Mm. Und es duftet so schön.« Rachel öffnete die Augen. »Auch wenn ich mich jetzt anhöre wie deine anderen Kundinnen auch – ich möchte gern eine Preisliste dieser Serie haben.«

»Nicht nötig«, sagte Stella. »Wenn du einen Blick in dein Badezimmer wirfst, wirst du feststellen, dass Max ein kleines Ensemble hat zusammenstellen lassen, das dir etwa zwei Monate reichen wird, und er erwartet, dass du es mit nach Hause nimmst.«

»Max denkt an alles«, murmelte Rachel. »Kennst du ihn schon lange?«

»Seit etwa fünf Jahren. Er ist in dieser Zeit ein guter Freund geworden.« Stella lächelte. »Lege dich jetzt auf den Bauch. Es ist wahrscheinlich praktischer, wenn du dich in die normale Richtung legst. Ich kann die

Rückenmassage besser ausführen, wenn ich mich über die Kundin grätsche.«

»Okay.« Rachel räusperte sich verlegen.

Stella grinste. »Ja, ich weiß, es hört sich zweideutig an, nicht wahr? Entspanne dich, Rachel, ich werde dich nicht anspringen.« Sie streichelte sanft über Rachels Hals. »Obwohl du eine Heilige in Versuchung führen könntest.«

Rachel wurde rot, dunkelrot. »Ich ...«

»Du bist völlig hetero, und du bist mit Luke gekommen«, antwortete Stella für sie. »Komm, auf den Bauch, dann bringen wir es hinter uns.«

Rachel wälzte sich herum, streckte die Arme nach den Seiten und verschränkte die Hände unter der Stirn.

»Ich benutze ein Entspannungsöl, eine Mischung aus Lavendel, Zitrone und Neroli. Weißt du, ob du gegen eins davon allergisch bist?«

»Ich glaube nicht.«

»Gut. Also, entspanne dich und genieße es. Wenn ich zu hart rangehe, lässt du es mich wissen.«

Rachel schloss die Augen. Dann spürte sie, wie die Matratze leicht nachgab, als Stella sich über sie schwang. Die weiche Baumwolle ihrer Hose rieb gegen Rachels Hüfte. Das ist die Position, in der sie am liebsten arbeitet, redete Rachel sich zu. Mehr war nicht dabei.

Dann spürte sie die sanften Hände, die Stella mit Öl eingerieben hatte, auf ihrem Rücken. Die kundigen Finger kneteten die verspannten Knoten im Nacken weich. Rachel stieß kleine leise Laute des Wohlbehagens aus und bewegte sich schlängelnd unter der Kosmetikerin. Es erinnerte sie daran, wie Luke sie massiert hatte, aber das hier war noch besser. Sie konnte sich leicht vorstellen, was geschehen würde, wenn Stellas Hände ein bisschen weiter hinunter gleiten würden, über den Po und dazwischen, in die Kerbe, und noch einmal weiter, bis zum weit geöffneten Geschlecht … Sie schluckte ein paar Mal. Das war verrückt. Sie hatte nichts mit Frauen. Es musste daran liegen, dass Stella so eine Andeutung gemacht hatte, und wie die Frau sie berührte, erinnerte sie an Luke, und dadurch war die Gedankenkette entstanden.

»Entspanne dich«, mahnte Stella. Sie hatte sich vorgebeugt, und Rachel konnte ihren Atem im Nacken spüren. Aber Rachel konnte sich nicht entspannen. Vor sich sah sie das Bild über dem Bett, das Bild, auf dem Stella onanierte.

»Rachel …« Stella brach die Massage ab.

»Tut mir Leid. Ich bin ein bisschen nervös.«

»Wem sagst du das?« Stella kletterte vom Bett, und Rachel wälzte sich zurück auf den Rücken.

»Es tut mir Leid«, sagte sie wieder.

»He, ist schon okay«, sagte Stella und streichelte ihr Gesicht. »Willst du darüber sprechen?«

»Ja … nein … ich …« Rachel presste die Augen zu. Wie konnte sie Stella sagen, an was sie gerade gedacht hatte? Wie konnte sie die Worte finden, um das Unbehagen zu beschreiben, das sie erfasst hatte, aber auch das Verlangen, das sie in sich spürte?

»Es sind die Bilder, nicht wahr?«

Rachel öffnete überrascht die Augen. »Die Bilder?«

»Mm. Max hat mich kennen gelernt, als ich für einen seiner Freunde Modell gestanden habe.« Sie wies auf das Bild über dem Bett. »Das ist eines davon. Max hat sie alle gekauft.« Sie sah Rachel an. »Sie machen dich verlegen, stimmt's?«

Rachel errötete. »Ich bin nicht prüde.«

»Das ist auch nicht der Grund, warum sie dich verlegen machen«, sagte Stella. »Oder?«

»Ich ... nein.«

»Du bist eine Frau mit viel Fantasie, ob du deine Fantasien schon ausgelebt hast oder nicht. Max erkennt diese Qualität in Menschen, und er lädt nur solche Menschen nach Hillbury Manor ein.«

Rachel war beinahe versucht, Stella von der Szene im Restaurant in Mayfair zu erzählen und von ihrem Verdacht, dass Max sie aus einem ganz bestimmten Grund eingeladen hatte, aber dann überkam sie doch die Angst vor der eigenen Courage. »Oh«, sagte sie nur.

»Oh«, neckte Stella.

»Stella, ich ...«

»Ob es wohl hilft, wenn ich das tue?« Die andere Frau beugte sich vor und berührte Rachels Lippen sanft mit den eigenen.

Zu Rachels Entsetzen und Überraschung bemerkte sie, wie sie auf die Berührung reagierte: Sie legte eine Hand auf Stellas Haar, zog sie näher zu sich heran und öffnete den Mund. Stellas Zunge schlüpfte in ihren Mund, und eine mit Öl eingeriebene Hand streichelte Rachels Brüste.

Ihre Nippel waren schon hart. Stella brach den Kuss ab und stieß leise kehlige Laute der Befriedigung aus, als sie die harten, aufgerichteten Warzen zwischen Daumen und Zeigefinger rollte und drückte. »Mm, Rachel, ich glaube, du brauchst das«, raunte sie. »Dein Körper lechzt nach Erfüllung.«

»Ich … ich habe noch nie …«

»Pst.« Stella legte einen Finger quer über Rachels Lippen. »Du brauchst nichts zu sagen. Ich weiß.« Sie lächelte. »Als es mir das erste Mal widerfuhr, war ich auch ziemlich geschockt. Besonders, als ich feststellte, wie gut es war. Ist«, verbesserte sie rasch. »Und für dich wird es ebenso gut werden«, versprach sie.

Rachel schluckte. Dies war weit entfernt von allen Erfahrungen, die sie bisher gemacht hatte. Sie hatte sich noch nie sexuell zu einer anderen Frau hingezogen gefühlt, und sie war nicht sicher, wie sie damit umgehen sollte.

»Überlasse alles mir«, raunte Stella. »Wir gehen langsam vor, denn wir haben Zeit genug. Wenn ich irgend etwas mache, was dir nicht behagt, bremst du mich. Und wenn du willst, dass ich dich auf eine bestimmte Weise berühre – oder an einer bestimmten Stelle – sagst du einfach Bescheid. Okay?«

Rachel nickte, sie war nicht in der Lage zu sprechen. Stella lächelte zufrieden und schwang sich vom Bett, zog rasch ihre Hose und die weite Bluse aus. Ihre Figur war so üppig wie auf dem Bild, und Rachel ertappte sich dabei, wie sie die andere Frau mit lüsternen Augen betrachtete.

Stella bemerkte, dass Rachel sie anstarrte. Sie langte hinter sich, um den BH zu öffnen, und ließ das Kleidungsstück zu Boden fallen. Dann streifte sie langsam das Höschen ab und legte sich neben Rachel aufs Bett.

Rachel schlug scheu die Augen nieder. Sie war schon früher in der Gegenwart anderer Frauen nackt gewesen, aber das waren völlig andere Voraussetzungen gewesen, zum Beispiel in der Umkleidekabine. Aber dies … »Stella …«

»Pst«, machte sie wieder, »es ist alles in Ordnung.« Sie legte wieder einen Finger über Rachels Lippen, und als ob Rachel nur darauf gewartet hätte, öffnete sie den Mund und sog den Finger ein, saugte sanft daran. Stella lächelte und streichelte mit der anderen Hand über Rachels Körper. »Ich glaube«, sagte sie, »du würdest dich besser fühlen, wenn wir gleich wären.«

Rachel runzelte die Stirn und hörte auf zu saugen. »Was meinst du?«

Stella griff in den Bund von Rachels Slip und zog ihn leicht nach unten. »Heb deinen Po an«, sagte sie, und Rachel gehorchte. Stella streifte den Slip, dann beugte sie sich wieder über Rachel und küsste sie.

Rachel öffnete den Mund und lud die andere Frau ein, sie intensiver und länger zu küssen, dann strichen ihre Hände noch ein wenig schüchtern über den Körper der Kosmetikerin, sie tasteten sich vor, zeichneten die Umrisse der Brüste nach, streichelten über die Unterseiten der Halbkugeln.

Stella stöhnte in Rachels Mund, dann brach sie den Kuss ab und nahm einen Nippel zwischen die Lippen, saugte ihn ein und umkreiste ihn mit der Zungenspitze. Rachel schloss die Augen, ließ sich entspannt auf den Rücken fallen und genoss die Lust, die Stella in ihr auslöste. Sie spürte die sanfte Berührung von Stellas Haaren auf ihrer Haut und war überrascht, wie sehr ihr dieses Gefühl behagte.

Luke hatte sie auf eine ähnliche Weise verwöhnt, und sie hatte es genossen, aber diese leichte, schwebende Art, die Liebe einer anderen Frau zu erfahren, war genauso erregend, wenn auch ganz anders. In ihrem Geschlecht sammelten sich die Säfte. Ob Stella sie auch mit dem Mund …? Und würde es noch besser sein als mit Luke, weil eine andere Frau eben genau wusste, wo es gut tat, was einer Frau die größte Lust bereitete?

Langsam rutschte Stella auf dem Bett hinunter, dabei murmelte sie süße Nichtigkeiten, bewunderte die Haut der neuen Freundin und zeigte ihre Bewunderung durch feuchte Küsse, die eine Spur von den Brüsten bis zur Scham hinterließen.

Rachel hielt beide Hände auf Stellas Kopf und massierte die Kopfhaut, schob den Kopf gleichzeitig weiter hinunter. Stella rutschte tiefer, bis sie schließlich zwischen Rachels Schenkeln hockte. Sie legte die Hände auf die Innenseiten der Schenkel und übte einen leichten Druck aus. Rachels Schenkel gingen willig auseinander.

»So ist es besser«, murmelte Stella, und dann beugte sie den Kopf tief hinunter und küsste die empfindlichen Innenseiten. Rachel stöhnte leise auf und hob den Po an; sie war jetzt so erregt, dass es keine Rolle mehr spielte, wer zwischen den Schenkeln hockte, Luke oder Stella. Sie brauchte den Orgasmus, sie wollte den Mund auf ihrem Geschlecht fühlen.

Stellas Finger streichelten behutsam über die feuchten Lippen, erforschten die Falten und Spalten, und Rachel ruckte ungeduldig die Hüften hoch und wollte mehr. Stella lachte leise und schob einen Finger in den Eingang von Rachels Geschlecht. Rachel stöhnte lauter, rutschte dem Finger entgegen, der tief in sie eindrang.

»Oh, ja, oh, ja«, hechelte Rachel. »Ja, ja.«

Stella bewegte den Finger rhythmisch ein und aus, und gleichzeitig tippte sie mit der Zungenspitze gegen

Rachels Klitoris, bis sich die kleine Knospe aus der Umhüllung hob und vorwitzig herauskam. Rachel stieß einen gedämpften Schrei aus, und Stella beschleunigte die Bewegung des Fingers, nahm die Klitoris zwischen die Lippen und saugte hart.

Rachels Orgasmus kam so schnell, dass sie davon überrascht wurde. Ihre inneren Muskeln zogen sich heftig um Stellas Finger zusammen. Stella küsste sie wieder auf die Innenseiten der Schenkel, dann hob sie sich hoch, lehnte sich über Rachel und küsste sie auf den Mund, damit sie das Aroma ihrer eigenen Erregung schmecken konnte.

»Das war nur der Anfang«, sagte Stella, schwang sich vom Bett und öffnete eine Schublade im Bettschränkchen.

»Was suchst du?«, fragte Rachel erschöpft und glücklich, rundum zufrieden.

»Max denkt an alles«, sagte Stella mit einem Grinsen und zog einen dicken Vibrator aus der Schublade.

Max lag auf seinem Bett und schaute auf den Bildschirm an der Decke. Rachel und Stella schienen füreinander geschaffen zu sein, es war ein Bild für die Götter, die eine dunkel, die andere blond. Wie er gehofft hatte, war Rachel eine gelehrige Schülerin. Sie weitete ihre Grenzen rasch aus. Luke hatte Recht – Rachel war die ideale Besetzung.

Eine Hand hielt seinen Penis fest umschlossen, während er auf dem Schirm das Treiben der Frauen verfolgte. Ein schöneres Bild konnte es für ihn nicht geben. Zwei Frauen erforschen gegenseitig ihre Körper und bescheren sich die höchste Lust. Er hatte gewusst, dass

Stella und Rachel, zwei intelligente, sinnliche Frauen, auf Anhieb harmonieren würden.

Er musste lächeln, als er sich an die Szene im Restaurant erinnerte. Sie hatte gewusst, dass sie einem Test unterzogen wurde, und sie hatte ihn mit wehenden Fahnen bestanden. Sie hätte aus dem Lokal stürmen können, aber sie war geblieben, und ihre Miene hatte nichts preisgegeben. Rachel hatte sich gut unter Kontrolle, sie hatte es nur erst lernen müssen.

Er stöhnte auf, als er spürte, wie er sich dem Höhepunkt näherte. »Oh, Rachel«, presste er leise heraus, als es ihm kam, »es wird eine herrliche Zeit mit dir geben …«

Zehntes Kapitel

Nachdem Stella gegangen war, fühlte sich Rachel benommen und wie in Trance. Sie hatte das erste Mal eine Frau geliebt. Was für ein Erlebnis!

Müde trottete sie ins Badezimmer. Wie Stella gesagt hatte, fand sie alles vor, was sie benötigte – und noch einiges mehr. Sie lächelte, als sie die Wattestäbchen sah. Max war wirklich ein gründlicher Mann. Je länger sie über ihn nachdachte, desto mehr wünschte sie, mehr über ihn zu wissen. Wie tickte er? Was hatte er mit ihr vor? Sie war immer noch davon überzeugt, dass er sie aus einem ganz bestimmten Grund eingeladen hatte. Und sie hatte auch das Gefühl, dass Max geahnt hatte, was zwischen ihr und Stella geschehen würde.

Sie ließ Wasser in die Wanne ein und gab das Öl dazu, das zu Stellas Aromatherapie-Serie gehörte. Sie kletterte in die Wanne, nachdem sie mit den Zehen die Wassertemperatur geprüft hatte, ließ dann aber weiter Wasser hineinlaufen, bis die Wanne fast bis obenhin gefüllt war. Der Duft, der den ganzen Raum ausfüllte, war betörend, eine Mixtur aus Zitrus und etwas Anderem, was sie nicht erkannte.

Sie legte sich zurück und entspannte sich, und ein paar Mal erwischte sie sich dabei, dass sie eingedöst war. Das ist die wahre Dekadenz, dachte sie, du lässt dich den ganzen Nachmittag verschönern und verwöhnen, und danach verbringst du den Rest des Tages im Bad. Sie streckte sich aus, wusch sich die Haare, und als sie schließlich aus der Wanne stieg, hatte sie alle ihre Probleme vergessen, und es ging ihr so gut wie lange nicht mehr. Genau, wie Stella vorausgesagt hatte.

Die übergroßen Badetücher waren dick und flauschig, und am Messinghaken hinter der Tür hing ein ebenso flauschiger Bademantel. Sie rubbelte sich trocken, schlang ein Tuch um ihre Haare und zog den Bademantel an. Sie setzte sich vor den Spiegel der Frisiertoilette und zog eine Schublade auf. Wie sie erwartet hatte, fand sie dort einen Fön.

Sie musste wieder an den Vibrator denken, den Max offenbar allen Frauen aufs Zimmer legte. Was stellte er den Männern zur Verfügung? Magazine? Vielleicht Videos? Ein hässlicher Gedanke kam ihr, und sie verdrängte ihn ganz schnell wieder. Nein, es würde keine Fernsehüberwachung geben, die sich auf die Zimmer beschränkte, die von Frauen bewohnt wurden, damit die Männer sich daran ergötzen konnten, wie Frauen sich Erleichterung verschafften.

Sie schnitt sich selbst eine Grimasse, trocknete die Haare und legte Make-up auf. Als sie dabei war, sich anzuziehen, klopfte es an ihre Tür. »Rachel?«

Sie erkannte Lukes Stimme. »Komm herein.«

Er kam herein und schloss die Tür hinter sich. »Tut mir Leid, dass es so lange gedauert hat.«

»Macht nichts.«

»Hat Max sich um dich gekümmert?«

»Er hatte auch irgendwas zu tun, und so hat er Stella geschickt, die mich massiert hat.« Rachel errötete. Nein, sie würde ihm nicht sagen, was Stella ihr sonst noch gegeben hatte. »Und danach habe ich das Luxusbad genossen.«

Luke schnüffelte. »Mm, ich kann's riechen. Du hast Max' Spezialöl benutzt. Ich liebe den Duft des Badeschaums.« Er küsste sie kurz auf den Mund. »Ich gehe rasch unter die Dusche, und in fünfzehn Minuten hole ich dich zum Essen ab.«

»Okay, bis dahin bin ich fertig.«

Er ging zur Tür.

»Oh, Luke?«

»Ja?«

»Weißt du, wer sonst noch da ist?«

Er schüttelte den Kopf. »Maggie Stewart hat mir gesagt, dass wir zu siebt sind – mit dir, Max und mir.«

»Oh.« Schließlich war es auch egal, wer sonst noch da war. Oder?

Luke war auf die Minute pünktlich und lächelte Rachel bewundernd an. »Du siehst fabelhaft aus.«

»Danke, du auch.« Luke trug ein schwarzes Dinnerjackett, darunter eine gemusterte Weste aus Seide sowie ein weißes Hemd mit Fliege. Die festliche Kleidung stand ihm gut. Rachel war froh, dass sie das kleine Schwarze eingepackt hatte.

Die anderen Gäste warteten bereits im Esszimmer – zwei Männer und zwei Frauen.

»Rachel, Luke.« Max strahlte sie an. »Ich stelle euch die anderen vor.«

Rachel und Luke nahmen am Esstisch Platz. Max saß am Kopfende, Luke saß Rachel gegenüber. Links neben ihr saß Michael Berisford, ein Exportkaufmann, der etwa fünf Jahre älter war als sie. An den Schläfen begann das krause dunkle Haar grau zu werden.

Michael hatte ein freundliches Gesicht, und Rachel liebte auf Anhieb seine blauen Augen. Rechts von ihr saß Euan Patterson, ein Broker. Er war etwa in Max' Alter, hatte wildes blondes Haar und warme braune Augen.

Auf der anderen Tischseite wurde Luke von zwei gut aussehenden Frauen flankiert. Rachel fühlte sich ihnen vom Aussehen her unterlegen. Nach Max' Vorstellung wusste sie, dass die tizianrote Frau Rebecca Stone hieß und Rechtsanwältin war. Sie sah wie eine der typischen Powerfrauen aus und trug große Ohrringe. Die grünen Augen blickten freundlich, und Rachel fielen die vielen kleinen Lachfältchen um die Augen auf.

Luke schien sie zu kennen und unterhielt sich angeregt mit ihr, was Rachel beruhigte: Wenn Luke mit ihr auskam, würde sie das auch schaffen.

Madeleine Jones, erklärte Max, war eine Buchhändlerin mit dem Spezialgebiet antiquarische Bücher, deshalb, so Max, hätten sie und Rachel viele Gemeinsamkeiten. Rachel gefiel die dunkelhaarige Frau sofort, sie war klein und lebhaft, und aus wenigen Bemerkungen hörte sie, dass Madeleine einen Sinn für Humor hatte.

Das Essen war eine Aneinanderreihung von Köstlichkeiten, und als der Kaffee gereicht wurde, fühlte sich Rachel gefüllt bis obenhin – und ein wenig beschwipst. Michael und Euan hatten es sich beide zur Aufgabe gemacht, ihr immer wieder nachzuschenken, sodass ihr Glas nie leer wurde, und nachher konnte sie nicht sagen, wie viel sie getrunken hatte. Es spielte auch keine Rolle, alle waren entspannt, fröhlich und zufrieden.

Trotzdem kehrte immer wieder ein Gedanke zu ihr zurück: Diese Leute hatten irgendwie miteinander zu tun. Spezialisten für antiquarische Bücher, für Recht, Export, Börse und Finanzen. Luke war ein Dozent, der in den Staaten gearbeitet hatte, und sie war Spezialistin auf dem Gebiet der englischen Literatur des neunzehnten Jahrhunderts.

Es musste einen Grund geben, warum Max sie zusammengebracht hatte – aber sie kam nicht dahinter.

Schließlich gab sie sich mit der simpelsten Erklärung zufrieden: Sie alle waren Max' Freunde, vier Menschen, die sich mochten und gute Gesellschaft waren.

Später, als Luke sie auf ihr Zimmer begleitete, meldeten sich ihre Zweifel wieder.

»Luke, die anderen Leute beim Essen ...«

»Ja? Was ist mit ihnen?«

»Sie haben alle irgendwas miteinander zu tun, nicht wahr?«

Er grinste, zog sie in seine Arme und rieb seine Nase gegen ihre. »Ja, es gibt eine Gemeinsamkeit – sie sind alle gute Freunde von Max.«

»Das meine ich nicht, Luke.« Sie versuchte, sich nicht von ihm ablenken zu lassen, als er ihre Halsbeuge küsste. »Da geht irgendwas vor, nicht wahr?«

»Bei Max geht immer was vor«, sagte er. »Gutes Essen, gutes Trinken und viele Gespräche.«

»Luke, ich ...«

Er würgte weitere Fragen ab, indem er eine simple Methode anwandte: Er verschloss ihren Mund mit einem Kuss. Es war um Rachel geschehen, und sie wusste es. Sie öffnete den Mund und küsste zurück. Er zog während des Kusses den Reißverschluss ihres Kleids auf, und sie sträubte sich nicht, sondern blieb still stehen, während er ihr das Kleid von den Schultern streifte.

Er hielt sie auf Armeslänge von sich und betrachtete sie. »Himmel, Rachel, bist du schön!« Er leckte sich die Lippen. »Ich habe den ganzen Abend an diesen Augenblick denken müssen. Ich habe dich beobachtet, wie du dich mit Euan und Michael unterhalten hast – ich glaube, die würden sich die Finger danach lecken, jetzt in meiner Haut zu stecken.«

»Unsinn.«

»Nein, im Ernst, sie haben dir beide schöne Augen gemacht.« Er grinste. »Jetzt liegen sie im Bett und träumen davon, mit dir allein zu sein. Oder auch beide mit dir zusammen.«

Rachel sah sofort dieses Bild vor sich, wie zwei Männer ihren Körper streichelten und kosten. Sie sagte nichts, aber ihre Augen funkelten, und Luke entging das nicht.

Er fuhr lächelnd fort, sie zu entkleiden und ließ ihr nur die Strümpfe an. Er zog sie zum Bett. »Rachel, ich will Liebe mit dir machen. Jetzt sofort.«

Sie nahm sein Gesicht in beide Hände, zog seinen Mund zu ihrem. Lukes Zunge erforschte ihren Mund, dann drückte er sie sanft aufs Bett. Sie schloss die Augen, streckte sich aus und verschränkte die Hände hinter dem Kopf. Luke lächelte, als sie die Füße flach auf die Matratze setzte, die Knie anzog und auseinander gleiten ließ.

»Ich nehme an, das soll ein dezenter Hinweis sein«, neckte Luke.

»Ob dezent oder nicht, ein Hinweis soll es sein.«

Er küsste sich einen Weg von der Stirn bis zum Nabel, und Rachel seufzte vor Lust, als er sich zwischen ihren Schenkel niederließ und seine Wangen gegen ihre empfindsame Haut rieb. Er hatte sich vor dem Abendessen rasiert, deshalb fühlte sich seine Haut so glatt an wie Stellas.

Stella. Ein heißes Gefühl der Scham durchlief sie. Sie war mit Luke gekommen, und doch hatte sie die erste Gelegenheit genutzt, um mit einer anderen Person Liebe zu machen.

Sie drückte die Augen fest zu. Sie fühlte sich verkommen. Das war wirklich nicht ihr normales Verhalten, und sie begriff nicht, was mit ihr geschah, aber gleichzeitig wusste sie auch, dass sie sich nicht hatte wehren können oder wollen. Eigentlich wollte sie Luke erzählen, was sich mit Stella zugetragen hatte, aber dann wusste sie nicht genau, wie er reagieren würde. Entsetzt? Angewidert? Oder gar erregt?

Luke schien ihre Ablenkung nicht zu bemerken, sein Mund erforschte ihre intime Topografie. Rachel spürte, wie sie in ein Meer der Lust glitt, und stellte das Denken ein, gab sich ganz Lukes großem Geschick hin. Mit einer Hand drückte sie ihre Brüste, die andere fuhr durch Lukes Haare, drückte den Kopf ein wenig tiefer. Er verstand die Aufforderung und nahm sich ihren Kitzler vor, attackierte ihn mit langen Zungenstreichen, und Rachel wand und wälzte sich unter ihm hin und her.

Es kam ihr, ihre inneren Muskeln zogen sich zusammen und entspannten sich wieder. Luke rutschte höher, legte sich neben sie und streichelte ihr Gesicht.

»Besser?«, fragte er.

»Besser.«

»Gut.« Er lächelte sie an. »Ich bin aber noch nicht fertig.«

Elftes Kapitel

Am nächsten Morgen wachte Rachel auf und stellte fest, dass sie allein im Bett lag. Sie überlegte. Hatte es die vergangene Nacht überhaupt gegeben, oder hatte sie alles nur geträumt? Sie drehte sich auf die andere Seite und spürte die Wundheit und wusste plötzlich, dass es geschehen war.

Die zweite Runde hatte damit angefangen, dass er den Vibrator im Nachtschränkchen gefunden hatte, und damit – in Verbindung mit seinem unvergleichlichen Schaft, den er ihr das erste Mal in die andere Öffnung gesteckt hatte – war sie so hemmungslos geworden, wie sie es noch nie erlebt hatte. Sie hätte nie gedacht, dass sie das je einem Mann erlauben würde.

Hitze wallte in ihr auf, stieg bis in die Wangen. Ihr Orgasmus war so intensiv gewesen, so stark, dass sie am Ende bewusstlos geworden war. Ihr ganzer Körper hatte wie unter einer Hunderttausend-Volt-Spannung gestanden, und jedes Nervenende schien bis zum Äußersten gereizt zu sein.

Sie war in Lukes Armen wieder zu sich gekommen, er hatte nichts gesagt, nur ihr Haar gestreichelt und sie leicht auf die Stirn und die Wangen geküsst. Die Kombination aus dem Wein, der frischen Landluft und der schieren Erschöpfung hatten sie auf der Stelle wieder einschlafen lassen.

Wo war er jetzt? Sie öffnete wieder die Augen und

setzte sich auf. Neben ihr auf dem Kissen lag ein Zettel. Sie erkannte sofort Lukes flüssige Handschrift.

Rachel, ich habe heute Morgen einiges zu erledigen. Am Nachmittag bin ich wieder zurück. Mach dir keine Gedanken wegen des Frühstücks – Maggie Stewart macht dir alles, was du haben willst, wann immer du bereit bist. Max sagt, dass er zu wissen glaubt, wo du dir die Zeit vertreiben wirst – und ich auch!

Rachel errötete. Ob Max wusste, warum sie so lange geschlafen hatte? Du bist töricht, schalt sie sich, natürlich wusste er es nicht.

Er spielte nur darauf an, dass er sie in der Bibliothek vermutete, wo sie sich durch die ledergebundenen Schätze wühlen würde.

Sie schaute auf ihre Uhr. Halb elf. Kein Wunder, dass alle schon gefrühstückt hatten. Aber ihr stand auch jetzt noch nicht der Sinn nach einem üppigen Mahl, eine Tasse Kaffee und ein Toast würden genügen. Sie war überrascht, dass sie überhaupt etwas essen wollte, aber als sie aus dem Bett stieg, stellte sie fest, dass sie keinen Kater hatte.

Nach der Dusche zog sie sich rasch an und ging die Treppe hinunter.

Wie sie erwartet hatte, war niemand mehr im Esszimmer. Sie ging zur Küche und fand Bill und Ben unter dem Tisch. Sie wurden von einer fülligen Frau in den Fünfzigern gefüttert.

»Guten Morgen«, sagte Rachel ein wenig schüchtern.

Die Frau drehte sich zur Tür und lächelte. »Hallo, Sie müssen Rachel sein. Ich bin Maggie Stewart.« Sie wischte sich die Hände an der Schürze ab. »Ich wette, dass Sie nach einem Frühstück lechzen. Wie wär's mit ein paar Rühreiern?«

Rachel schüttelte den Kopf. »Nur Kaffee und eine Scheibe Toast, bitte.«

»Setzen Sie sich doch. Und ignorieren Sie die beiden, wenn sie zu betteln anfangen. Sie lieben Toast. Na ja, eigentlich lieben sie alles, was sich essen lässt.«

Rachel fühlte sich gleich behaglich in der Küche und bei Maggie Stewart. »Vor Ihnen steht Milch und Zucker, bedienen Sie sich. Das ist Ihr erstes Mal auf Hillbury, nicht wahr?«, fragte Maggie, als sie Rachel eine Tasse dampfenden Kaffees hinstellte.

»Ja. Max hat mich bei Luke kennen gelernt, und dann hat er mich gleich fürs Wochenende eingeladen.«

»Ja, das hat er mir erzählt.«

Rachel nahm einen Schluck Kaffee, um ihre Verlegenheit zu kaschieren. Es war lächerlich, sie wusste es. Natürlich würde Max ihr nicht alles über das Treffen erzählt haben. Vor allem nicht, dass er und Luke ihr in einem öffentlichen Restaurant einen Orgasmus besorgt hatten.

»Freuen Sie sich schon auf die Party heute Abend?«

»Party?« Rachel runzelte die Stirn. »Max hat mir nichts von einer Party erzählt. Er hat nur gesagt, dass ein paar Leute übers Wochenende kommen.«

»Das ist wieder typisch Max.« Maggie verdrehte die Augen. »Also, er erwartet noch ein paar zusätzliche Gäste, die im Laufe des Tages eintreffen werden. Um diese Jahreszeit feiert Max immer eine Party.«

»Sagen Sie mir bloß nicht, dass es sein Geburtstag ist«, rief Rachel aus.

»Nein, er feiert den Jahrestag seines Einzugs auf

Hillbury.« Maggie lächelte. »Er meinte, dass Hillbury in früherer Zeit wahrscheinlich viele Maskenbälle erlebt hat – und genau diese Tradition hat er wieder aufleben lassen. Aber Sie brauchen sich nicht zu sorgen, dass Sie keine Maske dabei haben – Max stellt sie zur Verfügung.«

Rachel musste das erst einmal verdauen. Sie nahm wieder einen Schluck Kaffee. Ein Maskenball. Und niemand hatte ihr auch nur ein Wort gesagt.

Maggie stellte einen Teller mit Toast vor sie hin. »Da stehen Honig, Brombeer- und Kirschmarmelade.«

Rachel schüttelte den Kopf. »Butter genügt, danke.« Sie aß langsam und war nicht überrascht, als sie einen Kopf auf jedem Knie entdeckte, und je zwei dunkle bettelnde Augen sahen sie an. Schließlich teilte sie zwei Krusten ab und warf sie unter den Tisch. Die Hunde knurrten zufrieden, und als Rachel aufschaute, sah sie Maggie grinsen.

»Man kann ihnen nicht widerstehen, was?«

Rachel nickte, trank den Kaffee aus und brachte Teller und Tasse zum Spülbecken.

»Lassen Sie das«, sagte Maggie. »Ich werde das später tun.«

»Aber ich kann doch nicht erwarten, dass Sie mich bedienen«, meinte Rachel.

Maggie hob die Schultern. »Aber dafür bezahlt Max mich. Wenn ich hinter jedem anderen aufräumen und spülen muss, kann ich das auch für Sie tun.«

»Danke. Wo sind eigentlich die anderen?«

Maggie schüttelte den Kopf. »Keine Ahnung. Ich glaube, einige sind heute Morgen in die Stadt gefahren, der Rest könnte überall sein. Ein paar Runden schwimmen, Spaziergang im Wald – irgendwo.«

»Schwimmen?«

»Hat Luke Ihnen nicht gesagt, dass es einen Swimmingpool gibt?«

Rachel schüttelte den Kopf. »Ich wünschte, er hätte es getan, dann hätte ich einen Badeanzug mitgebracht. Ein paar Runden würden mir gut tun, denn gestern Abend sind es ein paar Kalorien zu viel geworden.«

»Vielleicht das nächste Mal«, versuchte Maggie sie zu trösten.

»Kann ich Ihnen bei irgendwas helfen?«, fragte Rachel.

»Nein, hier ist alles unter Kontrolle. Gehen Sie und entspannen Sie sich – dafür sind Sie doch hier«, sagte Maggie. »Wir sehen uns später.«

Rachel schlenderte aus der Küche, und wie von selbst schlugen ihre Beine die Richtung zur Bibliothek ein. Max hatte ihr gestern gesagt, dass sie sich uneingeschränkt umsehen könnte, und sie wollte sich ein bisschen intensiver mit den viktorianischen Erstausgaben beschäftigen.

Sie verbrachte eine halbe Stunde damit, sich über den Inhalt dieses Sektors ein Bild zu machen, dann stieß sie auf zwei kleine ledergebundene Bücher ohne Titel. Sie schlug eines auf und hielt die Luft an. Es handelte sich um ein Tagebuch, und der kleinen, sauberen Handschrift nach zu urteilen, war es das Tagebuch einer Frau. Einer gebildeten Frau, wie sie gleich feststellte.

Sie konnte der Verlockung nicht widerstehen, nahm die beiden Bücher und kuschelte sich in einen der breiten Ledersessel mit den hohen Rücken. Sie begann zu lesen, und mit jedem Blatt, das sie wendete, nahm ihre Erregung zu. Die Tagebücher waren wirklich ein rarer

Fund. Wenn der Inhalt stimmte, dann hatte George Randolph Burton, einer der großen viktorianischen Dichter, eine hitzige Affäre mit der Frau, die das Tagebuch verfasst hatte.

Rachels Augen glitzerten.

Um Burtons Werk hatte es immer schon wilde Spekulationen gegeben; einige seiner Gedichte hatte er einer unbekannten Frau gewidmet. Studenten versuchten schon seit Jahrzehnten, ihre Identität zu lüften, und nun schien es, als hätte Rachel die Antwort gefunden.

Das Tagebuch war zweifellos sehr privater Natur und war nicht zum Veröffentlichen gedacht gewesen. Rachel hielt ein paar Mal die Luft an, wenn die Autorin explizit Details der Affäre beschrieb. Das erste Treffen der beiden und ihre Gefühle für ihn, die erste Berührung ihrer Körper, sogar das erste Mal, dass sie sich geliebt hatten.

Rachels Hände zitterten, als sie Seite für Seite las. So etwas war ... ja, es war die Verwirklichung eines Traums. Jeder Akademiker, den sie kannte, träumte heimlich von einem solchen Fund, verloren gegangene Briefe eines bekannten Schriftstellers oder irgendein Schriftwechsel, aus dem neue Erkenntnisse über das Wesen der Person hervorgingen.

Sie hätte sich beinahe für Burton als Thema ihrer Doktorarbeit entschieden, hatte dann aber die Rolle der Frau in den Werken der viktorianischen Schriftsteller gewählt, und Burton war von ihr oft genug zitiert worden. »Himmel, wenn ich das benutzen könnte«, murmelte sie leise. Es wäre eine fantastische Quelle, die den Unterschied zwischen seinem wahren Leben und den Frauen in seinen Romanen verdeutlichte.

Das Geräusch einer sich öffnenden Tür ließ sie zusammenzucken. Sie schaute auf und sah, dass Max dort stand und sie beobachtete, ein Lächeln im Gesicht.

»Oh, Max, hallo.« Sie streckte die Beine, die sie unter sich verschränkt hatte. »Ich hoffe, du hast nichts dagegen, dass ich es mir hier gemütlich gemacht habe.«

»Nein, alles in bester Ordnung«, sagte er und beobachtete sie weiter, ein Funkeln in den blauen Augen, das sie nicht interpretieren konnte. »Hast du etwas Interessantes gefunden?«, fragte er dann.

»Oh, ja.«

»Darf ich?« Max trat näher an sie heran und streckte eine Hand aus. Zögernd reichte sie ihm das Tagebuch. Er grinste. »Ich dachte, dass dich das interessieren würde.«

Rachel begriff plötzlich, dass Max die Tagebücher so platziert hatte, dass Rachel sie finden musste. Er wollte, dass sie auf die Tagebücher stieß! »Du wolltest, dass ich sie mir ansehe, nicht wahr?«

»Ja.« Er schaute sie offen an. »Rachel, ich weiß von deiner beruflichen Situation. Luke hat es mir erzählt, und es ist verdammt unfair. Aber es ist wohl so, dass Gilson alle Trümpfe in der Hand hält.«

»Wem sagst du das«, sagte sie mit einem Seufzer.

»Der Job, von dem ich gesprochen habe, über den ich dir noch nichts Genaues sagen konnte – ich meine, ich wollte dich erst ein bisschen besser kennen lernen, bevor ich ihn dir anbiete. Luke war sicher, dass du die ideale Person für diese Aufgabe bist.«

»Luke weiß also über das alles Bescheid?«

Max nickte. »Als ich zuerst auf die Tagebücher stieß und begriff, was sie bedeuteten, habe ich ihn gefragt, ob er jemanden kennt, einen Kollegen zum Beispiel, der sich für Burton interessiert, oder wenigstens jemanden, der sich in der Literatur der viktorianischen Zeit auskennt. Aber damals musste Luke passen.«

Er legte eine längere Pause ein, ehe er fortfuhr: »Rachel, ich will, dass diese Tagebücher veröffentlicht werden, und ich brauche jemanden, der sie sorgfältig ediert. Er oder sie muss die Periode genau kennen und alles über Burton wissen.« Ein Grinsen breitete sich in seinem ganzen Gesicht aus. »Und es muss jemand sein, der angesichts der Deutlichkeit der Texte nicht gleich in Ohnmacht fällt.«

Rachel starrte ihn eine lange Zeit an. Er machte ihr ein Angebot, vom dem die meisten Menschen ihres Fachgebiets nur träumen konnten. »Max, du weißt, dass es nur einigen wenigen Glücklichen vergönnt ist, an etwas zu arbeiten, das Jahrzehnte verschollen gewesen ist und für die Würdigung der betroffenen Menschen von Bedeutung ist? Also, ich kann dir nur sagen, dass es mir eine wunderbare Ehre wäre, die Tagebücher sensibel für eine Veröffentlichung vorzubereiten.«

Max lächelte. »Ich hatte gehofft, dass du es so sehen würdest. Du übernimmst die Aufgabe also?«

»Ja, natürlich!« Rachel hätte ihn am liebsten umarmt, aber sie traute sich nicht. »Max, wahnsinnig gern. Es ist nur, dass ich zuerst noch das Semester zu Ende bringen will.« Sie verzog das Gesicht. »Gilson gegenüber empfinde ich keine Loyalität, er kann meinetwegen zur Hölle fahren. Aber den Studenten gegenüber wäre es nicht fair, wenn ich sofort verschwinde.«

»Ich habe damit kein Problem. Ich habe lange genug

gebraucht, um die richtige Herausgeberin zu finden, jetzt kann ich auch noch ein paar Monate länger warten.« Dann fügte er hinzu: »Du kannst dir auch deine Zeit frei einteilen. Wenn du zuerst deine Dissertation an der Uni beenden willst, habe ich nichts dagegen.«

»Nun, an der Londoner Uni kann ich sie jetzt nicht mehr beenden«, sagte sie wehmütig.

»Nun gut. Ich bin froh, dass ich dich gefunden habe. Also abgemacht?« Er streckte eine Hand aus, und Rachel ergriff sie spontan und drückte sie herzlich.

»Danke, Max. Das ist die Gelegenheit meines Lebens.« Ihre Augen leuchteten. »Wäre es dir lieber, wenn ich hier arbeite, oder kann ich die Tagebücher auch mit nach London nehmen, um sie dort zu bearbeiten?«

»Das liegt ganz bei dir«, sagte Max. »Du kannst beide Möglichkeiten auch kombinieren, was immer dir lieber ist. Ich nehme an, dass du dir Sekundärmaterial in London beschaffen willst.«

»Ja.« Rachel lächelte. »Ich glaube, es wird mir gefallen, dich als Boss zu haben, Max.«

Ihre Blicke trafen sich. »Ich bin sicher, dass wir es beide genießen werden.«

Rachel glaubte, dass er damit nicht nur ihre Arbeit an den Tagebüchern meinte, und sie errötete, als sie an die erste Begegnung mit Max im Restaurant dachte. Jetzt konnte sie besser verstehen, warum er sie auf diese Weise hatte testen wollen; er hatte prüfen wollen, ob sie leicht zu schockieren war, und offenbar hatte sie den Test mit fliegenden Fahnen bestanden, sonst hätte er ihr diese Aufgabe nicht anvertraut.

Worauf konnte sie sich sonst noch freuen?, fragte sich Rachel. Was war mit dieser Aufgabe verbunden?

Mit Max im Swimmingpool, wo er ihr nachsetzte, bis er sie in die Arme nehmen konnte, um sie dann gegen den Rand zu drücken, während er von hinten … Sie schüttelte sich. Himmel, was für Gedanken! Allein die Tatsache, dass Max ihr Boss war, musste genügen, um ihn auf Armeslänge zu halten, ganz abgesehen davon, dass er Lukes Vetter war.

»Wir sollten unsere Vereinbarung heute Abend mit Champagner begießen«, sagte Max.

Rachel nickte. »Luke hat mir nichts davon gesagt, dass es heute Abend einen Maskenball gibt«, sagte sie. »Und gestern Abend hat auch keiner davon gesprochen.«

Max hob ein bisschen blasiert die Schultern. »Das ist eine jährliche Veranstaltung. Ich nehme an, die Leute reden nicht mehr darüber, weil sie sich daran gewöhnt haben.«

»Ich … eh, ich weiß nicht, ob ich was zum Anziehen habe, Max. Das kleine Schwarze von gestern Abend ist das Einzige, was ich mitgebracht habe. Ich meine, es ist das Einzige, was ich in dieser Richtung habe.«

Max lachte glucksend.

»Wenn du eine Hose zur Party anziehen willst, ist das auch okay. Luke hat mir gesagt, dass du fast nie Röcke trägst.«

»Deshalb hast du zu unserer ersten Begegnung darauf gedrängt, dass ich einen Rock tragen sollte, nicht wahr?«

»Woher willst du wissen, dass ich es war, der auf einen Rock drängte?«, parierte er.

Sie grinste. »Weil … nun, weil ich glaube, dass ich allmählich begreife, wie du tickst.«

»Ach?« Er lächelte. »Ich lasse dich mit deiner Arbeit allein. Brauchst du irgendetwas?«

»Ja, eigentlich schon. Kann ich deinen Kopierer benutzen?«

»Ja, sicher. Warum?«

»Ich möchte gern die Tagebücher kopieren, dann kann ich schon heute Nachmittag zu arbeiten anfangen. Auf einer Kopie kann ich Randbemerkungen notieren, ohne die Originale zu beschmutzen.«

»Ja, sicher, der Kopierer steht zu deiner Verfügung. Du weißt, wo mein Arbeitszimmer ist.«

»Danke.«

»Möchtest du nicht zuerst etwas essen?«

Sie schüttelte den Kopf. »Ich habe eben erst gefrühstückt.« Sie errötete. »Gewöhnlich stehe ich nicht so spät auf.«

»Das liegt an der frischen Landluft in Norfolk«, sagte er. »Sie lässt die Leute länger schlafen und mehr essen – vor allem Leute aus London.«

»Du willst mich auf den Arm nehmen.«

»Nein, im Ernst. Du kannst Maggie fragen.«

»Und es hat nichts mit der Menge an Wein zu tun, mit der mich deine Freunde gestern Abend versorgt haben?«

Er lachte. »Oh, das könnte natürlich auch dazu beigetragen haben.« Dann wurde er wieder ernst. »Vergiss nicht, dass du an diesem Wochenende mein Gast bist. Ich erwarte nicht, dass du sofort mit der Arbeit an den Tagebüchern beginnst.«

»Das mag sein, aber ich habe schon so viel gelesen, dass ich nicht mehr aufhören will«, antwortete Rachel. »Ich will wissen, wie sich die Affäre zwischen Burton und der Verfasserin der Tagebücher entwickelt.«

»Ja, mir ging es genauso, und ich hatte bis dahin noch nichts von Burton gelesen, abgesehen von diesem einen Buch, das sie einen in der Schule zu lesen zwingen, wenn man eine gute Englischnote haben will, und diese Geschichte gefiel mir nicht besonders. Außerdem stand ich mehr auf Mathe und Wirtschaftslehre.«

Rachel nickte. »Ich hätte beinahe meine Dissertation über Burton gemacht. Ich habe seine sämtlichen Werke, wenn es auch nur verschlissene Taschenbuchausgaben sind – nichts im Vergleich zu dem hier ...« Sie wies auf die Lederausgaben in den Regalen. »Aber wenn du sie ausleihen willst, kann ich sie gern mitbringen.«

Max lächelte.

»Oh, Rachel, ich bin sicher, dass wir gut miteinander auskommen werden, und wir werden beide von dieser Arbeit profitieren.«

Rachel verbrachte den Rest des Tages damit, die Tagebücher zu kopieren, dann zog sie sich damit auf ihr Zimmer zurück, streckte sich bäuchlings auf dem Bett aus, die Beine von den Knien an aufwärts gerichtet, das Kinn auf die linke Faust gestützt – ihre Lieblingsposition bei der Arbeit zu Hause.

Sie las, bis jemand an ihre Tür klopfte. Sie schaute über die Schulter und rief: »Komm herein, es ist offen.«

Luke trat ein und zog die Tür hinter sich zu. »Hallo. Du scheinst in etwas vertieft zu sein.«

»Ja.« Sie wälzte sich herum und saß jetzt aufrecht, die Beine unter sich verschränkt. »Luke, du hast davon gewusst, nicht wahr?«

Er sah sie stirnrunzelnd an: »Was habe ich gewusst?«

»Die Sachen mit den Tagebüchern.«

»Tagebücher?«

»Luke, du brauchst mich nicht länger hinters Licht zu führen. Ich habe sie heute in der Bibliothek gefunden. Du hast von ihnen gewusst und dass Max einen Herausgeber dafür suchte, einen Kenner der viktorianischen Ära.«

Luke zuckte. »Ja, ich habe davon gewusst, aber ich durfte dir nichts darüber erzählen, das musste ich ihm versprechen. Ich meine, es sind seine Tagebücher, und es liegt an ihm, wem er davon erzählen will.«

»Er hat mir gesagt, dass er dich gebeten hat, jemanden zu suchen, der sie bearbeiten kann.«

»Ja.«

»Und dass du mich empfohlen hast.«

Luke nickte.

»Und deshalb wollte er mich beim Mittagessen kennen lernen, und deshalb hat er mich zu diesem Wochenende eingeladen.«

»Ja. Hör zu, Rachel, es tut mir Leid, dass ich so stumm bleiben musste. Aber wir wollen doch festhalten, dass ich dich nicht belogen habe.«

»Man kann auch lügen, indem man bestimmte Dinge unerwähnt lässt.«

»Rachel, ich konnte es dir nicht sagen. Ich durfte es nicht.«

»Ich weiß.«

»Und – hast du angenommen?«

Sie nickte. »Luke, das ist ein Geschenk des Himmels! Ich habe eine Aufgabe, ich habe etwas zu tun. Und von einer solchen Arbeit habe ich nie zu träumen gewagt!«

»Das freut mich.« Er setzte sich zu ihr aufs Bett. »Rachel, was willst du heute Abend anziehen?«

»Ah, ja, die Party. Darüber hast du mir auch nichts erzählt. Hat er dir das auch verboten?«

»Nein, ich habe es glatt vergessen.«

»Du hast es vergessen?«, fragte sie scharf, und man sah ihr an, dass sie ihm nicht glaubte. »Maggie hat mir heute Morgen gesagt, dass dieser Maskenball jedes Jahr stattfindet – und du hast ihn vergessen!«

»Ja, ich habe einfach nicht mehr dran gedacht«, sagte er. »Ehrlich.« Seine graugrünen Augen blickten ernst. »Es gibt keine Hintergedanken, keine Absicht, das versichere ich dir.«

»Was ziehen die Leute denn gewöhnlich zu Max' Partys an?«, wollte sie wissen.

»Mehr oder weniger das, was sie gestern Abend auch getragen haben. Max stellt die Masken zur Verfügung.«

»Das weiß ich schon von Maggie.« Um ihre Lippen zuckte es. »Und Max hat auch gesagt, dass ich eine Hose tragen könnte, wenn ich wollte.«

Luke grinste. »Dann musst du ihn aber mächtig beeindruckt haben. Er hat ganz eng umrissene Vorstellungen über die Kleidung der Frauen, und Hosen gehören nicht dazu.«

»Ja, nun, dann muss mein schwarzes Kleid eben noch einmal herhalten«, sagte Rachel seufzend.

Luke schaute auf die Uhr. »Wir haben keine Zeit, um nach Norwich zu fahren, um dort etwas Neues zu kaufen, selbst wenn du superschnell was finden würdest.« Er küsste sie auf die Wange. »Eigentlich wollte ich dich fragen, ob ich deinen Rücken waschen soll.«

Wieder zuckte es verräterisch um ihre Lippen. »Und das ist auch ohne jeden Hintergedanken?«

Er grinste. »Nein.«

»Das habe ich mir gedacht.«

Er stand auf und zog sie auf die Füße. »Komm.« Er führte sie ins Bad, zog sie in seine Arme und küsste sie auf den Mund. Rachel schmiegte sich an ihn, schlang die Arme um seinen Nacken und überließ sich seiner Zunge und den Lippen.

Er brach den Kuss ab und nahm ihre Hände und küsste jeden einzelnen Finger. Es war eine kleine, liebevolle Geste, die ihr Herz hüpfen ließ. Dann schob er den Stöpsel in die Wanne und ließ heißes Wasser einlaufen. Er gab reichlich Öl hinzu, das sie am Abend zuvor schon ausprobiert hatte, und als er sich wieder zu ihr drehte, leuchteten seine graugrünen Augen vor unbändigem Verlangen.

Er küsste sie leicht auf die Lippen, und Rachel spürte, wie ihre Knie weich wurden. Er nagte an ihrer Unterlippe, und dann fuhr er mit der Zungenspitze über die Stelle, als wollte er sie mit seinem Speichel lindern. Sie öffnete den Mund, und er stieß sofort mit der Zunge hinein. Rachels Geschlecht füllte sich. Ja, sie begehrte ihn.

Sie krümmte den Rücken, rieb ihren Schoß gegen seinen, und er zupfte an ihrer Bluse, zog sie aus den Jeans. Dann knöpfte er sie langsam auf, begann am untersten Knopf und arbeitete sich allmählich hoch, und als er endlich den Knopf am Hals geöffnet hatte, begann Rachel vor Sehnsucht zu zittern. Er unterbrach sein Tun immer wieder, um sie ausgiebig zu küssen, und jetzt bedachte er die Haut, die er entblößte, mit leichten feuchten Küssen. Er streifte die Bluse von den

Schultern und ließ sie zu Boden fallen. Dann hakte er den BH auf und ließ ihn ebenfalls fallen.

Rachel schmiegte sich wieder an ihn, als er ihre Brüste umfasste und mit den Daumen gegen die Nippel rieb, die sich sofort versteiften. Sie wollte seinen Mund auf ihnen fühlen, wollte, dass er sie saugte und leckte, dass er die harten fleischigen Spitzen zwischen die Zähne nahm und sie behutsam biss, um sie noch weiter zu erregen.

Er ließ seine Hände an ihren Seiten hinabgleiten und fuhr auf eine Weise an ihren Kurven entlang, dass ihr ganzer Körper bebte. Er knöpfte die Jeans auf, zog den Reißverschluss hinunter, ruckte den engen Baumwollstoff über ihre Hüften und streichelte dabei den freigelegten Po. Er beließ die Jeans auf halbem Wege und saugte an ihrer Kehle, an dieser empfindlichen Zone, und Rachel hörte sich hecheln. Er zog eine feuchte Spur vom Hals bis zu den Brüsten, barg sein Gesicht dazwischen und sog ihren Duft ein, ehe er seine Aufmerksamkeit einer der harten rosigen Spitzen zuwandte und sie zart in den Mund sog.

Rachel stöhnte laut auf, und er wandte sich der anderen Brust zu, er spitzte die Zunge und stieß gegen den Nippel, ehe er ihn hart saugte. Er ließ sie seine Zähne spüren, und sie hielt einen Moment die Luft an, bis sie wusste, dass es kein Schmerz wurde, sondern Lust.

Er ging auf die Knie, nuckelte an ihrem Bauch, stieß die Zungenspitze in die Vertiefung des Nabels, und gleichzeitig zog er die Jeans weiter nach unten, nahm gleichzeitig den Slip mit. Sie lehnte sich auf ihn, um die Balance halten zu können, hob zuerst den einen Fuß und dann den anderen, damit er sie vollständig entkleiden konnte.

Er lächelte, bohrte spielerisch seine Nase in ihren Nabel und blies dann leicht dagegen. Sie gluckste. »Luke.«

»Mm.«

Er kam auf die Füße, und sie wollte sich nicht eingestehen, dass sie ein bisschen enttäuscht darüber war; insgeheim hatte sie darauf gehofft, seinen Mund auf ihrem Geschlecht zu spüren. Sie konnte nicht genug davon bekommen. Aber dann testete er nur das Wasser, und im nächsten Augenblick hob er sie hoch und legte sie vorsichtig in die Wanne.

Er zog die Ärmel seines Pullis hoch. »Beuge dich vor«, sagte er, als er sich neben sie gekniet hatte. Er nahm die Seife und schäumte die Hände ein.

Rachel tat, was er verlangte und schloss die Augen. Sie genoss seine Berührungen auf ihrem Rücken. Seine Hände waren zart und bewegten sich in kleinen Kreisen, und als er fertig war, fühlte sie sich entspannt und ungeheuer sinnlich.

»Wie fühlst du dich?«

Sie schaute zu ihm hoch und lächelte. »Entspannt, glücklich – und geil.«

»Gut«, sagte er. Er seifte wieder die Hände ein und nahm sich diesmal ihre Brüste vor. »Mm, du bist so herrlich fest, Rachel. Ich kann meine Hände nicht bei mir behalten.«

Die Rauheit in seiner Stimme ließ sie erschauern. »Ich beklage mich nicht.«

»Ich weiß.« Er schäumte sie weiter ein, wusch ihre Füße und arbeitete sich allmählich die Beine hoch. Er massierte die Waden und die empfindlichen Stellen in der Kniekehle.

Sie schloss wieder die Augen. Sie hatte keine

Ahnung, wer ihm diese kundige Massage beigebracht hatte – Stella vielleicht? Ganz egal, wer es war, Rachel schickte ihr ein stummes Dankeschön. Luke hatte genau den richtigen Griff, nicht zu weich, nicht zu fest. Und voller Zärtlichkeit. Sie lechzte danach, dass er ihr Geschlecht berührte, dass seine Finger ihre Labien teilten und schließlich in sie eindrangen, um das brennende Pochen abzustellen, das von ihrer Körpermitte in alle Nervenenden ausstrahlte.

Als ob er Gedanken lesen könnte, spreizte er ihre Schenkel, und sie stöhnte auf und zuckte zusammen, als er ihren Schoß wusch. Spielerisch fuhren die Finger über ihre Intimzone. Sie wartete darauf, dass er sie ernsthafter berührte, dass seine Finger in sie hinein schlüpften, aber dann beugte er sich über den Wannenrand und küsste sie leicht auf den Mund.

»Okay, ich glaube, du bist sauber.«

Er seifte sie ab, dann zog er den Stöpsel aus der Wanne. Sie stellte sich, und er schlang ein Badetuch um sie und hob sie aus der Wanne. Er trocknete sie ab, rubbelte ihre Haut und ließ keinen Zentimeter aus.

Als er mit ihr fertig war, kribbelte es sie am ganzen Körper, und sie konnte es kaum noch länger erwarten, dass er das fortsetzte, was er während des Bades begonnen hatte.

»Luke, spiel nicht mit mir.«

Er grinste. »Tue ich das? Ich wollte nur sichergehen, dass du völlig entspannt bist.«

»Und dann?«

»Ja, ich glaube, dass du dieses Stadium jetzt erreicht hast.« Er zog sich rasch aus, und Rachel schaute ihm lächelnd dabei zu. Sein Penis stand starr vom schlanken Körper ab und verriet ihr, dass er ebenso erregt war wie sie.

»Ich will dich, Rachel«, sagte er leise. »Dreh dich um.«

Sie tat es, und er trat hinter sie, ließ die Hände über ihre Hüften gleiten und zog sie dann näher zu sich heran. Der Penis drückte sich in die Kerbe der Pobacken, und sie erschauerte und wurde an die vergangene Nacht erinnert. Wollte er sie wieder auf diese Weise nehmen – oder hatte er etwas Anderes vor?

Er ließ sein Kinn auf ihrer Schulter ruhen, und seine Lippen waren dicht an ihrem Ohr. »Rachel, das Schönste an Max' Badezimmern sind die Spiegel – siehst du? Wir können uns überall sehen und verfolgen, was wir tun.«

Rachel schluckte und schaute vor sich auf die Wand. Sie war zwar beschlagen vom Dampf, aber ihre Umrisse waren trotzdem deutlich zu sehen. Sie sah, wie Lukes Hand über ihren Bauch glitt, wie die andere Hand ihre Brüste drückte. Der Anblick erregte sie fast genauso wie die Berührungen selbst.

»Beuge dich vor«, wies er sie leise an. »Lege deine Hände auf den Wannenrand.«

Sie befolgte seine Anweisungen.

Luke beugte sich über sie, wischte aber zunächst mit dem Badetuch über die Spiegelwand, dann schob er ihre Beine ein wenig weiter auseinander und drückte ihren Rücken noch ein bisschen tiefer. Ihr Po ragte in die Luft.

»Schau hin«, sagte er ihr mit rauer Stimme.

Sie tat es, und ihre Augen weiteten sich.

Sie hatte eine sehr lüsterne, gar liederliche Pose eingenommen.

»Nein, du siehst wunderschön aus«, widersprach er.

Erst jetzt wurde ihr bewusst, dass sie laut gedacht haben musste. »Ich ...«

»He, das macht nichts.« Er streichelte ihren Po. »Eine perfekte Herzform. Oh, Rachel, wenn du jetzt den Anblick sehen könntest, den ich sehe ... Deine Muschi ist einmalig schön. Alle Variationen von Rot sehe ich, vom tiefen Scharlach bis zum hellen Rosa. Du glänzt, als ob jemand dich mit flüssigem Honig bestrichen hätte. Du bist unwiderstehlich. Und ich kann mich nicht länger zurückhalten.«

Er legte die Finger um seinen Schaft, setzte die Spitze an den Eingang ihres Geschlechts, und weil er nicht sofort tief hineinstieß, ließ Rachel ihren Unterleib rotieren. In der nächsten Sekunde versenkte Luke den Schaft und begleitete den Stoß mit einem tiefen Stöhnen.

»Ah, du fühlst dich wunderbar an«, sagte er. »Warm, nass und eng. Einfach köstlich, Rachel.« Dann begann er mit leichten Stößen, die bald an Tempo zunahmen.

Rachel konnte den Blick nicht von der Spiegelwand nehmen. Als er sich so weit zurückzog, dass nur noch die Spitze zwischen den Labien gehalten wurde, konnte sie den glänzenden Schaft sehen, und als er wieder in sie hinein stieß, bewegte sich ihr ganzer Körper nach vorn, und ihre Brüste schwangen hin und her.

»Ah, Rachel.« Er drückte ihre Backen. »Deine Haut ist so sanft, und doch so fest.« Ein Daumen rutschte die Kerbe hinunter bis zu der geheimen Öffnung, und er spürte, wie sie zusammenzuckte. Er lehnte sich über sie und küsste ihre Schulter. »Nein, das wiederholen wir ein anderes Mal. Dein Körper braucht Zeit, um sich an das Gefühl zu gewöhnen. Auch will ich die Erinnerung an letzte Nacht nicht verwässern.«

Sie errötete. »Ich …«

Sie brachte den Satz nicht heraus, denn ohne weitere Ankündigung verkrampften sich ihre inneren Muskeln, sie umklammerten den jetzt härter stoßenden Schaft, und dann wurde sie auch schon vom Orgasmus eingeholt, der sein Glied durchschüttelte.

Mehr brauchte es auch nicht, um seinen Höhepunkt auszulösen, er stieß hektisch zu, und als es aus ihm strömte, rief er stöhnend ihren Namen, und dann fühlte sie, wie sein Schaft tief in ihr zuckte.

Er wartete, bis die Nachwehen des Orgasmus abgeklungen waren, dann zog er sich aus ihr zurück. Er hob sie wieder ins Bad, wusch sie sauber und trocknete sie liebevoll wieder ab. Dann schlang er ein Tuch um sie und trug sie zurück in ihr Zimmer.

»Jetzt gehe ich besser, sonst werden wir beide die Party nicht schaffen«, sagte er.

Sie nickte glücklich.

»Bis später.« Er küsste sie auf die Nase und ging.

Zwölftes Kapitel

Rachel nahm sich Zeit fürs Anziehen. Sie fühlte sich gut, aber matt, und sie hatte eigentlich keine Lust auf eine Party. Am liebsten wäre sie hinunter in die Küche geschlichen, hätte einen Teller mit einem Berg von *canapés* stibitzt und wäre wieder zu Luke ins Bett geschlüpft.

Aber sie wusste, dass dieser Traum sich nicht erfüllen würde, es wäre undankbar und unhöflich gewesen. Max hatte sie zum Wochenende eingeladen, und er hatte gesagt, dass er Champagner mit ihr trinken wollte, um ihr neues Arbeitsverhältnis zu feiern. Da durfte sie ihn nicht vor den Kopf stoßen.

Als sie gerade das Make-up aufgetragen hatte, klopfte Luke an die Verbindungstür zwischen ihren Zimmern. Sie rief ihn herein.

»Max hat mich gebeten, dir das zu geben«, sagte Luke und reichte ihr eine Maske.

»Oh.« Sie betrachtete die Maske schweigend. Es war eine Halbmaske, wie sie seit Jahrhunderten zum Karneval in Venedig getragen wurden. Sie bedeckte nur die obere Hälfte ihres Gesichts.

Sie zog die Maske über und betrachtete sich im Spiegel. Sie sah eine Frau in einem schwarzen Kleid, mit vollen roten Lippen. Die obere Gesichtshälfte verschwand hinter Pfauenfedern; die Maske selbst war aus Porzellan gefertigt und passte sich ihrer Hautfarbe an, und um die Augen war ein Domino aufgemalt, eine

Maske in der Maske. Ein winziger Diamant glitzerte dicht über ihrem Mund.

»Du siehst unglaublich aus. Wenn ich nicht deinen Lippenstift verschmieren wollte«, sagte Luke, der dicht hinter ihr stand und die Hände über ihre Hüften gleiten ließ, »würde ich dich jetzt küssen wollen.« Seine Lippen berührten ihren Nacken, und sie erschauerte.

»Luke …«

»Später«, versprach er und löste sich von ihr mit sichtlichem Widerwillen.

»Wie sieht deine Maske aus?«, fragte sie.

Er lächelte und zog sie an. Sie bedeckte das ganze Gesicht und schien aus grünen Eichenblättern zu bestehen, die kunstvoll aufgemalt waren.

»Sie passt zu deiner Weste«, sagte Rachel grinsend. Luke trug ein feierliches schwarzes Dinnerjackett, dazu ein weißes Hemd und einen schwarzen Querbinder, dazu bildete die üppig gemusterte Weste aus grüner Seide einen scharfen Kontrast.

Er nahm die Maske ab, hielt Rachel auf Armeslänge und betrachtete sie ausgiebig.

»Rachel?«

»Ja?«

»Kann ich dich um etwas bitten?«

»Klar. Was denn?«

Er zögerte. »Ich bin nicht sicher, wie ich anfangen soll …«

Sie musterte ihn neugierig. »Frage mich einfach geradeheraus.«

»Würdest du heute Abend etwas für mich tun?«

»Das kommt darauf an.«

Er zog sie näher an sich, spürte ihre Brustwarzen, die

sich gegen sein Hemd drückten, und berührte ihr Ohr mit den Lippen. Er leckte an ihrem Ohrläppchen. »Ich möchte, dass du dein Höschen ausziehst.«

»Jetzt?«

»Mmhm. Das wird mich ungeheuer anmachen. Ich tanze mit dir und weiß, dass du nichts drunter trägst. Ich würde bestimmt eine Gelegenheit finden, dir Max' Rosengarten zu zeigen.«

Sie musste erst einmal verdauen, was er gesagt hatte. »Du willst, dass ich ohne Höschen auf die Party gehe.«

»Ja.« Er streichelte über ihren Po und raffte dann den Stoff ihres Kleids zusammen, bis er es bis zum Hintern hochgehoben hatte.

»Luke, ich ...«

»Ist es zu schamlos für dich?«

In seiner Stimme lag etwas Spöttisches, was sie verärgerte und herausforderte. Sie hob das Kinn. »Nein.«

»Warum willst du's dann nicht tun?« Seine Augen funkelten. »Niemand sonst auf der Party wird es wissen. Nur du und ich. Aber wenn du nicht willst ...« Er ließ ungesagt, welchen Schluss er daraus zog. Aber für Rachel stand fest, dass er sie dann für einen Feigling hielt.

Sie wollte ihm gegenüber nicht ihr Gesicht verlieren. »Also gut«, sagte sie leise.

»Sehr gut.« Er hakte die Daumen in den Bund des Höschens, ließ sich auf die Knie nieder und schälte den spitzengesäumten Slip nach unten.

Rachel hielt sich mit beiden Händen an seinen Schultern fest, als sie nacheinander die Füße hob, damit er ihr das winzige Ding abstreifen konnte.

Er schob seine Hände zwischen ihre Schenkel, und der sanfte Druck brachte sie dazu, sich breitbeiniger hinzustellen. »Wunderschön«, murmelte er. »Ich kann dir nicht widerstehen, Rachel.« Er küsste die Innenseiten ihrer Schenkel, und Rachel schloss die Augen, als sie seinen kühlen Atem auf ihrem Geschlecht fühlte.

Sie spürte die langsamen Züge seiner Zunge, und dann glitten seine Hände höher und zogen die Lippen auseinander. Sie stieß einen kleinen spitzen Laut aus, als er ihre Klitoris zu bearbeiten begann.

Ihr Geschlecht wurde nass und schwoll an, er schob einen Finger hinein und bewegte ihn träge ein und aus, und sie knickte die Knie leicht ein und schob sich diesem einen Finger entgegen, wollte ihn tiefer und härter spüren.

Abrupt brach er ab und stand auf.

Rachel riss enttäuscht und entsetzt die Augen auf. Sie bemerkte, dass er den Rock des Kleids wieder fallen ließ. »Luke?«, fragte sie mit dünner Stimme.

»Später.« Er grinste sie an. »Ich wollte dir einen Vorgeschmack auf das geben, was mir für nachher vorschwebt.«

Sie wurde rot. »Das ist unfair. Du hast mich auf hundert gebracht, und du weißt das auch.«

»Mm, natürlich weiß ich das.« Er tippte mit dem Zeigefinger gegen die Brustwarzen, die unter dem schwarzen Stoff des Kleids deutlich zu sehen waren.

»Das hast du absichtlich getan«, beschuldigte sie ihn.

Er nickte. »Ja. Ich glaube, ich habe dich ganz schön aufgeheizt, und ich habe deinen Kitzler gerade bis zum richtigen Punkt gebracht.«

»Wie meinst du das?« Ihre Augen verengten sich zu schmalen Schlitzen.

»Ich meine, dass es in dir kribbeln wird. Bei jedem Schritt wird deine Klitoris gereizt, weil sie noch so geschwollen ist, und du wirst an nichts anderes denken können als an das, was wir später tun werden, und wenn wir es endlich bis zum Rosengarten geschafft haben, wird deine Muschi immer noch heiß und feucht sein. Und jeder Mann, mit dem du tanzt, wird ganz schwach den Moschusduft riechen können, und er wird wissen, wie erregt du bist, wie bereit für einen Mann.«

Die rote Farbe im Gesicht vertiefte sich noch. »Luke!«

»Nun ja«, fuhr er fort, »du könntest natürlich dein Höschen wieder anziehen und so tun, als wäre nichts geschehen.«

Sie hob ihr Kinn. »Wieso habe ich das Gefühl, dass du mich aus irgendeinem Grund in eine bestimmte Richtung drängen willst, Luke?«

»Oh, ja, das tue ich«, gab er zu. »Und es sind sehr persönliche Gründe.« Er leckte sich über die Lippen. »Bist du bereit?«

»Bin ich.«

»Gut.« Er nahm seine Maske und begleitete sie aus ihrem Zimmer hinunter.

Wie Luke vorhergesagt hatte, kribbelte ihr Geschlecht bei jedem Schritt. Er hatte sie so weit gebracht, dass sie unbedingt kommen wollte – kommen musste. Sie konnte ihr Verlangen nicht verdrängen, und sie befürchtete, dass man den Zustand ihrer Erregung tatsächlich riechen konnte. Ja, es schockierte sie, aber gleichzeitig wurde ihr auch bewusst, dass sie sich in einer Phase steigender Lust befand.

Max traf sie am Fuß der Treppe. Er hatte seine Harlekinmaske hochgeschoben. Auch er trug das schwarze Dinnerjackett und einen Querbinder.

»Rachel!« Er lächelte freundlich und verbeugte sich vor ihr. »Du siehst wunderbar aus«, sagte er, nahm ihre Hand und berührte sie leicht mit den Lippen.

»Danke.«

Er hielt ihr den Arm hin, und sie hakte sich bei ihm ein. »Komm, Rachel, ich habe dir doch Champagner versprochen.« Er wandte sich an Luke. »Du hast doch nichts dagegen, dass ich sie kurz entführe?«

»Natürlich nicht.« Luke lächelte ihr zu. »Wir sehen uns später, Rachel.« Hinter der Maske glitzerten seine Augen.

Max führte sie ins Esszimmer. Man hatte den Tisch an die Wand geschoben, und auch die Stühle waren aus dem Weg geräumt. Maggie hatte sich mit dem Buffet selbst übertroffen; Rachel sah kleine *canapés* mit Räucherlachs, Aal, Forellenfilets und Bratenscheiben, es gab die übliche Auswahl an leckeren Käsesorten, viele verschiedene Saucen zum Tunken, mehrere Salate, zahlreiche Süßspeisen, dazu Nüsse und die unvermeidlichen Chips.

»Nimm reichlich von allem«, empfahl Max. Er reichte ihr ein Glas Champagner. »Auf eine gute und erfolgreiche Zusammenarbeit«, sagte er.

Rachel wiederholte den Toast, und ihre Gläser klangen, als sie sich berührten, bevor sie am köstlichen Getränk nippte. Er perlte auf ihrer Zunge, und obwohl Rachel keine Kennerin war, wusste sie, dass sie noch nie einen so gut schmeckenden Champagner getrunken hatte.

Sie hörte sanften Jazz aus einem der anderen Räume,

und sie hörte heraus, dass diese Musik nicht vom Band kam. Max hatte tatsächlich eine Band engagiert.

Das Zimmer füllte sich rasch mit Männern in Dinnerjacketts und Frauen in kleinen schwarzen Cocktailkleidern, einige trugen sogar lange Ballkleider, und alle Gesichter waren hinter einer Maske verborgen.

»Wann bist du auf die Idee eines Maskenballs gekommen?«, fragte sie Max.

»Schon lange her.« Er lächelte. »Masken bringen mehr Spaß. Die Menschen legen ihre Scheu ab, wenn sie eine Maske tragen, sie gehen rascher auf andere Leute zu, weil ja niemand genau weiß, wer sich hinter der Maske versteckt.«

»Aber du weißt es.«

Er grinste. »Das ist das Vorrecht des Gastgebers. Aber hinter deiner Maske kannst du sein, wer du sein willst.« Er schaute ihr über die Schulter, und seine Stirn legte sich in Falten. Er schob die Maske vors Gesicht. »Entschuldige mich, Rachel, da sehe ich jemanden, mit dem ich sprechen muss. Kommst du ohne mich zurecht?«

»Natürlich. Ich werde Luke suchen, oder ich mische mich unter deine anderen Gäste und gebe vor, eine hochgeborene venezianische Dame zu sein.«

Er nickte. »Ein guter Gedanke. Ich wette, du wirst nicht lange allein bleiben.«

Er ging, und Rachel schlenderte zum Tisch, nahm einen Teller und legte ein paar Häppchen darauf. Sie aß langsam und studierte dabei die anderen Gäste. Sie versorgte sich mit einem zweiten Glas Champagner und begab sich dann auf die Suche nach Luke.

Was Max gesagt hatte, klang in ihren Ohren nach: Hinter der Maske kannst du sein, wer du sein willst.

Wenn sie in Betracht zog, wie üppig die Gäste dem Champagner zusprachen, konnte das eine wilde Party werden! Sie wanderte in den Salon, wo die Band spielte, und schaute ihr eine Weile zu. Auch die Band war mit Masken ausgestattet worden, der Sänger, der Pianist und der Bassist. Sie spielten flott und gaben sich locker, und daraus schloss Rachel, dass sie nicht das erste Mal für die Unterhaltung von Max' Gästen sorgten.

Eine Hand legte sich auf ihre Schulter, und erschreckt wirbelte sie herum. Auch ohne Maske hätte sie den Mann nicht erkannt, der neben ihr stand. Er hatte zu breite Schultern, um Euan oder Michael zu sein, ihre beiden Tischnachbarn vom gestrigen Abendessen, und Luke war es auch nicht – er trug weder die Eichenlaubmaske noch die grüne Weste.

»Möchten Sie tanzen?«, fragte der Mann.

Seine Stimme klang tief und gelassen, es war eine sympathische Stimme, deshalb meinte Rachel: »Ja, warum nicht?«

Sie stellte ihr leeres Glas auf einem der kleinen Tische ab und ließ sich von dem Fremden herumführen. Er war ein guter Tänzer, und Rachel spürte, wie sie sich entspannte. Er führte sie mühelos, und sie fühlte sich leicht und beschwingt.

Als der Tanz zu Ende war, verbeugte er sich und verabschiedete sich mit einem Handkuss. »Vielen Dank.«

»Jetzt bin ich aber dran«, hörte sie eine Stimme hinter sich.

Wieder wusste Rachel nicht, wem die Stimme gehörte; sie erkannte sie nicht. Aber was soll's? Dies war eine Party, und Max hatte ihr schließlich geraten, hinter der Maske diejenige zu sein, die sie sein wollte.

Sie lächelte. »Gern.« Sie verbrachte zwei Tänze mit ihm, dann wechselte sie noch zwei Mal den Partner, bis sie schließlich lachend protestierte, dass sie eine Pause benötigte.

Sie schlenderte zurück ins Esszimmer, bediente sich mit einem weiteren Glas Champagner und begab sich auf die Suche nach Luke. Die Tatsache, dass sie mit all diesen Männern getanzt hatte, und niemand hatte gewusst, dass sie keinen Slip trug ... sie war sich nicht sicher, ob der Gedanke sie erregte, ängstigte oder schockierte. Aber gleichzeitig war sie sich auch bewusst, dass ihr Geschlecht immer noch heiß, feucht und geschwollen war.

Sie spannte ihre inneren Muskeln an und spürte, wie ihre Klitoris dumpf pochte. Himmel, wenn Luke jetzt bei ihr wäre. Vielleicht könnte er sie in den Garten führen, wie er ihr versprochen hatte, um ihr dort die Erleichterung zu bringen, die sie brauchte.

Sie trank ihr Glas leer. Vielleicht würde er mit ihr tanzen und sie noch mehr reizen, indem er seinen Körper gegen ihren drückte, ein Knie zwischen ihre Schenkel schob oder sie auch nur sinnlich streichelte. Er würde wissen, dass er sie damit noch mehr in den Wahnsinn trieb, aber es würde eine kleine Ewigkeit dauern, bevor er genug Mitleid mit ihr hatte und sie zurück auf ihr Zimmer brachte.

In genau diesem Moment spürte sie eine Hand auf ihrer Schulter. Sie fuhr herum. »Luke!« Sie erkannte ihn sofort. Er trug noch seine Maske, und er hatte die richtige Größe und Gestalt. Und natürlich trug er auch diese üppig gemusterte grüne Weste. Selbst wenn es diese Maske zweimal gab, konnte sie sicher sein, dass er Luke war.

Er reagierte nicht auf ihre Begrüßung, er nahm nur das leere Glas aus ihrer Hand und begann zu tanzen. Er bewegte sich rund und flüssig, er musste das Tanzen – im Gegensatz zu Rachel – richtig gelernt haben. Von wem? Vielleicht hatte er Tanzstunden genommen. Oder vielleicht von einer älteren Frau, von einer Geliebten, die ihm noch einiges mehr beigebracht hatte als das Tanzen.

Sie schob den Gedanken zurück, er war plötzlich auch nicht mehr wichtig, denn sie bemerkte, dass Luke mit ihr durch die Terrassentür getanzt war. Obwohl es ein warmer, angenehmer Abend war, hielt sich sonst niemand hier draußen auf.

Rachel lächelte. »Sag bloß, du willst mir Max' Rosengarten zeigen?«

Er legte den Kopf ein wenig zur Seite und schien versonnen vor sich hin zu lächeln. Offenbar spielte er hinter der Maske eine Rolle – der schweigende Waldmeister. Er stand für Fruchtbarkeit, hatte sie einmal gelesen. Nun gut, wenn ihm soviel an diesem Spiel lag ... Sie erinnerte sich, wie viel es ihm bedeutet hatte, dass sie ohne Slip zum Ball ging.

Er schlang einen Arm um ihre Schultern und führte sie auf eine Mauer zu, die den Garten eingrenzte. Sie hatte sich draußen noch nicht umgesehen, weil sie in der Bibliothek zu sehr beschäftigt gewesen war. Jetzt sah sie die Lavendelbüsche, die penibel geschnittenen Buchsbäume, die würzigen Kräuterbeete und die hohen schlanken Marmorstatuen auf ihren Säulen.

In der Mauer befand sich eine kleine grüne Tür. »Lass mich raten – diese Tür führt in den Rosengarten.«

Er nickte und hielt ihr die Tür auf. Sie ging hindurch und erkannte, dass der Rosengarten terrassenförmig angelegt war. Rachel konnte sich vorstellen, wie es hier zur Mittsommerzeit duften musste. Oh, es wäre herrlich, dann hier zu sein, den Duft der englischen Rose einzuatmen und das Mondlicht zu bewundern, das seinen silbernen Schimmer über alle Blüten breitete.

Jetzt aber war es Frühlingszeit, und man konnte nur die Vielzahl der Knospen sehen. Trotzdem nahm sie die Schönheit der Anlage gefangen.

Sie wollte sich gerade an ihn wenden und ihm ihre Gedanken mitteilen, aber da hatte er die Initiative schon ergriffen, er zog sie an seinen Körper und schmiegte sich an sie, dass sie die Hitze und Härte seines Phallus spüren konnte, der gegen ihre Pokerbe drängte. Seine Hände umspannten ihre Hüften, dann führte er eine Hand an ihre Brüste, die er abwechselnd drückte. Ihre Nippel verhärteten sich sofort, als hätten sie nur darauf gewartet, und als er das spürte, entfuhr ihm ein kehliges Jauchzen. Die andere Hand glitt hinunter über ihren Bauch, streichelte sie, und sie krümmte sich gegen ihn, um ihm zu signalisieren, dass sie mehr von ihm haben wollte.

Sie waren allein. Niemand wusste, wo sie waren, und niemand konnte sie sehen. Warum also sollte sie sich zurückhalten? Sie wollte, dass er Liebe mit ihr machte.

Er griff nach dem Saum ihres Kleids und hob es hoch. Sie schloss die Augen und schmiegte den Kopf an seine Schulter. Ja, er würde es tun. Er würde sie entblößen und sie nehmen.

Als er ihr Geschlecht und ihren Po freigelegt hatte, glitt eine Hand zwischen die Innenseiten ihrer Schenkel, er streichelte über ihre Haut und drückte schließlich das flaumbesetzte Delta, die Finger über ihrem Geschlecht. Sie wartete darauf, dass er sie intensiver berührte, intimer, aber noch wartete er.

Doch im nächsten Augenblick teilte der Finger ihre Labien, und sie stöhnte erleichtert auf. Der Finger glitt in der seidigen Spalte auf und ab, tauchte in die öligen Säfte. Sie spürte, wie sein Penis zu zucken begann und rieb ihren Po dagegen, und sie wusste, dass er so erregt war wie sie.

Sie wandte sich zu ihm um. »Luke, nun führe das zu Ende, was du vorher begonnen hast«, raunte sie.

Er verharrte schweigend. Sie wusste, was er hören wollte.

Sie hob ihr Gesicht und ging mit dem Mund dicht an sein Ohr. Mit ihrer verführerischsten Stimme sagte sie: »Luke, komm, fick mich. Ich will dich. Ich kann nicht mehr länger warten. Komm, gib es mir.«

Sie öffnete den Knopf seiner Hose und zog den Reißverschluss herunter. Er trug seidene Boxershorts, und dahinter zeichnete sich deutlich der Umriss seines Glieds ab. Sie spannte ihre Finger darum und drückte leicht dagegen, dann zog sie seine Hose herunter, die Boxershorts gleich mit.

Er stöhnte und hob sie hoch, drückte sie gegen die Mauer. Es störte sie nicht, dass sich Efeu in ihren Haaren verfing und ihr Kleid gegen das Mauerwerk rieb. Sie hatte nur den einen Wunsch, ihn endlich in sich zu spüren. Sie schlang die Arme um seinen Hals und die Beine um seine Hüften.

Er ruckte kurz aus den Hüften heraus, und dann spürte sie auch schon, wie er in sie eindrang. Geräuschvoll stieß sie die Luft aus, die sie gebannt angehalten hatte. Oh, es fühlte sich so gut an. Er füllte sie aus und streckte sie. Er begann gleichmäßig zu stoßen, nachdem er seinen Rhythmus gefunden hatte, und mit jedem Stoß drückte er sie gegen die Mauer. Sie war sicher, dass er ihr Kleid ruinierte, aber es war ihr egal. Wenn er doch nur die dumme Maske abnehmen würde, damit sie ihn richtig küssen konnte! Aber warum? Der Rhythmus ihrer Körper war in diesem Moment wichtiger als alles andere.

Sie fühlte, wie sich ihr Orgasmus aufbaute. Es war, als wäre sie eins mit der Nacht, und am liebsten hätte sie in ihrer Lust den Mond angeheult. Sie schrie seinen Namen, als der Orgasmus sie überschwemmte, und sie spürte, wie sie von seinem Samen getränkt wurde.

Er half ihr zurück auf die Erde, und dabei rutschte er aus ihr heraus. Er strich ihr Kleid glatt.

Ihr fiel auf, dass er immer noch seine Maske trug, und deshalb hatten sie sich auch nicht küssen können. Das irritierte sie ein wenig, aber dann musste sie einräumen, dass auch sie ihre Maske nicht abgenommen hatte.

Wortlos fuhr er mit einem Finger über ihren Mund, zeichnete Unter- und Oberlippe nach, und danach führte er sie aus dem Rosengarten hinaus. Als er die grüne Tür für sie öffnete und hinter sich zuzog, sah sie ein anderes Paar im Garten stehen, verdeckt hinter einer Statue.

Sie errötete. Ihr Schrei. Sie mussten ihren Orgasmus gehört haben. Vielleicht auch nicht, war ihr nächster Gedanke, denn die beiden schienen mit sich selbst beschäftigt zu sein.

Der Mann lehnte mit dem Rücken an der Statue, und seine Hände hielten den marmornen Sockel umfasst.

Die Frau kniete vor ihm auf dem Boden. Ihr Kleid war von den Schultern gerutscht, sodass man ihre Brüste sehen konnte.

Im Mondschein schimmerte ihre Haut cremefarben. Die Brustwarzen waren dunkel und groß, offenbar erigiert von seinem vorangegangenen Streicheln, Zupfen und Saugen. Seine Hose hing bis zum Schritt herunter, und der Kopf der Frau bewegte sich rhythmisch auf und ab.

Rachels Augen wurden immer größer. Mit so etwas hatte sie nicht gerechnet. Zu ihrem Entsetzen führte Luke sie nicht sofort ins Haus zurück. Im Gegenteil – er schob sie langsam in die Richtung des Paares. Sie öffnete den Mund, um zu protestieren, aber er ahnte, dass sie etwas sagen wollte, und legte rasch einen Finger über ihren Mund.

Als sie sich dem Liebespaar näherten, erkannte Rachel, dass der Mann keine Maske trug. Auf der Mitte des Rasens lag eine Harlekinmaske, das war offenbar seine. Rachel schaute auf sein Gesicht, und dann schlug ihr Herz Purzelbäume, als sie begriff, dass der Mann, der vor Lust aufstöhnte, niemand anderer war als Luke.

Rachel kannte die Frau nicht, die ihn bearbeitete, und sie wollte sich an ihren Begleiter wenden, um ihn zu fragen, wer zum Teufel er war, wer die Frau war und welches Spiel sie alle mit ihr trieben, aber er hatte wieder ihre Reaktion vorausgesehen, drückte seine Hand auf ihren Mund und flüsterte: »Pst! Alles zu seiner Zeit.«

Er drückte sie an sich, und Rachel starrte fasziniert und abgestoßen zugleich auf die Szene. Wie durch dicken Nebel hörte sie Lukes Schrei, als es ihm kam, und in diesem Moment war er wie ein Fremder für sie – weil sie keinen Anteil an seiner Lust hatte.

Sie drängte vom Ort des Geschehens weg, und der Mann führte sie zurück zur Party. Sie war verwirrt, begriff nicht, was um sie herum geschah. Wie hatte Luke ihr das antun können?

Eine innere Stimme erinnerte sie an Stella. Und dann an das Geschehen vor wenigen Minuten. Sie hatte zugelassen, dass ein völlig Fremder ... sie kannte weder seinen Namen, noch hatte sie bisher sein Gesicht gesehen.

Sie traten auf die Terrasse. Sie blieb stehen. »Ich will dein Gesicht sehen.«

Er nickte und nahm die Maske ab. Überrascht starrte Rachel ihn an. Sie kannte ihn nicht, hatte ihn noch nie gesehen. Insgeheim hatte sie geglaubt, Max wäre ihr geheimer Liebhaber gewesen. »Wer bist du?«

»Edmund.«

»Bist du ein Freund von Max?«

»Und von Luke.«

»Ich habe dich für Luke gehalten.«

Er hob eine Augenbraue, als zweifelte er an ihrer Aussage. »Luke war ... nun, sagen wir, anderweitig beschäftigt. Wovon du dich gerade überzeugen konntest.«

»Aber du trägst seine Weste, seine Maske.« Edmund nickte.

»Luke wusste also, dass ich dich für ihn halten würde?«

Edmunds Augen leuchteten. »Ja.«

Rachel runzelte die Stirn. »Aber warum?«

»Warum nicht?«, kam die genervte Antwort. »Rachel, wir sind auf einer Party.«

»He, du kennst meinen Namen. Wieso?«

»Max hat mich auf dich aufmerksam gemacht.«

Sie stieß einen Seufzer aus. »Himmel! Ich glaube, an eure Spielchen werde ich mich nicht so schnell gewöhnen.«

Er lächelte und streichelte ihr Gesicht. »Rachel, ärgere dich nicht darüber. Max hat einen ausgeprägten Sinn für Sinnenfreude, für sich und andere. Er möchte anderen Menschen Vergnügen bereiten, das ist seine ganz große Herausforderung. Und du hast es gebraucht, nicht wahr?«

Sie errötete.

Natürlich stimmte das. Und natürlich hatte er es sofort gewusst, als er sie das erste Mal berührte und bemerkte, wie erregt sie war.

»Hast du auch gewusst, dass ich so spärlich bekleidet war?«

Er nickte. »Luke hat es mir gesagt.«

»Luke hat das alles geplant?«

»Nein. Ich glaube, dass er wirklich vorhatte, es selbst zu tun. Aber dann änderten sich von einem Moment zum anderen die Umstände . . .«

»Ach so.«

Edmund setzte wieder seine Maske auf. »Hör zu, Rachel, wenn du ihm eine Szene machen willst, verschiebe sie auf später. Mir ist jetzt nach Champagner. Und ich möchte tanzen. Du kannst allein in irgendeiner Ecke schmollen, oder du kommst mit zum Tanzen. Es ist deine Entscheidung.«

Ja, es war ihre Entscheidung. Max liebte es, mit Menschen zu spielen, sie in Situationen zu bringen, in denen sie sich entscheiden mussten. Sie mussten sich für etwas Ungewöhnliches entscheiden, was sie aber auch irgendwie tun oder haben wollten. Sie nickte schwach. »Okay.«

Er legte einen Arm um ihre Schultern und drückte ihren Arm, um zu zeigen, dass er ihre Entscheidung für richtig hielt.

Dreizehntes Kapitel

Sie sah Luke erst, nachdem sie schon zu Bett gegangen war. Er klopfte leise an die Verbindungstür. »Rachel?«

»Hm?« Sie döste noch.

»Kann ich hereinkommen?«

»Hm.« Zu ihrer Erleichterung machte er kein Licht. Sie rutschte ein wenig zur Seite, und im nächsten Moment spürte sie, wie die Matratze unter seinem Gewicht nachgab.

»Rachel.« Er zog sie in seine Arme, küsste sie leicht auf die Lippen. »Vergibst du mir diesen Abend?«

»Was soll ich dir denn vergeben?«

»Kate. Im Garten.«

»Ach so.« Sie schmiegte sich in seine Arme.

»Ja. Und soll ich dir auch vergeben, dass du mich reingelegt hast?«

»Ja.«

»Warum hast du es getan?«

»Warum nicht?«

»Fang bloß nicht damit an! Das hat Edmund auch gesagt.«

Er lachte. »Rachel, so geht es auf Hillbury zu. Entweder kann man damit umgehen oder nicht.«

»Wie so eine Art Test, nicht wahr? Dieses ganze Wochenende ist nichts als eine Testphase.«

»Glaube mir, du hast ihn bestanden«, sagte Luke weich. Seine Hand streichelte über die Kurven ihres

Körpers, angefangen bei den Schultern, bis hinunter zu ihren Knien. Und wieder zurück zu ihrer Hüfte. »Rachel?«

»Hm?«

»Ich möchte Liebe mit dir machen. Was dagegen?«

Sie lächelte. »Ach? Habe ich jetzt in dieser Angelegenheit was zu sagen?«

»Natürlich. Wenn du lieber schlafen möchtest ...«

»Eh ... Luke, ich habe den ganzen Abend lang Champagner getrunken, ich war fast eingeschlafen, als du geklopft hast, und ich fühle mich nicht allzu gut ...«

Er rieb seine Nase gegen ihre. »Für das, was ich vorhabe, brauchst du deinen Kopf nicht. Ich habe es nur auf deinen Körper abgesehen.«

»Ach?«

»Also – darf ich?«

»Darfst du was?«

Luke stöhnte dumpf. »Du hast mir überhaupt nicht zugehört.«

»Ich habe dir gesagt, dass ich mich nicht besonders fühle.«

»Hm. Nun, dagegen kann ich was tun.« Er bewegte sie vorsichtig, bis sie auf der Seite lag. Er teilte ihre Schenkel, zog ihren Körper näher zu sich heran, und dann spürte sie, wie er von hinten in sie eindrang.

Sie stieß ein leises wohliges Seufzen aus.

»Okay so? Ist es bequem für dich?«

»Mm. Sehr«, murmelte sie schläfrig.

»Gut.« Luke küsste ihren Nacken und begann mit rhythmischen Bewegungen. Es war viel sanfter und langsamer als die Episode in der vergangenen Nacht, und Rachel bemerkte, wie rasch ihre Erregung wuchs. Was auch immer auf Hillbury vor sich ging – es schien ihr gut zu tun.

Ihr Höhepunkt kam rasch und sanft, es war ein langsames Wogen, das ihren ganzen Körper mit einer heimeligen Wärme auszufüllen schien. Luke hielt sie umschlungen, und sie schlief ein, während Luke noch eins war mit ihr.

Als Rachel und Luke spät am anderen Morgen aufwachten, herrschte Stille im Haus. Es gab auch keine Hinweise mehr darauf, dass am Abend vorher die große Party abgelaufen war; keine Krumen, keine leeren Gläser, keine Flecken auf den Teppichen. Man konnte kaum glauben, dass vor wenigen Stunden das Haus voller Menschen gewesen war, die ausgelassen gefeiert hatten.

Maggie war in der Küche und schaute überrascht auf, als Rachel und Luke eintraten. »Guten Morgen. Ich hatte nicht damit gerechnet, dass sich jetzt schon jemand sehen lässt.«

»Ist Max auch noch nicht auf den Beinen?«, wollte Luke wissen.

»Noch nicht.« Sie sah die beiden prüfend an und lächelte. »Wollt ihr Kaffee?«

Rachel nickte dankbar.

Maggie meinte: »Und eine doppelte Dosis Vitamin C mit viel Wasser hilft immer noch am besten gegen einen Kater.«

»Ich werde nie wieder Champagner trinken«, verkündete Rachel.

Luke grinste. »Ich werde dich daran erinnern.«

Rachel ließ sich auf einen Stuhl fallen. »Können wir den Kaffee hier trinken, Maggie?«

»Ja, sicher.« Maggie stellte ihnen zwei Gläser mit frisch gepresstem Orangensaft hin. »Wie wäre es mit ein paar Eiern, die ich euch in die Pfanne schlage, ein paar Streifen Speck dazu und gebutterte Toastscheiben?«

Rachel verzog das Gesicht. »Ich glaube nicht, dass ich überhaupt etwas essen kann.«

Maggie schüttelte den Kopf. Sie war dabei, Scheiben vom Laib des Weizenbrots zu schneiden. »Wenigstens Toast soll es sein.«

Rachel gab nach, verfütterte aber die Hälfte ihrer Toastscheibe an die beiden Hunde, die sich erwartungsvoll zu ihren Füßen niedergelassen hatten.

»Rachel, willst du zum Essen bleiben?«, fragte Luke.

»Warum? Musst du zurück?«

Er nickte. »Ich habe in London etwas zu erledigen.«

»Kein Problem«, sagte sie. Seine Erledigung in London hatte wahrscheinlich etwas mit seinem Verschwinden in den letzten Tagen zu tun.

»Okay. Dann packe ich meine Sachen.« Er stand auf. »In einer halben Stunde, Rachel?«

»Sollten wir nicht wenigstens warten, bis wir uns von Max verabschieden können?«, wandte Rachel ein. Es behagte ihr nicht, dem Gastgeber nicht einmal für das Wochenende zu danken.

»Ich rufe ihn von London aus an«, sagte Luke.

Rachels Unbehagen blieb, aber sie gab nach. Maggie weigerte sich, dass sie ihr beim Abwasch half, deshalb ging Rachel zurück auf ihr Zimmer. Sie war gerade mit dem Packen fertig, als Luke klopfte. »Alles klar?«

»Ja. Obwohl ich es immer noch nicht gut finde, dass wir ohne ein Wort davonschleichen.«

»Max wird es uns nicht verübeln, glaube mir. Vergiss nicht, dass er mein Cousin ist. Außerdem habe ich ihm einen Zettel hinterlassen«, sagte Luke. »Komm.«

Nachdem sie sich von Maggie verabschiedet hatten, brachen sie auf. Die Straßen waren wenig befahren, und so trafen sie schon nach wenigen Stunden in Walthamstow ein. Luke holte Rachels Gepäck aus dem Kofferraum des MG, trug es bis zur Tür und gab der Freundin einen Kuss auf die Wange. »Wir sehen uns später.«

»Willst du nicht auf einen Kaffee mit hineingehen?«

Er schüttelte den Kopf. »Ich möchte gerne, aber ich habe einige Dinge zu tun.«

Rachel konnte ihre leichte Enttäuschung nicht unterdrücken, aber dann erinnerte sie sich an die Arbeit, die sie am Freitagnachmittag hatte liegen lassen. Dann gab es noch ihre Doktorarbeit, und in ihrer Tasche steckten die Kopien der Tagebücher; die Originale hatte sie bei Max auf Hillbury Manor gelassen. »Okay, bis später.«

Luke stieg wieder in sein Auto, und Rachel schaute ihm nach, bis der MG verschwunden war. Sie schloss die Tür auf und fand einen Packen Briefe vor – darunter auch ein offizielles Schreiben der Universität, die ihr Bedauern darüber äußerte, »Sie gehen lassen zu müssen«.

Heuchler, dachte sie verächtlich und wandte sich einer dicken Jiffytüte zu, die sie ungeduldig aufriss – ein Vorausexemplar von Jennifers neuestem Buch. Sie würde es sich später vornehmen und ging erst einmal in die Küche, um den Kessel aufzusetzen.

Sie räumte ihre Tasche aus, und später ließ sie sich mit einer Tasse Tee am Esstisch nieder, umgeben von den einzelnen Kopien der Tagebuchblätter. Sie spürte ein gewisses Schuldgefühl, dass sie nicht an der Vorbereitung für ihr Montagsseminar arbeitete, aber unter diesen Umständen gelang es ihr, das schlechte Gewissen zu unterdrücken.

Dank Gilson würde sie ohnehin nicht mehr lange an der Uni sein.

Sie arbeitete bis in die Dunkelheit hinein, legte sich ein Register zu mit Bemerkungen über Dinge, die sie nachforschen musste, aber dann schob sie die Blätter von sich und streckte sich. Ihre Muskeln quietschten protestierend. Sie stand auf, machte ein paar Lockerungsübungen und ging zum Telefon.

Vielleicht hatte Luke das beendet, was ihm so dringend schien, und dann hätten sie gemeinsam zu Abend essen können. Sie wählte seine Nummer, es klingelte vier Mal, ehe sich der Anrufbeantworter einschaltete. »Bitte hinterlassen Sie nach dem Piepston eine Nachricht, dann rufe ich Sie zurück, sobald ich kann.«

Rachel legte auf, ohne eine Nachricht zu hinterlassen. Offenbar war er noch nicht zurück. Sie hatte sowieso keinen großen Hunger. Sie bereitete sich ein Sandwich zu, legte Vivaldi in den CD-Spieler und kuschelte sich mit Jennifers neuem Buch aufs Sofa. Es gab mehrere Möglichkeiten, einen gemütlichen Abend zu verbringen.

Am nächsten Morgen wurde sie zu Gilsons Büro gerufen. Rachel stand vor seinem Schreibtisch, die Hände in die Hüften gestemmt, einen trotzigen Blick im Gesicht. Wenn er sie wegen des freien Freitagnachmittags schelten wollte – nun, er würde sich wundern, wie wortreich sie sich wehren konnte. Sie brauchte sich nicht mehr zurückzuhalten. Im Gegenteil, es würde ihr große Genugtuung bringen, ihm an den Kopf zu werfen, was sie wirklich von ihm hielt.

»Was kann ich für Sie tun?«, fragte sie.

»Sie sollten sich lieber fragen, was ich für Sie tun kann«, ballerte Gilson.

In seiner Stimme lag ein drohender Unterton, und Rachels Augen verengten sich zu schmalen Schlitzen. Für wen hielt sich dieses aufgeblasene Nichts? »Ach?«, fragte sie höhnisch.

»Lassen Sie es mich so formulieren«, sagte Gilson. »Wenn Sie kooperieren, wird es für Sie nicht so schlimm laufen.«

»Kooperieren?« Auf ihrer Stirn gruben sich tiefe Falten ein. »Wovon reden Sie?«

»Ich glaube, das wissen Sie.«

»Was weiß ich?«

»Tun Sie nicht so unschuldig! Wir wissen alles. Wenn Sie jetzt kooperieren und uns alles sagen, werde ich mich dafür einsetzen, dass Sie mit einem blauen Auge davonkommen. Aber wenn nicht, dann haben Sie alle Konsequenzen zu tragen.«

Rachel schüttelte den Kopf. »Es tut mir Leid, aber ich habe nicht die blasseste Ahnung, wovon Sie sprechen.«

»Die Dokumente«, sagte Gilson. Seine kleinen Schweinsaugen glitzerten hinter der Brille.

»Welche Dokumente?«

»Stellen Sie sich nicht so dumm an! Das passt nicht

zu Ihnen! Sie wissen genau, welche Dokumente ich meine. Originaldokumente! Unterlagen, die mit Ihrer Dissertation zu tun haben. Viktorianische Dokumente von unschätzbarem Wert! Na, wissen Sie jetzt, wovon ich rede?«

Sein sarkastischer Tonfall ärgerte Rachel. »Natürlich habe ich Originale benutzt, um die Thesen meiner Dissertation zu untermauern. Wenn Sie sich erinnern wollen, haben wir darüber oft und lange diskutiert. Sie waren es, der mir gesagt hat, ich sollte mich auf die Originalquellen beziehen. Aber diesen Teil habe ich schon vor Monaten abgeschlossen, und seitdem liegen sie wieder in der Bibliothek. Sie sind alle wieder eingetragen.«

»Das glaube ich nicht«, sagte Gilson hämisch. »Rufen Sie die Bibliothek an. Dort wird man es Ihnen bestätigen.«

»Die Bibliothek hat mich angerufen, weil man festgestellt hat, dass einige der Dokumente fehlen, die Sie zuletzt ausgeliehen hatten.«

»Fehlen?«

Rachel flüsterte nur noch.

»Ja, einige der Dokumente fehlen«, wiederholte Gilson, und er genoss das Entsetzen auf Rachels Gesicht. »Nun wissen wir, dass eine amerikanische Universität großes Interesse an diesen Dokumenten gezeigt hat, sie haben einen privaten Käufer dafür an der Hand. Deshalb schlage ich Ihnen vor, Rachel, dass Sie sich hinsetzen und mir erzählen, was Sie wissen.«

Rachel blieb stehen. »Ich weiß gar nichts. Ich ... Ich ...« Sie schüttelte den Kopf. »Ich weiß immer noch nicht, wovon Sie reden. Ich habe keine Dokumente mitgenommen. Ich habe nur an meiner Dissertation gearbeitet, habe mir dafür bestimmte Originaldokumente ausgeliehen und sie danach wieder zurückgebracht.«

»Aber darüber gibt es keine schriftliche Eintragung«, sagte Gilson mit Triumph in der Stimme.

»Die muss es geben! Ich habe jedes Mal unterschrieben.«

»In den Unterlagen ist nur festgehalten, dass Sie die Dokumente ausgeliehen haben. Über die Rückgabe ist nichts vermerkt. Also, wo sind diese Originale?«

»In der Bibliothek, wie ich gesagt habe.«

»Nein, sind sie nicht.« Er sah sie mit grimmigem Gesicht an. »Wir haben Beweise, Rachel, deshalb stünde es Ihnen gut an, alles zu gestehen.«

»Welche Beweise?«

»Ihre Verbindung mit Luke Holloway.«

Rachel starrte ihn ungläubig an. »Seit wann ist es ein Verbrechen, eine Beziehung mit einem anderen Dozenten zu unterhalten?«

»Nun, es wird zu einer verräterischen Sache, wenn dieser Dozent für eine Universität in den USA gearbeitet hat, dann hier eine Position übernimmt und kurz darauf Originaldokumente fehlen, für die ein Privatkäufer in den USA großes Interesse bezeugt hat. Finden Sie das nicht auch?«

Rachels Lippen hoben sich verächtlich. »Sie sind verrückt. Ich würde so etwas nie tun, und das wissen Sie genau.«

»Wir haben Beweise.«

»Wir?« Ihre Augen verengten sich. »Wen meinen Sie mit ›wir‹?«

»Das geht Sie nichts an.«

Sie gab zornig zurück: »Sie wissen überhaupt nichts, Gilson – weil es nichts zu wissen gibt!«

»Das glaube ich doch, Rachel.« Er verschränkte seine Arme vor der Brust. »Ich hatte gehofft, dass Sie vernünftig sein würden und mit uns zusammenarbeiten. Da Sie dazu nicht bereit sind, bleibt mir keine andere Wahl. Sie sind entlassen.«

»Entlassen?«

»Ab sofort. Gefeuert. Weil Sie Eigentum der Universität gestohlen haben.«

»Aber ich habe nichts gestohlen!« Rachel schüttelte den Kopf, verärgert, verwirrt, entsetzt. »Dies ist England. Was ist aus dem Grundsatz geworden, dass man als unschuldig zu gelten hat, solange die Schuld nicht bewiesen ist?«

»Nach diesem Prinzip haben wir lange genug gehandelt. Aber jetzt wissen wir, dass Sie schuldig sind.«

»Aber ich habe nichts getan!«

»Räumen Sie Ihre persönlichen Dinge aus Ihrem Büro, und gehen Sie dann. Die Polizei wird sich mit Ihnen in Verbindung setzen.«

Rachel starrte ihn voller Entsetzen an. So etwas hatte sie nicht erwartet. Sie hatte damit gerechnet, dass er ein paar sarkastische Bemerkungen über ihr mangelndes Engagement für die Uni absonderte, sie ein bisschen quälte, weil sie ihre Doktorarbeit offenbar nicht beenden konnte oder wollte, um sie dann zu den Studenten zu schicken.

»Aber ich ... ich habe ein Seminar an diesem Morgen«, stammelte sie.

»Ich übernehme das. Sie sind entlassen.« Gilson stand auf und ging zur Tür. Er öffnete sie und sagte: »Gehen Sie. Jetzt.«

Benommen starrte sie ihn an. »Ihnen ist es wirklich

ernst, nicht wahr? Sie wollen, dass ich meine Sachen räume und dann abhaue.«

»Nun, wenn ich es richtig bedenke, sollten Sie sofort gehen. Ich will nicht, dass Sie noch weitere Dinge der Universität an sich nehmen.«

Rachels Zorn brach durch. »Sie Bastard! Sie wissen, dass ich nichts nehmen würde! Wenn es hier jemanden gibt, der lügt und betrügt, dann sind Sie das!«

»Sie gehen jetzt besser, bevor Sie alles noch schlimmer machen«, sagte Gilson überlegen. »Ich könnte natürlich auch den Wachdienst rufen, der Sie vom Gelände geleiten wird.«

»Ich gehe, aber darüber ist das letzte Wort noch nicht gesprochen, das können Sie mir glauben«, fauchte Rachel. »In spätestens einer Stunde sitze ich bei meinem Anwalt.«

»Tun Sie das.« Er lächelte, schien über ihren Ausbruch eher amüsiert zu sein. »Aber Sie haben nichts in der Hand, deshalb ist das eine leere Drohung, Rachel, also vergeuden Sie nicht länger meine Zeit. Goodbye.«

Wenn Rachel einen Becher heißen Kaffees in der Hand gehalten hätte, würde sie ihm die Brühe ins Gesicht geschüttet und danach den Becher auf seiner Nase zerquetscht haben. Aber gleich darauf, als sie über den breiten Korridor schritt, wurde ihr bewusst, wie kindisch ihre Rachegedanken waren. Der kurze Gewaltausbruch hätte nicht dazu beigetragen, dass sie sich besser fühlen würde.

Langsam schritt sie zu ihrem Büro. Sie öffnete die untere Schublade ihres Schreibtischs und nahm ein paar Plastiktüten heraus, dann legte sie ihre Bücher hinein.

Sie konnte sie unmöglich alle nach Hause schleppen. Sie brauchte Hilfe. Luke! Natürlich. Sie wählte seinen Hausanschluss. Es klingelte ununterbrochen, und schließlich ging der Ruf ins Fakultätssekretariat durch.

»Kann ich Luke Holloway sprechen?«

»Luke Holloway?« Pause. »Tut mir Leid, er hat sich heute krank gemeldet.«

Rachel runzelte die Stirn. Sie war das ganze Wochenende bei ihm gewesen, und er hatte keinen kranken Eindruck auf sie gemacht, ganz im Gegenteil. »Er hat sich krank gemeldet?«, murmelte sie und hoffte, dass sie sich verhört oder dass sich die Sekretärin geirrt hatte.

»Ja. Kann ich ihm etwas ausrichten, wenn er zurückkommt?«

»Nein, danke.« Rachel legte auf und rief danach Lukes Privatnummer zu Hause an. Nach zweimaligem Klingeln schaltete sich der Anrufbeantworter ein. »Bitte, hinterlassen Sie nach dem Piepston eine Nachricht …«

Rachel legte auf. Verdammt. Er war vielleicht doch zu Hause, hatte sich einen 24-Stunden-Virus eingefangen und keine Lust, mit irgendeinem zu reden. Sie seufzte. Es sah so aus, als müsste sie mit ihrer misslichen Lage allein fertig werden.

Sie packte ihre Habseligkeiten zusammen und rief dann das Taxi aus ihrer Nachbarschaft an. Es würde in zwanzig Minuten da sein. Bis dahin hatte sie noch ein bisschen Zeit totzuschlagen. Sie nutzte sie, um die Ansichtskarten von der Wand zu lösen, und dann schrieb sie Luke noch rasch eine E-Mail. Sie wusste, dass er in seiner Wohnung einen Internetanschluss hatte.

Vielleicht würde er sich im Laufe des Morgens einloggen, ihre Nachricht lesen und sich bei ihr melden.

Rasch klickte sie sich ins E-Mail-Programm ein. Dieses Mal achtete sie genau auf die Adresse, damit nicht wieder Hollis die Nachricht erhielt.

»Luke«, schrieb sie, »ich stecke in Schwierigkeiten. Gilson hat mich gefeuert. Er behauptet, ich hätte Originaldokumente gestohlen, für die sich ein amerikanischer Privatkäufer interessiere. Das stimmt natürlich nicht. Bitte, rufe mich an, Luke. Ich brauche dich. Ich werde zu Hause sein.«

Sie verschickte die E-Mail, dann trug sie die Tüten aus ihrem Büro und schloss die Tür ab. Natürlich erwartete Gilson, dass sie ihm den Schlüssel brachte, aber das würde sie nicht tun. Noch nicht.

Sie verließ das Gebäude und hatte Mühe, ihre Tränen zu unterdrücken. Zu dieser Zeit sollte eigentlich ihr Seminar beginnen, es war eines ihrer liebsten: Es ging um die Rolle der Frau bei Hardy. Nun übernahm Gilson das Seminar und würde den Studenten genau den entgegengesetzten Standpunkt darlegen. Vielleicht würde er es sogar zu einem Dickens-Seminar umfunktionieren.

Und nur der liebe Gott mochte wissen, was er ihren Studenten über sie selbst erzählen würde. Warum war sie nicht da, um das Seminar abzuhalten? Würden sie ihm glauben? Sie knirschte mit den Zähnen. Natürlich würden ihre Studenten ihm nicht glauben. Sie kannten sie. Gilson würde es nicht schaffen, ihre Studenten umzudrehen.

Das Taxi wartete draußen auf sie. Sie kletterte hinein und gab ihre Adresse an. Der Fahrer begriff, dass sie nicht in Gesprächslaune war, deshalb versuchte er es erst gar nicht. Die ganze Fahrt über saß sie brütend da, zahlte dann und schleppte ihre Büchertüten bis in den Flur, ließ sie dort liegen und braute sich zuerst eine Tasse starken Kaffee.

Selbst das Koffein belebte sie nicht. Sie konnte es immer noch nicht fassen, dass Gilson tatsächlich glaubte, sie wäre zu einer solchen Handlungsweise fähig. Vielleicht war es eher ein weiterer Vorwand, sie loszuwerden.

Dabei hatte er doch nur bis zum Ende des Semesters warten müssen. Aber das war ihm zu lang gewesen, er hasste sie zu sehr und konnte ihren Anblick nicht mehr ertragen.

Rachel wusste nicht, woher dieser Hass rührte. Aber gab es jemals Gründe, wenn die Chemie zwischen zwei Menschen nicht stimmte?

Sie schaute auf die Uhr. Jeder, den sie kannte, würde um diese Zeit an seinem Arbeitsplatz sitzen. Alle außer Luke, der krank war und nicht ans Telefon ging.

Jennifer!

Dem lieben Gott sei Dank für Jennifer. Ihr würde es gelingen, den Nebel zu vertreiben, der sich in ihren Kopf geschlichen hatte. Sie würde dafür sorgen, dass Rachel wieder klar denken konnte. Sie ging entschlossen zum Telefon und hob so hastig den Hörer ab, dass sie den Apparat fast zu Boden gestoßen hätte. Mit fliegenden Fingern wählte sie die Nummer.

Als der Ruf abging, betete sie, dass Jennifer abhob. Bitte, lass sie nicht arbeiten. Oder den Anrufbeantworter eingeschaltet haben. Es klingelte vier Mal, fünf Mal, Rachel presste die Augen fest zusammen und hoffte, dass der Anrufbeantworter nicht ansprang. Aber genau das geschah.

»Hallo, hier ist Jennifer. Im Augenblick kann ich nicht ans Telefon kommen, aber wenn Sie Namen und Telefonnummer hinterlassen, rufe ich zurück.«

Rachel schluckte. Diesmal konnte sie nicht wortlos auflegen. »Jen, ich bin's, Rachel. Ich stecke in Schwierigkeiten. Kannst du mich anrufen ...?«

Der Hörer wurde abgehoben, und dann wurde Rachel von einer Stimme unterbrochen.

»Rachel?«

»Ah, Gott sei Dank!«

Jennifer konnte die Tränen in der Stimme der Freundin hören. »Rachel, was ist geschehen?«

Rachel erzählte kurz die ganze absurde Geschichte und hörte Jennifer einen Pfeifton ausstoßen. »Himmel! Jeder weiß, dass du so etwas nie tun würdest.«

»Gilson weiß es nicht.«

»Was ist mit Luke? Was sagt er zu all dem?«

»Es ist mir noch nicht gelungen, ihn aufzutreiben. Ich habe in der Uni erfahren, dass er sich heute Morgen krank gemeldet hat. Zu Hause hat er den Anrufbeantworter eingeschaltet.«

»Hast du ihm eine Nachricht auf Band gesprochen?«

»Nein, ich brachte es nicht über die Lippen. Ich wollte es ihm nicht übers Telefon sagen.«

»Warum fährst du nicht zu ihm? Mag sein, dass er sich einen Virus eingefangen hat, aber ich bin sicher, dass er eine solche Entwicklung wissen will.«

»Kann sein.«

»Hör zu, Rachel, mach dir keine allzu großen Sorgen. Wir werden das schon klären können. Wenn du willst, kannst du ein paar Tage zu mir kommen, das bringt dich eher auf andere Gedanken, als in deinem

Haus herumzuhocken.« Sie schwieg einen Moment, dann sagte sie bestimmter: »Ja, tu das. Fahre zu Luke, dann kommst du zu mir. Ich habe Wein im Kühlschrank, und dann setzen wir uns hin und reden über alles.«

»Aber du musst arbeiten, Jen.«

»Ich habe immer Zeit für meine Freunde«, sagte sie. »Ruf mich von Luke aus an. Hast du schon mit einem Anwalt gesprochen?«

»Nein. Ich kenne keinen.«

»Ich höre mich um«, versprach Jennifer. »Und dann kämpfen wir gegen diesen Bastard Gilson und waschen deinen Namen wieder rein.«

»Danke, Jen.« Wie immer hatte sie es mit ihrem Optimismus geschafft, Rachel aus ihrer Lethargie herauszuholen. »Ich rufe dich später noch einmal an.«

»Ich warte drauf.«

Rachel legte auf und wählte dann noch einmal Lukes Nummer. Wieder schaltete sich der Anrufbeantworter ein. Seufzend legte sie auf. Jennifer hatte Recht, es war am besten, einfach zu ihm zu fahren. Sie packte ihre Tasche mit ein paar Sachen, und kurz darauf verließ sie das Haus.

Zu ihrer Erleichterung sprang ihr kleiner Renault sofort an. In Holborn benötigte sie mehr Zeit, bis sie einen Parkplatz gefunden hatte, als sie für die Fahrt benötigte. Dann ging sie die Straße zurück, bis sie vor Lukes Wohnung stand. Sie klingelte und wartete. Keine Antwort. In der Wohnung rührte sich nichts und niemand.

Wieder klingelte sie. Aber niemand öffnete. Sie verstand das nicht. Wenn Luke nicht zu Hause war, konnte er nicht so krank sein. Die Sekretärin hatte sie glauben lassen, dass es sich nur um einen leichten Virus handelte und dass sie überzeugt war, dass Luke morgen wieder einsatzbereit wäre.

Und warum ging er nicht zur Tür? Wieder klingelte sie. Sie sah, wie sich der Vorhang in der Wohnung darunter bewegte. Vielleicht wusste man dort etwas über Luke. Es war den Versuch wert. Sie klopfte, und eine ältere Frau öffnete die Tür.

»Es tut mir Leid, Sie zu stören«, begann Rachel. »Aber ich suche Luke Holloway ganz dringend. Er wohnt in der Wohnung über Ihnen.«

Die alte Frau nickte. »Sie verschwenden nur Ihre Zeit mit dem Klingeln«, sagte sie. »Er ist nicht da.«

»Er ist nicht da?«

»Er ist heute Morgen schon in aller Herrgottsfrühe aus dem Haus gegangen, und das ist sonst nicht seine Zeit. Seither ist er nicht zurückgekommen.«

»Ich verstehe«, murmelte Rachel niedergeschlagen. »Ich danke Ihnen.«

Sie zwang sich zu einem Lächeln.

»Soll ich ihm sagen, dass Sie hier waren?«, fragte die Frau. »Welchen Namen soll ich ihm sagen?«

Rachel schüttelte den Kopf. »Nicht nötig. Er wird sich später bei mir melden.«

Vielleicht auch nie wieder, dachte sie erschüttert, als sie zu ihrem Auto zurückging. Luke hatte sich krank gemeldet, aber vorher hatte er seine Wohnung schon verlassen. Was, zum Teufel, ging eigentlich vor?

Vielleicht hatte Hollis ja doch Recht, dachte sie verbittert. Vielleicht stand er wirklich auf ihrer Seite und hatte sie freundlich warnen wollen. Nun, die Warnung hatte sie in den Wind geschlagen. Sie war Lukes Herbstmädchen geworden. Vielleicht war er gar kein

Dozent. Es konnte sein, dass alles nur ein riesengroßes Täuschungsmanöver war. Von langer Hand vorbereiteter Betrug.

Ja, auch ihre erste zufällige Begegnung war von ihm geplant gewesen. Er hatte mit Absicht die Situation herbeigeführt, dass sie mit dem Kaffeebecher in der Hand gegen ihn stoßen würde. Er hatte vorher in Erfahrung gebracht, wer die Originaldokumente ausgeliehen hatte, für die sich der amerikanische Privatkäufer interessierte.

Rachel Kemp!

Dann musste er irgendwie die Bekanntschaft dieser Person machen. Also war er mit ihr zusammengestoßen. Er hatte ein Vertrauensverhältnis mit dieser Person aufgebaut, und sie, die alberne, gutgläubige Rachel Kemp, hatte geglaubt, dieser gut aussehende Mann sei an ihr interessiert.

Sobald sie ihm vertraute, hatte er die Dokumente an sich gebracht. Er war mit ihnen abgehauen und hatte Rachel zurückgelassen, damit man ihr den Diebstahl in die Schuhe schieben konnte.

Rachels Lippen zuckten. Ja, er hatte sie hereingelegt, wie noch niemand sie hereingelegt hatte. Und Max hatte wahrscheinlich auch etwas mit diesem Plan und dessen Umsetzung zu tun. Die Partygäste auch?

Sie erinnerte sich, dass Luke fast alle Fragen, die sie ihm gestellt hatte, ausweichend beantwortet hatte. Oder er hatte mit ihr Liebe gemacht, um einer Antwort auszuweichen. Sie erinnerte sich an die Gäste des ersten Abends auf Hillbury. Eine Expertin für antiquarische Bücher, ein Exportkaufmann, ein Jurist und ein Börsenmakler. Ja, sie hingen alle in der Sache mit drin. Wahrscheinlich waren auch die Tagebücher gestohlen.

Was für ein Schlamassel, dachte sie. Und sie saß mittendrin. Sie presste für einen Moment die Augen zu. Im nächsten Augenblick hob sie ihr Kinn. Nein, sie würde nicht in Tränen ausbrechen. Sie würde ein paar Tage bei Jennifer bleiben, einen Anwalt nehmen und ihren Namen reinwaschen.

Vierzehntes Kapitel

Rachel fuhr direkt nach Yorkshire und hielt nur an, um zu tanken. Vier Stunden später traf sie vor Jennifers Landhaus ein, einem quadratischen Haus mit blassgelben Ziegelsteinen und einem Rosenstock, der sich um die Haustür rankte. Noch bevor sie ihr Gepäck aus dem Kofferraum geholt hatte, öffnete Jennifer die Tür und schritt Rachel entgegen.

Die Freundinnen umarmten sich. »Rachel, es tut gut, dich zu sehen.« In ihren blauen Augen standen Wärme und Mitgefühl. »Nur schade, dass die Umstände so sind, wie sie sind. Komm, ich mache uns einen Drink.« Sie begutachtete Rachel, als sie sich voneinander gelöst hatten. »Du hast unterwegs nichts gegessen, nicht wahr?«

»Nein.«

»Schlimmes Mädchen.«

Jennifer schob sie zur Tür hinein. Die schwarz-weiß gestreifte Katze tapste zur Begrüßung gelassen durch den Flur und schlich liebevoll um Rachels Beine. Rachel bückte sich, nahm sie in die Arme und kraulte sie eine Weile.

»Lass deine Tasche stehen, wir können uns später darum kümmern«, sagte Jennifer. »Zuerst musst du dich stärken.«

Rachel folgte ihr in die Küche. Jennifer öffnete eine Flasche Wein und schenkte zwei Gläser ein, die Rachel zum Küchentisch brachte, während Jennifer den Kühlschrank öffnete.

Ein paar Minuten später standen mehrere Salate auf dem Tisch, Käsehäppchen und Cracker sowie mehrere Obstsorten. »Zuerst essen, dann reden«, sagte Jennifer.

Rachel stellte überrascht fest, dass sie tatsächlich Hunger hatte. Sie verdrückte die Käsehäppchen und genoss besonders den mit Zitronensaft angerichteten Ziegenkäse. Dann schob sie den Teller von sich. »Ich bin voll bis obenhin.«

»Gut«, sagte Jennifer. »Jetzt kannst du mir die ganze Geschichte erzählen.«

»Ich habe auf der ganzen Strecke an nichts Anderes denken können«, sagte Rachel. Ihr Gesicht verdunkelte sich. »Ich bin reingelegt worden. Von Luke.«

»Aber Rachel, du verfügst sonst über eine solide Menschenkenntnis. Ich kann mir nicht vorstellen, dass du dich so in einem Menschen getäuscht haben kannst. Ich meine, ihr wart sehr eng zusammen.«

»Es gibt immer ein erstes Mal.« Rachel biss sich auf die Unterlippe. »Oh, Jen, ich habe wirklich gedacht, dass wir füreinander bestimmt wären. Ich kann nicht glauben, dass er mir das angetan hat – aber es gibt keine andere Erklärung. Ich habe alle Möglichkeiten durchdacht – er muss es sein, der hinter all dem steckt.«

»Wieso?«

»Ich bin zu seiner Wohnung gefahren, er war nicht da. Die Mieterin der Wohnung unter seiner hat mir gesagt, dass er schon früh am Morgen das Haus verlassen hat, früher als sonst. Erst danach hat er sich in der Uni krank gemeldet. Ich glaube, dass er inzwischen den Atlantik überquert hat.« Sie seufzte. »Vergangenes Wochenende, als wir bei Max zu Besuch waren, spielte sich irgendwas ab, ich wusste nur nicht, was. Luke schaffte es, mich abzulenken, wann immer ich Fragen stellte. Hollis hat mich gewarnt, mich vor Luke in Acht zu nehmen, aber ich hielt das für dummes Zeug, geboren aus der Tatsache, dass Hollis ihn nicht ausstehen konnte. Nie hätte ich daran gedacht, dass Hollis mich wirklich warnen wollte.«

»Hollis ist der scharfe Bibliothekar?«

Rachel verzog das Gesicht. »Also, scharf ist er nicht. Er ist zu alt und zu spießig.«

»Er hat dir immerhin einen Orgasmus verschafft«, erinnerte Jennifer sie.

Rachel nahm einen Schluck Wein. »Daran will ich im Augenblick nicht denken«, sagte sie düster. »Und auch nicht an das Wochenende.«

»Was ist am Wochenende geschehen?«

»Max lädt an jedem Wochenende Gäste ein«, sagte Rachel. »Am Freitagabend fand ein normales Essen statt, aber schon zu diesem Zeitpunkt fand ich, dass etwas Seltsames vor sich ging. Die Gäste waren alle sehr nett, aber die Berufe der Leute schienen aufeinander abgestimmt zu sein. Ein Börsenmakler, ein Anwalt, eine antiquarische Buchhändlerin und ein Exportkaufmann. Alles Experten auf ihrem Gebiet.« Sie hustete. »Und dann Luke und ich. Ich war diejenige, die Zugang zu diesen Originaldokumenten hatte, die Luke haben wollte, und durch mich hat er sie bekommen. Indem er meinen Namen benutzt hat.«

»Woher weißt du das?«

»Gilson hat es mir gesagt.«

»Und du glaubst ihm?«

»Er ist ein Bastard, aber er hat keinen Grund, mich anzulügen. Nicht in einem solchen Fall. Er wollte mir erzählen, dass er mir helfen wollte. Dabei sah ich ihm an, dass er jede Sekunde dieser Situation genoss. Obwohl er verdammt genau weiß, dass ich keine Dokumente stehle.«

Sie legte eine längere Pause ein und senkte den Kopf. »Oh, Jen, ich kann nicht glauben, dass mein Leben so zerbröselt. Bis vor ein paar Wochen war alles in Ordnung. Okay, ich hätte Gilson auch damals schon umbringen können, aber ich konnte damit leben. Ich sah Licht am Ende des Tunnels. Nur noch ein paar Monate, dann hätte ich meinen Doktor gehabt, und ich hätte woanders hingehen können. Und dann fand er einen Grund, mich am Semesterende abzuschieben, weil die Uni sparen muss. Und jetzt das noch.«

Sie schüttelte den Kopf und fügte leise hinzu: »Max hat mir einen Job angeboten. Ich soll die Tagebücher edieren, die er irgendwo aufgetrieben hat. Sehr intime Tagebücher einer Frau, die Burtons Geliebte war.«

»Burton? Wie in George Randolph Burton?«

»Ja.«

Jennifer stieß einen Pfiff aus. »Du weißt jetzt also, wem er diese herrlichen Gedichte geschrieben hat?«

»Genau. Welcher Akademiker könnte einer solchen Gelegenheit widerstehen?«

»Keiner.«

»Ich hätte wissen müssen, dass es eine Falle war. Wahrscheinlich sind sie gestohlen. Ich wette, zu diesem Zeitpunkt sind sie nicht mehr in diesem Land.« Sie nahm einen Schluck Wein. »Ich habe Kopien gemacht, aber das ist nicht dasselbe, und außerdem könnten sie jetzt zu einem weiteren Beweis für meine Schuld werden. Die Polizei wird sich fragen, wieso ich Kopien von gestohlenen Tagebüchern anfertige und bei mir zu Hause aufbewahre.«

»Weil du hereingelegt worden bist.«

»Ich bin am Ende, Jen. Ich werde nie wieder ein Stellenangebot in der akademischen Welt erhalten. Und weil ich gefeuert worden bin, fasst mich auch keiner in der freien Wirtschaft an.«

»Sei nicht so negativ eingestellt. Du bist unschuldig, und du wirst deinen Namen reinwaschen. Ich habe schon mit einem Rechtsanwalt gesprochen, wir haben morgen Nachmittag einen Termin mit ihm. Du erzählst ihm die ganze Geschichte, und dann überlegen wir gemeinsam, wie wir vorgehen.«

»Ich kann mir keine teure Schlacht vor Gericht leisten«, sagte Rachel müde.

»Für solche Fälle gibt es die Rechtshilfe.«

»Ja, möglich.« Rachel richtete sich auf, und die beiden Frauen stießen mit den Gläsern an. »Ich bin wütend über mich selbst«, sagte Rachel nach dem Schluck. »Ich meine, wie konnte ich auf eine solche Komödie hereinfallen? Ich habe mich immer für intelligent gehalten.«

»Bist du auch«, versicherte ihr Jennifer.

»Im Augenblick habe ich nicht diesen Eindruck.«

»Jeder begeht Fehler.« Jennifer drückte die Hand der Freundin. »Es tut mir wirklich Leid, dass es so enden musste. Von dem, was du mir erzählt hast, hörte er sich wie ein Traummann an.«

»Ist er auch. Deshalb bin ich doch auch auf ihn hereingefallen.« Sie schüttelte den Kopf. »Er ist alles, was ich in einem Mann gesucht habe. Ich mochte seine Persönlichkeit, er war intelligent, und es machte Spaß, mit ihm zu reden.«

»Nicht zu vergessen, dass er außergewöhnlich gut in der Kiste war, eh?«, ergänzte Jennifer.

»Ja, ganz sicher. Er gehörte nicht zu diesen ›Ich-seh-gut-aus-und-weiß-es‹-Typen. Er war unkompliziert, und im Bett ging es ihm vor allem darum, dass es mir so viel Spaß machte wie ihm selbst.«

»Und deshalb ist es ihm auch gelungen, dich am Wochenende in Max' Landhaus immer wieder abzulenken?«

»Ja.« Rachel errötete, als sie an den Freitagabend dachte.

»Willst du darüber reden?«

»Ich … Ja. Aber wenn die Szene je in einem deiner Bücher auftaucht«, warnte Rachel, »werde ich dich wahrscheinlich umbringen.«

Jennifer lachte. »Natürlich werde ich sie nicht verwerten. Ich verwende schon mal Versatzstücke aus dem wirklichen Leben, aber ich würde doch nie eine gute Freundin in Verlegenheit bringen.«

»Nach dem Abendessen am Freitag sagte ich zu Luke, dass ich den Verdacht hätte, alle Gäste stünden in irgendeiner Verbindung. Er sagte, die einzige Verbindung sei ihre Freundschaft mit Max. Als ich nachhakte, raunte er mir Fantasien ins Ohr, sprach von den beiden anderen Männern beim Essen, die sich jetzt wünschten, an seiner Stelle zu sein, um mit mir Liebe zu machen.«

Rachel errötete noch tiefer. Sie konnte Jennifer nicht alles erzählen.

»Es ist unglaublich, was er alles mit mir angestellt hat – und ich genoss jeden Augenblick. Er hat meine Hemmschwelle deutlich senken können und meine Grenzen geweitet. Ich war nicht mehr in der Lage, irgendwelche Fragen zu stellen.« Dann fügte sie hinzu: »Es war so gut, dass ich sogar für kurze Zeit ohnmächtig geworden bin.«

Jennifer pfiff anerkennend. »Ein rares Exemplar von Mann, das einer Frau solche Lust bereiten kann.«

»Mm. Es ist eine Schande, dass er sich als so ein hinterhältiger, skrupelloser Schurke entpuppt hat, besonders, weil er mich davon überzeugt hatte, dass er völlig anders war.« Rachel entschied sich, Jennifer nichts über den Maskenball zu erzählen, auch nicht von dem Spiel, das Luke und Edmund mit ihr getrieben hatten.

»Während des gesamten Wochenendes verschwand er immer wieder mal. Er sagte nur, er hätte dies oder jenes zu erledigen, und tat sehr geheimnisvoll. Damals dachte ich noch, es hätte mit seiner Arbeit zu tun. Als ich dann die Tagebücher in Max' Bibliothek entdeckte, war ich sicher, dass Luke davon gewusst, mir aber nichts gesagt hatte, um Max nicht vorzugreifen. Das fand ich auch schon merkwürdig.«

»Oh, Rachel, es tut mir so Leid für dich.«

»Nun, jetzt weiß ich wenigstens, dass ich in Zukunft nicht so leichtgläubig sein darf.«

Im Flur klingelte das Telefon. Jennifer sah die Freundin an. »Hast du was dagegen, wenn ich rangehe? Ich erwarte den Anruf meines Agenten, den ich um die Klärung einiger Details gebeten habe.«

»Kein Problem.«

»Dort liegt die Zeitung, und du darfst sogar das Kreuzworträtsel lösen, wenn du willst«, sagte Jennifer lächelnd. »Gieß dir einen Kaffee auf, wenn dir danach zumute ist. Kann sein, dass es länger dauert.«

»Geh endlich zum Telefon, sonst schaltet sich dein

Anrufbeantworter ein, und du musst ihn nachher zurückrufen.«

»Schon gut, schon gut.«

Rachel spielte mit der Katze und blätterte lustlos die Zeitung durch. Nach zwei Minuten war Jennifer zurück.

»Alles in Ordnung?«, fragte Rachel.

»Ja.«

Rachel fand, dass Jennifer ein wenig unruhig wirkte, aber sie wusste, dass die Autorin nur das erzählen würde, was sie wollte, und geschäftliche Dinge waren ihr immer schon zuwider gewesen.

»Ich möchte mich noch für deinen neuen Bestseller bedanken, den du mir geschickt hast. Die ersten sechs Kapitel haben mir sehr gefallen.«

»Nur die ersten sechs?« Jennifer hob die Brauen. »Habe ich irgendwas falsch gemacht?«

»Nein, nein, ich bin noch nicht weiter«, sagte Rachel rasch. »Ich wollte es mitbringen, aber ich habe es vergessen.«

»Nun, du wirst genügend Exemplare finden, die hier herumliegen.«

»Ja, danke, dann werde ich es bald zu Ende gelesen haben, denn es begann gerade, richtig spannend zu werden.«

»Schmeicheleien«, sagte Jennifer lächelnd, »öffnen dir mein ganzes Herz. Damit hast du dir verdient, dass der Abwasch an dir vorübergeht.«

»Jen, das ist nicht fair. Ich kann nicht erwarten, dass du mich von vorn bis hinten bedienst.«

»Das werde ich auch nicht. Schau.« Jennifer deutete in eine Ecke. »Meine neueste Errungenschaft.«

»Eine Spülmaschine. Lohnt sich die für eine Person?«

»Das weiß ich noch nicht. Aber ich will nicht meine Zeit beim Abwasch vertrödeln.«

»Da wir gerade von Zeit vertrödeln sprechen«, sagte Rachel. »Geh an deine Arbeit. Ich kann mich selbst amüsieren – mit deiner Katze, deinem Bücherregal und deinem CD-Player. Ich verspreche auch, die Lautstärke runterzufahren.«

»Darauf trinke ich. Prost.«

»Ich könnte uns auch etwas kochen«, bot Rachel an.

»Nicht nötig. Ich habe den Kühlschrank voll mit Fertiggerichten. Heute gibt's frische Pasta, Salat und Knoblauchbrot.«

»Hört sich gut an.«

Jennifer stand auf und ging zur Tür, blieb dort noch einmal stehen. »Was ich dir noch sagen wollte, Rachel, heute Abend hat sich ein Freund angesagt – du hast doch nichts dagegen?«

»Überhaupt nicht. Ich bin doch froh und dankbar, dass ich bei dir ein Schlupfloch gefunden habe.«

Den größten Teil des Nachmittags verbrachte Rachel auf dem Sofa. Sie las in Jennifers neuem Buch und kraulte dabei die Katze, und im Hintergrund lief Barockmusik, von der Jennifer behauptete, dass sie ihre Arbeit beflügelte.

Als Jennifer ihr Tagespensum geschafft hatte, kam sie ins Wohnzimmer zurück, wieder mit einer Flasche Chardonnay und zwei Gläsern. »Das haben wir uns verdient«, sagte sie, »wir haben beide einen harten Tag hinter uns.«

Rachel lächelte. »Du bringst mir schlechte Angewohnheiten bei, Jennifer.«

Die Autorin grinste. »Du bist der Anlass für die

schlechten Angewohnheiten, aber ich finde immer einen Anlass, wenn ich lange genug nachdenke.«

Sie toasteten sich zu, plauderten und entspannten sich allmählich. Dann läutete es an der Tür, und Jennifer stand auf. »Ich bin gleich wieder da«, sagte sie und drückte die Wohnzimmertür hinter sich ins Schloss. Rachel labte sich am Wein und genoss die leise Musik. Sie versuchte, alle Gedanken an Luke zu verdrängen.

Zwei Minuten später öffnete sich die Tür wieder. Rachel schaute auf und erwartete den angekündigten Freund von Jennifer, und dann wich alle Farbe aus ihrem Gesicht, als sie Luke sah.

»Was, zur Hölle, tust du denn hier?«, rief sie aufgebracht. »Und – Jennifer, wie hast du es wagen können, ihn ins Haus zu lassen?«

Jennifer zuckte zusammen. »Lass mich erklären, Rachel.«

»Erklären? Willst du sagen, dass du auch mit der Sache zu tun hast?«

»Dieser Telefonanruf – es war nicht mein Agent, es war Luke. Er hat mir ein paar Dinge erzählt, und dann wurde mir klar, dass ihr beide einiges aufzuarbeiten habt. Wenn ihr mich jetzt entschuldigt, ich habe noch einiges zu tun.«

»Aber Jen …« Es war schon zu spät, Jennifer war aus dem Zimmer gegangen. Rachel starrte Luke an. Ihre Augen sprühten. »Du Bastard! Ich wüsste mal gern, woher du die Frechheit nimmst, hier aufzutauchen.«

»Jennifer hat gesagt, dass wir einige Dinge zu besprechen haben.«

»Ich habe dir nichts mehr zu sagen, nicht nach dem, was du mir angetan hast.«

»Rachel, ich …«

»Hör auf mit Rachel!«, unterbrach sie ihn. »Dieses Mal wirst du mich nicht weich quatschen können. Wegen dir habe ich meinen Job verloren. Gilson hat mich fristlos gefeuert, und ich werde nie wieder einen akademischen Job bekommen. Ich muss sogar verdammt viel Glück haben, wenn ich überhaupt noch irgendwo unterkriechen kann.«

»Rachel, gib mir nur die Gelegenheit, dir einiges zu erklären.«

»Ich soll dir eine Gelegenheit geben? Zum Teufel, warum sollte ich?« Bei seinem Anblick kochten alle ihre Emotionen über. Sie stand zornig auf und wollte ihn schlagen, aber er fing ihr Handgelenk ab, ehe die Hand sein Gesicht erreicht hatte.

»Rachel, das ist doch keine Lösung. Gewalt hilft nicht.«

»Das ist mir egal. Verschwinde einfach!«

»Rachel …«

»Lass mich los!«

»Nein.« Luke packte ihr anderes Handgelenk, sodass sie hilflos war und nicht mehr zuschlagen konnte.

»Warum sollte ich dir zuhören?«

»Es gibt nur eine Methode, dich zum Schweigen zu bringen«, knurrte Luke, »und ich will unbedingt, dass du mir zuhörst, Frau.« Er ging mit ihr zur Wand, schob sie rückwärts vor sich her, bis er sie gegen die Wand drücken konnte, die beiden Hände über ihrem Kopf zusammengehalten. Er beugte den Kopf.

Rachel bemerkte seine Absicht und bewegte den Kopf von einer Seite zur anderen, aber dann berührten seine Lippen ihren Mund, und in diesem Moment spürte sie, wie eine Welle des Begehrens sie durchlief.

Sie hasste Luke. Sie hasste ihn mehr, als sie je einen Menschen gehasst hatte, Gilson eingeschlossen. Er hatte sie auf eine unerträglich hinterlistige Weise verraten. Aber gleichzeitig fand sie ihn unwiderstehlich attraktiv. Ihr Körper konnte ihm nicht böse sein. Er verlangte nach ihm und erinnerte sich, wie gut er sich in ihr angefühlt hatte.

Er presste seinen Mund auf ihren. Sie wehrte sich, biss seine Lippe, aber er war stärker als sie, und er wich nicht zurück. Schließlich gab sie auf, öffnete den Mund und ließ seine Zunge eindringen.

Rachel stieß ein gedämpftes Schluchzen aus. Es war nicht fair.

Er wusste, wie sie auf ihn reagieren würde. Ihr Geschlecht begann zu prickeln, und sie spürte, dass sie warm und feucht wurde. Sie spürte auch das Anschwellen seines Glieds, denn er drückte sie mit seinem Leib gegen die Wand. Ihre Nippel schwollen an, und ihre Brüste sehnten sich nach seinen Berührungen.

Ein Teil von ihr wollte, dass er sie berührte, aber die Vernunft in ihr wusste, dass sie verloren war, sobald er ihre Brüste oder ihr Geschlecht anfasste. Sie durfte nicht vergessen, was für ein gemeiner Kerl er in Wirklichkeit war.

Aber sie verlor schon die Kontrolle über sich. Die Erregung ihres Körpers war zu weit fortgeschritten, um sich noch länger sträuben zu können. Da nutzte auch nicht mehr der Gedanke daran, dass er sie verraten hatte, dass er die Originaldokumente gestohlen und sie in Verdacht gebracht hatte.

Er hielt ihre Handgelenke mit einer Hand fest, und die andere Hand glitt zwischen ihre Körper. Rachel presste sich an ihn, ohne es zu wollen, als er seinen Kuss lockerte, als die Lippen geschmeidiger wurden und die Zunge liebevoller um sie warb. Er wollte, dass sie seinen Kuss erwiderte. Im nächsten Augenblick küsste sie ihn wild, stieß die Zunge in seinen Mund und übernahm die Führung.

Luke schob eine Hand unter ihren Pullover, streichelte ihren Bauch, stieß die Fingerspitzen unter den Saum des Büstenhalters. Sie hielt die Luft an, als seine Finger die erigierten Brustwarzen fanden und damit zu spielen begannen.

Sie wollte, dass er sie noch intimer berührte. Sie wollte ihn jetzt, hier. Er gab ihre Hände frei, und sie schob ihn ein wenig zurück, damit sie an den Bund seiner Hose herankam. Sie öffnete den Knopf und zog den Reißverschluss auf. Der Umstand, dass sie sich in Jennifers Haus befanden und sie jeden Augenblick hereinkommen konnte, war vergessen. Jetzt zählte nur ihre Begierde, ihn in sich zu spüren.

Sie zerrte seine Jeans über die Hüften, nahm gleichzeitig die Boxershorts mit. Sein Glied federte aufgeregt auf und ab. Sie spannte die Finger um den harten Schaft und schwelgte in dem vertrauten Gefühl, das ihre Fingerspitzen kribbeln ließ.

Sie begann die Hand leicht zu bewegen, und er stieß ein tiefes Stöhnen aus, und dann spürte sie seine Hände an ihren Jeans. Er streifte sie ab, packte Rachel unten den Pobacken und hob sie an der Wand hoch.

Es erinnerte sie ans Wochenende. Im Garten an der Mauer, als sie geglaubt hatte, dass Luke sie dort auf diese Weise liebte.

Diesmal gab es keine Masken, und sie wusste, dass es Luke war. Sie schlang die Beine um seine Hüften, er setzte die Spitze des Phallus zwischen ihre Schamlippen an und stieß hinein. Mit jedem Stoß drang er tiefer vor. Es war gut, oh, so gut.

Es lag nicht an der Technik, dass es so gut war, dachte sie. Es lag an ihrer Chemie. Auch andere Männer verfügten über eine gute Technik, aber noch nie hatte sie so viel empfunden wie bei Luke.

Er küsste sie immer noch. Sie spürte, wie sich ihr Orgasmus ankündigte, und im nächsten Augenblick schwebte sie schon, ihr Körper bebte und zitterte und zerschmolz in der Hitze der Lust. Ihr Erlösungsschrei wurde von seinem Mund gedämpft, und mitten hinein in das herrliche Bibbern ihres Körpers spürte sie das kräftige Zucken seines Schafts, als auch er seinen Orgasmus erreichte.

Als sich ihre Pulse wieder verlangsamt hatten, ließ Luke ihre Beine behutsam wieder auf den Boden. Er zog sie liebevoll an, bevor er seine Jeans wieder hochzog. Er streichelte ihr übers gerötete Gesicht. »Rachel, was ist eigentlich geschehen?«

»Das will ich von dir hören.« Sie war immer noch wütend auf ihn, aber es war nicht mehr der heiße Hass, den sie bisher empfunden hatte.

»Ich habe deine E-Mail gelesen. Ich habe dich angerufen, aber du warst nirgendwo aufzutreiben. Schließlich wusste ich mir keinen anderen Rat und habe über die Auskunft Jennifers Nummer erfahren. Sie hat mir ein bisschen von dem erzählt, was vorgefallen ist, aber ich will es in allen Einzelheiten von dir hören, Rachel.«

Sie starrte ihn an. Er wusste, was vorgefallen war. Er

war der Grund ihrer Misere. Aber seine Augen blickten offen und klar. Er sah nicht so aus, als löge er sie an.
»Du weißt, was passiert ist«, sagte sie leise.

»Ich weiß nur, als ich die Uni anrief und dich sprechen wollte, haben sie mir gesagt, dass du nicht mehr bei ihnen wärst. Mehr wollten sie mir nicht sagen – obwohl sie nicht wussten, wer ich war.« Er nahm ihre Hand und führte sie zum Sofa. Er zog sie auf seinen Schoß. »Eine Stunde lang habe ich dich immer wieder angerufen, und als mir dann bewusst wurde, dass du nicht da warst, kam mir die Idee mit Jennifer.«

Rachel erinnerte sich plötzlich an etwas. »Du hast dich heute Morgen krank gemeldet.«

»Ja, ich hatte etwas zu erledigen.«

»Hat es vielleicht etwas mit verschwundenen Originaldokumenten zu tun?«

Er seufzte. »Rachel, ich bin kein Krimineller. Du musst für den Augenblick mit meinem Wort vorlieb nehmen. Aber ich möchte hören, was dir widerfahren ist.«

»Nun, aus der Bibliothek sind einige Dokumente verschwunden, die ich vor ein paar Monaten für meine Doktorarbeit ausgeliehen habe. Gilson glaubt, dass ich sie gestohlen habe und in die USA schmuggeln will – und dass ich mit dir unter einer Decke stecke.«

»Das ist doch lächerlich! Du bist keine Schmugglerin, und ich bin kein Schmuggler!«

»Er behauptet das Gegenteil, und er behauptet auch, dass er Beweise hat.«

Luke schüttelte den Kopf. »Er lügt, Rachel. Wie kann er Beweise haben? Keiner von uns hat etwas verbrochen.«

»Nein? Ich habe die ganze Zeit nachgedacht. Das

ganze Wochenende über bist du mir ausgewichen. Du bist immer wieder verschwunden, ohne mir zu sagen, wohin du gehst und was du tust. Als ich etwas über die Verbindung der Dinnergäste wissen wollte, hast du mich erfolgreich abgelenkt.«

Er grinste. »Aber du musst zugeben, dass wir das beide genossen haben, oder?«

Sie errötete, wollte es nicht zugeben. »Du gibst also zu, dass du mich mit Absicht abgelenkt hast?«

»Ja. Aber erstens gibt es keine Verbindung und zweitens bist du unwiderstehlich.« Er streichelte ihr Gesicht. »Du bist begehrenswerter als jede andere Frau, die mir bisher begegnet ist, Rachel.«

»Du versuchst es schon wieder«, beschuldigte sie ihn. »Du wechselst das Thema und weichst meinen Fragen aus. Ich will wissen, was gespielt wird, Luke.« Ihr Blick hielt seinem stand. »Ich will die Wahrheit wissen. Du bist nicht wirklich ein Dozent, nicht wahr?«

Er seufzte. »Nein, bin ich nicht. Ich spiele nur die Rolle eines Dozenten.«

»Du hast also irgendetwas mit dem Dokumentenschmuggel zu tun?«

»Nicht auf die Weise, die du jetzt denkst«, sagte er ruhig. »Ich bin kein Krimineller.«

»Dann sage mir, was gespielt wird«, beharrte sie.

»Ich arbeite für die Universität. Wir haben abgesprochen, dass ich als Dozent auftrete. Ich habe die Vortragsunterlagen von einem guten Freund geliehen, der tatsächlich dieses Fach unterrichtet.«

»Aha.« Rachel lief es heiß und kalt über den Rücken.

»Rachel, ich wollte dir nichts sagen, um dich nicht mit hineinzuziehen.«

»Dafür ist es jetzt ein bisschen spät.«

»Ja«, sagte er und seufzte. »Ich bin Polizist.«

»Du bist was …?«

»Ein Polizist. Detektiv. Einige Leute an der Universität hegen den Verdacht, dass Originaldokumente systematisch entfernt werden. Sie verschwinden einfach – wahrscheinlich in den Tresoren von betuchten Privatleuten. Ich bin beauftragt herauszufinden, wer hinter den Diebstählen steckt.«

»Dann sind die Dokumente, die ich für meine Arbeit ausgeliehen habe, wirklich verschwunden?«

»Wahrscheinlich. Dich wollte man reinlegen, Rachel.«

»Auf diesen Gedanken bin ich auch schon gekommen«, sagte sie trocken.

»Aber ich bin es nicht, der dahinter steckt«, sagte er. »Und Max ist es auch nicht. Max ist wirklich mein Vetter, und er weiß um die Angelegenheit. Er war mal der Nachbar des Dekans der Universität, und während eines Essens kam das Verschwinden der Dokumente zur Sprache. Daraufhin hat Max dem Dekan vorgeschlagen, dass man mich engagiert, um der Sache auf den Grund zu gehen.«

»Und hast du Erfolg?«

»Ja.«

»Du weißt also, wer der Dieb ist?«

»Ich glaube.«

»Wer ist es?«

»Es sind Leute, die in einflussreichen Positionen an der Uni arbeiten.«

»Luke, ich glaube, soviel schuldest du mir«, sagte Rachel eine Spur lauter, als sie beabsichtigt hatte. »Ich will ihre Namen wissen. Ich will erfahren, wer mich hereingelegt hat.«

Luke seufzte. »Ich halte das nicht für eine gute Idee. Ich will nicht, dass du da hineingezogen wirst.«

»Ich stecke schon mittendrin, hast du das vergessen? Ich habe darüber meinen Job verloren.« Rachel sah ihn streng an. »Erzähle mir, was du weißt.«

»Also gut. Ich habe noch keinen endgültigen Beweis, aber ich glaube ...« Er schluckte. »Rachel, bezähme jetzt dein Temperament, ja?«

»Nenn mir die Namen, verdammt!«

»Gilson und Hollis.«

»Gilson und Hollis«, wiederholte sie, und es hörte sich wie ein schriller Schrei an. »Du machst Witze!«

»Ich wünschte, es wäre so. Aber wie gesagt, ich habe noch keine endgültigen Beweise, deshalb kann ich auch noch nicht handeln. Wenn ich zu voreilig bin, gelingt es ihnen vielleicht, sich durchzumogeln.«

»Gilson und Hollis«, sagte sie wieder und schüttelte ungläubig den Kopf. »Nun, du kannst auf mich als Zeugin zurückgreifen, wenn dir das hilft. Ich möchte ihnen gern zurückzahlen, was sie mir angetan haben.«

Es klopfte diskret an die Tür. »Komm herein«, rief Rachel.

Jennifer steckte den Kopf durch die Tür. »Ist es sicher für mich, oder bewerft ihr euch noch mit Tassen und Tellern?« Sie bemerkte die Stellung der beiden auf dem Sofa und lächelte. »Sicher«, sagte sie, trat ins Zimmer und setzte sich.

»Als ich Luke im Zimmer stehen sah«, sagte Rachel mit einem Seufzen, »hatte ich plötzlich den Gedanken, du könntest mit in dem Komplott gegen mich stecken ...«

»Das weiß ich«, sagte Jennifer. »Er hat mir einiges

von dem, was geschehen ist, am Telefon erzählt, und mir gefiel seine Stimme. Du hast mir gesagt, dass du ihm vertraut hast, und gewöhnlich verfügst du über eine gehörige Portion Menschenkenntnis. Deshalb konnte ich nicht glauben, dass er sich plötzlich in ein Monstrum verwandelt haben sollte.«

»Hat er dir gesagt, wen er für die Diebe der verschwundenen Dokumente hält?«

»Ja. Das gab den Ausschlag für meine Entscheidung, ihm zu vertrauen, denn ich wusste ja, wie die Dinge zwischen dir und Gilson standen. Ich habe den Kerl nur einmal kurz gesehen, und er hat mich auf den ersten Blick angewidert. Deshalb glaubte ich gern, dass Luke die Wahrheit sagte.«

»Nun, da ihr beide beschlossen habt, dass ich unschuldig bin ...« Luke streckte sich. »Jennifer, darf ich eine Bitte äußern?«

»Ja, klar.«

»Kann ich mal unter die Dusche? Ich bin ziemlich gerast auf dem Weg hierher, und eine Dusche würde mir gut tun.«

»Oben, erste Tür rechts. Du hast zehn Minuten, dann ist das Essen fertig. Wir werden dann in der Küche sein.«

»Danke.«

»Und du«, sagte Jennifer zu Rachel, »kannst mir in der Küche helfen.«

Als sie in der Küche waren, sagte Jennifer: »Er gefällt mir.« Sie reichte Rachel ein Stück Käse und eine Reibe. »Ich glaube, er sagt die Wahrheit.«

»Vielleicht.«

»Rachel, du solltest ihm trauen. Du hast nichts zu verlieren.«

»Stimmt.«

»Wie auch immer«, fuhr Jennifer fort, »er ist der schärfste Mann, den ich seit Jahren getroffen habe. Wenn du ihn nicht mehr willst, kannst du ihn direkt an mich abtreten.«

Rachel gluckste vor Lachen. »Jen, du bist unverbesserlich.«

»Und du stehst plötzlich wieder auf der Sonnenseite des Lebens.«

»Das hoffe ich«, sagte Rachel.

»Ich weiß es.«

Fünfzehntes Kapitel

»Ich hoffe, du magst italienisches Essen«, sagte Jennifer.

Luke und Rachel grinsten sich an.

»Was ist daran so lustig?«, wollte Jennifer wissen.

»Du sprichst zu einem Mann«, klärte Rachel sie auf, »der sich sein italienisches Essen durch halb London bringen lässt. Das Restaurant liegt in Islington und seine Wohnung in Holborn.«

Jennifer lachte jetzt auch.

»Das nenne ich wirklichen Snobismus. Also, greif zu, Luke.«

Sie labten sich an Pasta und Salat. Jennifer hob ihr Weinglas.

»Auf uns und darauf, dass wir den Schmugglerring entlarven können.«

Luke und Rachel sahen sich an. »Du machst also mit?«, fragten sie wie aus einem Mund.

»Darauf könnt ihr euch verlassen«, sagte Jennifer entschlossen. »Wer meiner besten Freundin zu nahe tritt und so viel Unrecht zufügt, der soll mich kennen lernen.«

»Danke, Jen«, sagte Rachel.

»Hast du schon einen Plan, Luke?«, wollte Jennifer wissen.

Er schüttelte den Kopf. »Ich kann nichts unternehmen, bis ich den formellen Beweis habe, dass Gilson und Hollis die Drahtzieher sind. Bisher haben sie sich sehr geschickt verhalten und ihre Spuren verwischt.«

»Und sie haben mich reingerissen«, fügte Rachel hinzu.

Jennifer nickte. »Aber wie willst du an Beweise gelangen, Luke?«

»Es wird mir nichts anderes übrig bleiben, als in ihre Büros einzudringen und mich umzusehen. Wenn ich lange genug ungestört suchen kann, werde ich irgendwas Belastendes finden, davon bin ich überzeugt.« Er verzog das Gesicht. »Aber es wird nicht einfach sein. Ich habe keine Berührungspunkte mit Gilson, er gehört zu einer anderen Fakultät. Und wie sollte es mir gelingen, Hollis für mindestens eine halbe Stunde aus seinem Büro zu locken?«

Jennifer überlegte eine Weile. »Musst du wirklich in beide Büros eindringen?«

»Wahrscheinlich wird eins genügen.«

»An was denkst du, Jen?«, fragte Rachel.

»Nun, wenn wir nur einen für eine Zeit lang aus dem Weg schaffen müssen ... Das könnten wir packen, Rachel.«

»Wie?«

Jennifers Nasenrücken kräuselte sich. »Ach, ich glaube, es ist keine so gute Idee. Sie würde dir bestimmt nicht gefallen.«

»Sag sie mir trotzdem.«

»Du verführst einen von ihnen. Du lotst ihn aus dem Büro, und Luke hat Zeit genug, alles zu durchstöbern.«

Rachel starrte Jennifer entsetzt an. »Du machst Witze!«

»Ich habe doch gesagt, dass dir die Idee nicht gefallen wird«, verteidigte sich Jennifer.

»Aber sie hat natürlich einen guten Weg aufgezeigt«, meinte Luke. »Denk bloß an die E-Mail, die du irrtümlich an Hollis geschickt hast. Du hast mir den Inhalt erzählt, und ich wette, dass er darauf abgefahren ist. Er denkt bestimmt heute noch an einzelne Szenen. Er würde dir sofort auf den Leim gehen.«

»Ich werde nicht die elenden gemeinen Kerle verführen, die mich reingelegt haben«, sagte Rachel entschieden.

»Auch dann nicht, wenn es die sicherste Methode ist, ihnen eine Falle zu stellen?«, hakte Jennifer nach.

»Ja, ja, ich werde darüber nachdenken«, sagte sie unwirsch. »Lasst mir ein bisschen Zeit.« Sie seufzte. »Aber noch kann ich mich mit dem Gedanken nicht anfreunden.«

»Dann müssen wir uns eben etwas anderes einfallen lassen«, sagte Luke. »Aber ich bezweifle, dass es einen sichereren Weg gibt.«

»Warum lassen wir das Thema nicht fallen und wenden uns der Pasta zu«, schlug Rachel vor.

Luke nickte. »Ich bin jedenfalls froh, dass wir die Missverständnisse zwischen uns ausgeräumt haben.«

»Nun, da gibt es noch einige Dinge, auf die ich eine Antwort haben möchte«, sagte Rachel.

»Welche?«

»Nun, ich will wissen, warum du an diesem Wochenende so oft verschwunden bist.«

»Weil ich mit Leuten telefonieren musste, und ich wollte nicht, dass sie Max' Nummer erfuhren. Es musste eine öffentliche Zelle sein. Ich habe mich auch mit Leuten getroffen, alles im Zusammenhang mit dem Schmuggel.«

»Und das ist der einzige Grund für dein Abtauchen gewesen?«

»Nein. Ich wusste von den Tagebüchern, und ich wollte dich und Max nicht stören, wenn er dir mitteilte, welchen Job er dir anbietet. Du solltest auch völlig unbeeinflusst entscheiden, ob du die Arbeit übernehmen würdest.«

»Und was war der Grund für die Krankmeldung am heutigen Morgen?«

»Ich musste einen Kollegen besuchen, und mir fiel keine andere Entschuldigung ein. Ich weiß, dass sie nicht sehr originell war.«

»Hm. Ich sollte dir vielleicht sagen, dass deine Nachbarin über jeden deiner Schritte informiert ist.«

»Wieso?«

»Ich war vor deiner Wohnung und sah, dass sich die Gardine in der Wohnung darunter bewegte. Ich sprach die Frau an, die dahinter stand, und sie sagte mir, dass du früher als sonst aus dem Haus gegangen wärst.«

»Ich könnte sie als meine Assistentin einstellen«, sagte Luke lächelnd.

Nach dem Essen drehte sich die Unterhaltung wieder um Hollis und Gilson. Wie konnte Luke ihre Schuld nachweisen?

»Je länger ich darüber nachdenke, desto mehr bin ich davon überzeugt, dass es keine bessere Gelegenheit gibt«, sagte Luke. Er schaute Rachel ins Gesicht. »Du könntest ihn ja nur ein bisschen verführen«, fügte er grinsend hinzu.

Rachel schüttelte den Kopf. »Nicht nach dem, was er mit mir gemacht hat.«

»Aber siehst du denn nicht, dass dies eine ideale Vergeltung werden kann? Denn während du ihn zappeln lässt, finde ich die Beweise für seine Schuld.«

»Und wenn du nichts findest?«

Er hob die Schultern. »Aber ich bin sicher, dass ich etwas finden werde. Die beiden betreiben dieses kriminelle Spiel schon seit längerer Zeit. Zuerst werden sie vorsichtig gewesen sein, aber wenn man nicht sofort erwischt wird, stellt sich ein Überlegenheitsgefühl ein, und damit beginnen Nachlässigkeiten. Glaube mir, ich werde in einem der Büros etwas finden.«

»Und wenn es nicht in Hollis' Büro ist?«, fragte Rachel. »Ich kann es nicht tun, Luke. Mit Hollis könnte ich es zur Not noch, aber Gilson würde ich nicht für alles Geld der Welt anfassen. Ich würde lieber sterben, als mich von seinen dicken fleischigen Fingern betatschen zu lassen.«

»Also gut«, sagte Luke. »Wenn wir bei Hollis Pech haben, denken wir uns einen anderen Weg aus, um Gilson abzulenken und aus seinem Büro zu locken. Aber ich bin davon überzeugt, dass wir schon bei Hollis genug finden.«

»Er mag dich nicht«, warf Rachel ein. »Er hat mich vor dir gewarnt. Weiß er, wer du wirklich bist?«

Luke schüttelte den Kopf. »Er könnte vielleicht einen Verdacht haben, aber wissen kann er es nicht.«

»Trotzdem«, sagte Rachel. »Mal angenommen ...«

»Rachel, wir müssen es versuchen«, unterbrach Luke sie. »Wenn nicht, ist es gut möglich, dass sie ungestraft davonkommen. Wäre dir das lieber?«

»Nein, natürlich nicht.«

»Du wirst es also tun?«

»Ja, gut.«

Jennifer strahlte. »Anschließend will ich einen ausführlichen Bericht«, sagte sie. »Jetzt aber lasse ich euch allein. Mein Bett ruft. Wir sehen uns morgen.«

Als sie gegangen war, wandte sich Luke an Rachel. »Soll ich auf dem Sofa schlafen?«

Rachel sah ihn an. »Wenn du mich vor ein paar Stunden gefragt hättest, wäre meine Antwort gewesen, du solltest auf dem Nagelbrett schlafen.«

»Und jetzt, da du die Wahrheit kennst?«

»Es tut mir Leid«, sagte Rachel. »Ich habe dir Unrecht getan.«

»He, wenn jemand sich entschuldigen muss, bin ich es«, erwiderte Luke. »Ich hätte es dir früher sagen sollen. Ich wusste, dass ich dir vertrauen kann.«

»Und warum hast du es mir nicht früher gesagt?«

»Ich konnte kein Risiko eingehen. Es hatte nichts damit zu tun, dass ich dir nicht vertraue. Hollis und Gilson sind verdammt gerissen. Wenn du die Wahrheit über sie gewusst hättest, und wenn sie ahnten, dass du etwas weißt, wärst du in großer Gefahr gewesen. Du bist ein sehr offener Mensch, Rachel. Du kannst dich nicht verstellen.«

»Ich weiß. Meine Mutter hat immer gesagt, ich trüge mein Herz außen.«

»Lass uns ins Bett gehen«, schlug Luke vor. »Wir haben einen langen Tag vor uns.«

Rachel hustete. »Willst du, dass ich morgen schon zu Hollis gehe?«

»Ja.«

Sie nickte. »Luke, erinnerst du dich an das, worüber

wir unten im Basement sprachen? An dem Tag, als Hollis mir wegen der fehlgeleiteten E-Mail die Hölle heiß gemacht hat?«

»Ja.«

»Nun, ich habe dir nicht alles gesagt, was zwischen Hollis und mir vorgefallen ist«, sagte sie leise.

»Was meinst du?«

»Komm ins Bett, dann erzähle ich es dir.«

Er folgte ihr die Treppe hoch.

»Ich bin froh, dass Jennifer ihr Gästezimmer mit einem Doppelbett ausgestattet hat«, sagte er.

»Ich auch.«

Er begann, sie auszuziehen. »Was wolltest du mir über Hollis erzählen?«

»Als er mich zu sich bestellte, nachdem er die E-Mail gelesen hatte, zwang er mich zum Sex.«

»Ach? Warum hast du mir das nicht sofort gesagt?«

»Ich nehme an, weil ich mich geschämt habe.«

»Weil du es getan hast? Wie hat er dich gezwungen?«

»Er hat gedroht, dass er es sonst Gilson erzählen würde, und ich wusste, dass ich dann keine Chance mehr an der Uni hatte – oder an irgendeiner anderen.«

Er zog sie weiter aus. »Und was ist dann geschehen?«

»Ich musste mich vor ihm ausziehen.«

»In seinem Büro?«

Rachel nickte. »Dann nahm er ein Lineal von seinem Schreibtisch. Ich dachte schon, er wollte mich damit züchtigen.«

Lukes Gesicht verfinsterte sich. »Hat er dir weh getan?«

»Nein, ich glaube, es sollte nur eine Art Drohung sein. Oder er wollte mir Angst einjagen. Ich musste mich vor seinen Schreibtisch stellen, die Hände auf die Kante, den Oberkörper über den Schreibtisch gebeugt. Dann schaltete er das E-Mail-Programm aus, damit ich meine E-Mail nicht löschen konnte, und verließ sein Büro. Ich wusste, wenn ich mich anziehen und gehen würde, dass er Gilson alles erzählen würde. Das durfte nicht geschehen. Also blieb ich. Ich hatte schreckliche Angst, dass jemand hereinkommen und mich in dieser Position vor dem Schreibtisch sehen könnte – pudelnackt. Dann kam er zurück, und ich wusste, warum er hinausgegangen war.« Sie hob die Schultern. »Er hatte sich ein paar Kondome gezogen.«

»Wenigstens dabei hat er Rücksicht genommen.«

»Und dann hat er mich genommen.«

Luke führte sie zur Kommode. »Zeig mir wie.«

Rachel errötete. »Luke ...«

»Nein, komm, zeig's mir.« Er küsste sie leicht und drehte sie um, das Gesicht zur Kommode gewandt. »Ich möchte es sehen.« Sie stützte die Hände auf die Kommode und beugte sich vor. »Und er ist hinter dich getreten?«

Sie hörte das Ratschen von Lukes Reißverschluss, und im nächsten Moment spürte sie, wie sich die Spitze seines Glieds gegen ihr Geschlecht drückte.

»Ja«, sagte sie leise. »Aber das war nicht alles. Er hat mich auch berührt.«

»Oh?«

»Und ich musste völlig still bleiben, durfte mich nicht bewegen und durfte kein Wort sagen.«

»Und wo genau hat er dich berührt?«

Rachel zögerte. »Ich ...«

»Ich glaube, ich kann's mir denken«, sagte Luke und führte einen Finger die Kerbe zwischen den Backen entlang. »War es da, Rachel?«

»Ja.« Ihre Stimme war nur ein dünnes Flüstern.

»Und trotz der Tatsache, dass er dich zum Sex erpresste, begann es dir Spaß zu machen?«

»Ja.« Noch leiser.

»Und dann hat er das gemacht, oder?« Er drückte leicht gegen den kräftigen Muskel, und er spürte, wie sie zuckte.

»Ja.« Rachels Stimme klang heiser. »Und er hat auch meine Klitoris gerieben.«

Luke führte die andere Hand über ihren Bauch, griff in ihr Delta und teilte die Labien. Er fand den erregten Kopf und massierte ihn zwischen Daumen und Zeigefinger. »Hat er es so gemacht?«

»Ja.« Es war mehr ein Stöhnen als ein Wort.

»Und die ganze Zeit musstest du völlig reglos dastehen und durftest keinen Laut von dir geben? Hm. Er hat ausgefallene Ideen, dein Hollis, die hätte ich ihm gar nicht zugetraut«, sagte Luke.

Rachels Proteste wurden von dem gewaltigen Orgasmus unterdrückt, der sich heiß über sie ergoss. Die Kontraktionen ihrer inneren Muskeln um seinen Schaft lösten auch Lukes Höhepunkt aus, stöhnend rieb er seinen Kopf gegen ihre Schulter.

»Oh, Rachel, du weißt, dass ich dich anbete.« Sie blieben noch eine Weile bebend stehen, ehe er aus ihr herausglitt, dann nahm er sie in die Arme und trug sie zum Bett. »Diese Sache mit Hollis – wenn du sie lieber nicht tun willst, dann habe ich Verständnis dafür.«

Sie schüttelte den Kopf. »Ich will, dass er bestraft wird. Ich werde es tun.«

Am nächsten Morgen brachen sie nach dem Frühstück nach London auf. Luke fuhr allein, Jennifer setzte sich zu Rachel ins Auto. Sie legten vor Rachels Haus eine kurze Zwischenstation ein; Rachel zog sich um und wählte Wäsche aus, von der sie glaubte, dass Hollis seinen Gefallen daran finden würde. Dann nahmen sie die U-Bahn zur Universität.

Kurz bevor sie das Hauptportal zur Bibliothek erreichten, blieb Rachel stehen. »Luke, kann es nicht sein, dass sie meinen Sicherheitsausweis entwertet haben?«

»Das glaube ich nicht. Gilson wollte dich so schnell wie möglich loswerden. Bevor er irgendwelche bürokratische Schritte unternehmen kann, muss er den vorgeschriebenen Weg gehen mit all seinen Prozeduren.«

»Ich hoffe, du hast Recht.«

»Soll ich drüben im Café auf euch warten?«, fragte Jennifer.

»Eine gute Idee«, sagte Luke. »Wenn du hörst, dass es mit uns beiden irgendwelchen Ärger gibt, dann rufst du diese Nummer an.« Er schrieb die Nummer auf seine Visitenkarte. »Das ist mein Cousin Max. Er weiß Bescheid über alles, und wenn wir in Schwierigkeiten geraten sollten, kennt er die Leute, die uns da herausholen können.«

Jennifer nickte. »Ich habe das Handy bei mir. Aber passt trotzdem gut auf euch auf, ja?«

Luke und Rachel betraten die Bibliothek. Luke hatte Recht, Rachels Ausweis war noch nicht gesperrt. Er drückte ihre Hand, als sie sich Hollis' Büro näherten. »In einer knappen Stunde werde ich den Beweis seiner Schuld gefunden haben«, raunte er ihr zu.

Neben Hollis' Büro gab es einen Raum, der zurzeit

nicht genutzt wurde. Luke öffnete die Tür und vergewisserte sich, dass niemand drinnen war. »Ich warte hier. Sobald ich euch aus dem Zimmer gehen höre, weiß ich, dass die Luft rein ist«, sagte er.

Sie nickte und biss sich auf die Lippe. »Ich hoffe nur, dass er allein ist. Stell dir vor, wenn Gilson bei ihm wäre …«

»Gilson wird eher damit beschäftigt sein, deine Tutorien abzuhalten«, erinnerte er sie.

»Stimmt.«

»Viel Glück.«

Er sah ihr nach, wie sie zu Hollis' Bürotür ging und klopfte. Sie atmete tief ein.

»Herein.«

Sie öffnete die Tür. »Mr. Hollis.«

Seine Augen wurden groß, als er sie sah. »Miss Kemp. Was kann ich für Sie tun?«

Sie lächelte ihm freundlich zu. »Fragen Sie lieber, was ich für Sie tun kann.«

Seine Stirn zeigte Falten. »Wie meinen Sie das?«

»Nun«, sagte sie, »ich habe nachgedacht.«

»Worüber?«

»Über das, was vor ein paar Tagen hier in diesem Zimmer zwischen uns geschehen ist.«

»Ach? Haben Sie? Das ist gut. Ich hoffe, Sie haben sich von diesem Holloway getrennt.«

»Oh, ja. Sie hatten Recht, der Mann bringt Ärger. Mit ihm wäre ich bestimmt in alle möglichen Schwierigkeiten geraten.«

»Ich freue mich, dass Sie zu Verstand gekommen sind, Miss Kemp.«

»Mr. Hollis.« Sie trat näher. »Leonard.« Sie ließ sich mit einer Pobacke auf der Schreibtischkante nieder.

»Haben Sie denn überhaupt nicht mehr daran denken müssen?«

»Über das, was zwischen uns geschehen ist?«

»Ja.« Ihr Blick hielt seinem stand. »Wie es sich angefühlt hat. Dieses Prickeln.«

Seine Augen funkelten. »Und was ist, wenn ich daran gedacht hätte?«

»Nun ja ... also, ich träume davon, Leonard. Für mich war es ein aufregendes Erlebnis. Und ich dachte, wir könnten ... ich könnte ... ich meine, es braucht doch nicht bei diesem einen Mal zu bleiben, nicht wahr?« Innerlich zitterte Rachel. Sie hatte nie bei der Laienspielgruppe mitgemacht, und sie hätte auch nie geglaubt, dass sie eine solche Szene überzeugend darstellen könnte – aber es musste überzeugend sein.

»Was haben Sie sich denn gedacht?«, fragte Hollis.

»Können wir nicht hinunter ins Basement gehen? Da sind wir allein und werden nicht gestört.«

»Wir werden auch in meinem Büro nicht gestört.«

Sie schüttelte den Kopf. »Wenn Ihre Sekretärin etwas Dringendes sagen oder fragen will oder ein Besucher unangemeldet hereinkommt, oder wenn jemand Hilfe braucht ... nein, hier habe ich keine Ruhe. Im Basement ist es ruhig, es kommt kaum jemand dahin. Besonders nicht im Archiv für altenglische Sprache.«

Hollis sah sie forschend an. »Sie haben sich alles schon zurechtgelegt, was?«

Sie nickte. Wenn er nur wüsste ... »Ja. Ich habe sehr lange darüber nachgedacht. Wenn wir zum Beispiel auf dem Weg dahin zusammen gesehen werden, kann ich sagen, dass ich Sie gebeten hätte, mir an Ort und Stelle ein bestimmtes Archivierungssystem zu zeigen.«

»Also gut, dann ins Basement«, sagte Hollis und stand auf.

Rachels Herz begann schneller zu schlagen. Auf der einen Seite hatte sie Angst vor der eigenen Courage, auf der anderen Seite jubelte sie innerlich, dass sie den ersten, wichtigen Teil des Unternehmens geschafft hatte.

Sie hatte ihn überredet, sein Büro zu verlassen. Jetzt lag nur noch die Aufgabe vor ihr, ihn gut zwanzig Minuten bei Laune zu halten, damit Luke die Zeit hatte, die er für seine Suche benötigte.

Luke, der nebenan gewartet hatte, hörte die Tür auf- und zugehen und lächelte. Er wartete noch eine Minute, um ganz sicher zu sein, dass die beiden hinter der nächsten Biegung des Flurs verschwunden waren, dann zog er sich dünne Lederhandschuhe an und schlüpfte aus dem leeren Raum. Er klopfte kurz an die Tür zu Hollis' Büro, wartete auf eine Reaktion, aber es kam keine.

Er probierte den Türknopf – schön, dass Hollis nicht abgeschlossen hatte.

Luke schloss die Tür hinter sich und begann mit der Suche. Es mussten Aufzeichnungen existieren, entweder über Anforderungen oder Lieferungen, über Preisabsprachen oder über die Aufteilung der ›Beute‹. Am liebsten wäre ihm ein kompromittierender Brief von Gilson an Hollis oder die Kopie eines Briefes, den Hollis an den Fakultätsleiter geschrieben hatte. Und wenn er dann noch den Namen eines ausländischen Kontaktmanns fand, würde der Fall abgeschlossen sein.

Die Suche dauerte länger, weil Luke peinlich genau darauf achtete, wieder alles so hinzulegen, wie er es vorgefunden hatte.

Der Schreibtisch war so gut wie leer, in den einzelnen Schubladen wurde Luke nicht fündig. Er fluchte still vor sich hin.

Er wandte sich dem Aktenschrank zu. Dort musste er etwas finden. Er *musste*.

Rachel und Hollis gingen schweigend durch die Korridore. Rachel spürte, wie ihre Schritte schwer wurden, je näher sie dem Eingang zum Basement kamen. Ab und zu warf sie einen Seitenblick auf Hollis, aber der schaute starr geradeaus, hielt seinen gemessenen Schritt bei und verriet durch nichts seine Erregung, die er eigentlich empfinden musste.

Sie gingen die Treppe hinunter, und vor dem hinteren Eingang des Basements, der zur Sektion der altenglischen Bücher führte, blieb Rachel stehen. »Einen Augenblick mal«, sagte sie.

Sie öffnete ihre Handtasche, nahm einen dunkelroten Lippenstift heraus, den sie von Jennifer ausgeliehen hatte, und trug ihn mit geschickten Fingern auf. Sie wunderte sich, dass ihre Hand nicht zitterte.

Hollis hob eine Augenbraue. »Ich glaube, das wird ein interessantes Erlebnis.«

»Ich hoffe, das wird es für uns beide«, sagte Rachel schnurrend. Sie gingen weiter den schmalen Gang hinunter, an verstaubten Regalen vorbei, bis sie die hinterste Ecke mit den altenglischen Büchern erreicht hatten.

»Nun, was haben wir nun vor, Miss Kemp?«

»Rachel«, sagte sie, »mein Name ist Rachel.«

»Rachel.« Seine Stimme klang heiserer und rauer als sonst. Er konnte seine Erregung also doch nicht ganz verheimlichen, dachte Rachel.

»Nun«, begann sie, »ich habe mich an Ihre Reaktion erinnert, als sie meine E-Mail gelesen haben. Deshalb bin ich einkaufen gegangen.« Das stimmte zwar, aber sie hatte nicht wegen Hollis eingekauft, sondern für sich selbst. Sie hatte einen wunderbar weichen Teddy gefunden, der aus elastischer schwarzer Spitze gefertigt war und sich um jede Kurve und Falte ihres Körpers schmiegte.

Sie knöpfte ihre Bluse auf, zog sie aber nicht aus, sie ließ die oberen Knöpfe offen und griff mit einer Hand in den Teddy, schob ihn nach unten und entblößte eine Brust. Das wiederholte sie mit der anderen Brust, sie wurden vom elastischen Stoff des Teddys gehalten.

Hollis' Augen weiteten sich, als Rachel den Lippenstift aus ihrer Handtasche nahm und die Brustwarzen damit bemalte. Sie leuchteten dunkelrot und wurden unter der Berührung zusehends größer und härter.

»Ich dachte, das würde Ihnen gefallen, Mr. Hollis«, sagte sie weich und schaute ihn voller Unschuld an.

Er leckte sich die Lippen. »Ja.«

Rachel ließ ihren Blick über seinen Körper schweifen, absichtlich langsam und unverhohlen. Wie beim letzten Mal trug er einen dunkelgrauen Anzug, ein weißes Hemd und eine graue Seidenkrawatte. Sie sah durch den dünnen Hosenstoff, dass seine Beule im Schritt anwuchs.

Sie bedachte ihn mit ihrem kokettesten Lächeln und trat näher an ihn heran, fuhr mit beiden Händen unter sein Jackett und streichelte über Bauch und Rücken.

Sie streifte ihm dabei das Jackett ab und legte es auf die abgewetzte Oberfläche des ausrangierten Schreibtischs, der in dieser Ecke stand. Sie zog das weiße Hemd aus seiner Hose und glitt mit den Händen darunter, berührte seine nackte Haut.

Als ihre Hände sich an seinem Gürtel zu schaffen machten, bemerkte sie sein rascheres Atmen. Sie zog den Reißverschluss auf und zupfte die graue Hose hinunter bis zu seinen Füßen.

Zu ihrer Überraschung sträubte er sich nicht dagegen, dass sie ihn entkleidete. In seinem Büro hatte er sich lediglich den Hosenstall geöffnet. Überrascht war sie auch, dass er Boxershorts aus Seide trug. Der Schaft drückte kräftig dagegen, und sie sah, wie er ungeduldig zuckte.

Sie spürte auch ein Zucken in ihrer Körpermitte, aber sie rief sich rasch in Erinnerung, warum sie hier war, wie dieser Mann sie gedemütigt hatte, wie wütend und verwirrt sie gewesen war, wie sehr sie sich geschämt hatte. Ja, sie würde es ihm heimzahlen. Und wenn sie dabei ein bisschen Spaß hatte, würde der Triumph noch vollkommener sein.

Sie hakte ihre Daumen in den Bund der Shorts und zog sie langsam herunter, wobei sie die Haut seiner Schenkel sinnlich streichelte. Der Schaft zuckte jetzt noch aufgeregter, keine Handbreit von ihrem Gesicht entfernt. Sie nahm ihn in die Hand, fuhr ein paar Mal auf und ab und vergewisserte sich, dass er voll erigiert war. Befriedigt hörte sie Mr. Hollis' rasselnden Atem.

Nicht zu schnell, warnte sie sich. Wenn er zu erregt war und zu schnell zum Höhepunkt kam, war ein wichtiger Teil ihrer Vergeltungsaktion geplatzt, und Luke wäre in höchster Gefahr, entdeckt zu werden.

Sie richtete sich wieder auf, schlang die Arme um seinen Nacken und küsste ihn wild auf den Mund.

Ihr Angriff überraschte ihn, und vor Staunen öffnete sich unwillkürlich sein Mund. Sie drückte sich noch enger an ihn, rieb ihre Brüste gegen sein Hemd und drang mit der Zunge tief in seinen Mund.

Amüsiert stellte sie fest, dass sie ihm das Gesicht mit ihrem Lippenstift verschmiert hatte. Seine Pupillen blickten starr, als er sie ansah. »Rachel, ich ...«

»Ich habe doch gesagt, dass Sie es genießen würden«, sagte sie. »Aber zuerst möchte ich, dass Sie mir einen Wunsch erfüllen, von dem ich viele Nächte geträumt habe.«

»Welchen?«

»Ich möchte Ihren Mund spüren. Und ich möchte dabei kommen. Die ganze Zeit in Ihrem Büro, als Sie mich von hinten genommen haben, musste ich daran denken, wie es sich anfühlen würde, wenn ich Ihren Mund spürte. Ich möchte es wissen, Leonard. Zeigen Sie mir, wie gut es sein kann.«

Einen kurzen Augenblick lang befürchtete sie, dass er sich weigern würde, aber dann überraschte er sie ein weiteres Mal. Er setzte sich mit seinem nackten Hintern auf den Boden und achtete auch nicht darauf, dass seine Hose, die ihm um die Füße schlotterte, voller Staub sein würde.

Sie trug einen kurzen Rock – sie hatte sich wirklich gut auf ihre Arbeit vorbereitet – und hob ihn jetzt langsam an. Sie genoss Mr. Hollis' starren Blick, der auf ihr Delta gerichtet war. Der Teddy bedeckte ihren Schritt, aber ein leichter Druck auf den Knopf – und schon hatte der Leiter der Bibliothek freie Sicht.

»Komm her«, sagte er rau, »stell dich über mich.«

Rachel befolgte seine Anweisung und hörte, wie Mr. Hollis mit der Zunge schnalzte. »Ja, gut.« Er legte die Hände gegen die Innenseiten ihrer Schenkel und drückte sie weiter auseinander. Himmel, wenn sie sich noch mehr spreizen musste, drohte sie umzukippen.

»Nein, das wirst du nicht«, sagte er, und wieder wunderte sie sich darüber, dass er anscheinend ihre Gedanken lesen konnte. »Ein bisschen Unbequemlichkeit vergrößert das Vergnügen noch«, fügte er hinzu.

Ohne es zu wollen, spürte sie, dass sie feucht wurde. Sie schloss die Augen und überließ sich Hollis' kundigen Fingern und der rauen Zunge. Sie drückte beide Hände auf seinen Kopf, um einen Halt zu haben.

Er rieb sein Gesicht gegen die Innenseiten ihrer Schenkel. Seine Bartstoppeln rauten ihre Haut auf. Sie keuchte, und er drehte das Gesicht, und im nächsten Augenblick spürte sie, wie seine Zunge die Labien teilte und dann hinauf glitt zur ungeduldig wartenden Klitoris. Er hielt die Lippen mit zwei Fingern geteilt und fuhr mit der Zunge immer wieder über den neugierigen Kitzler, der sich längst aufgerichtet hatte und seine Vibrationen in ihrem ganzen Körper verteilte.

Stöhnend ruckte sie vor und zurück, wetzte sich an seiner Zunge und spürte, wie sie vom Orgasmus erfasst wurde. Er überflutete sie, sandte Hitzewellen durch ihren Körper und ließ sie zittern und beben.

Es dauerte eine Weile, ehe sich Rachel wieder gefasst hatte. Sie musste jetzt schnell handeln, wenn ihre Vergeltung gelingen sollte. Sie wusste, dass sie das Überraschungsmoment ausnutzen musste.

Sie bückte sich rasch, riss Hollis' Hose an sich, rannte zu der kleinen versteckten Tür hinter den Regalen, schloss sie hinter sich ab und lief mit Hollis' Hose und ihrer Handtasche die Treppe hoch.

Es war alles so schnell gegangen, dass sie keinen Laut von Hollis gehört hatte. Wahrscheinlich wusste er selbst jetzt noch nicht, was geschehen war. So schnell würde er sich nicht ohne Hose aus dem Basement trauen.

Rachel hatte ihre Kleidung längst wieder in Ordnung gebracht. Die Hose warf sie in den großen Abfallkorb vor dem Ausgang, dann schritt sie hoch erhobenen Hauptes und mit einem nie gekannten Triumphgefühl über den Hof und hinüber ins kleine Café.

Luke begann mit der systematischen Suche im Aktenschrank. Er knirschte mit den Zähnen, als er daran dachte, dass seine Geliebte sich im Basement mit Hollis abgeben musste, um ihm diese Suche zu ermöglichen. Nicht auszudenken, wenn er tatsächlich nichts fand. Die Vorstellung, dass ein betrügerischer mieser Typ wie Hollis seine Rachel auch nur mit einer Hand anfassen konnte, ließ ihm die Galle überlaufen.

Er nahm jede Akte in die Hand, blätterte sie durch, legte sie an ihren Platz zurück. Es war Nerven aufreibend und frustrierend. Sollte Rachel umsonst ihre Reize eingesetzt haben?

Eine neue Akte. Als er sie aufschlug, lief es ihm heiß den Rücken hinunter. He, das war's! Eine Nachricht von Gilson an Hollis, wie sie deutlicher und belastender nicht sein konnte.

Am liebsten hätte Luke einen Schrei ausgestoßen, aber er beherrschte sich. Seine stumme Freude war nicht minder groß.

Sechzehntes Kapitel

Luke faltete das Blatt zusammen und wollte es in seine Brieftasche stecken, aber in diesem Moment fiel sein Blick auf das Faxgerät auf einem Beistelltisch neben Hollis' Schreibtisch. Vielleicht war es sicherer, die Nachricht direkt an Max zu faxen. Wenn er erwischt wurde, wie er aus Hollis' Büro kam, würde man ihn vielleicht durchsuchen und die Nachricht finden …

Kurz entschlossen trat er ans Faxgerät, gab Max' Nummer ein und drückte auf den Knopf ›Senden‹. Danach musste er warten, bis das Journal herauskam, auf dem Max' Nummer stehen würde. Und wenn Max' Faxgerät besetzt war?

Zu seiner Erleichterung ging das Fax durch. Luke stieß ein gedämpftes Jubelgeheul aus.

Genau in diesem Moment öffnete sich die Bürotür. Entsetzt drehte er sich um.

Nicht Hollis stand in der Tür, sondern eine Frau, die er nicht kannte. Er schätzte sie auf fünfunddreißig Jahre. Sie hatte mausbraune Haare, die streng nach hinten gezogen waren, was dem runden Gesicht nicht gut tat. Sie trug keinen Schmuck und kein Make-up, dafür aber eine Brille mit einer dicken Horneinfassung. Ihre Kleidung enttarnte sie als stereotypen Vorzimmerdrachen, ein dunkles, figurfernes Kleid mit weißem Kragen, hoch geschlossen bis zum Hals.

»Wer sind Sie? Was haben Sie in Mr. Hollis' Büro zu

suchen?«, verlangte sie mit strenger, scharfer Stimme zu wissen.

»Tut mir Leid«, sagte Luke. »Ich bin ein Freund von Leonard. Er erwartet mich. Wir gehen zusammen essen.«

»Mr. Hollis hat mir nichts davon gesagt. Er hat einen dienstlichen Termin heute Abend.«

Luke verdrehte die Augen. »Der gute alte Len wird vergesslich, was?«

»Len? Niemand nennt Mr. Hollis Len.«

»Ich kenne ihn schon ziemlich lange«, log Luke.

Das Faxgerät piepste, als es das Journal ausdruckte. Die Sekretärin schoss mit den Augen einen Pfeil auf das Gerät ab und sah das Journalblatt. »Was soll das? Was haben Sie getan?«

»Ich habe einem Freund ein Fax geschickt, während ich auf Leonard wartete. Ich bin sicher, dass er nichts dagegen hätte.« Er lächelte sie entwaffnend an. »Ich wollte eigentlich zu Ihnen kommen, als ich feststellte, dass er nicht in seinem Büro war, aber dann dachte ich, dass Sie genug Arbeit haben, ohne von mir gestört zu werden.«

»Hm.« Sie bedachte ihn mit einem Blick, der klar besagte, dass sie sich von ihm nicht einwickeln lassen würde.

Er lächelte wieder. »Leonard spricht oft von Ihnen, ich weiß gar nicht, ob Ihnen das bewusst ist. Er schwärmt von Ihnen und sagt, wie gut Sie sind, wie Sie alles im Griff haben. Er meint, ohne Sie würde er die Arbeit nie schaffen.«

»Oh.«

Eine leichte Röte stieg in ihre Wangen.

Plötzlich kam ihm eine Idee. Es gab eine todsichere

Methode, dafür zu sorgen, dass Hollis nichts von seinem Besuch oder der Benutzung des Faxgeräts erfuhr. Aber dafür würde er sich mächtig ins Zeug legen müssen. Und ob es ihm gelang, stand dann auch noch in den Sternen.

»Was Len mir aber nicht gesagt hat«, fuhr Luke fort, »ist, wie attraktiv Sie sind.«

»Attraktiv?« Sie war schockiert.

»Ja. Ihre Augen zum Beispiel. Sie haben eine wunderschöne Farbe, das Blau von Glockenblumen. Sie erinnern mich an eine Glockenblumenwiese im Frühling.« Hoffentlich übertreibe ich nicht zu sehr, dachte Luke. »Und Ihre Haare – ich wette, wenn Sie sie bis auf die Schultern fallen lassen, glitzern sie in der Sonne wie ein reifes Kornfeld.«

Um ihre Lippen zuckte es. »Ich mag es nicht, wenn Leute sich über mich lustig machen.«

»Wie kommen Sie denn auf diese Idee?« Luke trat auf sie zu, nahm ihrer Hand und beugte sich über sie, hauchte einen Kuss auf den Handrücken. »Wie heißen Sie mit Vornamen?«, fragte er weich.

»Eunice.«

»Eunice. So ein ungewöhnlicher Name.« Er hielt ihrem Blick stand. »Hat Ihnen schon jemand gesagt, dass Ihr Mund eine vollkommene Rosenknospe ist?«

Die Röte in ihrem Gesicht vertiefte sich. »Ich verwende keinen Lippenstift«, sagte sie. »Ich mag mein Gesicht nicht anmalen.«

»Wie wahr. Eine Frau wie du hat das auch nicht nötig.« Er zeichnete ihre Unterlippe mit einer Fingerkuppe nach. »Deine natürliche Farbe kann von keinem Lippenstift übertroffen werden.« Er fuhr sich mit der

Zunge über die Lippen. »Eunice, ich ...« Er beugte den Kopf, berührte ihre Lippen zart mit seinen und küsste sie dann. Er wusste, dass er Gefahr lief, eine Ohrfeige zu bekommen.

Sie stand reglos da, aber dann bewegten sich ihre Lippen unter seinen. Luke hielt ihr Gesicht in beiden Händen und begann, sie richtig zu küssen, seine Zunge erkundete forschend ihren Mund. Er überstürzte nichts und wollte ihr das Gefühl geben, dass er sich Zeit für sie nahm – Zeit, die er nicht hatte.

Schließlich schlang sie die Arme um seinen Nacken, und er atmete erleichtert auf. Er legte seine Hände auf ihre Hüften und zog sie näher zu sich heran. Langsam streichelte er über ihren Po.

Er brach den Kuss ab und zog mit den Lippen eine feuchte Spur bis zu ihrem Ohr. Er knabberte an ihrem Ohrläppchen. »Eunice«, raunte er, »ich weiß nicht, was es ist, ob es an deinem Parfum liegt oder an deiner ganz natürlichen Ausstrahlung, aber ich finde dich absolut unwiderstehlich. Ich will dich, Eunice – jetzt und hier.«

»Aber Mr. Hollis ...«

»Vergiss ihn.« Luke hielt sie in seinen Armen und schritt rückwärts bis zur Tür. Er drehte den Schlüssel im Schloss. »Wir werden nicht gestört. Niemand wird uns sehen. Niemand braucht je etwas darüber zu erfahren. Es ist eine Sache zwischen dir und mir. Haut an Haut, Mund auf Mund.«

Er ließ die Jalousie vor dem Fenster herunter. »Ich brauche dich wirklich, Eunice. Fühl mal, was du mit mir anstellst.« Er drückte seine Hüften vor und stieß gegen ihren Bauch, dass sie seine Erektion spüren konnte. Ein unwillkürliches Beben fuhr durch ihren Körper. »Eunice, bitte, ich brauche dich.«

Er nahm ihre Brille ab und legte sie auf Hollis' Aktenschrank, dann zog er zwei Nadeln aus ihren Haaren und ließ es durch seine gespreizten Finger gleiten, es fiel ihr tatsächlich bis auf die Schultern. »Eunice, wenn du dein Haar öfter so offen tragen würdest ... ich glaube, dann würden die Männer in diesem Haus vor deinem Schreibtisch Schlange stehen.«

»Du machst dich wieder lustig über mich.«

»Aber nein!« Er rieb seine Nase gegen ihre. »So steht es dir viel besser. Dein Gesicht kommt besser zur Geltung, und deine schönen blauen Augen werden eingerahmt vom locker fallenden Haar.«

»Oh.«

»Ich will dich, Eunice.« Er begann, die Knöpfe des grauen Kleids zu öffnen, und sie sträubte sich nicht. Er küsste die Haut unterhalb des Halses, und sie bebte wieder und drückte sich an ihn. Luke streifte das Oberteil von ihren Schultern und küsste sie dabei, diesmal hungriger.

Ihr Büstenhalter war weiß und funktionell und hatte breite Bänder. Luke öffnete ihn und ließ ihn zu Boden fallen, ehe er ihre Brüste mit den Händen umschloss und sanft wiegte. Er schaute an ihr hinab und war überrascht, wie schön sie war. Sie hatte einen attraktiven Körper, den sie unter hässlichen Kleidern versteckte.

»Eunice, du bist wunderbar«, sagte er. »Deine Brüste sind schön, schöner noch, als ich sie mir vorgestellt habe. Du hast eine cremige, sanfte Haut, die ich immerzu berühren und streicheln möchte. Und schau, deine Nippel, wie sie sich aufrichten. Oh, ich muss sie küssen.«

Eunice musste sich an ihm festhalten, sie zitterte am ganzen Körper.

Luke ließ sich vor ihr auf die Knie nieder, massierte immer noch ihre Brüste und nahm dann einen der rosigen Nippel in den Mund. Er begann daran zu saugen, während er den anderen zwischen Daumen und Zeigefinger drückte. Sie stöhnte laut auf, und Luke entließ die Brustwarze aus dem Mund und blies leicht gegen die feuchte Haut. Sie stieß einen leisen Schrei der Lust aus, und Luke presste seinen Kopf gegen ihren Bauch.

Seine Hände glitten auf ihren Rücken, wo er den Reißverschluss des Kleids aufzog, um ihr dann das Kleid ganz abzustreifen.

Wie Luke vermutet hatte, trug sie eine braune Strumpfhose und einen dicken Schlüpfer. Es stimmte ihn traurig, dass Eunice eine Frau war, die ihre Sexualität versteckte. Unter den richtigen Händen würde sie voll erblühen.

Er schob seine Finger unter den Bund der Strumpfhose. »Am liebsten würde ich sie zerreißen«, sagte er. »Ich möchte das Nylon knistern hören, wenn ich sie dir von deinem Schoß reiße. Aber ich will deine Kleidung nicht ruinieren, nur um meinem kleinen Spleen zu frönen.« Er rollte sie vorsichtig hinunter und streichelte dabei ihre Schenkel. Eunice hob erst einen Fuß, dann den anderen, und er zog ihr die Schuhe aus und streifte die Strumpfhose ab. Dann nahm er sich Zeit, ihr wieder in die Schuhe zu helfen.

»Eunice, du bist ganz Weib.« Er lehnte sich gegen sie und küsste die sanfte Haut der Innenschenkel. Sie zitterte. Luke fragte sich einen Augenblick lang, ob sie noch Jungfrau war, glaubte das aber nicht. Sie wirkte auf ihn eher wie eine Frau, die von ihrem ersten Geliebten enttäuscht worden war, es vielleicht später noch einmal mit einem anderen versucht hatte, wieder enttäuscht wurde und schließlich beschlossen hatte, ganz auf Männer zu verzichten.

Er zog den Schlüpfer langsam über ihre Hüften hinunter. »Du bist wunderschön, Eunice«, murmelte er. »Ich möchte dich berühren und schmecken.«

»Ich ...«

Er spürte ihr Zögern. Sie hatte Angst, war aber auch neugierig. »Lass mich, Eunice«, sagte er leise. »Ich möchte dir Lust bringen, lass mich dir zeigen, wie schön es sein kann.« Plötzlich spürte Luke, wie wichtig es ihm war, die Frau nicht zu enttäuschen. Er wollte wieder gut machen, was irgendwann ihr Herz gebrochen hatte.

Er legte eine Handfläche auf ihren Schoß, drückte dagegen, spürte die Hitze, den leichten Puls. Er schob einen Finger zwischen die Lippen, führte ihn hinauf und hinunter. Er hörte sie verhalten aufstöhnen und freute sich über ihr vorbereitetes Geschlecht. Er rieb mit dem Daumen über ihre Klitoris, beschrieb kleine Kreise auf der geschwollenen Knospe, während er einen Finger tief hinein steckte und rhythmisch bewegte.

Sie fuhr mit einer Hand durch seine Haare, ihr Atem kam hechelnd, und wie von selbst spreizte sie die Beine noch ein wenig weiter.

Er führte einen zweiten Finger ein, und er spürte, wie sich ihre inneren Muskeln um die Finger schlossen, und jetzt ließ sie ihren Leib rotieren.

»Herrlich, Eunice«, sagte er leise, und dann ging er mit dem Kopf näher heran und fuhr mit der Zunge über ihren Kitzler, und schon beim dritten oder vierten Streicheln stöhnte sie gepresst in ihre Hand, die sie sich vor den Mund drückte, ihr Körper wurde wie von einer unsichtbaren Riesenfaust geschüttelt, und noch ein, zwei Minuten danach war sie wie in Trance und hielt sich an Luke fest, der sich aufgerichtet hatte, um sie zu stützen.

»Zieh mich aus, Eunice«, raunte er ihr ins Ohr. »Ich möchte eins sein mit dir. Ich will diesmal mit dir zusammen über die Lustschwelle gehen.«

Mit zitternden Fingern zog sie ihn aus. Neugierig erforschte sie seinen Körper, strich mit den Fingerkuppen über seine Brustwarzen. Er half ihr mit seiner Jeans, und als er nackt war, legte er sich auf den Teppich.

»Komm, wir machen Liebe, Eunice«, drängte er sie. »Wir zeigen uns gegenseitig, wie schön es sein kann.«

Sie sah verunsichert und ein wenig verängstigt aus, aber sie kniete sich neben ihn auf den Boden. Er zog sie in seine Arme, küsste und streichelte sie und entfachte erneut das Feuer, das in ihrem Schoß brannte.

Er nahm ihre Hand und führte sie zu seinem Schaft. »Fühl mal, was du aus ihm gemacht hast, Eunice.«

Er legte sich auf den Rücken und zog sie mit sich, sodass sie über ihm grätschte. »Ich möchte dich sehen«, sagte er leise. »Ich möchte dein Gesicht sehen. Ich will die Lust in deinen Augen entdecken, ich will deine Haut glühen sehen. Und ich will sehen, wie vor mir deine schönen Brüste pendeln.«

Behutsam hob er sie an, schlüpfte mit einer Hand zwischen ihre Körper und setzte die Schaftspitze an den Eingang ihres Geschlechts. Langsam ließ er sie auf sich herab. Sie stieß einen kleinen Schrei aus, als der Schaft sie ausfüllte und sie dehnte. Luke lächelte zu ihr hoch.

»Weißt du, wie wunderbar du dich anfühlst, Eunice? Wie warme, feuchte Seide, in die ich eintauche.« Er hob die Arme und nahm ihre Brüste in seine Hände. »Was für ein Unterschied zu der Frau, die vor ein paar Minuten zur Tür hereinkam«, sagte er mit sanfter Stimme. »Du fasst dich herrlich an, Eunice. Versteck dich nicht mehr hinter deiner strengen Fassade.«

Er drückte ihre Brüste und streichelte über ihren Bauch. Er packte ihre Pobacken und half ihr, sich auf ihm leicht zu bewegen, erst langsam, dann schneller. Ja, jetzt ritt sie ihn! »Das fühlt sich fantastisch an, Eunice. Es ist gut, wenn du dich so bewegst.«

Ermutigt setzte sie den Ritt mit neuem Zutrauen fort, sie ließ die Hüften kreisen, und Luke sah, wie ihre Haut allmählich einen glänzenden rosigen Schimmer erhielt, der vom Hals ausging, ihre Brüste erfasste und die Schultern. Ihre inneren Muskeln zogen sich zusammen, und sie begann zu keuchen, ihre Bewegungen wurden wilder, ungestümer, und während sie seinen Schaft molk, stieß sie kehlige Laute aus, warf sich über ihn und küsste ihn zwischen geräuschvollem Luftholen.

Sie genoss die Nachwehen des Orgasmus noch eine Weile in seinen Armen, dann hob sie sich widerwillig hoch, und als er aus ihr glitt, verzog sie traurig das Gesicht.

Luke kam ebenfalls hoch, umarmte sie noch einmal und sagte: »Es war wunderbar, Eunice. Danke.« Er half ihr, sich wieder anzuziehen und bat, sie sollte das Haar unten lassen. »Es steht dir wirklich viel besser und macht eine andere Frau aus dir. Du wirst an mich denken, wenn du dich mit diesen Haaren im Spiegel siehst.«

Luke zog sich an, dann nahm er das Journalblatt vom Faxgerät. »Kann ich irgendwie für das Fax bezahlen?«, fragte er.

Sie schüttelte den Kopf. »Das macht doch nichts. Es war doch nur ein Fax, und auch nur ein Blatt Papier.«

Max zerknüllte das Journalblatt. »Ich weiß, dass Len auf Ordnung Wert legt. Kannst du das für mich entsorgen, bitte?« Er reichte ihr das zusammengeknüllte Papier. »Len hat wirklich gesagt, dass er sich voll auf dich verlassen kann.«

Sie sah ihn scheu an.

»Tatsächlich?«

»Ja«, log er. »Eunice, es wäre mir doch lieber, wenn ich die paar Pennies für das Fax zahlen könnte – habt ihr nicht irgendwo eine Büchse für irgendeinen wohltätigen Zweck, damit ich mein Gewissen besänftigen kann?«

»Doch, haben wir. Auf meinem Schreibtisch steht eine Sammeldose für den Tierschutz. Ich werfe auch meine überzähligen Münzen hinein.«

»Ja, das möchte ich auch.« Luke leerte seine Taschen und reichte ihr das Kleingeld. »Ist es okay, wenn ich hier auf Len warte?«

»Ja, natürlich«, sagte sie. »Soll ich einen Kaffee machen?«

»Lieber nicht«, sagte er. »Ich will's mir abgewöhnen.«

»Ich habe Kamillentee auf meinem Schreibtisch stehen«, sagte sie. »Magst du den?«

Er streichelte über ihr Gesicht. »Oh, Eunice. Ich frage mich, ob Leonard dich wirklich so schätzt, wie du es verdienst. Nein, danke, auch keinen Tee. Ich warte einfach.«

Sie nickte. »Nun, jetzt muss ich aber zurück an meinen Schreibtisch.« Sie schaute zu ihm auf. »Wenn du etwas brauchst, mein Büro ist gleich nebenan.«

»Danke.« Er lächelte sie an, dann drehte sie sich um, schloss die Tür wieder auf und ging hinaus.

Er wartete gerade so lange, wie sie brauchte, um in ihr Büro zu gelangen, dann schlich er aus dem Büro.

Er fühlte sich ein wenig schuldig wegen dem, was er getan hatte, aber vielleicht hatte er Eunice auch den Weg in ein anderes, schöneres Leben gezeigt, denn es konnte doch nicht Lebenszweck sein, die verhärmte Sklavin des Leonard Hollis zu spielen.

Er war leicht irritiert, als er Rachel und Jennifer in der Ecke sitzen sah. Die beiden schienen sich blendend zu amüsieren, sie krümmten sich vor Lachen. Wieso war Rachel schon da – Hollis war ihm nicht begegnet?

Als die beiden Frauen Lukes verdutztes Gesicht sahen, prusteten sie erneut los. Es dauerte fast zehn Minuten, ehe Rachel die Geschichte erzählt hatte, und nun stimmte auch Luke in das schadenfrohe Gelächter ein.

»Es ist jammerschade, dass ich nicht dabei sein kann, wenn er ohne Hose durch die Bibliothek läuft«, kicherte Rachel.

»Kommt er denn überhaupt heraus?«, fragte Jennifer.

»Ja, klar, ich habe die Seitentür nur deshalb von außen abgeschlossen, damit er mich nicht verfolgen konnte. Der Haupteingang zum Archiv ist offen.«

»Und wie wird er seine fehlende Hose erklären?«, fragte Jennifer.

Rachel prustete wieder los und konnte erst dann reden. »Ich nehme an, er wird Gilson anrufen und ihn bitten, ihm eine Ersatzhose zu besorgen. Bei Marks & Spencer um die Ecke vielleicht.«

Erst jetzt konnte Max das Ergebnis seiner Bemühungen berichten. Rachel und Jennifer fielen ihm spontan um den Hals, als er von seinem Fund erzählte.

»Es ist schon alles in die Wege geleitet«, sagte er. »Ich habe den entscheidenden Zettel an Max gefaxt, und auf dem Weg hierhin habe ich ihn angerufen, um sicher zu sein, dass er das Fax auch empfangen hat. Er hat – und die Polizei weiß Bescheid. Sie werden wahrscheinlich noch heute zuschlagen, spätestens morgen. Es kann sein, dass sie die beiden erst noch beschatten lassen.«

»Dann ist ja alles wunderbar gelaufen«, sagte Jennifer. »Ihr beide habt eure Aufgaben phantastisch professionell erledigt. Ich bin stolz auf euch.«

»Nun ja«, sagte Luke und verzog das Gesicht. »Ganz reibungslos ist es nicht gelaufen.«

Die beiden Frauen starrten ihn an.

»Gerade als ich das Fax aufgegeben hatte, kam seine Sekretärin ins Büro.«

»Oh, Himmel!«, rief Rachel.

»Ach, so schlimm war es nicht«, beschwichtigte er. »Sie hat kein Geschrei gemacht.«

Rachel schnitt eine Grimasse. »Ich bin lange genug an der Uni, um zu wissen, dass sie ein Vorzimmerdrachen ist, und sie ist Hollis total ergeben.«

»Jeder hat einen schwachen Punkt«, sagte Luke, »und Drachen kann man zähmen.«

Jennifer hob eine Augenbraue. »Ich traue mich nicht zu fragen, wie du ihn gezähmt hast.«

»Nun, schließlich unterschied sich mein Auftrag doch nicht so sehr von dem Rachels«, sagte Luke verlegen.

Rachel sah ihn an, den Mund weit geöffnet. »Das ist nicht wahr. Mit ... mit *ihr* ...??«

»Ich glaube, wir sollten uns aus dem Bannkreis der Uni schnellstens verdrücken«, sagte Jennifer. »Und um ehrlich zu sein, ich glaube, es wäre besser, wenn niemand von euch in seine Wohnung geht. Wenn sie ihm so ergeben ist, erzählt sie vielleicht doch noch etwas, und selbst wenn sie dich nicht kennt, wird Hollis zwei und zwei zusammenzählen. Sie braucht dich nur zu beschreiben, Luke. Und er weiß natürlich auch, dass Rachel mit dir zusammengearbeitet hat, dass sie als Köder tätig war. Ich halte es nicht für ausgeschlossen, dass die beiden ein paar Schläger oder noch schlimmere Kerle losschicken.«

»Nun hör aber auf«, sagte Rachel. »Du schreibst zu viele Romane, Jen!«

»Jen hat Recht«, sagte Luke. »Es geht um viel Geld, und darauf verzichtet niemand freiwillig. Es kann sein, dass sie noch retten wollen, was zu retten ist.«

Jennifer nickte. »Ich schlage vor, wir nehmen uns zumindest für diese Nacht ein Hotel, und morgen sehen wir weiter.«

»Also gut«, sagte Rachel. »Wenn euch beiden so viel daran liegt, habe ich nichts dagegen.«

Siebzehntes Kapitel

Luke übernahm die Registrierung im Hotel. Ein Page führte sie in die Suite, die Luke gebucht hatte. »Alles Einzelzimmer«, sagte Luke grinsend, »niemand soll uns nachsagen können, wir hätten uns nicht an die Anstandsregeln gehalten.«

Rachel lachte. »So kenne ich dich gar nicht. Aber zuerst könnte ich einen kräftigen Gin Tonic gebrauchen.«

»Ich glaube, wir finden in der Minibar was Besseres«, meinte Luke. »Er drückte dem Pagen ein Trinkgeld in die Hand und ließ Rachel und Jennifer eintreten. »Wir haben soeben einen bedeutenden Kriminalfall aufgeklärt, und das muss mit dem Besten gefeiert werden.« Er ging direkt zur Minibar und fand dort eine Flasche Champagner sowie belgische Schokoladentrüffel. »Was für eine Kombination!«, rief er lächelnd. Er öffnete die Champagnerflasche und schenkte drei Gläser ein. Er reichte den beiden Freundinnen ein Glas und hielt seins hoch. »Auf uns«, sagte er.

»Auf uns«, echoten die beiden.

Er trank einen Schluck und griff dann zum Telefon. »Es dauert nur einen Moment«, murmelte er, während er die Nummer drückte.

»Ich möchte mit Detective Inspector Forbes sprechen«, sagte er in die Muschel. Nach einer Pause: »Mike? Ja, ich bin's, Luke. Ja, ich habe mir schon gedacht, dass Max dich angerufen hat. Wir haben uns für die Nacht woanders einquartiert, um kein Risiko einzugehen.« Er nannte den Namen des Hotels. »Wir werden hier bleiben, bis Sie uns sagen, dass wir in Sicherheit sind. Ja, danke, das ist fein.«

Jennifer schaute ihn stirnrunzelnd an, als er den Hörer auflegte. »Was hast du mit ihm abgesprochen? Stehen wir unter Polizeischutz?«

»Ja, er schickt jemanden, der im Hotel aufpasst. Je länger ich darüber nachdenke, desto mehr glaube ich, dass du mit deinen Befürchtungen Recht hattest. Die Kerle wollen retten, was zu retten ist, oder sich wenigstens rächen.« Er biss sich auf die Unterlippe. »Ich hoffe nur, dass Eunice mit heiler Haut davonkommt.«

»Eunice?«, fragte Rachel.

»Hollis' Sekretärin.«

»Ah, du sprichst von Miss Smith.« Rachel lächelte trocken. »Ich glaube, dass noch niemand je ihren Vornamen gehört hat. Sie hat immer darauf bestanden, dass wir sie Miss Smith nennen. Sie ist die einzige Sekretärin, die auf dieser Förmlichkeit besteht. Ich dachte immer, dass Hollis das von ihr verlangt hätte.«

Jennifer sah sich im großen Wohnzimmer um. Die Einrichtung war vom Feinsten; Luke musste für die Suite ein kleines Vermögen gezahlt haben.

Sie prosteten sich wieder zu. Rachel streckte sich. »Wenn ihr beide nichts dagegen habt, werde ich mich eine Zeit lang in der Wanne aalen. Ich will alles abwaschen, was in der letzten Stunde geschehen ist.«

»Wenn du jemanden brauchst, der dir den Rücken wäscht, brauchst du nur zu rufen«, sagte Luke.

Jennifer gab einen Stöhnlaut von sich und fuhr sich mit gespreizten Fingern durch die lockigen Haare.

»Wieso komme ich mir plötzlich so klein, rund, grün und stachelig vor?«, fragte sie und verdrehte dabei die Augen.

Luke drückte ihre Hand. »Weil du dich wie eine Stachelbeere fühlst? Wie das fünfte Rad am Wagen? Das ist wirklich nicht nötig, Jennifer. Ohne dich hätten wir es nicht geschafft und keinen Grund zum Feiern.«

»Ach, nun übertreib mal nicht.«

Luke schüttelte den Kopf. »Ich übertreibe nicht. Du hast uns den Rücken gestärkt.« Er sah sie lächelnd an. »Wir haben übrigens in dieser Suite nicht nur eine gewöhnliche Badewanne …«

Rachel sah ihn forschend an. »Oh? Welche Überraschung hast du nun schon wieder auf Lager?«

»Sie wird dir gefallen.« Er grinste. »Du musst zugeben, dass zum richtigen Feiern prickelnde Perlen gehören.«

Jennifer nickte. »Ja, stimmt. Deshalb ja auch der Champagner.«

»Ah, es gibt noch mehr prickelnde Perlen.«

Seit dem Frühstück hatten sie nichts mehr gegessen, und Rachel spürte, wie ihr der Champagner zu Kopf stieg. »Willst du vielleicht andeuten, wir sollten ein Bad zu dritt nehmen?«, fragte sie, eher amüsiert als geschockt.

»Kein Bad«, berichtigte Luke. »Wir haben einen Jacuzzi. Und damit deine Scham gewahrt bleibt, werde ich die Augen schließen, bis du mir sagst, dass ich sie öffnen kann.«

Jennifer gluckste. »Einem solchen Angebot kann doch niemand widerstehen.«

Luke füllte ihre Gläser nach, nahm die Schokolade an sich und führte die beiden Frauen ins Bad. Rachel und Jennifer sahen sich begeistert um. In der Mitte des großen Zimmers war ein rundes Jacuzzibecken in den Boden eingelassen, Boden und Wände waren mit weißem Marmor verkleidet. In einer Ecke gab es eine Dusche, die eine halbe Fußballmannschaft gleichzeitig hätte nutzen können. Auf einem Sims lagen zwei Stapel mit weißen, flauschigen Badetüchern, und an der Wand hingen drei Bademäntel, ebenfalls weiß und flauschig.

»Wau!«, rief Rachel überwältigt aus. »So etwas kann sich eine entlassene Jung-Dozentin eigentlich nicht erlauben. Der schiere Luxus!«

»Mmm«, stieß Jennifer hervor. »Das ist eine sehr schöne Szene. Am liebsten möchte ich mir gleich Notizen machen, aber ich werde bis nachher warten.«

Rachel kicherte. »Vielleicht lohnt sich das Warten«, sagte sie und spürte, wie sie errötete. »Ich meine, man kann ja nie wissen, was sich aus einer solchen Szene noch ergibt.«

»Nun, wenn ihr euch jetzt beide umdrehen wollt«, sagte Luke, »dann ziehe ich mich aus und steige in den Jacuzzi.« Er drückte auf einen Schalter an der Seite, und kleine Bläschen wallten auf und zerplatzten an der Wasseroberfläche. Als er sich entkleidet hatte, stieg er ins Becken und lehnte sich mit dem Rücken zur Wand, beide Arme über den Beckenrand gelegt.

»Okay«, sagte er, »ich schließe jetzt die Augen. Sagt mir aber, wenn ihr fertig seid.«

Jennifer und Rachel lächelten sich ein wenig verlegen an, aber nachdem sie die ersten Kleidungsstücke abgelegt hatten, schwand die Verlegenheit. Sie hatten schon oft vor und nach dem Schwimmen eine Umkleidekabine geteilt, aber da war kein Mann in der Nähe gewesen. Jetzt glitten sie rasch ins Wasser und ließen sich rechts und links neben Luke nieder.

»Du kannst deine Augen öffnen«, sagte Rachel leise.

Luke schlug die Augen auf. »Jetzt haben wir nur noch ein Problem.«

»Welches?«

»Unsere Gläser und die Schokolade stehen auf der anderen Seite des Zimmers.«

Rachel stöhnte auf, rappelte sich hoch und stieg aus dem Jacuzzi. Sie empfand ein Knistern, das in der Luft lag, und sie war überrascht, dass es ihr nichts ausmachte, nackt vor den anderen herumzulaufen.

Sie reichte ihnen die Gläser und legte die Schokolade auf den Beckenrand, dann stieg sie wieder hinein und setzte sich neben Luke. »Bist du jetzt glücklich?«

»Ja, ja. Ist das nicht ein Leben, wie es sein sollte?«, fragte er voller Zufriedenheit. »Ich trinke Champagner, meine Haut prickelt von den aufsteigenden Bläschen, und jetzt werde ich auch noch mit belgischer Schokolade gefüttert.«

»Okay, ich habe den Wink mit dem Zaunpfahl verstanden.« Rachel öffnete die Schachtel und nahm eine Trüffel heraus. Luke biss die Hälfte der Kugel ab, die andere Hälfte steckte er Rachel in den Mund. Rachel hielt Jennifer die Schachtel hin.

Jennifer nahm eine Kugel und ließ sie auf der Zunge zergehen. »Es ist wirklich wie in einem Traum«, sagte sie. »So eine Nacht müsste man sich mindestens einmal in der Woche gönnen.«

»Wie rasch sich die Gefühle ändern«, murmelte Rachel. »Es ist gerade mal eine Stunde her, dass ich den miesen Hollis an mich rangelassen habe …«

»Was hast du eigentlich mit ihm gemacht?«, wollte Jennifer wissen.

Rachel verzog das Gesicht. »Ah, ich will nicht in die Einzelheiten gehen. Ich habe ihn gründlich reingelegt, aber ich kann nicht sagen, dass ich stolz darauf bin. Ich wünschte, es wäre nicht nötig gewesen.«

Luke legte eine Hand auf ihren Oberschenkel. »Ich kenne eine Methode, um dich auf andere Gedanken zu bringen. Du wirst dich ganz schnell viel besser fühlen.«

»Er hat Recht«, stimmte Jennifer zu. »Wer kann einen besser ablenken als gute Freunde?«

Rachel leckte sich die Lippen. Was Jennifer anklingen ließ, wäre noch vor ein paar Tagen weit oberhalb ihrer Hemmschwelle gewesen. Liebe zu dritt. Sie wusste natürlich, dass Jennifer eine Schwäche für Luke hatte, und Jennifer selbst war attraktiv genug, dass jeder Mann sie begehrte. Und sie dazwischen.

Der Champagner hatte Hemmungen abgebaut, stellte sie fest, und die Vorstellung, was sie zu dritt alles anstellen könnten, erregte sie. Trotzdem war sie nervös. Jennifer war ihre beste Freundin. Sie wollte nichts tun, um diese Beziehung aufs Spiel zu setzen.

»Das wird es nicht«, versprach Jennifer, und Rachel errötete, als ihr bewusst wurde, dass sie laut gedacht hatte.

»Ich …«

»Pst«, machte Jennifer und legte eine Hand auf Rachels anderen Oberschenkel.

Rachel wurde an die Szene im Restaurant erinnert, als sie zwischen Max und Luke gesessen und deren Hände auf ihren Schenkeln gespürt hatte. Heiße und kalte Schauer liefen ihr über den Rücken.

Luke und Jennifer nahmen dies als Geste ihrer Zustimmung. Lukes Hand strich langsam hoch, bis sie das Dreieck erreichte. Ein Finger drang behutsam zwischen die Labien. Jennifer war inzwischen auf Rachels andere Seite gegangen und nahm ihr Gesicht in beide Hände.

Während Lukes Finger sie erforschten, küsste Jennifer sie sanft und wunderbar weich auf den Mund. Rachel stöhnte, als Luke den Finger in sie hineinstieß, und Jennifer nutzte die Gelegenheit und drang tiefer in ihren Mund ein, intensivierte den Kuss. Rachel spürte, wie sie zunehmend erregter reagierte und streichelte über den Bauch der Freundin.

Wie von selbst glitten Rachels Beine auseinander. Luke kniete sich zwischen sie, richtete sie ein wenig auf, schlang die Arme um ihren Nacken und raunte in ihr Ohr: »Oh, Rachel, du weißt, dass ich dir nicht widerstehen kann.«

Er hob sie noch etwas höher, und im nächsten Augenblick spürte Rachel, wie er in sie eindrang. Ihre Muskeln spannten sich um den pochenden Schaft, und dann drückte er sie tiefer, bis sie das Gefühl hatte, noch nie so gefüllt gewesen zu sein. Luke legte einen Arm um ihre Hüfte, die andere Hand glitt zwischen ihre Körper und fuhr spielerisch über ihre Klitoris.

Jennifer legte ihre Hände unter Rachels Brüste und wiegte sie auf und ab. Zärtlich fuhr sie mit dem Daumen über die erigierten Brustwarzen, während sie fasziniert zuschaute, wie der mächtige Schaft ein- und ausfuhr.

Rachel stöhnte in Jennifers Mund und begann, auf dem Schaft auf und ab zu hüpfen. Bei jeder Bewegung umklammerten ihre Muskeln den Stab, der ihr diese unglaublichen Gefühle bescherte. Sie wusste, dass ihr Orgasmus schöner und vollkommener sein würde, weil sie ihn mit den liebsten Menschen teilte, die sie auf dieser Welt hatte. Sie hörte einen Schrei und erkannte erst später, dass sie es war, die ihn ausgestoßen hatte.

Jennifer und Luke hielten sie noch lange umschlungen und streichelten sie, bis die Erregungskurve abgeklungen war. Dann hob Luke sie ein wenig an, bis der Schaft aus ihr glitt. Sie rutschte wieder auf den Boden des Jacuzzi.

»Geht es dir besser?«, fragte er und streichelte ihr übers Gesicht.

»Mmm.« Sie lächelte glücklich. »Damit hatte ich wirklich nicht gerechnet.«

»Ich auch nicht«, meinte Jennifer. »Aber wenn du bedenkst, was für einen Tag wir hinter uns haben – die Sorge und die Anspannung und die Angst, dann ist es fast natürlich, dass so etwas geschehen musste.«

»Alles hat sich in Luft aufgelöst«, sagte Luke. »Die Anspannung ist verflogen, die Angst war überflüssig – wir haben auf der ganzen Linie gewonnen. Und jetzt glaube ich, dass wir aus dem Wasser gehen sollten, sonst sehen wir nachher aus wie gekochter Hummer.«

Er half Rachel auf die Füße. Luke griff drei Badetücher und verteilte sie. Als er sich trocken gerubbelt hatte, schlang er das Tuch um seine Körpermitte. »Ich weiß ja nicht, wie es euch geht«, sagte er, »aber ich habe einen Mordshunger. Soll ich uns beim Zimmerservice was bestellen?«

»Hört sich gut an«, sagte Jennifer. »Ich habe auch Hunger.«

Sie tauschten einen kurzen Blick, aber er reichte aus,

dass beide wussten: Sie sprachen nicht nur vom Essen.
Luke nickte. »Bestimmte Vorlieben, oder überlasst ihr es mir?«

»Wir verlassen uns auf dich«, sagte Rachel.

Während sie und Jennifer sich weiter abtrockneten, ging Luke ins Wohnzimmer, um die Bestellung aufzugeben.

»Jen, was eben geschehen ist ...«

»War eine einmalige Sache«, ergänzte Jennifer. »Nur heute – sozusagen die Ausnahme von der Regel.« Sie küsste die Freundin auf die Nase. »Ich glaube, wir haben es alle gebraucht. Sex ist die beste Entspannung, die ich kenne.«

»Aber ich bin die Einzige, die diese Entspannung erfahren hat«, sagte Rachel nachdenklich.

»Nun, die Nacht ist noch nicht zu Ende«, sagte Jennifer lächelnd. Sie sah Rachel forschend an. »Wenn Luke und ich ... nun ja, ich meine, wenn wir Liebe machten, wäre das schlimm für dich? Überlege es gut, denn er gehört zu dir, und ich würde dir nie weh tun wollen.«

»Freunde sollen alles teilen«, murmelte Rachel.

»Nicht alles. Wenn es dir lieber wäre, wenn ich verschwinde, würde ich mich sofort zurückziehen. Schließlich gibt es drei Schlafzimmer in dieser Suite.«

Rachel schüttelte den Kopf. »Nein, ich weiß, dass Luke dich mag. Und wie du schon gesagt hast – heute ist ein besonderer Tag, und wir machen eine Ausnahme von der Regel.«

»Du bist lieb«, sagte Jennifer und streichelte das Gesicht der Freundin. »So lange du ganz sicher bist, dass du es auch wirklich willst.«

»Ich bin sicher.«

Als sie sich abgetrocknet und mit der duftenden Creme eingerieben hatten, zogen sie sich die flauschigen Bademäntel über. Jennifer nahm Rachel bei der Hand. »Komm.« Sie gingen ins Wohnzimmer.

Luke sah ihnen lächelnd entgegen und wies auf den Tisch: »Für Sie, meine Damen.«

»He, das ging aber schnell!«

»Ich habe nur kalte Sachen bestellt. Käse, Canapés, Obst. Ich hoffe, ihr seid einverstanden.«

»Genau richtig«, sagten die Frauen wie aus einem Mund.

Plötzlich entdeckten sie alle, wie hungrig sie waren, und obwohl Luke reichlich bestellt hatte, waren die Platten bald leergefegt. Da er auch noch zwei Flaschen Champagner bestellt hatte, konnte er ihre Gläser ständig nachfüllen.

Rachel schob ihren Teller von sich und streckte sich.

»Puh, jetzt geht es mir viel besser.«

»Mir auch«, sagte Jennifer.

Rachel neigte den Kopf und schaute Luke an. »Am liebsten würde ich jetzt ins Bett gehen.«

»Schön kuscheln und schlafen?«, fragte er.

Sie schüttelte den Kopf. »Das habe ich damit nicht gemeint.«

Die Luft war plötzlich geladen. Luke schluckte ein paar Mal, ehe er fragte: »Und was hast du gemeint, Rachel?«

»Liebe machen«, sagte sie. »Richtig mit Haut auf Haut.« Sie schaute zu Jennifer. »Wie wir schon gesagt haben, wir müssen die Anspannung abschütteln, die sich in uns aufgebaut hat. Ich bin die Einzige, die bisher entspannt worden ist, und mir hat nicht einmal das gereicht.«

Luke biss sich auf die Unterlippe. »Schlägst du wirklich das vor, was ich da heraushöre?«

»Du hast damit angefangen, als du von dem großen Bad gesprochen hast«, sagte Rachel. Sie stand auf und löste den Gürtel ihres Bademantels. »Und deshalb meine ich, dass du es auch zu Ende bringen sollst.« Sie schob den Bademantel von den Schultern und huschte zur Tür, die zum ersten Schlafzimmer führte.

Wie sie gehofft hatte, stand ein besonders großes Bett da, King Size Format. Mehr als drei Menschen hätten genug Platz darin.

Rachel schlug das Deckbett zurück und setzte sich auf den Rand. Luke und Jennifer folgten zögernd. Sie klopfte auf den Platz neben sich und lächelte die beiden an.

Luke lächelte zurück und streckte sich aus, legte sich auf die Seite und stützte den Kopf mit einer Hand. »Also, was genau schwebt dir vor, Rachel?«

Sie drückte ihn auf den Rücken und zerrte das Badetuch zur Seite, das er sich um die Mitte geschlungen hatte. Er war schon wieder erigiert, der Stab federte stolz aus dem Busch dunkler Haare. Rachel streckte eine Hand zu Jennifer aus.

»Hier.«

Jennifer schaute sie an, als wollte sie fragen: Bist du dir sicher? Rachel nickte entschlossen.

Jennifer streifte sich den Bademantel ab und stieg neben Luke aufs Bett. Sie umfasste den steifen Schaft und begann ihn langsam zu reiben. Luke hielt die Luft an und stieß sie zischend wieder aus.

Rachel beugte sich über Luke und küsste ihn. Er

nahm ihr Gesicht in beide Hände und öffnete den Mund, um den Forschungsdrang ihrer Zunge nicht zu behindern.

Jennifer rutschte auf dem Bett nach unten und massierte seinen Fuß, nahm sich einen Zeh nach dem anderen vor und küsste sich dann an dem Bein hoch. Sie leckte ausgiebig die empfindlichen Stellen am Knöchel und in der Kniekehle. Luke stöhnte in Rachels Mund, als Jennifer sich nach oben bewegte und auf der Innenseite eine feuchte Spur hinterließ. Er konnte nicht sehen, was sie tat, und wartete mit angespannten Sinnen darauf, dass sie seinen Schaft zu küssen begann.

Aber Jennifer hatte andere Pläne. Sie nahm sich das andere Bein vor, begann wieder mit der Zehenmassage und arbeitete sich langsam hoch.

Luke konzentrierte sich auf Rachels Küsse. Er streichelte ihre Brüste und spielte mit den Nippeln.

Jennifer war wieder an seinem Schritt angelangt, und er spürte ihren heißen Atem auf der Eichel. Luke wurde von leichten Schauern geschüttelt. Jetzt spürte er, wie Jennifer wieder ihre Hand um den Schaft legte, und im nächsten Augenblick spürte er ihren feuchten Mund, der den Schaft tief aufnahm.

Luke küsste Rachel wilder und ungezügelter, als Jennifer ihn zu saugen begann, und Rachel spürte, wie sich sein Körper verkrampfte.

Jennifer musste das auch gespürt haben, denn sie stellte plötzlich das Saugen ein und drückte mit Daumen und Zeigefinger dicht unterhalb der Eichel, um seinen Orgasmus hinauszuzögern.

Rachel brach den Kuss ab. »Luke ...«

Er stöhnte. »Alles, was du willst.«

Sie lächelte und rutschte etwas höher. Auch Jennifer

richtete sich auf, um sich über ihn zu grätschen. Sie fädelte den Schaft ein und ließ sich langsam darauf nieder. Sie war so heiß und nass, dass der Stab wie Butter in sie hinein glitt. Bei ihren ersten Auf- und Abbewegungen stöhnte Luke laut auf, er warf den Kopf zurück und überließ sich dem Rhythmus, den Jennifer ihm vorgab.

Jennifer begann langsam und erhöhte allmählich das Tempo. Sie spürte, wie sich ihre inneren Muskeln um den Schaft spannten, wie sie sich zusammenzogen und wieder entkrampften, und sie spürte auch die Wirkung, die dieses Spiel auf den Schaft hatte, denn er pochte und zuckte.

Sie stützte sich mit nach hinten gestreckten Armen auf dem Bett auf und bog den Rücken weit nach hinten, damit der Schaft in einem leicht veränderten Winkel eindringen konnte und bei jeder stoßenden Bewegung ihre Klitoris reizte.

»Rachel«, stöhnte er heiser, »Rachel, ich will auch für dich etwas tun ...«

Sie wusste instinktiv, was er wollte, und sie rutschte herum, bis sie über seinem Brustkorb kniete. Luke packte sie an den Hüften und zog sie näher an sich heran. Er wühlte mit Lippen und Zunge an ihrer Haut, und sie spürte seinen hechelnden Atem, unter dem sie erschauerte.

Einige Stunden später lagen sie erschöpft nebeneinander, glücklich, an den Händen miteinander verbunden.

»Das war unglaublich«, sagte Luke schließlich. »Für uns alle«, sagte Rachel.

Er streichelte über ihr Haar. »Ich kann es immer noch nicht glauben. Ich habe dich in diesen Schlamassel hineingezogen, du hast im Verlaufe dieser Ereignisse deinen Job verloren – und doch kannst du dich mir gegenüber so großzügig verhalten.«

Jennifer nickte. »Du hast eine einmalige, wunderbare Frau an deiner Seite«, sagte sie. »Und du wirst es mit mir zu tun bekommen, wenn du sie nicht anständig behandelst.«

Luke lächelte.

»Oh, ich werde sie anständig behandeln, das kannst du mir glauben.«

Jennifer nickte zufrieden. »Und jetzt«, sagte sie und richtete sich auf, »könnte ich noch ein Glas Champagner vertragen.«

Am nächsten Morgen lagen sie noch im tiefen Schlaf der Glücklichen, als das Telefon klingelte.

Luke griff stöhnend und blind nach dem Hörer. »Hallo?«

»Du hörst dich an, als wärst du der Hölle entkommen«, sagte Max.

»Eher das Gegenteil«, antwortete Luke. »Aber frage nicht, was damit gemeint ist.«

»Ich bin unten in der Lobby«, fuhr Max fort. »Wir warten auf dich. Aber du brauchst dich nicht zu beeilen.«

»Unten? Was ist mit ...?«

»Gilson und Hollis?«, vollendete Max die Frage. »Sie sind in Polizeigewahrsam. Und ich muss auch ein paar Worte mit Rachel wechseln.«

»Jetzt?«

»Später.«

»Okay, sagen wir, in einer halben Stunde.« Luke legte den Hörer auf. Die beiden Frauen waren auch wach geworden und schauten ihn erwartungsvoll an. »Das war Max.«

»Max?« Rachel setzte sich aufrecht hin. »Was ist geschehen?«

»Nichts, worüber du dich sorgen müsstest«, besänftigte Luke sie rasch. »Gilson und Hollis sind festgenommen.«

»Gut! Dann wollen sie mit uns reden, nehme ich an.«

Luke nickte. »Ich habe Max gesagt, dass wir in einer halben Stunde unten sein können.«

Rachel stand aus dem Bett auf. »Dann gehe ich als Erste unter die Dusche.«

Als sie gegangen war, fragte Jennifer: »Heißt das auch, dass Rachels Name reingewaschen ist und sie wieder ihren Job an der Uni erhält?«

»Das weiß ich nicht. Max sagte mir, dass er ein paar Worte mit ihr reden muss – entweder über die Tagebücher oder über ihren Job. Vielleicht auch über beides.«

Jennifer nickte. »Sie hat diese Chance verdient, Luke. Sie hat verdammt hart gearbeitet, und Gilson hat sie mit Absicht immer wieder zurückgeworfen.« Sie lächelte versonnen. »Das ist fast ein Fall von poetischer Gerechtigkeit, dass sie dabei helfen konnte, ihn zu entlarven.«

»Ja.«

Jennifer löste Rachel unter der Dusche ab, zuletzt wusch Luke die Spuren der Nacht von seinem Körper. Zu dritt schritten sie genau eine halbe Stunde nach Max' Anruf in die Hotelhalle.

Max wartete am Empfang. Seine Augen weiteten sich, als er Jennifer sah.

»Ich habe nicht ahnen können, dass du und Rachel noch jemanden bei euch hattet.«

Rachel stellte vor. »Das ist meine beste Freundin Jennifer Clark, die auch als Jennifer Devereaux bekannt ist.«

»*Die* Jennifer Devereaux?« Max' Augen wurden größer.

»Genau die«, bestätigte Rachel. »Jen, das ist Max Houghton, Lukes Cousin.«

Die beiden begrüßten sich mit Handschlag, dann fragte Rachel ungeduldig: »Also, welche Neuigkeiten gibt es? Luke hat schon erzählt, dass Gilson und Hollis verhaftet sind.«

»Ja, und sie haben ein volles Geständnis abgelegt. Sie sind intelligent genug, um zu erkennen, dass es ihnen noch mehr geschadet hätte, wenn sie nicht mit der Wahrheit herausgerückt wären.« Max schaute Rachel an. »Ich habe eine gute und eine schlechte Nachricht für dich.«

»Die schlechte zuerst.«

»Ich fürchte, man hat dein Haus übel zugerichtet. Es ist nichts gestohlen, aber man hat ein schreckliches Chaos hinterlassen.« Er schnitt eine Grimasse. »Ich nehme an, dass Gilson einen seiner Freunde vorbeigeschickt hat, um dich vorzunehmen, und als du nicht im Haus warst, hat er seinen Frust an der Einrichtung ausgelassen.«

»Dieser Bastard«, stieß Rachel hervor. »Hat er mich nicht schon genug gequält?«

»Ich weiß«, sagte Max mitfühlend. »Ich habe schon einiges veranlasst, dass die gröbsten Schäden behoben sind, wenn du nach Hause zurückkehrst. Oh, noch etwas – du musst eine Aussage vor Gericht machen.«

»Kein Problem«, sagte Rachel. »Die Kerle verdienen ein hartes Urteil.«

»Es wird noch eine Überraschungszeugin geben«, fuhr Max fort. Er sah Luke mit einem neugierigen Blick an. »Sie heißt Eunice Smith und war Hollis' Sekretärin. Sie hat sich spontan gegen Hollis gestellt, als sie erfuhr, was ihm vorgeworfen wurde.«

Rachel und Jennifer schauten Luke an, und auch in ihren Blicken lag Neugier. »Du hast uns immer noch nicht erzählt, was du mit ihr angestellt hast«, sagte Rachel.

Luke hob nur die Schultern.

»Was ist mit der guten Nachricht?«, fragte Jennifer.

»Ah«, sagte Max und schaute Rachel strahlend an. »Die Universität stellt dich wieder ein, und diesmal ist es gleich die Übernahme als Dozentin. Für deine Dissertation bekommst du einen neuen Doktorvater.«

Rachel sah ihn überrascht an. »Wie geht das? Ich meine, Gilson hatte die Anweisung erhalten, das Personal zu reduzieren.«

»Ja, aber du gehörst nicht zu denen, deren Vertrag nicht verlängert wird.« Max sah sie neugierig an. »Ich möchte nur wissen, ob du jetzt noch Zeit für die Tagebücher hast. Ich möchte sehr gern, dass du an ihnen arbeitest.«

Rachel lächelte. »Darauf kannst du dich verlassen.«

»Gut.« Er sah die anderen nacheinander an. »Ich habe mich schon um die Hotelrechnung gekümmert. Rachel, solange dein Haus in Ordnung gebracht wird, bist du herzlich auf Hillbury eingeladen. Sie auch, Jennifer.«

Luke hüstelte. »Und was ist mit mir?«

Max verdrehte die Augen. »Du weißt genau, dass du immer willkommen bist.«

»Das wollte ich nur hören.«

»Dann kommt.« Max wollte sich schon zum Ausgang wenden, blieb aber noch einmal stehen. »Ich habe nur den Sportwagen dabei und kann deshalb nur eine Person mitnehmen – und ich schätze, das sollte Jennifer sein.«

Luke legte einen Arm um Rachels Schultern. »Wir fahren mit der U-Bahn nach Holborn, und dann fahren wir später von dort weiter.«

»Gut. Wir sehen uns auf Hillbury.«

»Ich habe das Gefühl«, flüsterte Luke in Rachels Ohr, »dass Max dabei ist, eine neue Eroberung zu machen.«

»Und Jennifer kann nichts Besseres passieren«, antwortete Rachel lachend.

Epilog

Sechs Monate später saßen Jennifer und Rachel in Rachels Küche. Sie hatten die Füße hochgelegt und tranken Kaffee.

»Auf dein Wohl, Dr. Kemp«, sagte Jennifer und hob ihre Tasse. »Ich gratuliere zum Doktor der Philosophie.«

»Danke.« Rachel lächelte froh. »Es war ein bewegtes Jahr, das hinter uns liegt.«

»Aber was für ein Jahr!«, rief Jennifer. Sie zählte an den Fingern mit: »Du hast einen hilfreichen Doktorvater gefunden und deine Doktorarbeit erfolgreich abgeschlossen, du bist jetzt im Rang einer Dozentin, und du bist Herausgeberin eines todsicheren Bestsellers, der freizügigen Tagebücher deines Lieblingsschriftstellers. Ganz zu schweigen davon, dass du einen Geliebten unter deinem Dach hast.« Sie strahlte Rachel an. »Am besten gefällt mir daran, dass du jeden einzelnen Erfolg verdient hast. Und nach Gilson hast du unbedingt eine Glückssträhne verdient.«

Rachel nickte. »Aber Gilson ist jetzt Vergangenheit.« Sie nippte an ihrem Kaffee. »Er hat eine Unmenge an Dokumenten verhökert – er und Hollis. Und statt sich auf seine Pensionierung zu freuen, wird er eine saftige Haftstrafe verbüßen müssen.«

»Er hat es nicht anders verdient«, sagte Jennifer. »Ich empfinde keinen Funken Mitleid mit den beiden.« Sie lachte plötzlich. »Schade, dass wir nie erfahren haben, wie er aus dem Basement herausgekommen ist und wer ihm – wenn überhaupt – eine neue Hose gebracht hat.«

Rachel stimmte in das Lachen ein, dann sagte sie: »Also, für dich war es auch kein schlechtes Jahr. Du hast hervorragende Kritiken erhalten und einen neuen Vertrag, der dir noch höhere Vorschüsse garantiert. Und dann hast du einen Gönner aus dem fernen Norfolk gefunden.«

Jennifer grinste. »Max ist wirklich ein ausgefallener Mensch. Du hast mich nicht vor seinen exotischen Angewohnheiten gewarnt. Oder was auf Hillbury abgeht.«

Jennifer hatte einige Wochenenden auf Hillbury verbracht und Stella, Edmund und ein halbes Dutzend von Max' anderen Freunden kennen gelernt.

»Du hast keine Warnung gebraucht«, neckte Rachel sie. »Ich bin mir ziemlich sicher, dass deine Fantasie es mit seiner aufnehmen kann.«

»Stimmt«, gab Jennifer zu. »Wann kommt eigentlich Luke nach Hause?«

Rachel schaute auf die Uhr. »Innerhalb der nächsten Stunde. Es hängt immer von dem Job ab, an dem er gerade arbeitet. Er hat mir versprochen, mich von vornherein einzuweihen, wenn er wieder einen verdeckten Ermittlungsauftrag annimmt.«

ENDE

Erotische Romane

Sophie Andresky
Band 13 845 • Das Lächeln der Pauline

Lisette Allen
Band 14 708 • Nicoles Vergeltung
Band 14 742 • Das Amulett

Becky Bell
Band 14 257 • Talent der Nacht

Peter Benson
Band 12 913 • Springflut

Roxanne Carr
Band 14 242 • Die Rächerin

Lucinda Carrington
Band 14 155 • Der Reitlehrer

Sara Charles
Band 14 225 • Das Internat

Sarah Copeland
Band 14 195 • Ehlanas Erwachen

Portia da Costa
Band 14 173 • Claudia und der Fremde

Suki Cunningham
Band 14 955 . Vorspiel

Erotische Romane

Bart Davis
Band 12 826 • ALPTRAUM DER LÜSTE

Charles Devereaux
Band 13 365 • DIE INDISCHE VENUS

Anne Félix
Band 14 402 • DIE NACKTE VON OZYMANDIAS

Tabatha Flyte
Band 14 850 • KARIBISCHE VERFÜHRUNG

Jill Gascoine
Band 12 844 • UNERSÄTTLICH
Band 14 363 • HEMMUNGSLOS

Holly Graham
Band 14 653 • EINE SKANDALÖSE AFFÄRE

Laura Hamilton
Band 14 983 • DIE REPORTERIN

Wendy Harris
Band 14 925 • DIE SCHÖNE UND DAS LUDER

Juliet Hastings
Band 13 919 • APPASSIONATA
Band 14 275 • DIE WEISSE ROSE
Band 14 335 • CRASH KURS

Erotische Romane

Emma Holly
Band 14 785 • Die Feinschmecker

Jane Justine
Band 14 864 • Das rubinrote Band

Vivienne LaFay
Band 14 307 • Die Malerin

Roberta Latow
Band 13 852 • Laras Erwachen

Terry C. Miles
Band 14 360 • Talentsucher

Karina Moore
Band 14 291 • Weibliche List
Band 14 477 • Die schöne Räuberin

Tesni Morgan
Band 14 756 • Blumen der Lust

Pat O'Brien
Band 14 770 • Die Vermieterin

Anna Ricci
Band 14 892 • Heißer Sommer

Xanthia Rhodes
Band 14 188 • Eruption

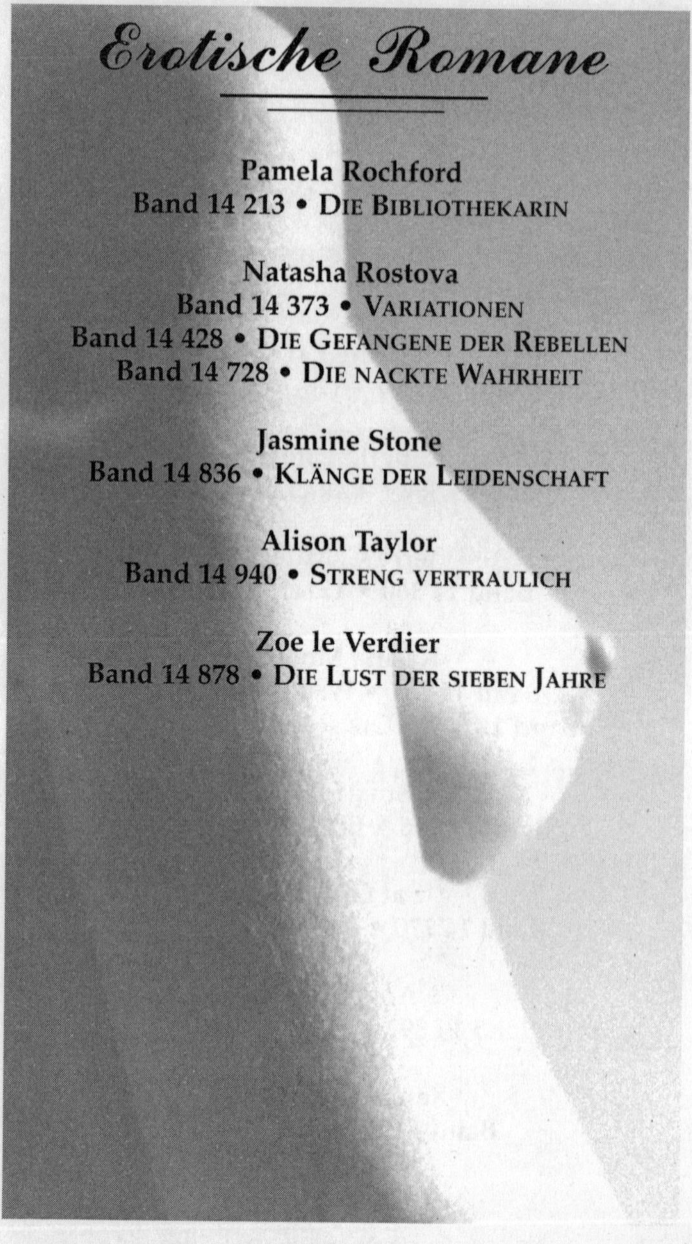
Erotische Romane
Pamela Rochford
Band 14 213 • Die Bibliothekarin
Natasha Rostova
Band 14 373 • Variationen
Band 14 428 • Die Gefangene der Rebellen
Band 14 728 • Die nackte Wahrheit
Jasmine Stone
Band 14 836 • Klänge der Leidenschaft
Alison Taylor
Band 14 940 • Streng vertraulich
Zoe le Verdier
Band 14 878 • Die Lust der sieben Jahre